MANNISK

**Det här är en bok från Ordfront förlag.**
Ordfront förlag är ett oberoende bokförlag som ger ut samhällsdebatt, historia, kulturhistoria, samt handböcker i skrivandets hantverk, demokrati och folkbildning – och högkvalitativ skönlitteratur.

Vi ansluter oss till en frihetlig, samhällskritisk och folkbildande tradition och samverkar med den oberoende kulturföreningen Ordfront som arbetar med yttrandefrihet, mänskliga rättigheter och demokrati.

Förutom delägare i Ordfront förlag är Föreningen Ordfront huvudmän bakom DemokratiAkademin, MR-dagarna och Ordfront magasin.

*www.ordfront.se*
*www.ordfrontforlag.se*

John Ajvide Lindqvist

# Människohamn

ORDFRONT 2015

John Ajvide Lindqvist
*Människohamn*
Ordfront, Box 17506, 118 91 Stockholm
www.ordfrontforlag.se
forlaget@ordfront.se


**Omslag:** Alexander Jansson
**Inlaga:** Lena Gustafsson
**Tryck:** ScandBook UAB, Litauen 2018
**Isbn:** 978-91-7037-863-8

Till pappa
Ingemar Pettersson (1938–1998)
Som gav mig havet
Som havet tog ifrån mig

*Välkommen till Domarö.*

Det är en plats du inte kan hitta på sjökorten, såvida du inte tittar riktigt noga. Den ligger drygt två sjömil öster om Refsnäs i södra Roslagens skärgård, långt inomskärs från Söderarm och Tjärven.

Du måste plocka bort lite öar, skapa tomma ytor av vatten emellan dem för att få syn på Domarö. Då ser du också fyren på Gåvasten och alla de andra landmärken som dyker upp i denna berättelse.

Dyker upp, ja. Det var det rätta ordet. Vi kommer att röra oss på en plats som är ny för människan. I tiotusentals år har den legat under vatten. Men sedan kommer öarna upp och till öarna kommer människorna, och med människorna berättelserna.

Då börjar vi.

# 1

# Fördriven

Där vågorna brusar och stormarna gnyr.
Där bränningen dånar och saltvattnet yr,
där stiger ur havet den bygd som är vår.
Det arv som från fäder till ungdomen går.
*Lennart Albinsson – Rådmansö*

# Havet gav och havet tog

Vem flyger i fjäderhamn dit, vem stiger
dit upp ur de svartblanka vattnen?
*Gunnar Ekelöf – Tjärven*

## Om havtorn

*För tretusen år sedan var Domarö bara en stor, flat sten som stack upp ur vattnet, krönt av ett flyttblock som isen hade lämnat efter sig. En distansminut österut kunde man skymta den runda kulle som senare skulle stiga ur havet och ges namnet Gåvasten. I övrigt ingenting. Det skulle dröja ytterligare tusen år innan kringliggande holmar och öar vågade sticka upp sina hjässor och påbörja bildandet av den arkipelag som numera går under namnet Domarö skärgård.*

*Då hade havtornet redan anlänt till Domarö.*

*Nedanför jätteblocket som isen släppt ifrån sig hade en strandlinje bildats. Där i stenskravlet sökte sig havtornet fram med sina kryprötter och fann näring i ruttnande tång, växte där inget fanns att växa i, klamrade sig fast vid stenarna. Havtornet. Tuffast av de tuffa.*

*Och havtornet sköt nya rotskott, kröp fram i vattenbrynet och växte på höjden tills en metallgrön bård låg som en skepparkrans kring Domarös obebodda stränder. Fåglar nappade åt sig de eldgula bären med smak av bitter apelsin och flög med dem till andra öar, spred havtornets evangelium till nya stränder och inom några hundra år syntes den gröna bården åt alla håll.*

*Men havtornet beredde sin egen undergång.*

*Den mylla som bildades av havtornets multnande blad var rikare än den strandens stenar kunde erbjuda. Då såg alen sin chans. I havtornets lämningar satte den sina frön och växte sig allt starkare. Havtornet tålde varken den kväverika jord som alen gav upphov till eller skuggan från dess blad och drog sig längre ner mot vattnet.*

*Med alen kom andra, mer näringskrävande växtsorter och tävlade om utrymmet. Havtornet var förpassat till en strandlinje som tillväxte alldeles för långsamt, en halv meter landhöjning på hundra år. Trots att det hade fött de andra växterna var havtornet utträngt och satt på undantag.*

*Så det står i strandkanten och bidar sin tid. Under de smala, silkesgröna bladen finns taggar. Stora taggar.*

## Två små människor och en stor sten (juli 1984)

De höll varandra i handen.

Han var tretton och hon var tolv. Om någon i gänget fick syn på dem skulle de dö på fläcken. De smög igenom granskogen, uppmärksamma på varje ljud och varje rörelse som om de var ute på ett hemligt uppdrag. På sätt och vis var de väl det: de skulle bli ihop, men det visste de inte ännu.

Klockan var snart tio på kvällen, men fortfarande fanns det tillräckligt med ljus över himlen för att de skulle se varandras armar och ben som bleka rörelser över mattan av torv och jord där dagens värme ännu låg kvar. De vågade inte se på varandras ansikten. Om de gjorde det skulle någonting behöva sägas, och det fanns inga bra ord.

De hade bestämt att de skulle gå upp till stenen. En bit in på stigen mellan granarna hade deras händer snuddat vid varandra och någon av dem hade gripit tag och så hade det blivit. Nu höll de varandra i handen och om något sades skulle det enkla bli svårt.

Anders hud kändes som om han hade varit ute i gassande sol hela dagen. Det hettade och brände överallt och han var yr i huvudet som av solsting, rädd för att snava på någon rot och rädd för att bli svettig i handen, rädd för att det han gjorde var en *överträdelse* på ett sätt han inte förstod.

Det fanns de i gänget som var ihop. Martin och Malin var ihop nu. Tidigare hade Malin varit ihop med Joel. De kunde ligga och kyssas när alla såg och Martin sa att han och Malin hade hållit på med petting nere vid sjöbodarna. Vare sig det var sant eller inte så fick de säga sådana grejer, göra sådana grejer.

Dels var de ett år äldre, dels så var de snygga. Häftiga. Då blev en massa saker tillåtna och de kunde använda ett annat språk. Det var ingen idé att försöka hänga på, det blev bara pinsamt. Man skulle sitta och gapa, försöka garva på de rätta ställena. Så var det bara.

Varken Anders eller Cecilia var något miffo. De var inte utanför som Henrik och Björn, eller Hubba och Bubba som de kallades, men de tillhörde inte heller klicken som satte upp spelreglerna och bestämde vilka interna skämt som var roliga.

Att Anders och Cecilia skulle gå och hålla varandra i handen var helt enkelt löjligt. De visste det. Anders var kort och på gränsen till spinkig, hans bruna hår var för tunt för att han skulle kunna ha någon frisyr och han fattade inte hur Martin och Joel gjorde. Han hade försökt stryka håret bakåt med gelé, men det såg inte klokt ut och han hade sköljt ur det innan han visat sig för någon.

Det fanns någonting platt över Cecilia. Hennes kropp var kantig och hennes axlar breda, trots att hon var smal. Nästan inga höfter och nästan inga bröst. Ansiktet såg litet ut mellan de breda axlarna. Hon hade halvlångt, ljust hår och en ovanligt liten näsa prickad med fräknar. När hon hade håret uppsatt i hästsvans tyckte Anders att hon var hur söt som helst. Hennes blå ögon såg alltid en aning ledsna ut och Anders tyckte om det. Hon såg ut som om hon visste.

Martin och Joel visste inte. Malin och Elin visste inte. De hade känslan, sa rätt saker och kunde ha sandaler utan att det såg larvigt ut. Men de visste inte. De bara gjorde. Sandra läste böcker och var smart, men det fanns inget i hennes ögon som sa att hon visste.

Cecilia visste, och eftersom Anders kunde se att hon gjorde det, var det ett bevis på att även han visste. De kände igen varandra. Han kunde inte beskriva vad det *var* som de visste, men något var det. Något om livet, hur det låg till med allt.

Marken blev brantare när de fortsatte upp mot stenen, granarna började glesna. Om någon minut skulle de bli tvungna att släppa varandras händer för att kunna klättra.

Anders sneglade på Cecilia. Hon hade på sig en gul- och vitrandig T-shirt med vid halsringning som blottade hennes nyckelben. Det var helt otroligt att hon nu i säkert fem minuter hade varit sammankopplad med honom, haft sin hud emot hans.

*Varit hans.*

Hon hade varit hans i fem minuter nu. Snart skulle de släppa, gå isär och bli vanliga människor igen. Vad skulle de säga då?

Anders tittade ner. Marken började bli stenig nu, han var tvungen att se efter var han satte fötterna. Varje sekund väntade han att Cecilia skulle släppa taget, men hon släppte inte. Han tänkte att han höll så hårt att hon inte *kunde* släppa. Det var en pinsam tanke, så han lossade greppet lite. Då släppte hon.

Han ägnade de två minuter det tog att klättra uppför klippblocken åt att analysera huruvida det var som han tänkt, att han hållit för hårt, eller om hans lossande av greppet hade fått henne att tro att *han* var på väg att släppa och att hon därför hade släppt först.

Oavsett vad han visste eller inte visste, var han övertygad om att Joel och Martin aldrig hade den här typen av problem. I smyg torkade han av sin hand på byxorna. Den var en aning stel och svettig.

Hans huvud kändes större än vanligt när de nådde toppen av stenen, blodet susade i öronen och han var förmodligen röd i ansiktet. Han stirrade ner på sitt bröst där ett litet spöke tittade fram ur en förbudssymbol. *Ghostbusters.* Det var hans favorittröja och den hade blivit tvättad så många gånger att spökets konturer börjat bli suddiga.

»Vad fint det är.«

Cecilia stod vid kanten av stenen och tittade ut över havet. De befann sig ovanför granarnas toppar. Långt nedanför syntes semesterbyn där nästan alla deras kompisar bodde. Ute på havet gled en finlandsfärja fram, en knippe ljus över vattnet. Längre bort och längre ut fanns andra skärgårdar som Anders inte visste namnen på.

Han ställde sig så nära intill henne som han vågade och sa: »Det är nog det finaste som finns«, och ångrade sig i samma ögonblick som orden kom ur hans mun. Det var en idiotisk sak att säga och han försökte mildra den genom att lägga till »Om man tycker så«, men det blev också fel och han gick bort från henne, följde stenens kant.

När han hade gått hela varvet runt, kanske trettio meter, och närmade sig henne igen, sa hon: »Visst är det konstigt? Med den här stenen?«

På det hade han något att svara. »Det är ett flyttblock. Säger pappa i alla fall.«

»Vad är det?«

Han tittade ut över havet, fäste blicken vid Gåvastens fyr och försökte komma ihåg hur hans pappa hade berättat. Anders svepte med handen över omgivningarna. Gamla byn, missionshuset, stormklockan intill handelsboden.

»Alltså ... när det var is. Över allting här. Istiden. Då tog isen med sig stenar. Och sen när den smälte så hamnade dom där stenarna lite överallt.«

»Var kom dom ifrån då? Från början?«

Det hade pappan också berättat, men han kom inte ihåg. Var kunde stenarna ha kommit ifrån? Han ryckte på axlarna.

»Norrifrån, väl. Från bergen. Fjällen. Där finns det ju ... mycket sten.«

Cecilia tittade ut över kanten på flyttblocket. Det var nästan platt på ovansidan, men säkert tio meter högt. Hon sa: »Det måste ha varit mycket is.«

Där kom Anders ihåg fakta. Han gjorde en rörelse upp mot himlen. »En kilometer. Tjock.«

Cecilia rynkade på näsan så att det gick en stöt igenom Anders bröst. »Nää?« sa hon. »Du skojar?«

»Pappa säger det.«

»En *kilometer*?«

»Ja, och att ... du vet att öarna och allting, att det liksom fortfarande håller på att komma upp ur havet lite grann varje år?« Cecilia nickade. »Det är för att isen var så tung att den liksom tryckte ner alltihop och det håller fortfarande på att ... komma upp. Lite grann hela tiden.«

Nu var han igång. Han kom ihåg. Eftersom Cecilia fortfarande tittade intresserat på honom, fortsatte han. Han pekade ut mot Gåvasten.

»För sådär tvåtusen år sen var det bara vatten här. Det enda som stack upp var den där fyren. Eller, berget då. Som fyren står på. Det fanns ju ingen fyr då. Och den här stenen. Allt annat var under vattnet. Då.«

Han tittade på sina fötter, sparkade i det tunna täcket av mossa och lavar som växte över stenen. När han tittade upp stod Cecilia och gled med blicken över havet, fastlandet, Domarö. Hon la handen över ena nyckelbenet som om hon blivit skrämd och sa: »Är det *sant*?«

»Jag tror det.«

Någonting förändrades i Anders huvud. Han började se samma sak som hon. När han och pappa hade varit här uppe sommaren innan hade orden bara gått in som fakta i hans huvud, och även om han hade tyckt att det var spännande så hade han egentligen aldrig *tänkt* på det. Sett det.

Nu såg han. Hur *nytt* allting var. Det hade bara funnits här en kort stund. Deras ö, marken som deras hus låg på, till och med de urgamla sjöbodarna av liggande timmer nere i hamnen var bara legobitar på urberget. Det sög till i magen som av svindel, höjdskräck inför tidens djup. Han la armarna omkring sig och kände sig plötsligt helt ensam i världen. Blicken sökte sig till horisonten och fann ingen tröst. Den var stum och oändlig.

Då hörde han ett ljud till vänster om sig. Andning. Han vred huvudet ditåt och fann Cecilias ansikte bara ett par decimeter ifrån sitt eget. Hon såg honom i ögonen. Och andades. Hennes mun var så nära hans att han kunde känna hennes utandningsluft som en varm fläkt över läpparna, ett doftspår av Juicy Fruit i näsan.

Efteråt skulle han inte kunna begripa det, men det var så det hade varit: han hade inte tvekat. Han hade lutat sig fram och kysst henne utan att tänka på om och hur. Han hade bara gjort det.

Hennes läppar var spända och lite hårda. Med samma obegripliga beslutsamhet tryckte han in sin tunga mellan dem. Hennes tunga kom ut och mötte hans. Den var varm och mjuk och han slickade över den. Det var en helt ny upplevelse: att slicka på någonting som var samma sak som det som slickade. Han tänkte inte just det, men han tänkte någonting liknande och i det ögonblicket blev allting osäkert och konstigt och han visste inte hur han skulle göra.

Han slickade lite till på hennes tunga och en del av honom njöt och tyckte att det var fantastiskt medan en annan del tänkte: *Är det så här man gör? Är det så här man håller på?* Det kunde det inte vara och han anade att det var här man övergick till petting. Men även om hans snopp höll på att styvna när hans tunga gled över hennes så fanns det inte en möjlighet, *inte en chans*, att han skulle börja ... röra vid henne på det där sättet. Inte en chans. Han kunde inte, han visste inte och ... nej, han *ville* inte ens.

Upptagen av sådana tankar hade han slutat att röra sin tunga utan att märka det. Nu var det hon som slickade över hans. Han tog emot det med tacksamhet, njutningen stegrades en aning, tvivlet dog bort. När hon drog tillbaka sin tunga och pussade honom vanligt en gång innan deras ansikten skildes åt konstaterade han att: *det gick ju bra.*

Han hade kysst en tjej för första gången och det hade gått bra. Ansiktet blossade och benen kändes svaga, men det hade fungerat. Han sneglade på henne och hon föreföll tycka likadant. När han såg att hon log lite, log han också. Hon såg det och log mer.

En sekund såg de in i varandras ögon och log båda två. Sedan blev det för mycket och båda tittade ut mot havet igen. Anders tyckte inte längre att det såg det minsta skrämmande ut, förstod inte hur han kunnat tycka så.

*Det är nog det finaste som finns.*

Han hade sagt så. Nu stämde det.

De tog sig ner. När de hade kommit över de stenigaste partierna tog de varandras händer igen. Anders ville skrika, ville hoppa och slå sönder torra grenar mot stammar, någonting ville ut.

Han höll hennes hand och kokade inombords av en glädje så stor att den gjorde ont.

*Vi är ihop. Jag och Cecilia. Vi är ihop nu.*

## Gåvasten (februari 2004)

»Vilken dag. Det är otroligt.«

Cecilia och Anders stod vid fönstret i vardagsrummet och kisade mot fjärden. Isen var täckt av orörd snö och solen strålade från en molnfri himmel, frätte bort konturerna av viken, bryggan och stranden som ett överexponerat fotografi.

»Får jag se, får jag se!«

Maja kom rusande från köket och Anders hann bara öppna munnen för att varna henne för hundrade gången. Sedan halkade hennes raggsockor på det blanka trägolvet och hon föll platt på rygg vid hans fötter.

Reflexmässigt hukade han sig ner för att trösta, men Maja rullade omedelbart åt sidan och drog sig en meter bakåt. Tårarna steg i hennes ögon. Hon skrek »Jävla dumma tossor!« och slet av sig raggsockorna, kastade dem i väggen. Sedan reste hon sig och sprang ut i köket igen.

Anders och Cecilia såg på varandra och suckade. De hörde Maja rota i kökslådorna.

*Vem?*

Cecilia blinkade och tog på sig uppgiften att hindra Maja innan hon hällde ut innehållet i lådorna eller hade sönder något. Hon gick ut i köket och Anders vände sig åter mot den strålande dagen.

»Nej, Maja! Vänta!«

Maja kom springande ifrån köket med en sax i handen, Cecilia strax efter. Innan någon av dem hann stoppa henne hade Maja fått tag i den ena raggsockan och börjat klippa.

Anders grep hennes armar och lyckades få henne att släppa saxen. Hon darrade av ilska i hela kroppen och sparkade efter sockan. »Jag hatar dig, dumma tossa!«

Anders omfamnade henne, låste hennes fäktande armar med sina egna. »Maja, det hjälper inte. Tossorna förstår inte.«

Maja var ett skakande bylte i hans famn. »Jag hatar dom!«

»Ja, men för det behöver du inte –«

»Ska ha sönder dom och elda dom!«

»Kom, gumman. Kom.«

Anders satte sig i soffan utan att släppa sitt grepp om Maja. Cecilia satte sig intill. De pratade mjukt och strök henne över håret, över den blå mjukisdressen som var det enda plagg hon gick med på att bära. Efter ett par minuter slutade Maja att darra, hjärtat saktade ner sina slag och hon slappnade av i Anders famn. Han sa: »Du kan ha skor istället, om du vill.«

»Jag vill vara barfota.«

»Det går inte. Det är för kallt på golven.«

»Barfota.«

Cecilia ryckte på axlarna. Maja frös nästan aldrig. Ända ner mot minusstrecket kunde hon springa ute i T-shirt om ingen sa till henne. Hon sov högst åtta timmar per natt. Ändå var det sällsynt att hon blev sjuk eller ens trött.

Cecilia tog Majas fötter i sina händer och blåste på dem. »Nu får du ta strumpor i alla fall. Vi tänkte göra en utflykt.«

Maja satte sig upp i Anders knä. »Vart då?«

Cecilia pekade ut genom fönstret, åt nordost.

»Till Gåvasten. Fyren.«

Maja lutade sig fram och kisade mot solljuset. Den gamla stenfyren syntes bara som en otydlig reva i himlen där den mötte horisonten. Det var ungefär två kilometer dit och de hade väntat på en dag som den här för att göra utflykten de talat om hela vintern.

Majas axlar föll ner. »Ska vi *gå* dit?«

»Tänkte åka skidor«, sa Anders, och hann knappt avsluta det sista ordet förrän Maja for ur hans knä och sprang ut i hallen. Hon hade fått sina första skidor på sin sexårsdag två veckor tidigare och redan andra gången de provåkt hade det gått riktigt bra. Hon var en naturbegåvning. Två minuter senare kom hon tillbaka iklädd overall, mössa och vantar.

»Kom då!«

De trotsade Majas protester och packade en matsäck att ha att äta ute vid fyren. Kaffe, choklad och mackor. Sedan hämtade de skidutrustningen och gick ner till viken. Ljuset var bländande. Det hade inte blåst på flera dagar och nyfallen snö låg kvar på trädens grenar. Vart man än vände sig var det vitt, vitt, bländande vitt. Det gick inte att föreställa sig att det någonstans kunde finnas värme och grönska. Även från rymden måste jorden se ut som en mästerligt knådad snöboll, vit och rund.

Det tog en stund att få på Maja skidorna eftersom hon var så ivrig att hon inte kunde stå stilla. När bindningarna väl var spända och stavremmarna trädda runt hennes händer, kanade hon omedelbart ut på isen medan hon ropade: »Titta på mig! Titta på mig!«

För en gångs skull behövde de inte oroa sig när hon for iväg på egen hand. Trots att hon hade hunnit ett hundratal meter från bryggan innan Anders och Cecilia hade fått på sig skidorna syntes hon som en lysande röd fläck mitt i allt det vita.

Det var annorlunda i stan. Efter ett antal gånger då Maja hade sprungit iväg på egen hand för att hon fått syn på något eller kommit att tänka på något, hade de skojat om att sätta en gps-sändare på henne. Skojat och skojat. De hade allvarligt övervägt det, men det kändes som en alltför extrem åtgärd.

De gav sig iväg. Långt där ute ramlade Maja omkull men var snabbt på benen igen och kanade vidare. Anders och Cecilia följde i hennes spår. När de hade kommit drygt femtio meter vände sig Anders om.

Smäcket, deras hus, låg längst ut på udden. Rökplymer steg ur bägge skorstenarna. Två snötyngda tallar ramade in det på ömse sidor. Det var ett riktigt skithus, illa byggt och illa skött, men just nu och på det här avståndet såg det ut som ett paradis på jorden.

Anders krånglade fram sin gamla Nikon ur ryggsäcken och zoomade in, tog ett kort. En hjälp för minnet när han svor över otäta väggar och sluttande golv. Att det var ett paradis på jorden. Också. Han stuvade ner kameran och följde efter sin familj.

Efter ett par minuter var han ifatt dem. Han hade tänkt sig att han skulle spåra, göra det lättare för Maja och Cecilia att skida genom det decimetertjocka snötäcket, men Maja vägrade. Det var hon som var vägvisare och färdledare, de skulle följa efter henne.

Isen var inget att oroa sig för, vilket de fick bekräftat när ett muller hördes inifrån fastlandet. En bil kom körande från ångbåtsbryggan i Nåten med nosen riktad mot Domarö. På det här avståndet var den liten som en fluga. Maja stannade och stirrade på den.

»Är det en *riktig* bil?«

»Ja«, sa Anders. »Vad skulle det annars vara?«

Maja svarade inte utan fortsatte titta på bilen som var på väg mot udden på motsatta sidan av ön.

»Vem är det som kör?«

»Sommargäst, förmodligen. Badis.«

Maja flinade och tittade på honom med det där besserwisseraktiga uttrycket hon fick ibland och sa: »Pappa. Badis? *Nu*?«

Anders och Cecilia skrattade. Bilen försvann bakom udden och lämnade efter sig ett tunt moln av snörök.

»Stockholmare, då. Nollåtta. Ska väl ut till sitt sommarhus och ... titta på isen, vad vet jag.«

Maja lät sig nöjas med det svaret och vände sig om för att fortsätta. Hon kom att tänka på något och vände sig om igen.

»Varför är inte vi stockholmare? Vi bor ju i Stockholm.«

Cecilia sa: »Du och jag är stockholmare, men pappa är inte det riktigt eftersom hans pappa inte var det.«

»Min farfar?«

»Ja.«

»Vad var han för nåt då?«

Cecilia gjorde en obestämd rörelse med läpparna och såg på Anders, som sa: »Fiskargubbe.«

Maja nickade och skidade vidare mot fyren som nu hade blivit en utdragen plump mot den ljusa himlen.

Simon stod på glasverandan och följde deras väg med kikaren. Han såg dem stanna och prata, såg dem fortsätta med Maja i täten. Han log för sig själv. Det passade Maja, det där. Att streta och jobba, köra slut på sig. Flickan hade som en dynamo inuti sig, en liten motor som snurrade och snurrade, laddade upp sig själv. Energin måste ta vägen någonstans.

I allt utom blodet var han hennes farfarsfar, liksom han var farfar till Anders. Han hade känt dem båda innan de kunde fokusera blicken på hans ansikte. Han var en utsocknes, innesluten i denna familj som inte var hans egen.

Medan han laddade kaffebryggaren sneglade han av gammal vana upp mot Anna-Gretas hus. Han visste att hon hade åkt till fastlandet för att proviantera och skulle komma först framåt eftermiddagen. Ändå sneglade han, och kom på sig själv med att längta efter henne redan.

Över fyrtio år tillsammans och fortfarande längtan. Det var en god sak. Kanske hade det delvis med särboendet att göra. Han hade blivit sårad till en början när Anna-Greta hade sagt att ja, hon älskade honom, men nej, hon tänkte inte flytta ihop med honom. Han fick hyra sitt hus av henne som förr och passade inte galoscherna så var det mycket sorgligt, men så låg det till.

Han hade fogat sig och hoppats att saker skulle förändras med tiden. Det gjorde de, fast inte på det sätt han tänkt. Istället var det han själv som ändrade åsikt och efter ett tiotal år tyckte han att det hela var utmärkt ordnat. Hyran han betalade var symbolisk. Den hade inte höjts med en krona sedan han börjat hyra 1955. Ettusen kronor per år. För pengarna brukade de åka på en resa med finlandsfärjan, äta och dricka lyxigt. Det var en liten ritual.

De var inte gifta – Anna-Greta ansåg att den gång hon hade varit gift med Erik hade varit en gång för mycket – men i allt praktiskt var Simon hennes man och barnens farfar och farfarsfar.

Han gick ut till glasverandan igen och tog upp kikaren. De stretade på där ute, var nästan framme vid fyren nu. De hade stannat och han kunde inte se vad de gjorde. Han försökte ställa in skärpan bättre för att se vad de höll på med, när ytterdörren öppnades.

»Hallå!«

Simon drog på munnen. Det hade tagit honom några år att vänja sig vid att de åretruntboende stövlade in till varandra utan att knacka. I början hade han själv knackat på hos folk och belönats med en lång väntan. När dörren slutligen öppnats hade det varit med en blick av *Vad står du här och gör dig till för? Kliv på.*

Stövlar togs av, det harsklades i farstun och Elof Lundberg klev in i rummet med sin ständiga keps på huvudet, nickade åt Simon.

»God dag, patron.«

»God dag själv.«

Elof slickade sig om läpparna som var torra av kylan och såg sig runt i rummet. Det han såg tycktes inte ge honom anledning till kommentarer, så han sa: »Jaha. Är det nåt nytt?«

Simon skakade på huvudet. »Nä. Jämna plågor.«

Ibland kunde han tycka att det var roligt, men idag var han inte på humör att stå och utbyta fraser med Elof tills de kom fram till det väsentliga, så han bröt mot konventionens lagar och frågade: »Är det borren, eller?«

Elofs ögon smalnade som om detta kom som något alldeles oväntat som tålde att tänkas på, men efter att ha funderat ett par sekunder, sa han: »Jo. Borren. Tänkte ta och ...« han nickade ut mot isen, »... pröva min lycka lite.«

»Under trappen, som vanligt.«

Den förra isvintern, tre år tidigare, hade Elof kommit för att låna Simons isborr ett par gånger i veckan. Simon hade sagt att det bara var för Elof att hämta den när han behövde den och lägga tillbaka den när han var klar. Elof hade hummat medhåll och fortsatt att komma in och fråga varje gång.

Ärendet tycktes avslutat för denna gång, men Elof kom sig inte för med att gå. Ville kanske värma sig lite innan han gav sig ut. Han nickade mot kikaren i Simons hand.

»Vad står du och glanar efter, då?«

Simon pekade mot fyren. »Familjen är ute på isen, jag ... vakar lite över dom.«

Elof tittade ut genom fönstret men kunde givetvis inte upptäcka något. »Var ser du dom nånstans?«

»Ute vid fyren.«

»Är dom ute vid fyren?«

»Ja.«

Elof fortsatte att stirra ut genom fönstret, hans käkar rörde sig som om han tuggade på någonting osynligt. Simon ville att det här skulle vara över innan Elof kände kaffelukten och bjöd in sig själv. Han ville vara i fred. Elof sög på läpparna och frågade plötsligt: »Har han nån sån där ... mobiltelefon, han Anders?«

»Ja, hurså?«

Elof andades tungt medan han tittade ut genom fönstret och spanade efter det som inte gick att se. Simon förstod inte vart han ville komma, så han frågade igen.

»Varför undrar du om han har mobiltelefon?«

Det blev tyst några sekunder. Simon kunde höra puttrandet när det sista vattnet rann genom kaffebryggaren. Elof vände sig bort från fönstret och tittade i golvet när han sa: »Jag tror att du ska ringa honom och säga att ... han bör bege sig hemåt nu.«

»Varför det?«

Åter blev det tyst och Simon kände kaffelukten ringla ut från köket. Elof tycktes inte bry sig om den. Han suckade och sa: »Isen kan vara osäker där ute.«

Simon fnös till. »Det ligger ju en halvmeter över hela fjärden!«

Elof suckade ännu djupare och studerade mönstret i mattan. Sedan gjorde han något oväntat. Han lyfte huvudet, såg Simon rätt i ögonen och sa: »Gör nu som jag säger. Ring pojken. Och säg till honom att ta med sig sin familj. Och gå hem.«

Simon såg in i Elofs vattnigt blå ögon. Det fanns ett stort allvar i dem. Simon kunde inte förstå vad detta rörde sig om, men det var ett allvar och en tillsägelse av en art han aldrig tidigare hade hört från Elof. Något skedde mellan dem, något han inte kunde sätta fingret på, men som fick honom att gå till telefonen och slå Anders mobilnummer.

»Hej, det är Anders. Säg nåt efter pipet.«

Simon la på luren.

»Han svarar inte. Har den väl avstängd. Vad är det frågan om?«

Elof tittade ut över fjärden igen. Sedan knep han ihop munnen och nickade, som om han bestämde sig för något. »Det ska nog gå bra ändå.« Han vände sig mot hallen och sa: »Då tar jag borren ett par timmar.«

Simon hörde ytterdörren öppnas och stängas. Ett kallt luftdrag virvlade runt hans fötter. Han lyfte kikaren och spejade ut mot fyren. Tre små myror klättrade just upp på fyrklippan.

»Vänta lite!«

Anders gestikulerade åt Maja och Cecilia hur de skulle stå och tog en bild, två bilder, tre bilder med olika inzoomningsgrad. Maja stretade hela tiden för att komma iväg, men Cecilia höll henne intill sig. Det såg magnifikt ut med de två små människorna i snön, fyrtornet som höjde sig bakom dem. Anders gjorde tummen upp och stuvade ner kameran igen.

Maja och Cecilia gick upp mot den klarröda dörren i fyrens vägg. Anders stod kvar med händerna i fickorna och betraktade det drygt tjugo meter höga tornet. Det var murat i sten. Inte tegelsten, utan vanlig gråsten. En byggnad som såg ut att stå pall för vad som helst.

*Vilket arbete det måste ha varit. Forsla hit all denna sten, lyfta den, sätta den på plats ...*

»Pappa! Pappa, kom!«

Maja stod intill fyrdörren och hoppade av upphetsning, viftade med sina vantar i luften.

»Vad är det?« frågade Anders medan han gick fram till dem.

»Det är öppet!«

Mycket riktigt. Innanför dörren stod en insamlingsbössa och ett ställ med broschyrer. På en skylt stod det att Skärgårdsstiftelsen hälsade välkommen till Gåvastens fyr. Ta gärna ett informationsblad och stig upp i fyren, alla bidrag mottages med tacksamhet.

Anders rotade i fickorna och hittade en knölig femtiolapp som han med glädje tryckte ner i den tomma bössan. Det här överträffade hans förväntningar. Han hade aldrig trott att fyren skulle vara öppen, speciellt inte på vintern.

Maja var redan på väg uppför trappan, Anders och Cecilia följde efter. Den nednötta spiraltrappan av sten var så smal att det inte gick att gå två i bredd. Fönstergluggarna var stängda med järnluckor fästade med vingmuttrar.

Cecilia stannade till. Anders hörde att hon andades djupt. Hennes ena hand sträcktes ut bakom hennes rygg. Anders tog den och frågade: »Hur går det?«

»Jodå.«

Cecilia fortsatte uppåt medan hon kramade Anders hand. Hon hade anlag för klaustrofobi och fyrtornet var ur den aspekten rena mardrömmen. De tjocka stenväggarna som reste sig tätt intill varandra slukade alla ljud och det enda ljuset kom från den öppna dörren där nere och en svagare ljuskälla längre upp.

Efter ytterligare kanske fyrtio trappsteg var det helt mörkt bakom dem medan ljuset uppifrån i gengäld ökat i styrka. Någonstans uppifrån hörde Majas röst: »Kom! Kom! Titta!«

Trappan slutade med en öppen lucka i ett trägolv. De stod i ett runt rum där några små fönster med tjocka glas släppte in en del ljus. Mitt i rummet fanns ytterligare en öppen dörr in i ett torn inuti tornet, varifrån ljus strömmade ut.

Cecilia satte sig på golvet och strök sig över ansiktet. När Anders hukade sig ner viftade hon avvärjande med handen. »Det är ingen fara. Måste bara ...«

Maja ropade uppifrån tornet och Cecilia sa att han kunde gå, att hon skulle komma efter strax. Anders smekte henne över håret och gick fram till den öppna dörren som ledde in till ännu en spiraltrappa, den här gången av järn. Ljuset stack i ögonen när han gick tjugotalet steg upp till fyrens hjärta och hjärna, reflektorn.

Anders blev stående och gapade. Det var så vackert.

Från mörkret stiga vi mot ljuset. Efter vandringen längs den mörka trappan var det en chock att komma till toppen. Förutom en vitkalkad bård längst ner var de cirkelrunda väggarna helt av glas och allt var himmel och himmelsljus. Mitt i rummet stod reflektorn, en obelisk av prismor och olikfärgade, geometriskt exakta stycken av glas. En helgedom vigd åt ljuset.

Maja stod med näsan och händerna tryckta mot glasväggen. När hon hörde Anders komma pekade hon ut mot isen, mot nordost.

»Pappa, vad är det för nåt?«

Anders kisade mot de starka ljuset och såg ut över isen. Han kunde inte se något utom det vita täcket, och långt borta vid horisonten en aning av Ledinge skärgård.

»Vad menar du?«

Maja pekade. »Där. På isen.«

En vindpust fick lös snö att virvla upp och röra sig som ett andeväsen över den rena ytan. Anders skakade på huvudet och vände sig in mot rummet.

»Har du sett den här?«

De undersökte reflektorn och Anders tog ett antal bilder på Maja genom reflektorn, bakom reflektorn, framför reflektorn. Den lilla flickan och kalejdoskopet av ljus som bröts åt alla håll. När de var klara kom Cecilia uppför trappan och häpnade även hon.

De åt sin matsäck i ljusrummet medan de tittade ut över skärgården, försökte hitta sina kända landmärken. Maja intresserade sig för klottret på den vita väggen, men eftersom en del av det som stod krävde förklaringar som inte lämpade sig för en sexårings öron tog Anders upp informationsbladet och började läsa högt.

De lägre delarna av fyrtornet hade byggts redan på 1500-talet, som en plattform att tända eldar på som kunde visa fartygen vägen in i farleden mot Stockholm. Senare byggdes tornet på och man monterade en primitiv reflektor som belystes med oljeeld, sedan fotogeneld.

Redan där hade Maja fått nog och var på väg nedför trappan. Anders tog tag i hennes overall.

»Hoppla. Vart ska du?«

»Kolla det där som jag sa.«

»Du får inte gå långt.«

»Ska inte det.«

Anders släppte och Maja fortsatte nedför trappan. Cecilia såg efter henne.

»Borde vi inte ...?«

»Jodå. Men vart skulle hon kunna gå?«

De ägnade två minuter åt att läsa färdigt bladet, fick veta att Aga-aggregat så småningom hade monterats, att fyren tagits ur bruk 1973 och då tagits över av Skärgårdsstiftelsen som satte i en symbolisk hundrawattslampa som numera drevs med solceller.

De for med blicken över klottret och konstaterade att åtminstone ett samlag måste ha ägt rum på detta golv, såvida det inte bara var fantasier eller önsketänkande från klottrarens sida. Sedan packade de ihop och började nedstigningen. Cecilia behövde gå långsamt för hjärtklappningens skull, trycket över bröstet, och Anders väntade in henne.

När de kom ut genom dörren syntes Maja inte till. Det hade börjat blåsa upp och snön drog i tunna slöjor genom luften, glittrade i solljuset. Anders blundade och andades in, djupt. Det hade varit en strålande utflykt, men nu var det dags att åka hem.

»Maaaja«, ropade han. Inget svar. De gick ett varv runt fyren och tittade efter henne. Fyrklippan var bara ett litet skär, kanske hundra meter i omkrets. Maja syntes inte till någonstans och Anders for med blicken över isen. Ingen liten röd gestalt syntes till.

*»Maaaja!«*

Den här gången ropade han lite högre och hjärtat började slå lite fortare. Larvigt, naturligtvis. Det fanns ingen möjlighet för henne att komma bort här. Han kände Cecilias hand på sin axel. Hon pekade ner mot snön.

»Det är inga spår här.«

Även hos henne hördes en gnutta oro i rösten. Anders nickade. Självklart. Det var ju bara att följa Majas spår.

De gick tillbaka till där de börjat, vid fyrdörren. Anders stack in huvudet och ropade uppåt trappan, ifall Maja hade kommit tillbaka utan att de hört det. Inget svar.

Kring dörren var det fullt av spår från allas fötter, men inga spår gick vare sig åt höger eller vänster. Anders gick några steg nedför klippan. Han kunde se deras egna spår som ledde från isen upp mot fyren, och även spår av Majas fötter som gick åt andra hållet.

Han spejade ut över isen. Ingen Maja. Han blinkade, gned sig i ögonen. Hon kunde inte ha gått så långt att han inte kunde se henne. Domarös konturer gled ihop med fastlandets, ett tjockare kolstreck ovanpå ett tunnare. Han vände sig åt andra hållet och hann på vägen möta Cecilias blick som nu var koncentrerad, spänd.

Inte heller åt det andra hållet syntes deras dotter till.

Cecilia passerade honom, på väg ut på isen. Hon gick med huvudet sänkt, följde spåren med blicken.

»Jag kollar i fyren«, ropade Anders. »Hon måste ha gömt sig eller nåt.«

Han sprang fram till fyrdörren och fortsatte uppför trappan medan han ropade på Maja, utan att få något svar. Nu bultade hjärtat hårt och han försökte lugna ner sig, bli klar och kylig.

*Det finns helt enkelt ingen möjlighet.*

Det finns alltid möjligheter.

*Nej, det gör det inte. Inte här. Det finns ingenstans där hon kan vara.*

Nej. Just det.

*Sluta. Sluta.*

Kurragömma var Majas älsklingslek. Hon var bra på att hitta gömställen. Om hon i andra fall var hetsig och ivrig, så kunde hon under kurragömma eller dunkgömme sitta stilla och tyst hur länge som helst.

Han gick med armarna utbredda uppför trappan, hukande som en apa för att stryka med fingrarna längs kanterna där trappan mötte väggen. Ifall hon hade ramlat. Ifall hon låg i mörkret där han inte kunde se henne.

*Ifall hon ramlat och slagit i huvudet, ifall hon ...*

Men han kände ingenting, såg ingenting.

Han sökte igenom rummet där trappan slutade, hittade två skåp som var för smala för att Maja skulle kunna gömma sig där. Öppnade dem ändå. Inuti fanns rostiga metalldelar han inte kunde identifiera, flaskor med handskrivna etiketter. Ingen Maja.

Han gick fram till dörren som ledde till det övre tornet, blundade ett par sekunder innan han gick in.

*Nu är hon där uppe. Nu är hon där. Sen åker vi hem och lägger det här till alla tidigare tillfällen då hon har varit borta en stund och kommit tillbaka.*

Intill trappan fanns ett system av lod och kedjor, ett maskinskåp låst med ett hänglås. Han drog i det och konstaterade att det var låst, att Maja inte kunde vara där. Han gick sakta uppför trappan, ropade hennes namn. Inget svar. Nu susade det i öronen och benen kändes svaga.

Han kom upp i rummet med reflektorn. Ingen Maja.

För bara en halvtimme sedan hade han fotograferat henne här. Nu fanns det inte minsta spår av henne. Ingenting. Han skrek: »Maaaajaaaa! Kom fram! Det är inte roligt längre!«

Ljudet sögs upp av det trånga rummet och fick glaset att vibrera.

Han gick runt hela rummet, tittade ut över isen. Långt där nere såg han Cecilia följa spåret som fört dem hit. Men ingenstans den röda overallen. Han kippade efter luft. Tungan klibbade fast mot gommen. Det här var omöjligt. Det här kunde inte hända. Desperat for han med blicken över isen åt alla väderstreck.

*Var är hon? Var är hon?*

Svagt, svagt kunde han höra Cecilias röst ropa samma sak som han själv gjort så många gånger nu. Inte heller hon fick något svar.

*Tänk, idiot. Tänk.*

Han såg ut över isen. Det fanns ingenting som hindrade blicken, ingenting som kunde skymma henne. Om det hade funnits vakar i isen skulle de ha synts. Hur bra man än är på att gömma sig måste man ändå ha en *plats* att gömma sig på.

Han stannade upp. Ögonen smalnade. Han hörde Majas röst i huvudet.

*Pappa, vad är det för nåt?*

Han gick till stället där hon hade stått när hon frågat, tittade i den riktning hon hade pekat. Ingenting. Bara is och snö.

*Vad var det hon såg?*

Han ansträngde blicken för att se något, kom sedan på att han fortfarande hade ryggsäcken på sig. Han halade fram kameran och tittade genom sökaren, zoomade in och förde objektivet över området hon hade pekat mot. Ingenting. Inte en skiftning mot en annan färg eller nyans i det vita, ingenting.

Händerna darrade när han kastade ner kameran i ryggsäcken igen. På isen syntes bara vitt, vitt, men himlen hade blivit en nyans mörkare. Det gick mot eftermiddag, det skulle vara mörkt om ett par timmar.

Han slog händerna för munnen, stirrade ut mot den stora tomheten, hörde Cecilias avlägsna skrik. Maja hade kommit bort. Hon var borta nu.

*Sluta, sluta.*

Ändå visste någon del av honom att det var så det var.

Klockan var strax efter två när Simons telefon ringde. Den senaste timmen hade han ägnat åt att sitta och peta i gamla trollerigrejer som hans händer, stungna av reumatism, inte längre kunde använda. Han hade övervägt att sälja dem men bestämt sig för att behålla dem som en liten släktklenod.

När telefonen ringde svarade han på andra signalen. Han hann knappt få ur sig ett hälsningsord innan Anders röst avbröt honom.

»Hej, det är Anders. Har du sett Maja?«

»Hon är väl med er?«

En kort paus. En darrande utandning i andra änden. Simon anade att han just hade släckt ett hopp. »Vad är det?«

»Hon är borta. Jag visste att hon inte kunde tagit sig in till land, men jag tänkte att – jag vet inte, Simon, hon är borta. Hon är borta.«

»Är ni vid fyren?«

»Ja. Och hon kan inte ... det går inte ... det finns ingenstans ... men hon är inte här ... Var är hon? Var är hon?«

Två minuter senare hade Simon kastat på sig ytterkläder och sparkat igång flakmoppen. Han körde ut på isen där Elof satt på en fällstol och stirrade ner i hålet som han hade borrat med Simons borr. Han höjde blicken när han hörde moppen komma. Simon bromsade in.

»Hallå. Har du sett Maja, Anders dotter?«

»Nää ... här? Nu?«

»Ja. Senaste timmen.«

»Nä, här har inte varit en människa. Och ingen fisk heller, för den delen. Hur så?«

»Hon har kommit bort. Ute vid fyren.«

Elof vred huvudet mot fyren, höll blicken där några sekunder och krafsade sig i pannan.

»Kan dom inte hitta henne?«

Simon bet ihop så det stramade i käkmusklerna. Denna förbannade omständlighet. Elof nickade och vevade in sin lina.

»Jag får väl ... samla ihop några, då. Så kommer vi.«

Simon tackade för det och la i växeln, körde ut mot fyren. När han efter ett femtiotal meter vände sig om, stod Elof fortfarande och pysslade med sina fiskedon för att packa ihop dem ordentligt innan han satte igång. Simon gnisslade tänder och körde så att det yrde om hjulen medan skymningen föll.

Fem minuter senare var Simon ute vid fyren och hjälpte till att leta, trots att det inte fanns någonstans att leta. Han koncentrerade sig på att åka omkring på isen för att kontrollera om det kunde vara så som Elof sagt, att det fanns svaga punkter. Han hittade inga.

Efter ytterligare en kvart syntes ett antal prickar närma sig ifrån Domarö. Fyra flakmoppar. Elof och hans bror Johan kom på varsin. Mats, som var ägare till handelsboden, hade sin hustru Ingrid på flaket. Till sist Margareta Bergwall, en av de få kvinnor i byn som hade egen moppe.

De körde runt fyren i allt vidare spiraler, genomsökte varje kvadratmeter av isen. Anders och Cecilia vandrade planlöst omkring på fyrklippan utan att säga någonting. Efter en timme var det så mörkt att månljuset var starkare än det lilla solljus som fanns kvar på himlen.

Simon gick upp till Anders och Cecilia som satt vid fyrdörren med huvudena i händerna. Långt ute på isen syntes de svaga ljusen av de fyra flakmopparna som fortsatte att kretsa runt, runt likt satelliter kring en öde planet. En polishelikopter med strålkastare hade anlänt för att vidga cirklarna.

Det knakade i lederna när Simon satte sig på huk framför dem. Deras ögon var tomma. Simon strök över Cecilias knä.

»Hur var det med spåret, sa du?«

Cecilia gjorde en kraftlös gest i riktning mot Domarö. Hennes röst var så svag att Simon fick luta sig fram för att höra.

»Det fanns inget.«

»Du menar att det inte vek av åt nåt håll?«

»Det tog slut. Som om hon hade ... lyfts upp i himlen.«

Anders gnydde till. »Det här kan inte hända. Hur kan det hända?«

Han såg in i Simon, rakt igenom Simon, som om han sökte svaret i en kunskap som fanns bakom näthinnan.

Simon reste sig och gick ner på isen igen, satte sig på flaket till sin moppe och såg sig omkring.

*Om det bara fanns någonstans att börja.*

En skiftning, en skugga, vad som helst som kunde agera som en flik där man kunde börja riva. Han körde ner handen i jackfickan och slöt den kring tändsticksasken som låg där. Sedan la han den andra handens fingertoppar mot isen och bad den att smälta.

Först smälte snön, sedan visade sig en allt djupare försänkning som fylldes med vatten. Efter kanske tjugo sekunder fanns ett knytnävsstort, svart hål i isen. Han släppte asken och körde med viss svårighet ner armen i det kalla vattnet. Han fick ner den till en bit ovanför armbågen innan hans fingrar kunde vika sig runt den undre iskanten.

Isen var tjock. Det fanns inte en möjlighet att Maja hade fallit igenom någonstans.

*Så vad är det som har hänt?*

Det fanns ingen flik. Ingenstans där tanken kunde peta, vidga sprickan, komma till klarhet. Det var bara omöjligt. Han gick upp och satte sig hos Anders och Cecilia, höll om och sa några ord då och då, tills mörkret slutligen föll helt och mopedernas spiraler började röra sig inåt mot fyren igen.

Maja hade försvunnit.

## Om Domarö och tiden

*Under denna berättelses gång blir det då och då nödvändigt att hoppa tillbaka i tiden i syfte att förklara någonting i nutiden. Det är beklagligt men oundvikligt.*

*Domarö är ingen stor ö. Allt som har hänt lever kvar och påverkar det nuvarande. Platser och föremål är laddade med betydelser som inte glöms bort i första taget. Vi kommer inte undan.*

*I det större perspektivet är detta en mycket liten berättelse. Den ryms till stora delar i en tändsticksask.*

## Vad katten släpade in (maj 1996)

Det var sista veckan i maj och abborren gick till. Simon hade ett enkelt sätt att fiska. Efter flera år av experimenterande med olika läggplatser hade han kommit fram till att kringåkandet var onödigt. Det gick lika bra att fästa ena änden av nätet med en tamp i bryggan och dra ut nätets andra ände med båten. Enkelt att lägga och ännu enklare att vittja. Han halade in näten från bryggan och kunde oftast trassla loss skräpfisken på plats och slänga tillbaka den i havet.

Morgonens sju abborrar låg i kylskåpet rensade och klara, befriade mörtar hade fått simma sin väg. Simon stod vid gistgården och pillade bort sjögräs och tångbitar ur nätet medan måsarna avslutade sin måltid på renset. Det var en klar och varm morgon, solen gassade i nacken och han svettades i blåstället.

Katten Dante hade följt efter honom hela morgonen, tycktes aldrig lära sig att strömmingar i nätet var en stor ovanlighet. Det fåtal gånger han fått sig någon enstaka strömming räckte dock för att hoppets stjärna skulle vara tänd i hans huvud, och han följde alltid med Simon ner till bryggan.

När Dante insett att ingen strömming lyckats trassla in sig denna morgon heller, hade han satt sig på bryggan för att glo på måsarna som slogs om fiskrenset. Aldrig att han skulle våga attackera en mås, men han hade väl sina fantasier, han som alla levande varelser.

Simon hakade av nätet och rullade ihop det för att det inte skulle bli skört i solen. När han gick mot sjöboden för att hänga in det, såg han att katten höll på med något ute på bryggan.

Slogs med något, snarare. Dante hoppade fram och tillbaka, upp i luften, slog med tassarna mot något som Simon inte kunde se. Det såg ut som om katten dansade, men Simon hade sett honom leka med möss på det där viset. Det här var dock annorlunda. Leken med möss och grodor var en lek, katten låtsades att bytet var mer svåråtkomligt än det egentligen var. Här tycktes det som om katten var genuint ... ängslig?

Pälsen på ryggen var uppburrad och kattens skutt och försiktiga utfall kunde inte tolkas annorlunda än att den hade att göra med något som var värt respekt. Vad var svårt att förstå, eftersom det inte ens syntes på tjugo meters håll, och Simon hade god syn.

Han tvinnade ihop nätet för att undvika trassel, la det på berghällen och gick för att se vad katten höll på med.

När han kom ut på bryggan kunde han fortfarande inte se vad det var som gjorde katten så upphetsad. Eller, jo, det låg någon repbit där som katten cirklade omkring. Det var inte likt Dante, han var elva år gammal och nedlät sig inte till att jönsa med papperstussar eller bollar. Men den här repbiten var tydligen rolig.

Dante gjorde ett snabbt utfall och fick båda tassarna på repbiten, men slungades tillbaka med en knyck, som om repet hade varit elektriskt. Dante svajade till och föll åt sidan, la sig platt på bryggan.

När Simon kom fram låg katten stilla intill den yttersta pollaren. Det som den hade lekt med var inget rep, eftersom det rörde på sig. Det var något slags insekt, en maskliknande insekt. Simon ignorerade den och hukade sig ner intill katten.

»Dantegubben, vad är det?«

Kattens ögon var uppspärrade och kroppen riste till ett par gånger som av snyftningar. Något rann ur dess mun. Simon lyfte upp kattens huvud och såg att det var vatten. En ström av vatten rann ur kattens mun. Dante hostade till en gång och vatten sprutade ut. Sedan låg han stilla. Ögonen stirrade tomma.

En rörelse i ögonvrån. Insekten krälade på bryggan. Simon lutade sig ner över den, studerade den närmare. Den var helt svart, tjock som en blyertspenna och lång som ett lillfinger. Dess skinn glänste i solen. Dantes klor hade gjort en rispa på ett ställe, och där skymtade rosaaktigt kött.

Simon flämtade till och såg sig omkring. En kvarglömd kaffekopp stod på bryggan. Simon ryckte till sig koppen och ställde den upp och ner över insekten. Han blinkade ett par gånger och drog händerna över ansiktet.

*Det är inte möjligt. Det kan inte vara ...*

Den här insekten fanns inte i någon insektsbok och han, Simon, var förmodligen den enda människan på mils omkrets som visste vad den var för något. Han hade sett en förut, i Kalifornien fyrtio år tidigare. Men den hade varit död, torkad. Om det inte hade varit för det som hänt med katten skulle han inte ens ha kommit att tänka på den.

*Dante.*

Den ursprunglige Dante, den som alla Simons katter fick namn efter. Trollkarlen, den störste av dem alla. Efter årtionden av turnerande och filminspelningar hade han slagit sig till ro på en ranch i Kalifornien och där hade Simon fått audiens när han var tjugofyra år gammal och ett löfte.

Dante hade visat honom runt i sitt museum. Handgjord rekvisita från olika epoker: de kinesiska fontänerna som var hans paradnummer under några år, Substitution Trunk i ett flertal utföranden, vattenfyllda kistor och skåp ur vilka Dante hade brutit sig ut i cirkusmaneger världen över.

När rundturen var avslutad hade Simon pekat på en liten glasmonter som stod i ett hörn. En piedestal stod mitt i montern och på den låg något som såg ut som en bit lädersnöre. Han hade frågat vad det var.

Dante hade höjt dramatiskt på ena ögonbrynet, en väl inövad gest, och på sin barndoms danska frågat Simon huruvida han trodde på magi.

»Ni menar ... riktig magi?«

Dante nickade.

»Jag får väl säga att jag är ... agnostiker, då. Jag har inte sett några bevis, men jag utesluter inte möjligheten. Om det låter vettigt?«

Dante tycktes nöjd med svaret och lyfte bort glaset. Simon förstod att han förväntades titta noggrannare och gjorde så. Han kunde då se att lädersnöret var en förtorkad insekt som liknade en tusenfoting, bortsett från att den bara hade ett fåtal ben.

»Vad är det för nåt?«

Dante såg så länge på Simon att det kändes olustigt. Sedan nickade trollkarlen som om han fattat ett tyst beslut, ställde tillbaka glaset och tog fram en bok med läderpärmar som han bläddrade igenom. Färgglada bilder flimrade framför Simons ögon innan Dante stannade vid en sida och höll fram boken.

Bilden som täckte hela sidan var handmålad. Den föreställde en maskliknande insekt som skickligt hade avbildats så att ljuset skimrade över dess blanka, svarta hud. Simon skakade på huvudet och Dante suckade, slog igen boken.

»Det är en Spiritus, eller spertus som ni säger i Sverige«, sa han.

Simon tittade på montern, på trollkarlen, på montern igen. Sedan sa han: »En riktig?«

»Ja.«

Simon lutade sig närmare glaset. Den förtorkade varelsen där inne såg verkligen inte ut att besitta några speciella krafter. Simon såg länge på den.

»Hur kan den vara död? För den är väl död?«

»Jag vet inte, är svaret på båda frågorna. Jag fick den i det där skicket.«

»Hur då?«

»Det vill jag inte gå in på.«

Dante gjorde en gest för att visa Simon att audiensen i museet var över. Innan Simon slet sig från montern frågade han: »Vilket element?«

Trollkarlen log ett snett leende. »Vatten. Naturligtvis.«

Det dracks kaffe, det utbyttes artighetsfraser och sedan lämnade Simon gården. Två år senare var Dante död och Simon läste i tidningen att hans tillhörigheter skulle auktioneras ut. Simon övervägde att åka över och bjuda på tingesten i montern, men dels var han mitt uppe i en folkparksturné, dels skulle det bli för kostsamt med resa och allt. Han lät det vara.

Under de följande åren tänkte han på det där mötet ibland. Kollegor som fick höra att han träffat Dante ville veta allt. Simon berättade men utelämnade det han mindes bäst, Dantes Spiritus.

Naturligtvis kunde det ha varit ett skämt. Trollkarlen hade varit berömd inte bara för sitt trolleri, utan även för det smarta sätt på vilket han marknadsfört sig själv med uppseendeväckande offentliga tillställningar. Hur han skapat en aura av mystik kring sin person. Hans utseende, pipskägget och de mörka ögonen, var själva sinnebilden för en magiker under flera årtionden. Det kunde vara en lögn, alltihop.

Något som talade emot det var att Dante aldrig hade gått ut offentligt med att han var ägare till en Spiritus, att Simon aldrig hört någon nämna det. Dante underblåste gärna spekulationerna om att han ingått en pakt med djävulen, att han var lierad med mörkrets makter. Det var bra PR och rent nonsens, givetvis.

Men utifrån trollkarlens sista replik i museet hade Simon spekulerat fram en annan version, en som gjorde Dante till lögnare på annat sätt. Att Dante i själva verket hade ljugit om att han hade fått sin Spiritus när den redan var död.

*Vatten. Naturligtvis.*

Det var sin vattenmagi Dante var mest hyllad för. Hans utbrytningar ur vattenfyllda kärl och behållare stod inte Houdini efter. Det sades att han kunde hålla andan i fem minuter, minst. Hans förflyttningar av vatten från ett ställe till ett annat, hans trick som gick ut på att mängder av vatten uppenbarade sig där det nyss hade varit tomt.

*Vatten. Naturligtvis.*

Om Dante hade varit ägare till en Spiritus av elementet vatten var allt lätt att förklara: det hade varit äkta magi, och Dante hade bara begränsat den i syfte att inte låta människor ana att det verkligen var det saken rörde sig om. Eller var Spiritus krafter begränsade?

Simon läste på.

Hans agnostiska läggning fick alltmer vika för en tro på det fantastiska, åtminstone vad gällde Spiritus. Det tycktes som om några människor under historiens gång faktiskt hade varit ägare till den äkta varan. Det rörde sig alltid om en svart insekt av det slag han hade sett i Dantes museum, antingen det var jord, eld, luft eller vatten.

Han försökte ta reda på vad som hade hänt med den Spiritus han sett, men kom ingen vart och ångrade bittert att han inte hade gjort slag i saken och åkt över när möjligheten ännu fanns. Han skulle aldrig få se en Spiritus igen.

Trodde han.

Blicken for mellan den döda katten och kaffekoppen. Det var en ödets ironi att det var *Dante* som skulle hitta en Spiritus åt honom och dö på kuppen.

Några timmar senare hade Simon snickrat en låda, lagt Dante i den och grävt ner den vid hasselsnåret där katten brukat sitta och spana på småfåglar. Först då började upphetsningen över hans Spiritus ge vika för en smula sorg. Han var inte sentimental, hade haft fyra olika katter med samma namn, men ändå var det en epok, en tidsperiod som gick i graven med denna den fjärde Dante. Ett litet vittne som hade smugit kring hans ben under elva år.

»Hejdå, vännen. Tack för den här tiden. Du var en fin katt. Hoppas du får det bra där du hamnar. Att det finns strömming som du kan fiska själv med tassarna. Att det finns nån som ... tycker om dig.«

Det blev tjockt i halsen och Simon strök en tår ur ögat. Han nickade och sa »Amen«, gick sedan in i huset.

På köksbordet låg en tändsticksask.

Utan att röra vid insekten hade Simon lyckats få in den i asken och stängt till. Han närmade sig asken försiktigt, la örat intill den. Inget hördes.

Han hade läst på. Han visste vad som förväntades av honom. Frågan var huruvida han ville göra det. Det var inte lätt att reda ut vad i böckerna som var spekulationer och vad som var sanning, men en sak trodde han sig veta: att binda sig vid en Spiritus innebar en förpliktelse. Ett löfte till den makt som hade släppt den ifrån sig.

*Är det värt det?*

Nej, egentligen inte.

Som ung skulle han ha blivit vild och galen inför blotta möjligheten, men nu var han sjuttiotre år och hade lagt den magiska rekvisitan på hyllan två år tidigare. Han trollade bara till husbehov när bekanta bad om det. Partytricks. Cigaretten i kavajen, saltkaret genom bordet. Inga märkvärdigheter. Han hade alltså inget behov av äkta magi.

Han kunde resonera fram och tillbaka hur mycket han ville, ändå visste han att han skulle göra det. Han hade tillbringat ett liv i salongsmagins tjänst. Skulle han backa nu när tinget-i-sig fanns vid hans fingertoppar?

*Idiot. Idiot. Du gör det, eller hur?*

Varsamt sköt han upp asken och tittade på insekten. Det fanns ingenting hos den som antydde att den var en länk mellan människornas värld och den vansinniga, vackra magin. Den var snarast äcklig. Som ett inre organ som skurits loss från sin plats och svartnat.

Simon harklade sig, samlade saliv.

Sedan gjorde han det.

Spottloskan trängde ut mellan hans läppar. Han sänkte huvudet mot asken och såg det sega slemmet söka sig ner mot insekten. En tunn tråd hängde fortfarande kvar vid läpparna när saliven nådde sitt mål och spreds över den glänsande huden.

Som om den tunna tråden av saliv som förband dem hade varit en nål, nådde en smak Simon via läpparna. Den sprutades omedelbart in i kroppen och det var en smak som inte hade någon like. Närmast låg smaken av en nöt som legat och blivit dålig i sitt skal. Ruttet trä, men bittert och sött på samma gång. En vidrig smak.

Simon svalde torrt och smackade med tungan mot gommen. Den tunna strängen brast, men smaken fortsatte att växa i hans kropp. Insekten spratt till och såret i dess hud började läka. Simon reste sig och hela kroppen var ett äckel.

*Det här var ett misstag.*

Han fick fram en folköl ur kylen, öppnade den och tog ett par klunkar som han sköljde runt i munnen. Något bättre, men äcklet i kroppen satt kvar och några kväljningar for igenom halsen.

Insekten hade kryat på sig och kröp nu ur asken, ut på köksbordet, i riktning mot Simon. Han backade mot diskbänken och stirrade på den svarta klumpen som kravlade fram till bordskanten, där den lät sig falla till golvet med ett mjukt, fuktigt ljud.

Simon drog sig åt sidan, mot spisen. Insekten ändrade riktning, följde efter. Simon kände att han var på väg att kräkas. Han djupandades ett par gånger och gned ögonen med fingertopparna.

*Lugna ner dig. Du visste det här.*

Ändå förmådde han inte stå stilla när insekten nästan var framme vid hans fot. Han flydde ut i hallen och satte sig på sjömanskistan där han förvarade regnkläder, pressade händerna mot tinningarna och försökte se situationen klart. Kroppsäcklet började mattas, smaken var inte längre lika intensiv.

Insekten kröp över tröskeln från köket, i riktning mot honom. Den lämnade ett tunt spår av slem efter sig. Simon visste saker nu som han inte hade vetat för fem minuter sedan. Kunskap hade injicerats in i honom.

Det han kände som en smak i kroppen, kände insekten som en lukt. Den skulle spåra honom, följa efter honom tills den fick vara hos honom. Det var dess enda syfte. Att vara hos honom –

*tills döden skiljer oss åt*

– dela sin kraft med honom. Han visste. Med saliven hade han slutit ett förbund som inte gick att bryta.

*Såvida inte ...*

Ja, det fanns en utväg. Men det var inget som var aktuellt nu, när insekten ännu en gång var på väg fram emot hans fot. Nu var den hans. För alltid, tills vidare.

Han tog några snabba kliv förbi insekten som omedelbart ändrade riktning och så hämtade han tändsticksasken från köksbordet. Han la lådan över den svarta, krälande kroppen och lirkade på höljet. Solstickspojken knallade mot en ljusnande framtid och Simon vägde asken i handen.

Han knep ihop läpparna mot illamåendet när insekten rörde sig inne i asken och han kunde känna dess värme mot handflatan. Ja. Den var varm. Den mådde bra nu, hade fått föda och en ägare.

Han stoppade den i fickan.

# Kring Smäcket

Ty sådana fålar finna livet svårt, som inte
tåla sporre eller piska. Vid varje smärta, som
övergår dem, skena de åstad på vilda vägar
mot gapande avgrunder.
*Selma Lagerlöf – Gösta Berlings saga*

## Ormbunke (oktober 2006)

Det var ormbunken som avgjorde saken.

Anders hade suttit och stirrat på den i tjugo minuter, rökt två cigaretter under tiden. Han såg ormbunken genom en slöja av rök och dammpartiklar som vred sig runt i solkigt solljus. Fönstret hade inte blivit putsat på länge och ojämna fettavtryck fläckade ytan, spår från alla kvällar då Anders hade stått med pannan lutad mot glaset och tittat ner på parkeringsplatsen i väntan på att något skulle hända som kunde förändra. Något, vad som helst, ett mirakel.

Ormbunken stod på fönsterbrädet ovanför elementet. En lång kvist vajade i den uppåtstigande värmen. Bladen var små och bruna, förtorkade.

Anders tände ännu en cigarett för att skärpa tankarna eller som belöning för att han hade fått fatt i en riktig tanke, en klar tanke. Ögonen sved av röken, han hostade och fortsatte att titta på ormbunken.

*Den är död.*

De flesta av kvistarna låg slickade längs krukans sida, ljust bruna mot det röda. Jordlagret som växten stod i var så torrt att det gick mot vitt. Anders drog ett djupt bloss och försökte minnas: hur länge hade ormbunken sett ut så där, hur länge hade den varit död?

Han sökte i minnet efter tidigare dagar och kvällar då han hade suttit i soffan eller vankat runt i lägenheten eller stått vid fönstret. De flöt ihop till en dimma och han kunde inte se någon slokande ormbunke genom töcknet. När han tänkte närmare efter kunde han inte ens minnas när han hade skaffat ormbunken, varför han överhuvudtaget hade fått för sig att köpa en levande växt.

Hade han fått den av någon?

Möjligt.

Han reste sig ur soffan och benen bar honom inte riktigt. Han övervägde att fylla en flaska med vatten och ge till ormbunken, men visste att det var så mycket disk i diskhon att han inte skulle få in flaskan under kranen. I tvättstället gick det inte att vinkla flaskan så att något vatten rann in. Alltså skulle han bli tvungen att skruva av munstycket från duschen ...

*Den är ändå död.*

Dessutom orkade han inte.

I krukan hittade han åtta fimpar. Några var halvt nedtryckta i den hårda jorden. Alltså måste han ha stått här och rökt. Han kunde inte minnas det. När han drog med fingrarna över de torra kvistarna lossnade några blad och singlade till golvet.

*Var kommer du ifrån?*

Tanken kom för honom att växten bara hade ramlat in i sinnevärlden på samma sätt som Maja hade ramlat ur den. Genom en glipa i rumtiden hade den plötsligt varit där, liksom hans dotter plötsligt inte hade varit där. Borta.

Vad var det Simon brukat säga när han trollade för dem?

*Ingenting här, ingenting där* ... sedan pekat på sitt huvud ... *och absolut ingenting där.*

Anders drog på munnen när han mindes Majas ansiktsuttryck första gången Simon hade trollat för henne, bara ett par månader innan hon försvann. En skumgummiboll i hans ena hand gick upp i rök, och den enda bollen som Maja nyss hade hållit i var nu två. Maja hade fortsatt att titta lika förväntansfullt på Simon: *Jaha? Och nu då?*

Magi är inte samma mirakel när man är fem år. Snarare något naturligt.

Anders släckte cigaretten i krukan, gjorde de åtta fimparna till nio och i samma ögonblick kom han ihåg: *Mamma.*

Det var hans mamma som hade haft med sig växten när hon kommit och hälsat på, fyra månader tidigare. Hon hade städat lägenheten åt honom och ställt dit ormbunken. Själv hade han varit inne i en apatisk period och bara legat på sängen och tittat på henne. Sedan hade hon förvunnit till sitt eget liv i Göteborg.

Ormbunken hade inte ingått i de saker som behövdes, och alltså hade han glömt bort den, inte noterat den mer än en fläck på tapeten.

Men nu såg han den. Nu tittade han på den. Nu tänkte han än en gång tanken.

*Det är det fulaste jag sett.*

Ja. Det var det som kommit för honom när han äntligen fått syn på den. Den ensamma, döda ormbunken på det dammiga fönsterbrädet mot en bakgrund av smutsigt solljus genom ett otvättat fönster. Att det var det fulaste han någonsin hade sett.

För ovanlighetens skull stannade inte tanken där utan löpte vidare och svepte över det liv som kunde resultera i ett sådant monster, och det var ett fult liv.

Han kunde tåla det, att hans liv var fult. Han visste det, han hade inrättat det så, han hade vant sig och var beredd på att dö inom några år som en följd av sitt fula liv.

Men ormbunken ...

Ormbunken var för mycket. Den var outhärdlig.

Anders hostade till och släpade sig in i sovrummet. Det kändes som om hans lungor hade krympt till en knytnäves storlek. En hårt knuten knytnäve. Från nattygsbordet plockade han upp fotot av Maja och tog det med sig fram till fönstret.

Fotot var taget på hennes sexårsdag, två veckor innan hon försvann. Uppskjuten i pannan hade hon en mask som hon hade tillverkat på dagis och kallade för Djävulstrollet. Han hade fångat henne precis i det ögonblick då hon sköt upp masken och tittade på honom med förväntansfulla ögon för att se vilken effekt hennes »skrämning«, som hon sa, hade haft.

Skrattgroparna i hennes kinder framträdde tydligt, hennes tunna bruna hår var tillbakastruket av masken så att hennes lätt utstående öron syntes. Ögonen, som annars var ovanligt små, var uppspärrade och tittade rakt in i hans.

Han kunde bilden utantill, varenda minimal partikel som hade fastnat på linsen och blivit kvar som en vit prick, varje fjun på hennes överläpp. Han kunde ta fram den när han ville.

»Maja«, sa han. »Jag kan inte längre. Här. Titta.«

Han vred på fotot så att Majas ögon tittade på ormbunken.

»Det går inte.«

Han ställde ner fotot intill ormbunken och öppnade fönstret. Hans lägenhet låg på fjärde våningen och när han lutade sig ut kunde han se bort mot Haninge Centrum, pendeltågsstationen. Han tittade ner. Det var drygt tio meter till parkeringens asfalt, inga människor inom synhåll.

Han tog upp fotot igen, tryckte det mot hjärtat. Slingor av rök sökte sig ut i solljuset, svävade uppåt.

»Det går inte längre.«

Han grep tag om krukans kant och lyfte ormbunken utanför fönstret. Sedan släppte han. Ett ögonblick senare hördes det avlägsna krasandet när krukan splittrades mot marken. Han vände sitt ansikte mot solen och blundade.

»Det måste bli ett slut.«

## Om ankaret

*Intill stranden på kyrkogården i Nåten ligger ett ankare. Ett jättelikt gjutjärnsankare med stock av tjärat trä. Det är större än någon gravsten, större än allting annat på kyrkogården, själva kyrkan undantagen. Nästan alla som går på kyrkogården kommer förr eller senare till ankaret, stannar till och betraktar det en stund innan de fortsätter.*

*I ansiktshöjd på ankarstocken sitter en plakett. På den står det: »Till minne av dem som försvann på havet.« Ankaret är alltså en minnesvård över dem vars kroppar man inte kunnat lägga i jorden, vars aska man inte kunnat sprida i lundar. De som åkte ut och aldrig kom hem.*

*Ankaret är fyra och en halv meter långt, väger drygt niohundra kilo.*

*Att tänka sig det skeppet! Var finns det nu?*

*Kanske löper en osynlig kätting från ankaret på Nåtens kyrkogård. Den går upp i himlen, ner i jorden eller ut på havet. Och där, i andra änden av kättingen, hittar vi skeppet. Besättningen och passagerarna är de försvunna. De vankar runt på däck och spejar mot den tomma horisonten.*

*De väntar på den som ska hitta dem. Ljudet av en dieselmotor eller en masttopp långt borta. Ett par ögon som ska komma och se dem.*

*De vill fortsätta sin resa och äntligen komma fram, de vill ner i graven, de vill brinna. Men de är fästade vid jorden med en osynlig kedja och kan bara stirra ut över ett öde hav i evig stiltje.*

## Tillbaka

När passbåten backade ut från bryggan höjde Anders handen till hälsning åt Roger på förarplatsen. De var nästan jämngamla, men hade aldrig umgåtts. Hälsade gjorde de dock, som alla på ön hälsade när de möttes. Utom en del av sommargästerna möjligen.

Han satte sig på väskan och följde passbåten med blicken när den backade, vände och satte kurs mot södra udden, på väg tillbaka till Nåten. Han knäppte upp jackan. Det var ett par grader varmare här än inne i stan, havsvattnet höll fortfarande kvar en del av sommarens solvärme.

Att komma till Domarö hade för honom alltid varit förknippat med en viss doft: en blandning av saltvatten, tång, barrträd och diesel från cisternen vid ångbåtsbryggan. Han drog ett djupt andetag genom näsan. Kände nästan ingenting. Två år av intensivt rökande hade sabbat slemhinnorna. Han halade fram ett paket Marlboro ur fickan, tände en cigarett och betraktade passbåten som rundade Norrudden, farligt nära för ett otränat öga.

Han hade inte varit här sedan Maja försvann och han visste fortfarande inte om det var ett misstag att komma tillbaka. Än så länge kände han bara hemkomstens stilla, melankoliska glädje. En plats där man vet var varje sten ligger.

Havtornsbuskaget intill bryggan såg likadant ut som alltid, varken större eller mindre. Som allt annat på ön var det evigt, hade alltid funnits där. Han hade haft det som gömställe när de lekte kurragömma, senare som förvaringsplats för sprit ifrån ålandsbåten som han inte ville att hans pappa skulle se.

Anders tog sin väska och gick ner på södra byvägen. Bebyggelsen i området närmast hamnen bestod främst av gamla lotsvillor som i de flesta fall blivit renoverade eller ombyggda. Lotsverksamheten hade varit grunden till Domarös relativa välstånd under artonhundratalet och början av nittonhundratalet.

Anders ville inte träffa folk, så han tog genvägen längs klipporna upp mot vandrarhemmet som var stängt för säsongen. Vägen smalnade av och delade sig i två. Han ställde ner väskan och tvekade. Den vänstra gick till farmors hus och till Simons hus, den högra till Smäcket. Efter att ha funderat en stund fortsatte han in på den vänstra.

Simon var den enda människa som han hade haft kontinuerlig kontakt med under de senaste åren, den ende han hade känt att det gick att ringa även när inget fanns att säga. Anders farmor ringde ibland, hans mamma mer sällan, men Simon var den ende som han själv slog numret till när han behövde höra en annan människas röst.

Simon stod och höstgrävde sina land och tycktes inte ha åldrats nämnvärt sedan Anders senast sett honom vintern då Maja försvann. Han var väl i den åldern då det inte spelar någon roll längre. Dessutom hade Anders alltid sett honom som lika gammal, det vill säga jättegammal. Bara om han såg på fotografier från sin barndom där Simon var säg sextio, kunde han se att de dryga tjugo åren där emellan hade gjort någon skillnad.

Simon slöt honom i sin famn och strök honom över ryggen.

»Välkommen hem, du.«

Det halvlånga, vita håret som var Simons stolthet kittlade över Anders panna när han lutade kinden mot Simons axel och blundade. De korta ögonblicken när man inte behöver vara en vuxen, ansvarstagande människa. Man får ta dem till vara.

De gick in i huset och Simon satte på kaffe. Inte mycket hade förändrats i köket sedan Anders suttit där på somrarna när han var liten. En varmvattenberedare över diskbänken hade tillkommit, en mikrovågsugn. Men elden i gjutjärnsspisen knastrade likadant och strålade värme över samma tapeter och samma möbler. Anders sjönk ihop en smula, slappnade av. Han hade en historia och ett hem som inte försvann för att allt annat hade gått åt helvete. Han hade möjligen tillåtelse att existera, eftersom han hade minnen.

Simon ställde en plastburk med finska pinnar på bordet och hällde upp i kopparna. Anders lyfte sin kopp.

»Jag kommer ihåg när du ... vad var det du gjorde? Du hade tre såna här och så var det nån papperstuss som flyttades fram och tillbaka. Sen på slutet ... var det en kola under varje kopp. Som jag fick. Hur gjorde du det?«

Simon skakade på huvudet och strök tillbaka sitt hår. »Träning, träning och åter träning.«

Inget hade förändrats på den punkten heller. Simon hade aldrig avslöjat några hemligheter. Han hade däremot rekommenderat en bok som hette *Trolleri som hobby*. Anders hade läst den när han var tio och egentligen inte förstått någonting. Visst, där beskrevs hur man kunde göra olika trick och Anders prövade ett par av dem. Men det var ju inte samma sak som det Simon gjorde. Det var ju *trolleri*.

Simon suckade. »Det skulle jag inte kunna göra idag.« Han visade upp sina fingrar som var stela och krökta där de höll om kaffeskeden. »Nu är det de enkla grejerna som återstår.«

Simon pressade ihop sina händer och gnuggade dem mot varandra, öppnade dem. Kaffeskeden var borta.

Anders log och Simon, som hade uppträtt på de stora scenerna, uppträtt för kungar och drottningar, lutade sig tillbaka i stolen och såg odrägligt nöjd ut. Anders tittade på på Simons händer, på bordet, på golvet.

»Var är den då?«

När han tittade upp satt Simon redan och rörde i sitt kaffe med skeden. Anders fnös till. »Misdirection, va?«

»Ja. Misdirection.«

Detta var det enda viktiga han hade lärt sig av boken han läst. Att mycket trolleri handlade om misdirection. Att peka åt fel håll. Få åskådaren att titta där det inte händer, få honom att titta tillbaka när det redan har hänt. Som med kaffeskeden. Men det var en teoretisk kunskap. Anders blev inte klokare för det. Han tog en slurk av sitt kaffe och lyssnade på knastret från spisen. Simon vilade armarna på bordet. »Hur har du det?«

»Egentligen?«

»Ja.«

Anders tittade ner i sitt kaffe. Dagern från fönstret reflekterades som en gungande rektangel. Han såg på den och väntade på att den skulle stanna. När rektangeln låg helt stilla sa han: »Jag har bestämt mig för att leva. Ändå. Jag trodde att jag ville försvinna, jag också. Men ... det visade sig att det inte var så. Så nu tänker jag försöka ... jag är på noll. Jag kom ner till botten och ... det är ju då det går att stampa av. Uppåt.«

Simon hummade och väntade. När inget mer kom, frågade han: »Dricker du lika mycket fortfarande?«

»Hur så?«

»Nej, jag tänkte ... det kan vara svårt att bli av med.«

Det ryckte till i Anders ena kindmuskel. Det här var inget han gärna diskuterade. Han och Cecilia hade druckit måttligt medan Maja fanns. En vinlåda per vecka, ungefär. Efter Majas försvinnande hade Cecilia slutat helt, sagt att tankarna blev dåliga av bara ett glas vin. Anders hade druckit för båda och sedan ännu mer. Tysta kvällar med teve. Glas efter glas med vin och sedan sprit. För att slippa tänka alls.

Han visste inte hur stor roll hans drickande hade spelat för att hon efter ett halvår hade sagt att hon inte orkade längre, att deras tillvaro var som ett blylod vid hennes fötter som drog henne djupare och djupare ner i mörkret.

Efter det hade spriten blivit det centrala i hans tillvaro. Han hade satt upp en gräns för sig själv: att inte börja dricka före klockan åtta på kvällen. Efter en vecka hade han flyttat gränsen till sju. Och så vidare. Till slut drack han när andan föll på, det vill säga nästan konstant.

Under de tre veckor som gått sedan händelsen med ormbunken

hade han med en stor viljeansträngning åter satt gränsen till klockan åtta, och lyckats hålla den. Hans ansikte och ögon hade återfått en del av sin normala färg efter att under ett drygt år ha varit röda av brustna blodkärl.

Anders strök sig över ansiktet och sa: »Jag har det under kontroll.«

»Har du det?«

»Ja, vad fan vill du att jag ska säga?«

Simon rörde inte en muskel som svar på hans utfall. Anders blinkade ett par gånger, skämdes och sa: »Jag jobbar med det. Jag gör verkligen det.«

Det blev tyst igen. Anders hade inget att tillägga. Problemet var hans, och hans allena. En del av tanken med att återvända till Domarö hade varit att komma bort ifrån de dåliga rutiner han kommit in i. Han kunde bara hoppas att det skulle fungera. Inget mer fanns att säga.

Simon frågade om han hade hört något från Cecilia, och Anders ryckte på axlarna.

»Har inte hört av henne på ett halvår. Konstigt, va? Man delar allt och så ... puff. Borta. Men det är väl så.«

Han kände bitterheten komma smygande. Det var inte bra. Satt han här en stund till skulle han förmodligen börja gråta. Inte bra. Det handlade inte om att stänga inne sina känslor, han hade gråtit hinkvis.

*Hinkvis?*

Ja. Kanske hade han gråtit en hink. En hel jävla tiolitershink med tårar. Uppsugna av papper, ärmar, droppat i soffan, i lakanen, förångade från ansiktet under natten. Salt i munnen, snor i näsan. En hink. En blå plasthink fylld med tårar. Han hade gråtit.

Men nu skulle han inte gråta. Han tänkte inte börja sitt nya liv med att beklaga allt som hade försvunnit.

Anders drack det sista av kaffet och reste sig.

»Tack, du. Jag ska ner och ... se om huset står kvar.«

»Det gör det«, sa Simon. »Underligt nog. Du tittar upp till Anna-Greta nåt, va?«

»I morgon. Absolut.«

När Anders åter stod vid den punkt där vägen delade sig, tänkte han: *Ett nytt liv? Det finns inte.*

Det var bara på veckotidningarnas löpsedlar som människor fick ett nytt liv. Slutade med spriten eller drogerna, fick en ny kärlek. Men samma liv.

Anders såg längs vägen mot Smäcket. Han kunde ställa in nya möbler där, måla det blått och byta fönstren. Samma risiga hus ändå, samma dåliga grundkonstruktion. Man kunde förstås riva hela klabbet och bygga ett nytt, men hur gör man sådant med ett liv?

Låter sig inte göras. Där är det motsvarigheten till möbler, färg och fönster som gäller. Dörrar, kanske. Byta det som är för dåligt och hoppas att stommen håller. Trots allt.

Anders grep hårt om väskans handtag och slog in på vägen mot Smäcket.

## Smäcket

Ett underligt namn, det där. Smäcket. Inte något man skriver på en fräst träskylt som Sjösala eller Fridlunda.

Men så var Smäcket inte heller det namn som dess konstruktör hade givit det, inte det namn som stod i försäkringspapperen. Där stod det Klippboet. Men Smäcket var det namn det hade fått i folkmun på Domarö och även Anders använde det, eftersom det var ett smäck.

Anders farfars farfar var den siste lotsen i familjen Ivarsson. När hans son Torgny ärvde lotsstugan byggde han ut den och gjorde den till ett rejält tvåvåningshus. Sporrad av framgången byggde han med sin brors hjälp även Sjöstugan, det hus som Simon nu var permanent hyresgäst i.

När de första sommargästerna kom med Vaxholmsbåtarna i början på 1900-talet var det flera av öborna som ville bygga till, bygga ut, bygga om. Bröderna rustade upp gamla hönshus till små sommarstugor, la till en flygel och bytte tak på sjöbodar, byggde i vissa fall nytt. Det som sedan blev vandrarhem byggdes på plats åt en textilfabrikant från Stockholm.

När sonen, Anders farfar Erik, i mitten av trettiotalet behövde något eget, blev han tilldelad den obebyggda tomten ute på klipporna. Man hade väl sina tvivel. Erik hade gått med sin far på byggena, agerat handräckning och gjort enklare byggarbeten. Han visade ingen särskild begåvning. Men han kunde ju grunderna.

Fadern erbjöd sig att hjälpa till, men Erik skulle absolut göra bygget själv. Han var en hetsig pojke som inte tålde motsägelser, pendlade mellan perioder av intensiv verksamhet och svart introspektion. Bygget skulle bli beviset på att han stod på egna ben och kunde reda sig i världen.

Timmer hämtades i skogsägorna på fastlandet, sågades upp på sågverket i Nåten och skeppades över till Domarö. Så långt var allt väl. Sommaren 1938 började Erik att mura grunden. Framåt hösten var han färdig med hela bjälklaget och takåsarna, hade fått takpanelen på plats. Han rådfrågade inte sin far en enda gång och lät honom inte ens besöka bygget.

Så hände det som måste hända. En lördag i mitten av september åkte Erik över till Nåten. Han och hans fästmö Anna-Greta skulle in till Norrtälje för att titta på vigselringar. Bröllop var planerat till våren, och de unga tu hade inte sett mycket av varandra under sommaren när Erik hade varit upptagen av sitt bygge. Tanken var att han och hans blivande hustru skulle flytta in i det färdigbyggda huset efter bröllopet.

När Eriks båt försvunnit utom synhåll bortom södra udden, smög hans far ner till bygget med en lodlina och ett vattenpass.

Han kom ut på klipporna och ställde sig att beskåda träskelettet. Det såg skapligt ut, men var det inte lite glest mellan reglarna i väggarna? Han visste att tallen utanför farstun hade den egenheten att den reste sig i exakt nittio graders vinkel mot marken. Han hukade sig ner, blundade med ena ögat och kisade. Antingen hade tallen blivit snedväxt under sommaren, eller så ...

Det sög i magen på honom när han fick fram tumstocken och mätte avståndet mellan väggreglarna. De satt för glest, och inte ens med samma avstånd överallt. På sina håll var det sjuttio centimeter, på några ställen lite över åttio. Själv brukade han ha femtio, max sextio. Och de horisontella reglarna var för få.

Han gick och synade virkesupplaget. Det var som han misstänkt: det fanns inte en hel bit regel över. Erik hade snålat med virket.

Suget i magen flyttades upp i bröstet när han lodade och la ut vattenpasset. Grunden lutade svagt åt öster och stommen lutade i gengäld kraftigare åt väster. Troligen hade Erik upptäckt att han inte hade fått grunden rätt, och försökt kompensera det genom att luta huset åt andra hållet.

Torgny gick runt grunden och knackade i den med en sten. Det var ingen katastrof, men här och var lät det ihåligt. Erik hade fått luftbubblor i bruket. Inga ventilationshål fanns det heller. Om Erik la på ett tegeltak på den sneda stommen var det bara en fråga om huruvida möglet underifrån eller tyngden ovanifrån skulle knäcka huset först.

Torgny satte sig tungt på tröskeln och konstaterade i förbigående att dörrmåtten var fel. Och han tänkte som den förste det som så många andra skulle komma att säga: *Vilket satans smäckbygge.*

Vad kunde han göra?

Om det hade stått i hans makt skulle han ha rivit alltihop omedelbart och byggt upp en ny stomme innan Erik kom hem, ställt honom inför fullbordat faktum. Ett ögonblick övervägde han faktiskt att med någon otrolig förevändning hålla Erik hemifrån en vecka, skramla ihop varenda gubbe han kunde få tag på och göra just detta. Men så enkelt var det inte. Bara att mura om grunden ...

Han balanserade fram över de glesa golvreglarna och inspekterade husets inre planlösning. Även den var underlig. En långsmal hall lagd på tvären, sovrum och kök med felaktiga proportioner utslängda längs kanterna. Det var som om Erik hade börjat med vardagsrummet, som för all del verkade normalt, och sedan byggt på de andra rummen som det föll sig och så länge virket räckte.

Torgny stod bredbent mellan två golvreglar mitt i det som skulle bli vardagsrummet. Och han skämdes. Mindre för att det var hans son som hade byggt detta än för att han skulle tvingas framleva sina dagar med detta monster i sin närhet, på sina ägor. Att det skulle, så att säga, bli en del av familjen.

Torgny samlade ihop sina saker och lämnade Eriks bygge utan att vända sig om. Väl hemma tog han en rejäl kask till kaffet medan en stor dysterhet sänkte sig över honom där han satt på altanen i höstsolen.

Hans hustru Maja kom ut och satte sig hos honom med en hink äpplen som skulle skalas och kokas till mos.

»Hur var det då?« frågade hon medan hon gjorde en serpentin av det första äppelskalet.

»Vad för nåt?«

»Huset. Eriks hus.«

»Jo, det ska väl skydda mot vind får man hoppas.«

Maja missade ett skär och serpentinen föll i backen innan den var fullbordad. »Är det så illa?«

Torgny nickade och stirrade ner i kaffesumpen. Han tyckte sig se ett babelstorn som störtade ner över skrikande människor. Man behövde inte vara spåkunnig för att förstå vad det betydde.

»Finns det inget du kan göra?«

Torgny skakade till koppen så att tornet försvann och ryckte på axlarna.

»Kunde gå dit med en dunk fotogen och en tändsticka, förstås, men ... det kan ju tas illa upp.«

Erik kom hem på kvällen, glad i hågen. Han och Anna-Greta var överens om släta, enkla ringar, så den saken hade mest varit en formalitet. Men de hade haft en trevlig dag i Norrtälje, suttit vid kanalen och bedyrat varandra sin kärlek, planerat för bröllopet.

Torgny satt vid köksbordet och lagade nät, lyssnade på sonens ovanliga meddelsamhet, nickade och hummade, höll med om att det var en utmärkt tös som Erik hade fått i sina garn.

Maja stod vid spisen och rörde i moset, bidrog inte mycket till samtalet. Efter en stund märkte Erik att något inte var som det skulle. Han såg från den ena till den andra.

»Är det nåt som har hänt?«

Torgny knöt en maskögla och drog åt, tittade inte upp från arbetet när han frågade: »Hur har du tänkt dig med teglet?«

»Vilket tegel?«

»Till ditt ... hus.«

»Hur så?«

»Man kan väl fråga.«

Erik såg mot modern som envist rörde om i moset med ryggen till. Fadern hade fortfarande blicken snärjd i nätets trasiga maskor. Efter en stunds tystnad frågade Erik: »Är det inte bra?« När fadern inte svarade, la han till: »Vad är det som är fel, då?«

Torgny kapade de lösa trådändarna med fingerkniven och rullade ihop dem till en liten boll.

»Man kan väl säga som så, att ... du bör överväga bleckplåt. Om du planerar att ha folk inne i det där huset.« Erik bara stirrade på honom. Han fortsatte: »Om vi kunde gå igenom det tillsammans, det som jag tycker bör åtgärdas, så kan vi kanske –«

Erik avbröt honom. »Du tycker att jag borde riva, va? Alltihop?« Torgny öppnade munnen för att svara, men Erik slog handflatan i bordet och skrek: »Fan! Fan ta dig!«

Maja vände sig om från spisen så hastigt att några droppar äppelmos flög från sleven i hennes hand och landade på Eriks skjortbröst när han reste sig från bordet.

»Erik!« sa hon. »Så där talar man inte till sin far!«

Erik glodde på henne som om han tänkte slå till henne, sedan gled hans blick ner till de bärnstensfärgade, varma dropparna på hans bröst.

»Två saker«, sa Torgny medan Erik stod kvar med sänkt huvud. »Två saker. Sen kan du gå vart du vill, vara hur arg du vill. Du lägger inte tegel på den stommen. Och du tar upp ventilationshål i grunden. Sen gör du som du vill.«

Torgny skar av en bit nätgarn för att påbörja nästa maska. Men hans händer darrade och han råkade skära sig i tummen. Inget djupt jack, men några droppar blod trängde fram.

Torgny tittade på blodet. Erik tittade på mosfläckarna på sin skjorta. Maja stod fortfarande med sleven halvt höjd. Ett par sekunder förflöt så och något som inte var ett hus föll samman emellan dem, braket av trä som knäcktes, det klagande gnisslet när spikar vreds loss.

Sedan stegade Erik ut ur köket. De hörde hans dundrande steg uppför trappan, dörren till hans rum som smällde igen på övervåningen. Torgny sög bort blodet från sin tumme, Maja rörde några tag i grytan.

Det hade rasat.

Efter den kvällen tappade Erik sugen. Han fortsatte att snickra under hösten och var färdig med panelen innan vintern kom, la dit ett plåttak. Han borrade ventilationshål som blev oformliga och fula men som åtminstone släppte in luft i grunden.

Allt det gjorde han, men han gjorde det utan glädje, utan energi. Han åt sin middag under tystnad och svarade enstavigt på faderns och moderns frågor. Ibland åkte han in till Nåten för att träffa Anna-Greta och han måste väl ha ryckt upp sig vid de tillfällena eftersom bröllopsplanerna stod fast.

Torgny gick inte ner till Smäcket fler gånger. Till folk som frågade honom hur det gick med grabbens bygge sa han att det där la han sig inte i, det var Eriks ensak. Han hade sagt sitt, hade räddat vad som räddas kunde. Nu fick det vara.

Vintern kom sent. Bortsett från den sedvanliga köldknäppen i början av november var det milt och snöfritt långt in i januari. Erik hade fått in fönster och tillbringade nu även eftermiddagar och kvällar i sitt hus. En stor fotogenlampa spred sitt ljus ut över klipporna och på håll såg det riktigt hemtrevligt ut.

I mitten av januari flyttade Erik ner sin säng och basala hushållsföremål. Torgny och Maja stod i köksfönstret och spejade i smyg på honom där han bar sin säng på ryggen nedför backen. Maja la handen på Torgnys axel.

»Nu flyttar han hemifrån, vår pojke.«

»Jo«, sa Torgny och vände sig bort, eftersom det började sticka i ögonen. Han satte sig vid köksbordet och stoppade sin pipa. Maja stod kvar vid fönstret och såg efter Erik som försvann bakom Sjöstugan.

»Han har ett eget huvud, i alla fall«, sa hon. »Det kan ingen ta ifrån honom.«

Huset blev färdigt i början av maj. Två veckor senare stod bröllopet. Vigselakten skulle hållas i det fria, på Norruddens klippor, och sedan bjöds det på kombinerad bröllopsmiddag och taklagsfest i Eriks hus på udden.

Det var en blåsig dag. Folk fick hålla i hattarna och när bruden kastade buketten sveptes den ut i havet innan någon hade hunnit fånga den. Följet skyndade mot parets hus med fladdrande kläder och ögon som tårades av vind och känslorörelse.

Anna-Greta tyckte att Erik höll hennes hand alltför hårt när de passerade hamnen och fortsatte mot sitt hem som de första i ledet. Spänd och nervös, förmodligen. Hon var själv inte så lite pirrig eftersom Erik ännu inte hade visat henne huset där de skulle leva samman som gifta i nöd och lust tills döden skilde dem åt. Hans grepp var dock så hårt att hon inte kunde krama tillförsikt tillbaka, det fanns inte utrymme.

Eriks mor och hennes väninnor hade dukat utomhus på morgonen, men när det blåst upp en timme före vigseln hade de flyttat inomhus. Borden stod dukade när gästerna trädde in, modern och hennes medhjälpare satte genast igång att ställa fram maten.

Erik släppte Anna-Gretas hand och höll ett kort välkomsttal. Hon fick möjlighet att se sig omkring. Det hela såg nog så fint ut, men det var en detalj hon inte kunde undgå att lägga märke till: trots att fönstren var stängda, böljade gardinerna. Och ...

*Vad är det? Något ...*

Ögonen for från hallen till köket och vardagsrummet. Fönstren, dörrarna, taket. Något fick henne att känna sig svagt sjösjuk, som om en tyngd ändrade läge inne i magen. Det fanns inte tid att reflektera över det. Talet var avslutat och gästerna satte sig till bords. Hon tillskrev alltihop sin egen nervositet.

Erik mulnade allt mer ju längre eftermiddagen och kvällen framskred. Det talades om fisket och sommargästerna, om Hitler och den eventuella befästningen av Åland, men i hörnen och knappt utom hörhåll knackades det i väggar och pekades i vinklar och hörn. Huvuden skakades och vissa repliker nådde Eriks öron.

Anna-Greta noterade att Erik hällde för sig friskt av brännvinet. Hon försökte avleda hans uppmärksamhet från spriten, men när Erik passerat en viss punkt var det som om han bara var ett par lyssnande öron och en drickande mun. Framåt kvällen, när flera av gästerna talade högljutt om det de tidigare bara viskat, fann hon honom sittande på en stol, stirrande mot en av väggarna.

Tre av barnen höll på med en lek. De hade kokta ägg som blivit över och tävlade om vem som kunde få sitt ägg att rulla längst genom att bara lägga det på golvet och släppa det.

Plötsligt reste sig Erik och harsklade högljutt. Stämningen var på topp i det lustiga huset och endast ett fåtal samtal avstannade. Erik tycktes inte bry sig om det. Han tog stöd mot stolsryggen för att inte falla och sa med hög röst: »Det har pratats så mycket hit och dit, så nu tänkte jag att *jag* skulle ta och berätta vad *jag* anser om den här Hitler.«

Han höll ett brandtal, men ett mycket underligt sådant. Resonemanget var snårigt och bitvis obegripligt. Kontentan var hur som helst att sådana som Hitler skulle avskaffas från jordens yta, och varför? Jo, därför att de la sig i andras angelägenheter och kvävde människornas frihet med sin auktoritet. Hitler var en sådan som trodde han visste allt bäst och därför krossades människor under hans fotsulor.

Erik avslutade det hela med: »Ja, fy fan för såna besserwissrar. Det är ett tyskt ord, det, besserwisser. Det kan man ju fundera på.«

Först när Torgny en stund senare ursäktade sig och drog med sig Maja, förstod Anna-Greta att talet egentligen hade handlat om något helt annat.

Nej, det blev ingen lyckad bröllopsfest. Inte natten heller för den delen. Erik var stupfull och framåt morgonen gick Anna-Greta ut och sökte tröst hos måsarna som hade börjat kretsa kring klipporna.

*Vad blir det för liv här, i det här huset?*

## Plastpärlor

Tallen stod lika rak intill farstubron som den alltid hade gjort. Anders ställde ner väskan intill den och betraktade Smäcket. Bleckplåten hade bytts ut mot korrugerad plåt, i vars vindlingar mängder av barr låg samlade. Hängrännorna var förmodligen igenproppade.

Bryggan sträckte sig skranglig ut i vattnet från strandkantens malörtsäng. Anders farmor hade tagit med sig en planta från Stora Korset många år tidigare och sakta, sakta hade den spridit sig till det vajande täcke av blad och nakna stänglar som omslöt den gamla plastbåten där den låg uppochnedvänd på ett par bockar.

Han gick en runda kring huset. På landsidan såg det okej ut, men på sjösidan hade rödfärgen bleknat och några rejäla sprickor syntes i väggbrädorna. Teveantennen var borta. När han klev upp på altanen såg han spröten ligga där som en skadeskjuten spindel. Det gjorde ont hela tiden.

Hela tiden ett tryck över bröstet och en smärta som kändes som ett skrik. När han fortsatte runt knuten fångades hans blick av något rött i nyponsnåret. Majas badbåt. En billig, uppblåsbar sak som de hade lekt med tillsammans den sista sommaren. Han, Maja och Cecilia.

Nu låg den utfläkt och luftlös i nyponsnåret. Han kom ihåg hur han förmanat Maja att inte dra båten över några vassa stenar, att inte ... nu var den spetsad på hundratals taggar och allt var borta och för sent.

Det var för den båtens skull han inte hade kommit till Domarö på snart tre år. För den båten och andra liknande minnen, spår. Saker som hånfullt framhärdade i att existera trots att de inte borde, trots att det de betydde hade försvunnit.

Han hade räknat med det här. Han hade stålsatt sig. Han grät inte. Gummibåten lyste röd i ögonvrån när han fortsatte runt huset på ben som gick därför att han sa åt dem att göra det. Han vek om hörnet och sökte sig fram till trädgårdsbordet, damp ner på sittplankan. Han hade svårt att andas, små händer klämde till om luftstrupen och prickar dansade framför hans ögon.

*Vad fan skulle jag hit att göra?*

När den värsta krampen i halsen hade släppt, reste han sig och sparkade undan stenen vid krusbärsbusken. Några gråsuggor kröp över plastpåsen som innehöll dörrnyckeln. Han väntade tills de hade krupit undan och hukade sig ner, tog påsen. När han rätade på sig kom en yrsel över honom. Han gick som berusad fram till ytterdörren och låste upp, släpade sig ut i badrummet och drack några klunkar rostsmakande vatten ifrån kranen. Andades, drack några klunkar till. Yrseln släppte inte.

Dörren från hallen till vardagsrummet stod öppen och ljuset från havet och himlen lyste vitaktigt över soffan under fönstret. Han såg den genom en tunnel och vinglade fram till den, föll ner.

Tid passerade.

Han låg i soffan med öppna ögon eller slutna ögon och kände att han frös. Men det var bara ett konstaterande, spelade ingen roll. Han tittade på den svarta teveskärmen, roslagsspisens igensotade luckor.

Han kände igen allt och allt var honom främmande. Han hade trott att det skulle finnas någon aning av hemkomst, en förnimmelse av att återvända till något som ändå var hans. Det gjorde det inte. Han kände sig som en inbrottstjuv i någon annans minnen. Allt detta tillhörde en främling, någon han hade varit för länge sedan och inte längre kände.

Det hade blivit skumt utanför fönstret och havet lapade mot klipporna. Han kravlade sig ur soffan och hämtade en plåtburk som han fyllde med T-röd, ställde in i den öppna spisen och tände på för att jaga bort kalluften ur skorstenen. Sedan gjorde han upp en brasa och gick för att öppna sovrumsdörren, sprida värmen dit, men stannade på halva vägen.

*Dörren.*

Dörren var stängd.

Någon hade stängt dörren.

Anders stod stilla och andades genom näsborrarna. Snabbare och snabbare, som ett djur vädrande fara. Han stirrade på dörren. Det var en vanlig dörr. Ljust furuträ, billigaste sorten. Han hade själv köpt den på sågen i Nåten och ägnat en dag åt att byta ut den gamla, sneda ramen och hänga dit den nya dörren. Ingen märkvärdig dörr. Men den var stängd.

Han var helt säker på att den inte hade varit stängd när han och Cecilia åkt härifrån den sista gången, utmattade, söndergråtna och tomma.

*Lugna ner dig. Simon har stängt den.*

Men varför skulle han ha gjort det? Huset uppvisade inga övriga tecken på att någon hade varit där. Skulle Simon ha gått in enbart för att stänga dörren till sovrummet? Varför skulle han göra det?

Alltså måste dörren ha varit stängd när de åkte. Han måste minnas fel.

*Men det gör jag inte.*

Han kom ihåg det alltför väl. Hur Cecilia hade gått ut till bilen med den sista packningen, en väska med Majas sommarsaker. Hur han hade stått och tittat in i huset en sista gång innan han stängde och låste ytterdörren. Han hade vetat att han sa adjö, att inget av allt det de hade tänkt skulle bli av, att han kanske aldrig skulle se den här platsen mer. Bilden hade bränts in i hans hjärna.

Och dörren till sovrummet hade varit öppen.

Han la handen på handtaget. Det var kallt. Hjärtat slog hårt i bröstet. Försiktigt tryckte han ner handtaget och drog. Dörren gled upp. Trots kylan som forsade ut ifrån sovrummet kände han en svettdroppe rinna ur armhålan.

*Ingenting.*

Det fanns ingenting, naturligtvis. Fyrljuset blinkade över dubbelsängen som stod mitt innanför dörren. Allt var som det skulle. Ändå trevade han innanför dörrposten för att hitta strömbrytaren och tända innan han steg in. Plafonden i taket tändes.

Dubbelsängen var bäddad, det vita påslakanet i fusksatin glänste och spred ljuset över de ljusblå brädväggarna, hötorgsmålningen av ett stormande hav med skepp i fara som hängde över sängen.

Han gick fram till fönstret. Norruddsfyren blinkade över viken. En ensam strålkastare i hamnen lyste upp ångbåtsbryggan och båtarna som guppade vid bryggorna intill. Ingen människa ute. I de mörka intervallerna syntes korta blänk från Gåvasten, den hatade fyren på Gåvasten.

Reflekterad i den mörka rutan såg han den andra kortväggen. Garderoben, Majas säng. Den var obäddad, som de hade lämnat den. Varken han eller Cecilia hade kunnat förmå sig att släta ut påslakanet och radera de sista spåren av flickan som hade legat där. Anders rös till. Det hopbyltade täcket såg ut som om det skulle kunna rymma en kropp. Han vände sig om.

En säng. En obäddad säng. Inget annat. En liten, obäddad säng. Örngottet med Bamse bärande på en trave honungsburkar. Hon hade varit prenumerant. Tidningarna hade fortsatt att komma. Han hade läst dem. Läst dem högt, som han brukat, fast ingen hade lyssnat.

Han gick och satte sig på hennes säng, tittade ut över rummet. Han kurade ihop sig. Kurade ihop sig lite till. Det började värka i bröstet, en klump växte. Han såg rummet genom hennes ögon, så som hon hade sett det.

*Där är storsängen, där ligger mamma och pappa, dit kan jag gå om jag blir rädd. Här är min sköna säng, där är Bamse. Jag är sex år. Jag heter Maja. Jag vet att jag är älskad.*

»Maja ... Maja ...«

Klumpen i bröstet var så stor att den inte kunde förlösas med gråt och han sögs ner mot den. Han hade ingen grav att gå till, ingenting som betydde Maja. Utom det här. Den här platsen. Han hade inte förstått det förrän nu. Han satt på hennes grav, hennes viloplats. Huvudet drogs mot golvet, ner mellan knäna.

Strödda på golvet nedanför sängen låg ett antal av hennes plastpärlor. Tjugo stycken, trettio. Hon hade gjort halsband, pärlplattor, det hade varit hennes favoritpyssel. Hon hade haft en hel hink med pärlor i alla möjliga färger, som nu stod under sängen.

Förutom de som låg spridda över golvet.

Anders plockade upp några pärlor, tittade på dem där de låg i handflatan. En röd, en gul, tre blå.

Ännu ett minne från den sista dagen: hur han hade stått på knä framför hennes säng, lutat huvudet mot madrassen, sökt efter hennes doft i lakanet och funnit den, tårarna som sögs upp av tyget.

Han hade stått på knä. Han hade krupit runt på knä längs sängen och sökt hennes doft. Ja. Men det hade inte funnits några pärlor under hans knän då. Mycket hade han glömt av sitt liv de följande åren, mycket låg i dimma, men den sista dagen här ute brann. Tydlig. Inga pärlor pressande mot huden.

*Säker?*

Ja. Säker.

Han gled ner på golvet och tittade under sängen. Den genomskinliga hinken med pärlor stod längst ut. Den var full till två tredjedelar. Han körde ner handen och lät den omslutas av pärlor, bökade runt. När han drog upp handen hade några pärlor klibbat fast vid huden.

*Råttor. Möss.*

Han grävde ner båda händerna i hinken, tog sina kupade händer fulla, och lät pärlorna strila tillbaka ner. Inget råttbajs. Möss kunde inte ens passera genom en kökslåda utan att lämna bajs efter sig.

Han sköt tillbaka hinken under sängen och såg sig omkring på golvet. De tjugo, trettio pärlor som fanns, låg alla samlade kring sängen. Han kröp ut på golvet, tittade i hörnen, längs listerna. Inga pärlor. Under dubbelsängen låg stora tovor av damm och inget mer.

*Vänta här nu ...*

Han kröp tillbaka till Majas säng och tittade under den. En låda utan lock med duplolego stod bakom pärlhinken, intill en Bamsedocka. Han drog ut duplolådan. Ett lager av damm låg över de mångfärgade byggklossarna. Han kunde inte längre kontrollera saken eftersom han hade rört om i hinken, men inte hade det legat något damm på pärlorna?

Han satt på golvet med ryggen lutad mot Majas säng. Hans blick fastnade på garderoben. Det var en otymplig, väggfast sak som Anders farfar hade byggt på plats med samma brist på begåvning som präglade resten av huset. Den var ungefär en meter bred, byggd av grova spillplankor. Nyckeln satt i dörrlåset.

Hjärtat började rusa iväg igen och händerna blev kallsvettiga. Han visste att garderobsdörren hade ett handtag på insidan. Maja hade tyckt om att sitta där inne under kläderna och leka att hon ...

*Sluta nu. Sluta nu.*

Han knep ihop läpparna, slutade andas. Lyssnade. Inget hördes utom havets brus mot klipporna, vinden som drog genom tallkronorna, hans eget hjärta bultande i öronen. Han tittade på garderobsdörren, på nyckeln. Den rörde sig.

Anders for upp på fötter och pressade händerna mot tinningarna. Underkäken hade börjat darra.

Nyckeln var stilla. Naturligtvis stilla.

*Sluta. Sluta.*

Utan att se sig om gick han ut ur rummet, släckte lyset och stängde dörren. Fingrarna var iskalla och tänderna skallrade. Han la några grova vedträn i roslagsspisen, satt sedan en lång stund och värmde händerna, kroppen.

När han kände sig lugnare öppnade han resväskan och tog fram en av litertetrorna med rödvin, rev upp locket och hällde i sig en tredjedel av innehållet. Han tittade på sovrumsdörren. Han var lika rädd fortfarande.

Brasan i köksspisen hade slocknat. Han brydde sig inte om det, utan tog sina cigaretter och ett glas, gick tillbaka till roslagsspisens trygga värmekrets där han rökte och hällde i sig resten av kartongens innehåll. När den var tom gav han den åt elden och hämtade en ny.

Vinet fungerade som det skulle. Muskelknutar löstes upp och tankarna flöt iväg utan riktning, utan att slå ner på något mål. Halvvägs in på nästa tetra reste han sig och tittade ut över havet med glaset i hand. Gåvastens fyr blinkade långt där ute.

»Skål, din jävel. Skål, din satans jävel.«

Han tömde glaset och började vagga i takt med fyrljuset.

*Havet. Och vi stackars små jävla människor med våra blinkande små ljus.*

## Ofärd stundar

Klockan halv fyra vaknade Anders av att någon bultade på dörren. Han slog upp ögonen och låg stilla i soffan, drog filten tätare omkring sig. Det var mörkt i rummet. Fyrljuset svepte in och golvet svajade till. Han var tung i huvudet.

Han låg med vidöppna ögon och undrade om han hade hört fel, om det hade varit en dröm. Fyrljuset kom svepande igen. Den här gången låg golvet stilla. Bakom sin rygg hörde han att det hade börjat blåsa upp. Havet kastade sig mot klipporna och det drog kallt genom husets springor.

Han hade precis blundat för att försöka somna om, när bultandet kom igen. Tre kraftiga slag på ytterdörren. Han satte sig hastigt upp i soffan och såg sig instinktivt om efter ett vapen. Det var något hemskt med de där korta, hårda slagen.

*Som om ... som om ...*

Som om någon kom för att hämta honom. Någon med en order. Någon som hade rätt att ta honom. Benen var beredda till språng när han gled ur soffan och hasade sig fram till spisen, tog eldgaffeln i ett hårt grepp.

Han stod med eldgaffeln höjd och väntade på att bultningarna skulle återkomma. Ingenting hördes utom havets begynnande raseri, gnisslet när en halvt avbruten trädgren vred sig i vinden.

*Lugna ner dig. Det är kanske bara ...*

Bara vad? En olycka, någon som behövde hjälp? Ja, det var väl det mest troliga, och där stod han som beredd på en invasion från främmande makt. Han tog några steg emot ytterdörren, fortfarande med eldgaffeln i handen.

»Hallå?« ropade han. »Vem är det?«

Hjärtat bultade och det kändes som om något tryckte runt hans huvud från utsidan.

*Det är fel på mig.*

Någon hade strandat med sin båt, fått motorstopp i kulingen och tagit sig upp på hans klippor, stod kanske utanför hans dörr, blöt och genomfrusen.

*Men varför bultar den så hårt?*

Utan att tända någon lampa som kunde blända honom smög Anders fram till hallfönstret och tittade ut. Ingen stod på farstubron, vad han kunde se. Han tände utomhusbelysningen. Ingen var där. Han öppnade dörren och tittade ut.

»Hallå? Är det nån där?«

Majas gunga slängde fram och tillbaka i blåsten, torra löv virvlade runt på gårdsplanen. Han ställde upp dörrlåset och klev ut på bron, stängde dörren bakom sig och svepte med blicken, spände hörseln.

Han tyckte sig höra ett motorljud inifrån byn. En liten utombordare eller en motorsåg. Men vem var ute med båten vid den här tiden, vem sågade träd mitt i natten? Kunde förstås vara en moppe också, men samma fråga gällde där.

Majas gunga gjorde honom illa till mods. Där den for fram och åter såg det ut som om det satt någon i den och gungade, någon han inte kunde se. Vinden svepte kall över hans bröst och mage när han tog några steg från dörren och sa »Maja?« ut i tomma luften.

Inget svar. Ingen förändring i gungans vildsinta rörelser. Han sänkte eldgaffeln och strök sig över ansiktet med den fria handen. Han var fortfarande berusad. Berusad och klarvaken. Motorljudet – om det varit ett sådant – hade tystnat. Bara den halvt avbrutna grenens gnekande hördes.

Han gick tillbaka till dörren och undersökte dess utsida. Inga spår av den som bultat. Det ryckte till i hans mungipor.

*Jag vet vad det här betyder.*

Hans farmor hade berättat om en gång då hennes far hade övernattat i en bod i havsbandet. Han hade haft »ett ärende«, vilket var den gängse eufemismen för att forsla smuggelsprit. Troligen hade han stämt möte med någon estnisk skuta utanför tremilsgränsen framåt gryningen och sett det som säkrast att övernatta på skäret.

Mitt i natten väcks fadern av att det bultar på dörren. Det är en enkel stugdörr och haspen hoppar i sitt fäste av de kraftiga slagen. Han tänker att det är tullen som är honom på spåren, men den här gången har de gjort sitt tillslag för tidigt. Han har ingenting som de kan ta i beslag och han har inga problem med att förklara sin övernattning – fågelbössan är med för syns skull. Med frid i sinnet går han och öppnar dörren.

Ingen är där. Det finns inte en människa i närheten och bara hans egen skötbåt ligger vid bryggan. För säkerhets skull stoppar han dock på sig pengarna han ska betala spriten med och tar ett varv runt skäret med bössan i hand. Han lyckas skrämma upp ett par ejdrar ur en vassrugge men inget mer.

I gryningen ger han sig iväg ut mot mötesplatsen. Efter några distansminuter skymtar han skutan som har ankrat strax utanför gränsen.

Då hörs en smäll.

Först tror han att det är hans egen tändkulemotor, men han inser att smällen haft för djup resonans, att den kommit utifrån. Han tar upp kikaren och spejar ut mot skutan han ska möta.

Något har hänt med den. Han kan först inte se vad det är, men när han kommer närmare ser han att skutan har fått slagsida och håller på att sjunka. När han kommer fram finns det inte längre något att komma fram till. Han spejar över havsytan med kikaren, men inget finns att se.

»Fyra man och minst tusen liter brännvin gick i djupet«, berättade fadern efteråt. »Det var det den ville berätta, den som bultade på dörren. Att ofärd stundade.«

Anders farmor hade återberättat historien med samma ordval, och allt sedan dess hade det varit ett uttryck som ibland for upp i Anders huvud när något skulle beskrivas. Det kom nu, när han undersökte dörren där inga spår syntes efter den som hade bultat.

*Ofärd stundar.*

Han såg upp mot tallarna, vars svajande toppar försvann i dunklet där lampans ljuskrets slutade. En lös plåt på vedskjulet slog ett enda slag som för att understryka.

*Ofärd stundar.*

Det gick inte att sova mer. Anders tände i köksspisen och satt sedan vid köksbordet och stirrade in i väggen. Huvudet kändes som om det var fyllt av ljummen gröt innesluten i en paradoxal hinna av tydlighet. Han kunde tänka klart, men inte djupt.

Vinden ven runt väggarna och Anders huttrade till. Plötsligt kände han sig *utsatt*. Som ett oönskat barn i skogen. Utsatt. Hans bräckliga lilla hus stod ensamt, utsatt på udden. Det djupa havet pressade sig uppåt och sträckte ut sina armar. Vinden ålade sig runt, spände sina muskler och sökte efter vägar in.

*Ofärd stundar. Det vill åt mig.*

Vad »det« var för något visste han inte. Bara att det var stort, starkt och att det ville åt honom. Att hans befästningar var klena.

Det gamla vinet smakade rutten frukt i munnen och han drack en halv liter vatten direkt ur kranen för att skölja bort smaken. Vattnet var inte mycket bättre. Troligen hade saltvatten trängt in i brunnen och dricksvattnet hade en tjock, metallisk smak. Anders sköljde ansiktet och torkade sig med en kökshandduk.

Utan att tänka efter gick han in i sovrummet och hämtade hinken med plastpärlor, satt sedan vid köksbordet och plockade, tryckte. Först gjorde han ett hjärta i rött. Sedan ett annat hjärta i blått, utanför det första. Sedan ett i gult, och så vidare. Som en rysk docka, hjärtan i lager utanpå varandra. När han kom till kanten reste han sig och matade spisen.

Pärlorna han hade tagit för att bygga sin hjärtplatta hade inte märkbart sänkt nivån i hinken. Han hade gott om pärlor och gott om plattor. Vad han skulle ha velat ha, var en större platta. Så att det gick att bygga en hel tavla.

*Om man sätter ihop dom ...*

Han grävde fram bågfilen ur verktygslådan och började arbeta. När han hade sågat bort kanterna på nio plattor slipade han dem med sandpapper för att få en jämn yta för limmet att fästa på. Arbetet upptog alla hans tankar och han märkte inte ens att gryningen kom smygande över havet.

Först när alla kanter var jämna och han reste sig för att leta efter den oöppnade tub epoxylim som han visste skulle finnas någonstans, kastade han en blick ut genom köksfönstret och såg att morgonsolen hade fått ljuset från fyren på Norrudden att blekna.

*Morgon. Kaffe.*

Han diskade bort det värsta av kannans kalkavlagringar och hällde vatten i bryggaren. I skafferiet fanns ett öppnat paket kaffe där all smak troligen hade dunstat bort. Han kompenserade genom att ta dubbelt så mycket kaffepulver som vanligt och satte igång bryggaren.

Han hittade limmet och ägnade ytterligare en halvtimme åt att finslipa ojämnheter och foga samman plattorna. Morgonsolen lyste snett in genom köksfönstret när han ställde sig och betraktade sitt verk.

Nio plattor med plats för fyra hundra pärlor på varje, nu sammanfogade. En vit, knottrig yta som nu väntade på sina tretusen sexhundra färgprickar. Anders nickade. Han var nöjd med sig själv. Nu hade han att göra.

*Men vad ska jag göra?*

Medan han rökte en cigarett och smuttade på kaffet som mycket riktigt smakade mer som vålnaden av en kopp kaffe, betraktade han den vita ytan och försökte hitta en bild som han skulle sätta samman där.

Göra någon av Strindbergs vildsinta havsmålningar i pärlor. Jo. Men det fanns inte nog med nyanser till det. Något mer naivistiskt, som en barnbild. Kossor och hästar, hus med skorsten. Men det var ingen utmaning.

*Barnbild ...*

Han glodde på Norruddens fyr och sökte i minnet. Sedan ställde han ifrån sig kaffekoppen och började leta i lådor. Han hade ingen som helst minnesbild av vad det hade blivit av kameran.

Han hittade den i skrotlådan, lådan där allt som kunde vara bra att ha hamnade. Mätaren visade att tolv bilder var tagna. Med en pennspets tryckte han in knappen för tillbakaspolning och kamerans motor började veva, långsamt och klagande. Batterierna var så gott som slut. Ett klick hördes och motorn började gå snabbare när den vevade tomhet. Anders tog ut filmrullen och satte sig vid köksbordet igen.

Han slöt handen kring den lilla plåtcylindern som var sval efter att ha legat i lådan. Där inne fanns de. De sista bilderna av en familj. Han värmde den i sin hand, värmde de små människorna på isen som snart skulle råka ut för något fruktansvärt.

Han tog filmrullen mellan tummen och pekfingret, studerade den som om han skulle kunna se någonting av det som fanns där inne. En impuls sa åt honom att låta det vara, låta den där familjen stanna där inne, för alltid omedveten om det som komma skulle. Inte släppa ut den och blanda in den i den sörja som livet nu var. Låta den stanna i sin lilla kapsel av tid.

## Någon hatar oss

Med morgonens första kaffekopp intill sig satt Simon vid köksbordet och stirrade ner i den halvöppna tändsticksasken. Den svarta larven låg där, orörlig, men Simon visste att den var vid liv.

Han satt med ihopknipna läppar och samlade spott i munhålan. När han hade tillräckligt lät han det rinna ut mellan läpparna och ner i asken. Larven rörde sig svagt, liksom sömnigt när loskan träffade dess blanka hud och Simon satt och såg på medan saliven långsamt absorberades, sögs upp och försvann.

Det var en morgonritual lika nödvändig som att kissa och dricka kaffe, hade han kommit att förstå.

Någon vecka efter att Spiritus kommit i hans vård hade han en morgon lämnat asken i kökslådan utan att spotta i den och tagit båten över till fastlandet för att handla. Redan när han la ut med båten kände han smaken i munnen. Den växte sig starkare under överfarten. Smaken av gammalt trä eller ruttna nötter växte ut ur munnen, in i blodet och spreds i musklerna.

När han ströp gasen för att lägga till vid bryggan i Nåten, spydde han över durken. Han visste vad det berodde på, men vägrade att ge efter och fortsatte in mot bryggan på lägsta möjliga varv. När båten slog i en stolpe var det som om hans kropp vrängdes ut och in. Han spydde tills det bara kom galla.

Det var ett illamående större än vad kroppen själv kan prestera, en septisk chock som vid akut förgiftning. Simon kröp ihop på aktertoften medan magen vred sig i kramper och lyckades svänga snurran så att fören åter vändes mot Domarö.

Han var övertygad om att han skulle dö och hela vägen tillbaka till Domarö satt han hopkrupen i fosterställning medan blöta, djupa rapningar likt ett rådjurs skällande trängde ut ur honom och hans kropp ruttnade.

Han klarade inte av att lägga till utan körde upp båten i strandkanten och kravlade på knäna genom det grunda vattnet, över stenstranden, gräsmattan och in i huset. När han fick ut tändsticksasken ur lådan var hans mun så uttorkad av allt spyende att det tog honom ett par minuter att samla så mycket seg saliv att han kunde ge Spiritus vad Spiritus krävde. Det tog flera dagar innan han var helt återställd, innan kroppen kändes stark igen.

Sedan den gången var han noga med att spotta i tändsticksasken varje morgon. Han visste inte vad som väntade i slutändan av den pakt han hade ingått, men han visste att han var tvungen att fullfölja den så länge han levde.

*Och sedan?*

Sedan visste han inte mer. Men han fruktade det värsta, i någon form. Och han ångrade sig. Att han inte hade svept bort Spiritus från bryggan den där gången. Ner i havet där den hörde hemma. Det ångrade han. Men det var för sent nu.

Simon tog en mun kaffe och såg ut genom fönstret. Himlen var så hög och klar som den bara kan vara på hösten, några gula björklöv singlade ner. Inget tydde på att det skulle bli storm snart, vilket Simon visste att det skulle bli, på samma sätt som han visste en mängd andra saker. Var det fanns vatten i marken, när isen skulle lägga sig, hur mycket regn som skulle falla.

När kaffekoppen var urdrucken och sköljd tog Simon på sig storstövlarna och gick ut. Det var en av öbornas vanor som han tagit till sig: storstövlar på, i alla lägen. Man visste aldrig vart man kunde behöva klafsa iväg och det var enklast att vara förberedd.

Månne hade post och tidningar kommit med den tidiga båten idag och hade de inte det fanns det alltid några gubbar vid lådorna som inte heller hade något bättre för sig än att se efter om posten kommit med den tidiga båten. Vilket den nästan aldrig hade.

På väg upp mot brevlådorna kastade han en blick längs vägen till Smäcket. Där fanns att göra, och kanske var det bra för Anders. Något att sysselsätta händerna med är fin bot för dystra tankar, det visste han av egen erfarenhet. Under de värsta perioderna med Marita, hans första fru, hade träningen med kortleken, näsdukarna och de andra sakerna varit det som stått mellan honom och panikångesten.

Med Anna-Greta blev det givetvis annorlunda. Där var det mest melankoli han drivit på flykten med enhandspalmeringar och falskräkningar.

Vad han visste hade Anders ingen hobby att sysselsätta sig med, så sly och flagnande färg, ved som behövde huggas kunde mycket väl vara av godo.

Redan på hundra meters håll såg han att dagens samtalsgrupp vid brevlådorna bestod av Holger och Göran. De var omisskännliga. Holger sammankurad och förgrämd av besvikelser som börjat redan i ungdomen, Göran ännu med hållningen kvar efter drygt fyrtio år i polismaktens tjänst.

*Men vad i …?*

De två männen var inbegripna i en intensiv diskussion. Holger skakade på huvudet och fäktade med ena armen ut mot havet, Göran stod och sparkade i marken som om han var irriterad. Men det var inte det som var det underliga.

Postlådorna var borta.

Väggen på den för säsongen stängda handelsboden var helt tom. Bara den gula lådan för utgående post hängde kvar, och även den såg konstig ut.

*Har dom dragit in postgången?*

När Simon kom närmare förstod han att problemet var av en annan art. Tio meter framför handelsboden trampade Simon i de första flisorna, som blev fler ju närmare han kom. Plastflisor och träflisor, delar av de postlådor som så sent som dagen före hade hängt på väggen. Den gula plåtlådan för utgående post var bucklig och sned.

Holger fick syn på honom och utbrast: »Jaha, här kommer stockholmarn också. Där får man väl knappast nåt medhåll.«

Simon klev in in mosaiken av splittrad, mångfärgad plast. »Vad är det som hänt?«

»Vad det är som hänt?« sa Holger. »Jag ska säga dig vad det är som hänt. I natt när vi låg och sov kom det några jävla nollåttor med båt och slog sönder våra brevlådor för att dom inte har nåt bättre för sig.«

»Varför det?«

Holger såg ut som om han inte trodde sina öron. Det var hans gängse reaktion på allt han uppfattade som ett ifrågasättande av hans teser och han inledde som alltid svaret med att ställa frågan en gång till för att riktigt visa hur dum den var.

»Varför det? Tror du att dom behöver nån *anledning*? Dom kanske inte har fått båtplats i hamnen, dom kanske var missnöjda med antalet soltimmar i somras, eller så tycker dom helt enkelt att det roligaste som finns är att förstöra och frågar du mig så svarar jag det sistnämnda. Jag blir så jävla arg.«

Holger vände på klacken och haltade ner mot ångbåtsbryggan där Simon såg att Mats, handelsmannen, stod och väntade på passbåten.

Simon vände sig till Göran och frågade: »Men egentligen ...?«

Göran såg på förödelsen omkring sig och skakade på huvudet. »Egentligen har vi ingen aning. Kan vara vem som helst.«

»Nån på ön?«

»Ingen som jag kan tänka mig. Men man vet ju aldrig.«

»Var det ingen som hörde nåt?«

Göran nickade ner mot bryggan. »Mats hörde nåt och sen var det en motor som startade. Men han visste inte om det var en utombordare eller en moped. Vinden låg fel.«

»Det måste ju ha varit ett ... väldigt smällande.«

»Jag vet inte det«, sa Göran och skopade upp några gröna och grå skärvor som han visade Simon. »Titta på dom här. Vad tänker du?«

Bitarna i Görans hand, hajfenor och romber, hade alla skarpa brottytor. Även bitarna på marken var ganska stora. Inget småsplitter.

»Det ser inte ut som om dom är sönderslagna.«

»Nej, eller hur? Snarare *skurna*. Med en vass kniv eller nåt liknande. Och titta här.«

Göran pekade på plåtlådan. Den var bucklig och sned, men bucklorna hade skarpa vinklar i mitten där den rena metallen lyste igenom. Det var inte slag som hade skapat bucklorna, utan hugg. Någon hade stått och huggit i postlådan med en stor kniv.

Simon skakade på huvudet. »Varför gör man så?«

Göran dröjde med svaret som om han ville formulera sig korrekt. Till slut sa han: »Min erfarenhet av såna här saker ... säger mig att man gör det för att man hatar.«

»Vad är det i såna fall dom – eller den – hatar?«

»Oss.«

Simon tittade på splittret på marken igen, på den buckliga plåtlådan. Vreden. Alla postlådorna representerade personerna på ön. Varje låda en utlöpare av den person som den tillhörde. Ett namn.

Göran ryckte på axlarna. »Eller så är det ren förstörelselusta, vad vet jag. Ibland är det så. Men oftast inte. Vad gör man åt det här nu då?«

Övergrepp och våldsamma avsteg från det normala har en tendens att skapa glapp i ansvarskedjan. Ingen är skyldig, ingen är ansvarig. Då faller det lätt på två gubbar som bara råkat komma förbi att reda upp det hela. Göran hukade sig ner och började plocka, Simon hämtade skräpkorgen vid bodtrappen. Sedan hjälptes de åt att samla ihop skärvorna. När korgen var full gick Göran ner till hamnen för att hämta ett tomfat medan Simon satte sig på trappen och torkade svett ur pannan.

*Så jävla onödigt. Massa besvär bara för att nån ... hatar.*

Han gjorde en grimas och gned sig i ögonen.

*Hå. Finns ingen ände på hur mycket besvär det kan bli om nån hatar tillräckligt. Man får vara tacksam om det stannar vid brevlådor, snarare.*

»Simon?«

Simon tittade upp. Anders stod framför honom med ett brev i handen och såg sig omkring. »Var är brevlådorna?«

Simon förklarade vad som hade hänt och att Anders fick ge sitt brev direkt till Mats. Denne var för övrigt just på väg upp från hamnen med den blå postbacken i famnen. Bakom honom kom Göran och Holger.

Göran hade fått tag på en rulle svarta plastsäckar och började plocka ner skärvor i en av dem. Holger körde ner händerna i byxfickorna och stirrade på Anders.

»Jaha, ja«, sa han. »Vi har fått främmande. När kom du?«

»Igår.«

Holger nickade länge och väl åt det. Med blicken sökte han stöd hos först Mats och sedan Göran, men inget stöd kom. När Göran gav en snarast irriterad blick tillbaka tycktes Holger komma ihåg hur det låg till.

»Ja, jag beklagar sorgen, för övrigt«, fick han ur sig.

Det pratades en stund fram och tillbaka om hur man skulle bära sig åt med posten. Just idag fick väl Mats vänta in folk och förklara vad som hade hänt. Sedan fick var och en snarast möjligt skaffa sig en ny låda. I väntan på det kunde en plasthink med lock eller i värsta fall en påse duga som ersättning. Bara man skrev sitt lådnummer på den.

Anders viftade med sitt brev. »Hur gör jag med den här, då? Det är en film som ska framkallas. Jag vill inte gärna att den kommer bort.«

Mats tog emot brevet och lovade att han skulle se till att det kom iväg. Sedan delade han ut posten till de närvarande. Inget brev till Simon, bara *Norrtelje Tidning* och reklam för någon pensionsfond.

När Simon och Anders bröt upp för att dra sig hemåt, sa Göran: »Du glömmer inte, va?«

»Nä«, sa Simon. »Jag tittar förbi nån dag.«

De tog vägen längs strandkanten. Sommargästernas bryggor låg så gott som tomma. Till helgen skulle väl några enstaka komma ut, men annars var säsongen slut för i år.

»Vad är det du inte ska glömma?« frågade Anders.

»Göran flyttade tillbaka för ett tag sen, när han gick i pension. Men han har ingen brunn, så han ville jag skulle gå med slagrutan och hitta vatten åt honom.«

»Hur gör du det där, egentligen?«

»Träning, träning och åter träning.«

Anders puffade Simon på axeln. »Sluta nu. Det där är ju inget trolleri. Jag undrar verkligen.«

»Jodå. Det är ett slags trolleri, det med. Ska du med in till Anna-Greta?«

Anders släppte ämnet. Under ett antal år hade Simon varit traktens vattensökare. När någon behövde borra brunn var det till Simon man vände sig för att hitta en åder. Simon kom, Simon gick med rönnklyka och pekade till slut ut en lämplig plats. Än hade han inte misstagit sig.

Anders fnös till. »Holger tycktes tro att det var jag som gjort det.«

»Du vet att hans fru drunknade förra året?«

»Sigrid? Nej, det visste jag inte.«

»Åkte ut med båten för att vittja och kom inte tillbaks. Dom hittade båten några dagar senare, men inte Sigrid.«

Sigrid. En av de få människor Anders hade varit riktigt rädd för som liten. En överfylld bägare ständigt väntande på droppen som kunde få den att rinna över. Det kunde vara vad som helst. Vädret, ljudet av cyklar, en geting som kom för nära hennes glass. Varje gång Anders hade sålt strömming till henne hade han varit noga med att plocka de största och finaste och hellre ge henne ett par hekto för mycket än ett gram för lite.

»Dränkte hon sig?«

Simon ryckte på axlarna. »En del tror väl det, men ...«

»Men vadå?«

»Andra tror att det var Holger som gjorde det.«

»Tror du det?«

»Nej. Nej, nej. Han var alldeles för rädd för henne.«

»Så nu har han bara stockholmarna att avsky?«

»Jo. Men det gör han desto mer.«

## Holgers tes

Aversion gentemot folk från huvudstaden är ju inget unikt för Domarö, nej inte ens för Sverige. Det finns överallt och ibland på goda grunder. Holgers historia är representativ för hur det har gått till just i Stockholms skärgård, så även på Domarö.

Liksom Anders och många andra på Domarö kom Holger ifrån en familj av lotsar. Genom kloka förvärv, giftermål och andra manövrar blev det till slut så att familjen Persson ägde hela den nordöstra delen av Domarö, ett område på drygt trettio hektar med skogsskiften, ängs- och åkermark från strandlinjen och inåt.

Detta var vad Holgers far hade att förvalta när han kom i sin mannaålder i början av 1930-talet. Sommargästerna hade börjat komma och likt många andra på ön lät han rusta och bygga ut ett par sjöbodar till uthyrning.

Utan att närmare gå in på detaljer fanns det dock vissa skulder i boet och Holgers far hade lite för nära till flaskan när saker och ting gick honom emot. En sommar kom han att bli bekant med en mäklare från Stockholm. Det bjöds friskt, dracks brorsskålar och det var prat om att Holgers far skulle bli medlem i Tempelherrarna, den sägenomsusade logen med Carl von Schewen i spetsen.

Nå. Det hela ledde hur som helst till att Holgers far sålde Kattudden till mäklaren. Ett område på drygt femton hektar där ingen skog växte och betet var fattigt. Han fick ett pris som låg något över vad han skulle ha fått om han hade sålt till en annan öbo.

Men mäklaren hade givetvis varken bete eller skog i åtanke. Inom ett par år hade han styckat upp Kattudden i ett trettiotal tomter som han sedan sålde till hugade sommargäster. Varje tomt betingade ett pris som var ungefär hälften av vad han hade betalat för hela udden.

När Holgers far fick klart för sig vad som hade hänt, hur grundligt lurad han hade blivit av mäklaren, stod flaskan där som den närmaste tröstaren. Holger var vid det laget sju år gammal och tvingades se på medan hans far söp ner sig i ett träsk av självömkan medan stockholmarna glatt uppförde sektionsbyggda sommarkåkar på marken som hade tillhört familjen i generationer.

Ett par år senare tog fadern hagelbössan med sig till det skogsskifte de fortfarande ägde och återvände inte mer.

Historien finns i olika varianter på många av skärgårdens öar, men detta var släkten Perssons version och den är onekligen en av de fulare. Mycken bitterhet har dessa transaktioner fött på sina håll och bittrast av alla var Holger.

Hans tes var i grunden mycket enkel: roten till allt ont var nollåttan. Sedan fanns det då vissa nollåttor som var mer skyldiga än andra. De två främsta skurkarna hette Evert Taube och Astrid Lindgren.

Holger tröttnade aldrig på att förklara hur det låg till för den som ville höra på: skärgården hade varit en levande bygd med hårt arbetande befolkning tills Evert Taube kom och romantiserade alltihop. Det var Rönnerdahl och Calle Schewens vals. Den verklige Carl von Schewen hade blivit folkskygg på gamla dar till följd av alla nyfikna stockholmare som gjorde sig ärenden till hans brygga eller låg och spejade med kikare från båtar för att se om Calle var igång med att vålma sitt hö eller dansa med Roslagens ros.

Men det var bara en tråkig detalj i sammanhanget. Det hemska var att Taubes romantisering ledde till att nollåttan fick upp ögonen för skärgården. Här var det blommor i håret, dragspelsmusik och pittoreskt småsupande. De som hade råd skaffade sig sommarnöje. Tomterna köptes upp och skärgården avfolkades.

Lagom till att den värsta hetsen hade lagt sig och skärgårdsborna trodde att de kunde andas ut, kom så dråpslaget med *Vi på Saltkråkan*. Nu var det inte bara de rika som skulle ha sommarnöje. Mäklare köpte upp allt de kunde komma över för att bygga småhus att sälja eller hyra ut per vecka och månad. Alla skulle ut i skärgården och ha den rätta knycken och hitta en egen säl.

Skärgårdens ungdomar fick kontakt med sommarfolket och började längta in till huvudstadens nöjespalats och biografer. Hus och gårdar stod utan arvingar, och vips var mäklarna där och köpte upp tills skärgården var ett lik som spratt till ett par sommarmånader och sedan sjönk tillbaka i sin tysta grav.

Detta var kontentan av Holgers tes och han brukade avsluta den med någon sammanbiten fantasi kring vad han hade velat göra med Evert och Astrid om de fortfarande hade varit i livet. Det var hemska saker som innefattade både sänklod och bensin och han tålde inga motsägelser.

Skärgården hade gullats till döds. Så ansåg Holger.

## Anna-Greta

En mur av gulnande syrener skymde sikten in mot Anna-Gretas hus. Det enda som syntes ovanför häcken var den ärgade bleckplåten på taket till tornet. När Anders var liten hade han trott att det var ett riktigt torn, som i riddarborgar, och blivit frustrerad över att han aldrig kunde hitta vägen dit och att ingen ville visa honom.

Senare hade han förstått att det spetsiga torntaket bara var en dekoration och att fönsterrutan på gaveln var ditmålad. Drygt etthundrafemtio förflutna år slumrade i den vindpinade träpanelen och intrycket av ett kråkslott försjunket i sina egna minnen skulle ha varit fulländat om det inte hade varit för kvinnan som nu öppnade ytterdörren och kom halvspringande längs trädgårdsgången.

Anna-Greta var klädd i jeans och rutig skjorta. På fötterna hade hon gummistövlar. Det långa, vita håret var hopsamlat i en fläta som dunsade mot hennes rygg när hon hastade fram till Anders och slöt sina armar om honom.

»Grabben!« Hon omfamnade honom, hon ruskade om honom. »Hörru grabben!«

Hon kramade honom så hårt att Anders ett ögonblick trodde att hon skulle lyfta honom från marken som hon hade gjort när han var liten. Han vågade inte besvara hennes omfamning med samma styrka – hon var dock åttiotvå år – så han strök henne över ryggen och sa: »Hej du, farmor.«

Anna-Greta släppte abrupt och synade sedan hans ansikte i fem sekunder. Först då tycktes hon lägga märke till Simon. Hon la huvudet på sned. Simon lutade sig fram och kysste hennes kind. Anna-Greta nickade som om han hade betett sig korrekt och grep tag i Anders hand.

»Kom nu. Kaffet väntar.«

Hon drog Anders mot huset och Simon lufsade efter. Det var inte så att hans gångstil förändrades, men intill Anna-Greta blev de flesta människor lufsare, oavsett ålder.

Det var som om hon levde av enbart klar, saltmättad luft och när den dagen kom då hon gick ur tiden skulle hon förmodligen göra just detta: gå ur tiden. Ta ett kliv åt sidan, bara. Upplösas i en nordvästlig vind som snurrade ett varv runt Norruddens fyr och sedan drog bort över havet.

Kaffebordet stod dukat i finrummet: ansjovissmörgåsar med ägg, småkakor och kanelbullar. Hungern som Anders hade vägrat att kännas vid rusade ikapp honom. Simon låtsades förtrytsam och sa till Anders: »Jo, jo, finrummet. Jag får sitta i köket, jag. När jag blir bjuden.«

Anna-Greta stannade till och höjde på ögonbrynen. »Är det klagomål jag hör?«

»Nä, nä«, sa Simon. »Jag bara säger att det tycks vara skillnad på folk och folk.«

»Om du höll dig borta i nästan tre år skulle du nog också få dukat i finrummet, när du kom.«

Simon kliade sig på hakan. »Det blir väl så jag får göra, helt enkelt.«

»Då går jag i sjön, och det vet du. Sitt ner nu.«

Anders pappa hade en gång sagt att Simon och Anna-Greta var som ett gammalt komikerpar. De hade sina givna rutiner som de hade finslipat genom åren och som de nu kunde så väl att de inte längre var rutiner utan snarare en klangbotten för improvisationer. Man kunde känna igen temat, men orden var nya varje gång.

Anna-Greta såg på Anders medan han snabbt klämde i sig två smörgåsar. Hon sköt fatet emot honom.

»Du har visst ingen mat där nere i stugan, förstår jag.«

Anders hejdade sig med handen halvt utsträckt mot fatet.

»Förlåt, jag –«

Anna-Greta fnös.

»Tok heller. Jag menade inte så. Ät, ät. Men vi måste komma fram till nåt slags arrangemang.«

»Ved«, sa Simon. »Hur har du det med ved?«

Problemen diskuterades och det blev bestämt att Anders skulle få med sig en kasse med mat, att han och Simon fick åka och proviantera dagen efter samt att Anders båt måste läggas i sjön snarast möjligt. Ved fanns att ta av, om det knep.

Anders ursäktade sig och gick ut på farstubron för att röka. Han satte sig på en pall, tände en cigarett och såg på Anna-Gretas plommonträd som dignade av övermogna frukter. Han tänkte på Holger och på

Holgers fru, på havet som tycktes kräva sin tribut med ojämna mellanrum, ankaret på kyrkogården i Nåten, Maja.

*Det är konstigt ändå ... att det inte ... att ingen ...*

När han kom tillbaka in var bordet avdukat och kaffetermosen påfylld. Simon och Anna-Greta satt lutade mot varandra över bordet med huvudena tätt ihop. Anders stod stilla och betraktade dem.

Så där såg kärleken ut. Att det kan hända. Att två människor kan hitta varandra och sedan arbeta tillsammans för att det där formlösa, ogripbara tredje som uppstått dem emellan ska hållas vid liv. Att kärleken blir en egen varelse som får diktera villkoren för hur livet ska levas.

*Hur går det till, egentligen?*

Anders satte sig på sin stol, tung och däven. Simon och Anna-Greta drog sig ifrån varandra.

»Fint med lite frisk luft, va?« sa Anna-Greta.

Anders nickade. Anna-Greta hade aldrig tjatat på honom om rökningen, men pikarna var många och varierade.

»Jag tänkte på en sak«, sa Anders. »På tal om det här med Holger. Att han trodde att det var jag.«

Anna-Greta snörpte på munnen. »Om du frågar Holger är det stockholmarnas fel att torsken tagit slut.«

»Jo. Men det var inte det. Det var mer det här med ... det här med Maja.«

Simon och Anna-Greta såg på honom utan att röra en min. Stämningen sjönk som en sten mot botten, men Anders fortsatte: »Jag tycker att det är konstigt att ... nu när jag tänker på det ... att ingen misstänkte mig. Eller Cecilia. Det är ju det enda rimliga, eller hur? Två föräldrar, ett barn. Barnet försvinner spårlöst. Det är klart att det är föräldrarna som är skyldiga.«

Simon och Anna-Greta utbytte en blick. Anna-Greta sträckte sin hand över bordet och strök Anders knogar. »Du ska inte tänka så där.«

»Det är inte det jag menar. Jag vet, ni vet att det var så det var. Hon försvann. Hur det nu är möjligt. Men varför ...«

Anders höll upp händerna som om han försökte gripa tag i en boll som inte fanns där, något han inte kunde få tag i. Han såg det igen. Ansiktena, tonfallen, frågorna och kondoleanserna. Och ingenstans ... ingenstans ...

»Varför var det inte, varför *är* det inte en enda människa som misstänker mig? Varför tycks alla betrakta det som ... nåt naturligt?«

Simon lutade sitt huvud i handen och rynkade ögonbrynen. Även han tycktes ha fått syn på det underliga. Anna-Greta såg på Anders med en blick som var omöjlig att tyda. Hon sa: »Man har väl respekt för andra människors sorg.«

»Men Holger, då?« sa Anders. »Hans fru drunknar och Simon berättade för mig att genast är det många som misstänker honom. Trots att det ju är ... naturligt, ändå. Drunkning. Sånt händer. Men Maja ... ja, polisen frågade ju. Men ingen här. Ingen.«

Simon drack upp det sista av kaffet i sin kopp och ställde varsamt ner den som för att inte bryta tystnaden. En vindpust fick en sky av asplöv att dra förbi utanför fönstret.

»Det är faktiskt underligt«, sa Simon. »När du säger det så där.«

Anna-Greta räckte termosen till Anders, trugade honom att ta påtår. »Det beror väl på vem det handlar om«, sa hon. »Alla här känner dig sen du var liten. Och alla vet att du inte skulle göra nåt sånt. Till skillnad från Holger.«

Anders hällde upp en halv kopp. Han var inte övertygad, tyckte fortfarande att det var svårt att förstå. Men han sa: »Ja. Kanske.«

Det pratades om andra saker. Om eventuella reparationer på Smäcket, om hur man skulle förfara om Anders utombordare visade sig ovillig att starta, om skvaller från byn. Anders ville inte gärna resa sig och gå hem. Inget väntade honom utom ett utkylt hus.

När det blev en paus i samtalet lutade han sig tillbaka i sin stol, knäppte händerna över magen och såg på Simon och Anna-Greta.

»Hur gick det till, egentligen? När ni träffades?«

Frågan utlöste ett simultant flin från Simon och Anna-Greta. De såg på varandra och Simon ruskade på huvudet. »Det är en lång historia.«

»Är det nåt som behöver göras?« frågade Anders. Varken Simon eller Anna-Greta hade något omedelbart att föreslå. »Kan jag inte få höra den, då?«

Anna-Greta tittade ut genom fönstret. Det höll på att blåsa upp. Himlen var mulen och bränningar syntes på den grå fjärden. Ett par regnstänk träffade rutan. Hon strök sig över pannan och frågade: »Hur mycket vet du om din farfar?«

# Kärlek i skärgården

Nu skall vi opp, opp, opp
opp på den gryende kärlekens topp, topp, topp
kom, kom, kom bara med mig
och skyll inte på några om, om om ...
*Ulla Billqvist – Nu skall vi opp, opp, opp*

## Berättelsen om berättelsen

*På Domarö finns det två flaskor med sprit som är speciella. Den ena står kvar nere i Nathan Lindgrens gamla sjöbod och kommer väl att stå där tills hans släktingar får ändan ur vagnen och rensar upp i kvarlåtenskapen. Den andra finns i Evert Karlssons ägo.*

*Evert närmar sig nittio och har sparat den där flaskan i snart sextio år nu. Ingen vet hur det billiga brännvinet inuti kan tänkas smaka och ingen kommer heller att få veta det så länge Evert lever. Han tänker* icke *korka upp. Flaskan och det som finns i den är en alltför bra historia för det.*

*Det är därför som Evert har sparat den: enkom för att när det kommer främmande som inte har hört historien förut, kunna ta fram den där flaskan ur skänken och säga: »Har ni hört om när Anna-Greta smugglade sprit på tullkryssaren? Jaså inte? Nå, det var så här ...«*

*Och han berättar historien medan han smeker med fingrarna över flaskans glas. Det är den bästa historia han vet, och fullständigt sann dessutom. När han är färdig skickar han runt flaskan med stränga förmaningar om att hålla försiktigt och inte tappa.*

*Folk tittar på den genomskinliga vätskan bakom glaset och ingenting hos den röjer att den skulle ha kommit i land på så underliga vägar. Men just den vätskan var del av partiet som skaffade Anna-Greta ryktbarhet i hela skärgården. Det är, som Evert säger, originalspriten.*

*Sedan ställer han in flaskan i skänken igen, och där står den och väntar på nästa tillfälle då den ska plockas fram och historien berättas ännu en gång.*

## Smugglarkungens dotter

Det blev inte alls som Anna-Greta hade tänkt sig. Erik tycktes ha förbrukat all sin energi på att få huset färdigt och gifta sig. När det var klart hade han inte kraft kvar att sätta upp några nya mål.

Det gick väl an över sommaren, när den ursprungliga förälskelsens låga ännu brann, men framåt hösten började Anna-Greta fråga sig om det för Erik verkligen hade varit förälskelse. Kanske var det bara ett projekt i stil med huset. Bygga huset, installera hustrun. Klart slut.

Hitler hade gått in i Polen i augusti och i skärgården rådde febril aktivitet. Kustlinjen skulle befästas och militärens jagare och transportfartyg for i skytteltrafik mellan Nåten och öarna kring Stora korset som var den sista utposten mot Ålands hav. Två kanonbatterier och ett antal värn skulle byggas och flera unga män på Domarö fick beredskapsarbeten med att spränga kabelgravar, mura sten och resa stängsel. Ryssen hade skärpt tonläget mot Finland och stor osäkerhet rådde.

Erik hade använt sina besparingar till husbygget och de nygifta hankade sig fram på de sömnadsarbeten som Anna-Greta utförde, Eriks ströjobb på sågen i Nåten och de bidrag som kom från föräldrarna. Erik gnisslade tänder åt att behöva ta emot pengar från sin far, och vad gällde Anna-Gretas far ... ja, det sa Erik rent ut en kväll efter att Anna-Greta hade kommit hem med ännu några tior: »Det är pengar från kriminell verksamhet, det där.«

Anna-Greta var inte sen att svara: »Bättre kriminell verksamhet än ingen alls.«

Det kom en kyla emellan dem allt eftersom hösten framskred och när Eriks gamle klasskamrat Björn sällade sig till skarorna som byggde värn på de yttersta öarna, följde Erik med. Anna-Greta gick utan nyheter de två första veckorna i oktober.

Hon gick ner till bryggan när någon båt kom in, såg beväringar strömma upp mot handelsboden eller mot sina arbetsplatser på byggena kring hamnen, men ingen visste något om dem som jobbade längst ut i havsbandet. Istället fick hon höra långa haranger om den dåliga maten, de usla kläderna, tristessen i barackerna ute på öarna.

Efter två veckor kom Erik hem och gjorde inte mycket mer än bytte kläder, lämnade lite pengar och for iväg igen. Anna-Greta fick inte ens sagt att hon var med barn, det blev inte tillfälle. Men så var det. Tolv till fjorton veckor var hon gången, enligt barnmorskan.

Anna-Greta stod med händerna över magen och såg Erik kliva i Björns skötbåt. Hon vinkade med hela armen och fick en höjd hand till svar. Erik var hos pojkarna och kunde inte åbäka sig. Det var det sista hon såg av honom.

Tio dagar senare kom det ett brev. Erik hade förolyckats under sitt förtjänstfulla arbete för fosterlandets befästning. Dagen efter kom kroppen och Anna-Greta råddes att inte titta på den. Ett stenblock hade lossnat från murbruket och fallit ner på Eriks huvud när han finputsade väggarna på värnets insida.

»Han är inte i det bästa skick om man säger så«, sade löjtnanten som ledsagade kroppen.

Det blev begravning i Nåten och det blev många beklagande ord och halva löften om hjälp och stöd, men någon änkepension från det militära blev det inte, eftersom Erik tekniskt sett inte hade varit i militär tjänst.

Anna-Greta var nitton år gammal, havande i fjärde månaden och änka. Hon bodde i ett dragigt hus på en plats som var henne främmande och hade inga speciella färdigheter eller yrkeskunskaper. Ingen kan förundra sig över att det till en början blev en svart och svår vinter för henne.

Torgny och Maja hade fattat tycke för henne som om hon vore deras egen dotter och de hjälpte till efter bästa förmåga. Även hennes far gjorde vad han kunde. Men Anna-Greta ville inte leva på allmosor. Hon ville bli sin egen, för sig och sitt barn.

Vintern blev till råga på allt osedvanligt kall. Militären körde med bandvagnar över isen tills kylan blev så svår att motorerna frös sönder och man övergick till hästar. Beväringarna som skulle på permission fick gå över isen utifrån öarna.

En lördagsförmiddag när Anna-Greta satt vid köksfönstret och såg ännu ett lämmeltåg av frusna unga män närma sig land, fick hon idén. Det fanns en efterfrågan. Hon skulle tillmötesgå den.

Maja hade några säckar okardad ull på höloftet i ladan. De skulle aldrig komma till användning och hon lät med glädje Anna-Greta ta hand om dem. Anna-Greta bar ner dem till köket i Smäcket, det enda rum hon använde eftersom hon ville spara ved, och satte igång. På en vecka hade hon stickat åtta par vantar i tovad ull, de varmaste som tänkas kunde.

På lördagens förmiddag ställde hon sig på pass nere vid bryggan i Nåten och väntade in beväringarna. Termometern hade visat minus tjugotvå grader på morgonen och kylan låg som ett ljudlöst skrik i luften. Hon hoppade upp och ner på stället medan hon väntade in den tysta skaran som närmade sig utifrån fjärden.

Männen var illröda i ansiktet och deras kroppar var som knutar när de kom i land. Hon frågade om de frös om händerna. Endast en av dem fick ur sig en milt oanständig kommentar till svar, de övriga nickade stumt.

Hon visade dem sina varor.

Det knorrades i leden. Visst såg vantarna ut att vara väsentligt rejälare än militärens grytlappar, men tre kronor paret? Man skulle ju in till stan och roa sig, pengarna behövdes till annat. Snart skulle man sitta på en varm buss och tina upp medan minnet av kölden smälte i minnet. Nöje fick nog gå före nytta, ändå.

Isen bröts av den löjtnant som hade ledsagat Erik några månader tidigare. Han halade fram sin portmonnä och la tre enkronor i Anna-Gretas hand. Sedan trädde han på sig vantarna och kände efter.

»Otroligt«, sa han efter en stund. »Det värmer så att säga inifrån.« Han vände sig till sina mannar. »Nu har vi permission och jag ska inte utdela några order. Men gör som jag säger nu. Köp vantar. Ni kommer att tacka mig sen.«

Om det var för att de var vana att lyda eller för att de blev övertygade spelar ingen roll. Anna-Greta sålde alla sina vantar. Trots det ursprungliga motståndet tycktes männen mäkta nöjda med sig själva när de travade iväg upp mot busshållplatsen.

Löjtnanten dröjde sig kvar. Han drog av sig högervanten och sträckte fram handen som om det var första gången de möttes. Anna-Greta tog den.

»Folke heter jag, alltså.«

»Anna-Greta. Fortfarande.«

Folke tittade ner i den nu tomma korgen och nöp sig i näsan. »Du har inte övervägt sockor? Tröjor, kanske?«

»Är det brist på det?«

»Brist och brist. Vi har väl, men dom är kanske inte tillverkade för såna här vintrar, om man säger så.«

»Då får jag tacka för tipset.«

Folke drog på sig vanten igen och gjorde honnör. När han gått några steg mot hållplatsen vände han sig om och sa: »Jag har i alla fall permission om tre veckor igen. Finns det en tröja då, så är jag ... spekulant.«

När Anna-Greta kom hem till Smäcket öste hon ut slantarna på bordet och räknade dem. Jodå, nog var det tjugofyra kronor alltid, förtjänade på bästa sätt genom eget arbete och efter eget huvud. När hon försökte dela med sig till Maja ville svärmodern inte höra talas om saken. Däremot kunde hon tänka sig att vara med på ett hörn om efterfrågan blev för stor.

Det blev den. Redan lördagen efter hade ryktet om Anna-Gretas vantar spritt sig och lagret räckte inte till alla som ville köpa åt sig själva eller åt kamrater som var kvar ute på öarna. Maja fick överta arbetet med vantarna medan Anna-Greta koncentrerade sig på sockor. Och en tröja, givetvis.

Det krävs inte mer än en antydan för att den vaksamme ska vädra kärlek. Och så var det. Åtminstone från Folkes sida. När han hade fått sin tröja ville han ha sockor också. Men randiga skulle de vara, så hon fick göra ett par enkom åt honom. Sedan behövde han ju en mössa förstås.

Anna-Greta var inte dummare än att hon förstod. Folke var snäll och rejäl och hon sökte i sig själv efter spår av förälskelse och fann inte en gnutta. Det var inget att göra. Hon spelade med så gott hon kunde men girade undan från hans försiktiga inviter.

Våren kom och magen växte. Behovet av ylleklåder upphörde och Anna-Greta fick se sig om efter annat. En dag i april, en månad före den förväntade nedkomsten, la hennes far till vid bryggan med en skötbåt hon inte hade sett förut.

Efter att ha känt på magen och förhört sig om hur hon mådde, la han fram sitt egentliga ärende. Han hade blivit bekant med en rysk kapten och det fanns möjlighet till en god affär om han bara kunde fara ut till tremilsgränsen och ta emot en last.

»Men nu är jag ju lite ... illa sedd i de här farvattnen, som du kanske känner till.«

Jodå, Anna-Greta visste. Om en tulljagare fick så mycket som en glimt av hennes far var det omedelbar visitation som gällde.

»Så jag tänkte som så, att om du kunde köra så skulle ju risken minska avsevärt. Båten känner dom inte igen.«

Anna-Greta vägde för och emot. Det var inte risken att åka fast som oroade henne så mycket som det rent moraliska steg det innebar att kliva in i *kriminell verksamhet*. Å andra sidan fanns det redan folk som tittade snett på henne på grund av hennes far. Lika gott att infria förväntningarna.

»Hur mycket får jag?« frågade hon.

Fadern sneglade på hennes putande mage och gjorde en storstilad gest.

»Vi säger väl hälften av förtjänsten, då. För att det är du.«

»Vilket innebär?«

»Tvåtusen, ungefär.«

»Då säger vi så.«

Affären förlöpte utan mankemang. Även om spritsmugglingens glada dagar för länge sedan var över så rådde fortfarande motbok och hushållning, och tusen liter rysk vodka hittade alltid strupar att slinka ner i.

Transporten sköttes på det gamla sättet. Dunkarna lastades i en torped på släp efter båten. Om tullen dök upp kapade man förtöjningen och lasten sjönk tillsammans med en liten flytboj och en påse salt som höll bojen nere. Efter några dagar hade saltet lösts upp och bojen steg till ytan. Då kunde man bärga.

Anna-Greta satt på aktertoften med rodret i hand och vinkade farväl till den ryske skepparen. Hon vände blicken mot fören där hennes far satt och kurade, lyfte den sedan mot horisonten. Barnet sparkade till i magen och en svindel kom över henne. Den liknade rädsla, men när hon kände efter förstod hon vad det var: Frihet.

Hon svepte med blicken över skärgården långt föröver, där militären vaktade i sina värn och människorna pysslade i sina stugor. Alla som satt stilla och vaktade på sitt. Hon kramade hårdare om rodret och lyfte ansiktet mot vinden.

*Jag är fri. Jag kan göra vad som helst.*

Barnet föddes i mitten av april, en välskapt pojke som gavs namnet Johan. Till sommaren investerade Anna-Greta en tusenlapp av de förtjänade pengarna i en egen skötbåt. Hon hade nämligen fått en ny idé.

På radion sjöng Ulla Billqvist:

»I givakt, vi måste stå
vi kvinnor små för våra gossar blå,
som ligga här och där,
i skogar och på skär.«

Sanningen var den att de blåa gossarna ledsnade till döds på sina skär. Ryssen stack inte in så mycket som ett finger i territorialvattnet och fosterlandets försvarare satt i barackerna och spelade kort, glodde på måsarna och hade så tråkigt som det är mänskligt möjligt.

Anna-Greta hade talat med en hel del folk och därmed identifierat behovet. Under vintern hade det varit värme som saknats, under sommaren var det förströelse. Anna-Greta skred till verket.

På olika vägar, en del helt lagliga, andra mer ljusskygga, köpte hon upp sig på ett förråd av sådant som kan lindra ensamhet och skingra tristess. Godis, snus, tobak, veckotidningar och lättsmälta spänningsromaner. Även spel och pussel i olika varianter. Sprit vågade hon sig inte på, men hon lät beväringarna veta att om de behövde våtvaror i samband med permission så kunde det ordnas.

Sedan for hon runt mellan öarna på bestämda dagar och tider och avyttrade sitt förråd. Affärerna gick bra. Anna-Greta var inte fåfäng, men hon var medveten om den effekt hon hade på männen. En del bassar handlade förmodligen av henne enbart för att få vistas i hennes närhet en stund, gnabbas lite och kanske av misstag snudda vid hennes hand.

Hon visste detta, och utnyttjade det till en viss del. Men alla inviter avböjde hon innan de ens formulerats ordentligt. Hon hade sin man, och han hette Johan. Under hennes handelsresor var han hos sin farfar och farmor, ett arrangemang som passade alla utmärkt.

Under vintern återupptogs tillverkningen av sticksaker och nästa sommar var hon ute med båten igen.

Nå. Hur var det då med spritflaskorna?

Det där inträffade först efter kriget och det hängde samman med Folke. Han gav sig inte. Under hennes resor kring öarna hände det ibland att hon träffade Folke, som hade avancerat till kapten, och hon tog sig alltid tid att prata en stund, men ingav honom inga förhoppningar.

Efter kriget lämnade Folke det militära och började arbeta åt tullen. Inom ett par år var han kapten på en av tullkryssarna.

Troligen i syfte att imponera på Anna-Greta la han en dag till vid hennes brygga med kryssaren och stegade upp till hennes hus med axelklaffar, mössa och allt. Han frågade om hon ville med på en liten tur, det var en kontroll som skulle genomföras.

Anna-Gretas pappa var på besök just den dagen och det utväxlades en del lättsamma repliker med en besk underton mellan Folke och pappan. Pappan hade vid det laget dock lagt ner verksamheten och något verkligt agg fanns inte. Pappan sade sig vara villig att passa Johan om det nu var så att Anna-Greta ville ut och nöjesåka med fienden.

Det blev en racerfärd ut till tremilsgränsen. Folke levde likt de flesta män i vanföreställningen att hög hastighet kan få kvinnans hjärta att smälta och han pressade kryssaren till det yttersta där han stod på kommandobryggan och spelade oberörd. Anna-Greta tyckte det var småfestligt att åka så fort, men mer var det inte.

Skutan vid gränsen bordades under de sedvanliga artighetsceremonierna. Anna-Greta tyckte att allt såg bekant ut på något sätt. Det fick sin förklaring när kaptenen dök upp. Det var samme ryske kapten som hade sålt sprit till henne och pappan flera år tidigare. Även han kände igen henne, men detta visade han inte med en min.

Anna-Greta hade lite pengar med sig och när Folke och hans mannar gick ner för att syna båtens innandöme, viskade hon till kaptenen: »Fyra dunkar.«

Kaptenen tittade på henne med skräckblandad förtjusning. »Var då?«

Anna-Greta pekade. Längst bak på tullkryssaren hängde en livbåt med kapell. »Där. Under kapellet.«

Kaptenen tog emot pengarna och gav order till sina mannar. Sedan gick han ner i båten för att uppehålla Folke och de andra medan varorna lastades.

Man hittade det man hade förväntat sig att hitta i båtens lastrum, men det var inte mycket att göra åt saken eftersom skutan låg på internationellt vatten. Man ville bara ha koll på volymerna och om det fanns anledning till extra vaksamhet.

Anna-Greta hade aldrig sett den ryske kaptenen le, men log var vad han gjorde när han vinkade farväl till Anna-Greta och tullkryssaren. Log från öra till öra.

»Det var mig en trevlig prick, trots allt«, sa Folke.

»Jo«, svarade Anna-Greta.

När kryssaren la till vid Anna-Gretas brygga frågade hon om hon inte fick bjuda på lite kaffe med dopp som tack för turen. Det accepterades med glädje och männen gick upp till Smäcket i samlad tropp.

Medan karlarna gullade med Johan tog Anna-Greta sin far avsides och sa att det fanns lite saker som behövde hämtas i livbåten. Om han kunde ställa in det i sjöboden så länge. Faderns underkäke föll ner och en eld tändes i hans ögon. Han sa ingenting, bara nickade stilla och gick ut.

Sedan var det förstås så att Anna-Greta hade lite problem med den gistna vedboden på husets framsida. Medan pappan försvann runt knuten tog hon med sig Folke och de andra männen och lyssnade till deras goda råd om hur hon skulle förstärka konstruktionen eller gå till väga för att bygga ett nytt förråd.

Efter tio minuter var pappan tillbaka, och då tackade hon männen för all hjälp och bjöd på det utlovade kaffet.

När kryssaren hade lagt ut från bryggan och vinkats av ordentligt, vände sig pappan mot Anna-Greta där hon stod med Johan vid handen och sa: »Det här var tamejfan det bästa jag varit med om.«

»Inte ett ord.«

»Nä, nä.«

Inom en månad kunde hela skärgården historien om när Anna-Greta hade smugglat sprit på tullkryssaren. Pappan hade nog försökt att knipa igen, men det lät sig bara inte göras; därtill var han alltför stolt över sin dotter och över en bra historia där han själv hade haft ett finger med i spelet.

Till slut måste historien även ha nått Folkes öron, eftersom han aldrig mer kom och hälsade på. Anna-Greta skällde på sin far för att han hade glappat och därmed förstört Folkes rykte, men gjort var gjort. Att ångra sig hade aldrig legat för Anna-Greta.

Spriten tappades hur som helst på flaskor och en av dessa hamnade så småningom i skänken hemma hos Evert Karlsson där den stått sedan dess.

## Trollkarlen

Livet kunde ha lekt för Simon i början av 1950-talet. Han var i den tidiga trettioårsålder då det man har sått under ungdomen i bästa fall ger skörd. Och skördade gjorde han. Succé på succé.

Under ett par år hade han och hans hustru Marita – under namnet El Simon & Simonita – varit några av de flitigast anlitade artisterna i folkparkerna. De senaste somrarna hade de tvingats tacka nej till engagemang för att inte bli dubbelbokade.

Just denna vår hade Simon fått veta att de till hösten kunde se fram emot den mest åtråvärda bokningen av alla: Chinavarietén, två veckor i oktober. Detta skulle i sin tur leda till möjligheten att begära högre gager i parkerna. Att ha medverkat på China var ett adelsmärke inom artistbranschen.

Deras program var egentligen inget märkvärdigt: lite tankeläsning, lite kortmanipulationer och trick med dukar. En osedvanligt rapp substitution trunk samt itusågade damen, med den ovanligheten att Marita delades i tre delar istället för två. Ett utbrytarnummer. Inget märkvärdigt.

Men de hade en speciell elegans på scenen. Simons avmätta, koncentrerade rörelser och tal intill Maritas virvlande lätta steg skapade ett slags dans som var svår att slita blicken ifrån. Dessutom var Simon elegant och Marita ... ja, Marita var en riktig kalaspingla.

*Se och Hör* hade gjort ett hemma hos-reportage och fotografen hade haft svårt att sluta fotografera Marita i olika poser intill fåtöljen, skivspelaren eller hållande ett grytlock medan hon tittade ner i en kastrull med hänförd min.

Allt borde alltså ha varit på topp, men det var det inte. Simon var rent ut sagt olycklig och som så ofta var roten till hans framgång och roten till hans olycka en och densamma: Marita.

Simon hade en viss fallenhet för grubblerier. Detta kom väl till pass när det gällde att gå till botten med till exempel ett trollerinummer. Att dissekera effekten för att utröna hur man kunde förstärka den. Han var bland annat först med att använda motorsåg för att utföra itusågade damen. De flesta illusionister gjorde en stor sak av att snurra omkring med de isärtagna delarna på scenen. Simon hade tänkt igenom saken och kommit fram till att det inte var delarna som var det intressanta, utan själva *delningen*.

Den stora sågklinga som normalt användes såg ut som scenrekvisita. Att däremot kombinera elegansen hos hans egen uppenbarelse och det fjäderlätt bräckliga hos Marita med det köttsligt råa i en motorsåg kunde eventuellt uppnå avsedd effekt.

Det gjorde det. Vid ett framträdande hade ett par personer svimmat när Simon drog igång den stora motorsågen. En reporter hade lyckligtvis varit på plats och det hade blivit utmärkt reklam. Detta hade Simons grubblande kring den itusågade damen lett fram till.

Marita var av en annan ull. När Simon träffat henne i mitten av fyrtiotalet hade hon varit en pigg och energisk kvinna med ambitioner att bli dansare och hon rörde sig som en rökslinga genom Stockholms nöjespalats.

Det var först något år efter att de slagit sina påsar ihop som Simon hittade hennes hemliga låda. En skokartong där det låg drygt tjugo stycken inhalatorer med Benzedrin. Simon antog att hon använde det som bantningsmedel och lät saken bero. Men han blev mera vaksam.

Snart såg han. Hur hon höll på. Ofta när det skulle drickas sprit eller vin smusslade hon med något i sin handväska. Vid ett tillfälle grep Simon tag i hennes hand, tvingade upp den och fann ... en pappersremsa. Han förstod ingenting.

Marita var vid det laget ganska berusad och hånade honom inför sällskapet vid bordet. Hur blind han var, hur lite han visste och framför allt hur tråkig han var. När Marita hade vinglat iväg till damrummet fick Simon det hela förklarat för sig: hans hustru var missbrukare.

Pappersremsan var vad man hittade om man bröt upp en inhalator. Det var den som var indränkt med Benzedrinet, en amfetaminliknande substans. Sedan var det bara att rulla ihop remsan, svälja den och vips fick man spring i benen.

Simon gick innan Marita kommit från damrummet. Raka vägen hem gick han och kastade hennes fördärvsbringande metalltuber i sopnedkastet. Marita blev vild och galen när hon fick veta vad han hade gjort, men lugnade sig snart. Alltför snart. Simon anade att hon var förvissad om att kunna ersätta det bortslängda förrådet.

Det tog några veckor för honom att spåra hennes langare. En före detta pojkvän som hade varit materialförvaltare i det militära. Ur ett förråd hade han stulit mängder av inhalatorer avsedda för att hålla tröttheten borta vid långa vaktpass. Han hade initierat Marita i bruket av det centralstimulerande medlet och fortsatt att tillhandahålla det efter att kärleken tagit slut.

Simon hotade så gott han kunde. Med polisen, med stryk, med offentlig förnedring. Han visste inte om det tog skruv, men han gjorde sitt bästa.

Effekten blev att Maritas smusslande antog mer dramatiska former. Hon kunde försvinna dagar i sträck och vägra att berätta var hon befunnit sig. Hon klargjorde för Simon att han kunde få sitta och ruttna i lägenheten om han ville, men hon hade ett liv att leva.

Hon missade dock aldrig en föreställning. Hennes försvinnanden inträffade alltid i ett glapp mellan engagemang. När det var dags att göra entré glittrade hon som alltid och sprang in på scenen på lätta fötter. Delvis av den anledningen såg Simon till att försöka hålla deras kalender fulltecknad.

Men lycklig var han inte.

Han behövde Marita. Hon var hans partner och hans andra hälft på scenen – utan henne var han troligen bara en kompetent taskspelare. Och hon var hans hustru. Han älskade henne fortfarande, på sätt och vis. Men lycklig var han inte.

Våren 1953 satt alltså Simon på toppen av sin karriär och bläddrade i bokningsschemat med en oro i magen. Engagemanget på China låg framför honom och sommaren såg bra ut. Men det hade slumpat sig så att tre veckor i juli var helt tomma. Juni och augusti var så gott som fulltecknade, men de där veckorna i juli bekymrade honom. Han kunde se sig själv sitta i sommarvärmen i Stockholm med en ångestklump i bröstet medan Marita var ute och roade sig på okänd ort och på okänt sätt. Han ville inte ha det så. Han ville för allt i världen inte ha det så.

Det fanns dock en möjlighet. Kanske var det äntligen dags att göra slag i saken? Han plockade till sig *Dagens Nyheter* och bläddrade fram till bostadsannonserna. Under rubriken »Sommarhus« kunde han läsa:

»Välskött hus på Domarö i södra Roslagen. Intill vattnet med egen brygga. Möjlighet att hyra båt. Boyta 80 kvm. Stor tomt. Uthyres på helårsbasis. Kontakt: Anna-Greta Ivarsson.«

*Domarö.*

Förhoppningsvis var det verkligen en ö, utan direkt förbindelse med fastlandet. Kunde han få med sig Marita bort ifrån Stockholms fördärvliga inflytande, så skulle saker och ting kanske kunna lösa sig. Dessutom skulle det inte skada att ha en plats att dra sig tillbaka till när livet snurrade för fort.

Han ringde.

Kvinnan som svarade berättade ärligt att det inte fanns andra spekulanter, så det var bara att komma ut och titta. Priset var tusen kronor per år och det var prutat och klart. Ville han ha en vägbeskrivning?

»Jo«, sa Simon. »Men det var en annan sak jag undrade också. Är det en ö, det här?«

»Om det är en ö?«

»Ja, är det så att säga ... vatten runt omkring?«

Det blev tyst i andra änden ett par sekunder. Sedan harklade sig kvinnan och sa: »Jo, det är en ö. Med vatten runt omkring. Ganska mycket, till och med.«

Simon blundade som av smärta. »Jag bara undrade.«

»Aha! Vi har nyligen fått telefonförbindelse, om det var det ni menade?«

»Nej, det var bara ... hur tar man sig dit, då?«

»Det går passbåt. Från Nåten. Och dit går det buss. Ville ni ha en beskrivning?«

»Ja ... tack.«

Simon antecknade bussnumren till och från Norrtälje och sa att han skulle ringa i förväg och komma ut endera dagen. När han la på luren var han svettig under armarna. Han hade gjort sig till åtlöje och kände sig illa till mods. Bara hennes röst hade räckt för att han inte skulle vilja göra sig till åtlöje inför den där kvinnan. Anna-Greta.

Marita sa varken bu eller bä till hans planer för sommaren, men åka ut och inspektera fick han göra själv. En dag i slutet av april följde Simon Anna-Gretas instruktioner och efter två och en halv timme med bussar och båt stod han intill väntkuren på Domarös ångbåtsbrygga.

Kvinnan som kom och mötte honom hade en stickad mössa på huvudet och under den stack det ut två långa, mörkbruna flätor. Hennes hand var liten och hennes handslag fast.

»Välkommen«, sa hon.

»Tack.«

»Och resan gick bra?«

»Det var inga problem.«

Anna-Greta gjorde en gest över havet.

»Det är ju ... en hel del vatten här, som ni ser.«

Medan Simon gick bakom Anna-Greta på väg upp från hamnen, försökte han att föreställa sig det: att detta skulle vara *platsen*. Att detta var den första av otaliga gånger som han skulle gå den här vägen, se det han nu såg: bryggorna, sjöbodarna, den grusbelagda backen, dieselcisternen och stormklockan. Havets doft och himlens speciella ljus.

Han försökte se sig själv om två år, fem år, tio. Som gammal man, gående samma väg. Kunde han tänka sig det?

*Ja. Jag kan tänka mig det.*

När de kom längs stigen höll Simon tummarna för att det skulle vara *det* huset. Det vita med en liten glasveranda som vette ut mot en grässluttning ner mot bryggan. Det såg inte mycket ut för världen en sådan här mulen dag utan någon grönska i sikte, men han kunde föreställa sig hur det blev på sommaren.

En pojke i trettonårsåldern stod på tomten med händerna nedkörda i fickorna på en skinnjacka. Han var smal och kortklippt, hade något spjuveraktigt i den värderande blick han kastade på Simon.

»Johan«, sa Anna-Greta till pojken, »hämtar du nyckeln till Sjöstugan, är du snäll?«

Pojken ryckte på axlarna och lommade iväg mot ett tvåvåningshus hundra meter bort. Simon svepte med blicken över tomtområdet som även tycktes omfatta en stuga på andra sidan viken. Anna-Greta följde hans blick och sa: »Smäcket. Ingen bor där just nu.«

»Bor ni här ensam?«

»Jag och Johan, då. Ska ni inte inspektera ägorna?«

Simon gjorde som han blev tillsagd och gick runt på måfå. Tittade på brunnslocket, på gräsmattan, på bryggan. Egentligen hade det ingen betydelse. Han hade redan bestämt sig. När Johan kom tillbaka med nyckeln och Simon fick se insidan av huset blev hans visshet bara starkare. När de kom ut på tomten igen, sa han: »Jag tar det.«

Papper skrevs under och Simon betalade handpenningen. Anna-Greta bjöd på kaffe eftersom det skulle dröja en dryg timme innan passbåten gick tillbaka. Simon fick veta att Anna-Greta hade ärvt hemmanet av sina svärföräldrar som båda hade gått bort ett par år tidigare. Johan svarade artigt på hans frågor, men sa inte mer än vad som var nödvändigt.

När det började bli dags att bryta upp, frågade Johan plötsligt: »Vad jobbar du med?«

Anna-Greta sa: »Johan ...«

»Det är väl en naturlig fråga«, sa Simon, »om jag ska bli granne. Jag är trollkarl.«

Johan tittade skeptiskt på honom. »Hur då trollkarl?«

»Folk betalar för att komma och titta på mig när jag gör trolleritrick.«

»På *riktigt*?«

»Ja. På riktigt. Eller, tricken är ju inte på riktigt, det är bara –«

»Det förstår jag väl. Men du är illusionist, alltså?«

Simon log. Inte många människor utanför trollkarlskretsar använde den termen. »Det var värst vad du var insatt.«

Johan svarade inte på det. Istället satt han och nickade för sig själv ett par sekunder, varpå han utbrast: »Jag trodde du var en sån där tråkig typ.«

Anna-Greta slog handen i bordet. »Johan! Så där säger man inte!«

Simon reste sig från bordet. »Jag är en sån där tråkig typ. *Också*.« Han höll Johans blick ett par sekunder och något hände mellan dem. Simon anade att han just hade fått en kompis. »Nu måste jag nog gå.«

I början av juli hyrde Simon deras vanliga chaufför som körde honom och Marita till Nåten med deras pick och pack. Marita älskade stället och Simon kunde andas ut. I fem dagar. Antingen det var abstinens eller lappsjuka som kom över henne, på morgonen den sjätte dagen deklarerade Marita att hon var tvungen att åka in till Stockholm.

»Vi har ju precis kommit«, sa Simon. »Försök att slappna av lite. Vila.«

»Jag har vilat. Det är underbart här och jag håller på att bli galen. Vet du vad jag gjorde igår kväll? Jag satt här ute på tomten och stirrade upp i himlen och bad till Gud att det åtminstone skulle komma ett flygplan så att det hände *nånting*. Jag klarar det inte. Jag kommer tillbaka imorgon.«

Hon kom inte tillbaka dagen efter, och inte dagen efter det heller. När hon på den tredje dagen återvände, släpade hon sig upp från ångbåtsbryggan. Hon hade mörka ringar under ögonen och föll genast i säng och slocknade.

När Simon gick igenom hennes övernattningsväska hittade han inga inhalatorer. Han var just på väg att stänga väskan och tacka försynen för den lilla skvätten av nåd, när han såg att fodret putade ut på ett konstigt sätt. Han körde in fingrarna innanför fodret och hittade ett smalt etui med en injektionsnål samt en liten burk med ett vitt pulver i.

Det var en strålande sommardag. Allt var stillhet och bara insekternas surrande satte luften i rörelse. Ett svanpar lärde sina ungar att leta föda i viken. I syrenbersån intill vägen satt Simon som bedövad med en burk och ett etui i handen. Ja, de rymdes i hans hand. Två oskyldiga föremål som inte såg mycket ut för världen, men som i sig rymde en armé av djävlar. Han visste inte vad han borde göra, orkade inte företa sig någonting.

När Anna-Greta gick förbi på vägen var det väl något i hans tomma blick som fick henne att stanna upp.

»Hur står det till?« frågade hon.

Simon satt fortfarande med handen öppen och utsträckt som om han hade en present han ville ge henne. Han hade ingen kraft kvar för lögner.

»Min hustru är missbrukare«, sa han.

Anna-Greta såg på föremålen i hans hand. »Vad är det för nåt?«

»Jag vet inte. Amfetamin, tror jag.«

Simon var på väg att börja gråta, men bemannade sig. Om Anna-Greta alls kände till amfetamin var det inte lämpligt att tala med henne om det. Johan brukade komma förbi och prata titt som tätt och Anna-Greta ville knappast att hennes son skulle umgås med drogmissbrukare. Kanske hon rentav inte ville hyra ut huset längre.

Simon harklade sig och sa: »Men det är under kontroll.«

Anna-Greta spände ögonen i honom. »Hur kan det vara det?« När Simon inte sa någonting, frågade hon: »Vad tänker du göra med det?«

»Jag vet inte. Jag tänkte väl ... gräva ner det.«

»Gör inte det. Då tvingar hon dig att berätta var du har gömt det sen. Jag har sett alkoholister. Jag kan inte tro att det är nån skillnad. Kasta det i sjön i stället.«

Simon såg ut mot bryggan som tycktes flyta på det glittrande vattnet. Han ville inte besudla platsen där han gick ner och badade varje morgon. »Här?« frågade han som för att be om tillstånd.

Även Anna-Greta tittade på bryggan och föreföll att tänka samma sak som han. Hon skakade på huvudet.

»Jag skulle just in till Nåten. Följ med, så kan du ... dumpa avfallet på vägen.«

Simon följde med ner till bryggan och stod handfallen medan Anna-Greta vant ryckte igång motorn, gjorde loss och manade honom att kliva i. När de lagt ut från land tittade han i smyg på henne där hon satt vid rorkulten och blickade ut över havet med kisande ögon.

Hon var ingen strålande skönhet, därtill var hennes kindknotor alltför framträdande och hennes ögon en aning för djupt liggande. Men strålande var hon i vilket fall och Simon kom på sig själv med att följa en tankekedja liknande den han hade följt när han kommit till Domarö första gången.

*Fem år, tio år, hela livet. Skulle jag?*

*Ja.*

Han hade sett tillräckligt av efemär skönhet i artistbranschen för att se att Anna-Gretas utseende var av den hållbara sorten. En av dessa välsignade människor som faktiskt kan bli vackrare med åren.

Anna-Greta fångade hans blick och Simon rodnade en smula, släppte tanken. Hon hade inte med en gest eller ett ord antytt att hon hade det minsta intresse av honom på det sättet. Dessutom var han ju gift, gudbevars. Han hade alls ingen rätt att tänka så.

Anna-Greta ströp motorn och gjorde en gest med huvudet mot vattnet. Simon reste sig ostadigt och höll ut etuiet och burken över vattenytan. »Det är som om man borde sjunga nåt.«

»Vad?«

»Jag vet inte.«

Han kastade sakerna i havet och satte sig på sin plats igen. Anna-Greta varvade upp motorn. Det kändes som om de just hade genomfört någon form av ritual tillsammans, därav infallet om sång. Han visste inte vad det var för ritual eller vad den betydde. Ingen sång kom honom till mötes. Bara en tomhet och en rädsla som växte sig starkare under besöket i Nåten, för att utvecklas till ren ångest när de la till vid hemmabryggan igen och sa farväl.

Han var rädd för Maritas skull och han var rädd för Marita. För hur det skulle bli nu när masken hade fallit och allt var uppenbarat.

Livet med en knarkare. Turerna är så träliga och man har hört det förut. Nog sagt. Det berättas att Marita efter denna incident inte längre ansträngde sig för att dölja sitt missbruk. Hon tillbringade inte många fler dagar på Domarö den sommaren.

Hon höll sig uppe under hösten och skötte engagemanget på China med glans. Sedan gick det utför. Simon sökte efter henne på illa beryktade adresser och lyckades en kort period få henne under behandling. Sedan försvann hon igen. Hon missade ett par föreställningar och var försvunnen för världen tills Simon fick ett samtal från Köpenhamn och åkte dit.

Och så vidare, och så vidare.

Han hade ringt till Anna-Greta och Johan för att bjuda dem på China. De kom och de häpnade. Sedan ringde Johan för att fråga om fler platser där man kunde se illusionister och när Simon ringde tillbaka var det Anna-Greta som svarade.

Det kom att bli så att de under vintern och våren ringde till varandra någon gång i veckan. Anna-Greta var helt självtillräcklig, men hon var också ganska ensam. Utan att gå in på detaljer berättade hon att hon hade sysslat med en del verksamhet som gjorde att vissa människor inte ville ha med henne att göra.

Hon uppskattade Simons anekdoter från artistvärlden och delade hans bekymmer med Marita. När våren gick mot sommar hade de båda blivit beroende av dessa samtal och blev tjuriga och ängsliga om något kom i vägen som gjorde att veckans samtal blev uppskjutet.

Via tio mil av koppartråd blev de vänner, men ingen av dem berörde med ett ord ämnet kärlek. Det var inte vad det handlade om. De var bara två människor med mycket olika liv som ändå kunde mötas på en gemensam språklig nivå. De förstod varandra och hade nöje av varandra. Något annat kunde det inte bli.

Och Marita då? Vart tog hon vägen?

Den som det visste.

Inget tydde på att hennes missbruk accelererade och efter ett par lapsusar skötte hon engagemangen som förr. Men så fort tillfälle gavs försvann hon ut. Från ytligt bekanta fick Simon rapporter om hur hon roade sig i nöjessalongerna om nätterna, ofta med andra män.

Han hade gett upp henne. När hon vädjade om hjälp gav han den alltid, men han hyste inte längre några illusioner om ett normalt hemliv med denna kvinna som var för vacker för sitt eget och andras bästa. För att inte fresta olyckan satte Simon ihop ett program som han kunde utföra på egen hand och tog ett par bokningar med det.

Han var stoiker till sin läggning. Så länge saker och ting inte blev värre kunde han stå ut. Han hade lovat att älska Marita i nöd och lust, och även om han inte kunde älska henne längre såg han det som sin plikt att åtminstone hålla sitt löfte vad gällde nöden.

En vårdag gick Simon längs Strandvägen på väg ner till China för att diskutera eventuella framtida engagemang med direktionen. Stockholms lövträd höll på att spricka ut och alla pigga, glada fåglar sa kvitt, kvitt, kvitt. Simon gick med blicken i marken och tänkte på ingenting.

Då var det en doft som nådde honom. Han kunde först inte ens säga vad det var, men bröstet vidgades, han kunde plötsligt andas och det tårades i ögonen. Han tittade upp och såg att han befann sig vid Normalmstorg. Doften kom från Nybrokajen och det var havet han kände. Den svaga aningen av salt som skulle bli starkare längre bort, längre ut. Ute på Domarö.

Han rätade på sig och fyllde lungorna med luft. Det var inte lång tid kvar. Trots att det frestade på ekonomin hade han hållit denna sommar fri så att han skulle kunna vara på Domarö i fem, kanske sex veckor. Han skulle gärna ha stannat längre, men Marita hade dyra vanor och även om han gjorde sken av det, kunde han faktiskt inte trolla fram pengar.

*Jag kanske borde göra nåt därute? Försöka ordna så att jag får ett par engagemang i närheten?*

Han stannade i kanten av Berzelii park och såg ut mot Nybrokajen. Då fick han idén.

## Utbrott

Man hade väntat på det i snart en månad nu. Först hade det bara varit ett rykte, sedan hade det kommit upp planscher. Och så, i förrgår, hade de till och med sagt det på radion. Den där trollkarlen som hyrde av Anna-Greta skulle göra sitt utbrytarnummer vid ångbåtsbryggan på Domarö.

Tiden var utsatt till klockan tolv. Redan vid tiotiden började nyfikna anlända från fastlandet och från andra öar för att få plats och för att sondera terrängen. Man kunde se dem gå runt vid bryggan, spana ner i vattnet som på jakt efter hjälpmedel, hemliga anordningar.

Vid halv tolv infann sig en journalist och en fotograf från *Norrtelje Tidning*. Ett par hundra personer stod då och trängdes på ångbåtsbryggan. Journalisten förklarade för dem som var intresserade att det visserligen var förbjudet att annonsera i tidningen om sådana här riskabla tilltag, men att skriva om dem var helt tillåtet.

I väntan på huvudpersonen var det en stockholmare som hyrde på en annan ö som drog den största skaran lyssnare. Många hade hört talas om den danske utbrytarkungen Bernardi, men stockholmaren var den ende som faktiskt hade sett honom uppträda, på Cirkus Brazil Jack. Det bidrog till den spända stämningen när stockholmaren drog historien om hur Bernardi hade dött på Bornholm under just en sådan här utbrytning.

Skaran kring stockholmaren glesnade först när polisen anlände. Fast det var ju ingen *riktig* polis, om man säger så. Det var Holmbergs Göran som nog hade gått polishögskolan och arbetat på fältet ett par år, men han var ju trots allt från ön. Det var mer skämtsamma gliringar än respekt han fick när han dagen till ära uppträdde i full mundering med mössa och allt.

»Undan för ordningsmakten«, »Plocka in Karlsson här, han är full på blanka förmiddagen« och liknande kommentarer riktades till Göran som förklarade att det var Simon som hade bett honom att komma. För effektens skull, liksom. Dessutom hade han blivit ombedd att ta med sig handklovar och dessa skickades runt mellan alla som ville undersöka dem. Det drogs och petades och konstaterades att jodå, det där var riktiga grejer.

Ett fåtal personer hade sett Simon uppträda med sin assistent på

Gröna Lund, men då hade han inte gjort några utbrytarnummer. Hela den här tillställningen var för övrigt ett jippo för att få publicitet för den serie föreställningar Simon skulle göra på Folkets Hus i Nåten under sommaren. När klockan blev tolv verkade det onekligen som om han hade lyckats. Minst femhundra personer stod samlade på och kring bryggan när Simon kom gående ifrån sitt hus.

Det var konstigt, det där. En trollkarl skulle ju göra *entré*, kanske uppenbara sig ur en rökpuff. Men här var det bara han den där som hyrde av Anna-Greta som kom gående från sitt hus på andra sidan viken. Det minskade mystiken men ökade oron. Skulle han kunna klara det, den där ... sommargästen?

Det hade gjorts rum för Johan och Anna-Greta längst fram när de kommit ner till bryggan. De var ju så att säga *involverade*. Någon puffade till Anna-Greta i sidan.

»Nu får du kanske se dig om efter en annan hyresgäst, du.«

Anna-Greta drog på munnen. »Vi får väl se.«

Hon hade inte för vana att visa upp sina känslor till allmän beskådan och inte heller nu när hon stod längst ut på bryggan med händerna nedkörda i koftans fickor röjde hennes ansikte någon sinnesrörelse.

Men sanningen att säga var även hon en smula ängslig. Hon visste att Marita hade varit försvunnen i nästan en vecka och att Simon inte mådde bra. Dessutom var det kallt i vattnet. Nio grader. Hon hade själv kontrollerat på morgonen.

*Ja, ja,* tänkte hon och tittade ner i det mörka vattnet. *Han vet väl vad han gör, får man hoppas.*

Det var inte lätt att imponera på Anna-Greta. Folkmängden förvånade henne inte, folk samlades för vad som helst, bara det var något nytt. När någon frågade henne om hur hon trodde att Simon gjorde, svarade hon: »Det är väl nåt knixande.«

Den som frågat hade lett överseende: Anna-Greta hade uppenbarligen inte fått någon kunskap av Simon. Men det hade hon, på omväga vis. När han gått runt på sin tomt i bar överkropp hade hon sett att hans skelett inte såg ut att vara riktigt i ordning: benen stack ut i sneda vinklar som om lederna inte satt på plats.

Hon hade dragit slutsatsen att det var utbrytningarna som hade skapat den kroppen, eller att han hade börjat med utbrytningarna därför att han var så skapt. När hon var ung hade hon sett en ormmänniska på cirkus och den karlen hade sett likadan ut. Det som höll samman benen i kroppen var mer töjbart än på normala människor.

Därav hade hon dragit slutsatsen att det var något knixande som låg bakom förmågan att ta sig ur kedjor och rep. Mer ville hon inte säga: Simons hemligheter var hans ensak. Dessutom begrep hon inte hur man kunde knixa sig ur handklovar. Men det fanns väl metoder för det med, fick man hoppas.

När Simon iklädd badrock närmade sig bryggan, började folkmassan att applådera. Anna-Greta stämde in i applåderna och kastade en blick på Johan. Även han applåderade, men hans ansikte var spänt och blicken fixerad vid Simon som kom gående som om han bara skulle ner och ta sig ett dopp.

Anna-Greta visste att Johan var fäst vid Simon. Redan sommaren innan hade han kunnat knalla iväg och vara borta ett par timmar, för att sedan komma hem och visa något trolleri som Simon hade lärt honom. Enkla saker, enligt Simons utsago, men Anna-Greta kunde då inte begripa hur Johan gjorde när han smällde ett saltkar rätt igenom bordsskivan.

Anna-Greta strök Johan över ryggen och han nickade, utan att ta blicken från Simon. Det var inte underligt att han var spänd, Anna-Greta hade ju läst vad det stod på planschen:

KAN NÅGON KLARA DET???

*...Att bli fjättrad till händer och*
*fötter med kedjor och handfängsel?*
*...Att bli inlåst i en säck och*
*kastad i havet?*
*...Att undgå att drunkna medan säcken*
*sjunker till botten?*

Lördagen den 15 juli kommer **El Simon**
att försöka allt detta vid Domarö brygga.

KOMMER HAN ATT ÖVERLEVA???

Johan var inte dummare än att han förstod att det stod som det gjorde för effektens skull, men bara att orden »drunkna«, »fjättrad« står på samma blad som namnet på någon man tycker om är väl nog för att man ska svälja en extra gång. Anna-Greta hade inga speciella känslor för Simon, han var trevligt sällskap och en bra hyresgäst, inget mer. Ändå fick hon knyta händerna i koftfickorna för att inte börja bita på naglarna.

Simon gick fram till en av sjöbodarna och hakade av haspen, gick in. När han kom ut hade han ett bylte i famnen som han bar med sig fram till åskådarna. Det rasslade till när han kastade byltet på marken och med hög röst förkunnade:

»Mina damer och herrar! Roligt att se så många här. Framför mig på marken finns en uppsättning kedjor, rep och hänglås. Jag skulle vilja be två starka herrar ur publiken att komma fram här och efter bästa förmåga använda dessa för att binda och fjättra mig tills de är övertygade om att jag inte kan ta mig loss.«

Simon lät badrocken falla. Han hade bara på sig ett par mörkblå badbyxor och såg oroväckande smal och bräcklig ut.

Ragnar Pettersson klev fram, och annat var väl inte att vänta. Han var omtalad för att han ensam hade dragit upp en av sina kor som hade gått ner sig i sumpmarken vid strandviken. Ingen begrep hur han klarat av det, men sedan dess ansågs han allmänt vara en kraftkarl.

Efter honom kom en man som Anna-Greta visste jobbade på varvet i Nåten, men inte kunde namnet på. Den kortärmade skjorta han bar såg ut att vara ett nummer för liten. Den spände över musklerna och kanske var det just den effekten han eftersträvat med sitt klädval.

De två skred omedelbart till verket och något hände med deras rörelser, deras ögon. I samma ögonblick som de fick kedjorna och repen i sina händer, slutade de att betrakta Simon som en människa. Han var en nöt som skulle knäckas, ett problem att lösa, varken mer eller mindre. Utöver det fanns det inga hänsyn att ta.

Anna-Greta bet ihop käkarna när mannen från Nåten virade och drog åt kedjorna så hårt att Simons skinn rynkades och rodnade. Det såg ut att göra ont, men Simon bara stod och blundade med händerna knäppta över mellangärdet. Ett par gånger ryckte det till i hans läppar när någon av männen tog spjärn och drog åt kedjorna ett extra hack innan de fäste hänglåsen.

Till slut var de nöjda. Båda torkade svetten ur pannan och nickade åt varandra. Säkert trettio kilo kedjor var virade runt Simon och sammanfogade på olika ställen med fyra hänglås. Repen var knappt använda. Bara på två ställen hade de använts för att spänna kedjorna, som en eftertanke.

Männen tog ett par steg bakåt och betraktade sitt verk. De var nöjda, och det kunde man förstå. Det såg helt omöjligt ut att ta sig ur deras väv av metall.

Simon öppnade ögonen och det sög till i Anna-Gretas mage. Runt den fängslade mannen fanns en folktom cirkel med kanske tio meters omkrets.

*Ensam.*

Anna-Greta tänkte: *Ensam.* Simon såg så ohyggligt ensam ut i just det ögonblicket. Någon som utspytts ur gemenskapen och oskadliggjorts. Nu skulle man dessutom kasta honom i havet. Det fanns ett starkt element av förnedring i det hela: att någon lät människor göra så här mot sig. Någon sekund efter det att Simon öppnat ögonen, var det som att han själv hade fått syn på samma sak. Det var den blicken som sög till i Anna-Greta innan den försvann och Simon såg från den ene mannen till den andre och sa: »Är ni nöjda så? Är ni övertygade om att jag inte kan ta mig loss nu?«

Ragnar tog tag i en kedja och drog i den, ryckte på axlarna och sa: »Jag skulle inte klara det, åtminstone.«

Någon i publiken skrek: »Så där får du göra med korna, Ragnar, så ränner dom inte kring.«

Folk från Domarö skrattade, övriga förstod inte det roliga. Simon bad de två männen att bära fram honom till bryggans kant, och de gjorde så. Anna-Greta och Johan backade för att lämna plats och Simon hamnade bara en meter ifrån dem. Simons ögon mötte Anna-Gretas och ett leende for över hans läppar. Anna-Greta försökte le tillbaka, men klarade det inte riktigt.

»Jaha«, sa Simon. »Då skulle jag vilja be en tredje person att dra upp säcken kring mig och knyta ihop.«

Innan någon hunnit kliva fram var det någon längre bak som ropade: »Handklovarna, då? Hur blir det med dom?«

Simon såg plötsligt en aning skrämd ut. Han blundade stilla. Sedan nickade han mot Göran som kom fram med handklovarna och frågade: »Är du säker på det här?«

»Nej«, sa Simon. »Men jag får väl försöka.«

Göran kliade sig i nacken och verkade inte kunna bestämma sig. Fall som dessa hade troligen inte ingått i utbildningen på polishögskolan. Till slut lirkade han i alla fall in handklovarna mellan kedjorna och låste dem runt Simons händer.

Anna-Greta hade nu fått knyta armarna över bröstet för att inte naglarna skulle fara upp till tänderna. Hon granskade Simons ansikte för att försöka bedöma huruvida det här sista bara var teater, om det ingick, eller om Simon verkligen var tveksam till om han skulle klara det. Det gick inte att avgöra.

Fotografen tog några kort på Simon där han stod längst ut på bryggan. En man som Anna-Greta aldrig hade sett – stockholmare av de smala händerna att döma – klev fram och sa sig vara villig att knyta igen säcken. Simon vände sig till Johan och sa: »Vill du kontrollera en sista gång?«

Johan drog i kedjorna och medan han gjorde det såg Anna-Greta att Simon lutade sig fram och viskade något till honom. Sedan tog Johan ett steg bakåt och nickade. Stockholmaren förde upp säcken kring Simon och knöt ihop med en bit rep.

Det såg otäckt ut. Den bruna säcken längst ute på kanten. Den var en mörk punkt, något slutgiltigt. Folk tycktes känna av det eftersom glammet och skämten hade klingat av och det nu var alldeles tyst.

»Kasta i mig«, hördes Simons röst inifrån säcken.

Det gick fem sekunder. Det gick tio. Fortfarande var det tyst och ingen anmälde sig. Ännu var det inte oåterkalleligt. Man kunde knyta upp säcken och lossa kedjorna. Men när säcken hamnade i vattnet fanns det inte mycket att göra. Det var sex meter djupt utanför bryggan.

Om Simon misslyckades skulle det vara den som hade tippat i säcken som var ansvarig. Folk tittade på varandra men ingen klev fram. Simon rörde sig inne i säcken, det gnisslade svagt om kedjorna när länkarna gneds mot varandra. Det klickade från ett par kameror. Fortfarande ingen.

»Kasta mig i havet.«

Förmodligen skulle det ha blivit enklare om Simon hade sagt något alldagligt och humoristiskt, som »Ska jag stå här hela dan?« eller »Kedjorna håller på att rosta här inne«, men tydligen var Simon inte intresserad av att avdramatisera situationen.

Ändå verkade det som om han skulle bli tvungen. Efter en minut hade fortfarande ingen anmält sig. Folk började skruva på sig. Kanske var det så här man kände sig när Jesus sa åt den som själv var utan synd att kasta den första stenen.

Plötsligt harsklade sig den muskulöse mannen från Nåten och utan vidare ceremonier gick han fram och tippade i säcken. Den slog i vattnet med ett dovt plums och det gick en kollektiv flämtning genom publiken. Folk trängde sig på för att se och Anna-Greta fick värja sig för att inte bli nedföst i vattnet av massans rörelse.

Det fanns inte mycket att se. En ström av bubblor steg från säcken när den sjönk, men efter en halv minut hade den sista bubblan sprucket på ytan och det enda som syntes var det mörka vattnet. De som hade hoppats att få se någonting av Simons kamp blev besvikna, siktdjupet var knappast mer än tre meter.

När en minut hade gått började det höras mumlanden: hur var det egentligen, hur länge gick det att hålla andan? Gick det att få upp karln om han inte lyckades? Fanns det nycklar till de där hänglåsen?

Ännu en minut förflöt och nu var det många som skruvade oroligt på sig. Varför hade det inte fästs en säkerhetslina vid säcken, varför hade det inte sagts någon tid innan man skulle försöka rädda karln, varför ...?

Oroligast tycktes mannen som hade knuffat i säcken vara. Han spanade ner i vattnet och kroppen som hade varit självsäker på sin kraft och myndighet hade nu sjunkit ihop och rörelserna var ryckiga, ögonen for hit och dit, händerna gnuggade mot varandra.

Anna-Greta stod blick stilla och kramade sig själv. Hårt. Runt omkring henne stod folk och tittade omväxlande på sina klockor och på vattenytan, men Anna-Greta hade fäst blicken vid Gåvastens fyr långt där ute. Hon stirrade på fyren och väntade. Väntade på plasket av Simons kropp som bröt vattenytan, den häftiga inandningen.

Men den kom inte.

När tre minuter hade gått var det någon som ropade: »Men han dör ju!« Instämmande mumlanden hördes, men fortfarande var det ingen som gjorde något. Anna-Greta släppte fyren med blicken och kunde inte hindra sina ögon från att söka sig ner mot vattenytan. Den var tom och svart. Ingenting rörde sig.

*Kom nu, då. Kom nu, Simon.*

Hon såg det framför sig, hon såg tvärs igenom vattnet, förbi siktdjupet, ner till bottnen där Simon låg och kämpade bland bottenslam och rostiga metalldelar. Hon såg honom komma loss, såg säcken öppnas och hon såg hur han sköt iväg från bottnen, mot ljuset.

Men det var inte det som hände. Det som hände, hände inuti henne själv. Någonting bortkastat och sjunket tog sig loss nere i mörkret, sprängde kedjorna hon virat omkring det och simmade mot ytan. Det steg upp igenom henne och fastnade som en klump i halsen och hon ville gråta.

*Jag älskar ju den här jävla människan.*

Hon började darra.

*Älskar. Försvinn inte.*

Tårarna steg i ögonen när någon bakom henne ropade »Fyra minuter!« och hon knöt sina händer, pressade dem mot hjärtat och förbannade sig själv för att allt redan var för sent, det skulle hända igen, det skulle ...

Då kände hon en hand på sin arm. Blicken var dimmig när hon tittade upp och såg att handen tillhörde Johan. Han blinkade och nickade. Hon förstod inte vad han menade, hur han kunde vara så lugn.

Mannen som hade vräkt i Simon fick av sig skjortan och dök ner i vattnet. Anna-Greta kramade Johans hand när folkmassan än en gång tryckte på. Mannens huvud bröt vattenytan. Han skakade på huvudet och tog ett djupt andetag, dök ner igen.

Då hördes en röst inifrån land.

»Är det mig ni letar efter?«

Det frasade till när tyg gneds mot tyg och hela publiken vände sig om som en man. Inne vid sjöboden stod Simon. Ett mönster av röda linjer efter kedjorna löpte kors och tvärs över hans kropp. Han gick fram till Göran och lämnade de låsta handklovarna till honom.

»Tänkte du ville ha tillbaks dom här.«

Simon drog på sig badrocken och intill Anna-Greta ropade någon till mannen från Nåten som hade dykt upp igen: »Kalle, han är här! Du kan sluta leta!«

»Men vad fan!« ropade Kalle nerifrån vattnet och en kollektiv förlamning släppte. Först hördes skratt och sedan bröt applåderna loss. Som klappret av en fågelflock som lyfter från vattenytan ekade de över nejden och ville aldrig ta slut.

Folk kom fram och klappade om Simon som om han vore deras största skatt som äntligen hade räddats från havets botten. Kalle var mindre positivt inställd när han huttrande lyckades ta sig upp på bryggan. Simon hade tydligen förutsett situationen eftersom han ur sjöboden tog fram en flaska kronbrännvin och bjöd Kalle på ett par supar så att han skulle tina upp, vilket han också gjorde. Efter en kvart var han den mest entusiastiske lovprisaren av Simons bedrift.

Folk stod samlade runt sjöboden där de två männen satt intill varandra på trappan. Man skrattade åt Kalle, som var rusig av brännvinet och de häftiga känslosvallen han genomlevt på kort tid, när han slog ut med armen mot Simon och ropade: »Karln var ju för fan surrad som ... som jag vet inte vad, och jag gjorde det ju själv! Nä, man undrar ju om det inte är ett spöke man sitter med här!« Han grep tag i Simons axel. »Hur i helvete gjorde du det där?«

Simon sa »Buuu«, och folk skrattade igen.

Anna-Greta stod kvar med Johan ute på bryggan. Ett liv av handel hade lärt henne konsten att manipulera människors känslor, men det verkade som om hon hade mött sin överman. Förnedringen som hade legat över Simon när han stod fjättrad på bryggan hade förts över till Kalle när han i missriktat hjältemod hade hoppat i sjön. Sedan hade Simon skickligt återställt jämvikten genom att dra in Kalle i strålglansen från sin bragd. Nu fanns det bara glädje.

*Snyggt*, tänkte Anna-Greta. *Slipat.*

Hon var lättad, hon var förvirrad, hon var arg. Mest arg. Hon hade blivit lurad. Simon hade fått henne att bete sig som ett fån mitt bland alla människor. Inte för att det tycktes vara någon som hade lagt märke till det, men hon visste ju själv. Hon hade tappat kontrollen. Rent teoretiskt skulle hon ha kunnat skrika. Lyckligtvis hade hon inte gjort det, men taggen satt där, och hon var arg.

»Vilken grej, va?« sa Johan.

Anna-Greta nickade kort och Johan rufsade sig i håret, såg åt Simons håll. »Jag tycker han är helt otrolig.«

»Det är ju flera som kan det där«, sa Anna-Greta. När Johan tittade anklagande på henne, frågade hon: »Vad sa han till dig förresten? Innan?«

Johan log hemlighetsfullt och drog på munnen. »Nääå ... jag vet inte.«

Anna-Greta slog till honom lätt på axeln. »Vad sa han för nåt?«

»Varför vill du veta det?«

»Bara undrar.«

Johan tittade bort mot sjöbodarna, där Kalle hade gått igång i en ny tirad om att alla som inte gick och såg Simon på Folkets Hus skulle han personligen slänga i sjön. Johan ryckte på axlarna.

»Han sa att jag inte skulle vara orolig. Att han skulle hålla sig undan ett par minuter för effektens skull.«

»Varför sa han det?«

Johan såg på Anna-Greta som om hon drev med honom.

»För att jag inte skulle vara orolig, så klart.« Han synade Anna-Greta och la till: »Som du var.«

Hon brydde sig inte ens om att protestera. Johan kände henne, och han var skarpsynt. Istället sa hon: »Nä, jag tror att jag är nöjd med det här nu. Ska du med hem?«

Johan skakade på huvudet och tittade ner i vattnet. »Nä, jag stannar ett tag.«

Anna-Greta svepte koftan tätare omkring sig och lämnade bryggan och folksamlingen. När hon hade kommit halvvägs till sitt hus vände hon sig om och såg ner mot hamnen. Hon kunde inte minnas att hon någonsin hade sett så mycket folk nere vid bryggan, inte ens på midsommarafton.

Johan stod inte kvar på bryggan, han hade väl sällat sig till beundrarna.

*Nåja,* tänkte hon. *Det var ju bra att han sa så där till Johan. Det var ju omtänksamt.*

Hon stegade vidare upp mot huset och kände det, men tillät sig knappt att tänka tanken: *Men till mig sa han inget.*

Samma kväll satt Simon vid sitt trädgårdsbord med en konjak. Sista passbåten hade kommit in och Marita hade fortfarande inte hört av sig. Några ungdomar badade nere vid ångbåtsbryggan.

Han hade ont i hela kroppen, värst i axellederna som han hade tvingats vrida nästan helt ur läge för att ta sig ur kedjorna. Det hade inte varit någon särdeles svår utbrytning eftersom rep knappt hade använts, men kedjorna hade varit ovanligt väl åtdragna och det hade tagit honom nästan en hel minut under vattnet innan han kommit ur dem. Hade han inte haft den extra minuten innan säcken knuffats i, hade han varit tvungen att gå direkt upp till ytan när han var klar.

Men han hade haft en extra minut, och den hade han använt till att simma längs bottnen till den bortersta bryggan och ta sig upp i skydd av båtarna. Effekten hade blivit den önskade och han trodde att föreställningarna på Folkets Hus skulle bli välbesökta.

Simon förde glaset till munnen och gjorde en grimas när det stramade till över bröstkorgen. Han kunde inte hålla på så här länge till. Det tog hårt på kroppen. En gång hade han brutit ett revben när en man gett sig fan på att han skulle lyckas fjättra Simon. Efter den gången hade han slutat att utlova belöningar till den som kunde klara av det. Folk var energiska nog som det var.

Gåvastens fyr blinkade i den ljusa sommarkvällen och lampan var bara en prick som inte kastade några ljusknippen över vattnet.

*Man borde njuta.*

Föreställningen hade varit en stor framgång, kvällen var vacker och konjaken flöt varm genom hans stela kropp. Borde njuta.

Men det var ofta så här. Efter ett lyckat jippo med jubel och klang blev tomheten efteråt desto större. Dessutom var Marita försvunnen igen, och Simon hade redan druckit ett glas mer än vad han brukade.

Han ville inte trilla dit som så många av sina kollegor, falla ner i sprithavet och aldrig komma upp till ytan igen. Men just den här kvällen tyckte han att han förtjänade det.

*Det är väl så det börjar*, tänkte Simon och fyllde på sitt glas.

Han var mindre orolig för Marita i egenskap av hustru än i egenskap av assistent. Föreställningarna i Nåten började om tre dagar. Om hon inte dök upp skulle han tvingas stryka några av de bästa numren: tankeläsningen och hattasken. Det gick väl ändå, men han ville gärna göra bra föreställningar just här.

Simon tog en djup klunk och suckade. Det var inte så här han hade tänkt sig livet. Det fungerade, men inte mycket mer. Glädjen hade kommit bort på vägen. Han lät blicken vila på vattnet som såg silkesmjukt ut i sommarkvällens färger. En mås ropade långt borta.

*Ja, ja. Glädjen finns. Bara inte just här.*

Bakom sig hörde han frasandet av fötter och ett svagt rassel. Med möda vände han sig om på stolen och såg Johan komma körande med en skottkärra genom gräset. Han hade bara på sig en stor, fuktfläckig skjorta ovanpå ett par badbyxor och var blöt i håret.

»Kommer du?« sa Simon. »Vad har du där?«

Johan flinade och körde fram skottkärran. I den låg hela uppsättningen med kedjor och lås som Simon hade lämnat på havsbottnen. Johan tippade ur dem vid Simons fötter.

»Tyckte det var lite slöseri.«

Simon skrattade till. Han hade velat stryka Johan över håret, men dels klarade han just nu inte av att resa sig, dels var han inte säker på att det var rätt sak att göra. Istället nickade han bara och sa: »Det vore det. Tack. Sätt dig ner om du vill.«

Johan satte sig i den andra trädgårdsstolen och pustade ut.

»Hur klarade du det?« frågade Simon. »Måste ha varit tungt.«

»Jo«, sa Johan. »Gick ju inte att lyfta, så jag fick fästa en krok och släpa in dom till strandkanten, en och en.«

Det var så Simon själv brukade göra och hade tänkt göra även den här gången. Det tänkte han dock inte berätta, och han var tacksam för att slippa arbetet.

»Det var inte illa«, sa Simon.

»Nä«, sa Johan och körde ner handen i skjortans bröstficka. »Och så den här. Låg i säcken.«

Johan räckte över en tunn, kilformad metallbit till Simon och tittade konspiratoriskt på honom. Simon höjde på ögonbrynen och stoppade metallbiten i sin egen bröstficka.

Johan lutade sig bakåt i stolen och sa: »Jag fattar ändå inte hur du gör.«

»Vill du veta?«

Johan satte sig kapprak upp i stolen. »Ja!«

Simon nickade.

»Gå in och hämta en Pommac i kylen då. Min plånbok ligger på köksbordet. Där kan du ta en femma för besväret med kedjorna. Kom ut sen, så berättar jag.«

Johan for upp och in. Efter en halv minut var han tillbaka. Simon förstod inte varför han hade sagt så där. Det hade bara flugit ur honom. Han avslöjade normalt aldrig sina hemligheter. Det var väl konjaken, stämningen. Och Johan kände ju redan till det enda som egentligen var fusk.

Så han berättade. När han var färdig var Pommacen tom och fjärden hade mörknat till en djupblå matta som ljuset från Gåvasten drog tunna rispor igenom. En fladdermus ryckte omkring i luften på jakt efter nattflyn.

Johan rapade ur sig en pust kolsyra och sa: »Tycker det låter rätt farligt ändå, jag.«

»Jo«, sa Simon. »Men om man bara ...« Han slogs av en tanke och höjde ett varnande finger mot Johan. »Det är ingenting du får prova på själv!«

»Nä då.«

»Lovar du det?« Simon sträckte fram sin tumme mot Johan. »Tummis?«

Johan log och gned sin tumme mot Simons. Sedan inspekterade han den som för att se efter om det fanns ett bindande avtal någonstans i fingeravtrycket och sa enkelt: »Tror morsan är lite kär i dig.«

»Varför tror du det?«

Johan ryckte på axlarna. »Tror det bara. Hon blir konstig.«

Simon tog den sista klunken ur konjakskupan och lät bli att fylla på. Det var nog nu, kändes skapligt varmt i kroppen. Han höll upp glaset och lät fyrljuset brytas genom resterna av vätska längs kanten, sa: »Finns ju många anledningar att bli konstig.«

»Finns det väl, men ... det här är en viss sorts konstighet.«

Simon plirade mot Johan. »Värst vad du tycks insatt i sånt här, då.«

»Jag känner morsan.«

De satt tysta en stund. Det enda ljud som hördes var knäppandet av fladdermusens vingar när den kastade sig hit och dit, dök efter något som bara den kunde se. När en båtmotor gick igång nere i hamnen bröts stämningen och Simon sa: »Hjälper du mig upp? Är lite stel fortfarande. Blir bättre imorgon.«

Johan reste och sig och sträckte ut en hand, hjälpte Simon upp ur stolen. De stod mitt emot varandra. Under ett par sekunder flöt ett ömsesidigt godkännande emellan dem. Sedan klappade Simon Johan på axeln och sa: »Tack för hjälpen igen. Vi ses i morgon.«

Johan nickade, tog skottkärran och gick. Simon följde honom med blicken. När Johan hade försvunnit i dunklet under asparna fnös Simon till och sa lågt för sig själv: »En viss sorts konstighet ...«

Sedan masade han sig in i sitt hus och stängde dörren om sig.

## Våldgästen

Nästa morgon ringde Simon några samtal och försökte spåra Marita, utan framgång. Sedan satte han sig i syrenbersån med papper och penna för att sätta ihop ett alternativt program till föreställningarna på Folkets Hus.

Det ville sig inte. Tankarna gled iväg mot de yttersta tingen. Varför han överhuvudtaget höll på, vad meningen var med alltihop, hur man egentligen ska leva ett liv utan framtid och om man ens ska göra det.

Sådan var hans sinnesstämning när Anna-Greta ropade ett hastigt: »Tack för igår, mycket bra«, på väg ner mot bryggan. Han bad henne att komma och sätta sig en stund. Hon satte sig på kanten av stolen mitt emot och föreföll orolig. Simon undrade om oron var *en viss sorts konstighet*, men hade givetvis inget sätt att fråga.

De pratade om ditt och datt, ofarliga saker, och Anna-Greta hade just satt sig bättre tillrätta när Simon upplevde att de var iakttagna. Marita stod vid ingången till tomten och tittade på dem. Simon kände sig ertappad och var på väg att fara upp ur stolen, men ilskan hann före skuldkänslan. Han satt kvar och stirrade på Marita utan att röra en min.

Marita blinkade långsamt. Hennes ögonlock rörde sig i ultrarapid, som om hon var tvungen att stänga och öppna dem med en medveten ansträngning. Hennes hår var otvättat och hon hade mörka ringar under ögonen. Hon krafsade sig mekaniskt över ena armen. »Titta, titta«, sa hon. »Vilka små sötnosar.«

Simon fortsatte att stirra på henne. I ögonvrån såg han att Anna-Greta var på väg att resa sig och gjorde en gest åt henne att för all del sitta kvar. Med låg röst ställde Simon den fråga som hade blivit som ett mantra de senaste åren: »Var har du varit?«

Marita gjorde en böljande rörelse med huvudet som kunde betyda vad som helst och alltså betydde: *Lite här och där men mest ute i rymden.*

Marita ställde sig mitt framför Simon, såg ner på honom och sa: »Jag behöver pengar.«

»Till vadå?«

Marita öppnade och stängde munnen, det lät torrt och klistrigt på samma gång när tungan lösgjordes från gommen.

»Jag ska till Tyskland.«

»Det kan du inte. Vi har jobb här hemma.«

Maritas blick gled mellan Anna-Greta och Simon. Hon tycktes ha svårt att fokusera blicken. »Jag ska till Tyskland. Du ska ge mig pengar.«

»Jag har inga pengar och du ska inte till Tyskland. Du ska gå in och lägga dig.«

Marita skakade långsamt på huvudet och fastnade i rörelsen som om hennes huvud var en pendel och hon var tvungen att fortsätta rörelsen för att inte tiden skulle stanna i sitt lopp. Anna-Greta reste sig.

»Jag ska gå.«

Ljudet av hennes röst drog till sig Maritas uppmärksamhet. Hon pekade på Anna-Greta. »Har du pengar?«

»Nej, jag har inga pengar till dig.«

Maritas läppar drogs upp i en imitation av ett leende. »Du gökar med min man. Då måste du ju betala, förstår du väl.«

Simon for upp ur sin stol, grep tag i Maritas handled och drog henne mot huset. »Nu håller du käften!«

Marita snubblade till av den häftiga rörelsen och Simon släpade henne efter sig mot trappan. Marita lät sig dras några meter över gräsmattan och sedan skrek hon: »Hjälp! Hjälp!«

Simon tittade upp för att med blicken kasta något slags budskap till Anna-Greta, ett *jag ber om ursäkt* eller *döm mig inte*, men innan han hade hunnit formulera sitt uttryck såg han att en man klev ut bakom syrenbuskarna. Någon som hade stått och väntat.

Marita vred sig i Simons grepp och kröp på alla fyra fram emot den nyanlände och sa med ynklig röst: »Rolf, han slår mig.«

Rolf var så stor att han såg ut att kunna bära Simon i famnen. En ljus och solkig linnekostym höljde hans muskler, men han tycktes ha dålig kontroll över sin kropp. Han gick fram emot Simon, men stegen han tog var olika långa och armarna slängde lealöst. Huden i hans ansikte var mörkröd och näsan fjällade. Hans mungipor var onaturligt neddragna, som om han hade drabbats av ett slaganfall.

Eftersom Simon stod i nedförsbacke tornade Rolf upp sig ett par decimeter över honom när han hytte med fingret.

»Du ska inte slå din fru. Du ska ge henne pengar.«

Marita kurade ihop sig vid Rolfs fötter som på omslaget till en kioskroman. Simons hjärta slog hastigt när han knöt armarna över bröstet, tittade upp mot jättens ögon – ögonvitorna var blodsprängda – och sa: »Och vad har du med det att göra ... *Rolf*?«

Rolf drog upp kinderna så att ögonen smalnade. Det såg inte klokt ut med hans nedhängande mungipor, men Simon avstod från att skratta. Rolfs pupiller irrade hit och dit ett par sekunder, sedan sa han: »Du tycker inte om mitt namn, är det så? Du tycker att det låter löjligt.«

Simon skakade på huvudet. »Nej, jag tycker att det är ett underbart namn, men jag fattar inte vad du har här att göra.«

Rolf blinkade ett par gånger och såg ner i marken. Hans läppar rörde sig som om han analyserade Simons ord noggrant och övervägde sitt svar. Marita blickade upp mot Rolf som mot ett orakel. Simon såg sig om och noterade att Anna-Greta inte längre fanns i närheten.

I tanken gick Simon snabbt igenom saker i närheten som kunde användas som vapen. Det närmaste var spaden som stod lutad mot trappen tio meter bort. Rolf hade tänkt färdigt och sa långsamt: »Du tänker inte ge henne några pengar alltså?«

»Nej.«

Rolf suckade. Sedan la han handen på Simons arm som om han tänkte dela med sig av ett förtroende. Innan Simon hann reagera drog Rolf till sig hans högerhand, slöt näven kring hans lillfinger och böjde det bakåt. Fingret höll på att gå av och Simon tvingades ner på knä. Där nere fanns redan Marita och hon glodde på honom på ett sätt som gjorde klart för honom att han inte hade någon hjälp att hämta där. Hon såg ... lysten ut.

*Hon har längtat efter det här.*

Fingret fortsatte att böjas bakåt och Simon hann inte ens öppna munnen för att säga att han skulle ge dem pengar eller döda dem eller ta dem med på en sjötur innan Rolf knyckte till och fingret bröts. En spasm av smärta sköt upp längs Simons arm och kom ut ur munnen som en djup hostning. Under en tiondels sekund virvlade det förbi saker han inte längre kunde göra med händerna

*korten, dukarna, repen, sönderrivna tidningen*

innan fördämningen släppte och han skrek rakt ut. Han såg sitt lillfinger hänga som en meningslös skinntrasa och smutsig smärta förgiftade hans blod medan tårarna steg i ögonen. Han skrek igen, mer av förtvivlan än smärta. Marita satt stilla och såg på honom.

Sedan var Rolf över honom. Han satte sig på Simons bröst och tvingade ut hans arm, tryckte hans hand mot en sten. Ur kavajfickan fick Rolf fram en stor fällkniv som han öppnade med hjälp av ena handen och tänderna. Han vilade bladets spets mot stenen precis ovanför Simons lealösa lillfinger.

Åter tycktes Rolf behöva tid för att formulera sig. Han tittade på Simons ansikte, på hans hand. Han såg ut som om han inte kunde begripa hur det hade kunnat bli så här och att han nu behövde en stunds betänketid innan han kunde gå vidare.

Simon låg stilla och såg på ett litet moln som flöt förbi ovanför Rolfs huvud. Ett ögonblick såg det ut som om Rolf hade en gloria. Sedan kom den på sned, lösgjorde sig från honom och drev vidare. En mås ropade ute på vattnet och under ett par sekunder upplevde Simon fullständig frid. Sedan tog Rolf till orda.

»Du är ju trollkarl. Du behöver ju fingrarna. Eller hur?«

Simon sa inget, rörde inte på sig. Han lyssnade på vågskvalpet mot strandkantens stenar. Det lät friskt och gott. Han var väldigt törstig. Rolf hade hittat det rätta tankespåret och fortsatte: »Nu blir det så att jag skär av lillfingret. Sen tar jag ... vad heter det där? Ringfingret. Och bryter det. Sen skär jag av det. Och så vidare.«

Rolf nickade åt sitt eget påstående, nöjd med att han formulerat sig så klart och tydligt. Han sammanfattade: »Och sen blir det ju inte mycket trollerier mer. Såvida inte ...«

Han tittade på Simon och höjde ögonbrynen, manade Simon att fylla i resten. När Simon inte gjorde det, suckade Rolf och skakade på huvudet. Han vände sig till Marita som satt ihopkrupen på gräsmattan och följde förloppet under halvslutna ögonlock.

»Du sa ju att det här skulle bli lätt.«

Marita gjorde den där vågrörelsen med huvudet som kunde tolkas på valfritt sätt. Rolf gjorde en grimas och sa till Simon: »Nä, du får skylla dig själv. Det är inget att göra.«

Han vände sin uppmärksamhet mot Simons hand på stenen. Det var bara att trycka till så var fingret borta.

»Sluta!«

Anna-Gretas gälla röst bröt sig in i det paradoxala lugn som hade rått under en minut eller två. Rolf vred på huvudet och såg mest trött ut. Anna-Greta kom emot honom med en dubbelpipig hagelbössa i händerna.

»Gå bort från honom!« skrek hon.

Det blev en lång paus. Anna-Greta stod en meter ifrån Rolf med piporna riktade mot honom. Rolf hade återigen fastnat i en omsorgsfull analys av händelseförloppet. Hans ögon blickade ut mot havet och hans läppar rörde sig. Sedan reste han sig. Bösspiporna pekade rakt in i hans bröst.

»Släpp kniven«, sa Anna-Greta.

Rolf skakade på huvudet. Sedan vek han med omständlig noggrannhet ihop kniven och stoppade den i fickan. Bösspiporna darrade när Anna-Greta gjorde en rörelse med dem mot ångbåtsbryggan till.

»Gå härifrån. Försvinn!«

Först nu slog det Simon att han var närvarande. Att han kunde ta aktiv del i förloppet. Hans arm var domnad och när han dragit den till sig hade han svårt att resa sig. Han kom bara upp till sittande innan gräsmattan började röra sig från sida till sida som ett båtdäck.

Rolf tog ett kliv mot Anna-Greta och hon backade medan hon höjde och sänkte geväret.

»Stanna! Jag skjuter dig!«

»Nä«, sa Rolf enkelt och sträckte ut armen efter bössan. Anna-Greta backade mer och slaget var förlorat. När Rolf åter grep efter bösspiporna, drog hon dem åt sidan istället för att trycka av. Rolf tog snabbt ett kliv fram och drämde till henne över örat med öppen handflata. Anna-Greta stupade åt sidan. Hagelbössan flög in i hasselbusken och Anna-Greta föll ihop i en hög på gräsmattan, gnydde medan hon tryckte sin hand mot örat.

Medan Simon försökte resa sig upp hörde han Maritas röst: »Visst är han helt otrolig?«

Anna-Greta låg några meter bort och Rolf lutade sig över henne. Simons hjärna arbetade inte som den borde, han kunde inte besluta sig för om han skulle försöka få tag i spaden eller kasta sig framåt.

Innan han hunnit tänka tanken till slut hördes ett surr som av en stor insekt. Det knäppte till och Rolf slungades omkull. Simon kom på fötter och såg Johan stå vid syrenbersån med sitt luftgevär i händerna. Han sänkte just geväret och bet sig i underläppen.

Rolf reste sig upp. En mörk prick syntes på hans tinning och en aning blod trängde fram. Ögonen var galna och han tvekade inte längre, behövde ingen betänketid. Han fick fram sin kniv och fällde upp den medan han gick fram emot Johan.

Simon var honom i hälarna, men istället för att försöka stoppa honom, dök Simon in i hasselbusken och fick tag i hagelbössan. Innan han ens hunnit få fram den ordentligt, skrek han: »Stopp din jävel!« men Rolf lydde inte.

Johan hade släppt sitt gevär som var värdelöst efter att ha avfyrat sitt enda skott, och sprang upp mot sitt hus. Rolf var efter honom, med kniven i handen. Med en grimas av smärta drog Simon upp bössan till axeln samtidigt som Rolf försvann in bakom syrenhäcken femton meter bort.

Simon hade aldrig skjutit med en hagelbössa förr, men han visste att hela idén med den var att haglen har spridning. Han riktade piporna mot syrenhäcken och tryckte av.

Ett antal saker hände under loppet av en knapp sekund. En öronbedövande smäll hördes och rekylen gav Simon en så hård stöt att han föll baklänges mot hasselbusken, men innan han ens hade hunnit påbörja fallet öppnades ett hål i syrenhäcken och bladflisor flög upp som en skock skrämda fjärilar. De första hasselgrenarna hann precis rispa Simons rygg genom skjortan när det hördes ett vrål från Rolf.

Simon kramade fortfarande bösstocken mot axeln när grenarna omslöt honom och han föll in i flimrande grönt. Rolf fortsatte att vråla. Det tog stopp mot starkare grenar längre in och Simon kände huden på sin rygg rivas i blod. Han kramade stockens trä och andades, låg kvar där han låg och tänkte i takt med andningens flämtande ut och in:

*Jag träffade. Jag träffade. Jag träffade.*

Det var först några sekunder senare, när han gjorde sig fri från grenarna och såg Anna-Greta sitta med händerna för munnen och Marita vagga fram och tillbaka som de andra tankarna trängde sig på:

*Om jag dödat honom, om jag ...*

Rolf hade slutat att vråla. Simon svalde utan att ha någon saliv att svälja.

*Törstig. Så förbannat törstig.*

En svettdroppe rann ner i hans öga och fördunklade synen. Han strök bort den och gned sig i ögonen. När han öppnade dem igen stod Anna-Greta intill honom. Hennes blick skelade och hon såg ut att ha ont. Hon pekade på hans hand som höll om kolven och försökte säga något, men inga ord kom.

Simon såg på bössan. Först nu upptäckte han att det fanns två avtryckare innanför varandra, en till vardera pipan. Han hade bara tryckt in den yttre. Det fanns en patron kvar. Anna-Greta nickade och tog sig för örat. Hon gick emot syrenhäcken och Simon följde efter med bössan höjd.

Rolf var inte död, eftersom han rörde på sig. Ganska mycket, till och med. Han kastade sig fram och tillbaka på marken som om han försökte skaka av sig en osynlig mara. Kavajen var sönderseliten och blodig från vänstra axeln och halvvägs ner längs ryggen på ena sidan. Endast en del av haglen hade träffat honom. Om Simon hade tryckt av en halv sekund tidigare hade Rolf troligen legat helt stilla nu.

Johan kom tvekande tillbaka, närmade sig den fallne mannen som om det rört sig om ett skadat vilddjur som vilket ögonblick som helst kunde fara upp och gå till attack. Sedan tog han en lång omväg kring den kastande kroppen och föll i Anna-Gretas famn. Anna-Greta strök honom över håret och de stod tysta och höll om varandra en lång stund. Sedan sa Anna-Greta: »Cykla och hämta doktor Holmström. Och Göran.«

Johan nickade och sprang iväg. Efter en halv minut rasslade han förbi längs vägen på sin cykel. Rolf hade stillnat och låg bara och öppnade och knöt sin ena näve. Simon stod fortfarande med hagelbössan riktad mot honom, pekfingret vilande på avtryckaren. Han kände sig illamående.

*Det här är inte jag. Det här kan inte hända mig.*

Efter tjugo minuter hade både läkaren och polisen anlänt. Rolfs skador var inte livshotande, bara mycket smärtsamma. Ett femtontal hagel hade trängt in i muskler och vävnad i hans vänstra axel och överarm, runt skulderbladet. Han förbands provisoriskt för att stoppa blödningen och man ringde efter sjuktransport. Göran skrev en rapport som skulle behöva kompletteras på polishuset i Norrtälje. Simons lillfinger spjälades.

Marita hade sin vana trogen försvunnit och senare fick de veta att hon hade hunnit ta passbåten innan någon började söka efter henne på allvar. Rolf transporterades till Norrtälje och både Göran och doktor Holmström gick hem till sitt efter att det bestämts att de dagen efter skulle åka gemensamt till polishuset.

Simon, Anna-Greta och Johan satt tysta i syrenbersån. De sönderslitna bladen i häcken var det enda som vittnade om att mörkret hade våldgästat dem för bara ett par timmar sedan. Likt ett fingers svaga rörelse kan släppa lös en förödande hagelsvärm kan en händelse som inte varat mer än fem minuter sända sina efterdyningar genom dagar och år. Man kan inte överblicka konsekvenserna, det finns för mycket att säga och resultatet blir tystnad.

Johan drack en Pommac, Simon drack en öl och Anna-Greta drack ingenting. De hade alla räddat varandra vid olika tidpunkter i den komplicerade väv som en enkel våldshandling ger upphov till, tacksamhet och skam blandades i en enda röra och ord var svåra.

Simon fingrade på sitt bandage och sa tyst: »Jag är ledsen. Att ni blev indragna i det här.«

»Var inte det«, sa Anna-Greta. »Det är inget att göra åt.«

»Nej. Men jag är ledsen ändå. Jag ber om ursäkt.«

När den första chocken hade lagt sig började de ändå trevande att tala om det som hänt. Samtalet fortsatte under eftermiddagen och uppe hos Anna-Greta och Johan där de åt en enkel middag. Framåt niotiden inträdde ett annat slags tystnad, en materialtrötthet i språket. De orkade inte höra ljudet av sina egna röster längre och Simon gick ner till sig.

Han satte sig vid köksbordet och löste ett korsord för att skingra tankarna, klippte för ovanlighetens skull ut det, fyllde i adress och la det i ett kuvert. Sommarkvällen var ännu lila utanför fönstret när han var färdig och han ångrade att han hade tackat nej till erbjudandet att sova över på kökssoffan uppe i stora huset. Dagens händelser vevades runt, runt i skallen. Till idag hade framtiden varit dyster men förutsägbar, han hade kunnat se sig själv vada vidare genom åren. Nu såg han inte längre.

Liksom bössans rekyl hade slungat honom bakåt, hade han kastats ut från sig själv i samma ögonblick som han avlossade skottet. Det var inte själva handlingen som skrämde honom – den hade uppstått ur panik och nödvändighet – utan vad som hade hänt inuti honom.

Han hade sett Rolfs huvud explodera när han pressade in avtryckaren, ja, han hade haft för avsikt att spränga Rolfs huvud. När Anna-

Greta efteråt hade pekat på bössan och Simon hade sett att det fanns ett skott kvar, hade hans omedelbara impuls varit att skjuta Marita också. Avrätta henne. Spränga hennes huvud. Ta bort henne.

Inget av detta hade han gjort. Men han hade tänkt det och haft en vild lust att göra det. Möjligen skulle han ha gjort det om det inte hade funnits vittnen. Han hade kastats in i en annan version av sig själv, en som ville döda det som stod i hans väg. Det var ingen behaglig tanke och det var en mycket behaglig tanke: att han kunde vara en annan från och med nu, om han ville.

*Men vem? Vem är jag? Vem blir jag?*

Tankarna fortsatte att mala efter att han hade gått och lagt sig. Han skämdes över sig själv. För vad han gjort och inte gjort, för vad han tänkte och vem han var. Han försökte tvinga sig att tänka på föreställningarna i Nåten, huruvida han skulle klara av dem med ett brutet finger, men bilderna sköljdes bort och ersattes av andra.

Efter några timmar föll han i en orolig slummer som efter en kort stund stördes av smällar, dunkanden, knackningar. Bara knackningar. Han kom snabbt på fötter och såg sig omkring i rummet. Någon hade knackat. Någon ville in. En gnutta ljus låg kvar över himlen och han såg silhuetten av ett huvud utanför sovrumsfönstret.

Han andades ut och öppnade fönstret. Anna-Greta stod utanför med händerna knutna över bröstet. Hon var klädd i ett vitt nattlinne.

»Hej?«

»Får jag komma in? En stund?«

Simon sträckte instinktivt ut armen för att hjälpa henne över fönsterkarmen men insåg hur dumt han betedde sig.

»Jag öppnar«, sa han.

Anna-Greta gick runt knuten och Simon öppnade ytterdörren för att släppa in henne.

# Drivved

There's this switch that gets hit
And it all stops making sense.
*Bright eyes – Hit the switch*

## Drömmen om Elin

I dryga två timmar hade Simon och Anna-Greta turats om att berätta. Anders knän knakade när han reste sig och sträckte armarna mot taket. Utanför fönstret hade vädret varken blivit bättre eller sämre. Små regndroppar smekte rutan och vinden rusade utan större brådska mellan träden. En promenad verkade möjlig och han behövde röra på sig.

Simon gick ut i köket med brickan och Anna-Greta borstade bort smulor från bordet. Anders såg på hennes rynkiga händer och tänkte sig hagelbössan i dem. »Vilken historia.«

»Jo«, sa Anna-Greta. »Men det är bara en historia.«

»Hur menar du?«

»Precis det jag säger.« Anna-Greta rätade på sig med smulorna i sin hand. »Vi kan aldrig veta nåt om det som har varit, eftersom det har blivit historier. Även för dom som är inblandade.«

»Så … det var inte så här?«

Anna-Greta ryckte på axlarna. »Jag vet inte. Längre.«

Anders följde efter henne till köket där Simon försiktigt höll på att ställa in finporslinet i diskmaskinen. Anna-Greta borstade sina händer över slasken och tog fram diskpulvret. De rörde sig vant och självklart runt varandra i en vardagsdans som åren hade nött fram. Anders betraktade dem i dubbelexponering.

*Smugglarkungens dotter och trollkarlen. Nu sätter dom igång diskmaskinen.*

Vare sig deras historia var sann eller inte så hade den rört till det i skallen på honom. Nya serier av kopplingar måste göras, nya bildföljder sammanställas och han upplevde det som en fysisk trötthet när synapserna beredde väg för det nya.

»Jag går en promenad«, sa han.

Anna-Greta gjorde en gest mot kylskåpet. »Ska du inte ha med dig nån mat?«

»Jag tar det sen. Tack för kaffet. Och berättelsen.«

När Anders kom ut på farstubron tände han en cigarett och strövade iväg längs trädgårdsgången. Han passerade stigen till Simons hus och stannade, drog ett djupt bloss.

*Här sprang pappa med luftgeväret. Och utan luftgeväret.*

Geväret fanns fortfarande i ett skåp i Smäcket och han hade provat det någon gång när han var liten. Men det var glapp i pipan och så dåligt tryck att haglet oftast fastnade i loppet. Han hade undrat varför pappan hade sparat det. Nu visste han.

Löv rasslade eller föll omkring honom och håret fuktades av duggregnet när han fortsatte upp mot handelsboden. Passbåten backade just ut från ångbåtsbryggan efter att ha lämnat av en liten grupp skolbarn. En drygt sjuårig flicka med skolväskan ivrigt dunsande på ryggen kom springande på vägen emot honom. Det var Maja –

*inte Maja*

– som äntligen hade kommit –

*det är inte Maja.*

– och han fick lägga band på sig för att inte gå ner på knä och välkomna flickan genom att skopa upp henne i sin famn.

Ty det kunde ha varit Maja. Vartenda barn i sju- åttaårsåldern kunde ha varit Maja. Tanken hade skruvat honom ner i förtvivlan under det första halvåret efter hennes försvinnande. Alla barn som kunde ha varit Maja men inte var det. Tusentals ivriga, glada eller ledsna ansikten, små kroppar i rörelse och inte en enda av dem var *den rätta*. Just hans lilla flicka, och bara hon, hade avlägsnats och fanns inte längre.

Han hade älskat henne så mycket. Det borde ha varit någon annan som försvann. Någon oälskad. Flickan passerade honom och han vände sig om, såg hennes ryggsäck med Bamsemotiv avlägsna sig ner mot södra byn.

*Det borde ha varit du.*

Han hade slutat sin utbildning till lärare när Maja försvann och det var lika bra. Han skulle aldrig kunna jobba med barn, eftersom han var så kluven. Hans första impuls var att älska och omfamna dem alla, hans andra att avsky dem för att de överhuvudtaget levde.

På handelsbodens vägg satt redan ett antal påsar på krokar, enstaka nya eller gamla postlådor och ett par hinkar med lock där lådnumret hade skrivits med tusch. Anders la på minnet att hänga dit något inom ett par dagar, innan fotona kom tillbaka.

Ångbåtsbryggan låg tom och de vita gässen sprang över havet utan att lyfta, vinden slet i plastpåsarna på bodväggen. Ett oregelbundet gnisslande hördes. Anders skärpte hörseln för att försöka identifiera ljudet. Det kom från trappen upp till handelsboden, eller bakom den.

Han gick dit och när han såg ljudets källa kunde han inte förstå varför han blev så rädd. Han tog ett steg bakåt och flämtade till, håren reste sig på armarna. Det var GB-gubben som stod där.

GB-gubben var monterad med fjädrar på en cementkloss och vinden fick honom att gnisslande gunga fram och tillbaka. Han brukade stå framför handelsboden men var nu undanställd för säsongen. Anders såg på hans grinande ansikte och pulsen gick upp, andningen hackade. Han kupade händerna framför munnen och försökte ta djupa andetag.

*Det är bara GB-gubben. Han är inte farlig.*

Han hade sagt så. Till Maja. Det var Maja som hade varit rädd för GB-gubben, inte han.

Det hade börjat som ett skämt. Maja hade varit rädd för svanar. Inte svanarna i havet, vilket kanske hade varit naturligt. Även Anders kände viss respekt för dem. Nej, hon var rädd för att en svan skulle komma in genom dörren eller fönstret när hon låg och skulle sova.

Eftersom Maja alltid blev glad när hon såg GB-gubben – det innebar att det kunde vara glass på gång – försökte Anders skoja bort det hela genom att säga: »Svanar är inte farliga, dom är inget att vara rädd för. Dom är inte farligare än ... GB-gubben. Och du ligger ju inte här och är rädd för att *GB-gubben* ska komma in, eller hur?«

Maja fortsatte att vara rädd för svanar, men blev ännu räddare för GB-gubben. Tanken hade aldrig slagit henne: att GB-gubben kunde ligga under hennes säng eller komma smygande in genom dörrspringan med det där leendet klistrat i ansiktet. Anders kom att ångra att han hade sagt det där. Efter den kvällen var han alltid tvungen att öppna hennes fönster och titta efter så att inte GB-gubben stod utanför. Majas säng var mycket låg, ett lejon kunde inte rimligtvis rymmas där under. Men GB-gubben kunde, platt som han var.

GB-gubben fanns överallt. Han var i havet när hon skulle bada, dolde sig i skuggorna. Han var all rädsla inkarnerad.

Nu stod han här och gnisslade bakom handelsbodens trappa och Anders uppfylldes av en fasa som han inte kunde sätta fingret på. Han tvingade sig själv att stirra GB-gubben i ögonen trots att han var så rädd att han ville springa därifrån.

*Hem. Dricka vin.*

Men förmodligen var det alkoholens fel alltihop. Han var nere i nerverna. Överkänslig. Kunde bli rädd för vad som helst. Men han stålsatte sig. Skulle inte hem och supa. Skulle stirra på GB-gubben tills den jäveln vek undan med blicken eller blev ofarlig.

GB-gubben svängde fram och åter som om han gjorde sig redo till språng. Anders släppte honom inte med blicken. De mätte varandra. En rysning löpte över Anders rygg.

*Nån tittar på mig.*

Han snurrade runt och tog ett par steg fram för att inte stå för nära den svängande plastfiguren bakom hans rygg. Fienden kom ifrån alla håll. Anders svepte med blicken över bryggan, bodarna, grusplanen, havet. En ensam mås kämpade med luftströmmarna, verkade oförmögen att ta sig ner till vattenytan. Inte en människa fanns i sikte.

*Men nån tittar på mig.*

Någon hade tittat på honom där han stod och skakade framför GB-gubben, någon tittade på honom fortfarande. Det enda som saknades var ett eller flera par ögon. Men de fanns ingenstans.

*Nån utan ögon tittar på mig.*

Med bultande hjärta gick han bort från handelsboden och slog in på vägen mot Kattudden. Känslan klingade av ju längre bort han kom. GB-gubbens gnisslande kunde fortfarande höras svagt, men förnimmelsen av att vara iakttagen var borta. Anders gick vidare med raska steg och passerade den nedlagda skolan, det så gott som nedlagda missionshuset och stormklockan i dess vita trätorn.

Efter några hundra meter ersattes skräckens hjärtklappning med den dåliga konditionens och han slog av på takten. När han hade kommit in i granskogen stannade han vid foten av den smala stigen som ledde upp till flyttblocket. Händerna skakade fortfarande när han fick fram en cigarett, tände den och drog ett djupt, girigt bloss.

*Vad var det där?*

En stark olust satt kvar i kroppen och han önskade att han hade haft lite vin att skölja bort den med. Cigaretten i hans fuktiga fingrar smakade unket och han tryckte sönder den mot granbarren som låg strödda över vägen. Han mådde inte bra. Något höll på att ändra läge inne i kroppen på ett dåligt sätt.

Han tog ett steg mot stigen upp till flyttblocket, men ångrade sig. Han ville inte gå dit. Det var hans och Cecilias stig och han och Cecilia fanns inte längre, alltså ...

*Minnen. Förbannade minnen.*

Allting på Domarö var inpyrt med minnen. Var det inte hans minnen så var de någon annans. Om det bara gick att bli kvitt alla minnen. Stigen ålade in i skogen som ett framviskat löfte om något annat. En annan plats eller en annan tid.

*Jag behöver komma bort här.*

Anders följde stigens sträckning med fingret, lät den upplösas i en vinkning, ett farväl.

*Jag behöver vara här. Och jag behöver komma bort.*

Han såg det klart och tydligt. Där var hela problemet, i all sin omöjliga enkelhet. När han började gå mot Kattudden igen kom en lösning för honom. En praktisk lösning på hur han skulle besegra sin ständiga ängslan och skräck.

Anders fortsatte genom skogen och passerade Holgers hus som låg och ruvade inne i mörkret. Han drog upp detaljerna i sin plan för framtiden och det var inget märkvärdigt, inget som inte gick att lösa. När han kom ut ur granskogen var planeringen färdig och han andades lättare.

Kattudden var ödslig så här års. Husen var inte vinterbonade och i de flesta fall för små för att erbjuda ett drägligt liv när det stora utomhuset inte fanns att tillgå som på sommaren.

Anders hade tillbringat en stor del av sina somrar på Kattudden. Nästan alla hans kompisar hade varit barn till sommargäster och det var i rum eller stugor här han hade druckit sprit första gången, tittat på förbjudna skräckfilmer och lyssnat på Madonna. Med mera.

Nu var det bara en avfolkad semesterby i höstrusk och en ganska ful sådan. Husen var i de flesta fall sektionsbyggda. Färdiga paket som hade anlänt från fastlandet på Kalle Gripenbergs bryggpråm. Upp med väggar och tak, in med fönster och dörr och sedan ut till stugan och njuta! Sådana hus har en tendens att inte åldras med värdighet. De flesta var ändå bättre byggda än Smäcket.

Anders strövade längs huvudvägen ner mot bryggorna, tittade på kvarglömda sommarpinaler och övertäckta trädgårdsmöbler. På en tomt stod ett halvspelat kubbparti fortfarande kvar, som om ägarna plötsligt hade insett att de behövde åka till stan ögonblickligen och bara släppt vad de hade för händer.

Det lyste i ett av husen närmast bryggorna. Anders hade varit i det huset många gånger: Elins hus. Det var säkert tio år sedan han sett Elin i verkligheten, nästan tjugo sedan de hade slutat att umgås. På teve och i tidningar hade han, liksom halva svenska folket, sett henne en hel del fram till för några år sedan. Sedan dess hade det varit tyst.

Huset var ett av de finare i området, hade egen brunn och egen brygga. Det var till skillnad från de flesta uppfört på plats och Anders mindes hur det där ihåliga ekot som fanns i alla andra hus saknades i Elins. Dörren han nu knackade på var solid, med dörrkläpp och allt.

Han väntade. När inget hände knackade han igen. Steg hördes från insidan och en röst sa: »Vem är det?«

Det kunde knappast vara Elins röst, den här tillhörde en äldre människa, så Anders sa: »Jag heter Anders. Jag sökte efter Elin. Elin Grönwall.«

Först när han sa hennes namn högt kom han ihåg. *Varför* de hade slutat att umgås. Varför alla hade slutat att umgås, varför somrarna och barndomen hade tagit slut.

*Elin. Joel.*

Han hade lyckats glömma. En impuls hade fått honom att knacka på, men nu var han tacksam för att Elin inte var hemma, att han inte behövde se henne. Han var på väg att gå när dörren öppnades. Anders gjorde en ansats till ett leende, men det dog bort i samma ögonblick som han fick syn på personen som hade öppnat.

Om det inte hade varit för tidningsomslagen och bilderna på nöjessidorna som låg närmare i tiden, skulle han aldrig ha känt igen kvinnan som hade varit hans kompis för länge sedan, och hade han inte känt henne sedan hon var liten skulle han inte ha känt igen kvinnan från omslagen.

*Vad har dom gjort med henne?*

Han visste inte vilka »dom« var, men det var omöjligt att tänka sig att någon gjorde så med sitt utseende frivilligt. Anders lyckades få upp mungiporna en aning.

»Hej.«

»Hej.«

Även Elins röst var förändrad. Hon hade i sjuttonårsåldern lagt sig till med en bebisröst som då tilltalade vissa killar och senare beskrevs med löje i pressen. Nu lät rösten djupare och raspigare. En äldre människas röst, och just den förändringen var faktiskt till det bättre.

Anders kunde inte säga något av det han tänkte, så han sa: »Jag gick förbi och såg att det lyste, så att ...«

»Kom in.«

Huset doftade nästan precis som det hade gjort när han var ung. Det kändes inte som om det fanns någon mer människa där. Anders hade föreställt sig att den som tvingade Elin skulle vara närvarande.

»Vill du ha nåt?« frågade hon. »Kaffe? Vin?«

»Vin är bra, tack.«

Anders tittade upp när han svarade, men slog genast ner blicken igen. Det var svårt att se på henne. Han koncentrerade sig på att knyta upp sina skosnören och Elin försvann ut i köket.

*Vad har hon gjort?*

Hon hade varit söt när hon var ung, kunnat välja bland killarna. I samband med Big Brother och utviken hade hon opererat brösten och läpparna, blivit klassiskt våp eller vamp. En av de där som cirkulerar mellan fotograferingar och fester och skandaler. En barturné och tala ut, ett kraschat förhållande och tala ut. Lite tjockare med smink för varje vända.

Man kan föreställa sig hur det tär, hur människan bakom masken sakta förhärdas: leendet stelnar, huden blir styv och okänslig tills bara ett glänsande fossil kring ett tomrum återstår. Hur gravitationen vinner över glamouren.

Ändå förklarade det inte Elins förvandling. Hon hade inte bara förfallit, hon hade *gjort om sig* till något värre än vad tiden kan ställa till med. På något sätt och av någon anledning hade hon gjort sig ful.

Panoramafönstret i köket vette mot Kattholmen och trots det mulna vädret badade klinkers och rostfria bänkar i ljus från himlen och havet. Allt var tydligt som på ett fotografi. Anders satte sig med ryggen mot fönstret medan Elin fyllde hans glas med Gato Negro från en box. De höjde sina glas och drack. Anders la band på sig för att inte ta för djupa klunkar.

»Hur är det?« frågade han.

Elin strök med fingret över katten på kartongen. »Vi brukade sitta här hela kvällarna, eller hur? När mamma och pappa var borta.«

»Ja. Och nätterna också. Sen.«

Elin nickade och fortsatte att följa kattens konturer med fingret. Eftersom hon inte såg på honom, vågade Anders studera hennes ansikte.

Näsan, som varit smal och rak, hade blivit dubbelt så stor och tillplattad. Den haka som varit bestämt utskjutande och något fyrkantig hade blivit spetsig och undflyende så att den gick ihop med halsen. Hennes tydliga kindknotor och skrattgropar hade försvunnit och läpparna ...

De där läpparna som hade plutat i närbild, bröstbild, helbild och som hade varit åtråvärda redan innan silikonfyllningarna, hade nu pressats ihop och blivit ett par smala streck som markerade var munnen började och slutade och knappt ens det.

Hon hade påsar under ögonen som skulle ha sett onaturliga ut på en tjugo år äldre kvinna, och det obegripliga var att i det kliniska ljuset kunde Anders se linjerna efter dåligt läkta ärr under ögonen. Som om hon hade åtgärdat påsarna. Som om det en gång hade varit värre.

Han tog en djup klunk av vinet, nästan halva glaset, och när han kom på sig själv var det för sent, han kunde inte gärna spotta tillbaka det, så han svalde. Elin tittade på honom och han kunde inte tyda hennes min. Det gick inte att läsa henne mer än vad man kan läsa en sönderriven bok.

*Nu ska vi småprata.*

Nu skulle han ta upp tråden med hur de hade suttit här, allt de hade gjort för länge sedan och han skulle inte nämna vare sig hennes ansikte eller sjöboden på Kattholmen där allt tagit slut.

*Vad gjorde vi egentligen?*

Han sökte efter något lustigt minne. Något de kunde skratta åt och som kunde desarmera den konstiga stämning som rådde. Han kom inte på någonting. Han mindes bara att de hade druckit te, massor av te med honung, att honungen tog slut ibland och ... Orden ramlade ur honom: »Vad har du gjort med ditt ansikte?«

Skåran mellan Elins smala läppar töjdes ut, drogs upp mot kinderna och kunde tolkas som ett leende. »Det är inte bara ansiktet.«

Hon gick ut på köksgolvet och drog med händerna över sin kropp. Anders slog ner blicken och Elin sa: »Titta.«

Han tittade. De tunga bröst som hade gett Slitz rubrikmakare anledning att skriva: »Bomber i sikte!« hade krympt ihop och plattats till, var knappt ens en utbuktning. Elin drog upp collegetröjan över magen. Magen hängde ut och bildade ett veck i jeanslinningen. Läpparna låtsades le igen.

»Det gick faktiskt att använda inläggen från brösten och sätta dom här.« Hon grep tag i bullen ovanför sin högra höft, klämde till. »Sen fick jag ju skära bort en del, förstås. Dom var ju ganska stora innan också.«

Elin drog upp tröjan lite till, så att bröstens underkant kom till synes. Anders såg det dåligt läkta ärret och tittade ner i golvet. »Varför?«

Hon släppte ner tröjan och satte sig på andra sidan bordet igen, tog en klunk vin och fyllde på i hans glas.

»Jag fick lust till det.«

Hennes röst bröts en aning. Hon betedde sig som någon med svåra skador eller missbildningar, som visar upp dem som en utmaning till den andre att säga något, att våga ifrågasätta. Men nu bröts hennes röst.

»Jag är inte färdig än.«

»Hur menar du?«

»Jag är inte färdig än. Jag ska göra mer. Fler operationer.«

Anders sökte i hennes förändrade ansikte, i hennes ögon, efter spår av galenskap men hittade inga. Han tyckte att hon borde utstråla något annat än sorgsen resignation. Åtminstone någon form av fanatism.

»Jag förstår inte.«

»Inte jag heller«, sa Elin, »Men det är så.«

»Men vad ... vad är du *på väg mot*, liksom?«

»Jag vet inte. Jag vet bara att det inte är klart.«

»Vilken läkare går med på att –«

Elin avbröt honom. »Om man har pengar. Finns det alltid folk. Och pengar har jag.«

Anders vände sig om och såg ut genom fönstret. Vinden rörde om i de enstaka granar som ännu stod upprätta på Kattholmen. En storm några år tidigare hade fällt de flesta av träden och holmen var ett enda stort plockepinn där det knappt gick att ta sig fram. Möjligen hade sjöboden krossats. Förhoppningsvis hade den det.

»Tänker du på samma sak som jag?« frågade Elin.

»Jag tror det.«

»Allt försvinner. Till slut.«

»Ja.«

De undvek ämnet och började tala om sådant som försvunnit, vad det blivit av gamla kompisar. Anders berättade om Maja och ansträngde sig för att inte falla ner i det schakt som alltid öppnade sig under honom när han genom orden återupplevde det som hänt. Han lyckades hålla sig balanserande på kanten.

Eftermiddagen hade dragit en slöja av mörkare grått över havet och boxen var så gott som tom när Anders reste sig med stöd av bordet och sa att han skulle hem. »Jag bor ju här nu. Tror jag.«

Han fick skärpa sig för att lyckas knyta skosnörena i den mörka hallen. Elin stod och betraktade honom med huvudet på sned.

»Varför har du kommit tillbaka?«

Anders blundade för att klara av att dra åt öglorna utan att distraheras av rummets rörelser. Varför hade han kommit tillbaka? Han försökte hitta en formulering och sa till slut: »Jag ville väl vara nära nåt som betyder nånting.«

Han drog sig upp med hjälp av dörrhandtaget. Dörren öppnades och han höll på att falla ut på farstubron men rätade upp sig och återfick balansen. »Du då?«

»Jag ville bort, bara. Från alla ögon.«

Anders nickade drucket och länge. Fullt begripligt. Alla ögon. Bort från dem. Han kom ihåg någonting, att det var någonting med ögon, men han fick inte fatt på det. Han vinkade farväl och stängde dörren bakom sig.

Eftermiddagen mörknade snabbt mot kväll när Anders gick vägen fram emot granskogen. Vinden friskade i och särskilt kraftfulla byar fick honom att vackla i sidled. Han tänkte på Elin.

*Jag är inte färdig än. Jag ska göra mer.*

Han skrattade till. Som projekt betraktat var det konstigt men inte obegripligt. Projekt måste man ha, och förstörandet av den egna personen var ett av många möjliga. Det visste väl han, om inte annat. Att bränna sina pengar på att lägga sig under kniven och bli fulare för varje gång var på sitt sätt grandiost, en riktig kulturgärning.

Eller ett sonande.

En stor papperskasse med matvaror stod utanför ytterdörren. Han sände en tacksam tanke över viken och kånkade in kassen i köket, packade in i kylskåp och skafferi. När han var klar drack han nästan en liter vatten för att spä ut sitt alkoholbemängda blod, sedan satte han sig vid köksbordet och pillade med pärlorna. På måfå tryckte han dit några blå i kanten av plattan.

Köksgardinerna böljade svagt av draget genom det otäta fönstret och han tände en brasa i köksspisen för att driva ut fukten som hade hunnit samlas sedan morgonen. Sedan återvände han till pärlorna.

Tio blå prickar i kanten av det stora vita, som en flik av himmel bakom ett molntäcke. Han tryckte dit några stycken till.

## Misstankar

De älskade inte så ofta nuförtiden, men när de gjorde det, gjorde de det grundligt.

Den första sommaren hade Simon och Anna-Greta inte kunnat hålla händerna ifrån varandra. Av hänsyn till Johan var det främst nätterna som hade stått till deras förfogande, men det hände att lusten slog emot dem som ett kokande sillstim även mitt på dagen. Då stängde de in sig i sjöboden och ovanpå högar av nät och skötar yrde de över varandra, stillade febern och betalade med skrubbsår.

Så gick det inte till längre. Skulle ha sett ut.

Det kunde gå veckor innan de rätta förutsättningarna infann sig. Eftersom de inte sov i samma säng eller ens i samma hus kunde älskogen inte börja helt apropå, som en eftertanke innan de föll i sömn. Inte heller hade de kommit dithän att frågan kunde ställas rakt ut, och de skulle aldrig komma dithän eftersom de båda såg sexualiteten som ett mysterium och en hemlighet, inte en köttbit som sökte harmoni.

Alltså handlade det om en väv av outtalade frågor och svar, små rörelser som sonderade terrängen. En hand på en arm, en blick som hölls något för länge, ett leende som antydde okynne. Det kunde pågå i dagar tills de inte längre visste vem det var som frågade och vem som svarade, men emellan dem växte i tystnad vissheten: det var så dags.

Då följdes de åt till sovrummet, alltid Anna-Gretas sovrum eftersom hon hade en bredare säng. De tände ett stearinljus och klädde av sig. Anna-Greta förmådde ännu att klä av sig stående medan Simon var tvungen att sitta på sängkanten för att få av sig byxor och strumpor.

Alltmer sällan gick det bra från början. Kanske som en förberedelse för döden hade Simons ande och kött börjat säga farväl till varandra. När Anna-Greta lade sig intill honom hjälpte det inte hur mycket hans vilja slöt sig kring hennes älskade kropp, hans läppar över hennes höft. Det ville sig inte.

Hans svikande erektion var ett problem som sedan många år tillbaka var avdramatiserat och numera en förväntad del av förloppet. Ändå stack det ännu i honom och varje gång tänkte han: *Nu, då. Bara den här gången.* Han hade till och med övervägt Viagra, om inte annat så bara för att en enda gång få överraska med ett riktigt praktstånd från början, som en present.

Men tills vidare fick det ta den tid det tog. De smekte varandra, slickade och smånafsade. Emellanåt sög Anna-Greta prövande på honom för att se om svällkropparna bestämt sig för att vakna ur sin sömn. Om de visade tecken till svar, fortsatte hon tills han var redo, men oftast var det som att prata med en vägg.

Simon hade tänkt att det var ålderdomens ironi: den enda del av honom som inte var styv och stel var den han önskade skulle vara det. Utbrytaråren hade saboterat hans leder och skelettet kändes som ett strandmonster hopfogat av drivved och rostiga spikar. Han kunde känna, ja, nästan höra hur det gnisslade när han rörde sig intill Anna-Gretas smidigare kropp.

Det tog längre tid för varje år, men så småningom började miraklet sippra in. Det kom en värme i skulderbladen som spred sig så sakteliga ut över hela ryggen och axlarna tills han kunde röra armarna på ett sätt som aldrig var möjligt till vardags: mjukt. Anna-Greta log när hans smekningar blev mer följsamma, beröringen lättare.

Han var hemma i sin kropp igen och när Anna-Gretas huvud sänktes över hans mellangärde kom svaret som en pirrning och den döde reste sig. Redan då svävade Simon i den njutning som är frånvaron av smärta och kunde för all del ha stannat där och nöjt sig med att vara mjuk och glömsk och nära. Men när Anna-Greta kröp upp på honom och förde in honom i sig, vaknade en annan slumrande känsla. Förberedelserna var över och kroppen var tjänstvillig. Han kunde släppa lös *lusten.*

När de äntligen hade kommit till den punkten, var lusten en och densamma. Ett glödande klot i bröstet som sträckte röda trådar upp i huvudet. Han grep tag om hennes höfter och de följde varandras rörelser eller stötte emot som det föll sig och bara han och hon fanns i hela världen.

När Simon väl var igång kunde han hålla på länge. Så de höll på länge. Dumma vore de annars. Aldrig var deras ålderstyngda kroppar så lätta som då och aldrig hade tid och sorger så föga betydelse. De gungade utanför tiden och åren föll av dem, ja, ibland kunde Simon till och med använda sina förstelnade fingrar, och passade på att använda dem.

De vågade inte längre byta ställning sedan Simon två år tidigare brutit ett revben när han kastat sig runt. Så de stannade där de var, rörde sig på stället och mumlade tysta ord av kärlek tills allt sprang i bitar och förenades.

Anna-Greta sov. Simon låg intill och såg på henne. Hennes läppar var insjunkna sedan hon tagit ut löständerna efter kärleksakten. Inte ens med den största ansträngning kunde han tycka att hennes mun var vacker utan tänderna, så han tittade inte på hennes mun.

Ögonlocken var tunna, nästan genomlysta av det halvt nedbrunna stearinljuset och under huden kunde han se ögongloberna röra sig. Kanske hon drömde. De djupa rynkorna mellan näsa och mun drogs upp en aning, som om hon i drömmen kände en lukt hon inte tyckte om.

*Vem är du?*

Det blåste hårt utanför fönstret och ljuset fladdrade till. En skugga for över Anna-Gretas ansikte och hennes uttryck förändrades under en halv sekund, blev till något han aldrig tidigare sett. Sedan var hon där igen.

*Vem är du?*

Femtio år tillsammans och han visste allt om henne. Utom vem hon var. Hon hade berättat historierna från tiden innan, han hade följt henne genom nästan två tredjedelar av hennes liv och visste hur hon skulle reagera i så gott som alla situationer. Ändå kom han inte ifrån den där känslan: att han inte visste vem hon var.

Kanske var det något som alla drogs med, hur nära de än stod varandra, men han trodde inte riktigt det. Det här var något mer. Något i stil med ... Spiritus. Han hade aldrig berättat för henne vad han hade i sin tändsticksask. Alltså var han på sätt och vis även en främling för henne.

*Varför har jag inte berättat det?*

Han visste inte. Något hade sagt honom att han inte borde. Förmodligen hängde det samman.

Simon suckade djupt och rullade över till sängkanten, tog sig med viss svårighet upp till sittande. Om hans kropp blev trettio år yngre när de älskade, blev den trettio år äldre när det var över. Muskler och leder knarrade och klagade och han kände sig redo för sarkofagen.

*Det blir nog inte många gånger till.*

Han fick på sig strumpor, kalsonger och byxor. Så där hade han tänkt varje gång de senaste åren efter att de älskat. Men när det var så dags, nog rullade maskinen igång igen. Så länge det varade.

Han trasslade ut undertröja och skjorta, släckte ljuset och smög sig ut ur rummet. Stödd på ledstången tog han sig varsamt nedför trappan, ett steg i taget. Det visslade runt knutarna och träet i det gamla huset klagade värre än hans egen kropp. Kulingen hade ökat till ren storm och han borde gå ner och se till båten.

*Och om den har slitit sig?*

Inget att göra åt. Han klarade inte av några sådana manövrar. Men då visste han åtminstone hur det låg till. Han tog tröjan som låg slängd på en köksstol, drog den över huvudet och öppnade ytterdörren.

Vinden grep tag i dörren och han fick kämpa med den några sekunder för att lyckas stänga utan att det skedde med ett brak. Sedan knöt han armarna runt kroppen och snarare hasade än gick ner mot sitt hus.

Det var en magnifik storm, men svår att njuta av. De stora björkarna vajade hotfullt över husen och om någon av dem föll åt fel håll skulle skadorna bli omfattande. Som alltid när det blåste tänkte Simon att han borde såga ner dem och som alltid när det slutade blåsa skulle han lyckas glömma bort det eftersom det var för mycket jobb.

Han vände ansiktet mot havet och den nordliga vinden sög tag i honom med full kraft. Gåvastens fyr blinkade långt där ute och havet ...

*... havet ...*

Något lossnade inuti honom. En bit av det han behövde föll bort.

*... havet ...*

Han famlade efter stöd och fick tag i en kvist på äppelträdet. Ett kvarblivet äpple skakades loss och föll i marken med en knappt hörbar duns.

*... lossnar ... faller ...*

Grenen vek sig när han lade för mycket tyngd på den och han segnade ner på gräset. Kvisten gled ur hans grepp och rappade till honom över kinden när den fjädrade tillbaka. Det brände till och han föll ner på rygg med uppspärrade ögon. Det som hade lossnat flöt runt inuti honom och han kände sig illamående. Och svag. Svag.

Äppelträdet piskade med grenarna, som ville det sudda ut stjärnhimlen och Simon låg stilla och stirrade. Stjärnorna blinkade genom löven som satt kvar och styrkan rann ut ur Simons lemmar.

*Jag orkar inte. Jag dör.*

Länge låg han så och väntade på utslocknandet och mycket hann han tänka. Men stjärnorna fortsatte att lysa och vinden fortsatte att rusa. Han försökte att röra armen och den lydde. Handen slöts kring en fallfrukt och han lät den vila där en stund. Mattheten mildrades en smula men han var fortfarande svag.

Han tog sig upp på knä och vidare upp på fötter, stod och svajade som ett aspskott i vinden. Ena handen kändes konstig och när han tittade efter såg han att han fortfarande höll i äpplet. Han släppte det. Med fötterna släpande rörde han sig emot sitt hus igen.

*Något hände.*

När han sent omsider kommit till sin dörr kisade han ner mot bryggan. Det var svårt att se i det svaga ljuset från fyr och stjärnor, men det såg ut som om båten låg där den skulle. Bryggans stenkista tog emot det värsta. Inte för att han skulle ha orkat göra något, speciellt inte nu, men det var ju bra att han hade en båt fortfarande.

Han tog sig in och tände ljuset, satte sig vid köksbordet och andades i svaga stötar, försökte vänja sig vid tanken att han ännu var vid liv. Han hade varit övertygad om att han skulle dö och hade även hunnit förlika sig med den övertygelsen. Falla ihop under Anna-Gretas äppelträd och svepas bort av stormen. Det kunde ha varit värre, mycket värre.

*Men nu blev det inte så.*

En tanke hade slagit rot i honom under hans myrstegsmarsch hemåt, en misstanke. Ur köksbordets låda fick han fram tändsticksasken och öppnade den. Trots att det var som han misstänkt kunde han inte undgå att flämta till.

Larven var grå. Den förut så blanka, svarta huden hade krympt ihop och torkat, fått en askgrå färg. Simon skakade asken försiktigt. Larven vred sig en aning och Simon andades ut. Han samlade saliv och lät en loska falla ner. Larven rörde sig när saliven träffade, men inte mycket. Den var svag och höll på att förtvina.

*Som jag.*

Stormen fick fönsterrutan att skälva. Simon satt och glodde ner i asken, försökte förstå. Om det var han eller Spiritus som gick först, om det var han som påverkade larven eller tvärtom. Vem som var skyldig. Om det var någon av dem.

*Eller nåt tredje. Som påverkar oss båda.*

Han såg ut genom fönstret och blinkade. Gåvastens fyr blinkade tillbaka.

## Kommunikation

Anders vaknade av att han frös. Stormen rasade kring Smäcket och inne i huset rådde svag till måttlig vind. Gardinerna böljade och kall luft svepte över hans ansikte. Han reste sig med filten över axlarna och gick fram till fönstret.

Havet var i uppror. Vågkammarna kastade sig rasande framåt i månskenet och enstaka droppar nådde ända upp till fönsterrutan som knastrade olycksbådande under stormens tryck. De gamla tvåglasfönstren var ett klent försvar mot naturens vrede. Ett par av fönstren var dessutom spruckna sedan tidigare.

*Vad gör jag om nåt går sönder?*

Det fick bli som det blev. Han tände i köket och drack ett par glas vatten, tände en cigarett. Väggklockan visade halv tre. Röken från cigaretten virvlade runt med luftströmmarna som for igenom huset. Han satte sig vid köksbordet och försökte göra rökringar utan att lyckas.

Ett femtiotal blå pärlor och fem stycken vita satt nedtryckta i pärlplattans ena hörn. De vita satt i en liten klump, omgivna av blått. Han gned sig i ögonen och försökte minnas när han hade satt dit dem. Han hade kommit hem och varit ganska berusad, tryckt dit några pärlor på måfå. Sedan kunde han inte komma ihåg något mer förrän han lagt sig i soffan och lyssnat på vinden tills han somnade.

Mönstret som hade bildats av det blå och vita var meningslöst och inte särskilt snyggt. Han harklade sig när röken bildade en seg klump i halsen och såg sig omkring efter en matkniv eller liknande att pilla bort pärlorna med. En blyertspenna låg intill pärlplattan och han hann ta upp den innan han insåg att den inte dög.

Då fick han syn på bokstäverna.

Pennan hade legat på några bokstäver, skrivna direkt på bordsskivan med sådant tryck att de bildat fördjupningar i det gamla träet. Anders lutade sig fram och läste. Det stod:

BÄR MFL

Anders stirrade på bokstäverna, drog med fingret över den svaga fördjupning som de bildade.

*Bär mfl?*

Hans blick var som fastlimmad i de spretiga bokstäverna och han vågade inte titta åt vare sig höger eller vänster. En rysning forsade ner över ryggen.

*Det är någon här.*

Någon tittade på honom. Han spände musklerna i benen, svalde djupt och utan förvarning flög han upp från stolen med sådan fart att den föll baklänges. Hans blick for över köket, in i alla hörn och skuggor. Ingen var där.

Han tittade ut genom köksfönstret, men trots att han kupade händerna runt ögonen skuggade tallarna månljuset så att det var omöjligt att se om det fanns någon där ute. Någon som tittade på honom.

Han knöt armarna hårt över bröstet som för att hålla sitt rusande hjärta på plats. Någon hade varit här inne och skrivit bokstäverna. Förmodligen samma någon som tittade på honom. Han ryckte till och sprang bort till ytterdörren. Den var olåst. Han öppnade den och såg gungan kastas omkring, snurra runt och slå mot trädstammen. I övrigt inget.

Han återvände till köket och sköljde ansiktet med kallt vatten, torkade sig med en kökshandduk och försökte lugna ner sig. Det fungerade inte. Han var fruktansvärt rädd, utan att veta för vad. En extra kraftig stormby fick huset att rista till och ett knakande hördes.

Ögonblicket efter splittrades en av rutorna i vardagsrummet och Anders skrek. Glas rasslade in över golvet och Anders fortsatte att skrika. Vinden rusade in i huset, grep tag i allt som var lätt och löst, kastade omkring det, ven upp i skorstenspipan, tjöt i alla hålrum och Anders tjöt med den. Hans hår fladdrade och fuktig luft sköljde över honom där han stod och skrek rakt ut med armarna krampaktigt knutna över bröstet. Han slutade först när det gjorde ont i strupen.

Armarnas knut löstes upp och han slappnade av en aning, andades sakta genom vidöppen mun.

*Ingen kom. Det är bara vinden. Vinden hade sönder en ruta. Inget mer.*

Han stängde köksdörren och vinden retirerade, drog sig tillbaka till vardagsrummet där Anders kunde höra den slåss med gamla tidningar och papper. Han satte sig vid köksbordet och lutade huvudet i händerna. Bokstäverna var kvar. Vinden hade inte tagit dem med sig tillbaka.

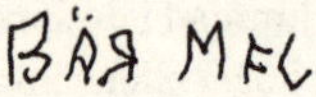

Han tryckte händerna mot öronen och blundade hårt. Det blev mörkrött framför ögonen, men han kom inte undan. Bokstäverna framträdde i klargult, försvann och skrevs ut igen på hans näthinna.

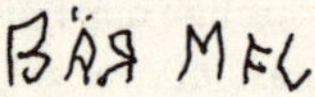

Plötsligt tog han bort händerna, reste sig upp och såg sig omkring. Nej. Teckningarna fanns inte här. Med ett par snabba steg var han framme vid köksdörren, slet upp den och passerade vardagsrummet utan att bry sig om vinden som grep efter filten han bar som en mantel.

Han gick in i sovrummet och stängde dörren bakom sig, föll på knä intill Majas säng och grävde runt med armen tills han hittade det han sökte. Plastmappen med Majas teckningar. Med darrande händer fick han bort gummibanden och spred ut teckningarna på sängen.

De flesta hade ingen text, och fanns det text stod det »Til Mamma«, »Til Pappa«

*Men det fanns en ...*

Han vände på de olika teckningarna av träd, hus och blommor för att kontrollera baksidan och slutligen hittade han den. På baksidan av en teckning av fyra solrosor och något som kunde vara antingen en häst eller en hund, hade Maja skrivit:

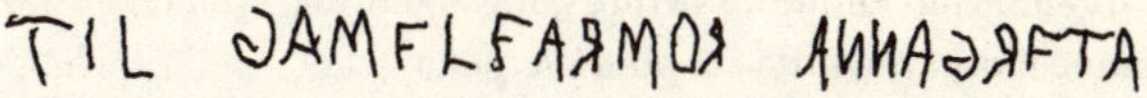

Det hade tagit henne tio minuter och två vredesutbrott innan hon var nöjd med det hon skrivit. Tidigare versioner var argsint utsuddade. Teckningen hade varit till Anna-Gretas födelsedag och av någon anledning aldrig blivit överlämnad. Det stod alltså: »Till gammelfarmor Anna-Greta.«

R:en var felvända på samma sätt, men det som fick Anders att trycka handen mot munnen och tårar att stiga upp i hans ögon var ett mera ovanligt fel: att den understa pinnen på E var utelämnad i båda fallen.

Egentligen hade han vetat hela tiden vad som stod skrivet på köksbordet, men vägrat att acceptera det. Det var skrivet med exakt samma handstil som på teckningen, och det stod:

»Bär mej«

Klockan var kvart över tre och Anders visste att han inte skulle kunna sova. Stormen hade bedarrat något och det enda vettiga vore att försöka reda ut röran i vardagsrummet, om möjligt täppa till fönstret på något sätt.

Men han orkade inte. Han kände sig utmattad och klarvaken på samma gång, hjärnan arbetade i feber. Det enda han kunde göra var att sitta vid köksbordet och trassla sina fingrar in i och ut ur varandra medan han såg på meddelandet han hade fått från sin dotter.

*Bär mej.*

Varifrån skulle han bära henne? Var skulle han hämta henne? Vart skulle han bära henne? Hur?

»Maja? Maja, älskling, om du hör mig ... säg nåt mer. Förklara mer. Jag förstår inte vad jag ska göra.«

Inget svar kom. Han höll själv på att tunnas ut av hets, upplösas och bli ett spöke. Om det var ett spöke hon var. Om det inte snarare var så att hon verkligen hade varit här och ...

*Men varför gick hon härifrån igen, i såna fall?*

Han reste sig och gick ett varv, fick ingen ro. Hans blick föll på några tomma halvlitersflaskor Imsdal, vatten som de haft med sig på utflykter ibland. Han kunde ändå inte göra någonting, kom ingenstans. Han kunde lika gärna sätta sin plan i verket.

Ur skafferiet plockade han fram de sex litertetror med spanskt bordsvin som han hade haft med sig till Domarö. Han fyllde de fyra Imsdalsflaskorna till en dryg tredjedel var. Sedan fyllde han på en av dem med kranvatten och tog en klunk. Det smakade inte bra. Mer som smaksatt kranvatten än utspätt vin.

Längst bak i skafferiet hittade han två små förpackningar med druvjuice. Han pytsade i en halv deciliter i en av flaskorna, ovanpå vinet. Sedan fyllde han på med vatten. Det smakade inte det minsta blaskigt, bara som väldigt svagt vin. Kanske fyra och en halv procent alkohol, som starköl.

Han skruvade på korken och drog upp pipen så att det gick att suga i sig vätska, sög i sig en halv deciliter.

Så enkel var hans plan för hur han skulle ta sig ur den ständiga driften att dricka sig asberusad: han skulle dricka konstant, men mindre. Hålla sig på en lagom nivå av berusning från morgon till kväll. Han räknade med att både det rivande och slitande begäret samt världens vassa kanter på det viset skulle mjukas upp och bli hanterliga.

Han gjorde i ordning de andra flaskorna på samma sätt. När han var färdig hade han fortfarande fem tetror och en juiceförpackning kvar. Med dessa skulle han fylla på när de fyra flaskorna var tomma.

*Bär mej.*

Han blundade och försökte se det framför sig. Hur Maja kom in i köket, tog upp pennan, skrev de där bokstäverna och sedan ... sedan ... tryckte dit några plastpärlor och gick. Hon hade fortfarande den röda overallen på sig och den var genomblöt, det droppade om henne när hon gick och hennes ögonhålor var tomma. Glupska fiskar hade ...

*Sluta!*

Han slog upp ögonen och ruskade på huvudet, tog en klunk ur flaskan. Bilden satt kvar. Den lilla kroppen, hennes runda ansikte, den dyblöta overallen ...

Han undersökte golvet för att se om det fanns spår av vatten. Inga fanns.

*Det är jag själv som har skrivit det. Det är jag själv som har satt dit pärlorna.*

Så kunde det vara. Och då höll han på att bli galen på riktigt. Men det var ju så att han hade en minneslucka, eller hur? Det var under den försvunna tiden som ...

*Nej.*

Han hade *trott* att han hade en minneslucka när han såg pärlorna, eftersom han inte kunde komma ihåg att han hade satt dit dem. Nu fanns det ju en annan förklaring.

*Bär mej.*

Han dunkade med nävarna i bordet.

»Visa dig! Säg nåt mer! Gör inte så här!«

Han kunde inte tro att han var så ifrån sina sinnen. Den enda förklaringen var att någon spelade honom ett riktigt sjukt spratt, eller ... att det var precis så som det verkade vara. Att Maja på något sätt fanns i världen och försökte kommunicera med honom.

Han lät handflatorna vila på bordsskivan. Andades ut och in ett par gånger, lugnt och försiktigt. Sedan nickade han stilla.

*Ja. Det är så. Jag bestämmer det. Att jag tror på det.*

Han fortsatte att nicka, tog en klunk vin till och tände en cigarett. Det kändes bättre nu. När han hade accepterat hur det låg till. Han drog ett djupt bloss, höll det kvar och lutade sig bakåt i stolen, släppte långsamt ut röken. Stormen hade mildrats så pass mycket att röken inte ens hann skingras innan den nådde taket.

*Jag tror. Du finns.*

Lampans ljuskrets vidgades och blev till en värme som växte i bröstet tills den strålade ut i ren och skär glädje.

*Du finns!*

Han kastade cigaretten i slasken, reste sig upp och snurrade runt på köksgolvet med utbredda armar. Han tog några klumpiga danssteg, hoppade upp och ner och virvlade runt tills han blev yr i huvudet, började hosta och måste sätta sig ner. Glädjen stannade kvar. Den sprakade och forsade, ville komma ut på något sätt.

Utan att tänka drog han till sig telefonen och slog Cecilias nummer. Han kom fortfarande ihåg det eftersom hon hade fått överta sina föräldrars lägenhet i Uppsala när de flyttade till en villa. Hon hade samma nummer som hon hade haft när de som tonåringar tillbringat timmar i telefon med varandra, längtande till nästa möte. Om hon bodde kvar.

Tre signaler gick fram. Anders tryckte luren hårt mot örat, tittade på klockan och gjorde en grimas. Klockan var strax efter fyra. Först nu kom han på att det inte var den bästa tiden på dygnet att ringa. Han tog en klunk ur flaskan när den femte signalen gick fram.

»Hallå?«

Det var Cecilia, och hon lät precis så nyvaken som man kunde förvänta sig. Anders svalde ner vinet han hade i munnen och sa: »Hej, det är jag. Anders.«

Det blev tyst några sekunder, sedan sa Cecilia: »Du får inte ringa hit och vara full. Jag har sagt det.«

»Jag är inte full.«

»Vad är du för nåt, då?«

Anders tänkte efter. Svaret var enkelt.

»Glad. Jag är glad. Och jag tyckte att jag ... borde ringa och berätta det för dig. Varför.«

Cecilia suckade och Anders kom ihåg. Han hade ringt så här till henne flera gånger. Efter att de hade separerat hade han ringt till henne ibland för att säga ... vad hade han sagt? Han hade varit berusad och kunde inte minnas. Men han hade aldrig ringt och varit glad. Trodde han.

»Jaha«, sa Cecilia. »Varför är du glad, då?«

Det lät inte som om hon var genuint intresserad, men det kunde han till nöds förstå, så han tog ett djupt andetag och sa: »Maja har kontaktat mig.«

Det hördes ett frasande av sängkläder i andra änden när Cecilia satte sig upp. »Vad säger du för nåt?«

Anders berättade vad som hade hänt. Han utelämnade detaljen med Elin och det myckna vinet, sa bara att han hade somnat och sedan vaknat på natten, hittat det han hade hittat på köksbordet. Medan han talade strök han med fingrarna över bokstäverna i bordsskivan, över pärlplattan.

När han hade berättat färdigt blev det tyst en lång stund. Anders harklade sig och sa: »Vad säger du?«

Av ljudet från Cecilias sida förstod Anders att hon la sig ner igen.

»Anders. Jag har träffat en annan.«

»Jaha. Jaha?«

»Så att ... det är inte mycket jag kan göra för dig. Längre.«

»Men ... det här handlar inte om det.«

»Vad handlar det om då?«

»Om att ... om att ... Cecilia, det *är* verkligen så här. På riktigt. Det är sant, det här jag berättar.«

»Vad vill du att jag ska göra?«

Det enkla blev plötsligt svårt. Anders såg sig omkring över bordet som för att få en ledtråd. Blicken fastnade ännu en gång i de sex tunna bokstäverna.

»Jag vet inte. Jag ... ville bara berätta.«

»Anders. Den tiden vi hade tillsammans ... trots att det slutade som det gjorde ... om du behöver hjälp. Om du verkligen, *verkligen* behöver hjälp. Så hjälper jag dig. Men inte annars. Det kan jag inte. Förstår du?«

»Ja, jag förstår. Men ... men ...«

Orden fastnade strax innanför läpparna. Han hörde vad han hade sagt, hur samtalet hade avlöpt. Och han insåg att hon inte kunde säga något annat än precis det hon sa.

*Vad skulle jag själv ha sagt?*

Han tänkte efter. Han skulle ha kastat sig över möjligheten, varit beredd att tro på det mesta. Eller? Han hade ju själv gjort motstånd mot miraklet. Men han skulle inte ha svarat som Cecilia ändå. Han skulle ha trott på henne bara för att få en ursäkt att vara tillsammans med henne. Det högg till i bröstet och han hostade.

Cecilia lät honom hosta färdigt innan hon sa: »God natt, Anders.«

»Vänta! En sak, bara. Vad kan det betyda?«

»Vad för nåt?«

»Bär mej. Vad kan det betyda?«

Cecilia andades ut luft i något som inte blev en suck, eftersom den förde med sig ett litet ljud, ett fragment av ett gnyende. Hon kunde ha varit på vippen att säga något annat, men det hon sa var: »Jag vet inte, Anders. Jag vet inte. God natt.«

»God natt.« Efter ett andetag la han till: »Förlåt«, men linjen bröts och hon hade inte hört. Anders la tillbaka luren och lutade pannan mot bordet.

*En annan.*

Först nu insåg han hur mycket han i något skrymsle av sitt försupna hjärta hade hoppats att de ändå någonstans, på något sätt ...

En annan. Hade han varit där, hade han lyssnat? Nej. Det hade inte känts som om det funnits en annan person där. Cecilia hade inte talat som om någon annan lyssnat.

*De bor alltså inte tillsammans ännu. Kanske ...*

Han dunkade pannan mot bordet, hårt. Vit smärta forsade genom skallen. Härvorna av tankar trasslades upp, sköljdes bort.

*Ge upp. Ge upp.*

Han lyfte huvudet och värken var en vätska som ändrade läge, kastades från pannan till bakhuvudet och stannade där. Han såg sig omkring i köket med klara ögon och sa: »Det är bara du och jag.«

Havet omfamnade strandens stenar, släppte sin omfamning och famnade igen. Fram och tillbaka, fram och tillbaka. I evighet samma rörelse. Gripa tag och släppa, börja om.

Han var trött nu, orkade inte mer.

Med huvudvärken på plats och stilla reste han sig och gick igenom vardagsrummet, ignorerade glaset på golvet och tändspånen som flugit runt och krasade under fötterna. Han fortsatte till sovrummet. Utan att tända lyset eller klä av sig gled han ner i Majas säng och drog hennes täcke över sig.

*Bra nu. Så.*

Han såg på dubbelsängen mitt i rummet, svagt belyst av månljuset genom fönstret.

*Där är stora sängen. Dit kan jag gå om jag blir rädd.*

Han slöt ögonen och somnade på ett par sekunder.

## Strandfynd

När det knackade på dörren vid halv nio på morgonen hade Simon bara sovit ett par timmar. Vind och onda aningar hade hållit honom vaken tills det första gryningsljuset föll in genom sovrumsfönstret. Då hade vinden mojnat och han själv äntligen slappnat av och överlämnat sig till en ytlig sömn. Kroppen var seg och tung som om han rörde sig under vatten när han tog sig ur sängen, drog på sig morgonrocken och stapplade till dörren.

Elof Lundberg såg ut som om han hade vaknat när Simon somnat. Fullt igång och pigg i ögonen, kepsen på plats. Han synade Simon och gjorde en grimas.

»Ligger du och sover?«

»Nä«, sa Simon och vred på huvudet för att få bort stelheten ur nacken. »Inte nu längre.«

Han glodde uppfordrande på Elof, manade honom att få ur sig sitt ärende. Han hade ingen lust till småprat. Inte nu. Och inte med Elof. Elof kände av stämningen och blev trulig. Underläppen for ut och han höjde på ögonbrynen. »Nä, jag skulle bara tala om att din båt har slitit sig. Om det är av intresse.«

Simon suckade. »Jo, det är det. Tack så mycket.«

Elof kunde inte låta bli att suga på karamellen. Här kom han i bästa välmening och blev bemött på detta avvisande sätt. Han sa: »Det finns ju vissa som vill ha det så, förstås. Med bara en tamp. Men motorn ligger och skaver. Och det kanske inte är så bra.«

»Nej, det är det inte. Tack.«

Elof stod kvar som om han väntade på något slags belöning, men Simon visste att det inte var det. Han ville bara hjälpa till med båten, sedan bli inbjuden på kaffe och sitta och prata en stund om hur det kunde bli när båtar slet sig och så vidare. Att det skulle skötas på det rätta sättet, grannar emellan.

Men Simon hade ingen lust, så när Elof hade stått och nickat en stund utan att Simon sagt några förlösande ord, gnuggade Elof händerna och sa: »Nähä. Då var det roliga slut«, varpå han gick iväg med en kroppshållning som skulle signalera förorättelse. Simon stängde dörren om sig och tände en brasa i köksspisen.

*Har båten legat så hela natten kan den ligga en stund till.*

Han och Elof hade levt i bästa sämja tills Maja försvann. När Anders och Cecilia återvänt till stan hade Simon gått på visit hos Elof för att fråga vad han hade menat när de stod på glasverandan: att Simon skulle ringa till Anders och säga åt honom att komma hem.

»Varför sa du så?« hade han frågat.

Elof hade blivit intensivt upptagen med den pyttipanna han höll på att tillaga och inte tittat upp från skärbrädan när han svarat: »Det föll sig så, bara.«

»Vad menade du?«

Elof skar överdrivet noggrant den kokta potatisen i små tärningar. Han var ovillig att se Simon i ögonen.

»Inget speciellt. Det bara kom för mig att det kanske inte var bra. Att dom var där.«

Simon satte sig på en köksstol och stirrade på Elof tills potatisen var färdigskuren och Elof var tvungen att möta hans blick.

»Elof. Vet du nåt som jag inte vet?«

Elof reste sig och vände ryggen åt honom, började pyssla med stekpanna och smör. Han ryckte på axlarna. »Nä, vad skulle det kunna vara?«

Till slut hade Simon gett upp och gått därifrån, lämnat Elof med hans potatishack och bacontärningar. Efter den dagen hade sämjan surnat. Simon kunde alls inte gissa vad det var Elof visste, men något var det och han kunde inte förlika sig med att Elof vägrade att berätta. Det var dock Simons barnbarn det handlade om. Så gott som barnbarn.

När han berättat för Anna-Greta hade hon mer eller mindre tagit Elofs parti. Sagt att det var väl bara något infall han hade fått och inget att fästa sig vid. Vad skulle det annars kunna vara?

Simon hade låtit det hela bero. Men han hade inte glömt.

Elden i köksspisen ville inte ta sig. Efter nattens storm hade vindens makter uttömt sina krafter. Det var så gott som vindstilla och dåligt drag i pipan. Simon sprutade tändvätska på den lilla flamma som dock fanns och elden vaknade till liv med en pust av förvåning.

Han gäspade stort och drog sig upp på en köksstol. Oförsiktigt nog hade han lämnat tändsticksasken framme på bordet. När han öppnade den såg han att larven tycktes ha repat sig en smula. Huden var inte längre grå utan ljussvart, om en sådan nyans finns. Den var dock inte blank, inte ens efter att han hade givit den saliv. Den såg inte längre döende ut, men heller inte frisk.

I tio år hade han haft Spiritus i sin ägo. Han hade gett den saliv varje morgon och bytt tändsticksask när den gamla blivit för sliten. Ändå hade han aldrig gjort det han nu gjorde: han tippade på asken och hällde ut insekten i handen.

Det var något som hade hänt under natten. Efter att under alla år ha betraktat Spiritus med en blandning av respekt och äckel hade känslan förändrats när han fått se den ömklig, döende. Medlidande var inte det rätta ordet, snarare ett slags ödesgemenskap. De var underkastade samma villkor.

Larvens hud mötte hans och han bet sig lätt i tungan. Det är alltid en smula frånstötande att hålla i en insekt. Den svaga rörelsen, det lilla livet som pågår oberoende av ens eget.

*Fast inte i det här fallet.*

Ingenting hände och Simon slappnade av. Han satt med larven i sin öppna handflata och den var varm. Varmare än han själv eftersom han kunde förnimma det. Bara några grader eller så, men tillräckligt för att den skulle kännas som en varm punkt i handen.

Försiktigt slöt han fingrarna runt den och blundade. Stilla, stilla rörde sig larven inuti hans löst knutna hand och kittlingen i huden löpte längs armen, åkte genom hjärtat och fortsatte upp i huvudet där den for runt som svag elektricitet och fick det att pirra i hårbottnen.

Simon såg ut genom fönstret. Morgondaggen glänste i gräset och han tyckte sig se varenda droppe, kunde röra vid varenda droppe med tanken. I trädstammarna såg han de dolda kärlen, vattnet som sögs upp av kapillärkraften ut i lövens tunna ådror. Som i trans gick han till ytterdörren och klev ut på farstubron med handen fortfarande knuten kring larven.

Det var en chock.

*Allt vatten ... allt vatten ...*

Han såg allt vatten. Fukten i jorden och hur den var beskaffad. Regnvattnet i tunnan var som en levande kropp sluten kring döda insekter och gamla löv. Genom gräsmattan såg han de underjordiska ådrorna som löpte genom berggrunden. Och han såg hur allting, allt som levde och var grönt eller gult eller rött ... hur det nästan bara var vatten.

Han fortsatte ner mot bryggan och han såg havet.

*Trasigt.*

Det var en ordlös vetskap, inte en formulerad tanke: att havet var trasigt. Att det hade gått sönder. Han gick ut på bryggan och han gick över vatten. Trasigt vatten.

Med en viljeansträngning lyckades han lägga egna tankar över den allt omfattande kunskap som hade bemäktigat sig honom. Det gamla bomullsrepet till båtens akter hade slitits av och båten låg rätt ut från bryggan.

Tidigare hade han behövt ha kontakt med vattnet för att saker skulle hända. Nu bad han bara om en våg som kunde puffa till båten så att den drev mot bryggan. Vågen kom och båten vred sig runt sin egen axel tills aktern slog i en pollare.

Han hukade sig ner men lyckades inte nå repstumpen som släpade bakom båten, så han bad vattnet att kasta den till honom. En stöt från bottnen bröt ytan och i en kaskad av vatten slängdes repet upp på bryggan. Simon fick sig en ordentlig dusch och repändan hann glida ner igen innan han fick tag på den.

Han strök vattnet ur ansiktet och tittade på repet som sjönk mot bottnen och såg att det hade sugit upp vatten i sina fibrer, så istället bad han vattnet som fanns i repet att komma till honom. Som en orm ur en korg reste sig repet lydigt upp från ytan och gled in i hans utsträckta hand. Han gjorde en enkel knut med det lilla som fanns kvar av repet och båten var förtöjd igen.

Han frös i sin genomsura morgonrock och gick tillbaka mot huset medan han bad vattnet som fanns i tyget att bli lite varmare, och vattnet lydde. Han ville inte be det att lämna honom eftersom det troligen skulle se konstigt ut, om någon såg honom. Komma upp från bryggan i ett moln av ångor.

Darrningen från Spiritus löpte fortfarande genom hans kropp som om hans blod börjat sjuda och ännu såg han allt vatten omkring sig med överväldigande tydlighet. Det liknade feber och han började bli matt. Det var för mycket och inte lämpat för människor.

När han kommit in och placerat Spiritus i dess ask, försökte han fullfölja sin sista tanke.

*Inte lämpat för människor.*

Så var det. Han hade något i sin ägo som inte var lämpat för människor. Kanske var det därför han hade hållit det hemligt: eftersom det inte var meningen att han skulle ha det. Det tillhörde någon annan. Något annat.

Sent omsider fick han på sig kläderna och gick ut. Med Spiritus åter i sin ask i fickan hade förnimmelsen av vattnets närvaro glidit tillbaka till sitt gamla läge: som en medvetenhet och en aning, inte mer. Han satte sig på bänken på farstubron och försökte ta in den vackra höstdagen utan onaturligt spetsade sinnen.

Det ville sig inte riktigt. Ett par nötskrikor bökade runt bland rönnens klarröda bär och han såg bara fåglar. Morgonljuset föll snett över lönnens blad i tusen nyanser mellan gult och rött men han såg bara ett träd. Molnen på himlen var moln och himlen bakom dem en ofantlig tomhet.

Var sak fanns på sin plats, men utan inbördes sammanhang. Han såg allt vad hans ögon såg, men helheten undslapp honom. Från att ha varit en darrande seismografnål hade han blivit en stel pinne. Han skakade på huvudet och klappade över fickan.

*Du är farlig, du. Man kan bli beroende, tror jag.*

Befriad från sin siargåva svepte han med blicken över det som var hans lilla rike på jorden: gräsmattan, trädgårdslandet, bryggan, stenstranden, vassruggen i viken. Allt var stilla och intetsägande. Men det låg något inne i vassen. Han kisade mot glittret över vattenytan och reste sig upp för att se bättre.

Det såg ut som en stock. Kanske hade någon brygga slitits sönder under natten och spritts ut över skärgården. I sådana fall fanns det troligen mer drivved att hämta inne i viken. Han reste sig upp med ett stönande och följde strandkanten. När han kom närmare såg han att det inte var en stock, såvida inte någon hade fått för sig att klä upp en stock i kofta och kjol.

*Det är en människa. En kvinna.*

Karaktären på hans steg förändrades. När han klev ut i vattnet var hans gång avvaktande, vördnadsfull. Det han närmade sig var en död människa och han tyckte dessutom att han kände igen kläderna.

*Sigrid. Holgers fru.*

Vattnet nådde nästan till stövelskaften när det var en meter kvar mellan honom och den som han nu var säker på var Sigrid. Hon låg och flöt på mage, men ändå gick det inte att missta sig. Den grå koftan och den tjocka, bruna kjolen var de kläder man alltid hade sett henne i på byn och på sjön, vardag som helgdag.

Sigrid. Han stannade. Hennes halvlånga, gråa hår flöt ut runt skallen som om en stor manet svävade över hennes bakhuvud. Hon låg ett par meter in i vassen och hade knäckt eller böjt ett antal strån under sig på sin väg in. Simon ville inte se hur hon såg ut i ansiktet. Med Spiritus hjälp skulle han med lätthet ha kunnat vända henne, rentav lyfta upp henne på stranden, men det var meningslöst. Hon var med säkerhet drunknad. Hon hade legat blick stilla i det lugna vattnet under hela hans väg emot henne.

*Hur länge har hon legat här?*

Det måste ha hänt under natten. Hon hade varit borta i nästan ett år och havets rörelser hade nu hämtat upp henne, släpat in henne till land.

*Ett år?*

En av Sigrids armar låg utsträckt från kroppen och han kunde se en vit hand. Simon studerade handens fingrar och ryckte till när han tyckte att de rörde på sig. Men det var bara en svag rörelse i vattnet, solljuset som skiftade. Han backade ändå ett steg och strök sig över ansiktet.

*Borde hon inte vara ... ett skelett vid det här laget?*

Han visste inte säkert hur det låg till med sådana saker, men han trodde inte att en person som har legat i vattnet i nästan ett år skulle ha sina fingrar i behåll. Det finns många hungriga varelser i djupen.

Först nu såg han hur han stod här med vatten nästan upp till knäna och tittade på liket efter en människa. Det var som en bubbla omkring dem, en obehaglig förtrollning som var svår att bryta. Han kunde bli stående här länge.

*Göran.*

Det var det han hade att göra. Han skulle vada tillbaka in till stranden och kontakta Göran. Så var det. Sakta började han backa undan från den flytande kroppen. Han ville inte vända ryggen åt den. När han hade kommit upp på stranden vågade han äntligen vända sig om och lunkade upp till sitt hus så fort han kunde. Ett par gånger kastade han en blick över axeln för att kontrollera.

*Att hon inte följer efter.*

Göran var lyckligtvis hemma och visste vad som skulle göras. Han ringde till de rätta instanserna och en dryg timme senare hade sjöräddningen bärgat Sigrid och forslat över henne till Nåten. En ung polis ställde några frågor till Simon om detaljerna kring hans fynd. När frågorna var avklarade fällde polisen ihop sitt block och frågade: »Det finns en make, är det inte så?«

»Jo«, svarade Simon och kastade en blick på Göran som stod med händerna i byxfickorna och stirrade ner i marken.

»Var bor han?«

Simon pekade åt Kattudden till och skulle just ge en vägbeskrivning när Göran sa: »Jag kan ta det. Jag kan berätta för honom.«

»Är det bra, det?«

Göran log. »Det är mindre dåligt. Jag tror att du skulle finna Holger en aning ... svårkonverserad.«

Polisen tittade på klockan. Han hade tydligen annat för sig än att tala med människor som var svårkonverserade.

»Då gör vi så då«, sa han. »Men du får förbereda honom på att vi kanske har frågor sen. När hon har blivit undersökt.«

»Han kommer inte att rymma nånstans.«

»Hur menar du?«

»Samma sak som du menar, antar jag.«

De såg varandra i ögonen och nickade sedan i kollegialt samförstånd.

Polisen pekade med tummen ner mot viken och sa: »Hon kan ju inte ha legat i vattnet ett år, eller hur?«

»Nej«, sa Göran. »Knappast.«

När den unge mannen hade återvänt till polisbåten blev Göran och Simon stående på bryggan och såg ut över det nästan kav lugna havet. Bortsett från fåran som polisbåten plöjde upp inåt fastlandet var vattnet en gigantisk spegel som reflekterade himlen och dolde sina egna hemligheter.

»Det är nåt som händer«, sa Simon.

»Vad är det som händer?«

»Nåt med havet. Nåt håller på att hända med det.«

Simon såg i ögonvrån att Göran vred huvudet mot honom, men han fortsatte att titta ut över den kalla, klarblå ytan.

»På vilket sätt?« frågade Göran.

Det fanns inte ord för att formulera det Simon visste. Det närmaste han hade kommit var förnimmelsen av att havet hade gått sönder, men det kunde han inte säga, så han sa: »Det förändras. Det blir ... sämre.«

## En mycket liten händelse

Kanske skulle allting ha blivit annorlunda och historien fått ett helt annat förlopp om inte ett löv hade fallit. Lövet ifråga satt på den stora lönn som stod ett tjugotal meter inåt land ifrån Simons brygga. Så sent som på morgonen hade Simons blick farit över just detta löv när han satt på sin farstubro befriad ifrån den sinneskärpa som Spiritus hade givit upphov till.

Eftersom det var i mitten av oktober hade lönnen fällt många av sina löv under stormen och de som fanns kvar satt klent fästade vid sina kvistar, skiftande i döende nyanser. Det tycktes dock som om de flesta skulle få sitta kvar även denna dag. Eftermiddagen var kav lugn och bara enstaka löv föll till marken med långa mellanrum för att sälla sig till markens torra skaror.

Vem kan egentligen säga hur beslut fattas, känslor svänger och idéer uppstår? Man kan tala om inspiration och blixtar från klara himlar, men kanske är allt lika enkelt och lika oändligt komplicerat som de processer som får ett visst löv att falla ett visst ögonblick. Man är framme vid den punkten, helt enkelt. Det måste ske, och det sker.

Lövet som här omtalas kräver ingen närmare beskrivning. Det var ett vanligt lönnlöv om hösten. Stort som ett kaffefat, några svarta och mörkröda fläckar mot gul och orange botten. Mycket vackert och helt ordinärt. Cellulosatrådarna som hade hållit stjälken fäst vid en kvist halvvägs upp på trädet hade torkat ut, jordens dragningskraft blev övermäktig. Lövet lossnade och föll mot marken.

Efter att Göran hade gått för att tala med Holger stod Simon kvar en lång stund ute på bryggan och spejade över vattnet. Han sökte efter något som inte gick att se mer än vad man kan se land i tät dimma, men det var värre än så: han visste inte ens vad han sökte efter.

Han gav upp och vände mot land för att gå in och dricka en kopp kaffe. När han gick från bryggan med svängande armar och blicken förlorad inåt såg han en flimrande rörelse och ögonblicket efter kändes en smekning i handen. Han stannade.

Ett lönnlöv satt som klistrat över handflatan. Han höjde blicken och såg upp mot trädkronan. Inga fler löv föll. Just detta enda löv som han ofrivilligt höll i handen hade lossnat, singlat ner och träffat hans hand i exakt det ögonblick då han passerade trädet.

Han lyfte handen och studerade lövets bladnerver som om han försökte tyda en främmande skrift. Ingenting fanns där och lövet hade inget meddelande att ge honom. Vinden höll andan och allt var stilla.

*Här är jag.*

En plötslig och oväntad lycka rann upp i kroppen. Simon såg sig omkring och det var nära att han fick tårar i ögonen. Han upplevde en sprudlande tacksamhet över att alls få finnas till. Att han kunde gå under ett träd om hösten och att ett löv kunde falla och möta hans hand. Det var det som var meddelandet från lövet, en påminnelse: *Du finns. Jag föll och du kom emellan. Jag ligger inte på marken. Alltså finns du.*

Nej, lövet låg inte på marken och Simon låg inte död under äppelträdet eller död i vassen. Deras banor hade korsats och här stod de nu. Möjligen var Simon överkänslig efter allt som hänt, men det tycktes honom som ett mirakel.

Han ville inte längre gå in till sig. Han ändrade riktning på stegen och styrde upp mot Anna-Greta med lövet i handen medan några Evert Taube-rader klingade i huvudet.

*Ja, vem har sagt att just du ska ha hörsel och syn, höra böljornas brus och kunna sjunga?*

Höstvärlden var vacker omkring honom och han gick med försiktiga steg som för att inte störa. Varsamt öppnade han Anna-Gretas dörr och smög in i hallen där han blev stående och njöt av den välbekanta doften i hans älskades hus.

Anna-Gretas röst hördes inifrån köket. Hon pratade i telefon och Simon stod kvar i hallen, dröjde i känslan av att världen var helig och varje sinnesförnimmelse en gåva. Han kände doften av hennes hus, han hörde hennes röst. Snart skulle han se henne.

»Nej«, sa Anna-Greta ute i köket. »Jag menar bara att vi måste prata om det allihop. Nåt har förändrats och vi vet inte vad det innebär.«

Simon rynkade pannan. Han visste inte vem Anna-Greta talade med eller vad hon talade om och det fick honom att känna sig som en smyglyssnare. Han vände sig om för att stänga dörren och därmed tillkännage sin närvaro när Anna-Greta sa: »Sigrid är det enda fall jag känner till och jag har ingen aning om vad det betyder.«

Simon tvekade och grep sedan om dörrhandtaget. Sekunden innan dörren smällde igen hörde han Anna-Greta säga: »I övermorgon, då?«

Dörren stängdes bakom honom och Simon gick med ljudliga kliv genom hallen. Han nådde köket lagom för att höra Anna-Greta säga: »Bra. Vi säger så.« Hon la på luren.

»Vem var det?« frågade Simon.

»Elof, bara«, sa Anna-Greta. »Vill du ha kaffe?«

Simon vred lövet mellan sina fingrar och försökte låta obesvärad när han frågade: »Vad pratade ni om, då?«

Anna-Greta reste sig från bordet och plockade fram koppar, hämtade kaffehurran på spisen. Simon hade ställt sin fråga med så låg röst att hon möjligen inte hade hört. Han trodde dock att hon hade det. Han tvinnade lövet och kände sig som ett litet barn när han frågade igen: »Vad pratade ni om?«

Anna-Greta ställde ner hurran och fnös till som om frågan roade henne. »Varför undrar du det?«

»Jag undrar, bara.«

»Kom och sätt dig nu. Vill du ha nån kaka?«

Glädjen som hade porlat genom Simon drog sig tillbaka och efterlämnade en torr flodbädd i magen. Stenar och vassa buskar. Något var fel och det värsta var att han hade upplevt det förr, vid ett par tillfällen. Anna-Greta hade varit borta och när han frågat var hon varit hade hon undvikit hans frågor tills han gav upp.

Den här gången tänkte han inte ge sig. Han satte sig vid bordet och höll en hand över sin kaffekopp när Anna-Greta försökte hälla upp. När hennes blick lyftes frågande till hans, sa han: »Anna-Greta. Jag vill veta vad du och Elof pratade om.«

Anna-Greta prövade ett leende. När det inte på något sätt besvarades i Simons ansikte dog det ut. Hon såg på honom och under en sekund drog någonting ... farligt genom hennes blick. Simon väntade. Anna-Greta ruskade på huvudet. »Lite allt möjligt. Jag förstår inte varför du är så intresserad.«

»Jag är intresserad«, sa Simon, »för att jag inte visste att du och Elof hade en sån kontakt.« Anna-Greta öppnade munnen för att svara något, men Simon avbröt henne. »Jag är intresserad för att jag hörde att ni pratade om Sigrid. Om att nåt har förändrats.«

Anna-Greta gav upp försöken att hålla samtalet på en alldaglig nivå. Hon ställde ifrån sig kaffepannan, rätade på sig och lade armarna i kors över bröstet. »Du lyssnade.«

»Jag råkade höra.«

»Då«, sa Anna-Greta, »tycker jag att du ska glömma att du råkade höra det. Och lämna det här i fred.«

»Varför det?«

Anna-Greta sög in kinderna som om det fanns något syrligt i munhålan som hon strax tänkte spotta ut. Sedan mjuknade hennes hållning och hon sjönk ihop en smula. Hon sa: »Därför att jag ber dig.«

»Det här är ju helt vansinnigt. Vad är det som är så hemligt?«

Det farliga eller främmande syntes i Anna-Gretas ögon igen. Hon hällde upp kaffe i sin kopp och satte sig vid bordet, sa lugnt och sansat: »Oavsett vad du säger. Hur besviken du än blir. Så tänker jag inte prata om det. Punkt.«

Inget mer blev sagt. En minut senare stod Simon på Anna-Gretas farstubro. Han hade fortfarande lönnlövet i handen. Han tittade på det och kunde knappt minnas vad det var han hade tyckt var så speciellt med det och som hade fått honom att gå hit. Han kastade det ifrån sig och gick ner mot sitt hus.

»Punkt«, mumlade han för sig själv. »Punkt.«

# Gamla bekanta

Längst bak i Bibeln
hade våra dagisfröknar
antecknat vår egentliga härkomst:
ur skuggorna ilandflutna.
*Anna Ståbi – Flux*

## Om Havet

*Land och hav.*

*Vi kan tänka på dem som motsatser eller komplement. Men det finns en skillnad i hur vi tänker på hav och hur vi tänker på land.*

*Går vi omkring i en skog, på en äng eller i en stad, då ser vi vår omgivning som uppbyggd av enskildheter. Så och så många olika arter av träd i varierande storlekar, de och de husen, gatorna. Ängen, blommorna, buskarna. Vår blick dröjer vid detaljer och står vi i en skog om hösten låser sig tungan om vi försöker beskriva myllret omkring oss. Allt detta finns på land.*

*Men havet. Havet är något helt annat. Havet är ett.*

*Vi kan notera havets skiftande stämningar. Hur havet ser ut när det blåser, hur havet leker med ljuset, hur det stiger och sjunker. Men det är ändå alltid havet vi talar om. Vi har givit olika delar av havet olika namn för navigering och benämning, men står vi inför havet så finns det bara ett enda. Havet.*

*Om vi färdas i en liten båt så långt ut att land inte finns i sikte åt något håll kan vi få syn på havet. Det är ingen behaglig upplevelse. Havet är en blind och döv gud som omsluter oss och har all tänkbar makt över oss utan att känna till att vi existerar.*

*Vi betyder mindre än sandkornet på elefantens rygg och om havet får lust till oss kommer det att ta oss. Bara så. Havet känner inga gränser eller hänsyn. Det har givit oss allt och det kan ta allt ifrån oss.*

*Till andra gudar riktar vi vår bön: Bevare oss för havet.*

## Viskar i ditt öra

Två dagar efter stormen stod Anders nere i malörtsängen och inspekterade sin båt. Den låg upp och ner på bockar och var en dyster syn. Det var inte för inte han hade fått den gratis fem år tidigare.

Eftersom det inte fanns något system för omhändertagandet av uttjänta plastbåtar blev de antingen liggande eller så skänkte man bort dem till någon behövande. Sista utvägen, om man verkligen var fast besluten att bli av med eländet, var att ta båten på släp ut på fjärden, borra hål i den och låta den sjunka. Anders båt tycktes redo för den där sista färden.

Det fanns bristningar över hela skrovet och motorfästet var sprucket. Runt fästena för årtullarna var glasfibern så skör att den förmodligen skulle brytas sönder om man försökte ro. Nu hade Anders visserligen en motor, en gammal tiohästars Johnson som stod i boden, men han var osäker på om han skulle kunna få igång den.

Egentligen gick båten inte att laga, det vara bara frågan om att få ett flytetyg. Något att lägga i sjön så att han slapp låna Simons båt när han skulle proviantera.

Han gick ut på bryggan, mest för att se om den höll att gå på. Jodå. En del plankor var murkna och en stock hade lossnat i bryggkistan, men bryggan skulle nog hålla ett par år till, åtminstone.

En svag bris kom ifrån sydost och han fick kupa handen runt tändaren för att tända en cigarett. Han blåste rök i vinden och drog fram plastflaskan med utspätt vin, tog ett par klunkar och lyssnade på suset från vassen inne i viken. Klockan var bara elva på förmiddagen men han var redan behagligt lummig, betraktade utan oro de gröna vassstråna som böljade i brisen.

Utan vinet skulle han förmodligen ha börjat inbilla sig saker. Sigrids döda kropp hade hittats inne i vassen ett par dagar tidigare. Det fanns ingen ände på vad han skulle ha kunnat hitta på för att skrämma upp sig själv. Simon hade berättat att det var som han anat. Sigrid hade legat i vattnet kortare tid än ett dygn när han hittat henne. Var hon legat innan dess visste ingen.

Ett par polistekniker i höga gummistövlar hade gått omkring i vassen och rotat. Anders hade stått i sovrumsfönstret och tittat på dem, men det hade inte verkat som om de hade hittat något som kunde lösa gåtan. De hade lämnat nedtrampad vass bakom sig och återvänt till fastlandet.

Efter att ha kontrollerat att spånskivan han spikat för det trasiga fönstret satt som den skulle gick Anders in, hällde upp kaffe åt sig och satte sig vid köksbordet. Antalet pärlor i plattan var nu uppe i ett drygt hundratal. Efter de allra första hade han inte satt dit en enda av dem själv. Det hände på nätterna, efter att han hade gått och lagt sig.

Han väntade fortfarande på ett meddelande och pärlorna gav honom ingenting. Bortsett från den vita fläcken var det bara blå pärlor som användes.

Han kände Majas närvaro i huset starkare för var dag som gick, men hon vägrade att ge honom ett tydligt besked. Han var inte rädd längre, snarare tröstad av vissheten att något av hans dotter dröjde sig kvar i världen. Han hade henne hos sig, han talade med henne. Den konstanta småfyllan hindrade honom från att samla tankarna och gjorde honom mottaglig.

Det knackade på dörren. Efter tre sekunder öppnades den och Anders hörde på stegen att det var Simon.

»Är det nån hemma?«

»I köket. Kom in.«

Anders kastade en hastig blick omkring sig för att kontrollera att han inte hade några vinflaskor stående framme. Det hade han inte. Bara ett paket druvjuice som stod och såg oskyldigt ut på köksbänken.

Utan åthävor klev Simon in i köket, satte sig på en stol och frågade:

»Har du nåt kaffe?«

Anders reste sig och hällde upp, ställde en kopp framför Simon som satt och betraktade pärlplattan.

»Har du fått en hobby?«

Anders gjorde en avvärjande gest och råkade stöta till sin egen kopp så att den vinglade runt ett varv utan att välta. Simon la inte märke till det. Hans blick var inåtvänd och det var tydligt att han hade något på hjärtat. Han satt en stund och drog med fingret över bordsskivan, ritade osynliga figurer och frågade sedan: »Tror du att man kan känna en annan människa. Verkligen känna en annan människa?«

Anders drog på munnen. »Där borde väl du vara experten.«

»Jag börjar tro att jag inte är det.«

»Hur menar du?«

»Jag menar att man aldrig kan bli en annan människa. Hur mycket man än kan inbilla sig det ibland. Har det nånsin hänt dig att man står så nära nån att man ibland ... under ett kort ögonblick ... när man tittar på den människan kan man få för sig, i en blink bara, att ... att *det där är jag*. Att det blir en förvirring, ett vakuum när man inte förstår vem det är som tänker det. Om nu den där andra är jag. Och sen förstår man. Att det var fel. Det är ju jag som är jag. Har det hänt dig?«

Anders hade aldrig hört Simon tala på det här sättet och han var inte säker på att han tyckte om det. Simon skulle vara enkelt stabil. Osäkerhet och sökande hade han nog av själv. Ändå sa han: »Jo. Jag tror det. Jag vet vad du menar, ja. Men hur så? Har det med farmor att göra?«

»Bland annat. Visst är det märkligt? Man kan leva ett helt liv med en annan människa. Och ändå kan man inte veta. Inte egentligen. Eftersom man inte kan bli den människan. Eller hur?«

Anders förstod inte vart Simon ville komma. »Men det här är ju självklart. Det här vet vi.«

Simon knackade med pekfingret i bordet. Snabbt, irriterat. »Det är det som är poängen. Jag tror inte att vi vet det. Vi utgår från oss själva och inbillar oss en massa saker. Och bara för att vi förstår vad den andra säger, tror vi också att vi vet vem hon är. Men vi har ingen aning. Ingen aning. Eftersom vi inte *är* den andra.«

När Simon hade gått låg Anders länge i Majas säng och tittade upp i taket där spindelvävstrådarna flöt ut som smutsränder. Han hade gjort i ordning en ny flaska och med ojämna mellanrum tog han en klunk ur sugpipen. Han tänkte på vad Simon hade sagt.

*Man kan inte bli en annan. Men vi tror att vi kan.*

Var det inte det som hade drivit honom till att ringa Cecilia? Att han hade utgått från att hon skulle förstå, att hon skulle kunna se vad han såg eftersom de hade gått upp i varandra under så många år. Blivit nästan samma person.

Men det fanns ingen mystisk korrespondens. De gick isär och hade ingenting med varandra att göra längre. Om samhörigheten hade varit verklig, skulle den inte ha gått att bryta så enkelt. Då skulle de ha härdat ut och till fullo förstått varandra, tvärs igenom helvetet.

Anders höjde flaskan och gjorde en cirkelrörelse med handen som omfattade rummet, huset och sa högt: »Men dig förstår jag ju.«

*Eller?*

Han tänkte på de gånger då han hade stått och tittat på Maja när hon var spädbarn och sov i sin spjälsäng. Hur han hade förundrats över ögonens hastiga rörelser under ögonlocken när hon drömde. Hur han hade önskat att han kunnat tränga in där, se vad hon såg, försöka förstå vad det var hennes unga lilla huvud kunde ha att bearbeta. Hur världen såg ut för henne, egentligen.

*Nej. Vi förstår inte.*

Efter att Maja försvunnit hade han burit henne med sig hela tiden. Han hade talat med henne i sitt inre, eller rakt ut. Med tiden hade en tydlig bild av henne formats. Eftersom hon inte längre levde, kunde hon inte heller förändras och han hade burit henne som en docka, en frusen avbild att vända sig till.

»Det är inte så längre«, sa han ut i rummet. »Nu undrar jag vad du gör. Hur det ser ut där du är, vad som händer med dig. Jag är ganska rädd och jag önskar att jag fick se dig igen. Det är det jag mest av allt önskar.« Tårar steg upp i Anders ögon, flödade över och rann ner på Majas kudde. »Bara att jag fick se dig igen. Hålla om dig. Det önskar jag. Det önskar jag.«

Anders drog upp snor i näsan och strök sig i ögonen, torkade tårarna.

Han satte sig upp på sängkanten och drog ihop axlarna, kurade som ett barn ängsligt för att få en utskällning. Han fick syn på högen av Bamsetidningar som låg under sängen och plockade upp den översta. Nummer 2, 1993. Han hade köpt en hel hög på en loppmarknad för att Maja skulle ha något att läsa, eller snarare titta i, när de var på Domarö.

Omslaget visade Bamse, Lille Skutt och Skalman på ett fartyg, på väg mot en dimhöljd ö. Lille Skutt såg som vanligt ytterst ängslig ut. Anders la sig på rygg i Majas säng och började läsa.

Historien handlade om Kapten Buster och en nedgrävd skatt som visade sig vara en bluff. Anders läste, drog på munnen åt de typiska replikerna som han hade suttit intill Maja och läst högt så många gånger, i olika tappningar:

»Vänta, Bamse! Jag har dunderhonung.«

»Pust ... tack, Lille Skutt ... pust!«

»Ojojoj! Han tappade tuben. Nu är det klippt.«

Anders läste vidare, en historia om Katten Janssons fåfänga. Emellanåt tog han en klunk ur vinflaskan. När tidningen var slut och han hade tittat en stund på baksidesbilden av två barn med Bamseluvor som man kunde köpa för endast femtioåtta kronor, fick han syn på sig själv.

Han låg i Majas säng med en Bamsetidning i ena handen och sin flaska med sugpip i den andra. Han skrattade till. Maja hade slutat med mjölk och välling när hon var mindre, men ännu när hon var sex år hade hon velat ha sin saft i en nappflaska som hon kunde ligga och suga på medan hon tittade i Bamsetidningar eller lyssnade på band.

Han förstod vad det var han höll på med. Så länge Majas säng stod tom och hennes tidningar låg olästa fanns det ett tomrum efter henne. Om han inte ville radera henne och slänga hennes saker, måste någonting fylla det där tomrummet, och han använde sig själv. Genom att leva hennes minnen och göra vad hon hade gjort var hon inte försvunnen. Det hon älskat levde kvar.

»Dessutom finns du ju. Någonstans.«

Benen var tunga när han reste sig ur sängen. I hallen drog han på sig den lurviga HellyHansen-tröja som Maja hade kallat björnskinnet och gick till vedbacken.

Om han skulle bo i Smäcket över vintern behövdes det ved, mycket ved. Det lilla arvet efter pappan höll på att ta slut och han hade inte råd att värma huset med el mer än vad som var absolut nödvändigt.

En hög med stockar som Holger hade levererat den sista vintern låg fortfarande och väntade på att tas om hand. Anders hämtade motorsågen i verktygsboden, fyllde på bensin och kedjeolja, bad en liten bön och ryckte i startsnöret. Naturligtvis startade inte sågen, det hade han heller inte väntat.

När han hade ryckt kanske trettio gånger började högerarmen domna och han dröp av svett. Sågen gav inte ett livstecken ifrån sig. Han tog fram stjärnskruvmejsel och hylsnyckel, skruvade loss tändstiftet och putsade gnistytorna. Det kunde vara så enkelt att tändstiftet hade rostat.

När tändstiftet var på plats igen tände han en cigarett, tog en klunk vin och satt och stirrade på sågen en stund, klappade på den och försökte beveka den, intala den att den inte hade något fel på förgasaren eller annat som han inte kunde åtgärda. Att det hade varit fel på tändstiftet och att det nu var åtgärdat.

»Och jag måste ha ved, vet du. Om jag ska vara här. Har jag ingen ved så måste jag flytta och då får du stå ute i boden och rosta en vinter till.«

Han tog en klunk vin, funderade på saken och insåg att hans argument inte var bra. Sågen skulle få stå ute även om han fick ved.

»Okej, vi säger så här. Om du startar nu så får du stå inne i värmen i vinter, som du borde ha gjort tidigare. Fel av mig. Okej?«

Med klacken tryckte han ner cigaretten i mattan av gammalt sågspån som täckte vedbacken.

*Jag pratar mycket. Med allt pratar jag.*

Han tog upp sågen, drog ut choken, tog ett djupt andetag och ryckte i startsnöret. Motorn hostade till, en cylinder tändes och Anders tryckte snabbt tillbaka choken, men motorn hann dö. När han ryckte igen gick den igång. Den var uppenbarligen mottaglig för argument.

Kedjan var så gott som ny och det gick lätt att kapa stockarna i hanterliga kubbar. När tanken var tom hade han sågat upp en dryg tredjedel av veden.

Det brusade i huvudet när han tog av sig hörselskydden. Under den dryga halvtimme som han hade stått lutad med sågen över stockarna, kapat och rullat fram, kapat och rullat fram, hade han inte tänkt på *någonting*. Inga onda tankar, inga goda tankar, ingenting. Bara sågens vrålande och kittlet av spån som slog mot smalbenen.

*Det skulle gå att leva så här.*

Han var svettig och munnen klibbade, men istället för att släcka törsten med vin gick han in i huset och drack en stor skopa vatten. Han mådde bättre än vad han hade gjort på ett bra tag, kände sig till och med en aning duktig. Det var länge sedan sist.

När han kom ut på vedbacken igen tömde han det sista i flaskan för att fira, rökte en cigarett och hämtade yxan. Mer än hälften av veden var gran som hade fått ligga och torka i två år. Han började med den. Det var ett hårt jobb, de flesta av knubbarna tog flera minuter att få bukt med. Emellanåt kopplade han av med en bit björk eller al.

Han hade jobbat i en knapp timme med yxan, armarna värkte och han var mogen att lägga av, när han kände det igen. Bakom hans rygg stod någon och tittade på honom. Den här gången blev han inte rädd. Med yxhuvudet föste han ner den björkpinne som låg på huggkubben, grep hårdare om yxans skaft och snurrade runt.

»Vem är du?« ropade han. »Kom fram! Jag vet att du är där!«

Asparnas gula löv rasslade och han kisade mot de darrande bladen som om de var metalltungor på en reklamtavla. När som helst skulle ett budskap träda fram eller ett ansikte synas. Men inget kom. Bara den fortsatta förnimmelsen av ett dunkelt hot. Någon som mätte honom och slipade sin kniv.

Plötsligt hördes ett fladdrande ljud och en mörk boll flög förbi hans huvud. Instinktivt höll han upp yxan till skydd, men bollen fortsatte förbi hans huvud och strax efteråt hörde han en duns inifrån verktygsboden.

*En fågel. Det var en fågel.*

Han sänkte yxan. Fågeln rumsterade om inne i boden, ett panikslaget frasande av fjädrar, skrapande av klor. Det var en liten fågel, det hördes på ljudet. Anders väntade. Känslan av att vara iakttagen hade försvunnit.

*Fågeln?*

Nej, det var inte fågeln som hade tittat på honom. Det var något större och mörkare. Fågeln hade bara råkat komma. Anders tog ett par steg mot boden och kikade in genom dörren. Även om det var en liten varelse finns det något med fåglar i stängda utrymmen som manar till försiktighet. De plötsliga, hastiga rörelserna, näbben och klorna. De må vara små, men de är också vassa.

Först när han hade vågat sig fram till dörröppningen fick han syn på fågeln. Han var usel på arter, kanske det var en domherre. Eller en talgoxe. Den satt längst in i boden, ovanpå en petflaska som stod på bänken. Som en cirkusartist klev den runt, balanserade på flaskans smala kork.

Anders tog ett kliv in i boden. Fågeln rörde oroligt på sig så att klorna raspade över plasten. De svarta ögonen blänkte och Anders visste inte vad den tittade på. Han lutade sig närmare och viskade: »Maja? Är det du, Maja?«

Fågeln reagerade inte. Anders sträckte fram handen emot den. Sakta, några centimeter i taget. När han var på vippen att nudda vid fjädrarna, spratt fågeln till och flög ut ur boden. Anders stod kvar med handen utsträckt, som någon som försökt fånga en hägring. Han slöt fingrarna runt flaskans hals istället.

Han tittade ut genom dörren, men fågeln var försvunnen. I brist på annat granskade han flaskan i sin hand. Den var fylld med en grumlig vätska som vare sig såg ut som bränsle eller olja. Han skruvade av korken och en bitter odör trängde ut. Han hade ingen aning om vad det kunde vara. När han skruvade på korken igen, vred han samtidigt flaskan ett halvt varv och en handskriven etikett kom till synes.

Han kände igen handstilen. De snirklande, darriga bokstäverna tillhörde hans far. På en bit avriven papperstejp hade han skrivit: »MALÖRT«. Flaskan innehöll någon form av malörtskoncentrat, kanske för att bekämpa insekter. Eller rådjur.

Anders skakade på huvudet. Malört var giftigt och den här flaskan hade alltså stått här medan Maja hade sprungit runt och lekt på tomten.

*Typiskt dålig förälder.*

Som en senkommen botgöring skruvade Anders åt korken hårt och ställde flaskan på hyllan ovanför bänken, där Maja inte skulle komma åt den. Sedan gick han ut på vedbacken och hämtade skottkärran. Innan han kunde lägga in den nyhuggna veden i förrådet var han tvungen att flytta på den gamla, torra så att den kom ytterst.

Ännu en gång fann han att arbetet beredde honom den glömskans frid som han nu förstod var något eftersträvansvärt. Efter en dryg timme hade han organiserat om förrådet och kunde köra in den nya veden. Skymningen hade börjat skruva ner himlens ljus när han lutade skottkärran mot bodväggen. Han tog av sig handskarna och gnuggade händerna mot varandra när han tittade på det nu mer välfyllda förrådet.

*Ett dagsverke. Ett gott dagsverke.*

Han var glupande hungrig efter arbetsinsatsen och lagade en middag bestående av ett lass makaroner och ett halvt kilo falukorv. När han hade ätit och rökt en cigarett satt han länge och tittade ut genom fönstret. Det värkte i hela kroppen och han kände sig nästan som en riktig människa.

Han övervägde att ta en promenad bort till Elin och se om hon ville dela lite, eller mycket, riktigt vin, men dels hade hon varit borta i två dagar och var förmodligen inte hemma och dels skulle han troligen inte behöva något vin för att sova i natt. För första gången på evigheter.

## Sammankomst

Simon hade fått nog.

Fyndet av Sigrids kropp och det som därpå följde hade blivit en sak för mycket. Han kunde inte längre blunda för det som hade närmat sig under femtio år. Det var nog nu.

Berättelsen om hans utbrytning vid ångbåtsbryggan hade slipats fram genom åren, studsat och nötts mellan honom och Anna-Greta tills den nu var den juvel till historia som så sent som fyra dagar tidigare hade berättats för Anders, den senaste i raden av åhörare. En berättelse om hjältedåd och kärleks uppvaknande.

Naturligtvis var den också en sådan historia. Men något väsentligt saknades. Något som han då hade tagit upp med Anna-Greta men som hon hade vägrat att befatta sig med, och det hade uteslutits ur den officiella historien. Det störde.

Men Simon kom ihåg det mycket väl. Vad det egentligen var som hade hänt.

Det hade varit en osedvanligt enkel utbrytning, till en början. Bara kedjor har använts och kedjor var sällan något problem. Medan han ännu stod inne i säcken hade han tagit sig ur de flesta av dem och dessutom dyrkat upp låset på handklovarna.

När knuffen som skickade ner honom i vattnet slutligen kom, hade han beräknat att han skulle behöva maximalt en halv minut för att ta sig ur de sista kedjorna och säcken. Sedan var det bara att simma bort till bryggorna och vänta en minut eller två för effektens skull.

Säcken slog i vattnet och han sjönk. Han hade lärt sig att stänga till luftgångarna i näsan så att han kunde tryckutjämna utan hjälp av fingrarna. På sin väg mot bottnen pressade han till två gånger, fick trumhinnan att bukta sig rätt och dämpade knastret och smärtan i huvudet. Han blundade för att koncentrera sig bättre medan det kalla vattnet trängde igenom säcken och började förstelna hans lemmar.

Den stora faran med att vara länge under vattnet var inte syrebristen. Han hade tränat upp sig till att kunna hålla andan i över tre minuter. Nej, det farliga var kölden. Redan efter en minut började fingrarna bli oförmögna att utföra precisionsrörelser. Därför försökte han alltid se till att klara av handklovarna så fort som möjligt.

Den här gången var alltså det problemet överstökat. När hans kropp slog i bottnen hade han bara några enkla vridningar kvar för att han sedan skulle kunna riva upp säcken med den vässade dyrken och simma mot sin triumf.

De var då, när han just höll på att lirka den näst sista kedjan över axeln, som vattnet över honom plötsligt blev tyngre. Något la sig över honom. Hans första tanke var att någon uppe på bryggan hade kastat ner något i vattnet. Något stort och tungt. Han trycktes ner mot bottnen och fick anstränga sig för att inte luften skulle pressas ur hans lungor.

Han slog upp ögonen och såg bara mörker. Kylan som arbetade på hans hud utifrån fick hjälp av kall skräck från insidan. Hjärtat började slå fortare, tuggade i sig det värdefulla syre han ännu hade. Han försökte förstå vad det kunde vara som låg över honom, för att bättre kunna ta sig ur dess grepp. Han kunde inte finna på någonting. Det hade inga konturer, inga skarvar. Den första känslan han hade haft var det närmaste han kom: vattnet hade blivit tungt.

Panik hotade. Hans ögon hade nu vant sig vid det svaga ljuset som trängde igenom säckväven och sex meter vatten. När några luftbubblor slapp ut mellan hans läppar såg han dem som suddiga reflexer.

*Jag vill inte dö. Inte så här.*

Med en enorm ansträngning lyckades han vrida sig i vattnets grepp så att de sista kedjorna föll av. Han hade ännu tid. Under träningen i att hålla andan hade han några gånger haft Marita till hjälp och då vågat gå så långt som det bara var möjligt. Han kunde tecknen på förestående svimning. De var inte där ännu.

Men han förmådde inte ta sig loss från tyngden. Den vilade över honom som en jättelik mortelstöt och säcken var pepparkornet i mortelns botten.

Med dyrken lyckades han öppna en reva i säcken och belönades med en glimt verkligt dagsljus. Han låg på rygg, pressad mot bottnen och långt där uppe kunde han se konturerna av människorna på bryggan, den blå himlen ovanför dem. Ingen hade kastat något, ingenting låg över honom. Utom vatten. Sex meter ogenomträngligt vatten.

Kylan hade fått grepp om honom på allvar och ett lugn började spridas i kroppen. Ett lugn som liknade värme. Han slappnade av och slutade att streta emot. Han hade minst en minut kvar innan det var över. Varför skulle han ägna den minuten åt att kämpa och bråka? Han hade tagit sig ur kedjor, handklovar och rep, men han visste att han inte skulle kunna ta sig loss ifrån vattnet. Han hade blivit besegrad till slut.

Allt var vackert.

Stilla och lealös låg Simon på bottnen. Ja, som död låg han och genom revan i väven såg han himlen och otydliga gestalter som väntade på honom. Det var änglarna som kallade honom till sig och om en stund skulle han vara där. I mörker var han, men snart skulle han komma till ljuset och det var gott så.

Han visste inte hur länge han legat så. Kanske var det en minut eller två, kanske var det tio sekunder, när vattnet plötsligt lättade. Lätt som en slöja drogs tyngden undan och han var befriad.

I ett lugn som senare skulle vara svårt att begripa, tänkte han bara något i stil med: *Jaha, blir det så istället.* Sedan tog han sig ur säcken och simmade med jämna tag mot den bortre bryggan. Inget grep efter honom, inget ville åt honom. Det fanns ingen tyngd, bara lätthet. När han bröt vattenytan i skydd av båtarna drog han ett djupt andetag och först då svartnade det för ögonen på honom. Han grep tag i relingen på den närmaste ekan och lyckades hindra sig själv från att sjunka. Han andades med lugna tag och världen började glida samman igen.

Bortifrån ångbåtsbryggan hörde han någon som ropade: »Tre minuter!« och han kunde inte tro att det gällde honom. Han hade varit borta mycket längre.

Simon hängde i relingen och försökte komma tillrätta med tillvaron. När rösten vid bryggan ropade: »Fyra minuter!« hade han återvänt till sina sinnen. Han kände den svaga doften av tjära från ekan, smaken av salt och gammal skräck i munnen, den stickande kylan i musklerna.

*Jag lever.*

Han simmade in mot land och efter ett par meter kunde han gå på bottnen, hukande bakom båtarna. Han fortsatte upp på stenarna och resten av historien sammanföll med den officiella.

Det var den första i raden av saker som han hade låtit passera genom åren. Ett antal människor hade försvunnit under dunkla omständigheter, han hade hittat Spiritus och Maja hade upplösts i tomma intet. Han hade låtit sig försäkras att allt var som det skulle, eftersom det var lättast så och alternativet omöjligt att formulera. Att det skulle råda något slags tyst konspiration bland de åretruntboende på Domarö var närmast löjeväckande. Ändå hade han börjat undra om det inte var precis så det var.

Simon drog på sig sin gamla läderjacka ovanpå blåstället och gick ut. Det fanns en tråd och den skulle han nu dra i för att försöka framkalla en reaktion. Tråden hette Holger. Fyndet av Sigrid hade uppenbarligen skakat honom eftersom han inte visade sig ute och månne var han ur balans och möjlig att komma till tals med.

Klockan var fyra på eftermiddagen och över viken ekade ljuden av yxhugg. Simon nickade för sig själv. Anders var tydligen igång och en bra sak var det. De dova ljuden av en kubbe som slogs upprepade gånger mot huggkubben tydde på att han hade gett sig i kast med den torra granveden.

*Jo, jo. Då har han att göra.*

Byn låg öde i det milda eftermiddagsljuset. Skolbarnen hade kommit hem och alla satt väl och åt middag. Simon såg ner mot bryggan och kom ihåg den dagen för länge sedan när han hade klivit i land första gången. Häpnadsväckande lite var förändrat. Träbåtarna kring bryggan hade blivit plastbåtar och något slags transformatorstation stod och brummade lågmält vid bryggans fot, men i övrigt såg det ut som det hade gjort då.

Väntkuren hade rivits och byggts upp igen. Sjöbodarna var numera kulturminnesmärkta och således oförändrade, dieselcisternen stod fortfarande och skämde vägen upp till byn och havtornsbuskaget hade möjligen växt till sig en aning men stod där det alltid hade stått. De där tingen hade sett honom gå i land, hade sett honom nästan drunkna och nu såg de honom gå igenom den öde byn och sparka småsten framför sig där han gick.

*Ni vet mer än jag. Mycket mer.*

Han var så upptagen av sina egna fötter att han inte märkte att det lyste inne i missionshuset förrän han var precis intill det. Det var bara i undantagsfall som missionshuset användes annat än på lördagsmorgnar, då en fåtalig flock av byns äldre invånare samlades för att dricka kaffe och sjunga psalmer ackompanjerade av tramporgel.

Gardinerna var fördragna och ljuskronan i taket, missionshusets stolthet, syntes bara som en blek fläck. Simon gick fram till fönstret och lyssnade. Han kunde höra röster där inne, men inte vad som sades. Han funderade ett ögonblick och gick sedan runt knuten och öppnade dörren.

*Byaråd. Jag hör också till byn.*

Det som mötte honom när han kom in var på intet vis uppseendeväckande. Ett dussintal personer i sextio- till åttioårsåldern satt på stolar i en lös klunga under votivskeppet. Han kände eller kände till var och en av dem. Där fanns Elof Lundberg och hans bror Johan. Där var Margareta Bergwall och Karl-Erik vad han nu hette från södra byn. Där satt Holger. Och Anna-Greta. Med flera.

Samtalet upphörde i samma ögonblick som han öppnade dörren. Allas ansikten vändes mot honom. De såg varken ertappade eller skamsna ut, men deras miner klargjorde att hans intrång var oönskat. Han såg på Anna-Greta och i hennes ansikte fanns något annat. En svag plåga. Eller en bön.

*Gå härifrån. Snälla du.*

Simon låtsades inte märka något utan klev in i rummet och frågade i munter ton: »Vad sitter ni och kuckelurar om då?«

Några blickar utbyttes och den outtalade meningen tycktes vara att det var Anna-Greta som skulle svara. När några obekväma sekunder hade förflutit utan att hon gjort det, sa Johan Lundberg: »Det är en stockholmare som vill köpa missionshuset.«

Simon nickade eftertänksamt. »Jaha. Hur tänker ni göra med det, då?«

»Vi funderar väl på att sälja.«

»Vad är det för en stockholmare? Vad heter han?«

När inget svar kom gick Simon bort till gruppen, drog fram en stol och satte sig.

»Fortsätt ni. Jag tycker att det är intressant, jag också.«

Tystnaden var kvävande. Det knäppte i de gamla träväggarna och ett kronblad singlade ner från den vissnade buketten på altarbordet. Anna-Greta såg mörkt på honom och sa: »Simon. Du kan inte vara här.«

»Varför det?«

»Därför att ... det är så bara. Kan du inte acceptera det?«

»Nej.«

Karl-Erik reste sig. Han var den mest välbevarade av personerna i gruppen och under hans uppkavlade skjortärmar stack ett par fortfarande muskulösa armar fram. »Nu är det i alla fall så«, sa han, »och om du inte vill gå frivilligt så får vi väl bära ut dig.«

Simon reste sig också. Han hade inte mycket att komma med i förhållande till Karl-Erik, ändå spände han ögonen i honom och sa: »Du kan ju försöka.«

Karl-Erik hissade upp sina buskiga ögonbryn och klev fram. »Är det så du vill ha det ...« Utan någon bestämd avsikt slöt Simon handen kring tändsticksasken i sin ficka. Karl-Erik föste ilsket undan ett par stolar, han arbetade upp sig.

Anna-Greta ropade »Karl-Erik!« men mannen gick inte längre att hejda. En glimt hade tänts i hans ögon och han hade en uppgift att genomföra. Han gick fram till Simon och grep tag i hans jacka med båda händerna. Simon tappade fotfästet och slog huvudet i Karl-Eriks bröst, men han tappade inte taget om tändsticksasken.

Med pannan pressad mot sin motståndares revben bad han vattnet i Karl-Eriks blod, vattnet i hans vävnader att kasta sig uppåt. Styrkan i Simons förfrågan var inte densamma som när han hade hållit Spiritus i sin nakna hand, men fullt tillräcklig. Karl Erik vacklade till, släppte taget om Simons jacka och tog sig för huvudet. Han vinglade ett par steg bakåt och böjde sig sedan framåt och spydde över den antika mattan.

Simon släppte taget om tändsticksasken och knöt åter armarna över bröstet. »Nån mer?«

Karl Erik hostade och hulkade, kastade en hatisk blick på Simon och hulkade lite till, strök sig om munnen och väste: »Vad fan gör du ...«

Simon satte sig på sin stol och sa: »Jag vill veta vad det är ni diskuterar.« Han såg från den ene till den andre. »Det är havet, eller hur? Vad som händer med havet.«

Elof Lundberg strök sig över sin kala hjässa som såg oanständigt naken ut utan den obligatoriska kepsen och frågade: »Hur mycket vet du?«

Ett par av de andra tittade ilsket på Elof eftersom hans fråga innebar ett erkännande av att det fanns något att veta. Simon skakade på huvudet. »Inte mycket. Men tillräckligt för att veta att det är nåt som är fel.«

Karl-Erik hade hämtat sig och var nu på väg tillbaka till sin plats. När han passerade Simon spottade han fram: »Vad tänker du göra åt det, då?«

Simon drog ner blixtlåset på sin jacka för att markera att han tänkte stanna. Han såg på gruppen som var tätt sluten kring ett osynligt centrum och inte gjorde en rörelse för att bjuda in honom i sin krets. Anna-

Greta tittade inte åt hans håll och det smärtade honom. Trots hans dystra aningar hade han inte velat tro att det skulle vara så här.

*Vad är det dom är så rädda för?*

Det kunde inte handla om annat. Där de satt var de som en liten sekt, ängsligt bevarande sin hemlighet och sin tro, skrämda för varje intrång. Vad Simon inte kunde förstå var att Anna-Greta ingick i den. Fanns det någon människa han hade träffat i sitt liv som inte tycktes rädd för *någonting* så var det hon. Men här satt hon nu och flackade med blicken, fäste den överallt utom på honom.

»Jag tänker inte göra någonting«, sa Simon. »Vad skulle jag kunna göra? Men jag vill veta.« Han höjde rösten. »Holger!«

Holger, som hade varit försjunken i tankar, ryckte till och tittade upp. Simon frågade: »Vad var det som hände med Sigrid, egentligen?«

Kanske hade Holger knappt uppfattat något av den föregående aggressionen mot Simon eftersom han svarade surt och som om Simon redan visste: »Det är ju det vi pratar om.«

Simon var på väg att säga något ironiskt om att han hade trott att de pratade om missionshuset, men på det sättet kunde de hålla på att göra utfall och parera tills fan avlöste dem, så istället lade han armarna i kors över bröstet och sa enkelt: »Jag tänker inte gå härifrån. Ni får bestämma hur ni ska hantera det.«

Nu tittade Anna-Greta äntligen på honom. Hennes blick var rak och omöjlig att tyda. Det fanns ingen kärlek i den. Ingen avsky eller annan känsla heller. Hon var en funktion som såg på en annan funktion och försökte bedöma den. Länge såg hon på honom så och Simon tittade tillbaka på samma sätt. Havet låg emellan dem. Till slut knep hon ihop läpparna, nickade kort och sa: »Kan du vara snäll och gå ut ett par minuter åtminstone? Så vi kan bestämma oss.«

»Om vad?«

»Om dig.«

Simon övervägde saken och fann att det var rimligt. Med överdriven omsorg drog han upp dragkedjan i jackan och gick ut. Precis innan ytterdörren slog igen hörde han Karl-Erik säga: »Jävla sommargäster, tror att ...« sedan slöt sig dörren om replikens slut.

Simon gick några meter bort ifrån missionshuset och ställde sig att betrakta hösten. Nyponsnåret vid missionshusets vägg var översållat med frukter, levande röda som insekter. Alla löv gick mot gult och de rostfärgade tegeltaken glänste svagt av fukt. I vägens grus blinkade enstaka kiselflagor till när en sned solstråle nådde ner genom lövverket.

*Den vackraste platsen på jorden.*

Det var inte första gången han tänkte så. Speciellt om hösten hade Simon många gånger kunnat bli stående i förundran över Domarös skönhet. Hur det kunde vara en avfolkningsbygd, att inte alla ville bo här.

Han gick en bit längs vägen och insöp fler av höstens mirakler: det klara vattnet i berghällarnas vattenpussar, våta barrträdsstammar och mossa mättad av grön väta. Stormklockans vitmålade torn som sträckte sig mot molnen. Han tänkte inte på någonting utom det han hade för ögonen. Han visste att han kunde tänka på annat, på den förändring som kanske var på väg att inträffa, men han vägrade. Kanske tog han ett slags farväl.

Han hade spankulerat så i kanske fem minuter när dörren till missionshuset öppnades. Anna-Greta kom ut och vinkade honom till sig. Han kunde inte se på henne hur beslutet utfallit och hon vände sig om innan han hade kommit fram.

När Simon kom tillbaka in i värmen behövde han inte fråga. En extra stol var indragen i kretsen, mellan Johan Lundberg och Märta Karlsson som hade haft handelsboden innan hennes son tog över. Simon visste inte om det var avsiktligt, men han skulle sitta mitt emot Anna-Greta.

Han tog av sig jackan, hängde den över stolsryggen och satte sig med armbågarna vilande på knäna. Karl-Erik befann sig två stolar till vänster om honom och satt som om han höll en kagge nitroglycerin i famnen. Om han rörde sig eller släppte sitt grepp skulle han sprängas.

Anna-Greta såg sig omkring i gruppen och vätte läpparna. Hon hade tydligen blivit utsedd till talare. Eller hade alltid varit det.

»Först och främst«, sa hon, »vill jag att du berättar hur mycket du vet. Och hur du kan veta det.«

Simon skakade på huvudet. »Så du kan bedöma vad du måste berätta? Jag går inte med på det. Det tycks som att ni har beslutat ...« Simon kastade en kort blick på Karl-Erik. »... att jag ska få veta. Berätta då.«

Anna-Greta såg på honom på det där sättet igen. Men något annorlunda. Det tog Simon ett ögonblick att komma på vad det var. Sedan förstod han: hon skämdes. Allt det här var hennes fel eftersom det var hon som var tillsammans med Simon. Han var hennes ansvar.

Elof Lundberg slog händerna på knäna och sa: »Vi kan inte sitta här hela dan. Berätta nu. Börja med Gåvasten.«

Anna-Greta gjorde så.

## Gåvastenen

Ett vanskligt företag var det, att vara fiskare i gamla tider. Då fanns det inga prognoser att ty sig till, ingen som säkert kunde säga huruvida havet planerade att visa sig från sin bästa sida eller om det tänkte slå sig löst i vindar som kunde krossa både folk och farkoster.

Och om det gick så illa, om de klena båtarna som hade gett sig ut för att bärga skötarna råkade in i en styv kuling, vilka möjligheter hade manskapet att meddela sin nöd? Inga alls. På sin höjd kunde Gud höra deras rop och hans beredskap att hjälpa var nyckfull.

Man gjorde väl sitt bästa. När allt hopp tycktes ute, när manskapet stod uppradade vid relingen för att hindra vågorna ifrån att slå in över däck, kunde man ta upp listor på de löften om kollekt som skulle ges när man kom i land, om man någonsin kom i land. Ibland lät sig Gud bevekas och listorna kunde läsas upp i kyrkan påföljande söndag och kollekten samlas in.

Men en pålitlig metod var det inte. Många förteckningar med vidlyftiga löften om bidrag till Guds ära sjönk till botten med dem som hade avgett dem. Obegripligt, kan tyckas. Men Vår Herre är nu en gång inte affärsman.

Ja, ett vanskligt företag var strömmingsfisket i gamla tider, men stundtals lönsamt. Hela familjer flyttade under somrarna till de yttre öarna för att under några månader lägga, bärga och vittja sina skötar. Man saltade in i tunnor och la på lager för att framåt hösten frakta hem och sälja.

På saltströmming är Sverige byggt. Vad utfodrade man armén med, vilken spisning gavs åt utländska kyrkobyggare och annat arbetsfolk?

Strömming fick de! På vad höll sig kustfolket vid liv under de mörka vintermånaderna?

Just det. Strömming var det.

Så rädd att förarga denna värdefulla fisk var man, att det står i hamnskrået: »Ho som vanvördar någon fisk och den med orätt namn föraktligen nämner böte 6 mark.«

Havets silver. Upp måste det, och riskerna fick man ta. Men man såg sig om efter möjligheter att så att säga garantera utkomsten. Minska riskerna och kunna känna sig trygg.

Det Anna-Greta hade att berätta inträffade för många hundra år sedan. Det område som idag utgör Nåten låg till viss del fortfarande under vatten. Domarö med dess kringliggande skärgård var de yttersta öarna. Här fanns också klippan som sedan ännu längre tillbaka kallades Gåfwasten. Det var den plats där man brukade lämna gåvor till havet efter till exempel en lyckligt genomförd resa över till Åland och tillbaka.

Exakt hur nästa fas började är höljt i dunkel. Möjligen kan någon person ha blivit strandsatt på Gåvasten och därpå bortsköljd i vågorna eller bara försvunnit. Hur som helst märkte man att efter den händelsen blev fisket väsentligt bättre och havet var tillmötesgående under hela sommaren.

Det födde tankar.

Följande sommar förklarade sig en stursk ung man som inte trodde på tokerierna villig att låta sig strandsättas på Gåvasten. Han utrustades med mat och dryck för en vecka, och hade inget inträffat inom den tiden skulle man komma och undsätta honom.

Man lämnade den unge mannen på den kala klippan, rodde tillbaka till fiskeläget en sjömil bort och fortsatte med skötläggningen som om inget hade hänt. Redan dagen efter fick man den sommarens rekordfångst och strömmingen fortsatte att välla in i skötarna under dagarna som följde.

När man efter en vecka återvände till Gåvasten var den unge mannen borta. Man inspekterade den kvarlämnade provianten och fann att den var så gott som orörd. Det kunde inte ha varit många timmar han tillbringat på Gåvasten innan havet tog sin tribut och gav strömming i gengäld.

Saken var alltså klar. Problemet var hur man skulle gå till väga i framtiden.

Den sommarens förtjänst blev stor och under oktobermarknaden kunde man sälja mer än dubbelt så mycket fisk som tidigare år. Under vintern vidtog diskussionerna och detta var vad man beslutade: eftersom ingen längre var villig att utgöra gåva till havet, skulle man helt enkelt rösta. Kvinnor och barn hade ingen talan men slapp därmed också risken att offras. Det var en sak mellan männen.

Nu vore det trevligt att kunna berätta om den heroiska resignation med vilken den utvalde mottog beslutet. Tyvärr var det inte så. Röstningen utfördes utan pardon och blev i all enkelhet en omröstning om vem som var minst omtyckt i fiskarsamhället. Oftast var det någon ilsken och oresonlig person som blev utsedd och den tvivelaktiga äran gjorde honom inte mildare till sinnes.

Med hugg och slag fick man forsla sitt offer till Gåvasten och sedan hastigt ro därifrån med hans förbannelser ekande över fjärden. Ibland hade man inte ens kommit utom hörhåll innan förbannelserna tystnade. Ingen höjde blicken.

Det kom att bli praxis att man helt sonika band och fjättrade offret innan man satte det på Gåvasten. Med åren blev sedvänjan ännu mer rationaliserad. Man var ovillig att alls sätta sin fot på Gåvasten och det visade sig att det räckte att fjättra offret och sänka det i havet. Effekten blev ändå den önskade. Strömmingen gick till och havet sökte inga ytterligare offer.

Vid det här laget hade man slagit ner sina bopålar permanent på Domarö. Pakten med havet gjorde befolkningen så rik som man kan bli på fiske och husen stod inte dem inne på fastlandet efter. Ändå var det ingen lycklig ö.

Det årliga offret krävde sin tribut i människornas själar. Det dröjde inte många år innan man slutade att undanta kvinnor och barn från offerplikten. Eftersom det fortfarande endast var männen som röstade blev det skam till sägandes så att det var kvinnorna och barnen som löpte störst risk att bli utsedda.

Ingen var väl direkt lycklig över att behöva binda ett barn och sedan, medan det grät och bad för sitt liv, kasta det över relingen och låta det sjunka. Men man gjorde det. Man gjorde det, ty sådan var seden. Och den frätte sönder människorna.

Ingen gladdes över våren, ty våren var bara ett förebud om sommaren. När träden fläckades gröna i skärgårdens sena lövsprickning var det inte långt kvar till sommarsolståndet och hela Domarö gick i ångest för den dagen, dagen då omröstningen av tradition genomfördes.

Man kunde föreställa sig att risken för att bli utröstad skulle göra människorna beskedliga och mindre snara att bruka hårda ord av rädsla för att bli sedda som besvärliga. Jo, det kan man föreställa sig. Men det var inte så det blev.

Istället för vänlighet frodades inställsamhet, istället för uppriktighet blomstrade falskhet. De vänliga orden kom av sig och blev till viskningar och konspirationer, man gick samman i lönnliga grupper och slöt förbund. Illa nog hade det varit när omröstningen hade handlat om att utesluta den person som var till minst glädje för gruppen. Nu var den tiden förbi. Nu dränkte man den som hade misslyckats i intrigspelet.

Nog förekom det heroiska gester, födda ur ett slags kärlek. En mor eller far tog sitt barns plats, en bror lät sig fjättras istället för sin syster. Men efter några år försvann även den kärleken. Den vars liv skonats ett år kunde bli offer nästa år. Man försjönk i apati, drog upp sin rikliga strömming och gladdes åt intet.

Domarö var vid denna tid så gott som isolerat. Den enda kontakten med omvärlden var i samband med försäljningen av fisk om hösten. Allt eftersom åren gick kunde det ändå inte undvikas att rykten började spridas. Enstaka besökare rapporterade om den tryckta stämning som rådde på ön och folket från Domarö höll sig alltid för sig själva på marknaden. Talade med ingen om det inte rörde affärer, undslapp sig inte ett leende. Och folk försvann ju. I längden kunde det inte döljas.

År 1675 företogs till slut en grundlig undersökning av förhållandena på Domarö. En delegation av rådmän, präster och länsmän från Stockholm färdades till ön för att se om den epidemi av vantro och tillbedjande av den onde som hade gripit kring sig i huvudstaden även hade spritt sig till havsbandet.

Man fann att så var fallet. Vana som de var att konspirera och förtala varandra var Domaröborna inte sena till angiveri när de kände sig trängda. Det var ingen ände på de bekännelser som avgavs bakom stängda dörrar, men alltid om grannen. Alltid om grannen.

Oförmögna att reda ut den härva av anklagelser och motanklagelser som delegationen fick sig till livs, beslöt man att tills vidare endast låta häkta ett antal av de män som tycktes mest komprometterade. De fördes till Stockholm och sattes i fängsligt förvar.

Under förhör medgav männen att man hade offrat i syfte att vinna materiella fördelar, men någon pakt med den onde ville man inte kännas vid. Efter ett par veckor av skarpa förhör med tänger och skruvar ändrade de flesta ståndpunkt. Man hade nog både tillbett och dansat med hin onde när allt kom omkring.

Torterarna och skrivarna i samarbete lyckades slutligen sammanställa ett omfångsrikt dokument som var helt i linje med det man hade fruktat att finna. Domarö var en gryta där Djävulens stinkande safter stod på långkok och ön var en fara för hela skärgården.

Något förvånad blev man när man återvände till Domarö för att kalla resten av befolkningen till rannsakan och fann att ingen hade flytt. Man tolkade det som förhärdelse och trotsig tro på att onda makter skulle stå dem bi. Alltså skulle ingen mildhet vederfaras dem. Domarö tömdes på folk och en långdragen undersökning tog sin början.

Efter drygt ett år förkunnades domen. Man hade bättre bevis än i många andra av de processer som pågick. Här handlade det inte endast om förflugna ord som solkat Guds ära eller tvetydiga bekännelser från barn och pigor, nej, här hade människooffer otvivelaktigt förekommit och ondskan stod som en sky kring de anklagade. Man ville statuera exempel.

Samtliga män från Domarö dömdes till döden, samt ett antal kvinnor. På oklara grunder benådades några personer såtillvida att de fick halshuggas först. Kanske hade de varit särskilt ivriga i sitt angiveri. De övriga brändes levande.

De kvinnor som fanns kvar skickades till spinnstugorna, barnen spreds ut i barnhem. På Domarö ruttnade skötarna i torkställningarna och vinterns is vred sönder båtarna. Ingen ville kännas vid den ön och helst skulle man ha velat sudda ut den från sjökorten, ifrån jordens yta.

Till viss del blev man bönhörd. Följande sommar, några dagar efter sommarsolståndet, gick en storm över skärgården. Överallt där människor bodde på öar och holmar fick man känna av dess verkningar, men ingenstans var förödelsen större än på Domarö.

Man var som sagt inte benägen att kliva i land, men när stormen hade mojnat och folk vågade gå i båtarna igen, kunde man redan på långt avstånd se vad som hade inträffat. De präktiga hus som Domaröborna hade uppfört och bekostat med sin stygga handel var borta. Deras båtar var borta och bryggorna som båtarna hade legat vid var borta.

Inte så att de hade upplösts i tomma intet, nej. Husgrunder stod kvar och spillrorna efter husen de hade burit låg strödda över klipporna. Någon enstaka stock från en bryggkista stack ännu upp ur vattnet. Men någon bebyggelse fanns inte mer.

Det gick inte att tolka på annat sätt än att Gud hade plågats vid anblicken av Domarö. Som en nagel i hans öga hade den ön varit och nu hade han låtit havet dra sin raka över den för att befria skärgården från denna styggelse.

Under hela sommaren och långt in på hösten pinades fastlandet och omkringliggande öar av drivved från Domarö. Virke från hus och bryggor drev upp på andra stränder och mottogs med samma glädje som kläder ifrån någon som dött i pesten. Eld var den enda boten och med ojämna mellanrum flammade bål på klipporna där man brände vad som fanns kvar av bebyggelsen på Domarö, ned till minsta flisa.

Så slutar första kapitlet i Domarös historia.

## Utryckning

Simon kände sig olustig. Anna-Greta hade inte berättat som om det rörde sig om en skröna ur det förflutna, utan som om det var en sakral text hon återgav. Hennes blick hade varit avlägsen och hennes röst beslöjad, tjock av allvaret i det som kom ur hennes mun. Simon kände inte alls igen sin Anna-Greta.

Han kunde dock inte avfärda det som en folksägen som av någon anledning hade blivit evangelium. Hans egen upplevelse låg emellan. Det som hade hänt honom vid ångbåtsbryggan för femtio år sedan passade väl in i det som Anna-Greta hade berättat.

Det var tyst i salen. Simon blundade. Berättelsen hade pågått länge, det var säkert mörkt utanför fönstren nu. När han lyssnade kunde han höra havet långt borta. Det hade börjat blåsa. En kittling klättrade över Simons ryggrad.

*Havet. Det är inte färdigt med Domarö.*

När han slog upp ögonen fann han att alla satt och tittade på honom. Det var inga ängsliga, sökande blickar, inget *du tror oss väl?* Bara en stilla väntan på vad han skulle säga. Han beslöt sig för att svara med samma mynt, klarade strupen och berättade vad som hade hänt i samband med hans utbrytning. När han var färdig sa Margareta Bergwall:

»Jo, Anna-Greta berättade det där.«

Johan Lundvall fnös till och hytte med fingret mot Simon. »Så du *hade* en dyrk i alla fall då. Jag trodde väl det.«

Anna-Greta hade alltså berättat det för de andra, det där som hon bara hade avfärdat när han berättat det för henne.

»Det här är alltså historiska fakta?« frågade Simon vänd mot Anna-Greta.

»Ja. Det finns protokoll från förhören. Även från förhören innan ... djävulen kom in i bilden.«

»Och ni tror inte att det är han? Djävulen?«

En välgörande våg av fnissningar och fnysanden svepte genom sällskapet. Det drogs på munnar och folk ruskade på sig, skakade på huvudet. Deras reaktion var svar nog.

På Simons högra sida satt Tora Österberg, en missionsaktiv gumma som bodde nästan helt isolerad på öns sydsida. Hon klappade honom på knäet och sa: »Djävulen finns, det kan du vara säker på. Men med det här har han inget att göra.«

Gustav Jansson hade för ovanlighetens skull hållit sig tyst fram tills nu. I sin krafts dagar hade han varit byns främste dragspelare, en supput av Guds nåde och allmän lustigkurre. Nu kunde han inte hålla sig längre. »Du kanske till och med har haft honom på besök du, Tora?«

Toras ögon smalnade. »Ja det har jag, Gustav, och han såg ut precis som du. Även om hans näsa var mindre röd.«

Gustav skrattade och såg sig omkring som om han var oförskämt nöjd med att bli lagd i tvillingbädd med den onde. Simon förstod att en vanlig mänsklig mekanism höll på att göra sig gällande. Här var ett slutet sällskap som hade sina givna roller. Nu hade man fått en ny publik och man började genast spela upp rollerna till överdrift. Eller så försökte de att komma bort ifrån ämnet.

»Men varför den här sekretessen?« frågade Simon. »Varför får inte alla som bor här känna till det här?«

Den lättsammare stämning som hade varit på väg att gästa sällskapet, hejdade sig i dörren. Tyngden återvände som en fysisk kraft som fick axlar att falla ner och kroppar att kura på stolarna. Anna-Greta sa: »Jag tror att du har förstått att det här inte är nåt som tillhör det förflutna. Att det är nåt som pågår nu.«

»Ja, men –«

»Vi ger inte längre människor till havet, men det tar dom i alla fall. Kanske inte en per år längre, men många. Sommar som vinter.«

Den invändning som hade bubblat inuti Simon under hela Anna-Gretas berättelse och gjort honom rent förbannad på Domarös ursprungsbefolkning ägde giltighet även för församlingen som nu satt och hukade i missionshuset och äntligen fick han säga det: »Men det är ju bara att flytta! Dom kunde ha gjort det och ni ... vi kan göra det. Om det nu verkligen är så att havet *tar* människor på ett sätt som inte är naturligt, om nu alla går och är rädda för att bli nästa offer, varför flyttar man inte bara, lämnar den här ön?«

»Det är inte så enkelt, tyvärr.«

»Varför inte det?«

Anna-Greta tog ett djupt andetag och var på väg att svara, när Karl-Erik rätade på ryggen och sa: »Ni får rätta mig om jag har fel, men jag trodde att vi samlades idag för att diskutera det här med Sigrid och vad det kan innebära, inte för att redogöra för sånt vi redan känner till.« Han tittade på sin armbandsklocka. »Och jag vet inte hur det är med er, men jag vill vara hemma till Rapport, åtminstone.«

Armbandsklockor kom fram och synades. Några ojade sig över att klockan var så mycket och Simon fick ett par sneda blickar eftersom det var hans uppträde som hade fått det hela att bli så långvarigt.

Simon förundrades över att de satt här och talade om fruktansvärda krafter, hur de skulle hanteras och sin egen överlevnad. Hur detta kunde blekna i betydelse inför risken att missa nyheterna på teve. Sedan insåg han att det bara var för honom det såg ut på det sättet. För dem hade hotet blivit vardag och ett trist faktum, inget att tjata om. Likt människor i en krigszon eller en belägrad stad höll de fast vid de små glädjeämnen som ändå finns i tillvaron. Om nu nyheterna kan betraktas som ett glädjeämne.

Simon höll upp händerna framför bröstet för att visa att han gav upp, att han inte skulle göra fler anspråk på deras tid. För närvarande.

Anna-Greta nickade åt Elof. Denne såg förvirrad ut och förstod sedan att han förväntades fortsätta där han hade slutat ett par timmar tidigare.

»Jo, som jag sa då ... innan vi blev avbrutna ... så kan jag inte annat än tro att det är något positivt som har hänt.« Simon såg att flera av de andra skakade på huvudet, men Elof fortsatte: »Det har aldrig hänt förr, att nån har ... kommit tillbaka. Jag skulle säga att det tyder på att ... det blir svagare. På nåt sätt.«

Han tuggade luft och hittade ingen fortsättning. Anna-Greta hjälpte honom på traven: »Och hur tycker du att vi ska förhålla oss till det?«

»Jo, alltså ...«

Längre kom han inte innan han blev avbruten av en signal. Först trodde Simon att det var en avlägsen mistlur, men sedan kom han ihåg ljudet. Det hade hörts den gången när någon idiot till nollåtta hade eldat ris i slutet av juni och sånär satt eld på hela Kattudden.

Alla for omedelbart på fötter.

»Det brinner!«

Jackor och kappor drogs på i en hast och på en minut var lokalen tömd. Bara Simon och Anna-Greta stod kvar. De såg på varandra utan att säga något. Sedan vände Simon på klacken och gick ut.

Efter ljuset inne i lokalen var höstmörkret kompakt. Den lilla megafonen i stormklockans torn sände ut sin pulserande ton, men ingen eldhärd syntes till neråt byn. Eftersom vinden kom från sydost borde dessutom brandröken i sådana fall ha legat i luften.

Det fanns ett brandförsvar, men det var inriktat på området kring hamnen, den ursprungliga bebyggelsen. En kraftig pump intill bryggan var kopplad till en fyra hundra meter lång slang och med den kunde man i nödfall pumpa havsvatten över de flesta hus i centrala byn.

Men nu var det inte i centrala byn det brann. När Simons ögon hade vant sig vid mörkret, kunde han se konturerna av de andra som deltagit i mötet. De var på väg mot Kattudden. De lågt hängande molnen på himlen österut var svagt rosafärgade. När han gått några steg i den riktningen, slöt Anna-Greta upp vid hans sida. Hon famlade efter hans hand och Simon drog undan den.

Efter drygt femtio meter kom de ikapp Tora Österberg. Hennes gummistövlar gnekade sakta i mörkret där hon tog sig fram med hjälp av sin rullator. Hon var farligt nära vägkanten och diket. Anna-Greta grep tag i hennes arm och hindrade henne från att köra ner sig.

»Gå hem du, Tora«, sa Anna-Greta. »Inte behövs du här.«

»Behövs och behövs«, fräste Tora. »Jag vill se vad som händer.«

Simon tog tillfället i akt att lägga avstånd mellan sig själv och Anna-Greta. Han stegade på med så långa kliv han förmådde och först när han hade Toras indignerade stämma långt bakom sig slog han ner på tempot. Han var så besviken på Anna-Greta att han inte visste vad han skulle ta sig till.

Den enbart symboliska hyra han hade betalat under så många år hade gjort det möjligt för honom att lägga undan en del pengar och han skulle förmodligen ha råd att köpa ett hus. Kanske kunde han köpa huset han bodde i av Anna-Greta?

Han log bittert. Nej. Dels skulle han inte ha råd att betala vad ett så strandnära hus var värt, dels ville han kanske inte bo i närheten av Anna-Greta längre, dels ... dels skulle det vara som att betala tillbaka den hyra han egentligen var skyldig.

*Fan ta henne. Fan ta alltihop.*

Plötsligt kantrade marken under hans fötter och han föll omkull. Mörkret i granskogen, mörkret i hans huvud hade lett honom till diket. När han tog emot sig rispade han handen på en sten. Tårar av smärta och ilska trängde upp i hans ögon och han skrek rakt ut: »Fan i helvete!«

Sedan besinnade han sig och kände efter. Inget var brutet eller skadat och han ville inte att Anna-Greta skulle se honom så här. Han kravlade ur diket och tog sig upp på fötter, tryckte såret i handen mot en skjortflik. Han var på väg att börja gå igen när han hörde ljudet av en motor som närmade sig. Det kom inifrån skogen, från stigen som ledde ner till stranden på öns norra sida.

Ljudet var ansträngt, hysteriskt, som en mopedmotor på alldeles för högt varv. Han kisade in mot skogen och såg verkligen framlyktan på en moped som skumpade fram på den smala stigen med vrålande motor.

*Vem är det som kör där? Det går ju knappt att cykla.*

Det enda hus som fanns i den riktningen var Holgers, och Holger hade ingen moped. Dessutom skulle han aldrig ha fått för sig att köra med flakmoped – för det var en flakmoped, det kunde Simon höra på skramlet – på den dåliga stigen.

Mopeden svängde upp på vägen tio meter framför honom och Simon blev bländad av den starka framlyktan. Han hade trott att mopeden skulle svänga åt andra hållet, mot elden, men istället gjorde den en högergir och körde rakt emot honom. Han var på väg att ta ett steg åt sidan, men kom ihåg att han redan stod vid dikesrenen.

Bländningen gjorde honom oförmögen att se något alls. Han bara hörde vrålet när mopeden körde förbi honom, kände den svaga stöten av luft när metallkroppen passerade. Mopeden fortsatte i hög hastighet längs med vägen mot byn.

*Anna-Greta, Tora!*

Han vände sig om och såg ljuskvasten från mopedens lykta rusa fram över vägen. Nu såg han också en otydlig silhuett av den som körde. Han kunde inte se vem det var, bara att den satt framåtlutad över styret och att den hade något på flaket, något i samma storlek som ett stående barn.

Strax efteråt såg han också Anna-Greta och Tora bli fångade av lampans ljuskrets. De hade varit förståndiga nog att kliva åt sidan de också och mopeden passerade dem med god marginal. Simon andades ut. Månne var han djupt besviken på Anna-Greta men han ville sannerligen inte se henne bli överkörd av någon dåre på flakmoped.

*Vem var det?*

I tanken gick Simon igenom öns fåtaliga ungdomar men fann inte en enda kandidat. Vad han visste var de alla beskedliga typer som spelade för mycket dataspel och längtade efter dagen då de skulle få lämna Domarö. På sin höjd klottrade de något fult om stockholmare i passbåtens väntkur.

Det var meningslöst att spekulera nu. Det fanns en brand att släcka och han gjorde ingen nytta genom att stå här och dividera med sig själv. Men han kände sig yr och matt och inte alls upplagd för någon räddningsinsats.

Han hade varit med förra gången. Ett par trädgårdsslangar hade man lyckats koppla ihop för att skvätta vatten på den brinnande grunden, men det mesta hade man hinkat upp ur havet i en handkedja från man till man, och då hade man dessutom varit fler.

När han kom ut ur granskogen såg han att det brann i det finaste huset på hela Kattudden. Grönwalls kåk. En av de första som byggts när sommarturismen var ung.

Det fanns inte mycket att göra. Ytterväggarna var så gott som uppbrunna och genom de gulröda flammorna avtecknade sig bjälklaget och stommen som mörkare linjer. Det knastrade högljutt och trots att han stod drygt hundra meter ifrån härden kunde han känna en svag fläkt av eldens värme.

Det var naturligtvis synd på det vackra huset, men samtidigt tursamt att det var just det som brann. Det hade en stor tomt och det verkade inte finnas någon överhängande risk att elden skulle sprida sig till andra hus om man bara vaktade på gnistor och brinnande flagor som kunde färdas genom luften.

De människor som avtecknade sig som streckgubbar mot det starka ljuset från elden tycktes tänka samma sak. Ingen företog sig något, man bara stod på behörigt avstånd eller gick runt och kontrollerade att ingen ny härd var på väg att flamma upp.

Simon ville mest gå hem, men han förstod att det inte skulle se bra ut. När han fick syn på Göran som stod vid sidan av och talade i sin mobiltelefon satte han kurs mot honom. Göran sa någonting i telefonen, nickade ett par gånger och vek sedan ihop luren. Han fick syn på Simon och gick honom till mötes.

»Hej, du«, sa han. »Brandkåren är på väg, men det blir väl mest att eftersläcka.«

De stod intill varandra en stund och betraktade det brinnande huset utan att säga någonting. Värmen låg nu som en torr hinna över ansiktet och ett gnistregn for upp när en av takbjälkarna gav vika.

»Hur började det brinna?« frågade Simon.

»Vet inte. Men det verkar som om det tog sig väldigt snabbt.« Göran pekade med tummen mot ett av husen längre upp mot skogen. »Lidberg, tror jag han heter. Bor där uppe. Han sa att det bara sa *bom* och så var det övertänt.«

»Var det nån där? I huset?«

»Inte vad jag vet. Men det börjar ju inte bara brinna så där utan vidare.«

»Grönwalls. Dom är väl bara här på sommaren, är dom inte det?«

»Jo. Men jag tror att dottern har bott där lite av och till.«

De gick några steg mot elden och Simon kisade mot det starka ljuset som om han förväntade sig att kunna se någonting inne i lågorna. En människa, något som rörde sig. Eller ett förkolnat skelett. Ännu en regel föll och drog med sig ett par takbjälkar i en sky av sprakande eldflagor. Hade det funnits något levande där inne så fanns det inte längre.

Gräset på tomten kring huset hade torkat ut och börjat brinna i fläckar. Simon såg elden röra sig fram emot brunnen och överfölls av en impuls att verkligen göra något. Han kunde kalla upp vattnet ur brunnen, beordra det att falla över brasan och göra brandkårens arbete onödigt. Med Spiritus i sin nakna hand kunde han göra sådana saker, möjligen.

Hade det handlat om att rädda liv skulle han troligen ha gjort det. Men som det nu var skulle det bara bli en meningslös uppvisning som dessutom skulle ge upphov till obehagliga frågor. Han ville inte röja Spiritus. Varför visste han inte. Men så var det.

## Vem knackar på din dörr?

Anders visste inte om han simmade mot ytan eller djupare ner. Han befann sig inuti en fruktansvärd, formlös mardröm av ett slag han aldrig tidigare varit med om. Någon del av hans medvetande sa till honom att det bara var en dröm och utan den trösten skulle han troligen ha blivit galen.

Han var under vatten, i ett totalt mörker. Det fanns inte minsta antydan till ljus någonstans, inget som kunde tala om för honom vad som var upp och vad som var ner. Det enda han visste var att han var under vatten, att det var mörkt och att han höll på att drunkna.

Hans armar fäktade döende, desperat, och hans ögon var uppspärrade till ingen nytta. Han väntade på den lugna resignation som sägs komma till dem som håller på att drunkna eller frysa ihjäl, men den infann sig inte. Det som fanns var panik och insikten om att han bara hade sekunder kvar att leva.

Men sekunderna gick, han fortsatte att drunkna men tilläts inte att dö. Om skräck kan vara materia så befann han sig inuti den materien. Och den tätnade. Hjärtat rusade och huvudet var på gränsen till att implodera. Han ville skrika men kunde inte öppna munnen.

Tätare. Närmare. Något kom till honom ur mörkret. En ofantlig kropp utan konturer hade fått vittring på honom och närmade sig. Hans huvud vreds från sida till sida men inget fanns att se. Bara mörker och vetskapen om att något större än vad som går att föreställa sig kom närmare.

Det bultade och slog inuti öronen och bultandet var en lisa. Ett ljud. Något som var verkligt, som hade riktning och varaktighet, som var något annat än mörkret. Det bultade kraftigt, något slog och det var inte inuti honom. Mörkret vek undan och avgrunden han befunnit sig i var inte djupare än hans ögonlock.

Han slog upp ögonen och ljudet av det sista slaget på dörren hängde kvar som ett eko. Det tog honom ett par sekunder att inse att han befann sig inuti sitt hus, fullt levande. Sedan kom han på fötter och sprang mot ytterdörren. Han halkade till på köksgolvet och höll på att falla, men lyckades ta stöd mot den ljumma köksspisen och fortsatte ut i hallen.

*Den här gången kommer du inte undan.*

Han ryckte upp ytterdörren och skrek till, slungade sig själv bakåt för att undvika det som stod på farstubron. Ett grinande ansikte lutade sig över honom när han föll baklänges på hallgolvet. Fortfarande slagen av den blinda rädslan kravlade han bakåt en meter och drog med sig trasmattan. Sedan trädde förnuftets lugnare röst in, lirkade med skräcken och började lösa upp den.

*Det är bara GB-gubben. Han kan inte göra dig nåt.*

Plastfigurens häftiga pendlande avstannade. Anders låg kvar på hallgolvet och tittade på den. Sinnena återvände till honom och han kunde höra två saker: någon form av signal nedåt byn, samt en mopedmotor som gasade på uppfarten och sedan avlägsnade sig. Ett svagt skrammel hördes och Anders förstod att det rörde sig om en flakmoped.

GB-gubben stod kvar och stirrade på honom och Anders kunde inte förmå sig att ställa sig upp. Om han rörde sig skulle den kasta sig över honom. För att befria sig från förtrollningen släppte han GB-gubbens hypnotiska blick och lät huvudet falla bakåt och möta golvet. Han stirrade upp i taket.

*Det är inget att vara rädd för. Sluta. Det är ... en plastdocka framställd i kommersiella syften. Sluta.*

Det spelade ingen roll. Det var som om han var två personer, eller som Kalle Anka, med en ängel på ena axeln och en djävul på den andra som framförde motstridiga budskap och rekommendationer. Han fick inte ihop sig.

»Stick iväg dumma spöke för du finns inte.«

Vad var det för något? Alfons Åberg var det. När han ska ner i källaren och är rädd för spöken. Ramsan som pappan lär honom. Det hade varit en av Majas favoritkassetter att lyssna på. Anders lyfte huvudet. GB-gubben stod kvar och dess rörelser hade nu helt avstannat.

»Stick iväg dumma spöke för du finns inte.«

Signalen nere i byn tystnade. Mopedmotorn hördes inte längre. Anders drog in benen under sig och reste sig. Han tog sig samman och gick fram till GB-gubben, tittade förgäves ut i mörkret. Inget fanns att se.

*Vem ställde dit den?*

Samma någon som hade kört iväg med mopeden, så mycket var klart. Men vem?

Trots att handflatorna sa *Nej* i beröringsskräck lyckades Anders förmå sig att gripa tag om GB-gubbens vassa plastkanter och hiva bort den från farstubron. Cementklumpen den stod på var oväntat tung och han lyckades bara få ut den en meter på gräsmattan innan han var tvungen att släppa taget. GB-gubben vajade några slag fram och tillbaka och fann sig sedan tillrätta på sin nya plats. Den stirrade fortfarande på honom.

*Borde slå sönder den.*

Han övervägde att gå och hämta yxan, men det var mörkt som i drömmen bortåt vedbacken och dessutom ... *kan GB-gubben hämnas.* Han prövade att vrida figuren ett kvarts varv åt sidan, men det hjälpte inte. Den tittade på honom ur sin ögonvrå.

*Vem? Vem visste?*

Den som hade ställt figuren på hans farstubro hade gjort det för att skrämmas, och vem kunde rimligtvis veta att han var rädd för GB-gubben? Fel. Att han hade *blivit* rädd för GB-gubben. Vem?

*Samma som tittar på mig.*

GB-gubben tittade på honom. Anders hämtade en svart plastsäck som han trädde över figuren och stoppade in under cementklumpen. Säcken rasslade svagt i vinden och för en annan person än han själv såg figuren troligen ännu otäckare ut nu. Men den hade slutat att titta. Han hade stängt av dess ögon.

»Jag är inte rädd.«

Han sa det högt ut i mörkret. Han sa det en gång till. Under plasten viskade GB-gubben: *Du som inte ens vågar gå och hämta yxan. Nej, visst. Du är modig och stark. Alla gånger.*

Anders blev arg. Han klev in i hallen, drog på sig jackan, kontrollerade att det fanns vin kvar i flaskan i jackfickan, tog ficklampan och gick ut igen. Han ställde sig framför GB-gubbens otydliga kontur under säcken och höll upp flaskan, sa: »Skål, din fule jävel«, och tog en rejäl klunk. Sedan tände han ficklampan och gick bortåt uppfarten.

Han skulle kontrollera vad det där larmet hade gällt. Det hade låtit ungefär som ett flyglarm, men det var knappast vad det var frågan om.

*Såvida inte ryssen har kommit igen.*

Ficklampans ljuskägla gick före honom på stigen och han lekte med den, kastade den uppåt träden och ner i diket, lekte att den var ett ivrigt djur som undersökte sina omgivningar. Nosade genom buskarna, sprang genom gräset. Ett ivrigt djur byggt av ljus som ingen kunde fånga. För att pröva sig själv släckte han lampan.

Oktobermörkret slöt sig kring honom. Han väntade på att drömmens fasa skulle gripa honom, men den kom inte. Han lyssnade på sina egna andetag. Han var inte under vatten. Det fanns ingenting som var ute efter honom. Han böjde huvudet bakåt och såg att kvällen var stjärnklar.

»Det är bra«, sa han. »Det är ingen fara.«

Han tände lampan igen och fortsatte att gå. För att fira drog han upp flaskan och tog en klunk till. Kroppen var fortfarande en smula uttorkad efter dagens hårda arbete och musklerna värkte, så han tog en klunk till. Flaskan blev nästan tömd.

Vid vandrarhemmet började vägbelysningen. En svag dimma låg i luften och lampornas sken fick fäste, bildade svävande ljusgårdar omkring sig. Han släckte ficklampan och såg längs raden av ljus. Den var förtroendeingivande. Den ledde mellan människornas boningar och sa att inget ont kunde hända, även om fukt och höstmörker härskade.

Vandrarhemmet låg tyst och släckt. Han kom ihåg att när han var liten hade han tyckt synd om dem som behövde bo där. De som inte hade något riktigt hus. Även om vandrarhemmet var en nog så stilig kåk så var de ju så *många*, de som bodde där. Vandrarna. De som kom med båten en dag eller två och sedan åkte igen, förmodligen till nästa vandrarhem.

*Men det sitter ju nån där.*

Anders tände ficklampan och riktade den mot vandrarhemmets trappa. Mycket riktigt satt det en person där, med huvudet lutat mot knäna. Anders svepte med ljuset åt båda sidor för att kontrollera om det stod en flakmoppe i närheten också. Det gjorde det inte. Han närmade sig ändå försiktigt.

»Hallå? Hur är det?«

Kvinnan lyfte på huvudet och Anders kände först inte igen Elin. Hennes ansikte hade förändrats ytterligare sedan han sist såg henne, blivit ... äldre. Hon knep ihop ögonen mot ljuset och drog sig bakåt som om hon var rädd. Anders vände ficklampan mot sitt eget ansikte.

»Det är jag, Anders. Vad är det som har hänt?«

Han riktade ljuskäglan en meter till höger om Elin för att inte blända henne och såg att hon hade slappnat av. Han gick fram och satte sig på trappsteget nedanför henne, släckte lampan.

Elin satt sammankurad med armarna hårt knutna runt knäna. Han la en hand på hennes smalben och kände att hon darrade. »Vad är det?«

Elins hand tog tag i hans och grep den hårt. »Anders. Henrik och Björn har bränt ner mitt hus.«

»Nej«, sa han. »Nej, Elin. Dom är döda.«

Elins huvud vreds sakta fram och tillbaka. »Jag såg dom. På den där jävla flakmoppen. Dom brände ner mitt hus.«

Anders stängde munnen runt det han hade tänkt säga.

*Flakmoppen.*

Men det fanns ju mängder av flakmoppar på Domarö. Var och varannan människa hade en. Det var inget bevis. Å andra sidan: GB-gubben. Henriks och Björns älsklingshobby hade varit att flytta runt saker. Ta någons vattentunna och ställa den på en tomt på andra sidan ön eller smyga in i någons vedbod och stjäla motorsågen, placera den i grannens vedbod.

Så långt stämde det. Men det fanns ett stort problem med resonemanget.

»Dom drunknade ju. För femton år sen. Eller hur?«

Elin skakade på huvudet. »Dom drunknade inte. Dom försvann.«

## Hubba och Bubba

De finns i alla gäng. De där som inte passar in. Kanske har de en gång försökt att få vara med på riktigt och när de insett att det inte går, börjar de odla sitt utanförskap och gör det till ett adelsmärke.

*De,* förresten. De kan ju skatta sig lyckliga om de är två. Oftast är det bara fråga om en person, som inte alls behöver vara hackkyckling eller mobboffer. Ibland är den det, men ofta är det fråga om en person som gänget så att säga mäter sig emot. Gänget är ett gäng genom att *inte* vara den som är utanför.

Den personen eller de personerna tolereras just därför. Som värdemätare eller publik. Ofta är det en sorglig historia. Om gänget är ett hov så har det i den personen sin narr. Ibland kastas några smulor av vänlighet eller inbjudan till narren mot att den rasslar med bjällrorna eller säger något dumt som sedan kan citeras. Om och om igen.

Sådan är narrens funktion. Det är ledsamt men kan fungera skapligt så länge denne till hälften utstötte är medveten om sina gränser. Det är när han försöker överskrida dem som tragiken slår till och allt går åt helvete.

Henrik och Björn var alltså två.

Till skillnad från de övriga i gänget var de barn till åretruntboende. Björns pappa var snickare och bryggbyggare, hans mamma jobbade inom äldrevården. Henrik bodde ensam med sin mamma och det var oklart vad hon sysslade med.

Normalt var sommargästernas och de åretruntboendes barn separata stammar som levde i skilda läger, men i det här fallet fanns det en budbärare: Anders. Hans mamma hade varit sommargäst, träffat hans pappa och flyttat till Domarö i samband med Anders födelse. Det höll i drygt ett år och sedan tog mamman passbåten tillbaka till stan och tog sin son med sig.

Anders åkte ut för att träffa sin pappa på lov och vissa helger och kom på det viset att stå med en fot i vardera lägret. Han hade sina sommarkompisar på Kattudden, men på vintrarna lekte han ibland med Henrik och Björn, de enda jämnåriga som då fanns i byn.

De åkte pulka i slänten ner mot ångbåtsbryggan, lekte i övergivna lador och kallade varandra för »idiot«.

»Ska vi göra nåt, idiot?«

»Kan vi väl, idiot. Var är den andra idioten?«

Efter några år närmade sig Henrik och Björn via Anders sommargänget och kom att ingå, i viss mån. De undvek dock att kalla varandra för idiot när de andra kunde höra.

Det fanns en sommar, en enda, då Henrik och Björn var fullvärdiga medlemmar av gänget. 1983, då Henrik var tretton och Björn tolv, var de eftersökta och önskade i alla sammanhang. Grunden till deras popularitet var rent mekanisk: Henrik hade fått en flakmoppe.

Eftersom det inte fanns några bilar på Domarö, tilläts alla barn att cykla så mycket de ville så fort de kunde konsten och det pilades fram och tillbaka mellan husen, på skogsvägarna, mellan hamnen och Kattudden. Sommaren 1983 kändes cyklarna plötsligt en smula barnsliga, det fanns ju vassare grejer.

Även om Henrik inte hade fyllt moppe så hade hans pappa ändå låtit honom få den gamla men välrenoverade flakmoppen av samma anledning som sexåringar tilläts att cykla vart som helst: inträffade en olycka så var det för att man körde på något, inte att man blev påkörd. Och flakmoppen gick inte fort. Trettiofem, max, i nedförsbacke och med solen och vinden i ryggen.

De äldsta i gänget var dock tretton och bredvid de ofta rostiga bara-till-landet-cyklarna var flakmoppen en Lamborghini. Den var fart och den var cool och den var status och eftersom Henrik och Björn var oskiljaktiga fick även Björn ta del av Henriks popularitetsboom.

Den sommaren, och bara den sommaren, manövrerade Henrik skickligt mellan de önskningar, besvikelser och småskurna intriger som finns i varje grupp. Han blev djärv av sin nyvunna tillhörighet och plötsligt gjorde han allt rätt. Han föll inte till föga inför Joels krav på att få köra moppen när alla var samlade. Däremot lät han Joel pröva på tu man hand, vilket gav Henrik poäng utan det statusfall som det skulle ha inneburit att låta Joel ta över i allas åsyn.

Däremot såg han till att skjutsa Elin när han visste att fler kunde se, eftersom kombinationen egen moppe – Elin var snudd på oslagbar. Hormonerna pyrde och Elin hade fått bröst. När Henrik svängde upp framför affären med Elin på flaket och hennes bröst skumpade i takt med vägens ojämnheter, då var han kung. Den sommaren.

Annars kunde man ofta se honom och Björn fara runt på småvägarna, ner till stranden, genom skogen. Eftersom Anders var den ende i gänget förutom Henrik och Björn som bodde i gamla byn, hände det att han fick åka med på flaket efter en kväll hemma hos Martin eller Elin.

»Hoppa upp, idiot.«

I mitten av augusti skildes alla åt med några dagars mellanrum. Henrik och Björn blev kvar medan resten av gänget försvann till Stockholm och Uppsala. När Anders kom ut en vecka på jullovet hade det frusit till i viken nedanför hans pappas hus och han, Henrik och Björn roade sig med att dra runt varandra på skridskor efter moppen, eller bara sladda omkring i största allmänhet.

Följande sommar hade något förändrats. När Henrik försökte imponera genom att köra på två hjul längs hela skogsstigen var ingen särskilt intresserad. En del hade kört moppe inne i stan, trimmade moppar eller snyggare moppar och när allt kom omkring var en flakmoppe ändå rätt ... bonnigt.

Henrik och Björn föll från ärans tinnar och fallet blev stort. Kanske som en reaktion på den konstgjorda betydelse de hade haft sommaren innan blev de nu ifrågasatta och gjorda till milt åtlöje. De hade fel kläder och fel frisyrer, de pratade konstigt och visste inget om musik. Det var under den sommaren som någon kom på det där med H och B. Hubba och Bubba. Big bubbles, no troubles.

Både Martin och Joel hade låtit håret växa under vintern. Anders, som vanligt någonstans emellan, hade halvlångt hår liksom Johan. Hubba och Bubba var kortklippta och nu förstod man att det berodde på att inte fiskfjällen skulle fastna. Eller dyngan, för den delen.

Både Malin och Elin burrade upp sitt hår som Madonna med mycket sprej och även om Cecilia och Frida som var ett år yngre inte gick så långt eller använde lika mycket smink, hade även de börjat bry sig om hur de såg ut.

Joel hade en T-shirt där det stod »Frankie says RELAX« och via sin pappa som varit på affärsresa i London hade han singeln till »Two tribes« innan någon annan ens hade hört den på *Tracks*. Henrik och Björn visste inte vilka Frankie Goes to Hollywood var, men eftersom Joel ständigt kallade dem för »Frankie«, så drog de fel slutsats.

En kväll hemma hos Elin satt Joel och bredde på om hur otroligt cool videon till »Two tribes« var, där Reagan och den där ryska snubben, vad han nu hette, pucklade på varandra så blodet rann. Joel hade varit hemma i stan ett par dagar och tittat på *Music Box* och hade den senaste informationen.

»Two tribes« dundrade på stereon i bakgrunden och Björn satt och följde takten med huvudet. När det blev en paus i Joels monolog, sa Björn: »Nä, han är verkligen för bra, alltså.«

Som en tärna skymtar ett silverblänk i vattnet och dyker, snappade

Joel upp Björns kommentar och frågade: »Vem då?«

Björn nickade mot stereon. »Han.«

»Vadå, Holly Johnson, eller?«

Björn insåg att han var ute på hal is och kastade en blick på Henrik som inte hade någon hjälp att ge. Sedan sa han osäkert: »Frankie, så klart.«

Det kom att bli ett ofta upprepat svar. Så fort någon i gänget frågade om någon person, vem det var, så kunde man alltid svara: »Frankie, så klart.«

Händelsen var symptomatisk. Flera liknande situationer klargjorde att även om Henrik och Björn var okej så var de i grunden bönder och inget att räkna med.

När Martin klättrade upp i tornet till stormklockan var det en bragd. När Henrik någon vecka senare gjorde om samma sak var det ingen som brydde sig, trots att han klättrade högre än Martin, så högt att han kunde slå med knogarna på själva klockan och tornet rimligtvis borde ha gått av. Vad narrar gör är inte viktigt.

Inte för att Anders engagerade sig i Henriks och Björns status. Det var den sommaren han och Cecilia gick upp till stenen en kväll och det fanns annat att tänka på. Han hade också *Music Box* hemma i stan och läste *Okej* ibland, så han kunde hänga med och undvika de värsta blindskären, till och med hävda en åsikt ibland: »Jag fattar inte vad George Michael *har* den där Andrew Ridgeley till. Dom måste vara ihop eller nåt«, men han var mest inne på Depeche Mode och det var han ensam om.

En kväll innan det var dags att skiljas för sommaren hade han och Cecilia varit ensamma i Anders hus, och då hade han gjort det: han spelade »Somebody« för henne. Till hans gränslösa lättnad tyckte hon jättemycket om den och ville höra den en gång till. Sedan hade de hånglat. Lite grann.

När Anders kom ut på jullovet hade Henrik och Björn förändrats. Det var ett halvår mellan de två, men även i sina fysiska och psykiska förändringar tycktes de följa varandra som siamesiska tvillingar. Båda hade växt, fått finnar och lagt bakom sig den oskuldsfulla naivitet som präglat dem dittills och istället blivit tystare, mer inåtvända.

Ändå umgicks de en del under veckan och körde moppe på isen över till Kattholmen och lekte lite fantasilekar i skogen. De behövde inte ens säga något om att detta *inte* fick nämnas för någon annan, det var självklart. Genom samma tysta överenskommelse slutade de även att kalla varandra för idioter. Den tiden var förbi.

Anders delade med sig av sitt nya fynd: The Smiths. Han hade fått en freestyle i julklapp och i den rullade *Hatful of hollow* mer eller mindre konstant. Henrik hade fått gäststugan på tomten som eget rum och där satt de och lyssnade på »Heaven knows I'm miserable now« och »Still ill«. När Anders skulle hem till stan igen undrade Henrik om inte Anders kunde fixa en kassett åt honom. Anders gav honom den han haft med sig eftersom han kunde spela av en ny åt sig själv när han kom hem.

När sommaren kom stod det klart att Henrik och Björn hade hittat sin grej. *Meat is murder* hade kommit några månader tidigare och Anders tyckte att det var en helt okej skiva, men inte som *Hatful of hollow*. Henrik och Björn tyckte annorlunda. De kunde varenda textrad på skivan och båda hade blivit vegetarianer, möjligen de första någonsin på Domarö.

Det krävs inte fler genomgångar av den musik som gällde den sommaren, nog sagt om man slår fast att The Smiths *inte* var det som gällde. Om Henrik och Björn hade haft högre status skulle möjligen hela gänget ha kunnat dra runt och skandera: »It's death for no reason and death for no reason is murder«, men nu var det inte så. I backspegeln var Henrik och Björn förstås de som var hippast och mest London, men vad hjälpte det då? Ingenting. De var bönder och konstiga i huvudet.

De försökte få Anders till medlem i sin privata sekt, men Anders ställde inte upp. Dels låg det inte för honom att bli så besatt av något som gällde musik dels hade det blivit som en sjukdom kring Hubba och Bubba. Om man tillbringade tid tillsammans med dem riskerade man att räknas till de smittade. De tolererades fortfarande när hela gruppen var samlad, men ingen ville räknas som deras vän.

Om gänget var samlat på stranden för att grilla korv och dricka folköl, så åt inte Henrik och Björn någon korv eftersom allt kött är mord. Om »Forever young« med Alphaville gick på Joels bergsprängare satt de och hånflinade åt den infantila texten på dålig engelska och jämförde med den största nu levande poeten: Stephen Patrick Morrissey.

Och så vidare. De odlade sitt utanförskap och visste att de hade en vän i den bleke mannen från Manchester. Någon som visste hur det var att växa upp på en plats där ingenting händer och där »each household appliance is like a new science«. En broder i exilen.

Den vintern blev Anders besök på Domarö kort och han undvek Henrik och Björn. De ringde till honom på våren när de skulle göra sin pilgrimsfärd till Stockholm för att köpa *The queen is dead* och undrade om de kunde sova över, men Anders sa att han skulle på middag hos Cecilias mamma. Det skulle han visserligen, men först veckan efter.

Sommaren då allt sprang i bitar hade Henriks och Björns intresse börjat anta osunda proportioner. De klädde sig som Morrissey, båda hade klippt sig i rockabillyfrisyrer och när det visat sig att Björns syn var så dålig att han behövde glasögon, hade han mottagit beskedet med glädje eftersom det gav honom anledning att skaffa sig gråmelerade plastbågar liknande dem man får av det militära och ännu mer lika ... ja, just det.

Närstudierna av Smithstexter gjorde dem mer kompetenta på engelska språket än någon annan på Domarö och när Wilde, Keats och Yeats räknades upp i »Cemetery gates« hade de sett till att få författarnas berättelser och poesi på originalspråket hemlånade till Norrtälje bibliotek och sedan ägnat den grådaskiga våren åt att med ordböcker till hjälp dechiffrera luntorna.

De kunde ha varit lyckliga.

De försökte inte anpassa sig eftersom de visste att det var omöjligt, och de såg med illa dolt förakt på de andra som knöt lädersnören kring handlederna och lyssnade på grupper med »z« i namnet. De kryddade sitt tal med direkta citat ifrån Smithslåtar, översatta till svenska, och *detta är de fattigas rikedom.*

Men citatet kom ifrån låten »I want the one I can't have« och där låg problemet. Det skulle ha gått an att ha Henrik och Björn som ett par udda fåglar i utkanten av gruppen om de bara hade vetat sin plats. Om de inte hade sträckt sig efter det de inte kunde få.

Sommaren 1986. Olof Palme var död och blåbärsrisen på Domarös sydsida betraktades med misstänksamhet där de stod och sög i sig vatten ur regnmoln från öster. Sonny Crockett från *Miami Vice* var stilikon och allt var pastellfärger å ena sidan, *Black Celebration* å den andra. Ja, Anders höll fast vid Depeche Mode trots att *Tracks* spelade »A question of lust« sönder och samman.

Henrik och Björn avfärdade i stort sett allt som idiotier. Det enda som fann nåd inför deras ögon var *Jag, Claudius* som var en äldre produktion och dessutom från BBC. Från England, från *London*. Björn gjorde en utmärkt imitation av den stammande kejsaren, som tyvärr var pärlor för svin eftersom ingen utom han och Henrik ville titta på »en massa gubbar i lakan som pratar konstigt.«

Nog så. Det finns de som minns hur det var, för alla andra får det räcka med dessa skvättar av pastell på svart bakgrund. Sommaren 1986. Dödsskräck och vita tänder, Jordens undergång och workout. Nog så.

För gänget var det sommaren när det började drickas alkohol. Det hade börjat med småtullande ur föräldrars flaskor sommaren innan, men sommaren 1986 gick turen till Åland.

Martin var stor och lång. Han hade till och med börjat få skaplig skäggväxt som han såg till att odla några dagar innan man gjorde ett par turer med Joels båt för att forsla hela gänget till Kapellskär där man tog färjan. Martin köpte ut i taxfreeshopen och sedan lallade man runt i Mariehamn och drack så mycket man vågade.

Det hände att Henrik och Björn blev utan när spriten skulle ransoneras och under den tredje turen den sommaren, i början av augusti, tog de saken i egna händer. De var mer tystlåtna än vanligt under resan hem, gick bara in i taxfreeshopen för att köpa lite godis.

Anledningen till deras hemlighetsfulla beteende visade sig när man hade klivit av i Kapellskär och var i säkerhet. Då gläntade de på sina jackor. I byxlinningar och fickor hade de proppat på sig tolv halvlitersflaskor Bacardi. Alla ansåg att de var helt jävla galna och de belönades med ryggdunkar och plats på första turen hem i Joels båt.

Det brukade bli en eller ett par liter sprit över efter dagen i Mariehamn. Nu hade man plötsligt ett *förråd* som till råga på allt var gratis. Det beslutades att flaskorna skulle gömmas under den gamla sjöboden på Kattholmen. I hela denna hantering var givetvis Henrik och Björn inkluderade, de var dagens hjältar.

Redan dagen efter var det glömt och deras obegripliga kommentarer och underliga sätt – en blandning av undergivenhet och överlägsenhet som kunde göra en galen – blev föremål för det sedvanliga löjet. Men det var de som hade snott flaskorna, det kunde man inte komma ifrån.

När det blev dags för den sommarens sista fest var de alltså inkluderade från början. Annars gick det oftast till så att man hade fest och Henrik och Björn kom dit utan att vara tillfrågade, sedan satt de vid sidan av och fällde kommentarer som bara de själva skrattade åt medan de flesta skrattade åt de gliringar som riktades mot Henrik och Björn.

Men på så vis fyllde de alltså sin speciella funktion. De konsoliderade gruppen och gruppens språk genom att sitta utanför och tala ett annat. Ingen skulle ha erkänt det eller ens insett det, men en bra fest krävde att Henrik och Björn satt där som två ufon för att den rätta stämningen skulle infinna sig.

Kvällen var kommen. Korv och grillkol, chips och groggvirke forslades över till Kattholmen och alla var där. Joel och Martin, Elin och Malin, Anders och Cecilia. Frida fick egentligen inte för sin mamma men kom ändå. Samuel som bodde i Nåten och spelade i samma fotbollslag som Joel kom med egen båt. Till och med Karolina som bara brukade vara på Domarö ett par veckor om året kom. Och så Henrik och Björn. Kvällens tillhandahållare.

Bacardin rafsades fram och blandades med cola i plastmuggar, det gjordes upp eld utanför sjöboden. Henrik och Björn hade med sig något slags köttfria specialkorvar som var ljusgrå och såg ut som penisar och det fick de höra, Bacardin till trots.

Anders fick för ovanlighetens skull tillstånd att sätta Depeche i bandspelaren. »A question of lust« hade banat vägen. Men när ett par av flaskorna var urdruckna gick det inte längre att ha det så dystert och på tjejernas inrådan blev det Wham! istället.

Elden falnade och festen fortsatte inne i sjöboden. Från början hade där bara funnits ett bord, två stolar och en våningssäng för övernattande fiskare. Det hade kompletterats med några gamla pinnstolar och en trasmatta på golvet. Det var trångt att få plats med alla, men Anders och Cecilia gjorde en insats genom att klättra upp på den unkna tagelmadrassen i översta våningssängen och ligga där och småtafsa på varandra.

De hade fått utstå en hel del sommaren innan, efter att Malin hade sett dem kyssas, men det var överståndet nu. De var ett par och det fanns inte mycket att säga om det, även om det var konstigt att vara ihop så *länge*. De hade legat med varandra för första gången under vintern och fortsatt med det under våren, så när de låg på tagelmadrassen fanns inget av den första tidens desperation kvar. Nu kunde de ta det lugnt och vila på varandras fingertoppar och läppar.

Nedanför dem var stämningen desto mer uppjagad. En kortlek hade plockats fram och det skulle spelas klädpoker. Karolina drog sig omedelbart ur och fick knappt en pliktskyldig protest. Hon var rund och inte särskilt snygg. Tyvärr hade hon ingen egen transport hem så hon fick kura ihop sig på den undre våningssängen och spela oberörd så gott det gick.

Det roliga hängde alltså på Elin och Malin, som var de snygga tjejerna. Frida kunde vara söt, men hade ingen kropp att tala eller fantisera om. Hon hade å andra sidan ingen möjlighet att dra sig ur om de andra tjejerna ställde upp.

När Elin och Malin gjorde high five och sa att »Visst, för fan«, såg Anders hur Frida flackade med blicken och sjönk ihop en aning. Men hon bet ihop och rätade på sig. Kanske hoppades hon kunna spela utan att förlora. Hon skulle förlora mer på att backa ur.

Anders tog en klunk ur flaskan med färdigblandad rom och cola och begravde näsan i Cecilias nacke. Han fick en obehaglig känsla av det här och var tacksam för att han och Cecilia var så undantagna från spelet att de var bortglömda.

På bergsprängaren sjöng Joey Tempest om den slutgiltiga nedräkningen och Martin delade ut korten. Han hejdade sig frågande vid Henrik. Henrik sa: »Jag vill tappa byxorna inför världen« och Björn fnissade. Ingen annan förstod det roliga, men de fick kort.

Kort fortsatte att delas ut och givar vanns och givar förlorades. Alla klädesplagg som togs av kastades i en hög på golvet. Efter kanske tjugo minuter måste Anders ha somnat till, eftersom läget var helt förändrat när han åter lyfte på huvudet.

Dörren hade just slagit igen bakom Joel som kom tillbaka in. Han var helt naken bortsett från en bit sönderrivet nät som han hade varit ute och förfärdigat så att det till hälften dolde hans dinglande penis.

Burop och skratt hördes från bordet och Joel slog ut med armarna, rörde sig ett par dansande steg och tycktes inte vara missnöjd med läget. Han gick regelbundet på gym och tog tillfället i akt att visa upp vad han hade.

Det var så varmt i boden att svetten klibbade i Anders hår. Syret åts upp av de många stearinljusen och alkoholen som brann i kropparna. Två halvlitersflaskor till hade gått åt och de låg nu tomma intill klädhögen. Det hade redan druckits minst en liter sprit mer än någonsin tidigare och Samuel skruvade just upp korken på en ny flaska.

Frida, som hade klarat sig bra och satt med både byxor och behå på, pekade mot Joel och protesterade: »Inse att du har förlorat. Det där är ju fusk.«

Joel gick fram till henne och vaggade med mellangärdet framför hennes ansikte. »Vadå, det här är ju kläder, eller hur? Känn efter.«

Frida tryckte honom ifrån sig och Joel höll på att ramla baklänges ovanpå Karolina, men fick tag i sängramen och rätade upp sig. Han var kraftigt berusad och ränder av svett rann längs hans nacke och rygg. Joel svepte med handen över sin suspensoar av fisknät och sa: »Sista chansen, okej. Sista insatsen, va. Sen är jag ... bankrutt. Okej?«

Trots att Anders inte hade druckit så mycket gick det runt i hans huvud och det kändes tre gånger så tungt som annars.

*Dom borde öppna dörren.*

Han öppnade munnen för att säga det, men orkade inte. Han tittade ner mot bordet där de andra satt. Joel var den som förlorat mest, men även Henrik, Björn och Elin hade nära till konkursen. Henrik och Björn satt i bara kalsonger, och trots att Elins underliv försvann i skuggorna under bordet såg Anders att hon hade offrat trosorna före behån.

På Cecilias andhämtning kunde Anders höra att hon sov. Han la handen på hennes höft och slet bort blicken från de korta hårstrån som stack fram mellan Elins korsade ben, försökte att vara trogen även i tanken.

Anden var villig men blicken var svag. Han försökte fästa den på ett par halvmogna finnar på Henriks rygg, men blicken ställde inte upp utan drog sig åt höger och vandrade från skugglinjen mellan Elins lår till filmen av svett på ovansidan av hennes bröst. Det började hetta vid penisroten och han rullade runt på rygg, stirrade upp i taket som var en halvmeter ifrån hans nästipp.

*Jag måste gå ut. Få luft.*

Korten knäppte när de delades ut, rösterna var sluddriga. Han önskade att Joel skulle förlora så att det tog slut, så att alla kunde gå ut i friska luften och bli människor igen.

Det var Henrik som förlorade. Anders hörde tyg mot hud och ett frasande när klädhögen växte ännu en aning. Ingen tycktes bry sig särskilt mycket. Henriks nakenhet var inte efterfrågad, bara ett olycksfall i arbetet. Korten delades ut igen. Karolina suckade i underslafen. Det var inte så här hon hade tänkt sig kvällen.

Svett stack i Anders ögon och kliade obehagligt under kläderna. Han önskade att det bara hade varit han och Cecilia här. Då skulle han ha väckt henne och frågat om hon ville följa med ut och bada i månskenet. Som det var nu kunde han bara ligga och glo upp i taket som allt mer började likna locket till en kista. Av värmen att döma hade den just körts in i ugnen.

»Vafan!« hörde han Elin ropa nerifrån bordet. »Jag har ju också par i treor.«

»Jo, men kolla här …«, sa Martin som tycktes ha svårt att formulera sig. »Kolla här, va … ser du här på Frida att hon har ju … hennes högsta kort är ju högre än ditt. Då har ju hon högre. Det är högre då.«

Instämmande mummel hördes och Elin gjorde ytterligare ett par lama protester, men sedan blev det andäktigt tyst. Ett svagt klick av metall hördes och ett plagg landade på klädhögen. En stol sköts bakåt och Joel sa: »Vart ska du, du ska ju sitta här nu och liksom …«

»Skit på dig«, sa Elin. »Jag kan väl också göra så där.«

Steg av nakna fötter över trägolvet hördes, flera av killarna visslade och Anders fortsatte att stirra upp i taket. Sedan tog blicken kommandot igen och han sneglade mot dörren lagom för att hinna se Elin försvinna ut genom den.

Någon höjde volymen på musiken och »Take on me« med A-ha tillrade ut i rummet, förjagade dunklet en aning och gjorde luften lättare. Eller så var det bara att dörren hade öppnats och stängts, släppt in lite syre.

Alla vid bordet sjöng med i refrängen. Cecilia vaknade till och vände sig sömnigt om mot Anders. Han strök henne över kinden och hud klibbade mot hud. Cecilia blinkade och strök sig över ögonen. »Vad varmt det är.«

Anders la sina armar omkring henne. »Ska vi gå ut?«

Cecilia tryckte sig mot honom och sa: »Strax.« Över hennes axel såg Anders att Henrik reste sig från bordet och gick mot dörren. Sedan fick Cecilias läppar fatt i hans och han sjönk in i den klibbiga, mjuka värmen.

De kysstes tills »Take on me« tonade bort i ett skimmer av sötsång och trummaskiner. Det var tyst ett ögonblick och sedan hördes ett skrik. Det kom utifrån och det var Elin som skrek. Som en adrenalinchock i ett avstannat hjärta gick en stöt genom rummet. Hud som klistrat fast vid hud revs loss och det skrapade när stolar sköts bakåt eller föll till de inledande tonerna av »I should be so lucky.«

Joel och Martin var först ut genom dörren och de andra som suttit runt bordet hakade på med Björn sist. Cecilia tog sig ner från våningssängen och Anders följde efter men höll på att landa över ryggen på Karolina som likt en gammal gumma reste sig med ett stön.

Kylie Minogue sjöng: »In my imagination there is no complication«, men överröstades av Elin som skrek hysteriskt utanför boden.

»Äckliga jävla ... fan din äckliga ...«

Anders kom ut lagom för att se Joel lägga handen på Elins axel. Hon hade knutit ett fisknät runt sig och hennes händer slog mot Henrik som försökte skydda sitt ansikte. Fullmånen över vattnet fick deras kroppar att lysa vita.

»Vad är det, vad är det?« frågade Joel.

Elin slog efter Henrik som backade ner mot strandkanten medan hon skrek: »Den äckliga jäveln försökte våldta mig, han kom med sin äckliga jävla kuk och försökte ... försökte våldta mig!«

Henrik höll upp händerna framför sig som för att visa att han inte hade något vapen och sa: »Det gjorde jag inte, jag bara ...«, men även om brott inte kunde bevisas så fanns tillhygget på plats. Det stod ut från Henriks kropp, riktat snett uppåt och vägrade att slakna trots att Henriks ögon lyste av rädsla.

Joel tog ett par steg mot Henrik och slog knytnäven i hans mage. All luft for ur Henrik i en pust och han vek sig dubbel. Joel grep honom om nacken och släpade honom fram emot glödbädden som ännu fanns kvar efter brasan medan han skrek: »Så där gör man inte, fattar du det, jag ska fixa så du fattar, så du fattar lite bättre ...«

Det är svårt att föreställa sig ett svårare prov för Henriks och Björns vänskap, men Björn bestod det. När Joel drog den hostande och kraftlöst viftande Henrik fram mot glöden sprang Björn fram och tog tag i honom, hindrade honom.

»Lägg av, du är inte klok, lägg av!«

Med sin fria hand slog Joel efter Björn som hade gripit tag om hans axlar. När han inte lyckades få bort honom, skrek han till Martin: »Men hjälp till då, för fan!«

Martin störtade fram och med sin väsentligt större vikt lyckades han slita bort Björn och tvinga ner honom på mage på marken. Henrik hostade fortfarande efter det hårda slaget i magen, drog flämtande efter luft mellan hostningarna. Joel slog honom i huvudet och ruskade om honom medan han väste: »Vill du knulla, va? Då tycker jag du ska knulla någon som *vill* bli knullad, fattar du?«

Han vräkte omkull Henrik ovanpå Björn. Martin ställde sig på Björns händer så att han var oförmögen att röra sig.

»Här ska du få knulla«, skrek Joel och ställde sig grensle över Henrik, grep tag i hans höfter och drog hans underliv bakåt, tryckte ner det igen. Henrik försökte vrida sig undan men Joel fick tag i en sten stor som ett ägg och med den som extra tyngd slog han knytnäven i Henriks bakhuvud.

»Är det inte skönt, va? Du kanske inte är inne riktigt ...«

Henrik låg lealös ovanpå den nu gråtande Björn och Joel famlade runt hans bleka stjärt för att styra honom rätt.

»Sluta, Joel, lägg av för fan!«

Anders släppte Cecilia och gick fram mot de nakna kropparna som vreds runt varandra. Han sa det igen. »Joel, lägg av! Det räcker!«

När han var ett steg bort vred Joel sitt ansikte emot honom. Det rann dregel ur hans mungipor. Hans ögon var omänskliga och uttryckte bara en enda, enkel känsla: *Rör du mig så dödar jag dig.* Joel höjde handen med stenen till slag och Anders backade. Med illamåendet svällande i magen drog han sig ett steg tillbaka. Och vände sig bort.

De andra stod som paralyserade och följde skådespelet med vidöppna ögon. Bara Elins ansikte uttryckte något annat än misstrogen förfäran. Hon log. Ett stelt småleende krusade hennes läppar och hennes ögon var ... giriga. Bakom sig hörde Anders hur Joel kämpade med Henrik utan att lyckas nå det resultat han önskade. Kanske hade förnedringen äntligen tvingat bort den brottsliga erektionen.

Björn grät förtvivlat, ylade som ett piskat djur. Joel flämtade och svor men gav till slut upp. Han vände sig bort från de liggande kropparna och spottade. När han gick förbi eldstaden sparkade han med sin nakna fot några glödande kol över Henriks rygg.

Henrik ryckte till och rullade av Björn. Joel fortsatte in i sjöboden. Efter några sekunder var han tillbaka med en flaska Bacardi. Hans ögon var fortfarande simmiga, irrande av hets och Anders såg att kampen och bestraffningen hade gett honom stånd. Den lilla biten fisknät hängde som på tork över hans lem.

Han gick fram till Elin, grep tag i hennes hand och sa: »Du och jag ska snacka lite.«

Elin följde honom. Det halvfärdigt draperade fisknätet släpade efter henne som en brudslöja när de vek runt knuten och försvann in i skogen.

Det blev tyst. Martin hade för länge sedan klivit av Björns händer och såg nu skuldmedveten ut där han stod och tittade på den sammankurade, gråtande pojken. Han såg sig omkring som för att få berättat för sig varför han hade gjort det han hade gjort. Alla undvek varandras blickar.

Cecilia gick in i sjöboden och letade fram Henriks och Björns kläder. Vid det laget hade det börjat höras ljud inifrån skogen när Joel fick eller tog sin belöning. På de ljud som Elin gav ifrån sig lät det som att han fick. Samuel gick in i sjöboden och höjde volymen på musiken.

Bandet hade gått runt ett varv och när Henrik och Björn långsamt drog på sig sina kläder var det till tonerna av fanfaren från »The final countdown«. Anders skulle aldrig mer kunna höra den låten utan att känna sig skyldig.

Han såg Björns ansikte vått av tårar, hans smala, darrande händer som drog i de fula kalsongerna, han mindes snöfästningarna de hade byggt tillsammans och chokladen Björns mamma hade bjudit på, barnprogrammen de hade sett och saker de skrattat åt. Han önskade att han hade tagit en större sten och slängt i huvudet på Joel.

Men det hade han inte gjort och nu satt Björn där och började gråta ännu häftigare när han såg att hans Morrissey-glasögon hade knäckts på mitten.

Anders gick fram till honom, satte sig på huk och sa: »Hur är det?«

Björns hand for ut och slog till honom över pannan. Inte hårt, men tillräckligt för att markera. Han ville inte att någon skulle titta på honom eller prata med honom. Efter ett par minuter var Henrik och Björn påklädda och försvann bort längs strandkanten, förbi båtarna.

Senare fick Anders veta att de hade simmat över till Kattudden.

Sista veckan den sommaren förflöt i ett tillstånd liknande baksmälla. När den verkliga baksmällan efter festen i sjöboden hade lagt sig, pratade alla fortfarande tystare än vanligt, skrattade mer sällan och gick med en gnagande liten smärta. Undantaget var Joel och Elin.

De hade äntligen funnit varandra på allvar och ville gärna demonstrera det. Utan pardon bullrade de på, och samlade ihop folk mest för att ha en publik medan de tafsade på varandra. Möjligen var det deras sätt att jobba med skuldkänslorna, men ingen uppfattade det så. Det var mest jobbigt. Ett par gånger dängde Joel till Elin liksom på skoj och det är möjligt att hans senare karriär som kvinnomisshandlare började just den sommaren.

Av Henrik och Björn hördes ingenting och ingen sökte heller upp dem. Deras uteslutning ur gänget var något som hade varit på gång under flera år och nu hade det slutligen inträffat. Det hade ju inte blivit ett uteslutande, snarare ett utspyende och sorgligt var det, men inget att göra.

Dagen innan Anders skulle åka hem till stan igen, gick han i alla fall över till Henriks stuga. När han närmade sig dörren hörde han musik inifrån. »There is a light that never goes out«. Han knackade på.

*And if a doubledecker bus crashes into us, to die by your side –*

Musiken stängdes av och Henrik öppnade dörren. Han såg ut som vanligt, bortsett från att han hade fler finnar än tidigare. Anders skymtade mängder av papper från chokladkakor på golvet inne i rummet. Henrik flyttade sig inte för att släppa in honom.

»Hej«, sa Anders. »Jag bara ... jag åker i morgon, så att ... jag skulle bara säga hejdå.«

Ett bittert småleende vanställde Henriks mun. När Anders inte sa eller gjorde något mer, försvann leendet och under ett par sekunder blev Henriks ansikte naket.

»Jag gjorde det inte«, sa han. »Bara så du vet. Jag gjorde det inte. Jag bara ... det var ingenting. Jag nuddade vid henne. Och så började hon skrika.« Henrik fäste sin nakna blick i hans. »Tror du mig?«

Anders nickade och sa: »Ja.«

»Bra.« Henriks ansikte stängdes till igen, det där småleendet kom tillbaka. Han sa: »Jag tyckte bättre om dig när du var hopplös.«

Anders anade att det var ett citat men kunde inte placera det, så han sa bara: »Mm.«

»Hejdå«, sa Henrik och stängde dörren.

Nästa sommar hade gänget börjat lösas upp inifrån. Någon tågluffade, några hade skaffat sommarjobb. Man kunde åter se Henrik och Björn åka runt på flakmoppen och Anders var den enda som hälsade med en nick, men de stannade aldrig för att prata.

Konstiga saker hade börjat hända i byn. Saker försvann och dök upp på nya ställen. Anslagstavlan vid affären blev omkullvräkt och en morgon gjorde en sommargäst som skulle gå och bada vid stranden en ohygglig upptäckt. Från den understa grenen på tallen intill omklädningsrummet dinglade en svan, upphängd i halsen med ståltråd.

En annan sommargäst som hade tre kaniner i en stor bur kom en morgon ut och fann alla kaninerna döda. Det enda levande som fanns i buren var en grannes erkänt ilskna bulldogg. Det fanns inget som tydde på att hunden hade grävt sig in. Den hade kopplats loss och sedan placerats i buren.

Misstankarna föll snart på Henrik och Björn. De åkte omkring i byn och betedde sig allmänt underligt och avvisande. Folkilsket, skulle man rentav kunna säga. De togs till förhör både här och där, men blånekade till allt. Eftersom inget kunde bevisas fanns det inget att göra. Men folk började låsa in sina saker och sina djur.

Vintern kom och The Smiths splittrades. När Anders var ute på Domarö veckan mellan jul och nyår såg han att Henrik och Björn åkte omkring sorgklädda, men han träffade dem inte och pratade inte med dem.

Följande sommar tågluffade han och Cecilia en månad och resten av tiden arbetade Anders på lagret i en Ica-butik. Under vinterveckan det året såg han inte till Henrik och Björn. Via sin pappa fick han dock veta att de hade gjort sig fullkomligt omöjliga. De pratade inte med någon och de hade gjort några vändor på BUP, men vandalismen och de små vidriga händelserna fortsatte, om än i mindre skala.

När Anders ringde sin pappa i februari fick han veta att Henrik och Björn hade drunknat. De hade gett sig iväg med flakmoppen ut på isen och kört igenom. Ingen av dem hade haft flytväst och det hade troligen gått fort.

Byn kunde andas ut. Den slutgiltiga utstötningen av Hubba och Bubba hade inträffat. Deras föräldrar lämnade snart ön och försvann ur det allmänna medvetandet. Visst är det tråkigt när unga människor dör, men ...

Äntligen var det över.

# Ingen älskar oss

Hello.
I am the ghost of troubled Joe.
*The Smiths – A rush and a push and the land is ours*

## Om du finns

I ljuset från lampan över köksbordet var det lättare att se vad som hade hänt med Elin, vad hon hade gjort med sig nu. Stygnen satt fortfarande kvar och delar av hennes ansikte var uppsvullet av läkande sårvävnad, men det gick ändå att se vartåt den senaste operationen syftade.

Två djupa skåror kantade av rödflammiga ärr löpte från näsvingarna till mungiporna. Under hennes numera djupt liggande ögon fanns en ilsken rodnad genomkorsad av ett antal tunna linjer som fortsatte ut mot tinningarna. Hon hade låtit skära fram rynkor. Operationerna hon genomgick handlade om att göra motsatsen till det plastikoperationer normalt handlar om. Hon gjorde sig äldre, grövre och fulare.

Hon hade avböjt erbjudandet om kaffe eftersom hon hade svårt att använda munnen och istället fått vin i ett dricksglas. Anders hittade inget sugrör så han klippte av en bit tunn gummislang och gav henne. Hon sög i sig halva glaset direkt och Anders såg på henne.

*Det ömkligaste.*

Omnämnandet av Henrik och Björn hade än starkare påmint honom om vad Elin hade gjort, vem hon hade varit. Nu satt hon här arton år senare med darrande händer, ansiktet i trasor och sög vin ur en gummislang.

*Det kanske finns ett slags rättvisa i världen, ändå.*

Eftersom det var svårt att titta på henne någon längre stund, for hans blick över bordet och han såg att pärlorna på plattan hade ökat ordentligt i antal. Ytterligare en fläck av vita pärlor hade tillkommit och drygt en sjättedel av ytan var nu täckt av pärlor.

Elin sög i sig det sista vinet så att det sörplade i glaset. Vad hon kände gick inte att läsa i hennes ansikte. Anders var på väg att fråga om Henrik och Björn, men Elin hann före. Eftersom hennes läppar inte fungerade riktigt blev alla konsonanter svaga och tonen monoton.

»Jag har en dröm«, sa hon. »En dröm som kommer tillbaka. Jag kan inte sova bra för jag har den här drömmen hela tiden. Jag har inte sovit ordentligt på flera veckor.«

Hon hällde upp mer vin och Anders hämtade ett glas och gjorde henne sällskap. Åter sög Elin i sig nästan halva glaset, hostade till och fortsatte:

»Det är en man som ligger i en båt. En eka, en gammal eka. Han ligger i botten av båten med huvudet upp längs kanten och han är död. Ögonen är så där öppna. Och omkring honom ... det ligger ett nät i båten också, med fiskar i. Och några av fiskarna är lösa och ligger och hoppar. Sprattlar och hoppar. Och fiskarna i nätet rör sig också. Det är många fiskar och dom lever. Men den där mannen ligger där och är död. Förstår du? Fiskarna lever fast dom är i båten men han är död.«

Elin sög i sig mer vin och gjorde en grimas av smärta. Kanske stramade det till i något sår.

»Den bilden är det, hela tiden. Och jag tycker att jag borde bli van, men varje gång den kommer ... jag blir lika rädd varje gång, i drömmen. Jag närmar mig båten och så får jag se den där mannen som ligger död bland fiskarna och sen är det som om jag går sönder för jag blir så rädd.«

Det sista i glaset sögs in i Elins mun. Hon fick vinet i vrångstrupen och började hosta. Hon hostade och hostade, gjorde bara en paus för att gny till av smärta, varpå hon hostade igen tills Anders blev rädd att hon skulle spy. Men hostningarna dämpades och Elin satt och flämtade en stund, drog efter luft. Tårar rann längs jacken i hennes kinder.

Anders var inte särskilt intresserad av Elins drömmar. Han drack en klunk vin och blundade, såg framför sig den otydliga bilden av Henriks och Björns kroppar i månskenet, det fula leende som hade funnits över Elins på den tiden fylliga läppar.

*Det försvinner inte. Ingenting försvinner.*

Han öppnade ögonen och såg på Elin som satt sammankurad och stirrade ner i golvet.

»Du sa att dom försvann. Att dom inte drunknade, Henrik och Björn. Vad menade du?«

»Dom hittade dom inte.«

»Men dom körde ju ner i en vak.«

Elin skakade på huvudet. »Det har inte jag hört.«

»Vad har du hört, då?«

Elin fick samma uttryck i ögonen som hon hade fått när de kommit till Smäcket tjugo minuter tidigare, när hon fått syn på GB-gubben med plastsäcken runt. Hon hade velat springa sin väg men Anders hade hindrat henne. Samma uttryck nu. Som ett djur omringat på alla sidor utan någonstans att fly. Den enda lösningen var att implodera, försvinna in i sig själv.

»Det var dom, Anders. Dom hade den där jävla plastgubben på flaket och dom var ... inte äldre, fattar du? Dom var som när ... när allt det där hände. Dom har inte blivit äldre.«

Anders lutade sig bakåt i stolen. »Vad var det som hände, egentligen? Den där gången?«

Elin knep ihop läpparna, blåste ut kinderna och såg på honom med ett vädjande uttryck som möjligen hade gjort verkan förr men som nu mest såg äckligt ut. Hon virade gummislangen runt pekfingret, lät axlarna sjunka ner och sa: »Joel sitter i fängelse, visste du det?« Anders svarade inte och hon fortsatte: »Det var nån kvinna ... han slog nästan ihjäl henne. Jag vet inte varför. Hon hade nog inte gjort nåt.«

Hon snörvlade till och drog gummislangen hårdare runt fingret. Fingertoppen blev mörkröd som huden i hennes ansikte och hon sa ner i bordsskivan: »Jag vet inte. Jag vet ingenting. Jag var väl ond. Kan man vara ond?«

Anders ryckte på axlarna, andades in djupt och släppte ut luften. En aning av den tyngd som hade legat i hans mage släppte. Han reste sig och tog fram en ny tetra. »Vill du ha mer?«

Hon nickade och virade loss slangen. De drack respektive sög i sig i tystnad. Efter en stund frågade Anders: »Vad har du hört? Om dom?«

Lite vin rann ur Elins mungipa och hon torkade försiktigt bort det, sa: »Att dom körde ut på isen med den där moppen, bara. Och sen var dom borta.«

»Vadå, dom körde inte igenom isen?«

»Nej.«

»Ingen vak, inget ... att den hade gått sönder, att dom ...?«

»Nej. Dom bara försvann.«

Anders pressade knytnäven så hårt mot läpparna att munnen smakade metall, reste sig och vankade omkring i köket. Elin följde honom med blicken, sög i sig mer vin och frågade: »Vad är det?«

Anders skakade på huvudet för att markera att han inte ville prata, nappade åt sig cigarettpaketet och hetsrökte en cigarett medan han travade av och an, ut i hallen, in i vardagsrummet.

*Vad kan jag göra? Vad ska jag göra?*

Det var ju inte säkert att samma sak hade hänt med Henrik och Björn som hade hänt med Maja. De kanske bara hade ... åkt bort. Åkt någon annanstans och börjat nya liv.

*Och kommit tillbaka utan att åldras?*

Anders stannade vid fönstret i vardagsrummet och såg mot Gåvastens blinkande fyr långt där ute. Tårar steg i ögonen.

*Utan att åldras ...*

Han såg Majas små händer när de grep efter nappflaskan med saft, hennes tunna fingrar runt kanten av en Bamsetidning när hon låg på rygg i sin säng och läste. Fötterna som stack fram under täcket. Sex år gammal.

Anders stirrade ut i det stora mörkret med dess enda, blinkande ljusnål. Vinet hade stigit honom åt huvudet och ljuset svajade, gled över havet och han såg Maja i hennes röda overall. Hon lyste i mörkret och hon gick över vattnet. Den lilla kroppen, den mjuka huden, musklerna instoppade i bävernylon. En röd fläck som rörde sig närmare men upplöstes när han försökte fästa blicken på den.

Han viskade: »Var är du? Var är du?«

Inget svar. Bara havets kluckande mot klipporna och Gåvastens enda, ständigt upprepade budskap, alla fyrars budskap: *Här är jag, här är jag. Akta dig, akta dig.*

Anders stod vid fönstret och stirrade ut i mörkret tills draget genom fönsterspringorna fick honom att frysa och han gick tillbaka in i köket.

Elin låg över bordet med huvudet vilande på armarna. Han ruskade henne i axeln och hon tittade yrvaket upp. »Du får gå och lägga dig.« Han gjorde en gest mot sovrummet. »Ta stora sängen.«

Elin försvann in sovrummet och Anders satt kvar vid köksbordet, drack mer vin och rökte fler cigaretter. Han stirrade på texten i bordsskivan.

*Bär mej.*

Anders nickade drucket och knäppte händerna som i bön, viskade: »Jag ska. Jag ska. Men var ska jag hämta dig? Var är du nånstans?«

Det hade kanske gått en halvtimme när Elin kom ut från sovrummet med täcket omkring sig. Hennes fingrar krafsade nervöst över påslakanets tyg. Anders blundade med ena ögat för att se henne tydligt. Hon såg så eländig ut som det är fysiskt möjligt.

»Kan inte du också lägga dig?« frågade hon. »Jag är så jävla rädd.«

Anders följde med henne in i sovrummet och la sig intill henne, ovanpå täcket. Hennes ena hand kom krypande ut och sökte hans.

*Vad spelar det för roll? Vad spelar det för jävla roll?*

Han grep hennes hand och tryckte den som för att säga att allt var okej, att det var lugnt. När han försökte släppa hårdnade hennes grepp och han lät det vara. Norruddens fyrljus svepte genom rummet, blinkade till över den motsatta väggen och fick profilen av Elins numera tillplattade näsa att framträda. Han låg och tittade på den och när ljuset hade svept förbi kanske tio gånger frågade han igen: »Varför gör du så här? Med operationerna?«

»Jag måste.«

Anders blinkade och kände att han själv höll på att bli sömnig. Tankarna var inte rediga, men aningen av en teori kom för honom och han frågade: »Är det ... ett straff?«

Elin var tyst en lång stund och han trodde inte att hon skulle svara. Fyrljuset hade strukit förbi många gånger när hon slutligen sa: »Det är väl det«, och släppte hans hand, rullade över på sidan.

Anders låg kvar och tänkte på brott och straff, den balans som eventuellt finns inbyggd i världen och människornas själar. Han kom inte fram till något och resonemangen hade börjat lösas upp i osammanhängande bilder när han kom tillbaka till sig själv och hörde på Elins andning att hon sov. Då steg han upp, klädde av sig och kröp ner i Majas säng.

Sömnen ville inte komma. Troligen hade han slocknat ett par minuter när han låg i stora sängen och nu var han klarvaken. Han räknade fyrsvep och hade kommit till tvåhundratjugo, börjat fundera på att tända sänglampan och läsa en *Bamse* när han såg att Elin steg ur sängen.

Han tänkte att hon var på väg till toaletten. Men det var något fel på hennes rörelser. Hon gick emot hans säng utan att se honom. I bara trosor och behå var hennes kropp oformlig, svällande och när ljuset blinkade fram hennes ansikte blev han plötsligt skrämd och kurade ihop sig som inför ett slag.

*Det är monstret som vill ta mig.*

Men hon gick förbi utan att bry sig om honom och skräcken klingade av. Elin öppnade dörren sömngångaraktigt och gick ut ur rummet. Anders tvekade några sekunder och steg sedan upp, drog på sig sin skjorta och följde efter henne.

Hon gick genom köket och ut i hallen, men istället för att vika av mot toaletten fortsatte hon mot ytterdörren. När hon började fingra på låsvredet för att få upp dörren gick han fram till henne.

»Elin, vad gör du?« frågade han hennes rygg utan att få någon reaktion. »Du kan inte gå ut så där.«

Låset klickade till och hon tryckte ner handtaget. Han grep tag i hennes axel. »Vart ska du?« Hon stelnade till i hans grepp och svarade utan att vända sig om: »Hem. Jag ska hem.«

När dörren öppnades och kall luft svepte in över hans bara fötter, tog han hårdare tag i hennes axel och vände henne mot sig. »Du kan inte det. Du har inget hus att gå till.« Han grep tag i hennes andra axel också, ruskade om henne. Hennes blick var frånvarande.

»Hör du«, sa han. »Du ska inte gå nånstans.«

Elin tittade tomt på honom. Hennes läppar rörde sig ryckigt, som om hon utan att få fram något ljud sa: *va, va, va, va.* Sedan skakade hon sakta på huvudet och upprepade: »Jag ska inte gå nånstans.«

»Nej. Kom.«

Han drog in henne i hallen igen, stängde och låste dörren. Hon lät sig ledas tillbaka till sängen där hon omedelbart somnade. Anders hade ingen nyckel till sovrumsdörren så han tryckte fast en stol under handtaget och hoppades att han skulle höra om hon försökte ta sig ut igen.

*Och om hon gör det? Det är inte mitt ansvar.*

Han kröp ner i Majas säng igen och märkte till sin förvåning att kroppen nu sa att han kunde få sova, om han ville. Han ville. Han blundade och gled snart ner i vilan på ett mjukt sluttande plan. Det sista han tänkte innan han somnade var: *Som om jag inte hade nog.*

## Efter branden

Bara svarta bjälkar och grå sörja återstod efter att brandkåren hade gjort sitt arbete. Hundratals kubikmeter havsvatten hade pumpats över och omkring det brinnande huset och trots att enstaka rökslingor ännu steg ur förödelsen fanns det ingen risk att elden skulle ta ny fart, därtill var omgivningarna för blöta.

Många hade dragit sig hemåt men Simon stod kvar i den sura asklukten och betraktade förfallet, mediterande över alltings förgänglighet.

*Man har ett hus. Sen har man inget hus.*

En enda liten tändsticka eller bara en gnista på fel ställe. Mer behövdes inte för att det man trampat med sina fötter i åratal, pyntat och låst omkring skulle gå upp i rök. Ett förfluget ord eller en glimt av något man inte borde ha sett så repades den livsväv man tagit för given upp och föll i bitar inför ens ögon.

*Mattan rycks bort.*

Man kan riktigt se det: den avlånga trasmattan man går på, men vad är det för en figur där borta i änden? Är det en djävul eller en ängel? Eller bara en liten gubbe i grå kostym, en tråkig typ som har väntat på sin chans? Hur som helst håller han mattans ände i sina händer. Och han är tålmodig, mycket tålmodig. Han kan vänta.

Men tappar du balansen, befinns du plötsligt lätt, ja, då rycker han till. Rena trollerinumret är det när dina fötter slits loss från underlaget och du under ett mycket kort ögonblick svävar i horisontalläge med tåspetsarna i linje med näsan. Sedan kommer marken dig till mötes med ett brak och det gör ont.

Simon körde ner händerna i byxfickorna och gick fram till resterna av huset. Det klafsade under fötterna och asklukten var kväljande. Han hade ingen speciell relation till huset som brunnit, hade aldrig ens varit inne i det. Ändå var det som om det betydde något.

Han hade haft en omtumlande dag och var månne överkänslig men han hade sannerligen haft nog av att betrakta saker som hände på Domarö som isolerade händelser utan inbördes sammanhang, blivit lurad –

*Ja. Lurad.*

– tillräckligt länge. Det slaskade och sög om fötterna när han vadade fram genom sotsörjan. Brandmännen hade sagt att sättet branden startat på onekligen lät misstänkt, men det var inte deras sak att reda ut. Polisen fick ta över när det ljusnade.

Trots att det alltså fanns risk att han förstörde viktiga spår fortsatte Simon att forcera geggan tills den tunnades ut och upphörde ett par meter innan han nådde fram till brunnen. Det var dit han hade varit på väg utan att veta om det.

Det var en gammal brunn. En meterhög, cirkelrund vall av murade stenar kring brunnshålet som kröntes av ett trälock. Den äldre konstruktionen med vevspel, kedja och hink hängde kvar som dekoration. En grov plastslang kom upp igenom ett hål i locket, hade förmodligen löpt till en pump inne i huset. Nu var slangen avbränd några meter ifrån brunnen.

Simon gläntade på locket och tittade ner i mörkret.

*Vad håller jag på med?*

Han visste inte. Lika lite som han visste varför han alls hade gått hit. Det bara var något som ... drog. Han slöt ena handen kring tändsticksasken i fickan och kände efter.

*Ingenting. Det är ingenting.*

Jo, han kände något, men han kunde inte sätta fingret på vad det var. Det var bara en aning, en fläkt av något försvunnet, ringarna på vattnet efter att en fisk slagit men själva fisken redan var långt borta.

Ändå hakade han loss hinken och sänkte ner den i brunnen med kedjans hjälp. Efter kanske fem meter nådde den ytan där nere. När han hissade upp den var den till hälften fylld med klart vatten. Han kupade händerna och fick upp en munfull som han drack, efter att ha rengjort såret i handen som redan börjat läka.

*Salt.*

Inte ovanligt med brunnar så nära havet, att en viss mängd saltvatten trängde in. Hade han fått råda skulle de inte ha borrat just här, men det var ju inget att göra åt nu. Han hängde tillbaka hinken på dess plats. Aningen blev varken starkare eller svagare, den bara fanns där som ett doftspår och han visste inte vad det var.

Han tog ett steg tillbaka och betraktade brunnen.

*Synd.*

Synd att en så fin gammal brunn inte skulle ha något hus att höra till längre. Han vände sig runt för att ännu en gång titta på ödeläggelsen och fick syn på en människa som stod där han hade stått för en stund sedan. Stjärnljuset räckte inte till för att han skulle se vem det var, så han höjde armen till hälsning. Hälsningen besvarades.

Han kände sig en smula ertappad. Medan han banade sig väg tillbaka genom sörjan tänkte han att han fick förklara sitt beteende med att han blivit törstig.

När han kom närmare såg han att det var Anna-Greta som stod och väntade på honom. Han styvnade i kroppen, gjorde om sitt ursäktande uttryck till ett avvisande och gick med största möjliga värdighet de sista metrarna genom askgröten.

Anna-Greta såg road ut. »Vad gör du?«

»Ingenting. Blev törstig, bara.«

Anna-Greta pekade mot den allmänna kranen som stod vid vägkorset ett tiotal meter bort. »Hade det inte varit enklare att –«

»Tänkte inte på det«, sa Simon och gick förbi henne. Han gick vidare hemåt så raskt han förmådde, men Anna-Greta var väsentligt spänstigare i benen och hade inga problem att hålla jämna steg med honom. Hon slöt upp vid hans sida och tände sin ficklampa för att lysa dem båda.

»Är du arg?« frågade hon.

»Nej. Mest besviken.«

»Varför det?«

»Vad tror du?«

De kom in på vägen mellan granarna och Simon tvingades slå av på takten. Hjärtat ville inte vara med på att fly ifrån Anna-Greta. Det *fysiska* hjärtat, gudbevars. Det andra visste han inte var han hade. Men det var ju också en insikt att få på tröskeln till döden: han kunde inte rymma ifrån Anna-Greta ens om han ville. Hon var för snabb, helt enkelt.

Ett hundratal meter in i skogen stannade han för att hämta andan. Anna-Greta stod oberörd intill honom och lyste bortåt vägen. Inga andra människor fanns i närheten.

»Om jag säger så här«, sa Anna-Greta. »Det är för ditt eget bästa som jag inte har berättat nåt.«

Simon fnös till. »Hur länge har vi varit tillsammans? Femtio år snart? Hur har du kunnat ... är det fler saker som du inte har berättat för mig?«

»Ja.«

Bekännelsen borde ha förvånat, men Simon kände Anna-Greta. Hon sa som det var, även om det var opassande. Det var just det som gjorde allt detta så omöjligt att svälja: att han kanske inte hade känt henne alls, egentligen.

»Då ska jag berätta nåt för dig«, sa Simon. »Jag var gift en gång och vet du vad hon sa, Marita, om sitt missbruk? Att hon inte pratade om det *för mitt eget bästa*. Så man kan nog säga att jag är allergisk mot det argumentet.«

»Det här är inte samma sak.«

»Men jag tror att det är det, ser du. Och jag har väldigt svårt att acceptera det. Jag är inte säker på att jag vill vara tillsammans med dig längre, Anna-Greta. Jag tror inte att jag vill det.«

Simon hade stått framåtlutad med händerna mot låren. Nu tryckte han sig upp till stående igen och gick bortåt i mörkret. Anna-Gretas ficklampa följde honom inte. Han hade en klump i magen och såg inte vart han gick, men nu var det sagt. Nu fick han ta konsekvenserna av det, vad de än innebar. Han kunde inte leva med någon som ljög på det viset.

Skogen var beckmörk och han fick gå försiktigt för att inte falla ner i diket igen. Ficklampans cirkel av ljus satt fortfarande på hans näthinna och han stannade till och väntade på att den skulle försvinna. Han tittade bakåt vägen och såg att den verkliga ficklampan nu låg på marken och belyste benen på Anna-Greta som låg intill den.

Simon öppnade munnen för att ropa något, men inget lämpligt kom ut.

*Det är inte sjysst. Det är inte rent spel.*

Han bet ihop käkarna. Han hade klart och tydligt sagt hur det låg till, hur han kände. Och så gjorde hon så här. Det var skamgrepp, det var ... Simon kisade mot gestalten på marken och vred sina händer.

*Det har väl inte hänt nåt på riktigt?*

Anna-Greta var vid god hälsa och kunde knappast få en hjärtattack eller en hjärnblödning bara av att bli avvisad. Eller? Simon tittade längs vägen i riktning mot gamla byn. Om den där moppen kom tillbaka. Hon kunde ju inte ligga så där.

*Varför ligger hon så där?*

Med blysmak i munnen skyndade Simon fram emot Anna-Greta med ficklampans sken som ledning. När han var ett par meter ifrån henne såg han att hon levde eftersom hennes kropp skakade. Hon grät. Simon ställde sig intill henne.

»Anna-Greta, sluta. Vi är väl inte tonåringar. Gör inte så här.«

Anna-Greta hulkade och drog sig samman till ett hårdare knyte. Simon kände hur det brände till i hans egna ögon, hur tårar började välla fram och han strök irriterat bort dem.

*Inte sjysst.*

Han klarade inte av att se henne så här, den egensinniga och starka kvinna han hade älskat så länge, klarade inte av att se henne ligga som ett hjälplöst, snyftande bylte på skogsvägen. Han hade aldrig kunnat tänka sig att något han sa skulle ge upphov till något sådant. Det tjocknade i halsen och tårarna rann utan att han brydde sig om att stryka bort dem.

»Kom nu«, sa han. »Kom nu, Anna-Greta. Res dig upp.«

Genom snyftningarna sa Anna Greta: »Du får. Inte säga. Så där. Du får. Inte säga. Att du inte. Vill vara. Med mig.«

»Nej«, sa Simon. »Jag ska inte. Kom nu.«

Han sträckte ut sin hand för att hjälpa henne upp, men hon såg den inte. Simon trodde inte att han skulle klara av att böja sig ner och resa henne upp, risken fanns att de skulle bli liggande båda två.

Han hade aldrig varit med om någonting i närheten av det här. Inte med Anna-Greta. Hon kunde bli fruktansvärd om de någon gång grälade och sedan gråta en stund när det var över, men ren förtvivlan av det här slaget hade han aldrig tidigare sett hos henne. Han hade å andra sidan heller aldrig tidigare sagt, eller ens antytt, att han ville att de skildes åt.

Han vinkade framför hennes ansikte. »Kom nu. Jag hjälper dig.«

Anna-Greta drog in snor i näsan, andades en aning lugnare och slappnade av. Hennes andetag var långa men flämtande och hon låg tyst en stund. Sedan frågade hon: »Vill du vara med mig?«

Simon blundade och gned sig i ögonen. Hela det här uppträdet var löjligt. De var vuxna människor och mer än vuxna människor. Att allt ändå kunde gå varvet runt och landa i den enklaste och mest ursprungliga av frågor, den som borde ha varit avklarad för årtionden sedan.

*Men den är ju inte avklarad. Kanske den aldrig blir det.*

»Ja«, sa han. »Ja, det vill jag. Men kom nu. Du blir sjuk om du ligger så där.«

Hon tog hans hand men reste sig inte upp, lät bara sin hand ligga i hans och drog med sina fingertoppar över hans handflata. »Säkert?«

Simon log och skakade på huvudet. Under ett par sekunder gick han husesyn genom labyrinten av rum i sitt hjärta och fann ingenstans den känsla som hade sagt att han ville bort från henne, aldrig se henne mer. Den var borta, som om den aldrig hade funnits.

*Inget att göra. Det är kört.*

»Ja, säkert«, sa han och hjälpte henne upp på fötter. Anna-Greta smög in i hans famn och de stod och höll om varandra så länge att när de släppte taget hade ficklampans ljus börjat blekna från vitt till gult. Det var över.

*För den här gången*, tänkte Simon. De tog varandras händer och i ficklampans falnande sken sökte de sig hemåt. Båda var utmattade av de ovana känslostormarna och det molade av träningsvärk i hjärtat. De höll varandras händer och lät det vara samtal nog, men när de hade kommit ut ur skogen sa Simon: »Jag vill veta.«

Anna-Greta tryckte hans hand.

»Jag ska berätta.«

När de hade kommit tillbaka till Anna-Gretas hus satt de utslagna i soffan en stund och samlade sig. De var som blyga och hade svårt att möta varandras blickar. Varje gång det hände log de tvekande mot varandra.

*Som tonåringar*, tänkte Simon. *Tonåringar på mammas och pappas soffa.*

Kanske betedde sig inte tonåringar så nuförtiden, men för att fullfölja analogin reste sig Simon och hämtade en flaska vin i köket. För att lätta på stämningen. Lossa tungans band och ... få till det.

*Fast inte på* det *viset, nej tack. Det var ju ...*

Han hejdade sig med korkskruven halvvägs ner i korken. Var det tre dagar tidigare som han och Anna-Greta hade älskat sist? Det kändes som mycket längre sedan, men även om de betedde sig som ungdomar innebar det inte att kroppen var med på noterna.

Korken satt fast. Simon drog det hårdaste han kunde och kände att det ändå inte var särskilt hårt.

*Som sagt ...*

Han tog med sig flaskan in till Anna-Greta som reste sig upp, kilade fast flaskan mellan låren och lyckades dra ur korken. Som för att ursäkta Simon sa hon: »Den satt rätt hårt.«

Simon sjönk ner i soffan. »Jo.«

Anna-Greta hällde upp och de drack en klunk var, sköljde runt i munnen och svalde. Den sträva, ovana smaken satt kvar på tungan och Simon släppte ifrån sig en suck av välbehag. Det var inte ofta han drack vin nuförtiden. Han såg uppfordrande på Anna-Greta och hon ställde ifrån sig sitt glas, vilade händerna i knät.

»Var ska jag börja?«

»Börja med det som jag frågade. Varför flyttade inte folk, varför flyttar inte folk? Och vad menade du med att det är för mitt eget bästa som du inte har berättat? Varför har ingen –«

Anna-Greta höjde handen för att hejda honom. Hon lyfte sitt glas igen, tog en minimal klunk och följde sedan glaskantens linje med pekfingret.

»På sätt och vis är det samma fråga«, sa hon. »Om jag berättar det här för dig så kommer inte du heller kunna flytta härifrån.« Anna-Greta kastade en blick ut på det mörka havet. »Fast det har förmodligen redan hänt. Att du inte får åka härifrån.«

Simon la huvudet på sned. »Som sagt. Jag tänker inte åka nånstans. Du behöver inte skrämmas för att jag ska stanna.«

Anna-Greta log blekt. »Det söker upp oss. Försöker vi lämna den här ön så är risken stor att det söker upp oss.«

»'Det'«, avbröt Simon. »Vad menar du med 'det'«?

»Havet. Det letar rätt på oss och tar oss. Var vi än är.«

Simon skakade misstroget på huvudet. »Du brukar ju åka till Norrtälje, till Stockholm ibland. Du och jag åker med finlandsfärjan. Det har ju gått bra, än så länge.«

»Mm. Men du har velat resa längre bort några gånger. Till Mallorca och så där. Och jag har sagt nej, eftersom ... då kan det tro att jag försöker fly.«

Anna-Greta slickade på pekfingret, drog det runt glasets kant och fick fram ljud. En ensam, klagande ton steg från glaset och spreds ut i rummet som en spökröst. En perfekt ton, så ren och klar att den tycktes förstärka sig själv genom att använda luften som resonanslåda. Simon la handen på Anna-Gretas finger för att få tyst.

»Det här låter ju inte vettigt«, sa han. »Du menar att havet går upp på land och letar rätt på er? Det händer ju inte.«

»Det behöver det inte«, sa Anna-Greta. »Det finns överallt. Det står i förbindelse med allt. Havet. Vattnet. Det behöver inte gå någonstans.

Det finns redan överallt.«

Simon tog en större klunk vin. Han tänkte tillbaka på upplevelsen han hade haft dagen innan. När han med Spiritus i sin hand hade sett hur vattnet genomströmmade allt, hur allt i grunden bestod av vatten. Nu vidgade han i tanken perspektivet och såg alla hav förbundna via floder, bäckar, strömmar. Vattenådrorna genom urberget, sumpmarkerna och pölarna. Vatten, vatten överallt.

*Så långt är det riktigt, men ...*

»Då undrar jag vad du menar med 'tar'. Hur 'tar' det er?«

»Vi drunknar. På dom mest orimliga ställen. I en liten bäck. I en vattenpöl. I ett handfat.« Simon rynkade pannan och var på väg att ställa följdfrågan, men Anna-Greta förekom honom: »Nej. Jag har ingen aning om hur det går till. Det har ingen. Men dom människor som ... hör till Domarö och försöker åka härifrån ... dom hittas förr eller senare drunknade. Oftast. Dom som stannar kvar överlever. Oftast.«

Simon la sin hand ovanpå Anna-Gretas, som fortfarande vilade på mynningen av hennes glas. »Det här låter ju fullständigt –«

»Det spelar ingen roll hur det låter. Det är så här. Det vet vi. Och nu vet du det också. För att använda ett ord som har fallit ur bruk så är vi fördömda. Och vi lever med det.«

Simon knöt armarna över bröstet och lät sig falla bakåt mot soffans ryggstöd. Det var mycket att ta in på en gång, milt sagt. De svar han hade fått gav upphov till ännu fler frågor och han kände att han inte orkade mycket mer ikväll. Det lilla vin han hade druckit var nog för att göra honom sömnig, ovan som han var.

Han blundade och försökte se allting framför sig. Fiskarna för länge sedan som hade slutit pakten med havet, hur den hade bestått och fortplantat sig genom tiden, bestått och spridit ut sig som själva havet, sipprat in i alla sprickor.

*Sipprat in ...*

Han smackade med tungan när han kom att tänka på vattnet han druckit ur brunnen vid det nedbrunna huset. Den svaga aningen av salt, havet som hade trängt in. Smaken var borta nu, ersatt av vinets bitande sötma. Utan att öppna ögonen frågade Simon: »Hör jag också till Domarö nu? Är jag också ... fördömd?«

»Förmodligen. Men det vet bara du själv.«

»Hur vet jag det?«

»Du vet.«

Simon nickade sakta och pejlade djupen inom sig, lät lodet sjunka genom det mörka, outtalade, det han visste utan att kunna formulera och fann att han nådde bottnen tidigare än han väntat. Insikten fanns där, men han hade inte haft verktygen för att hitta den. Han hörde till havet. Även han hörde till havet. Kanske hade han gjort det länge.

»Det är nåt som har hänt«, sa Anna-Greta. »Det som vi träffades idag för att prata om. Det här med Sigrid. Vad vi vet har det aldrig hänt förr att nån har ... kommit tillbaka.«

»Hon var ju död.«

»Jo, men ändå. Det har aldrig hänt förut.«

»Vad betyder det, då?«

Anna-Greta smekte hans knä. »Det var alltså det vi höll på att diskutera. När vi blev avbrutna.«

Simon gäspade. Han försökte att formulera en av de många frågor som ringlade likt loja serpentiner i hans trötta huvud, men innan han lyckats sa Anna-Greta: »Jag vill fråga dig en sak också.«

»Jaha?«

Simon gäspade igen, kunde inte få stopp på det. Han viftade med handen framför munnen för att markera att han gärna skulle ha tagit bort detta gäspande om han kunnat, men det gick inte.

Anna-Greta drog upp benen i soffan och knöt armarna runt dem. Simon satt och blinkade, häpnade över hennes böjlighet och vighet när hon på detta vis byggde sin privata lilla fästning omkring sig. Det var säkert femton år sedan han hade kunnat göra så, om ens då.

Hon lutade hakan på knäna och såg inträngande på honom. Sedan frågade hon: »Vill du gifta dig med mig?«

Mot all förmodan överfölls Simon av ännu en jättelik gäspning som bröt ögonkontakten. Han höll upp händerna i luften som för att säga *Inte mer, inte mer* och sa: »*Där.* Gick gränsen för vad jag klarar av under en dag. *Det.* Får vi prata om i morgon.«

## Vad tittar du på?

Anders vaknade till en ovan doft, till ovana ljud. Doften var av kaffe, ljuden var av någon som gick runt i köket och drog ut lådor, öppnade skåp. Han låg kvar i sängen en stund och låtsades att allt var normalt. Att den som hade bryggt kaffet och pysslade i köket var någon han älskade och ville vara med. Att det var ännu en fin morgon i ett gott liv. Han knäppte händerna på magen och tittade ut genom fönstret. Molnig himmel med fläckar av blått, en vacker och förmodligen ganska kall dag i mitten av oktober. Kaffedoften lockade och det klirrade av porslin från köket.

*Cecilia ställer fram frukost. Maja sitter och pysslar med något vid köksbordet. Här ligger jag, klar och utvilad i ... Majas säng ...*

Fantasin naggades i kanterna. Smutsigheten i kroppen efter ännu en kväll av drickande och rökande trängde sig på. Han tittade på sina fingrar. De var svagt gulskiftande, svarta under nagelbanden och luktade tobak. Det klibbade i munnen och han lutade sig över sängkanten, hittade en plastflaska till en tredjedel fylld med utspätt vin. Han lyfte den och drack, tog sig en återställare.

*Så, ja. Tillbaka till verkligheten.*

Upphetsningen från kvällen innan hade lagt sig. Det Elin hade berättat om Henriks och Björns försvinnande hade tyckts honom febrigt löftesrikt just då, men i morgonens kalla ljus såg han att det inte behövde vara så. Det var två händelser. De behövde inte ha något samband, och om de hade det, vad kunde han göra? Ingenting.

Han vräkte sig ur sängen. Golvet var kallt under hans bara fötter och han drog på sig kalla strumpor och en kall T-shirt. Huvudvärken började pulsera i tinningarna. Han halade på sig jeansen och gick ut i köket.

Elin höll på att ställa fram ost och bröd på bordet. Hon tittade upp och sa: »God morgon.« I det klara morgonljuset från köksfönstret såg hon intensivt för jävlig ut. Han hummade till svar och tog fram en ny vintetra ur skafferiet, öppnade den och drack ett par rejäla klunkar. Elin såg på honom. Han brydde sig inte om henne. Huvudvärken växte i styrka och han knep ihop ögonen, masserade tinningarna.

»Du är rätt alkoholiserad, va?« sa hon enkelt.

Anders flinade när en replik han hört någon ståuppkomiker säga for ut ur hans mun: »Jag är alkis och du är ful. Jag kan sluta dricka.«

Det blev tyst och det var så Anders ville ha det. Han hällde upp en kopp kaffe och tittade på klockan. Den var över elva. Han hade sovit längre än vanligt. Trots Elins flyktförsök under natten hade hennes närvaro kanske skänkt någon trygghet åt rummet som hade tillåtit honom att sova.

Han drack ett par klunkar kaffe till och sneglade på henne. Huvudvärken släppte en aning och han fick dåligt samvete där han såg henne sitta och bryta en ostsmörgås i småbitar för att kunna få in den i munnen. Han ville säga något, men klatschiga elaka repliker finns det gott om, sådana som kan ställa till rätta är sällsyntare.

Han drack det sista av kaffet och tänkte hälla upp en kopp åt henne också, kom sedan på att hon förmodligen inte kunde dricka något så varmt. Hon hade bryggt det åt honom. Han ställde ifrån sig koppen på diskbänken och sa: »Tack för kaffet. Det var snällt.«

Elin nickade och tog en försiktig klunk juice ur sitt glas. Såren måste ha läkt en smula eftersom hon inte behövde använda sugrör. Det hon hade gjort med sitt ansikte var obegripligt. Hon var trettiosex som han, men började se ut som en sextioårig gumma med ett dåligt liv bakom sig.

»Jag går och kollar posten«, sa Anders.

Han hastade ut från köket och drog på sig HellyHansen-tröjan, flydde ifrån den värkande ödslighet som låg likt en dimma kring Elin.

Utanför farstubron stod GB-gubben insvept i plastsäcken. Han förstod inte hur den hade kunnat skrämma honom så. Han lyfte upp den och bar den till vedbacken där han sparkade till den så att den föll omkull.

»Inte så jävla tuff längre, va?« sa han till den liggande figuren som inte hade något att säga till sitt försvar.

Luften var klar och kall, nattens demoner skingrades. Han tittade med tillfredsställelse på det fyllda vedförrådet, körde ner händerna i fickorna och gick upp mot byn. Det var som om han hade två lägen. Ett någorlunda klart och redigt som kunde hugga ved, tänka vettigt och var på väg uppåt. Och så det andra, nattsidan, som höll på att förlora sig i ett labyrintiskt mörker av ångest och spekulationer och var på väg nedåt.

*Det är åtminstone en kamp,* tänkte han. *I stan fanns bara apatin.*

Ja, så valde han att se det nu, när han med sina arbetsömma händer i fickorna närmade sig handelsboden. När solens strålar med ojämna mellanrum bröt igenom molntäcket och fick havet att glittra, när han var i den nya dagens ljus. Om natten skulle allt troligen se annorlunda ut.

Han öppnade den gamla postlådan han hade fått av Simon och förväntade sig att som vanligt finna ingenting, men idag låg det ett gult kuvert i lådan. Filmerna. De framkallade bilderna.

Han vägde kuvertet i handen. Det var tunnare och lättare än de brukade vara eftersom han bara hade tagit ett fåtal kort innan fotograferandet avbrutits för gott. Men där inne fanns de alltså. De sista bilderna. Han pillade på kuvertfliken och såg sig omkring. Inga människor inom synhåll. Han rev upp kuvertet.

Han ville inte gå hem till Smäcket eftersom Elin var där, han ville vara ifred med det här ögonblicket. Han satte sig på trappen till handelsboden och drog ut det mindre konvolutet ur kuvertet, vägde även det i handen. Hur många bilder rörde det sig om? Tio? Elva? Han kunde inte minnas. Han tog ett djupt andetag och fiskade varsamt upp den lilla bunten med fotografier.

*Mina älskade ...*

Först ett par dåliga bilder av Smäcket och sedan var de där, på väg upp mot fyren. Maja i sin röda overall, stretande fram genom snön, Cecilia strax bakom, rak i ryggen trots det besvärliga underlaget. Där var de framför fyren, intill varandra med röda kinder. Cecilias hand på Majas axel, Maja som drog, på väg någon annanstans, som vanligt.

Fler fotografier av de två framför fyren, de två människor som han hade brytt sig mest om av allt i världen och som nu var försvunna. I olika inzoomningar, händerna i olika positioner. Avståndsbilder, bröstbilder, närbilder. Maja uppe vid reflektorn.

En klump växte i Anders hals och han fick svårt att andas. Hur kunde de vara borta och inte finnas längre för honom när han satt här och hade dem i sina händer? Hur kunde det få vara så?

Tårarna började rinna och en skruv borrades genom bröstet. Han sänkte bilderna och lät det komma. Han slog armarna om sig själv och tänkte: *Om det fanns ett sätt ...*

Om det fanns ett sätt, en maskin, en metod för att lösgöra människor ur fotografier. Att fånga de där frusna ögonblicken och tina upp dem, göra dem verkliga och föra dem tillbaka in i världen. Han nickade för sig själv medan tårarna fortsatte att komma och skruven vreds om och vreds om.

»Det borde gå«, mumlade han. »Det borde gå ...«

Han satt så tills smärtan började mattas och tårarna torkat. Sedan tittade han på fotografierna ett och ett, strök med fingret över de tvådimensionella ansiktena som aldrig skulle bli hans igen.

*Konstigt ...*

Han bläddrade fram och tillbaka i högen. Inte på en enda av bilderna tittade Maja in i kameran. Cecilia tittade lydigt in i linsen på varenda bild, på en av dem hade hon till och med lyckats få till ett strålande leende. Men Maja ...

Hennes blick var bortvänd och på ett par av bilderna inte bara blicken. Hela hennes ansikte var där vridet åt vänster. Österut.

Anders studerade bilderna noggrannare och såg att hon på alla bilder tycktes fixera en bestämd punkt med blicken. Även när hennes ansikte var vänt rakt mot kameran som på närbilden, var hennes pupiller dragna åt vänster.

Han sänkte bunten med fotografier och stirrade framför sig med gapande mun. Han kom ihåg. Uppe i fyren. Hur hon hade pekat och ...

*Pappa, vad är det för nåt?*

*Vad menar du?*

*Där. På isen.*

Långt där ute var Gåvasten bara en diffus upphöjning ur det gråblå havet. Med pekfingrarna och tummarna gjorde Anders ett litet rombformat hål som han tittade igenom för att skärpa blicken. Gåvastens konturer blev något tydligare men han kunde inte se något speciellt.

*Vad var det hon såg?*

Han reste sig från trappan och stoppade fotografierna i fickan, gick hemåt med målinriktade kliv. Han hade ett jobb att utföra.

Anders gick ett varv runt den uppochnedvända båten och betraktade den med mer pragmatisk blick. Den såg skruttig ut, ja, men skulle den kunna tjäna sitt syfte: att flyta och bära en motor som kunde ta honom till Gåvasten?

Det svagaste partiet ur nyttosynpunkt var motorfästet. Metallplattan i akterspegeln hade rostat sönder och försökte man hänga på en motor där skulle den troligen åka i sjön. Anders studerade konstruktionen. Med ett par genomgående bultar kunde metallplattan förstärkas med en träbit. Det var inget komplicerat arbete, men båten måste vändas för att han skulle kunna komma åt.

Han gick upp till huset och bad Elin om hjälp. De fick spänna sig till det yttersta, men till slut lyckades de lyfta upp båten så att den kom i jämvikt och Anders kunde gå runt till andra sidan och ta emot för att dämpa fallet när båten vände sig på rätt köl.

Elin tittade på den spräckta sittbrädan, bristningarna kring årtullarna och fransarna av glasfiber längs den trasiga relingen. »Tänker du åka i den här?«

»Om motorn fungerar, ja. Hur har du tänkt göra?«

»Med vadå?«

»Med allt. Ditt liv. Vad tänker du göra?«

Elin repade av ett par malörtsblad och smulade dem mellan fingrarna, luktade på dem och gjorde en grimas. Anders skymtade en rörelse bakom henne och såg Simon på väg emot dem. När Elin också fick syn på honom, viskade hon: »Säg inte att det är jag. Om han undrar. Jag orkar inte –«

Mer hann hon inte säga innan Simon var nere hos dem. »Jaså«, sa han och nickade mot båten. »Tänker du sjösätta?«

»Jo.«

Simon vände sig mot Elin och hajade till. Ett par sekunder stod han med rynkad panna och stirrade på hennes ansikte. Sedan fick han fram handen för att hälsa.

»Hej. Simon.«

Han fortsatte att stirra på Elins ansikte som om han försökte komma på någonting. Anders förstod inte hans reaktion. Nog för att Elin såg eländig ut, men Simons beteende var direkt ohövligt och inte likt honom. Om man stötte på till exempel en person med svåra brännskador i ansiktet, inte stod man och bligade på det där viset.

Simon tycktes komma på det själv och släppte Elins hand, slätade ut sitt förundrade uttryck och frågade: »Jaha, är du ...«

Elin stannade inte för att lyssna färdigt på frågan om vad hon var, utan ursäktade sig och gick tillbaka upp till huset. Simon såg efter henne när hon gick. Sedan vände han sig till Anders. »Är det nån kompis, eller?«

»Ja. Eller ... det är en lång historia.«

Simon nickade och väntade på att Anders skulle fortsätta. När han inte gjorde det lät Simon istället blicken löpa över båten och sa: »Det här ser ju inte för kul ut.«

»Nä, men jag tror den flyter.«

»Motorn, då?«

»Vet inte. Jag har inte provat den.«

»Du får ju låna min båt om du behöver, det vet du.«

»Jag vill ha nåt eget. Men tack.«

Simon flätade samman fingrarna och gick ett varv runt båten medan han hummade för sig själv. Han stannade intill Anders och gned sig över kinderna. Det var tydligt att han hade något att säga. Han harklade sig och det kom inte fram. Han harklade sig igen och den här gången gick det bättre.

»Det var en sak jag ville fråga dig.«

»Okej.«

Simon drog djupt efter andan. »Om det skulle vara så att ... att jag och Anna-Greta gifte oss. Vad skulle du säga om det?«

Simon såg djupt bekymrad ut. Det kom en stöt ur Anders bröst och under en tiondels sekund visste han inte vad det var, känslan var så ovan, men det var ett skratt. »Ska ni *gifta* er? Nu?«

»Vi funderar på det, ja.«

»Hur var det med det där att inte känna en annan människa, då?«

»Det får väl betraktas som ... överspelat.«

Anders såg upp mot Anna-Gretas hus som om han väntade sig att få se henne stående där uppe, ängsligt smyglyssnande. Han begrep inte. »Varför frågar du *mig* om det här? Vad vill *du*?«

Simon kliade sig i huvudet och såg förlägen ut. »Jo, jag vill väl, men det är ju också en fråga om … jag blir ju arvtagare, då. Om hon skulle dö före mig. Vilket inte verkar särskilt troligt, men …«

Anders la handen på Simons axel. »Jag är övertygad om att det går att skriva nåt papper eller så. Som säger att jag får behålla Smäcket. Om det skulle bli så. I övrigt så bryr jag mig inte.«

»Det är okej för dig? Säkert?«

»Simon, det är mer än okej. Det är den första goda nyheten jag har hört på jättelänge, och du…« Anders tog ett kliv fram och omfamnade Simon. »Grattis. Det var på tiden, milt sagt.«

När Simon hade gått stod Anders länge med händerna i byxfickorna och tittade på båten utan att tänka på båten. För en gångs skull var hans inälvor varma och lätta att bära. Han ville stanna i den känslan.

När han efter en stund gick upp till virkesförrådet, upptäckte han att han kunde bära känslan med sig. Den stannade hos honom medan han sågade till en bit impregnerat trä, dröjde kvar medan han borrade upp plankbiten och skruvade fast den i akterspegeln.

*Blir det bröllop?*

Han hade inte frågat Simon huruvida de planerade ett riktigt bröllop i kyrkan i Nåten, om de tänkte ha det hemma eller bara gifta sig borgerligt. Förmodligen hade inte heller de själva tänkt på saken eftersom ingenting var bestämt ännu.

*Vem friade till vem?*

Han kunde inte se det framför sig, hur det hade gått till eller vad som hade föranlett det. Men det var roligt att tänka på. Känslan stannade.

Det var först när han hade spikat upp en planka mellan två tallar, hakat upp motorn på den och anslutit en trycktank som den gängse dysterheten började ta kommandot igen. Motorn svarade inte på anropet. Han pumpade upp bensin, chokade och drog i startsnöret tills armen började domna. Inte ett liv.

*Varför ska allt jävlas med mig? Varför kan inte nåt fungera?*

Han lyfte av kåpan och såg att han hade flödat motorn, bensin hade runnit ur förgasaren och samlats i en pöl under bränslefiltret. Han utförde de åtgärder han kunde komma på, kontrollerade alla anslutningar och rengjorde tändstiften. Det höll på att bli mörkt när han åter satte kåpan på plats och ryckte sig svettig utan att något hände.

Han motstod en kraftig impuls att lyfta av motorn från plankan, bära ner den till bryggan och kasta den i sjön. Istället lyfte han åter av kåpan och sprejade uppgivet hela motorn med 5-56, satte tillbaka kåpan och lämnade den.

## Större och mindre frågor

När Simon i kvällningen närmade sig Anna-Gretas hus såg han att levande ljus var tända i köket. Det sög till i magen och han kände sig plötsligt nervös. I viss mån var han med på noterna eftersom han hade tagit på sig fintröjan under jackan, men ändå förnam han nu en högtidlighet som han inte visste om han var man att hantera.

När han såg tillbaka på sitt liv tyckte han att han hade levt det utan att fatta några egentliga *beslut*. Saker hade blivit som de hade blivit, och han hade följt med. Förbundet med Spiritus var möjligen ett undantag, men det hade dikterats av nödvändighet. Han hade inte kunnat göra annorlunda.

*Eller?*

Kanske var det bara så att han aldrig tidigare hade ställts inför en så tydlig fråga, en så uppenbar valmöjlighet som med detta frieri. Han hade nog fattat sina beslut, gjort sina val, men det hade så att säga skett i det tysta. Utan buller och bång, levande ljus och sug i magen.

Det där med barn, till exempel. Han och Anna-Greta hade inte kunnat få barn och förmodligen var det han som var den felande länken. De hade aldrig uttryckligen strävat efter att skaffa barn. Om deras kärlek hade resulterat i ett barn skulle de troligen ha mottagit det med glädje, men när det inte blev så lät de saken bero. De gjorde inga undersökningar och de hade aldrig talat om adoption.

*Det föll sig inte så.*

I det uttrycket fanns kärnan av en livshållning som omfattades av många människor på Domarö och som även Simon delade. Ett slags fatalism. Mötet i missionshuset hade klargjort för honom var denna fatalism hade sina rötter. Saker händer och det föll sig så. Eller de händer inte och det föll sig inte så. Inget att göra.

Men nu var han på väg till det vackert upplysta huset för att svara på en fråga som inte kunde falla sig på det ena eller andra sättet. Det var Ja eller Nej som gällde och fintröjan skavde en smula i halsen. Han önskade att han hade haft en present, en blomma, eller åtminstone något att hålla i händerna.

I sin sedvanliga kombination av stadsbeteende och bybeteende knackade han först på dörren och öppnade den sedan. Han hängde av sig jackan i hallen, drog med pekfingret under tröjans halslinning och gick in i köket.

Vid spisen blev han stående. Den högtidlighet han hade anat fanns verkligen där. Kandelabern var framplockad, en ren vit duk lagd på bordet och en flaska vin framställd. Anna-Greta var klädd i sin blå klänning med hög hals och kinesiska broderier. Simon hade inte sett den på tio år, minst, så han blev stående.

Där var hon, kvinnan han ...

kvinnan han ...

kvinnan.

Hon. Den andra. *Du.* Och var hon inte vacker, var hon inte fin? Jo, det var hon. De levande ljusen fick klänningens silke att skimra och glansen spreds vidare till hennes ansikte som snarare än att bli tjugo år yngre istället tappade sin ålder. Det var bara hon, Anna-Greta, genom alla tider och utseenden. Hon.

Simon svalde och fick problem med händerna. Det skulle ha varit något i dem, något att lämna fram, en gest att utföra. Istället slog han vagt ut mot bordet, rummet, Anna-Greta och sa: »Vad ... fint du har gjort.«

Anna-Greta ryckte på axlarna, sa: »I vissa fall får man bjuda till lite« och en del av den nattvardsliknande stämningen släppte. Simon satte sig på andra sidan bordet och sträckte ut sin tomma hand med flatan uppåt. Anna-Greta tog den.

»Ja«, sa han. »Det är klart.«

Anna Greta lutade sig fram. »... att?«

»Att jag vill gifta mig med dig. Det är klart att jag vill.«

Anna-Greta log och blundade. Med slutna ögonlock nickade hon stilla. Simon svalde kring en klump i halsen och tryckte hennes hand.

*Nu är det så*, tänkte han. *Nu blir det så.*

Med sin fria hand grävde han i byxfickan och fick fram tändsticksasken, la den på bordet emellan dem.

»Du?« sa han. »Det är en sak jag måste berätta.«

## Badjävlar go home

Anders och Elin ägnade kvällen åt mycket vin och lite prat. Elin tände en brasa i spisen i vardagsrummet och höll till där, Anders satt i köket och glodde på pärlplattan, försökte hitta ett mönster. Inget kom för honom. Den tystnad som hade varit acceptabel när han var ensam i huset, blev tillsammans med Elin kvävande.

Ur ett av köksskåpen rotade han fram sin pappas gamla bandspelare och en plastpåse med kassetter. De var tummade och smutsiga, spelade många gånger. Mest var det samlingar från Svensktoppen, Alf Robertsson och Lasse Lönndahl. Han hade förlikat sig med att lyssna på Alf Robertssons brummande en stund när han hittade en kassett som var så sliten att den tryckta texten nästan var oläsbar. Det spelade ingen roll, han kände igen den och visste vad det stod: »Kalle Sändare tager ett nummer.«

Bandspelaren hade ingen sladd. Ivrigt letade han igenom lådorna efter nätsladden medan förväntan växte i honom. Tillsammans med sin pappa hade han lyssnat på den kassetten många gånger. Som liten hade han tyckt att Kalle Sändares busringningar var jätteroliga och han var spänd på vad han skulle tycka nu.

Han hittade sladden och anslöt bandspelaren, satte i kassetten och körde igång. Ett svagt tut som markerade att samtalet började hördes och Anders drog upp volymen eftersom kassetten var så gammal och sliten att själva ljudet tycktes ha nötts ner.

»Ja, God dag, mitt namn var ingenjör Måstersson ...«

Anders satt med örat intill bandspelaren och lyssnade medan Kalle Sändare utredde detaljerna kring de bikupor av märket Svea som han utgav sig för att vara spekulant på. Den oskyldiga damen i andra änden svarade villigt på frågorna som blev alltmer vansinniga.

Anders skrattade till när Kalle frågade om kuporna hade reflektoraggregat liknande dem i båttankar, skrattade mer när han redogjorde för de nedgrävda bikupor han sett i Tyskland. När han mot slutet drog en helt meningslös historia om en liten julle som legat nedisad, »och sen, när våren kom ... då flöt den där båten upp!« fann Anders sig själv sitta och gapskratta så att han missade ett parti och var tvungen att spola tillbaka.

När samtalet var över tryckte Anders på stoppknappen. Han hade ont i magen och tårar i ögonen. Men snällt ont och snälla tårar. Han strök sig i ögonen och hällde upp ett glas vin till. När han skulle starta bandet igen för att lyssna på nästa, kom Elin ut i köket.

»Vad är det där för nåt?«

»Kalle Sändare. Tycker du det är kul?«

»Nej, inte direkt.«

Anders blev irriterad och la band på sig för att inte säga något elakt. Elin gäspade och sa: »Jag går och lägger mig.«

»Gör det du.« Hon dröjde sig kvar ett ögonblick och Anders la till: »Jag sitter här. Det är ingen fara.«

Elin gick till sovrummet och Anders var ensam i köket med Kalle Sändare. Han skålade med bandspelaren, tände en cigarett och lyssnade vidare. Kalle sökte jobb som batterist i en dans- och poporkester, undersökte möjligheterna till trädfällning och var spekulant på en begagnad elgitarr. Anders gapskrattade inte fler gånger, men fnissade nästan konstant.

När kassetten var slut blev det tyst i köket och han kände sig än mer övergiven än innan. Kalles milda, vänliga röst hade hållit honom sällskap. Anders fällde upp luckan och tog ut kassetten, vred den mellan fingrarna. Den var inspelad år 1965.

*Det här är kultur.*

Humorn bestod nästan uteslutande av språkliga krumbukter och var alltigenom *snäll*. Det fanns ingenting hårt eller cyniskt i Kalles behandling av sina ovetande offer, han var bara en liten rolig gubbe, en krumelur i folkhemmet.

Anders tänkte på humorprogram han hade sett på teve under de senaste åren och började gråta. För att Kalle Sändare inte höll på längre och för att allt hade blivit så hemskt. När han hade gråtit en stund reste han sig, sköljde ansiktet med kallt vatten och försökte ta sig samman.

*Sluta. Du kan inte hålla på så här.*

Han torkade ansiktet med en kökshandduk och kände sig blästrad inombords. Skratt och gråt hade avlöst varandra och äntligen var han trött nog för att kunna sova. En bra kväll, trots allt. På sin väg mot sovrummet smekte han med ett finger över kassetten.

Även Elin måste ha hört Kalle Sändare eftersom sovrumsdörren stod på glänt och tydligen hade det fungerat som en vaggsång. Hon sov med djupa andetag och Anders var tacksam för att slippa prata. Han klädde av sig och la sig i Majas säng, låg en stund och tittade på byltet i storsängen som var Elin.

*Vad ska jag göra med henne?*

Det var inte mycket han kunde göra. Hon måste själv komma fram till något. Han skulle förklara för henne att hon kunde bo i Smäcket några dagar till om så krävdes, men sedan var hon tvungen att finna en annan lösning. Han ville inte ha någon inneboende, ville vara ensam med sina spöken. Och Kalle Sändare.

Anders smålog. Det hade funnits en kassett till, vart hade den tagit vägen? »Trollkarlen El Zou-Zous öden och äventyr.« Någon historia om en apa som gick in och ut genom handtagen i en pappkasse och hämtade olika verktyg ...

Med apan intill sig tumlade han in i drömmarna.

Han vaknade av ett kallt vinddrag och satte sig upp, blinkade och tittade på klockan som stod på golvet intill sängen. Halv ett. Han hade sovit i kanske en timme.

*En natt. Kan jag få sova* en *hel natt?*

Dörren till sovrummet stod öppen och storsängen var tom. Anders föll tillbaka på kudden och lyssnade. Det hördes inga ljud i huset, däremot lät utomhusljuden alltför tydliga, som om ytterdörren var öppen. Han hade glömt att barrikadera sovrumsdörren och nu fick han stå sitt kast.

Gäspande drog han på sig kläderna och gick ut i köket. Ytterdörren stod mycket riktigt öppen mot natten och huset var utkylt. Termometern utanför köksfönstret visade på plus fyra. Elins kläder hade legat prydligt vikta på sovrumsstolen och alltså hade hon gått ut i trosor och behå.

*Gått hem.*

Det var ju dit hon hade varit på väg natten innan och det var förmodligen dit hon hade gått nu. Tvärs över ön, kanske två kilometer till Kattudden. Anders gned sig ilsket med handflatorna över ansiktet.

*Fan! Fan också!*

Det var inget annat att göra. Han tog en varm tröja och jacka, stuvade ner Elins kläder i en plastpåse, satte på sig en toppluva och gav sig iväg. I bästa fall hade hon gett sig av nyligen och han skulle hinna upp henne på vägen.

Det susade i huvudet av fyllan som hade varit på väg mot bakfylla men hejdats i sitt lopp. Ficklampans dansande ljuskägla över vägen gjorde honom svagt illamående. När han kom till platsen där vägen delade sig fick han en snilleblixt och vek av mot Simons hus.

Simons cykel stod lutad mot björken intill vägen. Olåst. Det var en gammal militärcykel och inte mycket att stjäla ens för den mest desperata tjuv. Dessutom hade Simon sagt att han inte kunde använda den längre och den som behövde den fick gärna ta den.

Anders tog den. Han noterade något ovanligt: det var släckt i Simons hus men tänt i Anna-Gretas. Då kom han ihåg.

*De sitter väl och planerar.*

Tanken gladde honom och den kyliga nattluften hade hunnit göra honom klarare i huvudet. Han hängde påsen med kläder på styret, satt upp på cykeln och trampade iväg, använde ficklampan som cykellykta eftersom den som satt på framgaffeln var trasig sedan urminnes tider. Det fanns en viss chans att någon annan hade fått stopp på Elin, men den var inte stor. Det var bara på sommaren som folk på Domarö var i rörelse på nätterna.

Han passerade handelsboden och missionshuset utan att få syn på sömngångaren. När han kom in på vägen genom granskogen hade han börjat flåsa och svettas. Munnen smakade sur rök och när han svepte med ficklampan över de murriga träden kom missmodet över honom igen.

*I was happy in the haze of a drunken hour, but heaven knows I'm miserable now ...*

The Smiths. Det var många år sedan en textrad av dem opåkallat dykt upp och det fick honom att följa en tankekedja bakåt i tiden medan han trampade genom skogen. Han kom ut i öppningen mot Kattudden, fortsatte ett femtiotal meter och sedan fick han syn på något som fick honom att tvärbromsa så att däcken kanade genom gruset.

Han försökte parera men lyckades inte hålla cykeln i balans. Den gled åt sidan och han föll omkull med ett skrammel och ett pling ifrån klockan. Högra knäet hann skrapa i gruset innan farten tog honom med sig och rullade honom runt ett par varv tills det tog stopp emot ett tomtstaket. Där drog han sig upp till sittande och försökte förstå vad hans ögon såg.

Henriks flakmoppe stod parkerad under en lyktstolpe. På tomten intill gick Elin tillsammans med två andra personer. Ljudet av Anders krasch fick dem att vända sig om. Det var Henrik och Björn. Båda såg ungefär lika gamla ut som när Anders hade sett dem sista gången, arton år tidigare.

*Det här finns inte. Det här händer inte.*

Henrik och Björn betraktade honom lugnt där han satt likt ett fångat djur i lyktans sken. Elin fortsatte att gå längs huset inne på tomten. Det var inget hus Anders kände till. Ett av alla sommarhus. Elin bar på något tungt. Det var svårt att se vad eftersom ljuset inte nådde dit.

Blodsmak läckte ut i Anders mun och han såg sig omkring efter ficklampan. Den låg intill hans fötter och lyste fortfarande. Han riktade den mot Henrik som ryckte till när det skarpa ljuset träffade honom. Sedan log han.

»Tyvärr. Så lätt går det inte, Anders.«

Någonting i Henriks hand reflekterade ljuset och bländade även Anders innan speglingen försvann. En kniv. Bladet var så långt att det nästan nådde till marken när Henrik höll skaftet mellan pek- och långfinger och lät eggen pendla. Hade det inte varit för bladets form skulle det ha kunnat vara en machete.

Anders kom på fötter. Byxan hade slitits sönder över hans högra knä och det bultade av smärta. Det var ingen mening med att ifrågasätta ögonens vittnesbörd. Henrik och Björn stod där. De såg likadana ut som de hade gjort då, Henriks röst var densamma. Anders spottade ut en loska blodblandad saliv och frågade: »Vad gör ni?«

Henrik tittade på Björn och Björn sa: »Bränner ner diskoteket.«

Henrik gjorde tummen upp. Anders riktade ficklampan mot huset. Elin hade verkligen bara underkläder på sig och det smala behåbandet lyste vitt över hennes rygg. Det hon höll i sina händer var en bensindunk och hon hällde just ut det sista av bensinen över husknuten.

*Varför ...*

Tankarna virvlade i Anders huvud, svagt rödfärgade och utan ordning. Det enda han fick ur sig var just den enkla frågan: » ... varför?«

Henrik trutade med läpparna och rynkade ögonbrynen som om han var förtrytsam över Anders brist på kunskap. Han sa: »Det vet du väl.«

»Nej.«

»Kom igen nu.«

»Jag förstår inte vad du menar.«

Henrik viftade med kniven och sa till Björn: »Nu blir jag fan besviken. Blir inte du besviken?«

Björn drog ner mungiporna. »Jag blir jättebesviken.«

Det var någon lek de höll på med och Anders ville inte vara med. Att de stod framför honom och levde och talade och lekte sin lek var för mycket att ta in, så Anders klamrade sig fast vid anledningen till att han kommit hit. »Vad har Elin med det här att göra?«

Björn skakade på huvudet. »Du förstår verkligen ingenting, eller hur? Styr vi kroppen? Eller styr kroppen oss? Jag vet inte.«

Henrik vinkade med kniven mot Elin och sa: »Kom, gumman.«

Elin ställde sig mellan dem. Hon gick på samma sömngångaraktiga vis som hon hade gjort kvällen innan och hennes ögon var frånvarande. Kylan hade gjort hennes hud vitblek och det var svårt att urskilja var huden slutade och tyg tog vid.

Henrik sa: »Stoppa mig om du har hört den här förut«, och drog med handen över Elins bröst och mage. »Jag minns när dom höll ner mig och sa att jag inte hade förtjänat det ännu.« Anders såg sig omkring efter påsen med Elins kläder medan Henrik fortsatte: »Och smärtan … smärtan var tillräcklig för att få en blyg buddhistmunk att överväga massmord.«

Plastkassen låg intill staketet ett par meter ifrån den plats där Anders hade landat efter kraschen. Vare sig Henrik och Björn var spöken eller galna eller bådadera så kunde det inte fortsätta. Elin skulle frysa ihjäl.

Anders drog hennes tröja ur påsen och gick fram till gruppen. Trots det omöjliga i Henriks och Björns närvaro och trots kniven i Henriks hand var Anders inte rädd. På samma sätt som en klassåterträff tenderar att kasta alla tillbaka i sina gamla roller, såg han bara Henrik och Björn som samma smått löjliga pojkar som förr, kunde inte känna någon respekt. Han sträckte fram tröjan mot Elin.

»Här. Ta på dig den.«

Elin rörde sig inte och hennes blick var inåtvänd. När Anders rullade upp tröjan i händerna för att trä den på henne, tog Henrik ett kliv fram och ställde sig i vägen. Han såg Anders i ögonen och sa: »Inget har förändrats. Jag älskar dig fortfarande. Men *lite* mindre än förr.«

När han hade sagt det sista ordet svepte han med handen i en båge över Anders ben. Det kändes som om Anders hade fått ett piskrapp och när han tittade ner såg han att hans jeans hade skurits upp över båda låren, två handsbreda snitt i tyget. En sekund kunde han även se det rosafärgade köttet i skårorna. Sedan kom blodet. Det fyllde jacken och mörka fläckar spreds över tyget.

Innan Anders hunnit tänka tanken: *Jag är knivskuren,* träffades hans haka av metallkulan längst ner på knivens skaft. Det blev svart i huvudet och han stapplade ett par steg baklänges innan han föll omkull och slog axeln i moppens flak. Adrenalinet löpte amok i kroppen och han började skaka.

Henrik riktade kniven mot honom och sa mässande: »Havet *vill* ta dig. Kniven *vill* skära dig.«

Björn skrattade till som om han hört ett ovanligt lyckat skämt. Utan att ta blicken ifrån Anders sträckte Henrik ut handflatan. Björn gav honom fem och sa: »Den var bra.«

Anders knän var uppdragna och varmt blod rann nerför hans lår, kittlade över ljumsken och samlades under hans stjärt. Huvudet genljöd av en klang som det dröjande ekot av en kyrkklocka och han var för svag för att resa sig. Han låg lutad mot mopedens ena framhjul och skakade medan Henrik fortsatte att instruera honom.

»Elin här«, sa Henrik och la armen om hennes axlar, »hon var ju en fin tjej, eller hur? Noga med sig själv. Kom nån nära så började hon skrika. Så är det inte alls längre.«

Oförmögen att göra mer än att lyfta sin ena arm i ett kraftlöst försök att få det att sluta, satt Anders lutad mot mopeden och såg på medan Henrik grep om knivens blad och förde in skaftets metallknopp under Elins troskant. Han kastade en blick på Anders, nickade, och tryckte sedan in hela knivskaftet i Elins sköte.

Hon gav inte ett ljud ifrån sig. Bladet stack ut ur hennes underliv som en penis av metall. När Anders lyfte blicken till hennes ansikte såg han att hon log. Ett stort, fult leende. Det vände sig i Anders mage och surt kräks sprutade ut mellan hans läppar, spreds över gruset intill honom.

Han torkade sig om munnen och drog ett djupt andetag. Genom sin svidande hals utstötte han ett enda hårt: »Elin!«

Elins ögonlock fladdrade till och hon såg på honom. Nu var hon närvarande i sin blick igen och när den föll på hennes underliv skrek hon. Henrik fnös till och greppade knivbladet, drog ut skaftet ur henne. Björn famnade Elin bakifrån och låste fast hennes armar medan Henrik smekte med bladet över hennes hud. Han vände sig till Anders.

»Du har fortfarande inte svarat på frågan«, sa han.

En aning styrka började återvända till Anders kropp. Snart skulle han kunna resa sig och han tänkte: *Vapen, var finns ett vapen?* medan han sa: »Vilken fråga?«

»Den om discot«, sa Björn och antog en pedagogisk ton som om han talade till en dum elev. »Varför bränner vi ner discot?«

»Jag vet inte.«

*Staketstolpen. Den som lossnade.*

Elin skrek oartikulerat och vred sig i Björns grepp. Henrik la armen runt hennes nacke och handen över hennes mun varpå han vände sig till Anders igen, nickade kort och skar ett snitt över hennes mage.

Ett dämpat skrik slapp ut under Henriks hårt fasttryckta hand och Elins ben sprattlade när hon försökte ta sig loss medan en rännil av blod spred sig horisontellt längs ett veck i hennes mage. Anders reste sig ostadigt och Henrik riktade kniven mot honom.

»Lugn«, sa han. »Lugn. Det där var värt en ledtråd.«

Anders var inte säker på att hans kropp skulle lyda honom om han försökte rusa mot staketet så han stod kvar och försökte samla krafter medan Björn sa: »Av samma anledning som vi hänger discjockeyn.«

Henrik nickade och släppte sitt grepp om Elins mun, grävde ner handen i hennes behå och nöp tag om hennes ena bröstvårta, drog den utåt och vilade knivbladet mot den. Elin hängde nu lealös i Björns grepp och var för rädd för att ens skrika.

»Sista chansen«, sa Henrik. »Varför ska vi hänga discjockeyn och bränna ner discot?« Henrik gjorde ett par sågrörelser med kniven en centimeter ovanför Elins uttänjda, röda kött och sa: »Kom igen nu, Anders, du *kan* det här.«

Det fanns inte en möjlighet att hämta stolpen innan Henrik lät kniven falla. Anders pressade sina handlovar mot tinningarna. *Häng discjockeyn, bränn diskoteket.* Någonting klickade till och han kastade om ordföljden och översatte till engelska: *Burn down the disco. Hang the ... blessed? DJ.*

När Henrik lutade huvudet över kniven som för att avgöra huruvida det var bäst att hugga eller skära, skrek Anders: »För att musiken han hela tiden spelar inte säger nånting om mitt liv!«

Henrik stelnade till. Sedan släppte han Elins bröstvårta och sänkte kniven. Han gjorde en antydan till en applåd.

»Så där, ja! Det var väl inte så svårt? Vilken låt?«

Anders ignorerade frågan. »Varför gör ni det här?«

Henrik funderade ett par sekunder. Sedan skakade han på huvudet och vände sig till Björn som fortfarande höll fast Elin. Björn sa: »Mmm ... för att ... jag är människa och behöver bli älskad, precis som alla andra?«

»Nä«, sa Henrik. »En till.«

Björn rynkade pannan. Sedan sken han upp. »För att vi vet att det är slut, men vi hänger kvar eftersom vi inte vet vart vi skulle ta vägen annars.«

Henrik nickade. »Sorgligt«, sa han. »Men sant.«

Huggen i Anders lår var inte så djupa som han först hade trott. Blodet hade slutat rinna men hans byxor var nedsölade och benen började bli nedkylda av vätan. »Kan vi sluta med den här leken nu?« sa han. »Släpp Elin.«

Henrik såg förvånad ut.

»Det går inte. Vi ska ju dränka henne.«

Elin började skrika igen när Henrik och Björn med gemensamma krafter drog henne mot vattnet och hennes nakna fötter gjorde spår i gruset. Anders stapplade bort till staketet och slet i den lösa stolpen tills han fått loss den.

När han vände sig om hade Elin släpats tjugo meter ner mot havet, fyrtio meter kvar. Anders lät adrenalinet ta över och göra honom okänslig för kroppens brister. Han sprang ikapp dem. När han var ett par meter ifrån skrek han: »Släpp henne!«

Henrik vände sig om och Anders slog den en meter långa påken mot hans huvud. Henriks arm for upp till skydd och påken daskade in i hans armbåge. Känslan av hårt som möter hårt borde ha fortplantats ut i Anders händer, men så skedde inte. När träet slog in i Henriks kropp kändes det snarare som att slå till en stor, vattenfylld svamp. Henriks arm böjdes kring påken och en dusch av vatten träffade Anders ansikte.

Henrik slet påken ur hans händer och kastade den på marken. »Jag tror inte du ska dö. Än. Så sluta.«

Anders stod kvar med hängande armar medan de fortsatte att släpa Elin mot havet. Sedan vände han om och sprang upp mot deras moppe medan han grävde i jackfickan. *Låt mig ha, låt mig ha ...*

Ja. I fickan hittade han både cigaretter och tändstickor. Han sprang fram till mopeden, skruvade av tanklocket och skrek mot gruppen som nu var nära stranden: »Hörni! Släpp henne, annars ...« Han tände en tändsticka och höll den över hålet ner till tanken.

De stannade. Anders skakade tändsticksasken och fann att den var halvfull. Han hade ingen plan, kunde inte tänka ut vad han skulle göra därnäst. Han hade varit tvungen att få stopp på dem och så långt hade det lyckats. Men sedan? Han kunde stå här och tända tändstickor tills de tog slut, men sedan?

Dessutom måste de ju genomskåda honom. Han ville inte sprängas i luften tillsammans med deras moped för Elins skull. Han tittade på tändstickan som nu nästan var nedbrunnen.

*Dessutom ...*

Dessutom fungerade det ju inte, mindes han nu. Han kom inte ihåg vem och i vilket sammanhang, men någon hade en gång släppt ner en tändsticka i en bensintank för att imponera. Den hade bara slocknat. Bensinen måste ha luft för att brinna. Hade det rentav varit Henrik, den där sommaren när de var kungar med moppen?

Kanske var det så, eftersom de inte blev imponerade av hans hot och fortsatte att släpa Elin, som nu gallskrek, ner mot stranden.

*Luft ...*

Anders grep tag om kanten på flaket och vräkte mopeden över ända. Den rullade runt och vilade på styret medan bensinen kluckade ut ur tanken. Han tittade upp och såg att de nu var nere i strandkanten med Elin. Det fanns ingen tid kvar för hot. Han backade ett par meter ifrån mopeden, precis så långt som bensinen hade hunnit rinna genom det sluttande gruset, tände en ny tändsticka och kastade den samtidigt som han hoppade bakåt.

Flammorna slog upp som en blågul vägg ur marken och Anders skrek: »Hörni!« så högt han kunde. Genom elden som nu slickade flakets träbrädor såg han Henrik och Björn släppa Elin och rusa upp emot honom.

Han hade gjort vad han kunnat och gett Elin en chans att fly, nu var det upp till henne. Han sprang till cykeln och jeanstyget slets svidande loss från benen när han kastade sig upp och trampade mot skogen så hårt och snabbt han förmådde. Han vände sig inte ens om för att se om de förföljde honom.

## Vattnets fiende

Anders ben trampade som om de kopplats loss ifrån kroppen och var styrda av en annan vilja. Mörkret omkring honom var kompakt men ändå tänkte han inte på att han när som helst kunde köra ner i diket och kanske var det därför han inte gjorde det. Instinkten styrde honom rätt och han lyckades pumpa sig hela vägen genom skogen utan att falla.

Den sista biten vägleddes han av de svaga ljusen från byn och då vinglade han för första gången till och var nära att ramla omkull. Han lyckades bromsa och få ner ett ben i marken innan cykeln tippade. Han tittade bakåt skogsstigen. Det verkade inte som om de förföljde honom.

Han satte fart igen och trampade genom byn, kände sig aningen skyddad av den bleka vägbelysningen. Först när han hade passerat vandrarhemmet tillät han tankarna att bolma upp. Ett moln av hemska och obegripliga bilder fyllde skallen och plötsligt kändes det som om han hade fyrtio graders feber. Kroppen tappade all styrsel och han ville bara låta sig själv falla. Ner på vägen, ner i mörkret. Få vila.

Ändå lyckades han piska sig själv fram till stället där vägen delade sig och svängde åt vänster. Den svaga nedåtlutningen mot Anna-Gretas hus gjorde att han bara kunde rulla, låta benen hänga. När han svajade ner längs uppfarten till huset såg han att det fortfarande lyste i köksfönstret.

Han släppte cykeln i gräset och tog sig på tunga ben fram till ytterdörren. Han svettades och hade frossbrytningar, lyckades missa handtaget en gång innan han fick grepp om det och drog upp dörren.

Simon och Anna-Greta satt vid köksbordet, lutade över en mängd fotografier som var utspridda över bordsskivan. När Simon fick syn på Anders lyste han upp ett ögonblick, varpå hans uttryck ändrades till förfäran.

»Men Anders, vad har du gjort?«

Anders lutade sig mot köksspisen och viftade i riktning mot Kattudden, men inget ljud kom över hans läppar. Simon och Anna-Greta var framme vid honom och han släppte sin kropp i deras armar, lät sig segna ner på trasmattan. När han låg på rygg och hade andats ett par andetag, sa han: »Måste bara ... vila lite.«

Han låg kvar där han låg medan kökslampan tändes, medan Simon och Anna-Greta hämtade vatten och la en kudde under hans huvud. Vid det laget hade frossbrytningarna stillnat och han hade möjligen kunnat resa sig upp, men han låg kvar och lät dem pyssla om honom bara för att det var så ofantligt skönt att för en stund överlåta allt åt någon annan.

De drog av honom byxorna och tvättade såren på hans ben, förband dem med kompresser och gasbinda. Simon gav honom två Alvedon och mer vatten. Efter ett par minuter av ljuvligt svävande i andras omsorger, drog sig Anders upp på en köksstol. Han försökte samla tankarna och såg på fotografierna som låg utspridda på bordet.

Det var gamla fotografier, mycket gamla. De visade hus och gårdar, människor i arbete, porträttbilder. Många av dem var gulnade av ålder och människorna bar det uttryck av bister koncentration som är så vanligt på gamla bilder, som om själva akten att bli fotograferad krävde en speciell ansträngning.

Rakt framför honom låg en porträttbild som fick honom att haja till. Den var tagen utomhus och framkallad på något som liknade matt kartongpapper. Över bilden löpte ett par breda flammor av fläckigt gult, som om någon hade stänkt urin på den. Bilden föreställde en kvinna i sextioårsåldern som stirrade ilsket in i kameran.

»Ja«, sa Simon. »Jag tyckte att jag kände igen henne.«

På bordet framför sig hittade Anders en bild till av kvinnan, denna gång tagen från ett längre avstånd. Hon stod utanför ett risigt litet hus på en udde.

»Vem är det?« frågade Anders.

Anna-Greta ställde sig bakom honom och pekade. »Hon hette Elsa Persson och var kusin till Holgers pappa. Hon bodde i det där huset. På Kattudden. Tills Holgers pappa sålde alltihop. Då blev hon vräkt och huset revs. Sen kom sommargästerna.«

»Det är din farfarsfar som har tagit bilderna«, sa Simon. »Torgny. Han har fotograferat alla hus här på ön, har Anna-Greta berättat. Jag brukar sitta och titta på dom ibland. Det var därför jag kände igen henne.«

Den trubbiga hakan, den platta näsan, de djupt liggande ögonen och de smala läpparna. Kvinnan på fotot var en avbild av Elin som hon såg ut nu. Eller snarare så var Elin en något klumpigt utförd avbild av kvinnan på fotot. Alla detaljer var inte på plats ännu, men lika tydligt som man kan se att en billig plastmask av George Bush ska föreställa just honom, kunde man se att ...

*... att det är den här kvinnan Elin ska föreställa.*

Anders pekade på huset som kvinnan stod framför. Han kände igen miljön, Kattholmens position i bakgrunden, men ändå frågade han: »Det här huset. Det låg där hennes hus, Elins hus ligger nu, eller hur?« Han rättade sig. »Låg. Fram till i förrgår kväll?«

Simon nickade. Anders satt med gapande mun och såg på fotografierna. Sedan sa han: »Får jag gissa? Hon dränkte sig?«

Anna-Greta tog upp fotografiet av den förgrämda Elsa och såg på det, suckade. »Det här hände ju före min tid, men ... Torgny sa att hon hotade med att dränka sig om dom tog ifrån henne stugan. Sen tog dom ifrån henne stugan. Och sen försvann hon.«

Om alla intryck som hade runnit in i Anders sedan han kommit till Domarö kunde tänkas ha samlats som i en behållare, var denna sista droppe av information den som fick behållaren att svämma över.

Orden började att forsa ur hans mun. Han berättade allt. Från den första förnimmelsen av Majas närvaro till den allt starkare övertygelsen om att hon fanns i huset. Pärlplattan som sakta växte, fotografierna han hade framkallat och bokstäverna som hade skrivits på köksbordet. Från de första slagen på dörren om natten och känslan av att vara övervakad till kvällens möte med Henrik och Björn. Allt rann äntligen ur honom.

Simon och Anna-Greta lyssnade uppmärksamt och utan att avbryta med frågor. När Anders var färdig reste sig Anna-Greta och drog fram en köksstol som hon ställde sig på för att nå upp till det översta köksskåpet. Hon lyfte ner en flaska och ställde den på bordet. Inte heller Simon tycktes veta vad det var eftersom han såg frågande på Anna-Greta.

Det som fanns i flaskan såg ut som något slags inläggning. Kvistar och blad fyllde hela utrymmet, omslutna av vätska som fyllde flaskan till hälften. Anna-Greta hämtade ett nubbeglas som hon hällde fullt med den grumliga vätskan.

»Vad är det för nåt?« frågade Anders.

»Malört«, sa Anna-Greta. »Det sägs skydda.«

»Mot vad?«

»Mot sånt som kommer från havet.«

Anders såg från Simon till Anna-Greta. »Betyder det här alltså att ... ni tror mig?«

»Numera«, sa Simon och pekade på glaset. »Fast det där kände jag inte till.«

Anders luktade på innehållet. Det var sprit och så långt var allt gott och väl. Men doften som bars av spritångorna var oljig och bitter, med ett stänk av förruttnelse. »Är inte malört giftigt?«

»Jo«, sa Anna-Greta. »Men inte i små mängder.«

Naturligtvis trodde han inte att hans farmor försökte förgifta honom, men han hade aldrig känt en lukt som mer liknade essensen av giftighet än den som steg från glaset i hans hand.

*Malört ...*

En räcka associationer löpte genom hans huvud medan han förde glaset mot munnen.

*Malörtsängen vid stranden ... plastflaskan i boden som fågeln satt på ... och stjärnans namn var Malört ... Tjernobyl ... och floderna ska förgiftas ... malört, vattnets fiende ...*

Det som avgjorde saken var att han kände ett desperat behov av en sup. Han svepte i sig glasets innehåll.

Smaken var ohyggligt besk och tungan drog ihop sig i protest. Det kändes som om alkoholen ångade direkt upp i hjärnan och det svindlade framför hans ögon när han ställde ner det tomma glaset. Tungan var som paralyserad och han sluddrade ur sig: »Gott var det inte.«

Värme rann ut i hans blodådror och nådde ända ut i fingertopparna där den vände och tog ett varv till genom kroppen. Med läppar som fortfarande var krusade av den hemska smaken frågade han: »Kan jag få en till?«

Anna-Greta hällde upp och skruvade sedan på korken och ställde tillbaka flaskan i skåpet. Anders tömde glaset och eftersom gommen redan var bedövad av den första chocken smakade det inte hälften så illa den här gången. När han ställde ifrån sig glaset och smackade fann han till och med aningen av en eftersmak som var ... god.

Han tog stöd mot bordet och reste sig. »Kan jag låna ett par byxor? Jag måste ner till Smäcket och kolla om Elin är där, annars ... vet jag inte vad vi ska göra.«

Simon gick för att kolla i »gömmorna«, det lilla förrådsrum där kläder och pinaler efter forna generationer sparades. Anders blev ensam i köket med Anna-Greta. Han såg längtansfullt på det tomma nubbeglaset men genom att ställa undan flaskan hade Anna-Greta markerat vad det var som gällde.

»Skyddar mot havet«, sa Anders. »Vad innebär det?«

»Vi tar det en annan gång.«

»När då?«

Anna-Greta svarade inte. Anders granskade fotografiet av Elsa. Hon såg arg ut, arg och besviken. Om människorna på de andra fotografierna såg ut som om det var ett hårt arbete att bli fotograferad, såg Elsa ut som om hon tog det som en förolämpning. Hennes ilskna blick nådde honom genom sjuttio år och gjorde honom illa till mods.

»Var hon alltid ensam?« frågade Anders. »Elsa?«

»Nej, hon hade en man som var betydligt äldre. Anton, tror jag att han hette. Han hade problem med hjärtat, så att ... han fick en attack och dog.«

»När han var ute och fiskade?«

»Ja. Hur visste du det?«

»Och det var hon som hittade honom i båten. Några av fiskarna levde fortfarande, men han var död.«

»Det vet jag inte, men det var hon som hittade honom, det är riktigt. Vem har berättat det här?«

»Elin.«

Simon kom in köket med ett par sladdriga byxor som såg ut att härröra från det militära. Han gav dem till Anders tillsammans med en livrem och sa: »Jag vet inte, men det var vad jag hittade.«

Anders tog på sig de alltför stora byxorna och drog åt med bältet i midjan. Det var skönt med de vida benen eftersom de inte smet åt kring såren. Simon stod med armarna i kors och betraktade honom.

»Ska du verkligen gå ut igen? Är det bra det? Ska jag följa med dig?«

Anders drog på munnen. »Jag tror inte att det är mycket du kan göra, och dessutom ...« Anders knyckte med huvudet mot det övre köksskåpet » ... är jag ju skyddad, eller hur?«

»Det vet jag inget om och det tror jag inte Anna-Greta gör heller, egentligen.«

»Det är sant«, sa Anna-Greta. »Det är bara hörsägen.«

»Jag går ner och kollar«, sa Anders. »Jag ringer. Vare sig hon är där eller inte. Så får vi se hur vi gör.«

Han lånade en ficklampa och hystade upp byxorna, gjorde en grimas när det stramade till i såren. På väg mot ytterdörren stannade han och vände sig om. Han hade drabbats av en insikt. Han hade gått med vetskapen rätt länge, men det var först i det ögonblicket den blev självklar och möjlig att utsäga.

»Spöken«, sa han. »Det finns spöken.«

Han nickade åt Simon och Anna-Greta och gick ut i nattmörkret.

Innan han tände ficklampan spejade han över himlen. Var där inte en skiftning av orange i de tunna molnen över Kattudden? Jo, det var det, och han kunde inte bry sig mindre. Ändå vände han om och gick tillbaka in i köket, sa likgiltigt: »Jag tror att det brinner på Kattudden igen.«

Ville Simon och Anna-Greta ta itu med det så fick de göra det. Han orkade inte. Natten hade varit lång och klockan var snart tre. Han ville att Elin skulle ligga och sova i sängen när han kom hem, som om allt som hänt henne hade hänt i sömnen och var möjligt att glömma.

När han närmade sig Smäcket gjorde han en avstickare till verktygsboden och hämtade en yxa. Möjligen var den lika värdelös som påken han hade använt, men den kändes bra att hålla i handen och kanske ett vasst vapen fungerade bättre.

Brandlarmet uppe i byn gick igång i samma ögonblick som han tryckte ner ytterdörrens handtag. Dörren var låst. Han tänkte efter. Nej, han hade inte låst den när han gick ut. Och det var släckt i köksfönstret. Det hade varit tänt när han gick.

»Elin!« ropade han genom den stängda dörren. »Elin, är du där?«

Dörren var gammal och dålig, många vintrars tålmodiga arbete hade fått den att sätta sig i ramen. Han tryckte in yxbladet i den breda springan ovanför låset och bände till. Dörren öppnades med ett knakande och han klev in i hallen, sa försiktigt: »Elin? Elin, det är bara jag.«

Han tog av sig skorna och låste den nu ännu skevare dörren bakom sig. Trots en trötthet som kändes alltför stor för att rymmas i hans magra kropp, kickade rädslan igång adrenalinet igen när han smög fram genom hallen och kramade yxskaftet.

*Inte mer nu*, tänkte han. *Inte mer.*

Ficklampans stråle fick de ordinära köksmöblerna att se ödesdigra ut, skapade skuggor med obehagliga former.

»Elin«, viskade han. »Elin, är du här?«

Köksgolvet knarrade till under hans fötter och han stannade upp, lyssnade. Brandlarmet hördes mindre tydligt inomhus, men la sig över alla småljud som kunde tyda på en annan människas närvaro.

Han fortsatte in i vardagsrummet. En aning värme från roslagsspisen strålade fortfarande ut i rummet och han svepte med lampan omkring sig utan att finna något märkvärdigt utom att sovrumsdörren var stängd. Han slickade sig om läpparna. Tungan var fortfarande stel av malört och smaken tycktes ha trängt så djupt in i gommens kött att den aldrig skulle gå att skölja bort.

När han tryckte ner handtaget var dörren barrikaderad från insidan. Men det var slarvigt gjort, och stolen som hade ställts för ramlade omkull när han tryckte till.

Elin satt i sängen, lutad mot gaveln. Hon hade svept täcket omkring sig så att bara hennes huvud stack upp. Lakanet vid sängens fotända var fläckat av utsmetade blodstrimmor, klimpar av lera.

»Elin?«

Hennes ögon stirrade vettskrämda på honom. Han vågade inte gå in i rummet eller tända lampan eftersom han inte visste hur hon skulle reagera. Han blev medveten om yxan i sin hand och ställde den ifrån sig intill dörren. Han lyste omkring i rummet med ficklampan, lyssnade på brandlarmet. Han såg på Elin och en rysning for genom kroppen.

*Hon är död. Dom har dödat henne och lagt henne här.*

»Elin?« viskade han. »Elin, det är Anders. Hör du mig?«

Hon nickade. En svag, svag nickning. Han gjorde en gest, *vänta lite*, och vände om. Bakom sig hörde han Elin säga: »Lämna mig inte.«

»Jag ska bara ringa. Jag kommer.«

Han gick ut i köket, tände lyset och slog Anna-Gretas nummer, berättade att Elin hade kommit tillbaka och att de fick ta itu med allting när de hade sovit ett par timmar. När Anna-Greta hade lagt på stod Anders kvar med luren i handen och stirrade på den smutsiga kassetten på bordet.

*Musiken som spelas, kan man säga såhär ... att det är en ... oss emellan sagt ... en glad musik?*

Han ville ringa någonstans för att få hjälp. Han ville ringa till Kalle Sändare. Sitta vid köksbordet med luren mot örat och lyssna på Kalles milda göteborgska som balsam för själen, prata om små saker och skratta ibland.

*Hur kan det vara så i världen? Att det som hänt i natt finns samtidigt som Kalle Sändare finns?*

Han la tillbaka luren och det sved till i bröstet på ett sällsynt sätt. Det var inte Kalle Sändare han längtade efter, det var sin pappa. Kalle var bara ett enklare och mer hanterbart substitut. Eftersom de hade haft så många roliga stunder tillsammans med Kalle, hade Kalle kommit att betyda pappa, men utan de jobbiga associationerna.

Det var egentligen sin pappa han ville prata med. Saknaden som han hade undvikit att erkänna krälade upp igenom bröstkorgen, sträckte sina långa klor efter hans hjärta. Han tryckte tillbaka den och gick in i sovrummet.

Elin satt som han lämnat henne. Försiktigt satte han sig intill henne på sängkanten. »Ska jag tända lyset?«

Elin skakade på huvudet. Ljuset som läckte in från köket var tillräckligt för att han skulle se hennes ansikte. I den svaga belysningen var det ännu mer likt Elsas. Elin hade haft en tydligt utskjutande haka. Den var borta nu, flöt ihop med halsen som den gjorde på Elsa.

*Hur har dom lyckats? Dom måste ha ... krossat benen.*

Hans blick for till blod- och lerspåren vid sängens fotände. »Vi måste ... plåstra om dig.«

Elin drog täcket hårdare omkring sig. »Nej. Jag vill inte.«

Anders orkade inte insistera. Det var som om han hade en ankarkätting kring halsen. Huvudet ville hela tiden sjunka ner och det enda han önskade var att få gå och lägga sig. Emellanåt blixtrade vita spår till inuti hans ögon och han visste inte om det bara var trötthet eller om malörten verkligen hade förgiftat hans slutkörda kropp.

»Det är nåt fel med mig«, viskade Elin. »Jag är sinnessjuk, jag borde ta livet av mig.«

Anders satt lutad mot sina knän och glodde på garderoben. Han visste inte vad som var bäst: att berätta eller inte berätta. Slutligen tog han sin tillflykt till en enkel sentens: *Det är bättre att veta.* Han hade hört det i samband med sjukdomar och visste inte om det var tillämpligt, men orkade inte reda ut det.

»Elin«, sa han. »Det är nån som tvingar dig till allt det här. Operationerna. Det du gör på nätterna. Dina drömmar. Dom är inte dina.«

I tystnaden som följde noterade Anders att brandlarmet hade upphört, han visste inte för hur länge sedan. Elins andning hördes. Ljudet av hans eget förgiftade blod i öronen.

»Vems är det då?« frågade hon.

»Nån annans. En annan kvinna. Som är inuti dig.«

»Hur då?«

»Det vet jag inte. Men det är hon som bodde på Kattudden innan ert hus byggdes. Hon vill hämnas, och hon använder dig.« Anders tvekade, och la sedan till: »Hon såg ut precis som du gör nu. Det är hon som har fått dig att ... operera fram henne.«

Om Anders hade orkat förvånas så skulle han ha förvånats över det som nu hände. Elin andades ut, en lång, djup suck och hennes kropp sjönk ihop, slappnade av. Hon nickade sakta och sa: »Jag visste det. Egentligen.«

Anders lutade huvudet i händerna och slöt ögonen. De vita blixtarna flammade till och försvann.

*Det är bättre att veta. Det är bättre ...*

Sedan måste han ha somnat till några sekunder eftersom han vaknade först när han var på väg att falla åt sidan. Elin sa tyst: »Gå och lägg dig.«

Anders reste sig, gick ett steg och föll ner på Majas säng. Han vilade huvudet på kudden och krafsade efter täcket, lyckades få det över sig. På väg ner i sömnen hörde han Elin säga: »Tack. För att du kom efter mig. För att du hjälpte mig.«

Han särade på läpparna för att svara något, men innan orden hade hunnit ut, sov han igen.

Ett barn skrek. En enda lång, klagande ton.

Skrik är fel ord, klagande är fel ord. Barn är fel ord. Det var det monotona ljud av ren skräck som en mänsklig varelse kan ge ifrån sig när den sitter fångad i ett hörn och det den är allra mest rädd för obevekligt närmar sig. Tungan används inte, läpparna används inte, det är bara luft som pressas ur lungorna och får resonans genom en hopsnörd hals. En enda ton, urtonen som skälver genom bröstbenet när döden kommer.

Anders vaknade och såg allt genom dimma. Rummet var fortfarande mörkt och ljudet kom från den stora sängen. Det var så otäckt att han själv blev rädd. Han kröp ihop inuti sig själv, drog täcket hårdare omkring sig. Tonen fortsatte att strömma ut ur Elin. Något gjorde henne vettskrämd.

Steg hördes på farstubron och sedan bultade det på dörren. Tre hårda, skarpa slag. Elins utdragna skrik höjdes en aning och trängde in i Anders kropp som en vibration, fortplantades i honom och fick honom att börja skaka.

Något förnuftigt i honom stirrade på yxan som stod intill dörrposten, sa åt honom att han skulle rusa upp och ta den, men den blinda skräcken band hans kropp vid sängen.

*GB-gubben. Det är GB-gubben som kommer.*

Ytterdörren bröts upp och Anders drog täcket över huvudet. Tänderna hackade och han drog in fötterna, inte minsta del av honom fick sticka utanför täcket.

*Yxan! Ta yxan!*

Tunga steg gick genom hallen men han förmådde inte röra sig. Genom en glipa i täcket tittade han på yxan och viljan sträckte sig efter den, men kroppen vägrade. Elins sång av fasa steg ytterligare en grad och det blev varmt över Anders skinkor när han bajsade på sig.

Steg genom vardagsrummet och sedan Henriks röst: »Hallååå? Är det nån hemma?«

*Gör nåt! Gör nåt!*

Han blundade och höll för öronen. Det blev tyst. Även stegen avstannade. Det stank av avföring under täcket. Trots att han inte ville det, öppnade han ögonen igen och kikade ut genom springan i täcket.

Henrik och Björn stod inne i rummet. Henrik hade sin kniv i handen, Björn bar en hink, en vit plasthink fylld med vatten.

*Jag drömmer. Det här är inte på riktigt. Om det var på riktigt skulle jag göra nåt.*

Som ett barn nöp sig Anders hårt i armen för att vakna, men Henrik och Björn stod kvar. De var vända mot den stora sängen där Elins ton av ångest fortsatte att strömma ut i rummet.

Anders låg kvar medan de släpade upp Elin ur sängen och sa: »Ledsen gumman, det här går inte längre. Vackra flickor skapar gravar.«

Han bet sig i knogarna när de drog ut henne på golvet och tvingade ner hennes huvud i plasthinken. Björn höll fast hennes ben medan Henrik höll hennes nacke i ett järngrepp och tvingade hennes huvud längre ner i hinken så att vattnet forsade ut över sidorna. Det ryckte i hennes ben, men Björn höll fast hennes vrister, pressade dem mot golvet.

Ett kvävt skrik hördes ifrån hinken och bubblor steg upp, fick vattnet att skvätta över golvet. Sedan kröktes Elins kropp i en båge varpå den slappnade av och låg stilla. Henrik virade hennes hår runt handen och drog upp huvudet ur hinken. Han tittade på hennes ansikte och sa beklagande: »Femton minuter med dig. Jag skulle inte sagt nej«, varpå han släppte. Elins ansikte mötte golvet med ett vått krasande.

Som på en given signal vände de sig mot den lilla sängen. Anders kurade ihop sig hårdare och gnagde bort skinn från knogarna. »Snälla«, gnydde han. »Snälla. Gör mig inte illa. Jag är så liten.«

Henrik gick fram till honom och rev bort täcket. »I natt kommer att bli din allra sista natt.« Han höjde på ögonbrynen som om han var nöjd med sig själv och knäppte med fingrarna. »Suffer little children. Det är ju perfekt, eller hur?«

Han grep tag i Anders axel, men drog tillbaka handen som om han hade fått en stöt. En grimas av avsmak förvred hans ansikte.

»Vad är det?« frågade Björn. »Han har skitit på sig, va?«

Henrik betraktade Anders där han låg med det enda vapen han hade kvar: sina bedjande ögon. Henrik såg in i dem som om han sökte efter något. Björn kom fram till sängen och ställde ner hinken. Det fanns något i den, något som fick det lilla vatten som fanns kvar att röra sig. Något som inte gick att se.

Björn såg på Henrik och sa: »Är han gömd?«

Henrik nickade och hukade sig ner vid sängen. Anders andades ut i en darrande flämtning och Henrik såg ut som om han skulle kräkas när utandningsluften träffade hans ansikte. Utan att tala till Anders, sa han: »Hur fick du reda på det, då?«

»Vad ska vi göra?« frågade Björn.

»Inget att göra«, sa Henrik. »Just nu.«

Han kastade en blick ner i hinken och tycktes nöjd med vad han såg.

Det virvlade runt där nere, plaskade till. Henrik reste sig och tornade upp sig över Anders. Han lutade sig ner och viskade i Anders öra: »Du får inte heller vara här, lilla Maja. Vi tar dig också, så småningom.«

Björn tog hinken och de lämnade rummet. Anders hörde deras steg genom vardagsrummet och hallen. Sedan slog ytterdörren igen. Han låg kvar orörlig och stirrade på Elins livlösa kropp på golvet, slingorna av hennes blöta hår som spreds ut från hennes huvud som svarta solstrålar.

Att han varit rädd för GB-gubben och rabblat Alfonsramsor, att han hade börjat bygga med pärlor och att allt han ville var att ligga i hennes säng och läsa *Bamse*. Jag är så liten.

Äntligen förstod han vad det betydde:

*Bär mej.*

# 2

# Besatt

Så länge skutan kan gå
Så länge hjärtat kan slå
Så länge solen den glittrar
På böljorna blå.
*Evert Taube – Så länge skutan kan gå*

# Kroppar i vatten

Akta dig för havet, akta dig för havet
Havet är så stort, havet är så stort ...

## Omhändertagande

Gryningen kom smygande bakom de östra öarna och en glimt av solskivan syntes mellan de vindpinade tallarna på Botskär. Anders stod längst ut på Simons brygga och kisade mot det annalkande ljuset. Trots täckjacka och halsduk frös han och kunde inte få kroppen att sluta skaka. Han ryckte till när Simon släppte ner en kätting i båten bakom hans rygg. Han försökte hitta en punkt av värme inuti, försökte hitta Maja. Ingenting fanns där och han kände sig som ett ömsat skinn av en människa. Han vände sig om.

Kättingen låg i en hög i fören på Simons plastbåt. I aktern låg Elin. Han kom inte ihåg varför de hade beslutat att svepa in henne i två svarta plastsäckar och vira packtejp omkring. Han önskade att de inte hade gjort det, skulle ha föredragit hennes tomt stirrande ögon framför det människoformade byltet på durken. Det såg ohyggligt ut och han ville inte komma i närheten av det. »Ska vi verkligen göra så här?«

»Ja«, sa Simon. »Jag tror det är enda möjligheten.«

Med halvtorkad avföring smetande över benen hade Anders krupit till telefonen och ringt Simon. Simon hade kommit, lagt en kökshandduk över Elins ansikte och hjälpt Anders att tvätta sig. Sedan hade de suttit mitt emot varandra vid köksbordet och stirrat ut genom fönstret tills ett ensamt rosa moln drev över himlen som en startflagga för den nya dagen.

Det fanns två alternativ.

Ingen människa skulle tro på att två döda tonåringar hade kommit och dränkt Elin i en hink. Ingen visste å andra sidan heller något annat än att Elin hade varit försvunnen sedan branden.

Det ena alternativet var alltså att hitta på en annan historia, en historia som skulle nagelfaras under förhör eftersom detta gällde mord. Skulle Anders klara av att hålla fast vid en uppdiktad historia när polisen ansatte honom? Troligen inte.

Återstod det andra alternativet. Att göra sig av med Elin och låtsas som om det aldrig hade hänt.

Efter att Simon hade resonerat en stund fram och tillbaka, mest med sig själv, enades de om att det var det bästa av två onda.

Anders tog ficklampan och gick ut i boden för att hämta ett par plastsäckar. Inne i boden blev han stående och knäna sviktade. Han hade ett bowlingklot inne i bröstet. En svart, blank sfär av skuld. Han hade inte gjort någonting när de mördade Elin, bara legat i sängen och tittat på.

»Det är inte mitt fel«, viskade han.

*Säg det en gång, två gånger, tusen gånger. Till slut kanske du tror på det.*

Han hade svårt att andas eftersom klotet låg i vägen och pressade mot lungorna. Stelt svepte han med ficklampan över bodens väggar och fick syn på plastflaskan.

*Malört ...*

Han skruvade av korken, lyfte flaskan till munnen och tog två klunkar. Om det fanns en tanke så var det att *bränna bort*. Vad som skulle brännas bort visste han inte. Kanske klotet, kanske han själv. Vätskan rann ner genom strupen och han väntade på eld, men elden kom inte.

Denna malört var inte upplöst i sprit utan i något annat och det som rann ner i Anders mage hade en tjock, slipprig konsistens. Som olja. Först när han hade svalt ner båda klunkarna kom smaken. Den exploderade inte i gommen som den hade gjort hos Anna-Greta, utan smög sig på och kramade till om tungan, gommen, strupen, bröstet.

Anders sjönk ner på huk när överdelen av hans kropp vrängdes runt sig själv. Han tappade känseln i fingrarna och andningen upphörde.

*Kramp. Kramp i lungorna. Jag kommer att dö.*

Förgiftning. Inte den chockartade effekten av ett toxin som beordrar kroppen att omedelbart spotta det ifrån sig, utan den försåtliga verkningen av något som glider in och slår rot, sprider sig ut i blodomloppet och dödar.

Anders pressade händerna mot tinningarna och hjärnan sprakade av elektriska urladdningar. Han drog djupt efter andan och upptäckte att han kunde det. Lungorna var inte förlamade, det var han själv som hade hållit andan. Inandningsluften satte liv i smaklökarna och han var malört. Det smakade så illa att det inte var en smak utan ett tillstånd. Han tog stöd mot bänken och drog sig upp på fötter.

*Jag är malört.*

Klotet i bröstet var borta. Det hade kapslats in i den vedervärdiga smaken, krympt ihop och försvunnit. Han blinkade och blinkade igen, försökte fokusera blicken. Den fastnade på en repstump vars ände hade trådat upp sig. Han lyste med lampan på den och såg varenda fiber. Antalet trådar var femtiosju.

*Femtiosju. Så gammal som pappa var när han dog. Så många skruvar och pluggar som fanns i skåpet från IKEA som jag och Cecilia köpte till sovrummet. Så många centimeter som Maja var när hon var två månader. Så lång ...*

Konturerna på allt som ficklampans öga såg var suddiga och samtidigt alltför tydliga. Han såg inte sakerna, han såg vad de *var*. Han sträckte ut handen mot rullen med plastsäckar och det fanns åtta stycken kvar på rullen och tillsammans skulle de rymma ett tusen sexhundra liter.

*Ett tusen sexhundra liter föremål. Löv, kvistar, leksaker, färgburkar, verktyg, grammofoner, glasögon, kottar, mikrovågsugnar. Ett tusen sexhundra liter föremål ...*

När han grep om rullen hittade han en stilla punkt inuti huvudet, en sten i strömmen där han kunde stå och tänka klart medan allt rann förbi och igenom honom.

*Ta säckarna. Gå till huset.*

Han gjorde så. Medan världen fortsatte att lossna, lösas upp och flöda igenom honom stod han på stenen och såg sina händer hjälpa Simon att klä Elins kropp i plast för den sista resan. Sedan mattades förnimmelsen och han började frysa.

Anders kurade ihop sig i fören, så långt ifrån plastbyltet som möjligt. Simon tvingades sitta med fötterna inkilade under Elins lår för att få plats i förarsätet.

*Att han klarar det här.*

Simons läppar var sammanknipna och pannan rynkad som om han hela tiden koncentrerade sig. Men han gjorde det. Anders insåg att han borde vara tacksam, men han kunde inte rymma några sådana känslor. Världen hade trådats upp som repet i boden.

Simon drog igång motorn och de körde bort från Domarö, rundade Norrudden och satte kurs mot fjärden mellan Kattholmen och Ledinge. Det blåste svagt och Anders fäste blicken på horisonten medan den uppåtgående solen värmde hans kind.

Ett tiotal meter framför fören lyfte en mås från vattenytan och svepte bort med ett skri. Anders följde den med blicken, såg den korsa solskivan och försvinna i riktning mot Gåvasten.

*Pappa …*

Hur många tidiga morgnar hade Anders legat i fören på pappas båt medan solen steg, på väg mot läggplatsen för att hämta upp skötarna? Fyrtio? Femtio?

*Pappa …*

Han hade inte tänkt på sin far ordentligt på länge. Med den flyende måsen och den stigande solen kom allting tillbaka. Även den där gången.

*Den där gången …*

## Strömmingsfiske

Sommaren då Anders var tolv sparade han pengar till en radiostyrd båt. Han hade sett den på en hylla i leksaksaffären i Norrtälje och blivit förförd av den tjusiga målningen på kartongen. Det vita skrovet som forsade fram över vattnet, de blå fartränderna längs sidan. Trehundrafemtio kronor kostade den, och han skulle ha den innan sommaren var över.

Det var inte omöjligt. Han och pappa la skötar två gånger i veckan och Anders sålde sedan fisken utanför affären. Sex kronor kilot och han fick hälften. Båten motsvarade alltså etthundrasjutton kilo strömming, hade han räknat ut. Och då blev det en krona över.

Nu var han inte någon Joakim von Anka som sparade varenda krona han tjänade, men etthundranittio kronor hade han lyckats få ihop. Varje skötlägg brukade ge trettio till fyrtio kilo, men eftersom det gick mot slutet av juni och strömmingen började dra sig utåt blev det mindre för varje gång. Fortfarande saknades det drygt femtio kilo försåld fisk och det skulle knappast bli mer än två lägg till.

Så det var det första Anders tänkte på när han vaknade den där morgonen: *Femtio kilo.*

Han tog sig ur sängen och rotade fram fiskekläderna ur understa byrålådan. Bara lukten skulle ha gett mamma spader. Både jeansen och tröjan var översållade med gamla fjäll och stelnad rom och hade ungefär samma doft som torkade fiskbitar som man ger till hundar.

Sist satte han på sig kepsen. En reklamkeps från Nåtens varv där pappa jobbade och som även den var så full med fjäll och hårdnad strömmingsgegga att en hund troligen skulle ha kunnat äta den som den var.

Anders tyckte om sin mundering. När han drog den på sig var han inte längre Anders vem som helst utan Anders, fiskarpojken. Det var inget han kunde dela med sina kompisar från stan, han såg till att byta kläder innan han satte sig utanför affären. Men på morgonen när de fortfarande sov så var han bara sin pappas pojke, fiskarpojken, och han tyckte om det.

Det var en fin morgon. Anders och pappa satt mittemot varandra vid köksbordet med choklad respektive kaffe och såg ut mot fjärden som låg kav lugn. Solens första strålar kastades tillbaka från reflektorn på Gåvastens fyr. Några enstaka tunna moln flöt över himlen som svandun på en vattenpuss.

De åt varsin limpsmörgås och drack ur. Sedan tog de på flytvästar och gick ner till båten. Pappa vevade igång tändkulemotorn och den startade på första rycket. I början av sommaren hade Anders bett att få försöka och blivit skrämd av rekylen i veven när motorn inte tände. Han överlät startandet åt pappa.

*Fint väder. Motorn startade direkt. Goda tecken. Femtio kilo.*

Han visste att de inte skulle få femtio kilo *idag*, det hade han bara varit med om en gång, förra sommaren, och då hade det varit i början av juni. Men trettio. Ja, trettio. Från och med nu skulle han spara varenda krona.

De rundade Norrudden och kom ut i solgatan på Ledingefjärden där en bris fläktade från öster. Den lågt stående solen hade just tagit sig loss från grantopparna på Ryssholmen och jublade befriad ut sitt ljus över det svagt krusade havet. Anders satt vid relingen och släpade med fingrarna i vattnet. Det var redan badtemperatur, pendlade mellan sjutton och nitton grader beroende på vinden.

Anders gick fram i fören och la sig raklång på det solvarma träet, spanade ut mot läggplatsen i gattet mellan Ledinge och Ledingeskäret. När han kisade tyckte han sig kunna urskilja flaggan som markerade skötens läge.

Motorns mjuka knattrande gjorde honom sömnig, så han gned sig i ögonen och tänkte på den radiostyrda båten. Hur långt kunde den köra innan den förlorade kontakten med fjärrkontrollen? Femtio meter? Hundra? Hur fort gick den? *Förmodligen fortare än pappas båt i alla fall*, tänkte han medan de gled mot gattet.

Anders var fortfarande förlorad i racerfantasier när pappa ströp motorn. Knattrandet övergick i ett knackande med längre och längre intervaller mellan stötarna. Flaggan närmade sig. Anders satte sig i rörelse i samma ögonblick som pappa ropade: »Hörru, kapten!« och la motorn i friläge.

Anders hoppade ner och kubbade mot rodret medan pappa rörde sig mot fören. Deras vägar korsades på var sida om motorn. De hade gjort det här förr. Pappa log och sa: »Långsamt och försiktigt, nu.« Anders gjorde en min av *Har jag gjort det här förr, eller?* och satte sig vid rodret.

Pappa fick tag i flaggan, halade in den och grep tag i repet. Anders duttade svagt bakåt på backslaget, slog back i maskin tills båten låg helt stilla. När pappa började hala in duttade han framåt så att båten följde skötens sträckning. Det här var den stund han tyckte mest om under deras morgonturer. När det var han som styrde. Han kunde rusa motorn, slå full back och vända rodret om han så önskade, men gjorde han det?

Nej, nej.

Långsamt och försiktigt anpassade han styrningen och farten så att det skulle bli så enkelt som möjligt för pappa att dra upp sköten. Anders kunde det. Han var kaptenen.

Han lutade sig över relingen och såg ner i det mörka vattnet. Oftast brukade det gå att skymta tillräckligt av silverblänk på väg mot ytan för att kunna bedöma hur stor fångsten skulle bli. Anders tittade och rynkade pannan.

*Vad är det där? Kan det vara ...*

Det som rörde sig uppåt var inte det spridda, metalliska skimret av si eller så många strömmingar, nej, det såg mera ut som om de denna morgon hade fått en enda, gigantisk strömming i sköten, en kompakt massa som drogs mot båten.

Pappa hade slutat att dra sköten och stod nu stilla i fören och stirrade ner i vattnet. Anders spejade nedåt och nu kunde han se att den till synes solida kroppen i själva verket bestod av enstaka strömmingar. Det var en rekordfångst bortom all förväntan. Hans hjärta började slå fortare.

*Det är femtio kilo, minst. Kanske mer. Går det att sälja så mycket?*

Han väntade på att fångsten skulle komma närmare ytan så att han kunde se bättre, men ingenting hände. Pappa stod fortfarande i fören med repet löst hängande i händerna.

»Vad är det?« frågade Anders. »Det är ju jättemycket!«

Pappa vände sig emot honom med ett ansiktsuttryck som Anders inte förstod. Han såg ... skrämd ut. Skrämd och bekymrad. Anders skakade på huvudet.

»Ska du inte dra upp, då?«

»Jag tror att ... vi kanske inte ska det.«

»Varför det? Det är ju rekord! Det är massor!«

Pappa släppte repet med ena handen och pekade mot ytan. »Känn på vattnet.«

Anders gjorde som han sa och doppade handen i vattnet. Han drog den till sig med ett ryck. Vattnet var iskallt. Han blinkade och förde försiktigt ner handen igen. Det nöp i fingertopparna och vattnet var så kallt att det var på gränsen till att frysa.

*Hur kan det vara så?*

Han tittade frågande på pappa som stod och stirrade ner i vattnet som om han letade efter någonting. Anders såg sig omkring. Ingenting tydde på att det plötsligt höll på att bli vinter. Den enda förklaringen var en osedvanligt kall och stark ström. Eller?

»Varför är det så här?«

Pappa suckade djupt. Repet började glida ur hans händer.

»Pappa!«

Repet stannade. »Ja?«

»Vi måste ju dra upp det här, eller hur?«

Pappa vred huvudet mot solgatan och sa lågt: »Varför det?«

Frågan gjorde Anders förvirrad och en smula rädd. Han rabblade ur sig: »För att ... för att det är så mycket och du vet den där båten jag sparar till, det här är ju ... och ... och det blir väl inte bättre för att vi lämnar det?«

Nu vände sig pappa mot Anders igen, nickade sakta och sa: »Nej, det blir väl inte det. Det är nog riktigt.«

Han började hala in igen och hans käkmuskler arbetade som om han tuggade på något som aldrig skulle gå att svälja. Anders visste inte vad som hade hänt, vad han hade sagt, men han var lättad att det hade tagit skruv. Fångsten skulle bärgas.

Bortsett från problemet som Anders inte förstod var det svårt nog för pappa att orka dra upp en sådan jättefångst. Anders förde båten så följsamt det gick, men sköten som pappa drog upp i fören var inte ett nät med enstaka fiskar i, utan snarare en tjock kabel av silver inkapslad i nätmaskor.

När hela sköten var i båten och ankaret hade dragits upp, gick pappa utan ett ord fram till motorn och la händerna på topplockspackningen.

»Vad gör du?« frågade Anders. Om pappans beteende under den senare delen av turen hade varit underligt så var det här ännu en ny sak.

Pappa log blekt. »Värmer händerna.«

Anders nickade. Naturligtvis. Det var i alla fall begripligt. Vattnet var kallt – händerna blev kalla. Han lämnade rodret och gick för att beskåda fångsten. Han var ingen expert, men nog var det här en bra bit över femtio kilo? Sjuttio? Åttio? När han tittade på den massiva högen av fisk insnärjd i garn, la han märke till ytterligare en ovanlighet.

Strömmingen var inte tålig som abborren eller flundran som kunde leva långt efter att den hade blivit dragen ur havet, men det brukade ändå röra sig och sprattla i nätet en bra stund efter att de satt kurs hemåt. Så icke nu.

Strömmingen låg blick stilla och inte ett knyck syntes. Anders hukade sig ner och kände på en strömming som hade ramlat ur sköten. Den lilla kroppen var stel, på gränsen till fryst, och ögonen mjölkvita. Han höll fram den mot pappa som fortfarande stod med händerna på motorblocket. »Varför blir det så här?«

»Jag vet inte.«

»Men ... vad är det som hänt, liksom?«

»Jag vet inte.«

»Men hur kan strömmingen bara –«

»Jag vet inte, säger jag!«

Det var sällsynt att pappa höjde rösten. När han nu gjorde det gick en het stöt genom Anders som fick hans kinder att blossa och han stängde munnen runt frågorna. Han visste inte vad han hade sagt för fel, men något var det och han skämdes. För att han hade förstört den fina stämningen utan att veta hur.

Strömmingen hade mjuknat i värmen från hans hand. Han släppte den på durken och kröp upp i fören, kisade mot solen och kände sig tung i magen. Det var inget roligt med den stora fångsten längre. För hans del kunde de slänga hela skiten i havet igen.

Han vilade kinden mot träet och låg stilla.

*Konstigt ...*

Han låg stilla en stund och lyssnade. Sedan lyfte han huvudet och svepte med blicken över Ledingefjärden.

Att han inte hade tänkt på det förrän nu. Det fanns inte en mås på hela fjärden. Normalt skulle det vara ett skrikande och ett käbbel om de fiskar som hade fallit ur nätet under uppdragningen, flaxande vingar eller vita, guppande kroppar som väntade på att Anders skulle slänga till dem slamsor eller strömmingar som var för små för att sälja.

Men nu: Inte ett ljud. Inte en fågel.

Anders låg fortfarande och begrundade detta när han kände pappas hand på sin fot.

»Du, jag är ledsen att jag ... röt till så där. Det var inte meningen.«

»Okej.«

Anders låg kvar på mage och väntade på att det skulle komma något mer. När det inte gjorde det, sa han: »Pappa?«

»Ja?«

»Varför är det inga måsar?«

En liten paus, sedan suckade pappa och sa utan vrede: »Ska du börja nu igen?«

»Nä. Men det är konstigt, eller hur?«

»Jo.«

Pappa klappade Anders vad och gick sedan och startade motorn. När de hade kört några minuter på hemväg, satte sig Anders upp och spejade ut över havet. Inte en enda vitfågel fanns inom synhåll. Inga andra fåglar heller. Havet låg öde. Den enda rörelse som fanns var bogsvallet kring båten, det enda ljudet motorns jämna knatter.

Under vägen hem låg Anders och fantiserade om att han och pappa var de enda överlevande efter en katastrof som hade utplånat allt liv på jorden. Hur skulle deras tillvaro se ut från och med nu?

Andra varelser hade tydligen överlevt katastrofen eftersom Simons katt Dante stod och väntade på bryggan. Anders tog aktertampen och hoppade upp intill den yttersta pollaren. Medan katten snodde kring hans ben gjorde han omsorgsfullt det halvslag som han hade lärt sig förra sommaren.

När båten var förtöjd strök han Dante över huvudet och klev ner i fören, kastade upp ett par strömmingar på bryggan. Han var nyfiken på hur katten skulle reagera. Till en början märktes ingen skillnad mot annars. Kanske för att Dantes värdighet så krävde låtsades han alltid att det var han själv som fångade bytet. Han kurade ihop sig, smög fram mot de livlösa fiskarna som om yttersta vaksamhet var av nöden för att inte födan skulle undkomma.

Sedan tog han ett språng och satte ner båda tassarna på den ena strömmingen, höll den fast med utspärrade klor. När han var helt säker på att fisken inte skulle rymma, högg han in. Det som hände såg så komiskt ut att Anders skrattade till.

Dante hejdade sig med tänderna på väg ner i strömmingen, sedan lyfte han huvudet och fnyste två gånger. Han tittade på Anders som för att fråga: *Vad är det här för skämt?* och petade med tassen på strömmingen, rullade runt den ett par varv på bryggan.

Pappa satt nedhukad och följde även han kattens rörelser med spänt intresse. När Dante ansåg att det var färdigrullat högg han åter in på strömmingen och den här gången knastrade det av ben som knäcktes. Katten tuggade i sig strömmingen på en minut, tog sedan den andra i munnen och lämnade bryggan med svansen pekande rakt upp.

Pappa reste sig och gned händerna mot varandra. »Då sätter vi väl igång, då.« Innan Anders hade hunnit gå mot land för att hämta grejerna, kastade pappa en blick ner i båten och la till: »Det var en riktig fångst det här, du.«

*Har du märkt det nu?* tänkte Anders, men sa bara: »Hur mycket är det, tror du?«

Pappa trutade med munnen. »Nittio kilo ungefär. Nu har vi att göra en stund.«

*Nittio ... tvåhundrasjuttio kronor. Men det går inte att sälja så mycket. Om man sänker priset ...*

Anders gick iland och hämtade sköljhåven och lådorna. Under tiden placerade pappa ut bommen, hissade upp sköten och började ruska. Strömmingarna flög ur sköten ner i båten. Några enstaka for i vattnet, men fortfarande fanns det inte en enda mås där för att fiska upp dem. Däremot hade ett par kråkor landat vid bryggans fot. De stod och trampade, osäkra på hur de skulle bete sig när de inte behövde konkurrera med måsarna och trutarna.

Anders tog sköljhåven, hoppade ner i båten och kastade till kråkorna ett par strömmingar. De slök dem hela, kraxade upphetsat och efter ett par minuter hade ytterligare tre kråkor anslutit.

Strömmingarna yrde kring Anders huvud och han hade fullt sjå att hinna ösa ner dem i håven, skölja i havet och hälla över i lådorna. Det var svårare än vanligt eftersom strömmingen fortfarande var stel och ville glida ur hans händer. När han efter en fylld låda tittade upp från sitt arbete såg han att ett par måsar låg och flöt utanför bryggan.

När han åter böjde sig över sitt arbete hörde han ett flaxande och ett plask intill båten. Måsarna hade börjat förse sig av fisken som sjunkit till botten och allt var som vanligt.

Det tog pappa en dryg timme att skaka ur all fisk och den sista stunden hjälptes de åt att skölja och hälla i lådor. När det var färdigt satte de sig på varsin pollare och beskådade traven av fem fyllda tjugokiloslådor på bryggan.

Anders tog av sig kepsen och rev sig i sin svettiga hårbotten. »Går det att sälja så här mycket?«

Pappa gjorde en grimas. »Betvivlar det. Jag får ta med mig en låda till jobbet och så ... får vi väl röka det som blir över.«

Anders nickade bistert och fröjdades inombords. Om det kunde vara trögt att sälja strömming, gick böcklingen åt i ett nafs när pappa vid sällsynta tillfällen tog sig för att elda igång röken. Badisarna var som galna i böcklingen och pappas analys var att de höll den för *pittoresk*.

Anders tog skottkärran och gick ner till ångbåtsbryggan för att hämta is i förrådet som sköttes av byalaget sedan yrkesfisket upphört. När han återvände hade pappa burit iland lådorna och hängt sköten på tork. De laddade lådorna med is och la en tjock presenning över alltihop.

Anders gick ner till strandkanten och gned händerna med sand för att få bort fjällen, satt sedan på huk på klippan en stund och värmde ansiktet i solen som nu hade stigit långt över tallarna på Norrudden.

När de kom hem till Smäcket igen, la sig Anders i sin säng för att sova ett par timmar till. Det var hans skönaste stund under fiskedagarna. När han låg i det brandgula ljuset som pressade mot rullgardinen medan händerna tinade upp under täcket och småsömnigt lyssnade på måsarnas skri från havet. Om han inte somnade omedelbart låg han kvar i den stunden, njöt av ett väl utfört arbete och pillade bort enstaka torkade fjäll från händerna. Sedan somnade han medan sommardagen vaknade till liv omkring honom.

## Tyngd

*Vi är ju inte framme än ...*

Anders hade varit så långt borta i minnena att han inte förstod varför motorn ströps, varför båten saktade in när de bara var halvvägs till gattet. Sköten låg ju inte här, mitt ute på fjärden.

Sedan märkte han att förtoften han låg på var gjord av glasfiber och att han var så stor att han egentligen inte fick plats. Han var en vuxen människa, pappa var död och allt som sedan hade hänt den där dagen hade inget att göra med den nuvarande uppgiften.

*Fast det har det. Allt har med allt att göra här. Det är bara jag som inte ser.*

Motorn dog och det blev tyst. Simon satt på aktertoften och såg sig omkring. Inte en båt fanns i sikte, inga ögon som kunde spionera. Anders steg tillbaka till nuet fast han önskade att han hade kunnat stanna i det förflutna. De svarta säckarna vid Simons fötter var verkliga och manade till en handling han aldrig hade trott sig kapabel till.

*Allt är mitt fel. Jag måste ... bidra.*

Han samlade ihop kedjan och släpade den akterut, lät den ringla ner ovanpå det svarta byltet. Simon log sorgset. »Vet du vad det är för kedja?«

»Är det den du hade när du ...?«

»Mmm. Den har varit i havet förr.« Simon nickade för sig själv och inget sades på en stund. Simon strök över plasten vid Elins huvud.

»Hon är död. Inget vi gör spelar nån roll. För henne. Hon drunknade. Hon blev dränkt. Och nu ska hon i havet. Det är inte konstigt. Det är inte fel. Vi måste bara utföra det. Eftersom vi ska fortsätta leva.« Simon såg Anders i ögonen. »Eller hur?«

Anders nickade mekaniskt. Problemet låg ju inte där. Problemet var att börja befatta sig med den döda kroppen, att känna muskler och ben genom den svarta plasten och inte säkert kunna veta ... att hon var död på riktigt.

»Varför har vi plasten?« frågade Anders.

»Jag vet inte«, sa Simon. »Jag tänkte ... att det skulle bli lättare.«

»Det är det inte.«

»Nej.«

Anders förstod tanken, att de skulle dölja för sig själva vad de höll på med. Ändå var det en lättnad när de drog bort säckarna och hade Elins lik vid sina fötter. Hennes hud hade förlorat all lyster och färgen hade runnit ur hennes vidöppna ögon. Det var hemskt att se och ändå bättre.

När Simon lutade sig ner och tog tag i kedjan fick han syn på ärren över hennes kropp och ansikte som lyste vita i morgonljuset. »Vad är det här? Ärren?«

»Jag kan berätta«, sa Anders. »Men inte nu.«

De hjälptes åt att lyfta och surra, dra åt och fästa kedjan med ett par spärrhakar. Hur hårt de än spände kom inget gensvar från Elins hud, ingen rodnad eller svullnad. Hennes ögon stirrade mot himlen utan att blinka och Simon fastnade i hennes tomma blick.

»Vem var hon?« frågade han.

Det var frågan som behövde ställas, den sista frågan. Tyvärr visste Anders inte svaret.

»Jag vet inte«, sa han. »Jag tror att hon var nån som ... sökte bekräftelse. Att hon på en massa ... krokiga vägar försökte få hela världen att tycka att hon var underbar. Men ...«

Minnet av Elins leende när Henrik och Björn förnedrades vid sjöboden blixtrade till och Anders sänkte huvudet.

»Då minns vi nån som ville vara underbar«, sa Simon och grep tag i kedjorna över hennes lår och mage.

De baxade Elin över relingen. Hennes ben veks över kanten och hon hängde kvar några sekunder med huvudet och överkroppen nere i vattnet. Sedan lyfte Simon varsamt hennes fötter. Kroppen kom fri och gled ner i vattnet med svagt plask.

Anders lutade sig över relingen och såg henne sjunka. Några luftbubblor lossnade ur hennes mun och steg till ytan som genomskinliga pärlor. Håret flöt ut och dolde hennes ansikte medan hon drogs mot djupet. Efter några sekunder hade hon sjunkit så djupt att hon bara var en suddig, ljus fläck i det stora mörkret. Anders stirrade nedåt tills han inte längre var säker på att han kunde se henne, tills hon ersatts av ljusets skiftningar på ytan.

Det svarta vattnet. Han var så ohyggligt trött, skulle kunna sova i ett år. Han lutade huvudet mot relingen och slöt ögonen, viskade: »Jag är så trött, Simon. Jag orkar inte mer.«

Hans huvud växte och krympte, hans hjärna var en lunga. Expanderade och drog sig samman hastigt, flämtande. Medvetandet kippade efter luft som om det var på väg att drunkna, lungan nära bristningsgränsen.

Det knakade till när Simon reste sig och satte sig på toften intill honom, bökade loss honom från relingen och la ner hans huvud i sitt knä. Anders kurade ihop sig och slog armarna om Simons midja, vilade huvudet mot hans lår. Simons kalla hand strök över hans hår.

»Lilla gubben«, sa Simon. »Det blir bra, du. Det är ingen fara. Det blir bra. Anders, du.«

Simons hand fortsatte att varsamt stryka över hans hår och det var som syre. Det slutade att flämta inuti honom, paniken mildrades och han slappnade av. Kanske somnade han till några sekunder. Om han somnade så var det värsta över när han vaknade. Simons hand vilade på hans bakhuvud.

»Simon«, sa Anders utan att lyfta huvudet.

»Ja?«

»Kommer du ihåg att du sa ... att man aldrig kan bli en annan människa, kommer du ihåg det? Att hur nära man än kommer så kan man aldrig bli den andra.«

»Jo, jag sa det. Men det verkar ju som om jag hade fel.«

»Det är inte bara Elin. Det är jag också. Jag håller på att bli Maja.«

»Hur menar du?«

Det fanns ju ett ord för det som hände med honom. Det var inte rätt ord, det gav fel associationer. Demoner och djävulen. Ändå var det det enda ord som fanns.

»Jag är besatt. Jag håller på att bli en annan. Jag håller på att bli Maja.«

Anders drog sig upp till sittande och flyttade sig till aktertoften mitt emot Simon. Sedan berättade han historien igen, i ljuset av sin nya insikt. Hur han ibland kunde höra hennes röst inom sig, rädslan för GB-gubben, Bamsetidningarna, hennes säng, skriften på bordet och pärlplattan.

Simon ifrågasatte inte, kom inte med några invändningar. Han bara lyssnade, hummade då och då och det var som om den starka hand som kramat hårdare och hårdare kring Anders medvetande släppte sitt grepp ytterligare.

»Så jag tror ... jag vet«, sa Anders till slut, »att hon gör allt det här genom mig. Det är hon som bygger med pärlor och läser *Bamse*, men hon använder mina fingrar och mina ögon för att göra det och jag vet inte ... jag förstår inte vad jag borde göra.«

Solen hade nu stigit så högt att den värmde. Under sin långa berättelse hade Anders börjat svettas i sina varma kläder. Han tog av sig mössan och doppade handen i vattnet, öste upp en handfull och baddade ögonen. Simon satt och tittade in mot Nåten, där morgonens första passbåt just la ut från bryggan. Han frågade: »Vad vill hon, då?«

»Du ... tror mig?«

Simon vickade på huvudet från sida till sida. »Jag kan väl säga så här: Det är inte det konstigaste jag har fått höra. På senare tid.«

»Vad menar du?«

Simon suckade. »Jag tror vi får låta det vara, så länge.« När han såg att Anders rynkade ögonbrynen, la han till: »Jag måste prata med Anna-Greta. Får jag berätta för henne? Det här som du har sagt?«

»Ja, det får du väl, men ...«

»På tal om Anna-Greta tror jag att vi borde åka hem nu. Hon är nog rätt orolig vid det här laget.«

Anders nickade och tittade ut över relingen. Elin låg nere på botten nu, kanske femtio meter under dem. Han föreställde sig fiskar som nosade på nykomlingen, ålar som krälade upp ur bottenslammet och vädrade föda ...

Han klippte av tanken innan den började frossa i fysiska detaljer.

»Simon?« frågade han. »Gjorde vi rätt?«

»Ja. Jag tror det. Och gjorde vi fel ...«, Simon tittade mot vattenytan, » ... så är det inget att göra åt längre.«

Anders reste sig och gick fram i fören, kröp upp så gott han kunde på förtoften medan Simon startade motorn och vände båten, styrde hemåt. En lång stund satt Anders och försökte med blicken hålla kvar platsen där de hade sänkt Elin. Det borde ha varit något där. En boj eller en flagga, ett minnesmärke. Något enda som markerade att det fanns en människa där nere. Men det fanns bara ett ständigt skiftande vatten och Elin tillhörde de till havs försvunna.

I tystnad skildes de åt vid Simons brygga och Anders släpade sig mot Smäcket. Om någon hade skuttat fram ur en buske och riktat en hagelbössa mot honom skulle han inte ha orkat reagera. Han skulle bara ha hasat vidare och kanske sett fram emot den brännande kärven i ryggen.

Han tittade på sina fötter och de rörde sig utan hans medverkan eller vilja. Han drogs. Som ett sönderhetsat djur utan några krafter kvar men som ändå av instinkt eller blind självbevarelsedrift kryper mot sitt gryt rörde han sig hemåt, hemåt.

Han kom in, han fick av sig kläderna, han la sig i Majas säng och drog täcket över sig. Sedan låg han och stirrade mot fönstret eftersom han var för trött för att orka stänga ögonlocken. Han låg på samma plats och det var ungefär samma ljus som de där morgnarna när han gått och lagt sig igen efter att ha fiskat med pappa.

Han tänkte att han var samma person, samma barn. Att tiden gick i cirklar och snart skulle han upp och lasta skottkärran, köra till affären.

*Det var en fin fångst i morse ...*

Kanske somnade han med öppna ögon.

## Dragningskraften

Det var han själv som hade skrivit skylten där det stod »FÄRSK STRÖMMING 6 KR KILOT« eftersom pappa var ordblind och dessutom hade usel handstil. Nu stod den intill honom på bänken utanför handelsboden där han satt och väntade på morgonens första kunder.

Klockan var nio och affären hade precis öppnat. Två personer som gått in i affären hade sagt att de ville köpa när de var färdiga med övriga inköp.

Det verkade lovande. Trots jättefångsten hade Anders inte sänkt priset, mest för att han inte haft tid att ändra skylten. Han hade sovit ovanligt länge, ända till kvart i nio. Det hade varit ett sjå att hinna lasta på en låda på skottkärran och skjuta upp den till affären innan de öppnade.

Den första kunden kom ut, en äldre kvinna som Anders hade sett på somrarna så långt tillbaka han kunde minnas, men som han inte visste var hon bodde eller vad hon hette. Hon brukade hälsa vänligt när de möttes och Anders hälsade tillbaka utan att veta vem han hälsade på.

Damen kom fram till kärran och sa: »Ett kilo, tack.«

Anders fick en snilleblixt. »Det är rea idag«, sa han. »Man får två kilo för tio kronor.«

Damen höjde på ögonbrynen och lutade sig över strömmingen som för att se om det var något fel på den. »Hur kommer det sig?«

Anders insåg att det bästa var att säga som det var. »Vi fick väldigt mycket, så vi måste bli av med det.«

»Men vad ska jag med så mycket till?«

»Lägg in. Frys. Det kanske inte blir nån mer strömming i sommar. Det här kan vara den sista.«

Damen skrattade till och Anders stålsatte sig för det som kunde komma: rufs i håret. Det var sådant man fick ta. Men damen bara skrattade och sa: »Vilken affärsman! Ja, ja. Då tar jag väl två då. Eftersom det är rea.«

Anders trädde en plastpåse på plockhanden och lastade i fyrtiotvå strömmingar i en annan påse, la till ett par extra för säkerhets skull, knöt till och lämnade över, tog emot sedeln lagom till att den andra kunden kom ut ur affären. En medelålders man som troligen var seglare, av klädseln att döma.

Damen höll upp sin välfyllda plastpåse emot honom och sa: »Det är rea.«

Det skämtsamma sätt hon sa det på fick Anders att ana att *rea* kanske inte var det rätta ordet. Det antydde att man sålde ut något som blivit över och det var ju inte lämpligt i samband med färsk strömming. Han bestämde sig för att hädanefter säga *extrapris.*

Det blev inte den succé han hade hoppats på när han fick idén, men ungefär var fjärde kund lät sig lockas att ta ett extra kilo. Kanske mer för att hjälpa honom än för att göra ett kap. Anders trodde inte att två kronor hit eller dit betydde särskilt mycket för de flesta vuxna.

Dock var det fler kunder än vanligt och lagom till elvabåten gick Anders hem och hämtade en ny låda eftersom den gamla var så gott som tom. Med elvabåten blev det en smärre rush och det var nätt och jämnt att fisken räckte till. Det blev en liten kö fram till lådan och Anders slutade att lägga i de där extra strömmingarna, la i ett par påsar bara i arton eller nitton om det var folk han inte kände igen, som bara var där över dagen.

Redan vid tolv kunde han gå hem och hämta den tredje lådan. Båten låg vid bryggan och pappa, som hade semester, hade kommit tillbaka från varvet där han tydligen hade gjort sig av med den fjärde lådan.

Det såg mer än lovande ut. Även om försäljningen nu skulle mattas av var det inte otroligt att Anders skulle lyckas sälja även innehållet i den tredje lådan. Trots extrapriset skulle det innebära att han var i hamn, att den radiostyrda båten snart skulle forsa fram i viken.

Styrkt av den tanken halade han iväg den tredje lådan till affären och fann att en kund stod och väntade vid skylten. När han lyckade sälja två kilo även där, bestämde Anders sig för att fira med en glass. Han gick in i affären och köpte en Päronsplitt, satte sig sedan åter på sin post.

Han blåste i papperet för att få isen att lossna, läste den roliga historien på samlarkortet och satt sedan och sög på glassen medan han räknade båtar på fjärden. Han såg sin egen radiostyrda dundra förbi dem allihop med vrålande motorer.

Han hade just kommit till den bästa delen av Päronsplitten, när ishöljet började smälta på tungan och dess sötare smak blandades samman med vaniljglassen, då en man kom gående på vägen från Kattudden.

Mannen såg konstig ut i ögonen. Som om han var berusad. Pappa kunde få samma målmedvetna gång när han hade druckit för mycket, som om ingenting annat än målet framför hans ögon existerade och tillvaron bara var en fråga om att få kroppen dit den skulle.

Anders kände igen honom. Han var son till någon som farmor kände – kanske var det så att han hade bott på fastlandet tidigare och nu flyttat tillbaka, Anders kom inte ihåg. Det var en ilsken typ. En gång hade han skällt ut Anders för att hans kärra stod i vägen utanför affären och sedan dess frågade Anders aldrig om han ville köpa.

Han var klädd i blåbyxor och rutig skjorta som flera av de åretruntboende. Han hade träskor på fötterna och marscherade mot bryggan med bestämda kliv.

Marscherade, ja. Det var ordet. Mannen gick på ett sätt som inte tålde invändningar. Om något kom i hans väg skulle han ignorera det eller gå rakt igenom det snarare än att vika av. Helt konsekvent, med tanke på hur arg han varit när Anders kommit i vägen för honom.

När mannen närmade sig bryggan vek han av mot havtornssnåret till höger. Anders var så fascinerad av hans tågande att han glömde bort sin glass och klibbig, smält is rann längs pinnen ner över hans fingrar.

Mannen försvann utom synhåll bakom havtornet och Anders passade på att slicka i sig det söta. Sedan fick han syn på mannen igen. Han hade kommit ner till strandkanten och var på väg ut i vattnet. Han hade inte ens tagit av sig träskorna.

Först nu började Anders tycka att det var något obehagligt med det hela. Mannen halkade till på de våta stenarna och föll, men reste sig omedelbart upp och fortsatte att gå. Anders såg sig omkring, sökande efter någon vuxen som kunde förklara för honom eller bara med en lugn blick signalera att allt var som det skulle.

Ingen vuxen fanns i närheten. Ingen annan heller, för den delen. Bara Anders och den där mannen som nu hade nått ut till midjedjupt vatten och fortsatte med allt tyngre kliv, på väg rakt ut mot Gåvasten som om det löpte en hemlig väg dit ut som bara var möjlig att gå på om man hade den rätta inställningen.

När vattnet nådde mannen till bröstet började han simma. Anders reste sig upp och visste inte vad han borde göra. Han sög på glassen, tog ett par tuggor och såg mannens huvud sakta avlägsna sig från ångbåtsbryggan. Det verkade inte som om mannen var någon van simmare, han plaskade och rörde sig konstigt.

*Kanske för att han har kläder på sig.*

När glassen var slut och mannen inte visade några tecken på att vända om, kastade Anders glasspinnen i soptunnan och gick in i affären.

Även där var folktomt i middagslugnet. Anders hittade Ove, ägaren, inne i kylen bakom mejeriskåpen där han stod och fyllde på mjölk.

»Jaha, hur går affärerna?« frågade Ove utan att titta upp från sitt arbete.

»Jodå, bra«, sa Anders.

»Samma här. Mycket folk idag.«

»Ja.« Anders blev osäker. Han hade aldrig tilltalat Ove på det här sättet tidigare och han var en skrämmande figur med sin stora mage och sina gigantiska ögonbryn. Anders gned sig över ena armen och sa: »Det är en som är ute och simmar.«

Ove plockade in det sista mjölkpaketet och rätade på sig. »Kan man ju förstå. Varmt idag.«

»Mm. Men han har kläder på sig och ...« Anders visste inte hur han skulle beskriva den illavarslande känsla han hade fått när mannen gick ner till bryggan, » ... och det var som nåt konstigt med honom.«

»Konstigt hurdå?«

»Att han ... han tog inte av sig kläderna. Han bara gick ut och ... och gick lite konstigt också.«

»Var är han nu då?«

»Ja, han är ute och simmar fortfarande.«

Ove stängde kring mjölken, torkade av händerna på sitt förkläde och sa: »Vi får väl titta efter, då.«

När Anders kom ut ur affären ett par steg efter Ove, såg han att det han fruktat hade inträffat. Mannen syntes inte längre till.

»Var har du honom, då?« frågade Ove.

Anders kände en svag rodnad över kinderna. »Han var där nyss.«

Ove tittade misstänksamt på honom, som om han försökte tänka ut en rimlig anledning till att Anders hade hittat på det här. Tydligen kom han inte på någon, eftersom han med snabbare steg gick ner mot bryggan med Anders i släptåg.

Ingen syntes till när de kom ner på bryggan heller och Ove skakade på huvudet.

»Nä, du, Anders. Här verkar det inte vara nån.«

Anders spanade ut över vattnet och fick syn på ett par änder som låg och guppade tio meter utanför bryggan. Men det var inga änder. Det var ett par träskor. Han pekade ut dem för Ove och sedan satte cirkusen igång.

Ove ringde och folk kom. Man åkte ut i båtar och Sjöräddningen kallades in från Nåten. Anders fick beskriva mannen som gått ut i vattnet och man enades om att det rörde sig om Torgny Ek, son till Kristoffer och Astrid Ek som bodde några hus bortom handelsboden.

Nyfikna badisar ifrån Kattudden och vandrarhemmet kom för att se vad det var för uppståndelse i hamnen. Snart kände alla till historien om vad den stackars lille pojken – det vill säga Anders – hade fått bevittna, och hur kunde man bäst visa sin välvilja mot det utsatta barnet? Genom att köpa hans strömming, givetvis.

Sanningen att säga kände sig Anders inte särskilt drabbad eller sorgsen över det som hade hänt, men han insåg att det var bäst att lägga sig till med en allvarsam min medan strömmingen rann ur hans händer och pengarna ner i hans fickor. Han var till och med klok nog att inte nämna något om extrapris, förstod att det inte passade sig.

Mycket folk stod fortfarande kvar nere i hamnen och väntade på resultat från dykarnas sökningar när lådan var tömd och Anders sköt skottkärran hemåt för tredje gången denna dag. När han närmade sig Smäcket såg han att en pelare av rök steg mot himlen.

Pappa hukade vid rökkuren och matade in enris i eldluckan. Den sista strömmingslådan stod intill honom, men han hade inte börjat trä på fiskarna ännu. Han såg förvånad ut när han fick syn på Anders.

»Kommer du redan?«

»Ja«, sa Anders och tippade skottkärran för att visa den tomma lådan. »Det är slut.«

Pappa reste sig upp och tittade. Först på lådan, sedan på Anders. »Har du sålt ... sextio kilo?«

»Jepp.«

»Hur är det möjligt?«

Anders berättade om Torgny Ek. Hur han hade kommit gående, hur han hade simmat ut. Alla människor som hade samlats i hamnen.

Hans röst blev allt försiktigare ju längre historien fortskred eftersom han märkte att pappa av någon anledning tog mycket illa vid sig. Han hade satt sig på bänken intill röken och tittade ner i marken.

»Och så kom sjöräddningen ...« Anders röst dog bort och det blev tyst. Bara knastret av brinnande enris hördes inifrån rökhärden. »Trehundratjugo kronor. Har jag sålt för. Det blev lite mindre för jag hade extrapris också.«

Pappa nickade tungt. »Det var ju bra.«

Anders tog upp en metallpinne och trädde på ett par strömmingar. Pappan gjorde en långsam, avvärjande rörelse mot honom. »Det får vara bra med det där. Jag tror inte vi ska röka nåt idag.«

»Varför det?«

»Du har ju ... sålt så mycket.«

Den tunga känslan i magen återvände och Anders drogs mot jorden, sänkte den påbörjade pinnen. »Men ... det är väl bra med böckling.«

Pappa reste sig sakta och sa: »Jag har ingen lust att hålla på.« Han gjorde en ansträngning och drog upp mungiporna till ett slags leende. »Det var ju bra att du har sålt så mycket. Nu har du råd med den där båten. Ta lite ledigt nu.«

Utan att säga något mer gick han mot huset med slokande axlar. Anders vippade med pinnen i sin hand. De två strömmingarna hängde där, uppträdda genom ögonen. Själva ögonen dinglade intill skallarna, kvarhållna av tunna slemtrådar. Anders föste strömmingarna längre ut på pinnen och drog armen bakåt, knyckte till med handleden. Strömmingarna for iväg i en vid båge och landade i sågspånet på vedbacken.

*Det var det.*

Han tvättade händerna i regnvattentunnan och gick tillbaka upp mot affären. Han visste inte vad som hade hänt, men något hade blivit fel med det här fiskafänget från början.

*Utom en sak.*

Han kände på klumpen av sedlar i sin högra ficka, klumpen av mynt i sin vänstra. Kanske kändes det konstigt i magen och kanske kunde dagen ha varit bättre på många sätt. Men en sak gick inte att förneka: pengar hade det blivit.

# Skröja

Så länge en enda unge finns kvar förefaller svärthonan
helt nöjd och beter sig normalt. Men ofta händer det att hela
ungkullen blir utplånad redan under sin första levnadstimme.
Och då kan man märka att hon grips av neuros. Hon snurrar runt
på platsen där ungarna försvann, kommer tillbaka dit och letar,
dag efter dag, och hon söker på den väg hon simmat med
ungarna – som om lukten ännu låg kvar på vattenytan.
*Sten Rinaldo – Till utskären*

## Istället för Las Vegas

Simon väcktes av att det kittlade på överläppen. Ögonblicket därefter trycktes en kyss på hans panna och han slog upp ögonen. Anna-Greta drog tillbaka ansiktet, hårslingan som hade kittlat honom lyftes.

Hon satt på hans sängkant med handen på hans höft. »God morgon«, sa hon. Simon nickade till svar och Anna-Greta sänkte rösten, som om någon kunde höra. »Hur gick det? I morse?«

När Simon hade kommit i land hade han bara sagt till Anna-Greta att han var för trött för att prata om vad som hade hänt och sedan gått ner till sig där han hade fallit i sömn omedelbart.

Han ville fortfarande ogärna tala om morgonens utflykt, så han sa bara att det hade gått så bra det nu kunde gå och frågade vad klockan var.

»Halv tolv«, svarade Anna-Greta. »Jag visste inte om jag skulle väcka dig, men ... jag har ett förslag. Det kanske kommer olämpligt. Du får säga ifrån i så fall.«

»Vad är det för nåt, då?«

Simon tyckte att det kunde vara nog med överraskningar på ett bra tag framöver. Anna-Gretas kroppshållning, hennes sätt att pilla på nagelbanden antydde att hon stod i begrepp att fråga någonting svårt. Simon suckade och föll tillbaka på kudden, skulle just till att säga att svaret på alla förslag just nu var *Nej*, när Anna-Greta frågade: »Vill du fortfarande gifta dig med mig?«

Nejet fick ge sig till tåls. Simon svarade det motsatta men la till: »Hur så?«

»Vill du gifta dig med mig *nu*?«

Simon blinkade och såg sig omkring i rummet som för att kontrollera om det stod en präst gömd någonstans. Det gjorde det inte. Han förstod inte frågan.

»*Nu*? Vad menar du med *nu*?«

»Så fort som möjligt.«

»Är det ... bråttom?«

Anna-Greta vilade hakan i ena handen. Det fanns sorg i blicken som hon fäste på Simon och vilade där en stund tills hon sa: »Det kanske är det. Man vet inte. Och jag vill vara gift med dig om det ... om det händer nåt.«

»Hur menar du?«

Anna-Greta följde livslinjen i sin handflata med pekfingret och tittade inte på Simon när hon svarade: »Du vet att jag inte är särskilt religiöst lagd. Men ändå. Det finns nåt i det där. Jag vill att vi ska vara ...« Anna-Greta tog ett djupt andetag och spände ut bröstkorgen som om hon fick anstränga sig för att tvinga ut de stora orden. » ... vara vigda inför Gud. Om det skulle hända nåt.« Hon såg på Simon och log ursäktande. »Så.«

»Okej«, sa Simon. »Jag förstår. Vad är förslaget, då?«

Anna-Greta hade ringt några samtal på morgonen. För att gifta sig behövde man ett hindersprövningsbevis. Det fick man på folkbokföringen i Norrtälje. Normalt tog det en vecka eller två att få pappersen, men det gick att få dem snabbare om det var bråttom. Samma dag, rentav.

»Jag sa att vi hade bokat kyrkan till imorgon«, sa Anna-Greta. »Men att vi hade glömt den här detaljen.« Hon kastade en blick genom fönstret. »Vi hinner om vi tar ettbåten.«

Simon hade glömt att han skulle säga Nej och började dra av sig pyjamasjackan. När han hade kommit halvvägs hejdade han sig och släppte tillbaka jackan över huvudet. »Har du gjort det? Bokat kyrkan?«

Anna-Greta skrattade till. »Nej. Jag visste ju inte om du tyckte att det här var bra.«

Hon makade sig undan för att ge Simon plats att kliva ur sängen. Simon fick av sig jackan och reste sig med stöd av sängstolpen. »Bra vet jag inte. Men jag förstår argumentet. Kan man få lite kaffe innan ... bröllopsresan?«

Anna-Greta gick ut i köket för att ladda bryggaren. Simon stod lutad mot sängstolpen. Han vacklade till när morgonens händelser kastade sig över honom bakifrån. En yrsel kom över honom och han satte sig på sängen igen. Med händer som kändes overkliga tog han av sig pyjamasbyxorna och drog på sig kalsonger och strumpor. Sedan tog det stopp. Han höll upp händerna framför ögonen.

*Dessa mina fingrar.*

Hela hans livsgärning var byggd på vad han kunde – eller hade kunnat – göra med sina fingrar. Tusentals timmar framför spegeln där han finslipat minsta rörelse för att få den att se naturlig ut trots att den dolde någonting annat. Han hade dresserat sina fingrar till lydnad och haft dem under kontroll.

Samma fingrar hade tidigare på morgonen virat hans gamla kedja kring en död människa, samma händer hade tippat ett par fötter över relingen och låtit en ung kvinna försvinna ner i djupet. För att slippa obehagliga frågor. För att undvika problem. Detta hade hans dresserade fingrar gjort.

Tanken ville inte släppa. När Simon reste sig från sängen och öppnade garderobsdörren tittade han hela tiden på sina händer som om de hade varit proteser, främmande tingestar som hade skruvats fast på hans armar medan han sov.

Han fick fram byxor, skjorta och kavaj. Finkläderna. Han tog dem på sig. Kanske hade rubbningen i hans normala dygnsrytm gjort något med huvudet, men han tyckte verkligen att fingrarna betedde sig som om de hade en fri vilja som han bara med svårighet kunde tygla till att utföra de rörelser han önskade. Knäppa knapparna, spänna bältet.

Han stannade till medan han knäppte den översta knappen i skjortan.

*Är det så här det känns? Att vara besatt?*

Han såg på sig själv i spegeln på garderobsdörren. Inte för att han visste hur det borde kännas, men han trodde inte att det var vad det var frågan om. Det var mer som det engelska uttrycket: han var *bredvid sig själv*. En som gjorde och en annan som tittade, strax intill.

Han strök tillbaka sitt långa, grå hår och drog på sig kavajen, synade sig själv i spegeln igen.

*Här är jag.*

Han försökte återkalla känslan som hade kommit över honom när ett lönnlöv hade korsat hans bana. Det lyckades inte. Ändå gjorde han en svag bugning mot spegeln, tackade för det kluvna liv som hade blivit honom tilldelat, trots allt.

*Klapp, klapp.*

Anna-Greta stod lutad mot dörrposten och såg på honom, slog samman handflatorna ett par gånger till. »Du är så fin, så. Kom nu, kaffet är färdigt.«

Simon följde efter henne ut i köket. När han fått i sig den första koppen började tankarna att klarna. Han såg ut genom fönstret och blicken fastnade på den punkt på gräsmattan där Marita hade suttit den där gången. När han hade stått framför henne med en hagelbössa och övervägt att avrätta henne.

Även då hade han upplevt att han var slungad ut ur sig själv, stod bredvid och såg på.

Det är bara undanflykter, tänkte han och hällde upp en kopp till. Vi pratar om att vara ifrån våra sinnen, att vi inte var oss själva, att vi tappade kontrollen. Kärt barn har många namn. Men vi är alltid oss själva. Inga låtsaskompisar utför saker i våra namn.

*Utom ... utom ...*

»Vad tänker du på?« frågade Anna-Greta.

Simon berättade det som Anders hade berättat för honom i båten. Att Maja hade kommit in i honom och påverkade honom, styrde hans händer om nätterna. Att han var besatt på samma sätt som Elin hade varit det.

När han var färdig satt Anna-Greta tyst en stund och såg bort mot Smäcket. Till slut sa hon: »Stackars liten.«

Simon visste inte om hon syftade på Anders eller Maja och det hade föga betydelse vilket. Allting tycktes honom plötsligt så omöjligt och Anna-Gretas enkla ömkan spädde bara på känslan.

»Tror du verkligen att det är så här?« frågade han. »Att dom dödas andar kommer upp ur havet och ... och ...«

»Det är inte säkert att dom är döda. Vi vet ingenting. Ingenting. Egentligen.«

»Men vad kan vi göra?«

Anna-Greta sträckte sig över bordet och la sin hand ovanpå hans. »Vad vi kan göra just nu«, sa hon, »är att ta ettbåten in till Norrtälje och skriva under lite papper så att vi kan gifta oss.«

Simon sneglade på klockan. Den var tjugo i ett och de var tvungna att gå strax om de skulle hinna. Han tog tändsticksasken från fönsterblecket och sa: »Ja. Det här är vår dag. Nu gör vi så. Skulle du kunna ... gå ut och vänta på mig utanför?«

Anna-Greta höjde frågande på ögonbrynen och Simon visade asken. »Jag måste ...«

»Gör det, då.«

»Jag vill helst vara ifred.«

»Varför det?«

Simon såg på solstickspojkens vita silhuett. *Varför?* Han kunde hitta på anledningar, men istället sa han precis som det var: »För att jag skäms. Det vore som att ... ha publik när man går på toaletten. Kan du förstå?«

Anna-Greta skakade på huvudet och log. »Om vi ska bli ännu äldre tillsammans så kan det nog hända att nån av oss kommer att få torka den andra i rumpan innan det är över. Gör vad du ska nu.«

Simon tvekade. Han hade inte själv varit medveten om hur behäftat med skam hans förhållande till Spiritus var och han kände sig smutsig när han sköt upp asken. Han sneglade på Anna-Greta och fann att hon barmhärtigt satt och tittade ut genom fönstret.

Insekten såg verkligen inte frisk ut. Dess tidigare svartblanka hud var matt och pergamentartad. Den började alltmer likna det döda exemplar han sett i montern hos den store trollkarlen. Simon harklade sig och samlade spott.

Klockan tickade. Tiden gick. Passbåten närmade sig.

*Låt gå.*

Bubblan av spott trängde ut, föll och spreds över det torra skinnet. Insekten rörde sig, absorberade vätan och kvicknade till en smula. Simon lyfte blicken. Anna-Greta satt och tittade på honom.

»Ska vi gå?« frågade hon och pekade på hans haka. Simon strök bort en salivsträng och reste sig, stoppade asken i fickan. När de kom ut på tomten tog Anna-Greta hans hand och sa: »Det var väl inte så farligt?«

»Nej«, sa Simon och menade det.

De skulle sta och gifta sig. Då var det väl dags att anamma det där som står i Korinthierbrevet och som hör till kärlekens lov: »Sedan jag blev man har jag lagt bort vad barnsligt var«.

*Låt gå.*

Han följde Anna-Greta upp på vägen och morgonstela leder började mjukas upp. Han tittade mot havet och såg att passbåten hade avverkat halva sträcken mellan Nåten och Domarö. De travade på med raska steg och Simon var så gott som slutkörd när de nådde bryggan.

Anna-Greta ställde sig framför honom och strök tillbaka hans hår, borstade bort något från axeln på kavajen.

»Duger jag?« frågade han.

»Du duger. Mer än väl. Vet du vilket ord som passar på dig?«

»Nej.«

»Det är ett ganska vackert ord. Hemlighetsmakare.«

Passbåten saktade in när den närmade sig bryggan. Simon var på väg att säga något om stenar och glashus när ett ilsket motorljud växte i styrka bakom dem. Samtidigt som båtens för mötte bryggan och Roger kom för att slänga ut förtöjningstrossen, bromsade Johan Lundberg in sin flakmoped intill dem.

»Här är ni ju«, sa han. »Bra.«

Hans min uttryckte dock inte att något var bra, snarare tvärtom.

Han ignorerade Simon och vände sig till Anna-Greta.

»Du måste komma. Karl-Erik är helt oredig. Du får prata med honom. Dig lyssnar han på.«

»Hur då oredig?« frågade Anna-Greta.

»Vi håller ju på att röja där kring huset som brann och han ... du får komma. Han är alldeles från sina sinnen.«

Roger kom fram till dem med förtöjningstrossen i handen.

»Ska ni med? Jag måste åka nu.«

Anna-Greta nickade och vände sig till Johan. »Jag har annat för mig, tyvärr. Vi är tillbaka vid sex.«

Johan gapade som om Anna-Gretas svar just hade uppenbarat någon av universums obegripligheter för honom. Innan han hade hunnit samla sig till invändningar klev Simon och Anna-Greta ombord. Roger kom efter och klättrade upp i förarhytten. De backade ut.

Johan stod kvar på bryggan och såg på dem med blicken hos ett hittebarn utlämnat åt främlingars välvilja. Om Simon hade behövt ett bevis för att Anna-Greta var byns inofficiella ledare, så hade han fått det nu.

När passbåten började svänga för att vända nosen mot Nåten, höjde Johan handen lamt till avsked och grenslade sin moppe, sparkade igång och körde tillbaka uppåt byn.

Anna-Greta och Simon stod lutade mot relingen medan de vreds bort från Domarö, mot fastlandet. Fjärden var gyttrig, vitprickig av måsar som lyfte en och en eller i klungor, flög några varv och landade på ytan igen.

»Vad var det där om, tror du?« frågade Simon.

Anna-Greta hade blicken riktad mot havet. »Jag vet inte«, sa hon. »Och jag vill inte veta heller. Har du sett så mycket måsar? Har aldrig sett så många tror jag.«

Båten banade sig väg genom ett myller av vita kroppar som paddlade eller flög undan i maklig takt. Det var verkligen osedvanligt många.

*Bröllopsgäster*, tänkte Simon. *Och här kommer själva fästfolket.*

Han la armen kring Anna-Greta och lät tankarna fara mot fastlandet.

## Duell

Den här gången var det ingen tvekan om saken: det var mordbrand. Medan man arbetade med att släcka elden hade man känt lukten av bensin och när det värsta var över hade man även hittat dunken. Någon hade anlagt branden i Wahlgrens sommarstuga och det låg nära till hands att anta att det var samma någon som hade tänt på hos Grönwalls.

Under natten hade det under en period sett ut som om det kunde gå riktigt illa. Elden hade fått fäste i barrträden på Wahlgrens tomt och gnistor och eldbränder for in mot ön. Innan brandkåren kommit hade man fattat det panikartade beslutet att fälla ett antal träd som annars kunde leda elden vidare upp till skogen. Det hade varit en torr höst och om elden fick fatt i grantopparna kunde det bli katastrof. Flammorna skulle spridas genom skogen ända ner till gamla byn och inte stanna förrän de stötte på havet.

Tre man arbetade med motorsågar för att fälla ett fyrtiotal granar och tallar som låg i en utlöpare från skogen, en arm som bara längtade efter att få gripa tag om elden. Det var en bedrift av det slag man sjunger sånger om. Men sådana sånger sjungs inte längre och Karl-Erik, Lasse och Mats hade på sin höjd en notis i *Norrtelje Tidning* att se fram emot.

Notisen borde då nämna att man var tvungen att arbeta fort, att träden inte fick fällas i riktning mot elden och att man dessutom hade ett antal stugor i närheten att ta hänsyn till och som träden inte fick ramla över, vilket gjorde att man var tvungen att fälla vartenda träd med precision, samt att man gjorde allt detta i mörker, med inte mycket mer än ledsyn från gatlykta och eld att gå på.

Vem skulle ha vågat sig på ett sådant företag, och vem klarade av det?

Jo, Karl-Erik, Lasse och Mats!

Nog var det nära att man klippte Carlgrens dass och visst rök det några glasrutor i växthuset hos de där från Örebro, men på det stora hela kunde ingen ha gjort det bättre och de tre musketörerna med sågsvärd istället för värjor var nattens hjältar. Eftersom branden var under kontroll kunde de gå hem och sova så länge det behagade dem. De hade gjort sitt och mer därtill.

Det var så de hälsades när de på förmiddagen påföljande dag kom för att kapa upp de fällda träden: »Här kommer de tre musketörerna igen.«

Men det vara bara Mats som flinade och sa något till svar. Lasse såg sammanbiten ut och Karl-Erik närmast ilsken. Minnet av nattens arbetsgemenskap tycktes som bortblåst och vad som sedan skedde kunde inte betraktas som annat än obegripligt, en händelse av samma kaliber som det där med Gustavsson i Söderviken och svanen.

Gustavsson hade haft en svan som han matade och den återkom till honom år efter år, tuggade i sig hans brödbitar och var ett litet sällskap. Så fort man träffade Gustavsson kom han in på den där svanen, hur vacker och klok den var, vilken kär vän den hade blivit.

Så en dag tog Gustavsson med sig hagelbössan ner i viken och sköt svanen, satte en salva i halsen på den så att huvudet flög av. Efteråt hade han varit otröstlig och inte kunnat förklara sitt beteende på annat sätt än att han hade fått för sig att han skulle skjuta svanen.

Det här med Karl-Erik var dock mer omfattande på så vis att det pågick under längre tid än vad det tar att ladda en bössa, sikta och skjuta. Och det var ju inte bara Karl-Erik, även Lasse greps av samma oresonlighet.

Förmiddagens arbete med kvistning och kapning förflöt väl någorlunda normalt, även om Mats senare berättade att det hade varit som något fel med Karl-Erik och Lasse. De höll sig på var sitt håll, arbetade i tysthet. När det blev paus och man drack sitt vatten och åt sina smörgåsar gjorde de det långt ifrån varandra.

Efter pausen satte alla tre hörselskydden på plats igen, drog igång sågarna och fortsatte med arbetet. Mats nötte sig igenom rotstycket på en av de tjockare tallarna. Det gick trögt och sågen blev onödigt varm. När han sågat igenom stängde han därför av sågen, drog bort hörselskydden och satte igång med att slipa kedjan.

Även Lasses såg var avstängd och därför kunde Mats höra att det sågades någon annanstans, uppåt byn till och en bra bit ifrån det färska hygge där de höll på att röja. Han reste sig upp och sökte efter ljudets källa. När han fann den släppte han sin såg och sprang.

I samband med att Holgers far sålt Kattudden till mäklaren från

Stockholm, hade ett par familjer i byn gått in och lyckats utverka löfte om att åtminstone få stycka av och köpa en mindre del, så att inte allt gick i främlingars ägo. De hade blivit tilldelade några bitar tomtmark längst bort från havet, uppåt skogen till.

Släkten Bergwall, som Lasse tillhörde, var en av dem. Hans mor, Margareta Bergwall, stod nu som ägare till de två sommarstugor som låg på höjden västerut, kanske trehundra meter från stranden men med viss havsutsikt. Stugorna hyrdes ut till sommargäster men Lasses bror Robert hade planer på att rusta den ena av dem och flytta hem igen.

På gränsen mellan de två tomterna stod Kattuddens största björk. En riktig bjässe på drygt tjugo meter som en vuxen karl nätt och jämnt kunde famna om. Det var den Karl-Erik höll på att såga ner.

När Mats såg vad han höll på med, släppte han alltså sin såg och skyndade mot Karl-Erik. Björken stod mitt emellan tomterna, men lutade svagt mot Lasses mors hus och att döma av hur Karl-Erik skar riktskäret siktade han på att utnyttja trädets naturliga lutning för att få det att falla rakt över taket på Lasses framtida arv.

»Karl-Erik!« skrek Mats när han kom inom hörhåll. »Karl-Erik, vad håller du på med!«

Men Karl-Erik hade hörselskydden på och hörde ingenting. Han skar just ut det sista av kilen och sparkade bort den så att en bred och djup skåra vid trädets fot gapade mot Lasses hus likt en hungrig mun. Han synade sitt verk, tycktes nöjd och gick runt trädet för att börja såga upp fällskäret. Det var bara en minuts verk och sedan skulle trädet falla.

Mats nådde fram till Karl-Erik precis när spånet började yra från trädet, grep tag i hans axel och ruskade honom. Karl Erik tittade upp och Mats backade ett halvt steg. Ögonen som såg på honom var varken vreda eller förvirrade. De var tomma och iskalla som havet i november. Det får gälla som ett tecken på Mats mod att han ändå, när Karl-Erik gasade sågen igen, slet av honom hans hörselskydd och skrek: »Är du inte klok! Sluta! Du får inte såga ner den här! Sluta!«

Karl-Erik hytte till med sågen och Mats tvingades backa igen. Han drog händerna över sitt svettiga ansikte och tänkte: *Han har blivit fullkomligt galen. Hur ska jag få stopp på honom?*

Det blev inte tid att fundera på den saken eftersom Lasse hade uppfattat vad som höll på att hända och nu kom springande med sin egen såg i händerna. När Karl-Erik åter förde in sågsvärdet i det påbörjade fällskäret kom Lasse rusande emot honom och Mats såg att även hans ögon var tomma. De stirrade rakt emot Karl-Erik men uttryckte ingen som helst känsla.

Först nu blev Mats direkt rädd.

Bakom honom vrålade Karl-Eriks såg och spånen kittlade över Mats vader, mot honom kom Lasse rusande med sågen höjd och motorn på full gas. Ingen människa kan förundras över att Mats i det läget gjorde vad vem som helst skulle ha gjort. Han tog ett par kliv åt sidan och skrek åt folket som höll på att röja nere vid brandplatsen: »Hjälp! Kom hit! Dom har ihjäl varandra! Kom!«

Vid Mats skrik tittade Karl-Erik upp och fick i sista stund syn på hotet. Han drog sågen ur skäret och hoppade bakåt när Lasse stormade fram och gjorde ett utfall med svärdet. Den vinande kedjan missade Karl-Erik med en decimeter och dragen av sin egen rörelse föll Lasse framstupa med sågen i händerna och kedjeolja stänkande över ansiktet.

Mats såg Karl-Erik trycka gasen i botten och sänka sågen över Lasses rygg, hann tänka: *Han gör det!* innan en reflex tog kommandot över honom och kastade honom fram emot Karl-Erik. Svärdet skar igenom hängslena på Lasses Fristadsbyxor, nådde hans hud och Lasse skulle ha kapats på mitten som en rutten stock om inte Mats i det ögonblicket hade tacklat Karl-Erik så att han stapplade sidledes och inte hann fullfölja skäret.

Lasse reste sig och hans byxor kasade ner till fötterna medan blodet började forsa ur såret på hans rygg. Han höjde sin såg och visade tänderna. Ett par sekunder stod de två männen ansikte mot ansikte med gallskrikande motorer och tomma blickar låsta i varandra.

Mats såg att folk var på väg upp ifrån stranden, men de närmaste hade säkert hundra meter kvar och han vände sig mot kombattanterna och skrek som ett förtvivlat barn »Sluta, sluta, sluta!« medan tårarna brände i hans ögon.

Det hade ingen som helst effekt. Lasse tog ett klumpigt steg framåt och svepte med sin såg mot Karl-Eriks arm, men Karl-Erik lyckades höja sitt svärd och parera. Gnistorna flög när de vinande kedjorna fick kontakt.

Karl-Erik svarade med ett lågt svep mot Lasses oskyddade ben, men Lasse lyckades trots byxorna som låg hopkorvade vid hans fötter hoppa baklänges mot björken så att de skenande knivarna missade hans smalben och bara rev upp gräs och jord.

Åter blev det ett ögonblicks stiltje medan de två männen mätte varandra och rusade motorerna.

Mats såg sig om på marken efter något att kasta, men när han fick syn på en knytnävsstor gråsten insåg han att det var meningslöst. Om han lyckades fälla den ene skulle denne bli dödad av den andre. Han hörde rop bakom sig och det enda han kunde hoppas på var att de andra skulle hinna fram i tid.

Nu syntes aningen av en känsla i Karl-Eriks ansikte. Hans mungipor drogs upp i ett elakt grin. Han lyfte sågen bakåt och tog ett kliv framåt samtidigt som han släppte vänsterhandens grepp och bara höll maskinen i avtryckargreppet medan svärdet for framåt i en båge mot Lasses huvud.

En flämtning undslapp Mats och allt var för sent. Men i den sista bråkdelen av en sekund lyckades Lasse få upp sitt svärd till skydd och kedjorna möttes några centimeter från hans öra. Gnistor yrde och sedan hördes ett torrt knäppande och Lasse for baklänges.

Senare kunde det konstateras att det som hade hänt var att kedjan på Lasses såg hade gått av och piskat honom över pannan. Det enda som syntes nu var att Lasses huvud kastades bakåt och att sågen flög ur hans händer. Med en tung duns åkte han in i björken och gled åt sidan.

Vilka Karl-Eriks avsikter än hade varit så hann han inte slutföra dem. Göran var först på plats och strax efter kom Johan Bergwall. Tillsammans med dem lyckades Mats brotta ner Karl-Erik och få sågen ur hans händer.

Men för sent var det, på ett annat sätt. När de vände sin uppmärksamhet mot Lasse såg de att han låg utslagen på marken med ett sår i pannan och att han levde. Men björken ... björken som han hade dunsat emot och vars stam nu var fläckad av hans blod hade börjat falla.

Rörelsen hade påbörjats och gick inte att hindra. Trädet var för stort. Mats och de andra kunde bara stå med gapande munnar och se på medan trädbjässen majestätiskt och med utstuderad långsamhet vägde över, tippade och föll.

Riktskäret hade varit perfekt lagt för sitt syfte och den tjocka stammen klöv först taket på glasverandan och splittrade ett antal rutor innan den ögonblicket efter krossade skorstenen och knäckte taksparrarna. Med ett rassel av brustna tegelpannor vek sig hela taket på den lilla stugan och föll in. Stammen nådde halvvägs ner till golvet innan den i en sky av träflisor och tegeldamm ruskade ett par gånger på kronan och låg stilla.

Fler personer hade vid det laget hunnit ansluta och tog hand om Lasse som blödde kraftigt både ur såret i pannan och såret i ryggen. Trädets fall hade så upptagit Mats och de andra att de för en stund hade glömt bort Karl-Erik. Han hade en del att svara för, men när de vände sig mot honom var han inte där längre.

Han var dock inte långt borta. Som om inget hade hänt hade han rest sig, tagit sin såg och var nu på väg mot en av granntomterna, styrde stegen mot ett par rejäla tallar med en gunga emellan.

Den här gången blev det inget parlamenterade. Mats, Göran och Johan kom ikapp honom, vred sågen ur hans händer och fick tag i honom innan han kunde orsaka mer förödelse. Karl-Erik kämpade emot, men antingen han var galen eller inte så var de ändå tre mot en och lyckades hålla honom.

Medan Mats och Göran höll fast hans armar ställde sig Johan framför honom och försökte fånga hans blick. Det gick inte. Ögonen var nog där och såg in i hans, men någon kontakt gick det inte att få.

»Karl-Erik?« frågade Johan ändå. »Vad har det tagit åt dig? Vad håller du på med?«

Under hela den fruktansvärda duellen hade Karl-Erik inte sagt ett ljud och de trodde inte att han skulle svara nu heller. Ändå var de ju tvungna att försöka tala med honom som om han var en vettig människa som hade ett skäl för sina handlingar. Och de fick svar.

Prövande, som om han var ovan vid sin mun och med en röst som lät som Karl-Erik och ändå inte som Karl-Erik, sa han: »Dom här husen. Ska inte vara här.«

»Vad menar du?« frågade Johan. »Det är ju inte våra hus. Det kan inte vi bestämma.«

Invändningen gjorde inget intryck på Karl-Erik. Med stela, grimaserande läppar sa han: »Dom här husen ska bort.«

Han vred sig i Görans och Mats grepp men de lyckades hålla honom. Elof Lundberg kom ner till dem, kastade en blick på Karl-Erik och frågade: »Vad är det med honom?«

»Han är helt oredig«, sa Johan. »Hjälper du till här så hämtar jag Anna-Greta. Henne lyssnar han på.«

Så kom det sig att Johan Lundberg satt upp på sin flakmoped och for iväg till gamla byn för att söka Anna-Gretas hjälp och sedan fick stå på bryggan som ett föräldralöst barn och se henne och Simon försvinna mot fastlandet i ett moln av måsar.

Rådvill grenslade han åter sin moped och for tillbaka mot Kattudden för att göra vad som göras kunde.

*Den där trollkarlen*, tänkte han medan han for, *den kunde man vara utan.*

## I Norrtälje

Klockan halv fyra satt Simon och Anna-Greta på en pizzeria i Norrtälje med varsin capricciosa framför sig som de skar i små, lättuggade bitar och sköljde ner med ljummen Fanta. Simon hade hindersprövningsbeviset i innerfickan och ett par släta guldringar i ytterfickan. Anna-Greta hade lånat en telefon på folkbokföringen och ringt till Geir, prästen i Nåten, och bokat kyrkan till söndagen två dagar senare, efter högmässan. De var redo.

Det fanns något ... ungdomligt i den hastighet med vilken de hade gått tillväga. Möjligen var det samma känsla av föryngring som hade förlett dem till att fira sina snabbt utförda förberedelser med pizza. Ingen av dem hade ätit pizza sedan det var en nyhet och de valde capricciosa bara för att de vagt kände igen namnet.

När Anna-Greta hade kommit halvvägs sköt hon ifrån sig fatet och sa: »Det var gott i början, men det är som att det växer.«

Simon upplevde samma sak. Magen kändes som om han hade slevat i sig en halv liter mjöl med tesked. Det bubblade och svällde och han slutade medan han fortfarande hade en god smak i munnen.

Anna-Greta såg ut genom fönstret och Simon petade i resterna av det som förmodligen var den sista pizza han åt i detta liv. När man betraktade det utan hunger såg det inte ens ut som människoföda.

»Simon«, sa Anna-Greta. »Du måste vara försiktig.«

Simon, som fortfarande mediterade över pizzans tjänlighet som mat, svarade: »Med vad jag äter, menar du?«

Anna-Greta skakade på huvudet. »Om jag hade vetat att ni tänkte göra det ni gjorde i morse så hade jag inte låtit er åka.«

»Måste vi prata om det här?«

Bestyren på folkbokföringen och hos guldsmeden hade avlett Simons tankar från morgonens skräckbilder och han ville stanna i glömskan så länge som möjligt. Anna-Greta visade handflatorna för att signalera att hon inte tänkte fortsätta på det spåret, tog ett djupt andetag och sa: »För länge sen. När jag var ute och åkte med varor. Under kriget. Så var jag med om nåt som ... jag inte har berättat.«

Simon behövde inte fråga. Förutsättningarna hade ändrats. Han var numera en av de vetande, en som det gick att berätta för. Han lutade sig tillbaka så gott det gick på den rakryggade stolen medan Anna-Greta fortsatte.

»Jag fick ju följa med militären ibland eftersom jag var ... populär. Egentligen fick dom väl inte ha civila ombord, men jag kunde ju skärgården och så ...« Anna-Greta tittade upp och rynkade ögonbrynen. »Vad flinar du åt?«

Simon viftade med handen. »Nej, nej. Ingenting. Ett ord, bara. *Kuttersmycke.*«

»Jag var inget kuttersmycke! Jag kunde vartenda –«

»Jo, jo. Men det fanns säkert andra som kunde ännu bättre. Men som inte var lika söta.«

Anna-Greta drog efter andan, men hejdade sig och tittade misstroget på Simon. »Är du *svartsjuk*?« frågade hon. »Sitter du här sextio år efteråt och är *svartsjuk*?«

Simon tänkte efter. »Ja, när du säger det, så.«

Anna-Greta synade Simon och skakade sedan på huvudet åt hans befängdhet.

»Dom övervägde att minera. Utåt Ledinge till. Eftersom den stora infartsleden till Stockholm går där. Och jag följde med på en sån där ... rekognoscering där dom dök för att kontrollera bottenförhållanden. Dom hade precis börjat använda modern dykutrustning med tuber på ryggen. Men eftersom det var dålig sikt i vattnet och man fortfarande inte var säker på dom här pinalerna så använde dom en säkerhetslina, fäst i dykaren.«

Anna-Greta nickade för sig själv och pekade vagt med fingret i luften som om hon just hade kommit på något. »Det var nog därför jag följde med, tror jag. För att jag ville se hur det gick till med dykning.«

Simon hade en mycket lustig kommentar på tungan som han avstod från att säga och Anna-Greta fortsatte:

»Han gick ner då, den här dykaren, och linan löpte ut från en trissa uppe på båten. Det var nåt hypnotiskt med det där. Man kunde ju inte se dykaren, hade bara den där trissan att titta på, och den knäppte när den gick runt och matade ut linan medan han sjönk. Och så ... tog det stopp. Linan slutade att åka ut, som om han hade nått botten. Och det kunde ju inte stämma eftersom det bara hade gått ut sju eller åtta meter lina och det är minst trettio meter djupt där. Linan låg stilla en bra stund och jag tänkte att han hade hittat en ny grynna. Stod och spekulerade i vad den skulle få för namn, om den skulle få nåt namn. Och då ...«

Anna-Greta vippade med handen så att den beskrev en snabb cirkelrörelse.

» ... då började linan löpa ut igen. Men fortare än vad den hade gjort innan. Mycket fortare. Tio meter, femton, tjugo, tjugofem. Och det knäppte inte längre i trissan, det ... smattrade. Sen ökade hastigheten tills det bara var ett enda surr. Trettio, fyrtio, femtio meter. På bara några sekunder. Som om han inte sjönk genom vattnet utan föll genom luften. Det fanns inget att göra. Nån försökte få tag i linan och svedde handflatorna. Sen löpte den ut hela vägen, trettio meter till, slets loss från trissan och försvann ner i vattnet. Med samma hastighet.«

Anna-Greta tog en klunk Fanta och harklade sig.

»Så gick det till. Och det är därför jag vill att du ska vara försiktig.« Hon ställde ifrån sig glaset och tillade: »Dom var ju tvungna att hitta på nån förklaring. Så dom kom fram till att han hade fastnat i en ubåt. Dumt men sant. Han påträffades aldrig. Men det kanske du anade.«

Simon betraktade henne där hon satt och torkade sig i mungiporna med servetten. Hon gav inte sken av att just ha berättat något ofattbart, såg snarare ut som om hon bara hade varit *tvungen* att redogöra för det här med elektricitet så att man inte skulle pilla i eluttaget.

»Jag är försiktig«, sa Simon. »Tror jag.«

De gick en promenad genom Norrtälje och pratade om huruvida de skulle ändra sina nuvarande boendeförhållanden efter att de var gifta. Nåja, pratade och pratade. De *skojade* om det. Egentligen var de redan från början överens om att båda ville fortsätta som tidigare.

Någon bröllopsresa kunde det inte bli tal om, men de beslutade att ta en tripp med färjan fram och tillbaka till Finland. Äta gott och åtminstone ta några symboliska danssteg om Gud och höfterna ville.

Klockan fem tog de bussen tillbaka till Nåten och kvart i sex var de åter ombord på passbåten. Simon såg ut över det mörka havet och tyckte att det hade förändrats. Han såg inte längre ytan, han såg *djupet*. Han hade studerat sjökorten, han hade pratat med folk och han visste att Domaröfjärden var mellan tjugo och sextio meter djup utanför Nåten. Norr- och österut fanns det djupgravar på upp till hundra meter och mer.

*Djupet.*

Den kolossala rymd det rörde sig om, den ofantliga mängden vatten bara mellan Domarö och Nåten, som låg där och bidade i sitt mörker medan det endast visade upp sin blanka, harmlösa yta.

Simon såg för sig finlandsfärjan de skulle åka med så småningom. Silja Symphony. Hundratals hytter och en lång shoppinggata i mitten. Tio våningar och säkert hundrafemtio meter från för till akter.

Han tittade ner mot havet som skummade längs bogen och tänkte: *Den skulle kunna sjunka här och vara borta. Det skulle inte märkas ett skvatt. Den skulle ligga där nere.*

En rysning kröp längs hans ryggrad och han la armen kring Anna-Gretas axlar medan de närmade sig Domarö.

En välkomstkommitté stod på bryggan. Det var samma människor som hade suttit i missionshuset, bortsett från att Tora Österberg och Holger saknades. Och Karl-Erik.

Tora hade inte orkat komma och Holger satt med Göran och höll vakt över Karl-Erik. »Så att han inte hittar på nåt bus«, som Johan Lundberg uttryckte saken.

Lasse hade blivit transporterad till Norrtälje sjukhus och fått sina sår sydda, men vägrat att stanna en minut längre än vad som var nödvändigt. När han återfördes till hemmet hade hans hustru Lina varit lika oresonlig. Hon, som normalt var idel vänlighet och hjälpsamhet hade spottat och fräst åt Lasses ledsagare och varit som förbytt. Hon släppte in mannen men ingen mer. Bjöd inte ens på kaffe.

Detta berättades för *Anna-Greta*. Simon ignorerades uttryckligen och trots att Anna-Greta tog hans hand för att hålla honom inom kretsen lyckades gruppen sluta sig kring henne och hålla honom utanför. Efter ett par minuter fick han nog. Han tryckte Anna-Gretas hand och viskade till henne att han skulle se hur Anders hade det.

Han kände ett styng av dåligt samvete när han efter några steg vände sig om och såg henne stå på bryggan ansatt av mörka gestalter, som en flock kråkor. Fast kanske det inte var dåligt samvete, tänkte han när han fortsatte mot Smäcket. Kanske var det avundsjuka.

*Hon är inte eran. Hon är min. Min!*

Smäcket var tyst och släckt, men när Simon kom in i köket såg han att det läckte ut ljus från springan under sovrumsdörren. Han öppnade försiktigt och fann Anders sovande i Majas säng med armen om en Bamsedocka. Simon stod stilla och såg på honom en stund, gick sedan ut och stängde dörren tyst bakom sig.

I köket tände han lampan och letade fram papper och penna, skrev en lapp om bröllopet. När han var på väg att gå fick han syn på pärlplattan. Han studerade den noggrant. Sedan gjorde han ett tillägg på lappen och lämnade huset.

Anna-Greta var redan hemma. Det hade inte varit så mycket att diskutera, egentligen. Den enda handlingsplan man kunde enas om var den som redan var satt i verket: att hålla Lasse och Karl-Erik under uppsikt och se hur det hela utvecklade sig. Hon drog av sig sina finstövlar och masserade fötterna som hade blivit ömma under dagens marscher i

Norrtälje. »Jag är ledsen att det blev så där med dom andra«, sa hon. »Dom vänjer sig väl med tiden.«

»Det betvivlar jag«, sa Simon och satte sig. »Berättade du för dom? Om Elin?«

»Hur skulle jag kunna det?«

»Nä. Det är klart.«

Anna-Greta la upp sina fötter i Simons knä och Simon knådade dem frånvarande. Hans händer var på plats igen, en naturlig del av kroppen.

*Trolleri. Hemlighetsmakare.*

Det var som ett trollerinummer alltihop. En effekt som syntes på ytan och föreföll fantastisk, men bakom det hela en mekanik som i grunden var mycket enkel bara man förstod den. Kanske. Kanske inte. Simon önskade att han kunde tillämpa sin gamla begåvning på just den här effekten och hitta lönnfacken, de hemliga rörelserna. Kanske var allt lika självklart som en osynlig tråd eller en extra botten, om man fick syn på det. Men han såg inte.

»Det är en sak jag inte förstår«, sa Anna-Greta och vickade på tårna som knakade svagt. »Elin. Anders. Karl-Erik. Lasse. Lina. Varför just dom? Varför just *dom*?«

»Det är många saker jag inte förstår. Och det är en av dom. Var är trådarna?«

## Dunkgömme

När Anders hade fått tag på väckarklockan och med sömngrusiga ögon lyckats tolka visarna kunde han inte tro vad han såg. Klockan var tjugo i sju. Av ljuset utanför att döma var det morgon, inte kväll. Han hade alltså inte sovit mer än en kvart, trots att han hade varit så in i döden trött.

Han rullade runt på rygg och tryckte klockan mot bröstet. Obegripligt nog kände han sig utvilad på ett sätt han inte hade gjort på mycket länge. Kroppen var mjuk och hjärnan tom, avslappnad. Det kändes som om han hade sovit ...

*Vänta här nu ...*

Det fanns ju en möjlighet till. Att han hade sovit ett helt dygn. Att det var lördag nu. Han blundade. Ögonen hade redan fått liv i sig och visade inte den ringaste vilja att slutas igen. Han hade sovit färdigt. Det fanns ingen annan förklaring än att han hade sovit en kvart plus tjugofyra timmar.

*Eller fyrtioåtta. Eller sjuttiotvå. Eller ...*

Han var djävulskt kissnödig, urinblåsan tryckte på som en svulst. Ändå steg han inte upp. Det var så obeskrivligt skönt att ligga i sängen och känna sig varm och *utsövd*. Det hade inte varit en enda lugn natt sedan han kommit till Domarö. Nu hade han tagit igen alltihop, i ett slag. Han drog upp knäna och vände sig mot väggen, där han hittade en gammal bekant.

*Bamse.*

Den stora Bamsedockan hade varit Majas älskling när de var på Domarö. Hon hade inte velat ta med den hem till stan, nej, Bamse hörde till Domarö och skulle stanna här och vänta på henne tills nästa gång hon kom ut.

Anders smekte över den blå filtluvan, de vidöppna ögonen, knapparna i hängselbyxorna.

»Hallå, Bamse.«

Han kände sig så *lugn*. Igår eller i förrgår skulle hans tankar troligen ha börjat jaga upp sig nu, hetsat runt i skallen på jakt efter en förklaring till att Bamse låg bredvid honom trots att han legat långt under sängen när Anders gått och lagt sig.

Men inte nu. Nix. Här var Bamse. Trevligt.

Dessutom visste han ju numera hur det låg till. Det var han själv som hade grävt fram Bamse, eller snarare: hans kropp hade gjort det. Maja hade velat ha Bamse intill sig när hon sov och hade använt Anders för att få det som hon ville ha det.

»God morgon, älskling.«

Han lyssnade inåt efter svar men inget kom. Även det var okej. Han tyckte att något borde kännas, att han skulle kunna finna en plats i sig själv som var hon, men han tänkte inte forska i det nu. Det var okej som det var, med Bamse och allt. Hon var där.

Han drog på munnen. »Kommer du ihåg den här?« Han harklade bort morgonslem ur halsen och sjöng tyst Majas version av Bamsevisan:

»Heja Bamse, starkast utav alla
Men han tycker mycket om att slåss
Dunderhonung, farmors dunderhonung
Äter han när han ska börja slåss.«

Det hade varit en av hennes förtjusningar, att leka med visor och uttryck, med språket. Framför allt att göra saker och ting ... ja, sämre. Ofta kunde det börja som en felsägning som hon sedan utvecklade. En favorit hade varit att byta ut ordet »jul« mot »ful«. Man gav varandra fulklappar, tog in fulgranen och innan julen satt man och tillverkade olika sorters fulpyssel. Sedan kom fultomten.

Det sved i Anders mellangärde och han rynkade ögonbrynen. Han kom ihåg hur hon nästan maniskt hade suttit och rabblat olika saker som var fula. Fulmusiken och fulstämningen. Den egna versen hon hade lagt till »Jag såg mamma kyssa tomten« som gick ut på att pappa kom in och slog ihjäl tomten. Fultomten.

*Det här går inte längre.*

Anders kastade sig runt och gled ur sängen, halvsprang hukande mot toaletten där han presterade vad som troligen var ett rekord i långkissning. Hans kropp kändes renad, kapabel, redo för vad som helst. Han spolade och Elin kom för honom. Hennes hår som flöt ut omkring henne när hon sjönk nedåt ...

*Nog!*

Han sköljde ansiktet med kallt vatten och drack sig otörstig. Han skulle inte tänka på det där. Aldrig mer. Det var över, det var förbi, det tillhörde det förflutna. Det var som om han denna morgon hade fått en ny kropp och en ny hjärna till skänks. Han tänkte inte använda dem till att vada omkring i sörjan av saker som inte gick att ändra. Nog av det.

Han var glupande hungrig och stående vid kylen tryckte han i sig tre knäckebrödssmörgåsar med kaviar medan vattnet rann igenom kaffebryggaren. Han tuggade och tuggade, det krasade i skallen medan han såg ut genom fönstret och noterade att fjärden var fylld av måsar. Han var inte rädd.

*Jag är inte rädd.*

Han malde sig igenom den sista av smörgåsarna och studerade måsarnas rörelser då de drev med strömmarna, hur de lyfte och blinkade till när de fångades i ljuset av den lågt stående solen och sedan sänkte sig ner över ytan igen.

*Jag är inte rädd.*

Han hade gått omkring i större eller mindre fasa och ängslan så länge att det blivit det naturliga tillståndet. Nu var det borta. Här fanns bara fjärden, den blå himlen, måsarna och hans egen orädda kropp som såg allting i höstljus.

Det var underbart.

Han vände sig bort från fönstret och fick syn på pärlplattan. Ögonen spärrades upp och han gick fram till den, smekte med handen över den släta ytan som nu var större än den knottriga. Det hade byggts och det hade byggts mycket –

*Jag har byggt*

– medan han sov. Mängder av blå pärlor hade tryckts på plats och den stora vita fläcken i mitten var färdigbyggd, kringgärdad med blått, och hade fått sällskap av en annan mindre fläck snett upp till vänster.

Medan han stod och tittade på den obegripliga bilden började en tanke ta form, men innan han lyckats fånga den fick han syn på lappen.

*»Anna-Greta och jag gifter oss i Nåten på söndag klockan två. Vi vill gärna att du kommer. Simon«*

Under namnet fanns det ett P.S. och när Anders hade läst det slog han sig i pannan och utropade: »Idiot! Så klart!« Han studerade pärlplattan igen och kunde inte förstå att han inte hade fått syn på det omedelbart.

*»P.S. Är det inte ett sjökort?«*

Det blå var hav, den stora vita fläcken i mitten var Domarö och den mindre fläcken var Gåvasten. Det var klumpigt utfört och ljust och mörkt var omkastat i förhållande till ett vanligt sjökort, men lik förbannat tyckte han att han borde ha fått syn på det för länge sedan, redan när Domarös konturer höll på att utformas.

Det var en uppenbarelse, som om: *Äntligen föll bitarna på plats, polletten trillade ner, slöjan drogs undan.* Anders kände sig rusig av upptäckten och klappade händerna i ren förtjusning men stannade mitt i ett klapp. Han stirrade på pärlplattan.

*Det är ett sjökort. Jaha? Och?*

Det han hade framför sig var ett rudimentärt sjökort där Domarö, Kattholmen och Gåvasten var utmärkta och Ledinge började växa fram.

*Och?*

Det såg precis ut som ett vanligt sjökort, bara sämre utfört. Ett vanligt sjökort hade han i bokhyllan. Vad skulle han med det här? Vad kunde det berätta för honom som han inte redan visste?

»Varför gör du så här? Varför har du gjort det här ... fulkortet?«

Han blev tvärilsken och drabbades av en kraftig impuls att slänga hela skiten åt helvete, hade till och med sträckt sig efter plattan med båda händerna innan han fick stopp på sig. Han såg på sina händer, grep tag i den ena handen med den andra och skakade den.

En av hans egna ordvitsar dök upp. Den hade inte varit någon succé hos Maja, men han hade själv tyckt att det var roligt. Att byta ut »hand« mot »hund« i olika uttryck. Att hålla någon i hunden. Räck mig din hund, jag är din högra hund. Och favoriten. Han tittade på sina händer och sa det högt: »Den ena hunden vet inte vad den andra gör.«

*Så är det.*

Han damp ner på en köksstol. Den plötsliga ilskan hade inte varit hans, det var Maja som hade kunnat bli så där oresonligt arg över små saker. Som hennes sockor den dagen hon försvann. Nu hade hon blivit arg på sjökortet, genom honom. Lika glad som hon hade blivit när hon såg att det *var* ett sjökort.

*Nej. Jo.*

Han lutade sig över pärlplattan igen. Om det var hon som hade byggt sjökortet kunde hon ju inte bli glad över upptäckten. Och dessutom ... hur skulle Maja rimligtvis kunna bygga ett sjökort med pärlor? Han hade väl visat henne kortet någon gång när de var ute och åkte med båten, men det fanns inte en möjlighet att hon skulle kunna göra en ... avbild av det.

Det var det bara han som kunde. Alltså var det han själv som hade byggt kortet utan att själv veta och det var hon som hade ...

Han lutade ansiktet i händerna.

*Den ena hunden vet inte vad den andra gör.*

Om hon ville meddela sig med honom, varför göra det på det här krångliga och tidskrävande sättet? Varför inte bara skriva eller säga det som behövde sägas?

*För att den ena hunden inte vet vad den andra gör.*

Och dessutom ...

Anders drog efter andan och höll den, lyssnade inåt och utåt. Inget fanns där. Ingen såg honom, ingen var ute efter honom. För ögonblicket. Men de fanns ju.

*Du får inte heller vara här, lilla Maja. Vi tar dig också, så småningom.*

Det gällde att vara försiktig. Om man visade sig för mycket fick de syn på en. Det var det som hade hänt med Elin. Kanske. Så man måste vara försiktig. Ta en bit i taget och undvika upptäckt.

Maja hade varit bra på kurragömma. Nästan alltför bra. Hon kunde sitta gömd hur länge som helst om hon hade hittat ett bra gömställe. Inte ens när de gav upp och ropade på henne kom hon fram. Man var alltid tvungen att hitta henne.

Den sista sommaren hade de lärt henne dunkgömme och det var samma sak där. Om hon i andra sammanhang var extremt otålig så var hennes tålamod vid lekar oändligt. Hon satt gömd långt borta tills den som skulle hitta henne började släppa på vaksamheten och gick iväg åt andra hållet. Då sprang hon fram. Hon kunde vänta hur länge som helst.

Anders hällde upp en kopp kaffe åt sig och drack den långsamt och metodiskt, visualiserade hur den heta, milt giftiga drycken rann igenom honom och ännu en gång rensade kanalerna. Det började gegga ihop sig i skallen igen och han ville inte ha det så.

Han såg på havet, himlen, måsarna och koncentrerade sig på värmen i halsen, bröstet, magen.

Det fungerade till en del och med någorlunda klara ögon tittade han återigen på pärlplattan. *Om* det var så som han tänkte, att det Maja höll på med var ett slags dunkgömme där det gällde att undvika upptäckt borde det ändå finnas en anledning, en burk att sparka på.

Han gick och hämtade sjökortet, jämförde det med pärlplattan. Avstånden och proportionerna var i stort sett riktiga. Öarnas former var alltför fyrkantiga men någorlunda korrekta. Det fanns ingen avvikelse som stod ut som något speciellt.

Han la ifrån sig sjökortet och gned sig i ögonen. När han tittade igen fick han syn på något som *inte* stod ut, utan tvärtom.

*Det saknas ju här ...*

Han lutade sig över pärlplattan och studerade klumpen av vita pärlor som markerade Gåvasten. Vid dess överkant fanns en smal korridor där inga pärlor var nedtryckta, en sträng av tomhet.

*Vad betyder det? Betyder det nåt?*

Han hämtade fotografierna från kökslådan och bredde ut dem framför sig på bordet. Han koncentrerade sig på Majas ansikte, Majas blick. Jo, det var som han hade trott. Hennes uppmärksamhet drogs mot något som fanns österut, vid den tomma strängen.

*Pappa, vad är det för nåt?*

Anders tittade ut genom fönstret. Bortanför mattan av måsar som täckte fjärden syntes den minimala vita fyren. Inte mer än ett blänk i morgonljuset, en prick på himlen.

Tio minuter senare hade han fått på sig ytterkläder, hämtat verktyg och monterat upp utombordaren på plankan. Temperaturen hade sjunkit flera grader och var nu nära noll, men efter att ha ryckt i startsnöret tjugo gånger var han nog så varm.

Han kontrollerade allt som gick att kontrollera, sprutade smörjmedel i alla rörliga delar och startgas i luftfiltret, tog loss tändstiften och torkade av dem trots att de redan var torra, satte dem på plats igen, pumpade upp bensin och slog till motorn med handflatan.

»Nu startar du, din jävel.«

Han ryckte fem gånger utan att motorn gjorde minsta ansats till att starta, inte ens en harkling från förgasaren.

Han skrek: »Vad är det med dig, satans förbannade jävla as!« och ryckte i snöret så hårt han kunde. Han la hela sin kroppstyngd bakom, och när snöret slets av ramlade han baklänges och slog svanskotan i den hårda marken.

Ett rött skynke föll framför hans ögon och han for upp på fötter, lyfte av motorn från plankan och vaggade ner till bryggan där han tog sats från axeln och kastade motorn så långt ut han förmådde.

Några måsar som låg nära bryggan flaxade skrämda upp när motorn slog i vattnet och sjönk utom synhåll. Anders flämtade av ansträngningen och hukade sig framåt med händerna vilande på knäna medan han viskade: »Där fick du. Det trodde du inte, va?«

Måsarna la sig till vila på ytan igen och såg på honom med sina svarta ögon.

När han sansat sig insåg han att det han just hade gjort inte var särskilt klokt. Det kunde ha varit ett enkelt fel och det fanns folk i byn som var kunniga. Samtidigt som han tänkte det kom en impuls att han nu borde springa och gömma sig. Han hade gjort fel och nu skulle han sätta sig på ett mörkt ställe där ingen kunde hitta honom.

Vedboden blixtrade till i skallen. Om han kröp in vid sidan om en trave och drog vedsäcken över sig skulle ingen kunna se honom.

*Fort! Innan nån kommer!*

Han vände om och hade hunnit halvvägs in mot land med korta, smygande steg innan han fick stopp på sig själv. Han ruskade på huvudet och la armarna omkring sig.

*Vad gör jag?*

Han visste vad han gjorde: han visste inte vad han gjorde. Den ena hunden visste inte. De yrde runt varandra, nafsade efter varandras svansar. Han omfamnade sig själv, sa med mild, tröstande röst: »Det är okej. Det är ingen fara. Jag är inte arg. Ingen är arg.«

*Säkert?*

»Ja, ja. Helt säkert. Motorn var dum.«

*Säg inte så om motorn. Den blir ledsen.*

Det var inte Majas röst han hörde, det var bara hans egna tankar, men de var ... styrda. Han leddes in i mönster, begrepp som inte var hans. Han pressade handlovarna mot tinningarna.

*Det här blir jag galen av. Det är sånt man säger, men det här ... jag kommer att bli galen.*

Han rätade på sig och andades djupt ett par gånger. Han hade kontroll, han var Anders. Han hörde vindens svaga sus i öronen, havets kluckande och röster bortifrån ångbåtsbryggan. Upprörda röster och barnskrik. Ett ögonblick trodde han att det hade med honom att göra, men det var för långt borta. En massa folk stod på bryggan och det var något bråk, han kunde inte avgöra om vad.

*Det har inte med mig att göra.*

Han tog sig samman och gick mot land. Simon hade sagt att han kunde låna hans båt så mycket han ville och det var just vad han tänkte göra.

Förvirringen rann av honom och för varje kliv han tog mot Simons brygga återvände mer och mer av morgonens beslutsamhet och klarhet. Han visste vad han hade att göra, han hade fått en riktning.

Nu gällde det bara att följa den.

## Elaka barn

Sju barn i klass ett till sex fanns på Domarö. Sju barn som klockan kvart i åtta varje morgon stod på ångbåtsbryggan och väntade på passbåten till fastlandet, till Nåten och skolan. Vuxna och högstadiebarn åkte tidigare för att hinna till skolan i Rådmanby eller arbeten i Norrtälje.

Trots att barnen varierade i ålder från Mårten och Emma som gick i ettan till Arvid i sexan så fanns det en sammanhållning i gruppen. De små skolades in i rutinerna av de äldre och sedan åkte man tillsammans, väntade tillsammans och såg till att allt gick som det skulle.

Till en del sträckte sig gemenskapen ända in i skolan. Om ett yngre Domaröbarn blev retat eller utsatt på skolgården, kunde det mycket väl hända att ett äldre klev in och satte stopp för det. Kanske för Domarös ära, kanske för att kunna se varandra i ögonen, kanske på grund av spontan empati som nöttes in under morgnar med regn och kyla eller strålande sol.

Hur som helst så var man en grupp, och man visste om det. Man var sju, och man var från Domarö.

Just den här morgonen var flera av barnen upptagna av den stora mängd måsar som låg samlade på fjärden. Temperaturen hade fallit flera grader under natten och fåglarna såg frusna ut där de låg och flöt med strömmarna, ruskade på sig då och då som för att hålla värmen.

Barnen var bättre polstrade. Mårten och Emma instoppade i overaller av bävernylon, Maria i femman med jättelik halsduk och mössa, Johan och Elin i trean något blygsammare men dock varmt klädda.

Arvid stod och huttrade inne i kuren. Han hade ärvt en skinnjacka av sin farfar och den var hans käraste ägodel men gav inte mycket värme en dag som den här. Farfadern hade jobbat åt sjöräddningen och varit okänslig för både kyla och värme. Han tog nät ur vakar med bara händer och släckte sina cigaretter mellan tummen och pekfingret. Han hade varit Arvids idol, men hade gått bort i cancer några månader tidigare. Arvid hade då övertagit hans jacka och funnit att den var alltför stor och gav föga värme. Men den var farfars och – om sanningen skulle fram – dessutom maffigt snygg.

Det var sex barn. Det sjunde syntes ännu inte till. Sofia Bergwall, dotter till Lasse och Lina. Hon var sen denna morgon.

Maria spanade uppåt vägen. Trots att Sofia var ett år yngre så var hon Marias bästis och de hade hängt ihop sedan de gick hos dagmamma. Det var tråkigt att vänta på båten när inte Sofia var där. Maria vände sig mot havet och bortanför mattan av måsar närmade sig passbåten. Det skulle dröja några minuter innan den la till, men Sofia brukade alltid vara i god tid. Maria tuggade på läpparna och fick syn på Sofia som kom gående uppifrån affären.

Maria vinkade, men hennes bästis tycktes inte se henne. Hon gick stelt och konstigt, var tunt klädd och föreföll upptagen av något svårt problem. Maria visste vad som hade hänt med hennes pappa Lasse dagen innan och tänkte att det hade något med det att göra.

Sofia hälsade inte ens när hon kom ner på bryggan, gick bara och ställde sig borta vid högra kanten och stirrade på måsarna som hade börjat lyfta i oordnade flockar när passbåten närmade sig.

»Soffi, vad är det?« Maria la handen på vännens axel men Sofia bara fnös till och vände sig bort. Maria inspekterade hennes klädsel och skakade på huvudet. Det var obegripligt. Sofias mamma var alltid så noga med att Sofia var ordentligt klädd, men idag hade hon varken mössa eller vantar och bara en tunn anorak som knappt hjälpte mot vinden.

Det molade till i Marias bröst. Ända sedan hon var mycket liten hade hon varit en person med ömma känselspröt, som fick ont av att andra inte hade det bra. Därför drog hon av sig sin halsduk och började vira den kring Sofias hals.

»Du måste frysa, det är ju –«

Ordet »jättekallt« frös på hennes läppar när Sofia vände sig om. Hon såg så otäck ut i ögonen att Maria gnydde till och släppte halsduken.

»Rör mig inte!« väste Sofia och Maria höll upp händerna till skydd eller för att visa att hon inte tänkte göra något mer, men innan hon hade hunnit säga något grep Sofia tag i hennes jacka.

Arvid stod och studerade klottret i väntkuren. Han hörde Maria skrika till och brydde sig inte om det, tänkte att det var något tjafs som tjejerna höll på med. Men sedan ändrade skriket karaktär och kort därefter hördes ett plask.

Arvid tittade ut ur kuren lagom för att se Sofia springa fram till Mårten och Emma. Hon högg tag i deras overaller över bröstet och drog dem till sig. Emma lyckades slita sig lös, vilket gav Sofia två händer att hålla fast Mårten med. Den lille pojken gallskrek när Sofia släpade honom mot bryggkanten och vräkte honom över den. Skriket fortsatte medan han föll över kanten och slutade sedan tvärt.

Passbåten var kanske femtio meter från bryggan och måsarna lyfte ur havet, halades upp mot himlen som en flaxande och skriande ridå.

Det hela var så utan rim och reson att det dröjde ett par sekunder innan Arvids hjärna hade accepterat att det inte handlade om kull eller någon annan lek, att Sofia verkligen hade slängt lille Mårten ner i det iskalla vattnet.

*Och var är Maria?*

Sofia visade tänderna och rusade mot de andra barnen som med skrämda pip flydde upp mot land. Det var som *Björnen, sover, björnen sover* fast björnen verkligen var farlig och det inte hjälpte att vara varlig.

Medan Arvid sprang fram till kanten av bryggan såg han i ögonvrån att passbåten fortfarande var för långt bort för att Roger skulle kunna hjälpa till. Arvid tittade ner i vattnet och såg Mårtens ljusblå overall strax under ytan.

Han tvekade. Det var inte han som skulle göra sådant här. Han var bara tretton år och det var nästan nollgradigt vatten och det måste finnas någon vuxen som –

*Farfar. Farfar skulle –*

Längre hann han inte i tanken innan händerna av sig själva drog upp blixtlåset på skinnjackan och började vränga den av honom. Det ljust blåa i Mårtens overall gick mot mörkare blått när han sjönk och det fanns ingen annan än Arvid som kunde rädda honom.

Han hade precis hunnit få av sig jackan och var på väg att dra ett djupt andetag när han fick en hård knuff bakifrån som tippade honom över kanten. Han vände sig halvt om i fallet och hann se Sofia stirra på honom med vanvettiga ögon innan han föll de två meterna och slog i vattnet.

Kylan slet all luft ur honom och hans lungor drogs samman, tillät honom inte att dra in någon ny. Han såg passbåtens vassa för kanske tio meter bort. Den var på väg rakt emot honom och han hörde hur motorerna vrålade när Roger slog full back.

Med ren muskelansträngning lyckades Arvid dra i sig en gnutta luft, höll andan, tippade ansiktet ner i vattnet och tog ett simtag nedåt. Näsan, munnen och ögonen frös till is men just nu var det bara en sak som fanns och det var att nå fram till den blå klumpen strax under honom.

Han tog ett simtag till och motorernas vrålande uppfyllde huvudet när han kände att hans fötter lämnade ytan. Det tryckte till i öronen och han försökte sparka ifrån med sina grova kängor utan att lyckas, så han tog ett simtag till, ett sista innan han hade slut på luft, for ut med armen och fick grepp om bävernylontyget över Mårtens rygg.

Otroligt nog hade han sinnesnärvaro att gira åt sidan innan han steg till ytan. Han flaxade med sin fria arm, sköt ifrån så gott det gick med benen och pressade upp Mårten ur vattnet som om han höjde en segerpokal innan han själv följde efter och i korta flämtningar drog in luft.

Deras huvuden bröt ytan bara en meter från passbåtens metallskrov. Han kunde inte längre höra någonting, det var som isproppar i öronen. Över hans huvud, uppe i himlen kryllade ljudlösa måsar.

Mårtens overall var fylld med vatten och ville dra dem båda nedåt, men Arvid fick grepp om ett av traktordäcken som hängde längs bryggans kant, drog sig framåt och flyttade greppet till nästa däck. När han hade kommit till bryggans hörn hörde han att någon ropade på honom långt bortifrån, men han brydde sig inte om det. Han höll Mårtens huvud över vattnet och sökte sig mot land.

Han rundade hörnet och såg otydligt att en annan figur kravlade sig i land några meter bort.

*Maria ... bra ... bra ...*

Hans händer ville inte lyda honom längre. När han försökte få grepp om det sista traktordäcket på väg mot land var fingrarna så stelfrusna att de halkade på den hårda gummiytan.

En båtshake sträcktes ner uppifrån bryggan och han grep efter den men lyckades inte sluta fingrarna omkring den runda staven. Han trodde att han skulle sjunka, men haken krokades fast i halslinningen på hans tröja och han drogs mot land med sin last.

Efter ett par meter märkte han att benen rörde sig på ett konstigt sätt och förstod att de släpades mot bottnen. Greppet om hans halslinning släppte och vattnet plaskade upp i hans ansikte när Roger hoppade i och drog upp honom på stranden. Han noterade att Maria redan låg där och stirrade på honom med vidöppna ögon och ett ansikte vitt som papper.

Någon drog i honom.

»Arvid, Arvid. Släpp. Du måste släppa.«

Roger slet i hans vänstra arm, armen som höll om Mårten. Arvid försökte släppa men kunde inte eftersom armen hade låst sig. Den enda plats där han hade någon värme kvar var inne i munhålan och han lyckades sära på sina läppar och säga: »Jag kan inte.«

Han tittade på Mårten och såg någonting underbart. Hans mun rörde sig och han hostade upp lite vatten över Arvids ansikte. Han levde. Med milt våld lyckades Roger tvinga undan Arvids arm och få loss Mårten.

Medan Roger arbetade med att få av Mårten overallen och svepa in honom i sin egen fleecetröja anslöt Ulla och Lennart Qvist som kommit med båten och tog sig an Maria och Arvid.

Uppifrån bryggan hördes skrik och med stöd lyckades Arvid resa sig, såg att två vuxna stod och höll fast Sofia som kastade sig från sida till sida, ylade som ett djur och försökte bita dem. Måsarna kretsade över de kämpande likt en uppjagad boxningspublik, flaxade omkring dem, skrek och hetsade.

Mårten grät i Rogers famn medan han bars hemåt och även Maria hulkade med blåfrusna läppar där hon leddes vid handen av Ulla. Arvid fick av sig sin tröja och Lennart svepte in honom i en stor överrock, klappade om honom.

»Det var bra gjort, du, Arvid.«

Arvids käkar darrade så att han knappt kunde prata. Han nickade stelt mot de vansinniga måsarna och Sofia som svärande och sparkande drogs mot land. »Varför. Är det. Så här?«

»Ingen vet«, sa Lennart. »Ingen vet. Kom nu.«

På skakande ben lät Arvid sig ledas runt havtornsbuskaget och upp mot byn. När han såg att hans väg skulle komma att korsa Sofias stannade han.

»Vill du göra mig en tjänst?«

»Visst«, sa Lennart. »Vad du vill.«

»Kan du hämta min jacka?«

Medan Lennart gick för att hämta jackan stod Arvid kvar med hans rock hårt svept omkring sig och såg Sofia baxas mot sitt hem. Måsarna förföljde dem, cirklade över deras huvuden som om de hade fått span på ett byte och bara väntade på det rätta tillfället att dyka.

När Lennart kom tillbaka återlämnade Arvid överrocken, drog på sig skinnjackan över sin nakna hud och sa att han klarade sig själv nu. Sedan stapplade han vidare hemåt med vatten plaskande i skorna.

I jämnhöjd med affären stannade han och såg bortåt vägen där Mårten bars till sin mamma och pappa, fortfarande högljutt gråtande men vid liv. Arvid drog jackan tätare runt sig och kände efter.

Det var underligt, ändå.

Jackan kändes för första gången värmande. Och den var inte för stor längre. Den passade. Riktigt bra.

## Åter till Gåvasten

Kylan nöp i Anders kinder och hans ögon tårades. Han hade bylsat på sig så gott han kunde och bar flytväst under täckjackan, men fartvinden letade sig in i alla glipor och han hade inte kommit mer än halvvägs till Gåvasten innan han var genomfrusen.

Först hade han trott att det var något konstigt med hans ögon, att han såg prickar framför dem, men på det här avståndet kunde han se att fläckarna som svärmade över himlen kring Gåvasten verkligen var fåglar. Det gick inte att bedöma vilken sort det var, men de såg ut att vara av olika storlekar och alltså olika arter.

Simons tjugohästare brummade monotont och plastskrovet slog mot vågorna. Anders ansikte var så förstelnat av kölden att han inte längre kände av när några droppar flög upp och träffade hans kinder eller haka. Han höll blicken stelt riktad mot Gåvasten och vänsterhanden knuten runt gasreglaget vridet till maxfart. Han var en pil avskjuten från Domarö och höll rak kurs mot fyrens oxöga.

Ändå kunde han inte undgå att något sipprade in och tärde på hans bottenfrusna beslutsamhet. En obehaglig, geléaktig dallring växte i hans bröst ju närmare han kom fyren och de myllrande fåglarna. En känsla välbekant som en äcklig släkting: Rädsla. Vanlig gammal rädsla som fick pilen att kränga och sakta ner.

Motorljudets resonans djupnade när han släppte på gasen och lät båten puttra fram de sista hundra meterna. Fåglarna kring fyren var verkligen av olika arter. Knipors vildsint fladdrande vingar, ejdrars tunga kroppar och måsars eleganta glidande på luftströmmarna. Till och med ett antal svanar gungade på havet utanför fyren.

*Vad gör dom?*

Många fåglar var uppe i luften och kretsade kring fyren, men ännu fler låg samlade på vattenytan. De tycktes inte ha någon avsikt med sitt beteende utom att visa upp en enad front, att säga: *Här är vi.*

Ändå var det olustigt. Anders hade inte sett *Fåglarna,* men han kunde utmärkt väl föreställa sig vad det skulle innebära om en sådan mängd fåglar plötsligt beslutade sig för att anfalla. De visade ingen tendens till det just nu, men kanske när han klev iland på ön?

När båten gled in i den första ansamlingen av fåglar paddlade de snabbt undan och han tyckte att de glodde aggressivt på honom. Han beslutade sig för att använda det enda vapen eller åtminstone skydd som han hade tillgång till.

Han släppte gasen och lät motorn gå på tomgång medan han plockade upp plastflaskan, tog ett djupt andetag och sedan svalde ner ett par klunkar av malörtskoncentratet.

Vämjeligheten brann i munnen, halsen, magen och flammorna steg upp i skallen, slickade runt i hjärnan. Han svalde ner en kväljning, skruvade på korken och grep tag om gasreglaget igen. Fåglarna simmade undan, bildade en fjäderfri gata åt honom fram till klippan.

Han tvekade ett par sekunder innan han satte ner foten på hällen. Sedan klev han ur båten och såg sig omkring. Fåglarna fortsatte att yra runt uppe i luften och han tyckte att deras skrik ökade i intensitet. Men de gick inte till anfall. Han drog upp båten så gott det gick och fäste förtöjningstampen runt en sten.

Så stod han på Gåvasten igen.

Första och sista gången han hade varit här tidigare hade det legat snö över klipporna. Nu kunde han se att de var blankslipade av havet och att ådror av rosa och vitt löpte genom den grå stenen och bildade ett mönster, fläckat av måsskit. Han stod stilla med hängande armar och gapande mun medan mönstret lösgjorde sig från underlaget och gled samman, formade sig till ... ett alfabet.

*Ett språk.*

Linjerna som löpte kors och tvärs, de enstaka friliggande punkterna och krumelurerna var alla tecken, delar i ett skriftsystem så komplicerat att hans tanke inte kunde omfatta det, bara konstatera att det fanns där.

Likt ett spädbarn som fått en bibel i sina händer och kastar den ifrån sig när den visar sig oduglig att tugga på, slet Anders blicken ifrån hällarnas skrift och fortsatte upp mot fyrbergets östra sida. Det var inte hans språk, betydde inget för honom.

Han visste inte hur han skulle leta eftersom han inte visste vad han letade efter, men hans medvetande pejlade omgivningen som om den var en knut som skulle lösas upp. Han behövde hitta punkten där det fanns en smula slack, där det gick att få in fingret och börja pilla.

Han hittade ingen sådan punkt. Världen var ogenomträngligt solid och fylld av meddelanden som han inte kunde tolka.

Fyrklippans brutna trappstegsformationer ner i havet, de enstaka friliggande stenblocken och stråken av grus i skrevorna bildade nya tecken som ville säga något. När han lyfte blicken blev han svagt illamående av fågelflockarna som skapade figurer mot himlen, figurer vars yttre konturer hela tiden var i upplösning, omformades till nya skepnader.

*Allt talar till mig. Och jag förstår inte vad det säger.*

Anders satte sig ner på huk och doppade händerna i en pöl med glasklart regnvatten, gned sig i ansiktet och ögonen, blundade en stund.

När han öppnade ögonen hade en smula av det visionära lämnat honom och han kunde kisande gå upp mot fyren. Dörren var olåst, som den gången. En sak var han tacksam för: malörtens hallucinatoriska verkan blockerade nästan helt alla minnen. Det den gjorde med honom kunde tvärtom beskrivas som att den placerade honom *här och nu* i så hög grad att det var var smärtsamt. Men ändå bättre.

Han öppnade dörren och välkomnades av den lilla bössan och bönen om pengar. Han rotade i fickorna utan att hitta några och gick förbi. Han stannade till och fnissade.

*Det är kanske* nu *som fåglarna attackerar.*

Nej. Medan han gick uppför fyrtrappan kunde han höra dem där ute, fortfarande skriande och kluckande till varandra. Förstod de varandras språk, mellan arterna? Troligen inte, men hur hade de i sådana fall vetat att de skulle samlas?

*Allt talar. Allt lyssnar.*

Han smekte den yttre väggen med högra handen medan han steg uppåt. Han passerade det cirkelrunda rummet och fortsatte uppför trappan till reflektorn.

Rummet såg ut som han mindes det, inget hade förändrats. De stora fönstren och reflektorns blänkande speglar kastade runt dagern så att rummet tycktes ljusare än utomhus. Han gick och ställde sig på den plats där Maja hade frågat honom *Vad är det där för nåt?* och såg ut över österhavet, kände efter.

Först var det ingenting.

Ögonen var ovanligt ljuskänsliga och trots att himlen var täckt av moln tvingades han kisa för att kunna se ut över det svagt skummande vattnet. Han blickade ner mot klippornas vassa kanter, fåglarnas gytter och kände växtgiftet rinna genom kroppen som en neongrön tråd.

*Ingenting.*

Sedan kom det. Svagt till en början, likt förnimmelsen av en annan människas andning i en nedsläckt sal. Sedan starkare. En vetskap svår att beskriva. Anders flämtade och stapplade till, tog stöd mot glasburen runt reflektorn.

Djupet.

*Djupet. Hur djupt ...*

Han stod på ingenting. Djupet var allt.

Det sägs att endast tio procent av ett isberg sticker upp ovanför ytan. Det var något liknande Anders i ett kallt, brinnande ögonblick kände tvärs igenom hela sin kropp, bara mer, större: det som stack upp, det som han stod på var inte ens *en* procent. Det var nästan ingenting. En syträd över en avgrund.

Benen svek honom och han sjönk ihop, fortsatte bakåt tills hans huvud mötte golvplankorna.

*Vi är så små. Vi stackars människor med våra blinkande ljus.*

Han hade i sin enfald trott att *fyren* hade något med saken att göra. Dess spöklikt blinkande öga över havet om nätterna hade förlett honom. Men vad är en fyr? Ett mänskligt påfund av trä och sten. En byggnad med en lampa i, inget mer. Lampan kan släckas och byggnaden vittra, men djupet ...

Djupet består.

Insikten gled ur honom likt en våg som drar sig tillbaka från stranden och han låg på golvet med bara teoretisk kunskap kvar. Giftets rännilar mattades i blodet och han andades djupt ut och in, ut och in.

Han rullade över på sidan och löpte med blicken över klottret på fyrens kalkade innerväggar.

»FRIDA WAS HERE 21/6 -98«
'J ♥ M'
'When in trouble, when in doubt
Run in circles, scream and shout'
»NÅTENKILLAR = IDIOTER«

En mening var skriven med större, tydligare bokstäver än de flesta av de andra. Anders tyckte sig komma ihåg att han hade sett den förra gången han var här, men då inte fäst något avseende vid den. Nu gjorde han det.

Präntat under datumet 28/1 -89 stod det:

»UNDERLIGA VÄGAR, NU KOMMER VI.«

Henrik och Björn hade försvunnit någonstans omkring det datumet. *Strangeways, here we come* var titeln på The Smiths sista album.

De hade suttit här och skrivit, nästan ristat in det där sista meddelandet i väggen med kulspetspenna och sedan ... givit sig av. På de underliga vägarna.

*Dom visste. Dom visste vad dom gjorde.*

Anders kom på fötter och rusade nedför trapporna.

»Jag ska ta er, era jävlar! Jag vet var ni gömmer er och jag ska komma och ta er! På nåt sätt, jag svär vid Gud, ska jag hämta henne!«

Anders stod på de östra klipporna och skrek mot havet och vinden, skrek ikapp med fåglarna som gled framför hans ansikte likt en gigantisk ridå som hans armar var för korta, hans kunskap för klen för att kunna glänta på. Men han skulle. På något sätt skulle han.

Han fortsatte att skrika och hota havet tills halsen var svullen och vreden hade mojnat.

När han kom till sina sinnen igen såg han att fåglarna hade kommit närmare. Nästan samtliga knipor, änder och svanar hade samlats på vattenytan utanför Gåvastens östra sida. Rakt framför honom låg de och böljade med vågorna. Tusentals fåglar så tätt packade att det såg ut som om det skulle gå att vandra hundra meter ut i havet på deras ryggar. Måsarna hade slutat att kretsa kring ön och flaxade nu rakt framför honom i ett enda vitt moln som tycktes stiga ur havet och driva mot platsen där han stod.

Vilket ögonblick som helst skulle ett hörbart eller ohörbart kommando nå dem och han skulle drunkna i en svärm av hackande och rivande näbbar.

*Dom förstår. Jag måste härifrån.*

Långsamt, ett steg i taget, backade han bakåt mot båten utan att släppa fåglarna med blicken. Om de visade minsta tecken till att anfalla fanns det en chans att han skulle hinna in i fyren innan de slet sönder honom, bara han såg till att ha dem under uppsikt.

Lavarna gjorde klipporna på den här sidan såphala och en gång halkade han. Ändå släppte han inte fåglarna med blicken och fick en skarp stöt i höften innan han lyckades bromsa fallet.

Måsflocken hade flyttat sig närmare honom och rörde sig över de östra klipporna medan han utan att se på händerna lossade förtöjningsknuten och sköt ut båten i vattnet med ryggen. Måsarnas upphetsade skrianden trasade sönder rymden och uppfyllde hans huvud så att förnuftigt tänkande var omöjligt. Det enda han kunde se framför sig var: *Få ut båten. Åka härifrån.*

Båten gick flott från klipporna och han backade ut i vattnet, sköt ifrån mot bottnen med ena foten samtidigt som han klev ombord. Båten gled ut några meter från ön. Nu fanns det inte längre någon möjlighet att hinna upp till fyren. Han vågade inte vända ryggen mot måsarna för att starta motorn, så han grep en åra och paddlade baklänges likt en gondoljär, en sida i taget.

När han hade kommit drygt hundra meter från Gåvasten började fåglarna lugna ner sig. Måsflocken löstes upp och spreds ut i ett glesare moln som omfattade hela ön. Anders släppte åran och satte sig på aktertoften, andades ut i ett långt, darrande andetag. Han lutade huvudet i händerna och fick syn på plastflaskan som låg och rullade på durken.

Han hade glömt den, att dess innehåll kunde ha skyddat hans reträtt ifrån de hotande fåglarna. Kanske hade det ändå gjort det. Han såg på flaskan som vände ett halvt varv när en våg hävde båten. Etiketten med pappas barnsliga handstil kom till synes: MALÖRT.

Han förstod. Äntligen förstod han vad som hade hänt med hans pappa. Den där dagen och alla andra dagar.

## Malört

Egentligen borde han gå hem och lägga pengarna i sitt sparskrin, men Anders ville knalla runt ett tag till i känslan av att vara *rik*. Fickorna fulla av pengar. Som pojken med guldbyxorna kunde han med ett frasande bara slita fram en tia och en tia till, en tia till.

Han gick upp mot affären utan någon annan plan än just denna: att spankulera omkring och vara Domarös för ögonblicket rikaste pojke.

Båtarna var fortfarande ute och letade efter Torgny Ek, men folksamlingen på bryggan hade glesnat. Anders tvekade. Om han gick ner till bryggan skulle det vara en massa vuxna som frågade honom om saker och han visste inte om han ville det.

»Hej.«

Cecilia bromsade in sin cykel intill honom. Anders höjde handen till hälsning. När handen kom i närheten av hans näsa kände han att den luktade fisk. Han körde ner båda händerna i bakfickorna och antog en avslappnad attityd.

»Vad gör du?« frågade Cecilia.

»Inget speciellt.«

»Vad är det på bryggan?«

Anders tog ett djupt andetag och frågade, liksom i förbigående: »Vill du ha en glass?«

Cecilia tittade på honom som om han skämtade och log osäkert. »Jag har inga pengar.«

»Jag har.«

»Bjuder du, eller?«

»Ja.«

Anders visste mycket väl att det var en konstig sak att fråga, en konstig sak att göra. Men det fanns inga andra i närheten och han hade fickorna fulla. Det bara blev så att han frågade.

Hon ledde sin cykel upp till affären och han gick vid hennes sida, fortfarande med händerna i bakfickorna. Hennes hår var uppsatt i två halvlånga flätor, hon hade fräknar på näsan och han drabbades av en impuls att röra vid hennes flätor. De såg så ... mjuka ut.

Lyckligtvis hade han händerna djupt nedkörda i bakfickorna och det hindrade att ytterligare något *bara blev så.*

Cecilia lutade cykeln mot väggen och frågade: »Har du sålt mycket, eller? Strömming?«

»Ja, i morse. Jättemycket.«

»Jag brukar sälja jultidningar.«

»Går det bra?«

»Sådär.«

Anders började slappna av på riktigt. Det här var den första sommaren som han överhuvudtaget hade reflekterat över att han var annorlunda än sina kompisar som enbart var sommargäster. Att det kunde finnas något pinsamt i att han satt och sålde strömming utanför affären och luktade fisk om händerna. Att han var ... bonnig. Men Cecilia sålde alltså grejer hon också. Fast jultidningar luktade förmodligen inte.

De gick in i affären och studerade innehållet i frysboxen.

»Vad får jag, då?« frågade Cecilia.

»Vad du vill.«

»Vad jag vill?« Hon tittade misstroget på honom. »En Storstrut?«

»Ja.«

»*Två* Storstrut?«

»Ja.«

»*Tre* Storstrut?«

Anders ryckte på axlarna och Cecilia öppnade locket. »Vad ska du ha?«

»Storstrut.«

Hon fick upp två stycken Storstrut och när Anders lutade sig över kanten för att plocka upp en till sig, slog Cecilia till honom på axeln, sa: »Bara skojade, fattar du väl«, och räckte honom den ena av glassarna hon höll i.

Vid kassan drog Anders upp en tia ur fickan utan att lyckas prestera det där speciella prasslet som det alltid blev när pojken med guldbyxorna halade fram sina sedlar.

De satte sig på bänken utanför affären och åt sina glassar. Anders berättade om vad som hade hänt på morgonen och Cecilia blev rätt imponerad över att han hade sett en person som *på riktigt dränkte sig*.

Medan de åt glassarna, medan Anders berättade, medan de efteråt satt och tittade ut över vattnet, löpte en liten bön genom Anders huvud: *Låt det inte komma någon, låt det inte komma någon.* Han undrade om Cecilia tänkte samma sak, eller om sådant här var helt naturligt för tjejer.

Okej, det var inte så särdeles pinsamt att han och Cecilia satt här och åt glass som han hade bjudit på, men han ville inte heller att stunden, stämningen skulle brytas. Även om han kände sig osäker och inte riktigt visste hur han skulle bete sig, hade han det trots allt så himmelsskriande *trevligt*. Det var bara *bäst* att sitta här med Cecilia.

När glassarna var slut och de hade tittat på havet en stund, bekräftades Anders misstanke att sådant här var naturligare för tjejer eftersom Cecilia reste sig, torkade händerna på sina shorts och frågade: »Ska vi gå hem till dig?«

Anders kunde inte göra annat än nicka. Cecilia hämtade sin cykel och pekade på pakethållaren. »Hoppa på. Jag skjutsar.« Han satte sig grensle på pakethållaren och Cecilia sparkade ifrån, rullade nedför backen från affären.

Det fanns inget annat att göra. Det var helt naturligt. Först försökte han hålla balansen genom att ta tag om pakethållarens bakre ände, men vägen var gropig och han svajade till så att cykeln höll på att kantra. Så han la händerna på hennes höfter.

Värmen från hennes hud steg upp i hans handflator, solen lyste från himlen och fartvinden smekte över hans panna. De rullade genom byn och han höll om henne. Minuterna det tog att rulla och trampa hem till honom var de lyckligaste han upplevt i sitt liv, ditintills. De var … perfekta.

Cecilia parkerade cykeln vid vedboden och nickade mot rökkuren som fortfarande osade svagt. »Vad gör ni?«

»Vi skulle röka, men det blev inget.«

»Röka böckling?«

»Mm.«

Anders brydde sig inte om att rätta henne. Böckling var rökt strömming. Att säga: »rökt böckling« var som att säga »en böjd kurva« eller »en kall glass«, men det var förmodligen en bonnig kunskap och inget värt att stoltsera med.

När Cecilia var med såg han det så tydligt: hur hans tomt inte såg ut som deras tomter. Här var det vedbacke och rök och gammalt skrot som pappa sparat för att det »kunde vara bra att ha«. Inga välklippta gräsmattor eller bärbuskar i prydliga rader. Ingen badmintonplan och ingen hammock. Han brukade inte märka det. Nu märkte han det.

Cecilia gick mot huset och Anders tänkte att hans *rum* åtminstone såg ut som de andras rum, lyckligtvis.

*Vad ska vi göra i mitt rum? Vad är tjejer intresserade av?*

Han hade mycket serietidningar. Han visste inte om Cecilia läste serietidningar. Han hade böcker. De kanske kunde *baka* något? Han kunde baka både kladdkaka och scones. Tyckte hon om att baka?

Längre kom han inte i sina funderingar eftersom Cecilia hade stannat och stod och tittade på något på marken. Han skyndade fram till henne och när han såg vad hon tittade på sjönk hans lungor ner till låren.

Intill den spretiga krusbärsbusken närmast huset låg pappa på mage med armarna efter sidorna och ansiktet rakt ner i marken. Cecilia var på väg fram emot honom men Anders grep tag i hennes axel.

»Nej«, sa han. »Kom. Vi går.«

Cecilia gjorde sig fri. »Han kan ju inte ligga så där, fattar du. Han kan ju kvävas.«

Även om Anders aldrig hade varit med om att pappa varit så berusad att han la sig att sova på det viset mitt på dagen, var själva supandet inget nytt för honom. Ibland när han kom hem på kvällen kunde pappa sitta med glasartade ögon och prata strunt och Anders försökte då hålla sig hemifrån så gott det gick. Nu skämdes han så att han inte visste vart han skulle ta vägen.

Cecilia hukade sig ner vid hans sovande pappa och ruskade hans axel. »Du«, sa hon. »Hallå.« Hon vände sig till Anders. »Vad heter han?«

»Johan. Men låt honom vara. Han är bara full.«

»Johan«, sa Cecilia och ruskade hårdare. »Johan, du ska inte ligga här.«

Det riste till i Johans kropp och en avgrundsharkling brummade genom bröstet. Cecilia drog sig tillbaka när Johan lyfte huvudet och rullade över på sidan. Han hade legat på en halvfull plastflaska som hade knölats till av hans tyngd.

Han fick syn på Cecilia och hans ögon var av smutsigt glas, en sträng av saliv löpte från hans mungipa till gräset. Han smackade, harklade sig och sa sluddrande: »Ni ska älska varandra.«

Förnedringen slog ner Anders i jorden och stänkte rött över hans kinder. Pappans hand trevade efter Cecilias fot som om han ville gripa tag i den. När han inte nådde fram såg han upp mot henne och sa: »Akta er för havet, bara.«

Skammen exploderade i blind vrede och Anders sprang fram till sin pappa, måttade en spark. En glimt av förnuftig ledsyn fick honom dock att i sista ögonblicket ändra fotens riktning så att han istället för pappans huvud träffade plastflaskan som flög iväg och studsade bort över den vildvuxna gräsmattan.

Det räckte inte. Pappan drog upp mungiporna i ett fånleende och Anders var på väg att kasta sig över honom för att slå vreden ur sin kropp och in i pappans när Cecilia tog tag i hans arm och drog bort honom.

»Sluta! Sluta! Det är ingen idé.«

»Jag hatar dig!« skrek Anders till pappan. »Fattar du att jag hatar dig!«

Sedan flydde han. Han hade inga ord att säga till Cecilia, ingenting som kunde ursäkta eller förklara. Han var en sopa med en sopa till pappa och han var värre än så, en bonnsopa. *Ingen* av de andra hade föräldrar som gjorde så här. De drack vin, de blev roliga. Låg inte och dreglade utanför sina stugor mitt på dagen. Så gjorde värdelösa bonnungars pappor.

Han sprang över klipporna ner mot sjöbodarna i hamnen och ville bara bort, bort, bort. Han skulle ta en stor sten i famnen och hoppa i havet, han skulle utplåna sig själv och aldrig finnas mer.

Han passerade sjöbodarna och sprang ut på en av småbryggorna där fritidsbåtar i glada färger låg förtöjda, han sprang hela vägen ut och stannade, tittade ner i det glittrande vattnet. Sedan satte han sig ner, längst ut på bryggan.

*Jag ska döda honom.*

En lång stund hade han suttit och planerat, övervägt olika metoder för att döda sin pappa när han hörde steg bakom sig på bryggan. Han var nära att hoppa i vattnet men satt kvar. Sedan hördes Cecilias röst bakom hans rygg.

»Anders?«

Han skakade på huvudet. Han ville inte prata, han var inte här, han var inte Anders, det här hände inte. Det frasade svagt om Cecilias shorts när hon satte sig bakom honom på bryggan. Han ville inte att hon skulle trösta honom eller säga något snällt, något överslätande. Han skulle ändå inte tro på det. Han ville att hon skulle gå bort och lämna honom i fred.

De satt så en stund. Sedan sa Cecilia: »Min mamma är likadan.«

Anders skakade på huvudet igen.

»Jo«, sa Cecilia. »Inte *riktigt* lika mycket. Men nästan.« När Anders inte sa något, fortsatte hon. »Hon dricker en massa och så ... blir hon helt knäpp. Hon kastade ut min katt från balkongen.«

Anders vände sig halvt om. »Dog den?«

»Nä. Vi bor på första våningen. Men den var rädd sen. För allting, nästan.«

De satt tysta. Anders såg framför sig katten som flög ut från balkongen på första våningen. Cecilia bodde alltså också i lägenhet. Anders vred sig så att han kunde se henne i ögonvrån. Hon satt i skräddarställning på bryggan med hakan lutad i händerna. Han frågade: »Bor du med din mamma bara?«

»Ja. När hon är så där brukar jag gå hem till mormor. Hon är jättebra. Jag får sova över där och så.«

Anders hade sett Cecilias mamma ett par gånger och då hade hon inte varit full. Men när han nu tänkte på det tyckte han att hon hade det där utseendet. Något spänt i ansiktet, något blött i ögonen. Kanske hade hon varit full utan att han kunde se det så tydligt som på sin egen pappa.

De fortsatte att prata och samtalet gled efter en stund in på andra saker. Det visade sig att Cecilia också tyckte om att baka och att hon också läste böcker, mest Maria Gripe. Anders hade bara läst *Tordyveln flyger i skymningen* men Cecilia berättade om några av de andra böckerna och de lät bra.

I efterhand hade Anders kunnat se att den där dagen ändå hade fört mest gott med sig. Det var först sommaren efteråt som han och Cecilia hade kysst varandra och blivit ihop uppe på flyttblocket.

Men det var den dagen det började.

## Hemfärd

Motorn startade på första rycket och Anders rev iväg från Gåvasten. Farten kändes trygg, han trodde inte att en mås kunde prestera femton knop. När han kört några hundra meter vände han sig om. Måsarna hade återgått till att kretsa kring fyren.

Han tog upp plastflaskan och vickade den fram och tillbaka i sin fria hand. Vätskan var ogenomskinlig, grumlig. Samma plågsamma klarsyn som drabbade honom själv när han drack av giftet hade funnits i pappans ögon den där dagen då han sett på honom och Cecilia.

*Ni ska älska varandra. Akta er för havet, bara.*

Det var väl i korta drag historien om Anders liv sedan den dagen. Men varför hade pappan druckit av giftet från första början? Det var ju inte havet som fick honom till slut.

*Eller?*

Anders hade varit tjugotvå år gammal när det hände. Pappan hade vid det laget varit förtidspensionerad eftersom han hade »lapsusar«. Han kunde komma till jobbet på varvet och vara groggy, sedan inte dyka upp på ett par dagar, komma tillbaka, arbeta normalt en vecka och sedan försvinna igen. Det höll inte i längden och man lyckades utverka förtidspensionering.

Dock var han fortfarande omtyckt och när det behövdes ett extra handtag kunde man ringa honom och kolla läget. Om läget befanns gott kom han och högg i där det behövdes, fick en slant svart.

Bland annat så bidrog han en hel del till byggandet av den nya hallen för vinterförvaring av sommargästernas båtar. När det drog ihop sig till taklagsfest var han givetvis bjuden. Bygget var inte helt färdigt, men stommen och taket fanns på plats och det var länge sedan man hade haft någon fest, så fest fick det bli.

Det groggades och pratades och timmen blev sen. Framåt småtimmarna sa Johan god natt och vinglade ner i hamnen för att ta sin båt hem. Det var inget märkvärdigt, man visste att han kunde köra till Domarö med förbundna ögon om så krävdes.

Så man sa *God natt* och *Kör försiktigt* och *Krocka inte med några älgar* och sedan såg man honom inte mer på denna sidan floden.

Ingen visste exakt vad som hade hänt, men man trodde att Johan hade kommit ner till hamnen i mörkret och övermannats av trötthet eller fått för sig att han inte skulle åka hem. Istället hade han rafsat ihop lite presenningar och rett en bädd åt sig. Några presenningar som underlag och några som täcke.

Så låg han fortfarande klockan sju på morgonen när en lastbil med sand till plattgjutning backade ner i hamnen. Torbjörn som körde hade varit med på festen och det hade blivit sent. När han i backspegeln såg de gamla presenningarna som låg och skräpade orkade han inte kliva ur bilen för att rafsa undan dem, utan backade istället rakt över dem.

Bakhjulet gick över något och han fortsatte backa. Framhjulet gick över något mindre och han fortsatte backa. Först när han hade backat ytterligare ett par meter kastade han en blick mot högen av presenningar. Han såg att något rann ut under dem. Då stannade han och klev ur.

Efteråt skulle Torbjörn förbanna sig själv för att han inte hade noterat att Johans båt låg kvar i hamnen. Då skulle han kanske ha anat eftersom Johan hade en tendens att slockna lite varstans. Nu hade han inte tänkt på det och istället backat över honom med fem ton sand. Det Torbjörn fick se när han drog undan presenningarna skulle aldrig lämna honom.

Det hade nämnts något om en flaska hembränt som hittats intill Johans kropp. Anders visste bättre nu.

Om natten, ställd inför havet, inför djupet han skulle färdas över, hade hans pappa plötsligt blivit rädd. Han hade hämtat flaskan med malört i båten och försökt göra sig modig, försökt skydda sig.

Antingen det nu var förgiftning eller en rädsla som inte gick över så hade han kurat ihop sig under presenningarna. Som ett barn.

*Som jag.*

Kurat ihop sig under täcket och hoppats att det skulle försvinna och lämna honom i fred.

Anders kunde se det framför sig alltför väl. Havet, natten, skräcken. Att ha lämnat ljusen och människorna bakom sig och plötsligt övermannas av den där rädslan som inte går att förhandla med och som det bara finns en bot för: *Göm dig! Låt det inte få syn på dig!*

»Åh, pappa ... lilla du ...«

## Ljustret

Simon satt uppstramad vid köksbordet med händerna prydligt vikta i knät medan Anna-Greta rumsterade om i gömmorna. Det skulle väljas brudklänning och han väntade på att bli förevisad alternativen.

Morgonen hade ägnats åt förberedelser inför följande dag. De hade ringt runt och bjudit dem de ville bjuda, församlingshemmet hade bokats för en liten mottagning och smörgåstårtor hade beställts från Flygfyren i Norrtälje. På morgonen före vigseln skulle Anna-Greta åka över till en väninna i Nåten som hade arbetat som frisör och ännu kunde ett och annat om pynt och stass.

»Vad ska jag göra, då?« frågade Simon.

Anna-Greta hade skrattat. »Ja, du ska väl ... njuta av dina sista timmar i frihet, förmodar jag. Knyta flugan.«

Simon hade ringt Göran och bjudit honom och samtidigt gjort upp om att Simon skulle avnjuta sina timmar genom att äntligen komma till skott och fixa med Görans brunn. Något måste han göra, annars skulle han bara gå runt och bli nervös.

Trots att Anna-Greta hade skyndat på hela processen som om hon bara ville ha det överstökat, hade saken kommit i ett annat läge när det verkligen såg ut att bli av. Först kom mottagningen, sedan smörgåstårtan och inbjudningarna. Sedan påfundet att hon skulle göra sig fin innan. Och nu klänningen.

Det var inte utan att denna plötsliga hausse smittade av sig på Simon. Nu satt han och bekymrade sig över huruvida han skulle ha lackskorna eller inte och om de fortfarande passade. Om han rentav skulle ha pomada i håret.

Det blev tyst ute i gömmorna och Anna-Greta plockade med någonting. Sedan kom hon ut. Simon sträckte på sig. Sanningen att säga tyckte han att det var lite roligt alltihop. Bröllopet och det som därtill hörde hade lockat fram en ny sida hos Anna-Greta, en mer feminin än till vardags. Han tyckte om den också, bara det inte gick till överdrift.

Anna-Greta kom in i köket med en bunt klänningar över armen och någonting i handen som hon la ifrån sig på köksbänken. Hon höll upp klänningarna framför sig i tur och ordning och Simon fastnade för en beige i ganska grovt tyg med broderade vita blommor. Det visade sig att den även var Anna-Gretas favorit och därmed var saken klar. När Anna-Greta hade hängt tillbaka de ratade plaggen hämtade hon saken från köksbänken och la den framför Simon på köksbordet.

»Kommer du ihåg den här? Hittade den där ute.«

Det som låg på bordet var ett litet ljuster av metall. Simon tog upp det och vred det mellan fingrarna.

Jodå, nog kom han ihåg.

När Johan var arton hade han och Simon hjälpts åt att gräva ett kryddland intill Anna-Gretas hus. Under grävandet hade Johan hittat ljustret. De hade lånat böcker för att kontrollera saken och kommit fram till att ljustret var minst tusen år gammalt.

Fyndet väckte Johans intresse och under den sommaren lånade han hem fler böcker och läste på. Det som fascinerade honom mest var det faktum att deras tomt, platsen där deras hus låg, faktiskt hade legat under vatten, djupt under vatten.

Han hade ju läst om landhöjningen i skolan, öarnas uppstigande ur havet med drygt en halv centimeter per år. Men ljustret gjorde det verkligt och konkret. En person i båt, någon som var ute och ljustrade fisk, hade för tusen år sedan passerat rakt över deras tomt och tappat sitt redskap. Den tanken lämnade inte Johan någon ro.

Läsning hade aldrig varit någon passion för honom, men hela den sommaren studerade han skärgårdens historia i allmänhet och Domarös i synnerhet. Det gick så långt att han övervägde att söka till universitetet för att läsa geologi eller liknande, men när hösten kom fick han en lärlingsplats på varvet i Nåten och planerna på vidare studier övergavs.

Ljustret glömdes bort och hamnade till slut i gömmorna.

Simon balanserade ljustret på pek- och långfingret. Det vägde drygt ett halvt kilo och hade troligen suttit fästat vid en käpp som vittrat bort för länge sedan. Fiskar hade genomborrats, dragits upp och ätits. Den som jagat fiskarna hade väl gjort ett nytt ljuster, jagat nya fiskar och ätit dem, men till ingen nytta. Även han hade så småningom fallit till botten eller till marken och vittrat bort. Bara ljustret bestod.

»Anna-Greta?« frågade Simon. »Vad hände med Johan egentligen?«

Anna-Greta vek brudklänningen omsorgsfullt och lade ner den i en plastpåse för att skydda den. Simon visste inte om det var dumt att fråga, men hon hade ju på sätt och vis tagit upp ämnet själv genom att hämta ljustret.

Han började tro att han inte skulle få något svar när Anna-Greta lade plastpåsen på kökssoffan och sa: »Har du hört talas om nåt som heter Gunnilsöra?«

»Ja«, sa Simon. »Det är väl den här ön som man bara kan se ibland. Som dyker upp och försvinner. Hur så?«

»Vad tror du om det, då?«

Simon förstod inte vart samtalet var på väg, men svarade efter bästa förmåga. »Det är väl inte mycket att *tro* på, direkt. Vad jag vet så har man tolkat det som allt ifrån paradisets stränder till hin ondes boningar. Men det är ju nåt slags optiskt fenomen, eller hur? Som har med vädret att göra.«

Anna-Greta strök med fingret över ljustret som var rent och slätt efter Johans putsande. »Den ropade på honom. Han drog upp nån fångst han inte borde ha dragit upp.«

»Ropade ön på honom? Vilken ö?«

»Han sa att den låg utåt Gåvasten. Men att det inte var Gåvasten. Att den flyttade sig. En natt låg den utanför Smäcket, sa han. Och kallade på honom. Kommer du inte ihåg hur rädd han var, Simon? Hur rädd han var hela tiden?«

»Jo«, sa Simon. Han kom ihåg både den entusiastiske pojke som hade grävt upp ljustret och den alltmer förvirrade och frånvarande man som pojken hade blivit. »Men det här låter ju inte vettigt. En ö? Som jagar en människa?«

Anna-Greta lutade sig fram emot honom och sänkte rösten till en viskning. »Har du inte hört havet? Hur det ropar?«

Så sent som för en vecka sedan skulle Simon ha blivit ängslig för Anna-Gretas mentala hälsa om hon hade frågat en sådan sak med det skälvande allvar som hon nu gjorde. För en vecka sedan hade han inte sett djupet, hade inte sänkt en kropp i samma djup.

»Jag vet inte«, svarade han. »Kanske. Gör du?«

Anna-Greta tittade ut genom fönstret och hennes blick blev fjärrskådande, försvann till de yttre farlederna. »Har jag berättat om Gustav Jansson?« frågade hon. »Fyrväktaren? På Stora korset?«

»Ja. Du kände ju honom, eller hur?«

Anna-Greta nickade. »Det var med honom det började. För mig.«

## Väktaren

Stora korset är den sista utposten mot Ålands hav. Så långt bortom allt ligger den ön att fyrväktaren där utöver ordinarie lön även kunde kvittera ut så kallat enslighetstillägg. En liten gratifikation för uthärdad ensamhet.

Från slutet av trettiotalet till början av femtiotalet var det Gustav Jansson som skötte ruljansen där ute. Han kom ursprungligen från Domarö men hade svårt för folk och när fyrväktarplatsen blev ledig tog han den som en möjlighet att äntligen få vara i fred. Sedan gick han där i tretton år med fyra höns som enda sällskap.

Om kriget tyckte han *inte*. Det var väl en sak med dundret från övningsskjutningar och drivminor som skulle oskadliggöras, men det värsta var att det kom besök. Militärer som knackade på dörren och förhörde sig om saker och ting, båtar som la till vid hans brygga på rekognosceringsturer. Ett tag var det tal om att Korset skulle befästas, men lyckligtvis gick de planerna om intet.

Det skulle ha sett ut, det. Ha ett värn med kanonbatteri nedanför sig på klipporna, beväringar som gick omkring och rökte och skrämde hönsen. Nej, i sådana fall skulle han ha begärt avsked med omedelbar verkan.

En god sak förde dock kriget med sig.

Gustav Jansson hade aldrig varit gift. Inte för att han hade något speciellt emot kvinnor, nej, han tyckte lika illa om dem som han tyckte om män, men han var ensling till sin natur och icke lämpad för äktenskapets tvåsamhet.

Med kriget kom det dock en kvinna som han kunde fördra. Inte så att han skulle ha gift sig med henne ens om möjlighet hade givits, men han tålde hennes sällskap och fann sig själv så småningom se fram emot de dagar då hon kom till hans ö med snus och tidningar.

Han var inte mindre karl än att han trots allt uppskattade kvinnlig fägring, men det han tyckte mest om med Anna-Greta var att hon inte pratade i onödan. Annars blev folk ofta nervösa av Gustavs tystlåtenhet och som om det fanns en kvot som måste fyllas pratade de på desto värre.

Inte Anna-Greta. Det var först efter något års bekantskap som de sa mer än vad som var absolut nödvändigt för att sköta transaktionerna. Gustav hade vid det laget köpt ett pussel av Anna-Greta. När det var lagt ville han köpa ett nytt och det föranledde en del parlamenterande. Vad för slags motiv, hur många bitar?

Han kom att bli prenumerant på pussel, företrädesvis med havsmotiv. Eftersom han varken hade plats eller lust att spara lagda pussel blev det så att han la pusslen försiktigt och när han var färdig plockade han isär dem och la tillbaka dem i kartongen. En gång i månaden kom Anna-Greta och tog med sig det avverkade pusslet tillbaka och han fick ett nytt. Till halva priset, eftersom Anna-Greta kunde sälja det använda pusslet vidare.

Med åren kom det att bli ett och annat samtal som inte rörde deras affärer. En viss förtrolighet växte fram.

Ett par år efter krigsslutet var den allmänna meningen att Gustav Jansson hade blivit från sina sinnen. Sin väktartjänst skötte han med bravur, så där var inget att klaga på, men prata med karln kunde man inte. Han hade förläst sig på Bibeln.

Anna-Greta visste bättre. Det var riktigt att utöver pusslen var Bibeln den enda förströelse Gustav ägnade sig åt ute på sitt skär. Han kunde den utan och innan och brukade även föra dialog med sig själv, där den ena parten var en sträng profet och den andre en fritänkare.

Men galen var han inte. Gustav hade bara kommit underfund med att det säkraste sättet att skrämma ovälkomna besökare på flykten var att profetera. Folk blev förunderligt olustiga av att höra Herrens ord förkunnas redan när de förtöjde sina båtar vid Gustavs brygga och besöken blev inte långvariga. Man lämnade Gustav ifred med sin fyr och sin Gud.

En eftermiddag i början av femtiotalet anlände Anna-Greta senare än vanligt vid sitt månatliga besök. Det blåste tolv sekundmeter nordlig vind och Gustav var förvånad över att hon alls kom. Medan Anna-Greta packade upp Gustavs varor i fyrvaktarstugan friskade vinden i. Det kom byar som fick vindmätaren att ticka upp till tjugo.

Det såg inte bättre ut än att Anna-Greta skulle tvingas stanna på Korset över natten. Via kortvågsradion fick Gustav kontakt med Nåten och man lovade att se till att Torgny, Maja och Johan fick veta att Anna-Greta var välbehållen och väntade på bättre sjöväder innan hon for hem.

Även om Anna-Greta och Gustav hade en fungerande affärsrelation och rentav kunde kallas kamrater, var det en smula genant för Gustav att ha kvinnfolk i huset över natten. Han visste inte vad han skulle göra med sig, det var som om han var i vägen i sin egen stuga.

Det var en lättnad när det visade sig att Anna-Greta inte tackade nej till en sup brännvin. De satt mitt emot varandra vid köksbordet, såg ut över det upprörda havet vars bränningar framträdde i fyrljuset och drack några glas som fick förlägenheten att flykta.

Den som inte själv hört det skulle ha vägrat att tro det, men framåt kvällningen blev Gustav rent pratsam. Han brassade på i spisen och temperaturen steg medan Gustav berättade om förlista skepp, sjökort ristade på berghällar och fåglar som kolliderade med fyren under sina höststräck och dog skottkärrevis.

När han röd i ansiktet drog av sig sin ylletröja, såg Anna-Greta att han hade undertröjan ut och in och påpekade detta. Gustav såg på henne under halvslutna ögonlock. »Man får ju skydda sig bäst man kan.«

»Inte tror du på sånt skrock, Gustav.«

»Nä. Men det här tror jag på«, sa Gustav och tog fram en flaska med grumligt innehåll. »Och det bör du också göra. Om du ska övernatta här.«

Av ren artighet drack Anna-Greta ett nubbeglas av den beska brygden. Hon visste att många fyrväktare odlade malört till brännvinskrydda, men Gustavs kryddning var milt sagt överdoserad och det smakade avskyvärt.

»Mycket till njutningsmedel är det inte«, sa Gustav när Anna-Greta smällde ner glaset på bordet, »men livet värnas och det kan ju vara värt nåt.«

Anna-Greta lät sig inte nöjas med ett sådant påstående. Brännvinet hade gjort henne frågvis och Gustav meddelsam och så kom det sig att Gustav för första gången redogjorde för hur det låg till med havet.

Det ville ha honom, sa han. Det kallade på honom. Det visade honom syner och gav falska löften. Det hotade. Han hade vänt sig till Bibeln och fått viss vägledning, men hade inte malört växt i sådan mångfald kring fyren skulle han aldrig ha fått idén.

Och det visade sig fungera. Havet vågade inte längre röra vid honom på ett hotfullt sätt och nattens viskningar hade så gott som tystnat sedan han börjat mänga sitt blod med malört.

Nästa morgon hade vinden mojnat och Anna-Greta kunde bege sig hemåt. Innan hon for gav Gustav henne en kaffeburk där han hade knölat ner en malörtsplanta i lite jord.

»Vårda den väl«, sa han halvt på skoj med sin djupa, profetiska röst, »på det att den må föröka sig och uppfylla jorden.«

Anna-Greta vinkade farväl till Gustav och vände fören bort från Korset. Hon hade inte kommit mer än en distansminut när det hördes ett underligt biljud i motorn. Hon ströp omedelbart gasen av rädsla för ett större haveri och började undersöka anslutningar och packningar.

Men biljudet var kvar, trots att motorn var avstängd. Det var ett smeksamt, vispande ljud. Hon vände sig i alla riktningar men kunde inte lokalisera ljudets källa. Hon lutade sig över relingen och såg ner i vattnet. Vattnet var mjukt och välkomnande som den öppna famnen hos en älskad. Hon ville dit.

Det var första gången hon hörde anropet.

Hon lyckades bryta förtrollningen genom att starta motorn och koncentrera sig på det jämna dunket, men bakom ljudet av vevarnas och kolvarnas arbete hördes fortfarande viskningen utan ord som var ett löfte om värme och en stor enkelhet.

Gustav hade hävdat att det fanns fler människor på Domarö som kände till havets hemligheter, men att de aldrig pratade om det. Anna-

Greta tyckte sig nu förstå varför. Det var en nog så viktig detalj som saknades i Gustavs privata insikt.

*Det hörs inte om man inte känner till det.*

Anna-Greta kom att fortsätta med sjöhandeln några år till, men efter att hon träffat Simon sålde hon sin båt för att slippa höra havets lockrop. Med tiden föreföll det som om det förlorade intresset för henne och anropen slutade.

Hon hade planterat Gustavs malört i strandkanten nedanför Smäcket och där spred den sig i det tysta utan att någon frågade efter den.

Tillsammans med Simon gick Anna-Greta in i ett annat liv där havet inte hade tillträde. Så skulle det förmodligen ha fortsatt om inte Johan en kväll många år senare hade kommit och berättat för henne om ön som pockade på honom, rösterna som talade till honom.

För att göra en lång historia kort lyckades hon så småningom få ur Margareta Bergwall vad som fanns att veta om havet. Hon satt med trumf på hand eftersom hon dessutom kunde tillhandahålla något som tidigare saknats: ett försvar. Inom några år blomstrade malörten på flera av de invigdas tomter och Anna-Greta steg i allas aktning.

Hon aktade sig noga för att involvera Simon. Även om havet var nyckfullt och ibland valde sina offer bland de icke vetande var det tydligt att ju mer man visste, desto större risk löpte man att bli anropad. Eller tagen.

Gustav Jansson, då?

Ingen visste vad som hade hänt. Kanske tog malörten slut för honom, kanske var det något annat som gick fel, men isvintern 1957 var det plötsligt svart i fyren. Det var en natt med hårt snöfall och först följande morgon kunde man ta sig ut till Korset.

Gustavs ytterkläder och skor fanns inte i stugan, alltså måste han ha gått ut på isen. Nattens snöfall hade dock utplånat alla spår.

Först till våren, när snön på isen smälte, kunde man få en ledtråd till vad det blivit av Gustav. På den blanka isen utanför Korset syntes fotspår. Där Gustav hade gått hade snön pressats samman och smälte långsammare än den lösa snön runt omkring.

En rad av spöklika vita fotspår löpte över glansisen i riktning mot fastlandet. Man kunde följa dem i över en kilometer. Sedan upphörde de. Mitt ute i ingenting, med Ledinge knappt inom synhåll, låg det sista fotavtrycket. Sedan tog spåret slut.

Kanske hade blåsten ändå lyckats svepa bort resten av spåret, kanske hade Gustav segnat ner just där och sedan blivit hämtad eller släpad eller lyft på okänt sätt.

Borta var han i vilket fall och redan året efter blev Stora korsets fyr automatiserad och fyrvaktarbostaden hyrdes ut till en ornitologisk förening som monterade varselljus kring fyren för att varna småfåglarna.

## Korrigering

Anna-Greta hade precis avslutat sin berättelse när ytterdörren öppnades. På sättet dörren drogs upp och på stegen hördes det att det var Anders. När han kom in i köket var hans ögon stirriga och han gnuggade händerna på ett sätt som Simon kände igen från Johan. Nervöst, otåligt.

»Skulle bara säga att jag lånade din båt«, sa Anders. »Och att jag kommer imorgon. Grattis.«

Anders tycktes vara på väg att gå igen och Anna-Greta sa: »Sitt ner. Drick en kaffetår.« Anders bet i läpparna och gnuggade händerna, men sedan tog han av sig jacka och mössa och drog fram en stol.

»Har du varit ute och åkt?« frågade Simon och Anders nickade. Anna-Greta hällde upp åt honom och Anders drack kaffet med båda händerna kupade runt den tunna kaffekoppen, som om han frös. »Jag var på Gåvasten.«

Anna-Greta la handen på hans arm. »Vad är det som har hänt?«

Anders ryckte spasmodiskt på axlarna: »Ingenting. Bara att jag är besatt av min egen dotter och att hon finns nånstans i havet och att måsarna vaktar ...«

»Det är fler«, sa Anna-Greta. »Fler som har blivit ... besatta.«

Simon blev förvånad över att Anna-Greta talade öppet om något som hade med havet att göra. Kanske bedömde hon att informationen inte kunde frånhållas Anders, att det var bättre att han fick veta så här. Anders fot som hade trummat i golvet stillnade och han lyssnade uppmärksamt när Anna-Greta redogjorde för vad som hänt med Karl-Erik, med barnen på bryggan.

»Varför?« frågade Anders när hon var färdig. »Varför händer det här? Hur kan det hända?«

»Det kan jag inte svara på«, sa Anna-Greta. »Men det händer. Och det är inte bara du.«

Anders nickade och stirrade ner i botten av sin kaffekopp. Hans läppar rörde sig svagt som om han läste en osynlig text i sumpen. Plötsligt såg han upp och frågade: »Varför är dom elaka? Det verkar ju som om det bara är ... elaka.«

Anna-Greta svarade som om hon vägde varje ord innan hon uttalade det: »Det är ... nästan bara elaka människor ... som har försvunnit. Genom åren. Elaka. Eller aggressiva. Elsa Persson. Torgny. Sigrid. Och så vidare bakåt i tiden.«

Anders såg från Anna-Greta till Simon. »Maja var inte elak«, sa han och sökte stöd i deras ögon. Det kom inte. Båda flackade undan med blicken och sa ingenting. Anders reste sig häftigt från stolen och slog ut med händerna.

»Maja var inte elak! Hon var ju bara ett *barn*. Hon var inte elak!«

»Anders«, sa Simon och grep efter hans arm, men Anders drog undan den.

»Vad sitter ni här och säger!«

»Vi säger ingenting«, sa Anna-Greta. »Vi bara –«

»Nej, ni säger ingenting. Ni säger ingenting. Ni säger att Maja ... att hon var elak. Det var hon inte. Det är ju helt fel. Det är ju inte klokt, vad ni säger.«

»Det är du som säger det«, sa Anna-Greta.

»Nej, det säger jag inte! Det är ju helt fel!«

Anders vände om och rusade ut ur köket. Ytterdörren öppnades och smällde igen. Simon och Anna-Greta satt kvar i tystnad vid köksbordet en lång stund. Till slut sa Anna-Greta: »Han har glömt.«

»Ja«, sa Simon. »Han har ordnat det så.«

Hur det var

Anders irrade omkring i byn. Han gick bort till Kattudden och beskådade förödelsen där, satt en stund nere på stranden och kastade stenar genom det tunna istäcket längst in vid strandkanten, gick tillbaka till gamla byn och stod länge på ångbåtsbryggan och stirrade ut mot Gåvasten.

Det började skymma när han återvände till Smäcket. På ytterdörren satt en lapp från Simon, att han skulle komma upp till Anna-Greta så att de fick prata mer sansat. Anders rev loss den och knycklade ihop den.

Huset var utkylt men han ville inte tända någon brasa i spisen, då skulle de bara se röken från skorstenen och komma ner och vilja prata. Han ville inte prata, ville överhuvudtaget inte diskutera den här saken.

Han hämtade en filt i vardagsrummet, svepte den omkring sig och satte sig vid köksbordet. I det sista, falnande ljuset från himlen studerade han fotografierna från Gåvasten. Cecilias leende, Majas frånvarande blick riktad åt öster.

Han hade magasinerat allting ifrån sin lägenhet, hade föreställt sig att han skulle börja helt och hållet på nytt här på Domarö. Han hade inte ens tagit med sig fotografiet på Maja, fotografiet med den där masken.

*Djävulstrollet.*

Anders gned sig i ögonen och skakade på huvudet. Han kunde fotografiet utantill, behövde inte ha det framför sig. Majas förväntansfulla ansiktsuttryck när hon gjort sin skrämning.

*Fultomten, fulklapparna ...*

»Nej då!«

Anders reste sig från bordet och höll för öronen som om det skulle kunna hindra minnet av hennes röst från att tränga in. Hennes späda lilla röst när hon satt intill granen och sjöng ...

»Jag såg pappa döda tomten, jag ...«

*Alla barn gör så!*

Anders slet upp dörren till skafferiet och fann en sista vintetra som han rev upp och drack ur så häftigt att det rann längs mungiporna.

*Det var ett underbart liv ... jag älskade henne så ...*

»Jävla dumma tossor! Jag hatar er!«

Han snurrade runt och fick syn på flaskan med malört, tog en klunk och sköljde ner den brännande vämjelsen med mer vin. Magen vände sig i protest och han sprang ut på toaletten för att spy, men när han lutade sig över toalettstolen kom inget mer än ett par sura rapningar. Han satte sig på golvet och lutade ryggen mot det varma elementet.

Det var inte sant att Maja var elak. Hon blev lätt arg, ja. Hon hade en livlig fantasi, ja. Men inte elak.

Anders dunkade huvudet bakåt och slog nacken i elementets kant så att det flimrade rött för hans ögon. Han stapplade ut i köket och drog till sig fotografierna igen, tittade på sin familj. Cecilias varma, goda ögon som såg in i hans. Hans underläpp darrade när han lyfte telefonluren och slog hennes nummer. Hon svarade på andra signalen.

»Hej, det är jag«, sa han.

En svag suck hördes i andra änden. »Varför ringer du?«

Anders drog handen hårt genom håret ett par gånger, gnuggade sig i hårbottnen. »Jag måste fråga en sak. Jag måste säga en sak. Maja var ju inte elak, eller hur?«

Inget svar kom och Anders rev med naglarna i huvudsvålen så hårt att det började blöda.

»Dom säger det«, fortsatte han. »Dom påstår det. Men du och jag ... vi vet ju att det inte var så, eller hur?«

För varje sekund som gick utan att Cecilia svarade växte någonting inuti hans huvud som var så stort och gjorde så ont att han skulle ha kunnat riva av sig hela skallen.

»Anders«, sa Cecilia till sist. »Efteråt ... gjorde du henne till något annat. Än vad hon var.«

Anders röst sjönk till en viskning. »Vad säger du för nåt? Hon var ju jättefin. Hon var ju ... jättefin.«

»Ja, det var hon. Också. Men –«

»Jag tyckte aldrig nåt annat. Jag tyckte att hon var underbar. Hela tiden.«

Cecilia harklade sig och när hon talade igen fanns det en otålig skärpa i hennes röst. »Om du vill ha det så. Men det var inte så, Anders.«

»Hur var det då? Jag tyckte alltid att hon var ... det finaste man kan tänka sig.«

»Det där har du kommit på efteråt. Du orkade inte med henne. Du skojade en gång om att byta bort henne mot –«

Anders slängde på luren. Det var mörkt utanför fönstret nu. Han frös så att han skakade. Han sjönk ner på knä och kröp ut i badrummet där han åter satte sig med ryggen mot elementet, stirrade in i handfatet och tuggade på läpparna tills munnen smakade metall.

Hans händer låg slappa med handryggarna vilande mot golvet. Det luktade svagt av piss och munnen klibbade efter en dag utan annan vätska än vin och malört. Han var ett förtorkat litet ingenting, en skrumpen rest av någonting som kanske inte ens hade funnits.

»Jag är ingenting.«

Han sa det högt för sig själv i mörkret och det fanns tröst i de orden, så han sa dem igen: »Jag är ingenting.«

Det var ingen nyhet att hans liv de senaste åren hade varit skit. Det visste han. Men han hade åtminstone trott att han hade sina minnen av ett liv i ljuset, välsignade år tillsammans med Cecilia och Maja.

Men det var ju inte så heller. Inte ens det.

Han fnissade. Han fnissade lite till. Sedan la han sig raklång på mage och slickade över golvet runt toalettstolen, fortsatte upp längs porslinet. Det smakade salt. Hårstrån fastnade på tungan men han fortsatte att slicka. Han rengjorde längs kanterna, slickade bort beläggningarna på sittringen och avslutade med att svälja ner den bittra gegga som samlats i munnen.

*Så. Det var det. Så.*

Han drog sig upp på fötter, andades djupt ett par gånger och sa det ännu en gång: »Jag är ingenting.«

Så var det sagt. Så var det klart. På stadigare ben gick han och satte sig vid köksbordet igen, såg mot Gåvasten som hade börjat sända sina signaler ut i natten. Han flöt på ett hav i fullständig stiltje. Inga vågor av förväntningar eller falska minnen skymde sikten.

*Du har lämnat mig.*

Ja. Han hade inte kunnat sätta fingret på känslan när den funnits där, men nu när den lämnat honom kände han frånvaron. Maja fanns inte i honom längre. Han hade drivit ut henne. Hon hade lämnat honom.

*Ingenting.*

I en halvtimme satt han med huvudet lutat i armarna och blev bottenfrusen medan han accepterade hur det varit. Maja hade varit hemsk. Ofta hade han önskat att de aldrig hade fått henne. Han hade sagt det högt några gånger: att han önskade att hon kunde försvinna. Att de kunnat byta henne mot en hund, en snäll hund.

*Jag ville att hon skulle försvinna. Och så försvann hon.*

Hon grät och skrek och sparkade så fort hon inte fick som hon ville. Hon slog omedelbart sönder saker som inte betedde sig på önskat sätt. Hon hade inga gränser. De vågade inte låta henne titta på barnprogrammen efter att hon kastat en vas mot rutan när en tecknad figur sa något dumt. Hur många timmar hade de ägnat åt att sopa upp pärlor efter att Maja hällt ut dem, hur många timmar med sönderrivna ritblock och serietidningar?

Så var det. Så hade det varit. Som att ha ett odjur i huset, och man måste vakta på varje steg, vara ständigt vaksam för att inte väcka dess vrede. De hade varit på vårdcentralen, de hade varit på BUP, men inget hjälpte. Det enda man hade att hoppas på var att det skulle gå över med åren.

Anders hackade tänder och drog filten hårdare omkring sig.

Där var grunden till hans stora skuld, den han hade försökt supa bort och sedan med tålmodigt arbete lyckats förtränga: att allt var hans fel. Han hade önskat att hon skulle försvinna, bara försvinna, och det var exakt vad som hade hänt. Han fick det att hända.

»Alla föräldrar som utsätts för att något händer med deras barn anklagar sig själva«, hade familjeterapeuten som Cecilia tvingat med honom till sagt.

Det stämde säkert. Men dessa föräldrar kunde troligen så småningom komma fram till att det inte var deras fel att barnet blivit överkört, fått cancer eller gått vilse i skogen. De hade åtminstone inte *önskat* det. Och om de hade önskat det så hade barnet åtminstone försvunnit på ett naturligt sätt, i den mån det finns något sådant.

Maja hade upphört att existera som om hon aldrig hade funnits, som om hon hade blivit ... bortönskad. Det kunde inte hända och alltså var förklaringen att Anders hade önskat bort henne lika rimlig som alla andra, och det var den han höll sig till. Hur han än vred och vände på det kom han alltid till samma slutsats: han hade dödat sitt eget barn.

Det var först när Cecilia lämnat honom och han hade supit sig sönder och samman som en sista räddningsplanka sträckts ut i mörkret: minnet började stöpas om. I berusade dagar och nätter nötte han fram ett nytt förflutet. Ett där Maja hade varit underbar hela tiden och han hade älskat henne enkelt och rent.

Han hade aldrig tänkt några onda tankar om henne och alltså var det obegripligt hur hon hade kunnat försvinna. Det var en stor tragedi som inte hade något med honom att göra, han som hade älskat sin dotter över allt annat på jorden.

Så hade hans historia sett ut. Fram till nu.

Anders ryckte till när telefonen ringde. Han klarade inte av att svara och efter sex signaler blev det tyst igen. Han kunde inte prata med någon. Han fanns inte, han var ingenting.

Han lutade huvudet i händerna igen och lyssnade utåt tomheten. En ny tanke kom för honom.

*Om jag nu ville bli av med henne ... varför var det så hemskt när hon försvann? Jag borde ju ha blivit ... glad. I slutändan. Det jag önskat inträffade.*

Anders reste sig från stolen. Det knakade i hans stelfrusna knän när han gick ett varv på golvet.

Svaret var självklart: längst in, allra längst in hade han ju aldrig velat det. Hur jobbig hon än var så fanns det stunder, goda stunder. Och de hade börjat bli fler och längre. Förändringen de hoppats på hade varit på väg. Den sista dagen, utflykten till Gåvasten var ett exempel. Hon hade nästan betett sig som ett normalt barn i flera timmar.

Och det barnet, det frågvisa, intensiva och levande barnet hade han älskat och varit beredd att vänta på genom hysteriska utbrott och sönderslagna saker. Det hade varit på väg åt rätt håll. Sedan försvann hon och han kunde bara minnas sina onda tankar ända tills det tippade över åt andra hållet.

*Jag kände henne aldrig.*

Nej. När han stod mitt på köksgolvet med filten omkring sig insåg han att sakens kärna kunde uttryckas så: han hade aldrig vetat vem

Maja var. Det hade varit för mycket hantering och kringverk. Om barn kan vara elaka, var Maja elak, egentligen? Han visste inte. Han kände henne inte.

Och nu hade hon lämnat honom.

## Om himlen

*»Pappa? Vad händer när man blir död?«*

*»Det finns ju –«*

*»Jag tror man kommer till himlen, tror inte du det?«*

*»...jo.«*

*»Hur är det där, då? Är det med änglar och moln och så?«*

*»Skulle du vilja det?«*

*»Nej. Jag hatar änglar. Dom är jävla fula och ser dumma ut. Jag vill inte vara med dom.«*

*»Var vill du vara då?«*

*»Här. Fast i himlen.«*

*»Då blir det väl så.«*

*»Det blir det väl inte! Det är ju Gud som bestämmer!«*

*»I såna fall kan väl Gud bestämma att var och en ska få det som den vill ha det.«*

*»Det går ju inte.«*

*»Varför inte det?«*

*»För då skulle ju alla ha en egen himmel och det skulle inte Gud gilla.«*

*»Tror du inte det?«*

*»Nä. För Gud är idiot. Han har gjort allt dåligt.«*

## Hembesök

Klockan gick mot åtta och Anders satt fortfarande vid köksbordet med skärvorna av sitt tidigare liv utspridda framför sig, försökte pussla ihop någonting som kunde hjälpa honom att resa sig, när han hörde mopeden.

*Dom kommer.*

Han hade nästan lyckats glömma bort Henrik och Björn. Efter den långa sömnen hade de reducerats till en avlägsen dröm, något som hade hänt för länge sedan och inte hade med honom att göra. Men här kom de nu. Världens ledsnaste pojkar som hade bestämt sig för att gå havets ärenden. Nu kom de för att hämta honom.

*Kom då.*

Mopedmotorn rusade, som om de hela tiden körde på ettans växel. Kanske hade han lyckats skada den med elden. Den vrålande motorn närmade sig huset och han väntade på att den skulle stängas av och ytterdörren öppnas. Han resignerade och la den ena handen över den andra på bordsskivan, väntade på vad som komma skulle.

Motorn stannade inte när den kom inpå huset utan fortsatte längs ytterväggen, över klipporna tills den gick ner i varv och stod och mullrade utanför köksfönstret. De väntade på honom. Han tog stöd mot bordet och reste sig, lät filten vila som en mantel över axlarna och gick fram till fönstret.

Nere på klipporna såg han dem som mörka konturer. Henrik satt på sadeln och Björn på flaket. Anders öppnade hasparna på fönstret och sköt upp det. Henrik ströp motorn till ett dovt puttrande.

»Vad vill ni?« frågade Anders.

»Vi må vara döda och försvunna«, sa Henrik. »Men vi kommer att finnas vid din sida till den dag –«

»Håll käft med det där. Vad vill ni?«

»Vi vill slå in varenda tand du har i skallen eftersom du *stör*. Du ska sluta *störa*. Om jag var du skulle jag låta bli.«

»Varför det?«

»Därför att nåt dåligt kan hända med nån du bryr dig om. Ledsen, inget citat. Men säg så här. Vissa flickor är större än andra och klipporna ropar åt dig att ...«

Henrik fortsatte med sina maniska citatbyggen men Anders lyssnade inte längre. Han hade vänt sig bort från fönstret och letade efter ficklampan. Björn hade något i famnen och om det var vad han trodde att det var ...

Ficklampan låg i skräplådan. Han slet upp den och tände den, kastade sig fram till fönstret och lyste på Björn medan Henrik fortsatte att mässa: » ... fanns tillfällen när jag ville mörda henne, men du vet att jag aldrig skulle ...«

Lampljuset föll på Björn. Han satt i skräddarställning på flaket och i sin famn höll han en barnkropp i en röd overall. Reflexbanden längs dess sida lyste vita och det var Majas overall, den hon hade haft den sista dagen.

Om Anders hade ägnat timmar åt att inte göra annat än att tänka, sveptes alla tankar nu bort på ett ögonblick och det fanns bara handling. Han sprang genom köket och in i vardagsrummet medan mopedmotorn bakom honom åter började att rusa.

Dörren till verandan hade satt sig och han förlorade ett par dyrbara sekunder när den vägrade att öppnas. Han kastade sig med axeln emot den och snubblade ut på verandan samtidigt som han såg ljuset från flakmoppen studsa över klipporna, på väg ner mot havet.

*Nu har jag er, era jävlar. Ni kommer ingen vart.*

Om han hade stannat för att reflektera ett ögonblick kanske han skulle ha insett att Henrik och Björn inte var så dumma att de trodde att han stillatigande skulle stå och se på medan de körde iväg med hans dotter. Att det var underligt att de körde mot havet.

Men han reflekterade inte. Han hade sett att Björn hade Maja i famnen, han hade hört när Henrik hotade att göra henne illa och det var vad han handlade efter. I strumplästen tog han verandatrappan i två språng och såg att Henrik och Björn var nere vid strandkanten.

Anders läppar drogs upp i ett rovdjursgrin. De kom inte längre. Även om de var spöken så var mopeden en vanlig moped och en moped kan inte gå på vatten. Tanken föll honom inte in att han hade mött dem förut, att han inte hade några vapen emot dem nu heller. Det enda han tänkte var: *Nu har jag er*, och kroppens, malörtens vetskap att de heller inte kunde skada honom.

Han var bara fem meter bakom dem när de körde ut på vattnet. Anders kropp fortsatte framåt av sig själv tills han föll omkull i strandkanten. Flakmopeden rörde sig över vattenytan förbi bryggan och Henrik vinkade farväl till honom. Anders stod kvar på stranden med knutna nävar och blodet rusande genom skallen.

*Det går inte! Dom kan inte!*

»Stanna era jävlar! Stanna!«

Henrik viftade med fingrarna över axeln igen och i blind vrede rusade

Anders ut i vattnet. Som inte var vatten. Han hade kommit ett par meter ut innan han insåg att han stod på is. Ett ögonblick stannade han till av rent fysisk häpnad. Han hade fortfarande ficklampan i handen och lyste omkring sig, framåt.

Havet hade inte frusit ännu, men bakom Henrik och Björn sträckte sig en isgata precis lagom bred för flakmopeden att köra på, en bro av fruset vatten som sträckte sig från den punkt där de kört ner på vattnet och utåt.

Anders sprang.

Under andra omständigheter skulle han ha förundrats över det faktum att han sprang förbi sin brygga med svaga vågor kluckande på ömse sidor om sig, men det enda han såg var den raka linjen mellan hans kropp och Majas, avståndet han hade att tillryggalägga innan han fick henne i sina händer.

Han sprang med långa steg och hans våta strumpor hann för varje nedtramp frysa fast en aning i isen innan de drogs loss, vilket gav honom utmärkt fotfäste och han vann på dem, han vann på dem. Innan han gav sig ut på vattnet hade Henrik och Björn varit tjugo meter framför honom. Nu krympte avståndet en aning för varje steg han tog. Mopeden gick inte fort och han skulle hinna ikapp dem.

Och sedan?

Han hade inga sådana tankar.

Månen stod högt på himlen och skapade en silvrig gata som föll in snett emot isgatan. Gåvastens strålknippen kastades rakt emot honom. Det var dit de var på väg, men det var inte dit de skulle komma. Han skulle ta dem. På nåt sätt skulle han det.

Han hade sprungit omkring trehundra meter från land. Fötterna kändes inte längre, var bara ett par frusna klumpar som stampade honom framåt. Han var så nära mopeden att han kunde se enstaka slingor av Henriks hår i månljuset och försökte mana sin kropp att göra en sista spurt när en klump föll ifrån flaket.

Anders halkade, snubblade, föll på knä på isgatan och lyste mot byltet framför sig medan mopeden fortsatte bortåt, utåt.

*Maja, Maja, Maja ...*

Det var hon, det fanns inget tvivel. När han lyste med ficklampan såg han lagningslappen på overallens bröst. Maja hade stuckit en kniv i overallen när den varit svår att sätta på sig och Cecilia hade lagat den med en lapp med Bamsemotiv.

»Älskling? Gummanliten?«

Han kröp fram till henne och drog henne till sig. När han fick overallen i sin famn skrek han till.

Hon hade inget huvud.

*Vad har dom gjort, vad har dom gjort, vad har dom ...*

Det svartnade framför hans ögon och han föll framstupa över den lilla kroppen som var bortom all räddning. Han föll rakt över henne och det hade ingen betydelse. Hon hade inget huvud, inga händer, inga fötter.

Medan mörkret slog en knut runt hans huvud hörde han måsar på avstånd. Måsar som flög om natten. Majas kropp krasade under hans, klämdes ihop.

Han kurade ihop sig på isen och lyfte huvudet en aning, riktade ficklampans stråle mot overallens halslinning. Det fanns ingen kropp i overallen. Han sträckte lamt ut handen och kände på det som fanns där istället. Tång. Overallen var fylld med fuktig blåstång.

Han låg blick stilla en stund och begrundade detta medan måsarnas skrin kom närmare. Han kände en kall rännil som rann över hans öra och höjde huvudet, drog upp benen under sig och kom på fötter med overallen i famnen.

Hundra meter ut på havet såg han att mopeden gjorde en sväng. Framlyktan riktades emot honom som ett ondsint öga och kom närmare.

*En fälla. Det var en fälla.*

Han vände sig om och stapplade några steg mot land. Det klafsade och stänkte om hans fötter. Isen som han tidigare sprungit på hade börjat smälta. Han kom kanske tio meter till innan hans fötter var under vatten och isbryggan svajade under honom.

Han kramade hårt om overallen och fortsatte. Efter ytterligare några meter brast isen under honom och han sjönk ner i vattnet. Han hade inga vapen och bara månen såg honom. Han låg i det kalla havet och mopedlyktan närmade sig.

*Smart. Smart av dom.*

En liten, liten detalj hade de förbisett. Blåstången som overallen var fylld med fungerade som en gnutta flythjälpmedel. Han sjönk inte omedelbart. Han fick ännu någon minuts respit innan kölden och vattnet tog honom.

Det gick nästan inte att röra sig. Kroppen hade varit frusen redan innan, nu kändes det som om själva skelettet klirrade av bristande is när han av ren och meningslös självbevarelsedrift försökte paddla mot land.

Mopeden passerade honom och Henrik och Björn bromsade in, blockerade hans väg mot land. Han såg dem otydligt, som om en hinna av is hade frusit till framför hans ögon. Bakom dem rörde sig hundratals tunna silhuetter mot stjärnhimlen.

*Måsarna vill också vara med.*

En form av frid sjönk in i honom, en gnutta värme. Det var slut nu. Hans ansträngningar hade varit förgäves, men det spelade ingen roll längre. Något hade det gett honom. Han hade åtminstone fått återse hennes overall. Alltid något. Han skulle få den med sig i havsgraven. Det enda som var tråkigt var att måsarna skulle riva i honom också, kanske hinna hacka ut hans ögon innan han ...

»Kom ut och hitta den du älskar!« skrek Henrik innan han omslöts av en sky av fågelkroppar. Måsarnas ljusa skrik fyllde natten när de dök ner över pojkarna på flakmopeden och slet i deras hår, hackade i deras ansikten.

Björn reste sig upp på flaket och slog efter de vildsint fladdrande fåglarna, men för varje fågel han lyckades slå bort var det fem till som satte sig på honom och punkterade hans kläder, körde in näbbarna i hans omänskliga kött.

Det ryckte i Anders ögonlock och han ville bara sova, sjunka ner. Det var varmt nu och ett vackert spektakel. Måsarnas vita vingar som skimrade i månskenet, deras våldsamma försvar av honom, lilla människan.

*Tack, vackra fåglar.*

Hans vänstra hand grep hårt om Majas overall och hans benrörelser avstannade medan Henrik och Björn gasade mopeden och försvann utåt Gåvasten med måsflocken efter sig. Anders paddlade kraftlöst med högerhanden bara för att hålla sig flytande så länge att han kunde få se den vackra synen en liten stund till.

*God natt, små vågor som klucka. God natt små vågor som klucka ...*

Han trodde att det var Henrik och Björn som närmade sig igen efter att ha skakat av sig måsarna. Men motorljudet som växte i styrka lät annorlunda. Även tankarna rörde sig nedkylda och långsamma genom hans huvud medan han sjönk. Vattnet hade precis börjat skymma hans ögon och rinna in i hans mun när han kom underfund med att det förmodligen var Simons motor.

Motorvarven sänktes, motorn slogs i friläge och Anders hann dra in en munfull kallt vatten innan en hand grep tag i hans hår och drog honom uppåt.

Sedan lyftes han in i båten på ett sätt som inte gick att förstå. Det var som om vattnet kastade honom ifrån sig och han tumlade in över durken.

Han låg på rygg och tittade upp mot stjärnorna och Simons ansikte. En knuten hand lades på Anders panna och innan han svimmade tyckte han sig se hur vattnet lyfte i ångor från hans kropp, kände en våg av verklig värme svepa genom blodet. Sedan såg och kände han inte mer.

# Underliga vägar

Så bär mig. Bär mig ända hem.  
Bär mig uppför stigen,  
runt husknuten, över tröskeln, in i huset.  
Lyft mig in mellan händerna  
varsamt öppnade som ögonlock.  
*Mia Ajvide – Om en flicka vill försvinna*

## Ännu en till havet

Båten låg vid bryggan och Anders låg på durken. Med Spiritus hjälp fortsatte Simon att torka hans kläder och värma hans kropp. Han hade bett vattnet att kasta Anders ifrån sig, men någon hjälp med att forsla honom upp på land fanns inte att få.

Under eftermiddagen hade Simon och Anna-Greta hållit koll på Anders hus för att se om ljuset tändes, om Anders kom hem. De hade gått ett varv runt byn och letat efter honom, de hade ringt utan att få svar. När kvällen kom hade de börjat tro att han tagit passbåten och lämnat Domarö. Förhoppningsvis.

Det var med onda aningar som Simon gick ner till sitt hus för att prova kläder inför morgondagen.

Sedan Anders kommit tillbaka till ön hade Simon aldrig ifrågasatt hans tillrättalagda bild av Maja, hade inte sett någon anledning. Det var Anders sätt att hantera sorgen och så länge det fungerade för honom fick han gärna leva i sin illusion, vad Simon anbelangade.

Men läget hade förändrats.

Det hade förändrats när Elin Grönwall började bränna hus på Kattudden, när Karl-Erik och Lasse Bergwall löpte amok med motorsågarna och Sofia Bergwall knuffade i andra barn från bryggan. När de elaka människorna återvände till Domarö.

Simon visste inte om man kunde kalla Maja direkt elak. Även han hade haft sina duster med henne och något »snällt« barn var hon sannerligen inte. Hon var lynnig, överaktiv och snar till vrede. Hon skrattade om någon ramlade och slog sig, jodå. Hon tyckte om att mosa fjärilar till pulver mellan händerna, jodå. Men elak? Simon hade också sett en vild livsaptit och en fantasi som i bästa fall skulle hamna rätt med åren.

Men ändå. Ändå.

Om Anders verkligen bar Maja eller en del av Maja inuti sig var det inte bra att han såg sig som havande med en ängel. Det var inte säkert att Maja ville honom väl och det borde han vara medveten om.

Så ungefär hade Simon resonerat när han tidigare på dagen inte hade gett Anders de försäkringar om dotterns godhet som han hade efterfrågat. Läget som rådde tillät det inte längre.

Anders riste till på durken och Simon la sin näve mot hans panna, sände ännu en puls av värme genom hans blod. Anders höll fortfarande den röda overallen i ett hårt grepp i sin vänstra hand, overallen som även Simon kände igen.

*Hur är det möjligt?*

Simon hade stått framför spegeln i sitt sovrum och hållit upp kläder framför sig när han hörde skriket: »Stanna, era jävlar! Stanna!« Han hade kastat kläderna och sprungit till köksfönstret.

Det var inte lätt att se i bara månljus och det han såg nere vid Smäckets brygga trotsade allt förnuft. Han kände dock igen en nödsituation när han såg en och så fort han kunde stultade han till ytterdörren och fortsatte ut, ner mot bryggan.

När han kommit i båten hade Anders stannat långt ute på fjärden.

*Spiritus, Spiritus …*

Lyckligtvis hade Simon haft tändsticksasken i byxfickan och samtidigt som hans fingrar slutit sig kring den, hade han tyckt sig inse hur det hela hängde ihop. Anders hade också en Spiritus, men i likhet med Simon hade han undvikit att berätta det. Hur skulle annars stråket av is som låg i ett svart streck över havet förklaras?

Simon hade pumpat upp bensin i motorn, dragit ut choken och ryckt igång. I sitt uppjagade tillstånd hade han glömt bort att trycka tillbaka choken när han gasade, och motorn dog. Det hade tagit ett antal ryck innan den gått igång igen och vid det laget hade Anders börjat återvända mot land och sjunka.

När Simon såg framlyktan på flakmopeden som körde mot Anders över vattnet hade han insett att ännu en Spiritus kanske inte var den rätta förklaringen. Att inget av det han visste dög längre. Så mycket hade han hunnit tänka innan förtöjningslinorna var loss och han slog full fart framåt mot flocken av fåglar som föll ner från månen.

Anders hostade till ett par gånger och slog upp ögonen. Han såg på Simon och nickade svagt. Sedan drog han till sig overallen och kramade den mot bröstet, sa: »Dom lurade mig.«

På en lång stund sa han ingenting mer. Han låg stilla på durken och vred overallen mellan händerna. Sedan hasade han sig upp till sittande och vilade ryggen mot mittentoften. Han tittade ner över sin kropp, drog i sin skjorta.

»Varför är jag inte ... blöt?« Han såg på Simon och rynkade ögonbrynen. »Hur fick du upp mig ur vattnet?«

Simon krafsade sig i nacken och studerade lappen på overallen. Bamse bar en trave med honungsburkar och var förmodligen mycket glad. Månljuset räckte inte till för att se vilket humör han var på.

Anders vred huvudet bakåt och såg ut mot fjärden, mot punkten där Simon hade plockat upp honom. »Hände det inte? Var det bara ... hände det inte?«

Simon knep ihop ögonen hårt, öppnade dem igen, harklade sig och sa: »Jodå, det hände. Och jag tror att ... du behöver få veta. En del saker.«

Teven stod på uppe hos Anna-Greta, trots att hon inte tittade. Det var en vana eller ovana hon ibland ägnade sig åt, så det var till ackompanjemanget av människor som skrek och sköt på varandra som Simon satte Anders ner vid köksbordet, svepte en filt omkring honom och hällde upp ett glas konjak åt honom.

När Anna-Greta gick in i vardagsrummet för att stänga av teven, följde Simon efter. En svettig man som stod framför ett stålgrått höghus försvann från skärmen och Simon sa lågt: »Han måste få veta. Alltihop.«

Anna-Greta rörde inte en min. Hon såg noga på Simons ansikte och vickade sedan huvudet i en nästan omärklig nick, sa: »Då blir han också –«

»Jag vet«, sa Simon. »Men det spelar ingen roll. Det är redan ute efter honom. Han måste få veta vad det är.«

Mycket kortfattat redogjorde han för Anna-Greta vad som hade hänt ute på fjärden. Sedan gick de tillsammans ut i köket, satte sig mitt emot Anders och berättade hela historien.

## Lämnad

Stålbad. Anders hade aldrig förstått innebörden av det begreppet: att det krävdes ett stålbad för att förändra något. Han visste fortfarande inte riktigt vad det betydde, men han anade nu hur det kändes.

Han hade förtvivlat och varit ingenting, sedan jagat efter ett flammande hopp. Han hade gått från kraftig nedkylning till hastig uppvärmning under loppet av några minuter, en process motsatt den som får stål att härda, och det var just så det kändes. Han hade blivit avhärdad. Alla nerver satt på ytan och kroppen var lös som ett ruttet päron. Om han inte höll sig fast i bordsskivan skulle han flyta ut i en pöl. För varje glas vatten han drack kände han sig alltmera utspädd.

Anna-Greta och Simon pratade och berättade. Om Domarös förflutna, om pakten med havet och människorna som försvunnit. Om ön som hade jagat hans far och havets förändring på senare tid.

Anders lyssnade och förstod att han blev meddelad häpnadsväckande fakta. Men det tog inte riktigt, det gick honom förbi. Hans blick for hela tiden mot den röda overallen som hängde på tork framför köksspisen.

Han lyssnade så uppmärksamt han kunde men ändå var det som en historia vilken som helst, en historia han inte hade någon del i. Hans historia hade handlat om Maja, och den historien var slut nu. Det var den tanke som hela tiden malde i hans skalle likt en isande tandläkarborr: *Dom lurade mig. Dom. Och hon.*

Maja hade varit delaktig i det hela. Hon hade lämnat honom och gått tillbaka till dem. Hon var en av de onda andarna nu, en av alla de elaka människor som hade tagits av daga, offrats, eller frivilligt gått till havet. Allt hade varit en lek för att lura honom, locka honom.

*Till Gåvasten.*

Och han hade åkt. Troligen skulle de ha tagit honom redan under dagen om det inte hade varit för måsarna. De hade inte alls varit ute efter honom, de hade skyddat honom och lagt en vägg mellan honom och det som ville ha honom.

*Du drog mig med. Och sedan lämnade du mig.*

Han hade hela tiden varit medveten om Majas närvaro. Först hade han trott att den var i huset, sedan insett att den var i hans egen kropp. Den hade lämnat honom nu. Han visste det. Hon hade gjort det hon skulle. Och sedan lämnat honom.

Timmarna gick och han ställde frågor där han skulle så att berättelsen fortsatte. Han var rädd för att bli lämnad ensam med sina tankar.

*Gåvasten.*

Gåvornas sten. Som gav. Och tog. Och tog.

Nu hade den tagit allt. Anders hörde inte längre Simons och Anna-Gretas röster. Han stirrade på Majas röda overall och det var verkligen stopp nu. Det fanns, enkelt uttryckt, ingenting att leva för längre.

*Varför ska jag leva?*

Med rösterna surrande i bakgrunden försökte han anstränga sig att finna ett enda skäl till att han skulle fortsätta att kravla runt mellan himlen och jorden. Han hittade inget. En människa ges ett visst antal möjligheter, ett visst antal vägar att följa. Han hade nått slutet av dem allihop.

Det som återstod var rädslan för smärta.

Han märkte inte att Simons och Anna-Gretas röster hade tystnat medan han gick igenom alternativen.

Det sista han ville var att dränka sig. Hängning var så otäckt, och dessutom osäkert. Tabletter hade han inga. Att supa ihjäl sig tog för lång tid.

Under ett kort ögonblick såg han sig själv en aning utifrån och fann att dessa tankar skänkte honom frid. Han hade äntligen bestämt sig, och det kändes ... ja, inte bra, men det gjorde mindre ont. Det fanns till och med en gnutta pirrande förväntan längst in.

*Att det blir bättre.*

Den sista, svagt fladdrande möjligheten att det verkligen existerade någonting på andra sidan. En plats eller ett tillstånd där det fanns glädje, lycka. En plats som var gjord för honom. Det var inte hans tro, men ...

*Allt är möjligt.*

Ja, allt är möjligt. Hade inte det bevisats under de senaste veckorna? Vi vet ingenting och allt är möjligt, varför inte en himmel eller ett paradis?

Så kom han på det. Hagelgeväret. Det som hade figurerat i berättelsen om Simon och Anna-Greta. Han visste att Anna-Greta hade svårt för att göra sig av med saker och förmodligen stod geväret någonstans, kanske i gömmorna.

Anders nickade för sig själv. Hagelgeväret var bra. Det motsvarade alla krav han kunde ha. Det gick fort, det var säkert och det fanns en förvänd skönhet i att använda vapnet som hade räddat hans pappa och därmed hans eget liv. Att göra slut på det med samma vapen.

*Så får det bli.*

När beslutet var fattat och tillvägagångssättet bestämt, märkte han av tystnaden i köket. Han blev orolig för att han hade pratat högt utan att vara medveten om det och log ett neutralt småleende, vände sig mot Simon och Anna-Greta.

»Ja«, sa han. »Det är mycket att tänka på.«

Anna-Greta såg inträngande på honom och Anders avslutade sin replik med en eftertänksam nick, som om de verkligen hade gett honom något att fundera på, trots att han bara hade hört brottstycken av vad de berättat.

»Anders«, sa Simon. »Du kan inte bo där nere så länge ... det här pågår.«

Anna-Greta rundade av: »Du bor här.«

Anders nickade länge och väl, sa sedan: »Tack. Det blir bra. Tack.« Han såg på Simon. »Tack för allt.«

*Varför lät du mig inte sjunka?*

När Simon fortfarande tittade misstroget på honom, sökte Anders i minnet efter någon detalj att ta upp så att det lät som om han lyssnat. Han hittade den och la till: »Det är ju otroligt med den där ... Spiritus.«

»Jo«, sa Simon, men den spända, avvaktande stämningen släppte inte. Anders förstod att han inte spelade bra och att det märktes. Om det här fick fortsätta skulle samtalet ta en ny vändning och det ville han inte, så han lät sin kropp sjunka ihop och sa: »Jag är helt förbi.«

Det var åtminstone sant och reaktionen blev den önskade. Anna-Greta gick upp för att bädda i gästrummet och Anders blev kvar i köket med Simon.

»Finns det nån mer konjak?« frågade Anders bara för att säga något och Simon hämtade flaskan, hällde upp. Anders noterade var flaskan ställdes undan, om det skulle vara så att han behövde alkohol för att genomföra det som skulle göras.

Han hällde i sig glasets innehåll och inte heller det tog, det bara föll ner och skingrades i kroppens mörker. Simon satt fortfarande och såg på honom, tycktes vara på väg att fråga något men Anders förekom honom genom att ta upp ännu en av de trådar han mindes av berättelsen.

»Konstigt med Bergwalls«, sa han. »Att dom allihop tycks ha blivit ... påverkade.«

Till hans lättnad nappade Simon. »Jag har funderat mycket på det där«, sa han. »Varför bara vissa människor har blivit ansatta. Elin, Bergwalls, han Karl-Erik. Och du.«

Innan Anders hann hejda sig hade han sagt det: »Hon är borta.«

Simon lutade sig fram över bordet. »Vem är borta?«

Anders kunde ha bitit sig i tungan, men han ryckte på axlarna och försökte säga det så lättsamt som möjligt: »Hon har lämnat mig. Maja. Jag är fri. Det är bra.«

Han hörde Anna-Gretas steg nedför trappan och reste sig, vek filten över stolsryggen. Simon reste sig också och Anders hindrade eventuella följdfrågor genom att gå fram till honom och krama om honom. »God natt, Simon. Tack för ikväll.«

Anders kände sig inte det minsta gråtmild när Simon klappade honom över ryggen och kramade tillbaka. Beslutet var fattat med sådan tydlighet att han i allt väsentligt redan var död. Det var bara en fråga om tid och plats för att genomföra döendet i sinnevärlden.

Anna-Greta redogjorde för hur morgondagen skulle gestalta sig och Anders nickade åt allt. Det var lätt. Allt var överhuvudtaget mycket lättare när man var död, märkte han. Det var en patentlösning, en mirakelmedicin. Alla borde prova. När han gick uppför trappan till övervåningen sneglade han mot dörren till gömmorna.

*När?*

Så fort som möjligt. Den milda eufori som nu svävade i hans bröst skulle inte vara länge, det förstod han. Sköt han upp genomförandet skulle det vrålande, bottenlösa mörkret återvända. Det fick ske snart, mycket snart.

Han hörde Anna-Gretas och Simons röster på bottenvåningen när han steg in i gästrummet tvärs över korridoren från Anna-Gretas sovrum. Hon hade lagt fram lånekläder åt honom inför morgondagen. Han klädde av sig och kröp till sängs, kände sig förväntansfull som ett barn natten före sin födelsedag, såg framför sig Maja som hoppade i sin säng och slet upp sina presenter medan hon –

*Nej. Bort. Bort.*

Det högg till i bröstet och han trängde undan bilden av Maja och tvingade fram smaken av metall över tungan, läpparna som slöts kring bösspiporna och fingret på avtryckaren. Han sög på den bilden och friden återvände.

En stund senare hörde han hur Anna-Greta och Simon kom uppför trapporna och gick in i rummet mitt emot. Vid det laget var han så långt inne i sin egen död att han verkligen föll bort ifrån den här världen och somnade.

Slagruta

»Gamla människan, hur kommer man på nåt sånt?«

»Kändes väl att det var dags.«

»Var det ditt initiativ?«

Simon tvekade med svaret. Göran skrattade till och klappade honom på axeln. »Nähä, tänkte väl det. Det vore inte likt dig. Men väldigt likt Anna-Greta.«

Simon gjorde en grimas och sa barnsligt: »Jag vill också, faktiskt.«

»Jo, jo, det tror jag säkert«, sa Göran. »Men jag hade svårt att se dig ... falla på knä.«

Simon sneglade på Görans styva ben och stolpiga gång. »Har svårt att se dig falla på knä också.«

De kom ut ur skogen och gick ner mot Kattudden. Den värsta förödelsen var undanröjd, men när de genade över Carlgrens tomt där dasset fått sig en körare av nödfällda träd fick de kryssa mellan kapade grenar och formved som förmodligen skulle bli liggande ett tag. Göran sparkade undan en tom plastflaska och sa: »Man undrar ju om det är nån mening med det.«

»Med vad?«

»Nä, vi har väl försökt att hålla lite vakt här på nätterna, då. Så det inte ska hända nåt mer. Men det kan man ju inte hålla på med i evighet.«

»Du tänker på din stuga?«

»Ja. Ska det här fortsätta så ryker väl den också, så småningom. Om vi inte får tag i dom, förstås.«

Görans stuga låg i den sydligaste änden av Kattudden. En skogsbård skilde den ifrån det område som Holgers far hade sålt till mäklaren. Simon förstod dock Görans oro. En rejäl brasa och fel vindriktning så skulle även Görans hus svepas med av lågorna. Då hjälpte det inte mycket att ha nyborrad brunn.

»Vi får väl se hur det artar sig«, sa Simon. »Du kan ju vänta med själva borrandet.«

»Jo.«

De passerade genom byn och kastade en blick mot Grönwalls före detta sommarresidens. Simon blev torr i halsen när han tänkte på vad som hade hänt med flickan som bott där. De fortsatte in på den korta stigen mot Görans hus.

»Vad tror du om allt det här?« frågade Göran. »Får du nån rätsida på det?«

»Ingen som helst«, ljög Simon och drog fram slagrutan av rönn som han använde för syns skull.

»Kan du hitta nån ren åder här, tror du?« frågade Göran. »Jag vet att det har varit problem med det tidigare.«

»Den som lever får se«, sa Simon och började pejla över marken medan de rörde sig mot huset.

Göran satte sig på sin farstukvist och såg på Simon som långsamt gick över tomten med grenklykan i ena handen och den andra handen i fickan. Han tyckte att det var en underlig teknik. Två gånger tidigare hade han sett folk gå med slagruta och då hade de varsamt hållit klykan med båda händerna. Simons enhandsfattning hade han varken sett eller hört talas om annars.

Nå, Simon fick gärna gå baklänges med klykan i munnen vad Göran anbelangade, bara han hittade rent vatten. För vad det nu var värt.

Göran suckade och tittade längs fasaden på den lilla stugan som hans farfar hade byggt för mer än hundra år sedan. Han tänkte att det vore ett fruktansvärt slöseri. En liten flamma bara så var hela den delen av släktens historia utplånad.

När han åter tittade utåt tomten hade Simon stannat och stod och tittade ner i marken.

*Så det fanns ändå.*

Göran reste sig för att gå fram till honom, men frös i rörelsen när Simon lyfte sitt huvud och deras blickar möttes. Något var fel.

Simons ögon var vitt uppspärrade och munnen hängde öppen, klykan föll ur hans grepp och han vacklade till som om han fått ett kraftigt slag.

»Simon!«

Göran fick inget svar och fortsatte fram emot Simon som svajade på gräsmattan med oseende ögon. Ett par ord trängde fram ur hans mun och Göran tyckte att det lät som:

»Jag ... vet.«

## Gammalt bly

Anders vaknade till ett tyst och tomt hus, inuti och utanför. Inget rörde sig och bara de svaga ljuden av husets eget liv hördes. Han låg en stund och stirrade upp i det vitmålade brädtaket. Inget var förändrat. Mörkret låg sammankurat till språng, bara hans beslut höll det tillbaka.

Han steg upp och klädde långsamt och omsorgsfullt på sig kläderna som Anna-Greta hade lagt fram. Sedan smög han nedför trappan. Köksklockan visade på kvart över elva och Simon och Anna-Greta var ute på sina respektive uppdrag, allt var som det skulle vara. Han öppnade dörren vid trappans fot.

Gömmorna var två stycken rum, sju–åtta kvadratmeter stora vardera och ursprungligen avsedda för barn som aldrig kom. Nu var de fyllda med allsköns skräp och minnen som fallit i glömska, saker som kunde komma till användning men aldrig gjorde det, och närmast dörren mer praktiska saker som verktyg och målargrejer.

Han passerade en trave kläder eller lump täckta av en svensk flagga och fortsatte till det inre rummet. Det var skummare där eftersom fönstret skymdes av ett gammalt bord som stod på högkant och lukten av mögel och ålderdom var starkare. Han tände lampan i taket.

Rummet var fullt av gamla nät, jordbruksredskap, spinnrockar och liknande ting. Någon från *Antikrundan* skulle förmodligen ha kunnat sniffa sig fram till värdefulla saker i bråten. Det han sökte stod rakt fram, lutat mot en trasig pinnstol som om det väntade på honom.

Han satte sig ner på huk och lyfte den dubbelpipiga hagelbössan, vred den i händerna och hittade låsklaffen till piporna. De var tomma. Anders sänkte huvudet. Mörkret spetsade öronen och smög närmare honom, han kände det som en stigande smärta i magen.

Han satte bösspiporna i munnen, slöt läpparna runt dem och satte fingret på avtryckaren. Mörkret stannade, drog sig tillbaka en aning. Han fick en respit.

Händerna darrade när han ställde ifrån sig bössan och började söka efter patroner. På golvet sökte han, på bordsskivor och bakom nät. Skräcken för mörkret fick honom att skaka i hela kroppen när han rev undan buntar av gamla tidningar, körde in händerna bakom en byrå och kände korn av torkat råttbajs glida under fingrarna.

Han satte sig tvärt upp, drog ut den understa byrålådan och där, bland gamla brynstenar och nycklar till lås som inte längre fanns, hittade han asken. En oansenlig brun pappask med sju patroner i. Han andades flämtande ut och tog upp en patron, studerade den.

Det lilla dödsinstrumentet var betydligt nyare än bössan. En cylinder av tjock, röd papp omslöt en tätt packad klump av blyhagel. Längst ner satt den guldfärgade tändhatten med sin laddning av bladkrut.

Anders pillade med nageln över den lilla cirkeln i mitten av patronens botten. Ett slag i den cirkeln och bladkrutet antändes, exploderade och slungade ut haglen.

*Så enkelt, egentligen.*

Han drog till sig bössan, stoppade patronen i loppet och fällde upp piporna. Han löpte med fingret över hanen och drog den bakåt tills den klickade på plats.

*Så enkelt.*

Bössans hela konstruktion var bara ett kringverk runt den tunna hanen som skulle picka till med sin näbb mot tändhatten och sedan ... slut. Om några sekunder skulle det äntligen vara slut.

Det bästa vore förmodligen att luta kolven mot ett hörn så att inte rekylen fick bössan att slungas ur läge så att haglet bara slet sönder honom utan att göra slut på honom. Han löpte med blicken runt rummets väggar och samtidigt som han konstaterade att han lätt kunde röja ur hörnet bakom näten blev han varse sin egoism.

*Det är deras bröllopsdag.*

Men han kunde inte vänta. Försiktigt ställde han ifrån sig bössan och lyfte ner det yttersta av näten.

*Du kan vänta. En dag kan du vänta.*

Han stannade med nätet vikt över armen och skakade på huvudet.

*Du får ta det. Hur svårt det än är. För deras skull. Du kan inte göra så mot dom.*

Han visste att det var riktigt. Med nätet tryckt mot bröstet väntade han på att mörkret skulle ta språnget för att straffa honom för hans tvekan. Men det kom inte. Det litade på honom. Det gav sig till tåls.

*Imorgon.*

Han visste att Simon och Anna-Greta skulle åka på sin lilla bröllopsresa till Finland dagen efter. Då kunde han göra det. Och dessutom visa hänsynen att inte göra det *här*, i deras hus. Det var en egoism utan dess like och dessutom visste han ju var det skulle göras, vilken plats som var den rätta för gåvor och offer.

Varsamt fällde han tillbaka hanen och gömde den laddade bössan bakom näten, gick ut i köket och hällde upp en kopp kaffe medan han väntade på Simon.

Simon kom inte.

Det var sagt att de skulle ta ettbåten tillsammans, men klockan blev halv ett och kvart i ett utan att Simon syntes till. Anders tänkte att han i sitt frånvarande tillstånd kvällen innan hade missuppfattat, att det var vid bryggan de skulle mötas.

Han skulle låtsas att han levde en dag till, för deras skull. Sedan var det slut med hänsynen. Det var illa nog att de fick veta när de kom hem från sin resa, men det kunde inte hjälpas. Han kunde inte fortsätta leva bara för att de skulle vara glada.

Men en dag till skulle han låtsas, så medan han rökte en cigarett kollade han hur han såg ut i hallspegeln, om det dög för bröllop. Den vita skjortan och byxorna var aningen för stora för honom, men skorna passade förvånansvärt bra. På kapphängaren hittade han en av Simons slitna jackor och drog den på sig.

När han stängde ytterdörren bakom sig och välkomnades av ännu en gråmulen dag, trodde han att han nog skulle klara sig igenom detta också. Vapnet stod laddat och klart, det var bara en fråga om kanske tjugo timmar innan det skulle få komma till användning.

Mörkret tycktes för ögonblicket låta sig nöja med att förberedelserna var genomförda och det släppte honom till och med med blicken ett par gånger medan han vandrade ner mot ångbåtsbryggan.

Simon var inte där heller. Omkring tjugo uppklädda personer stod samlade på bryggan och alla var på väg till Nåten och bröllopet, men brudgummen saknades. Anders gick fram till Elof Lundberg. Han bar en pampig överrock som illa matchade den eviga kepsen.

»Hur du sett Simon?«

»Nä«, sa Elof. »Är han inte redan där, då?«

»Jo. Han är väl det.«

Anders drog sig undan och försökte komma ihåg vad Simon hade sagt.

*Han skulle leta vatten åt Göran, var det inte så?*

Anders såg sig omkring, men inte heller Göran fanns på bryggan. Hemskt nog flimrade en liten förhoppning till i Anders: att det hade hänt något. Något som skulle göra att bröllopet blev inställt. Något som tillät honom att återvända till gömmorna redan idag.

Passbåten gled in och det var prat och skratt medan bröllopsgästerna klev ombord. När den backade ut stod Anders i fören och såg mot Simons brygga. Kanske hade han tagit sin egen båt över till Nåten?

Men båten låg vid bryggan och brudgummen syntes inte till någonstans.

## Hindersprövning

Anders stannade i fören under hela överfarten utan att tala med någon och när de la till var han först av och gick med raska steg mot kyrkan. Bakom honom kom det glammande bröllopsföljet.

Nåtens kyrka var vackert belägen på en höjd nära havet och kyrkogården sträckte sig över hela sluttningen ner till stranden, där det emblematiska ankaret som prydde alla kyrkans skrifter låg likt en broms för att hindra stenar och kors ifrån att halka ner i vattnet.

Vigseln skulle inte börja förrän en dryg halvtimme senare. Anders gissade att de som stod i begrepp att vigas brukade invänta det rätta klockslaget i församlingshemmet utanför grindarna till kyrkogården. Han gick uppför den låga trappan och knackade på. När ingen kom för att öppna klev han in.

Ett par långbord var dukade för gästerna och två överdådigt dekorerade smörgåstårtor tronade på ett mindre bord mitt i salen. Bakom en dörr i andra änden hördes kvinnoröster.

*Hon måste få veta.*

Sorlet från gästerna kom närmare. Anders gick genom salen, knackade försiktigt på dörren och öppnade den.

Trots att han var vigd åt döden och ingenting längre spelade någon roll kunde han inte undgå att studsa inför anblicken av sin farmor i bröllopsstass.

Anna-Gretas långa, gråa hår var format till en vågliknande uppsättning som fångade det bleka ljuset från fönstret så att det rann ner över henne i silverstänk. Den beigefärgade klänningens vita blommor förstärkte intrycket av en tillfälligt lånad stjärnglans som sträckte sig hela vägen upp till hennes panna. Ansiktet var varsamt målat för att framhäva ögonens glitter.

Intill henne satt två kvinnor i samma ålder på varsin stol och pysslade med något på klänningen. Anders blick for runt rummet. Ingen Simon.

»Hur ser jag ut?« frågade Anna-Greta.

»Underbar«, sa Anders uppriktigt. »Har Simon varit här?«

»Nej.« Glittret i Anna-Gretas ögon mattades en smula. »Har han inte kommit?«

Anders skakade på huvudet och Anna-Greta gjorde en ansats till att själv gå ut och kontrollera, men en av kvinnorna höll henne tillbaka och sa: »Han kommer, han kommer. Stå still nu.«

Anna-Greta slog ut med armarna i en hjälplös gest som för att visa att hon var fånge hos dessa kvinnor. »Gå ut och vänta med dom andra, du«, sa hon. »Han kommer nog.«

Anders backade ut ur rummet och lämnade henne i händerna på sina väkterskor. Han hade gjort vad han kunnat. Det var inte hans problem längre. Ändå tyckte han synd om Anna-Greta. För att hon var så söt, så uppklädd, så förväntansfull. Hans lilla farmor.

Ty han visste att Simon inte skulle komma. Att han på ett eller annat sätt hade fångats in av de krafter som var i rörelse. Det var bara så. Simon var borta och själv skulle Anders ta trebåten tillbaka och ända alla sorger.

Klockan var kvart i två när Anders gick upp till kyrkan och tittade in genom den öppna porten. Ett trettiotal personer satt samlade i bänkarna. Gästerna från passbåten hade fått förstärkning av folk från Nåten och sådana som kommit i egna båtar. Framme vid altaret stod prästen och rättade till en bukett vita rosor i en vas.

Dragen av lutningen drev Anders ner till kyrkogården och vandrade mellan stenarna. Han stod en lång stund framför familjegraven där både hans far och hans farfar stod ensamma med sina namn under Torgny och Maja. Förmodligen skulle Anna-Greta se till att hans eget namn lades till, underst i spalten av ensamma män.

*Och Simon? Var kommer Simon att hamna?*

När klockan var strax efter två började folk komma ut ifrån kyrkan för att se vad som hände, eller snarare varför ingenting hände. Anders fortsatte ned till vattnet för att slippa bli tilltalad. Han stannade framför det stora ankaret och läste på plaketten.

»TILL MINNE AV DEM SOM FÖRSVANN PÅ HAVET«

Anders drog med handen över det rostiga gjutjärnet, över det tjärade träet. Det skulle vara mer passande för honom att bli begravd här, under ankaret, ty han hade försvunnit på havet och sedan vandrat runt på landbacken i onödan ett par år. Han följde kättingen som löpte från ankarets topp ner i jorden.

*Vart tar den vägen?*

Han såg kättingen försvinna djupt ner i underjorden eller ut över havsbottnen, slungade i tankarna sin egen kropp i kättingens riktning och följde med den ner ...

*... att borras ner i bottenslammet, ner i gyttjan och blåleran, ner till den punkt där inget kan leva, där det är alldeles stilla ...*

Hans tankar avbröts av rop från kyrkbacken. Folk stod och pekade utåt havet och när Anders vände sig om krusades hans läppar trots allt av ett leende.

En båt kom farande ute på fjärden. En skranglig plastbåt med en tjugohästars Evinrude. Simons båt.

Bröllopsgästerna strömmade nedför kyrkogårdskullen likt en flock ivriga får och samlades i strandkanten medan båten nalkades. Det var två personer ombord och när båten var omkring hundra meter från land kunde Anders se att det var Simon och Göran. Göran körde och Simon satt framme i fören med håret fladdrande kring öronen. Folk jublade och applåderade.

*Trollkarlens sista entré.*

Båten körde inte mot hamnen utan fortsatte rakt emot slänten nedanför ankaret. Göran slog motorn i friläge och de gled de sista meterna in till stranden. Simon klättrade ur och med gemensamma krafter drog gästerna båten säkert upp på land.

Simons blick sökte Anders och han började säga något, men gästerna grep tag i hans armar och drog honom med sig upp emot kyrkan där Anna-Greta nu stod på backen och väntade med armarna i kors över bröstet. Entrén var nog effektfull men man fick förlåta Anna-Greta om hon just denna dag skulle ha önskat sig lite mindre spektakel och lite mer solennitet.

Anders följde efter ett par steg bakom och väntade tills alla hade försvunnit in i kyrkan innan han själv steg in och satte sig på en av de bakre bänkarna.

## Låt kärleken komma

*Skildringen av bröllopet uteblir.*

*Underligt nog är det nämligen inte särskilt intressant med skildringar av bröllop. Två människor som lovar varandra evig förbundenhet och trohet inför Guds anlete borde ju verkligen vara något att gotta sig åt; men så är det inte.*

*Det är som en skräckhistoria, fast tvärtom. När monstret visar sitt tryne i slutet är det alltid en besvikelse. Det kan aldrig motsvara ens förväntningar. Samma sak med ett bröllop. Vägen dit på kärlekens vindlande stigar är en rysare, förberedelserna i vissa fall ett kämpajobb och grundtanken bakom det hela är vacker och svindlande.*

*Men ritualen?*

*Man fick kalla in Marc Chagall, Mozart och teknikerna bakom David Copperfield för att göra tanken rättvisa. Folk skulle sväva, det skulle vara blixtar, vattenfall och en symfoni som fick putsen att falla från väggarna och virvla runt i flagor kring de förenade tu som i en spiralrörelse lyfte mot taket.*

*Något sådant förekom inte i Nåtens kyrka.*

*Nog sagt att Simon och Anna-Greta sa ja till varandra, att det spelades lite passande musik på orgeln och att många var rörda. Det var dock en vacker sak som hände. Anna-Greta utgjorde en strålande uppenbarelse och Simon en något luggsliten. Trots att han hunnit få på sig bröllopskläderna var det som att han hade gjort det i hast. Slipsen satt på sniskan, strumporna matchade inte byxorna och håret var rufsigt.*

*Men klang och jubel ändå! Låt kärleken komma! Låt den segra!*

*Låt de två träda ut på kyrktrappan och låt Anna-Gretas båda väninnor som vet hur slipstenen ska dras överösa dem med risgryn och låt oss bakom alltihop höra änglakörerna och se kaskaderna av ejderdun som under månader samlats in från öarna, låt dem snöa från himlen likt äppelblom spridda från Gud Faders händer där han öppnar sin varmaste famn.*

*Ja!*

*Ja, ja, ja!*

*Och låt oss sedan tillsammans gå till församlingshemmet och ta oss an smörgåstårtan. Den här dagen är inte över än. Inte på långa vägar. Kom.*

## Vattnet

Folk spred ut sig längs borden och till Anders lättnad drog Anna-Greta honom i ärmen så att han hamnade intill henne och inte hade någon på sin andra sida. Mitt emot honom satt Anna-Gretas båda väninnor och efter att Anna-Greta presenterat dem som Gerda och Lisa ägnade de båda damerna sig åt varandra.

Gästerna fyllde sina tallrikar och plockade åt sig öl eller läsk som de fick öppna själva. Det var sannerligen ingen pampig tillställning och det var nästan tur att Simons entré hade gjort den till något att minnas.

Men Simon hade mer att komma med.

Efter att Anders hade gratulerat sin farmor och än en gång talat om hur fin hon var, lutade han sig fram för att lyckönska även Simon, men denne var upptagen av något som kom inifrån. Med koncentrerad min satt han och glodde ner i bordsduken medan läpparna rörde sig svagt.

Anders var på väg att säga något för att återkalla honom till verkligheten när Simon plötsligt reste sig upp och klingade med gaffeln i sin bordsgrannes flaska.

»Kära vänner!« sa han. »Det finns vissa saker som ...« Han hejdade sig och tittade på Anna-Greta som såg undrande på honom. Simon harklade sig och tog ny sats. »Först av allt vill jag säga hur glad jag är. Att ni har kommit hit, att jag har fått ... nåden att gifta mig med den mest underbara kvinna som någonsin har suttit i en båt. Eller inte suttit i en båt.«

Några skrattade och en liten applåd utbröt. Anna-Greta sänkte klädsamt blicken.

»Och så var det en sak till ... och jag vet inte hur jag ska ... det är en sak jag måste berätta, och jag vet inte riktigt ... det är så många ...«

Simon såg sig runt i lokalen. Det var helt tyst nu. Någon satt med en gaffel halvvägs till munnen och sänkte den långsamt medan Simon trevade efter de rätta orden.

»Vad jag ville säga«, sa Simon » ... är att nu när så många från Domarö är samlade ... och det kanske inte är det mest passande tillfället och jag vet inte hur jag ska säga, men ...«

Simon tystnade igen och Anders hörde att Gerda viskade till Lisa: »Är han full?« Lisa nickade och knep ihop läpparna samtidigt som Anna-Greta under bordet drog försiktigt i Simons byxben för att få honom att sätta sig igen.

Simon fattade ett beslut och rätade på sig, talade med tydligare stämma: »Det finns inget vettigt sätt att säga det här, så nu säger jag det bara och sen får ni ta det som ni vill.«

Lisa och Gerda hade lutat sig bakåt i sina stolar, knutit armarna över bröstet och såg ogillande på Simon. Övriga gäster tittade på varandra och undrade vad som komma skulle. Ögonbryn höjdes en bit när Simon tycktes börja i en helt ny ända.

»Brunnarna på Domarö«, sa han. »Jag vet att det är flera som har haft problem med saltvatteninträngning, att dricksvattnet blir dåligt av att havet sipprar in.«

Det nickades här och var. Även om det var obegripligt varför Simon tog upp denna fråga, så var det han sa åtminstone ett vedertaget faktum. När Simon fortsatte flackade hans blick då och då åt Anders håll.

»Vi har också haft en del andra problem på senare tid. Folk som plötsligt beter sig underligt eller rentav ... elakt. Som inte tycks vara sig själva, om man uttrycker det så.«

Jo, nickades det på olika håll. Även detta kunde man ju skriva under på. Snart skulle det väl komma något om att torsken hade försvunnit också, ännu ett tråkigt men obestridligt faktum.

»Det jag ville säga«, sa Simon, »är att jag har kommit underfund med att dom här två sakerna hänger ihop. Den här ... sjukdomen eller vad vi ska kalla det, den drabbar dom som har saltvatten i sina brunnar. Så att ... ni här som har det, drick inte av ert vatten!«

Om Simon hade önskat sig en aha-upplevelse hos åhörarna så var det inte vad han fick. De flesta satt och såg skeptiskt eller oförstående på honom. Simon slog ut med armarna och höjde rösten.

»Det är så havet kommer in! Förstår ni inte? Dom finns i havet och dom ... tränger in genom vattnet i brunnarna. Om vi dricker det kommer dom in i oss och vi blir ... förändrade.«

När Simon fortfarande inte fick den reaktion han önskade, suckade han och sa mer uppgivet: »Jag ber er bara att tro mig på mitt ord. Drick inte av vatten som blivit salt. Vi kan säga att det är giftigt, för enkelhetens skull. Drick inte av det.«

Simon damp ner på sin stol igen och det var tyst en lång stund. Sedan började mumlande samtal föras runt borden. Anna-Greta lutade sig mot Simon och sa någonting. Lisa och Gerda satt fortfarande med armarna knutna över bröstet och såg ut att vänta på en fortsättning.

Och Anders ...

Det var som om han hade hört brottstycken av en melodi fram till nu. Ibland svagt, som genom väggen från ett annat rum. Ibland starkare men snabbt försvinnande, som från en bil som passerade med stereon på högsta volym. Ibland bara några toner i trädens sus och vattnets droppande om natten.

Med Simons ord klev hela orkestern fram ur mörkret och brakade igång så att det slog lock för hans öron och kroppen förstummades.

*Vattnet. Naturligtvis. Dricksvattnet.*

Trots förnimmelsen av att Maja runnit genom hans kropp hade han aldrig kommit på tanken att det faktiskt var så det *var*. Han hade gått runt och hällt i sig vin ifrån plastflaskor, ibland flera liter om dagen. Vin utspätt med vatten från kranen. Han hade vaknat bakfull och törstig, druckit mängder av vatten, vatten.

Och det som verkligen fick honom att nästan glida av från stolen medan han sjönk längre in i musiken: Maja hade inte alls lämnat honom. Det var han som inte hade fått i sig vatten. Under hela gårdagen hade han inte druckit annat än vin och malörtskoncentrat. Det var först när han kommit upp till Anna-Greta som han fått i sig vätska i form av vatten. Och deras vatten var inte ... smittat.

Anders kände en hand på sin rygg och Simon lutade sig över honom.

»Förstår du?« viskade han.

Anders nickade frånvarande medan sammanhangens musik fortsatte att dåna i hans huvud. Det eviga havet, alltid ett och samma, som kunde tränga in i alla sprickor, spridas och sträcka ut sig men alltid återvände till sig självt. En enda stor kropp med miljarder lemmar, från rytande vågor till spindelbenstunna rännilar som letade sig in, letade sig fram. Havet. Och de som där fanns.

Simon drog i honom och Anders reste sig och följde efter honom som i trans.

*Ingen har så långa fingrar.*

Han såg framför sig havets trevande över öarnas klipphällar, genom rämnor i berggrunden, ner i jorden, in i brunnarna och det var som ett mantra som löpte genom hans huvud medan Simon ledde honom ut: *Ingen har så långa fingrar. Ingen har så långa fingrar.*

»Anders, är du här?«

Simon viftade med handen framför hans ögon och med en ansträngning lyckades Anders ta sig tillbaka och fann att han stod på farstukvisten till församlingshemmet. Hans högra hand vilade på det kalla järnräcket och han kramade hårt omkring det, höll sig själv på plats.

»Hur kom du på det?« frågade han.

»När jag letade vatten åt Göran«, sa Simon, »och kände alla stråk av bräckt vatten som gick genom berget –«

»Kände?«

»Ja.« Simon plockade upp tändsticksasken ur flickan och visade den, stoppade ner den igen. Anders nickade. Den delen av berättelsen kom han faktiskt ihåg.

»Då kom jag att tänka på«, fortsatte Simon, »hur det är med ditt vatten och framför allt hur det var med hon Elins vatten. Efter branden så var jag vid hennes brunn, det var nåt som drog mig dit, det var nåt där. Jag fick inte fatt på det då, men jag smakade på vattnet och det var salt. Saltare än ditt. Sen har det där legat nånstans i bakhuvudet och ... idag fick jag syn på det.« Simon suckade och sneglade mot den stängda dörren in till församlingshemmet. »Fast jag tror ju inte att jag lyckades övertyga nån.«

»Varför var du så sen?«

Simon ryckte på axlarna. »Jag var ju tvungen att kontrollera. Karl-Eriks brunn och Bergwalls brunn. Det var samma sak där. Salt i vattnet. När dom sågade hade dom väl med sig flaskor och drack av. Jag tror att det når nån slags kritisk punkt, och sen ... bryter den ut. Den andra personen.«

Anders lutade armarna mot räcket och såg ner mot hamnen. Det dröjde en timme tills nästa passbåt gick över havet. Tilläts att gå över havet.

*Ingen har så långa fingrar. Ingen har så starka fingrar.*

Oanmält dök ett minne upp. Han hade varit kanske tio år när pappa lagt en ryssja på skoj och fått en enda ål. Anders hade stått på bryggan och sett på när pappa försökt få grepp om ålen för att ta den ur båten. Det gick inte.

Till slut hade pappa lyckats fösa in ålen i en plastpåse. Den slingrade sig ut. Han fick ner ålen i påsen igen och knep ihop öppningen med båda händerna medan han med stort besvär klev ur båten. När han kom upp på bryggan stannade han och stirrade på påsen, skrattade till. Trots att han var stark i händerna och knep ihop så mycket han bara kunde, lyckades ålen ändå ta spjärn mot påsens botten och sedan långsamt och obevekligt tränga sig upp genom de knutna nävarna och ut ur påsen. Den föll ner på bryggan, gjorde ett kast med kroppen och gled ner i vattnet.

»Den du«, hade pappa sagt med ett slags beundran i rösten. »Han ville leva, han.«

Efteråt hade de skrattat åt det. Att pappa var så stor och stark och ålen så liten och seg. Att det var den som hade vunnit.

*Ingen har så långa, så starka fingrar.*

Ändå går det att slinka igenom. Om man bara vill leva tillräckligt mycket.

## Kom in

Klockan halv sex la båten till vid Domarö brygga och en man som inte längre ville dö lämnade gruppen av glada människor som steg av. Han sprang västerut. I höjd med vandrarhemmet var han tvungen att slå av på takten eftersom förnyad livsvilja inte innebär nya lungor.

Anders joggade till punkten där vägen delade sig. Den sista biten var han tvungen att gå eftersom det pep i luftrören och det kändes som om han andades genom ett sugrör. Han passerade raka tallen, drog upp ytterdörren till Smäcket och utan att ta av sig skorna fortsatte han in i köket. Han lutade sig över diskhon, öppnade kranen och drack likt en som gått genom öknen. Han flämtade, andades djupt, drack igen. Rätade på sig, flämtade, drack igen.

Han drack tills magen var utspänd och det kalla vattnet hotade att tränga tillbaka upp genom strupen. Då la han sig ner på golvet. När han rörde sig vickande från sida till sida hörde han att det kluckade inifrån magen.

*Kom in. Jag bär dig.*

Han blundade och lyssnade, kände efter.

Han hade lovat Simon och Anna-Greta att komma tillbaka upp till Anna-Gretas hus så snart han hade gjort det han skulle i Smäcket. Ändå låg han kvar på golvet och väntade medan vattnet i hans mage gradvis upphörde att vara en separat, kall klump, medan det värmdes upp till kroppstemperatur och blev en del av honom.

*Är du där?*

Det kom inget svar och tvivlet slog klorna i honom. Om Simon hade haft fel. Om Simon hade haft rätt men att det ändå inte innebar att Maja var på hans sida. Overallen. Hur hade Henrik och Björn fått tag i overallen, egentligen?

Det här var den sista möjligheten. Han balanserade vid randen av ett stup och bara en fjäderlätt beröring, den rätta beröringen kunde rädda honom. Kom den inte fanns bara fallet och sedan mörkret.

*Kom. Rör vid mig.*

Inuti hans kropp fanns ett hålrum som var mycket större än kroppen. En sommarvind från havet fläktade till inne i det rummet och bar med sig ett enda maskrosfjun som kastades runt i luftströmmarna tills det slutligen landade på insidan av hans hud. Det kittlade till och la sig till ro. Sådan var känslan. Så svag. Men han visste.

*Du är här.*

Efter den första, mikroskopiska beröringen blev det starkare. Det vattnet burit med sig spreds ut i blodet, in i musklerna och kittlingen blev till en mjuk smekning och en större närvaro, som om fjunen verkligen burit med sig fröer som nu slagit rot i hans kött och fått små maskrossolar att slå ut. Han kunde inte se dem, men under horisonten lyste de upp hans värld och hans ögon tårades.

*Hej, älskling. Förlåt att jag ... förlåt. För allt.*

Ur skåp och lådor plockade han fram alla flaskor han kunde hitta och fyllde dem under kökskranen. Det blev drygt tio liter vatten i större och mindre flaskor som han stuvade ner i två plastpåsar. Även flaskan med malört fick plats.

Slutligen hämtade han några Bamsetidningar från sovrummet och stoppade fotografierna från Gåvasten i fickan. Sedan lämnade han huset. Redan på vägen mot Anna-Gretas hus fiskade han upp en vattenflaska och tog ett par klunkar.

De nygifta satt i köket och hade bytt om till vardagskläder. Allt var som vanligt och allt var annorlunda. Nya förbund hade slutits utan att något märktes på ytan. När Simon fick syn på plastkassarna, frågade han: »Är det ... vatten?«

»Ja.«

»Kan jag få se på en flaska?«

Anders hivade upp en flaska och ställde den på bordet framför Simon. Det var en gammal pet-flaska vars etikett hade fallit bort och det lätt grumliga vattnet syntes bra genom den transparenta plasten. Alla tre samlades kring flaskan som om den varit en relik, ett heligt ting.

Det gick inte att se något speciellt, det hade Anders konstaterat redan när han fyllde flaskorna. Vattnet i Smäcket hade alltid varit grumligt av metangas eller utfällningar, haft det där dimmiga, milt spöklika utseendet och behövt stå en stund i en öppen tillbringare för att klarna.

Simon drog till sig ett dricksglas, tittade på Anders och frågade: »Får jag ...?«

En stöt av ... beskyddarinstinkt for genom Anders, men innan han öppnat munnen hade Anna-Greta sagt det han själv tänkt säga: »Du tänker väl inte dricka av det?«

»Jag har druckit av det förr«, sa Simon. »Men nu tänkte jag bara hälla upp. Går det bra?«

Anders nickade och fann situationen en smula absurd. Simon bad om tillstånd att hälla upp vatten från en flaska. Men det var ju inte absurt. Inte längre. Anders kände sig illa till mods när Simon skruvade av korken och hällde upp. Maja fanns i det där vattnet och Simon visste det också, det var därför han hade bett om tillstånd. Det var som att hantera någons aska. De anhöriga måste tillfrågas.

*Hon är inte död. Hon är inte borta. Hon ...*

Anders kom att tänka på något som Simon hade berättat för länge sedan, eller var det bara några dagar sedan? Tiden hade förlorat sin betydelse när dagar och nätter, hopp och vanmakt gled in i och ut ur varandra på underliga vägar.

Han var på väg att fråga, men Simons experiment fångade hans uppmärksamhet. Simon hade tagit upp tändsticksasken och vält ut insekten i sin vänstra hand. Nu förde han högerhanden mot glaset, kastade en blick på Anders och doppade sedan sitt pek- och långfinger ner i vattnet, blundade.

Det var knäpptyst i köket medan Simon kände efter. En halv minut förflöt. Sedan drog Simon upp sina fingrar ur glaset och skakade på huvudet.

»Nej«, sa han. »Det är nåt där. Speciellt nu, när jag vet. Men det är för svagt.«

Ett ögonblick var Simon villrådig hur han skulle göra med sina blöta fingrar. Han var på väg att reflexmässigt torka av dem på byxorna, men hejdade sig och lät dem självtorka. Anders lyfte glaset till munnen och drack upp vattnet.

»Tror du verkligen att det där är bra?« frågade Anna-Greta.

»Farmor«, sa Anders. »Du anar inte hur bra det är.«

Det kunde inte hjälpas, det myckna drickande hade gjort honom fruktansvärt kissnödig. Förmodligen var det så att all vätska som lämnade hans kropp, tårar, svett, urin på något vis fick den som var i vattnet att ... dunsta bort ur honom, men det kunde inte hjälpas. Han fick dricka mer efteråt.

På väg till toaletten passerade han den stängda dörren till gömmorna och vinkade genom väggen farväl till bössan som stod där inne. Han la på minnet att han skulle plocka ur patronen vid tillfälle så att det inte hände någon olycka.

Han tömde blåsan medan han tittade på den inramade bilden som hängde över toalettstolen. Ett klassiskt motiv: en liten flicka med en korg på armen går längs en smal spång över ett stup. Intill henne svävar en ängel med stora vingar och utsträckta armar som för att ta emot flickan om hon skulle falla. Flickan är helt omedveten om både faran och ängelns närvaro, hon är bara rosor på kinden och solsken i blick.

*Så är det*, tänkte Anders. *Precis så är det.*

Han visste inte själv vad han menade, vad just den bilden hade att göra med hans historia, men detta visste han: de stora berättelserna var sanna, de eviga bilderna som rörde nöd, skönhet, fara och nåd hade betydelse.

*Allt är möjligt.*

När han kom tillbaka till köket höll Anna-Greta på att tända en brasa i spisen. Simon satt fortfarande och tittade på flaskan som om han stirrade in i en kristallkula där en glimt av något när som helst kunde visa sig. Anders satte sig på andra sidan bordet.

»Simon«, sa han. »Hur var det med Holgers hustru? Med Sigrid?«

Simon tittade upp från flaskan. »Jag vet«, sa han. »Jag har också tänkt på det.«

»Vad har du tänkt?«

»Minns du inte hur det var?«

Anders grep flaskan och drack några djupa klunkar. »Nej«, sa han. »Det har varit så mycket att jag ... det har fallit bort en massa saker. Dom första dagarna här på ön är alldeles ... dimmiga.« Anders log och tog ett par klunkar till. »Och så har jag väl ... inte varit mig själv, riktigt. Om man säger så.«

»Hur känns det nu?«

Anders smekte med handen över sitt eget bröst. »Det känns ... varmt. Och mindre ensamt. Hur var det med Sigrid?«

Anna-Greta ställde ner en rykande kaffepanna på bordet och satte sig emellan dem.

»Jag måste säga en sak«, sa hon och såg från Anders till Simon, tillbaka till Anders. »Med tanke på vad vi vet och vad som har hänt kan det här låta ... hårt. Men det jag vill ha sagt är att ... försök inte göra nånting. Försök inte ... utmana havet. Det är farligt. Det kan gå illa. Det kan gå väldigt, väldigt illa. Mer illa än vi kan föreställa oss.«

»Vad menar du?« frågade Simon.

»Jag menar bara att ... det är större än vi. Oändligt mycket större. Det kan krossa oss. Hur enkelt som helst. Det har hänt förr. Och det handlar inte bara om oss. Det bor andra människor här också.«

Anders funderade på det Anna-Greta hade sagt och det var visserligen förnuftigt, men det var en sak han inte förstod.

»Varför säger du det här nu?« frågade han.

Anna-Gretas hand var ostadig när hon hällde kaffe på sitt fat och sträckte sig efter en sockerbit. »Jag tänkte att det kunde vara på sin plats«, sa hon. »Att påminna.« Hon stoppade sockerbiten i munnen och sörplade försiktigt i sig en gnutta av det brännheta kaffet.

»Sigrid hade inte legat i vattnet så länge när jag hittade henne«, sa Simon. »Bara några timmar. Trots att det var ett år sen hon försvann.«

»Men hon var ju död?« sa Anders.

»Jo«, sa Simon. »*Då* var hon ju det.«

Anna-Greta höll fram kaffepannan mot Anders och han viftade otåligt bort den. Anna-Greta ställde tillbaka pannan på underlägget, strök sig över pannan och blundade.

»Vad säger du för nåt?« sa Anders. »Jag hade för mig att hon hade ... varit död i ett år, men bara legat i vattnet några timmar. Att det var det som var det konstiga.«

»Nej«, sa Simon. »Hon hade varit borta i ett år. Men dött genom drunkning bara några timmar innan jag hittade henne.«

Anders såg på sin farmor som fortfarande satt och blundade som av smärta med en djup bekymmersrynka mellan ögonbrynen. Anders ruskade häftigt på huvudet och sa: »Var var hon då? Hela den där tiden?«

»Det vet jag inte«, sa Simon. »Men nånstans var hon.«

Anders satt blick stilla medan han fick gåshud över hela kroppen. Han ryckte till. Stirrade framför sig. Såg bilden. Ryckte till igen.

»Och där är Maja nu«, viskade han. »Utan sin overall.«

Ingen sa något på en lång stund. Anna-Greta ställde ifrån sig sitt kaffefat och tittade överallt utom på Anders. Simon satt och fipplade med sin tändsticksask. Utanför och omkring dem andades havet i skenbar sömn. Anders satt stilla, ryckte till emellanåt då ännu en hemsk bild stöttes som en kall klinga genom bröstet.

Någonting i honom hade vetat det här. Kanske hade han ändå kommit ihåg hur det varit med Sigrid, långt bak i medvetandet. Eller så visste han bara. Att en del av Maja fanns inuti honom och en annan del fanns ... någon annanstans. Någonstans där hon inte kunde nå honom och han inte kunde nå henne.

Anna-Greta bröt tystnaden. Hon vände sig till Anders och sa: »När din farfarsfar var liten fanns det en man i västra byn som förlorade sin hustru till havet. Han var förtegen om hur det hade gått till. Men han slutade inte att leta efter henne.«

Anna-Greta pekade österut.

»Känner du till båtvraket? På klipporna på Ledinge? Det fanns bitar kvar när jag var ung, men nu är det borta. Det var hans båt. Jag vet inte vad han lyckades göra för att ... reta upp det. Men man hittade i alla fall hans båt där sen. Långt inåt land, uppe på ett berg. Sönderslagen.«

»Ursäkta«, sa Simon. »Sa du att han var från *västra* byn?«

»Ja«, sa Anna-Greta. »Det var det jag ville komma till. Hans hus och alla hus som låg runt omkring ... försvann. Det kom en storm, västerifrån. Och det vet ni ju: stormar kommer inte västerifrån, från fastlandet. Det går inte. Men den här gjorde det. Den kom på natten, blåste upp till orkanstyrka på ett ögonblick. Åtta hus blev ... söndermalda. Fem människor dog. Tre av dom var barn som inte hann undan.«

De sista meningarna sa hon med blicken stint riktad mot Anders. »Plus han som åkte ut från början, då. Som satte igång det.« När Anders inte sa någonting la hon till: »Och vad som hände med Domarö ännu längre tillbaka, det känner du till. Det berättade vi igår.«

Anders grep plastflaskan och tog ett par klunkar. Han svarade ingenting. Anna-Gretas ansikte förvreds till ett uttryck mitt emellan medkänsla och vrede, snarast en grimas.

»Jag förstår hur du känner«, sa hon. »Eller ... jag kan ana. Men det är farligt. Inte bara för dig själv. För alla som bor här.« Hon sträckte sin hand över bordet och la den på Anders iskalla handrygg. »Jag vet att det här låter hemskt, men ... jag såg att du stod och tittade på ankaret igår. I Nåten. Det *finns* många människor som har drunknat, som har försvunnit ... naturligt, om man får säga så. Maja skulle ha kunnat vara en av dom. Man *kan* se det så. Och förlåt att jag säger det, men ... du *måste* se det så. För din egen skull. Och alla andras.«

## Överlåtelse (vi är hemliga)

Anders satt på kanten av sin säng i gästrummet. Bland alla bilder som hade rusat genom hans huvud under kvällen var det en som inte ville släppa, som inte lämnade honom någon ro.

*Hon har inte sin overall.*

Han hade själv tagit upp den från köket och försiktigt hängt den på pinnstolen under fönstret. Nu tog han den i famnen medan han vaggade fram och tillbaka.

*Hon fryser där hon är.*

Om han bara kunde få sätta på henne overallen, om han bara kunde få göra det. Han smekte med handen över det lätt nötta bävernylontyget, över lappen med Bamse och honungsburkarna.

Simon och Anna-Greta hade gått till sängs en timme tidigare. Anders hade erbjudit sig att sova i soffan på undervåningen om det var så att de ... ville vara ifred på sin bröllopsnatt, inte ha folk i närheten. Erbjudandet hade mottagits med en försäkran om att det gick utmärkt att ha folk i närheten, att bröllopsnatten vad det anbelangade var en natt vilken som helst. En stilla natt.

Anders kramade overallen och slets mellan två världar. En normal, där hans dotter hade drunknat för två år sedan och blivit en av dem som försvunnit på havet, där man kunde prata om att sova på soffan och få ett överseende svar, där folk gifte sig och bjöd på smörgåstårta.

Och så den andra världen. Den där Domarö låg i famnen på mörka krafter som höll ön i ett järngrepp. Där man måste vakta på varje steg och vara beredd på att vilket ögonblick som helst slitas ut ur gemenskapen. På det att icke allt må försvinna.

*Bamse, Bamse, Bamse ...*

Det var väl därför Maja oftast hade tyckt så mycket om historierna med Bamse. Det fanns problem, det fanns ondingar och dummingar. Men det var aldrig farligt *på riktigt.* Det fanns ingen verklig tvekan kring hur man borde bete sig. Alla visste, egentligen. Till och med Krösus Sork. Han var en onding för att han var en onding, inte för att han var splittrad och ängslig.

Och Bamse. Alltid på det godas sida. De svagas beskyddare och den evigt rättrådige.

*Men han tycker mycket om att slåss ...*

Anders fnös till. Bamse blev mycket mer intressant i Majas version. Den som vill väl, men inte kan låta bli att slåss så fort han får tillfälle.

*Som hon.*

Ja, kanske. Kanske var det för att hon slog sönder sångerna som hon slog sönder saker. De måste splittras och bli som hon. Men intressantare.

Anders drog fram en av Bamsetidningarna som han tagit med sig och fann att historien var löjligt passande för det som hände. Lille Skutt vinner en resa till ett skidhotell. Det visar sig att det spökar där. Spöket tycks vara ute efter Lille Skutt, men Skalman förstår, som alltid.

Han konstruerar en maskin som får en Lille Skutt-dräkt att falla över det genomskinliga spöket. Spöket ser sig i spegeln och bli snällt. Det var inte alls ute efter Lille Skutt. Det ville bara vara som han.

Anders kände att något stängdes av inuti hans huvud medan han läste historien, återvände till sig själv först när han la undan tidningen.

*Jag är dräkten. Hamnen.*

Han ville sova. Han ville att Maja skulle ta över och ge honom något slags vägledning. Innan han klädde av sig ställde han stolen intill sängen. På stolen la han en penna och ett uppslaget kollegieblock. Sedan drack han tre klunkar vatten, klädde av sig, kröp ner i sängen och knep ihop ögonen.

Det krävdes inte många minuter av krampaktigt blundande för att han skulle inse att han var klarvaken. Det fanns inte en chans att han skulle somna, hur gärna han än ville. Han satte sig upp och lutade ryggen mot väggen.

*Hur ska jag göra? Vad kan jag göra?*

Papperet på stolen lyste vitt och hans blick drogs dit. Synskärpan förändrades. Han såg annorlunda. Bråkdelen av en sekund hann han tänka: *Jag ser genom mina ögon*, och sedan var han borta från sig själv.

Ett knarrande ljud återförde honom till sin kropp. Han visste inte hur lång tid som hade förflutit men fann att han nu satt på golvet med Bamsetidningen framför sig och pennan i handen. Täcket låg hopbylsat i sängen.

Serietidningen var uppslagen på en kort berättelse, bara två sidor, som hette »Brummas hemliga vänner«. Brumma gömde sig i skåpet under diskbänken och blev bekant med borsten och skyffeln. När mamma ropade på Brumma blev borsten förskräckt, sa: »Vi är hemliga, hemliga« och blev till en vanlig borste.

Det var ritat på sidorna. Streck och figurer på alla fria ytor. Inga bokstäver. Det enda Anders på något vis kunde tolka som meningsfullt var en sicksackande linje över flera rutor som närmast liknade ett tempel.

Fanns det en anledning till att just den historien hade valts, eller var det en slump, som historien med det spökande hotellet? Hade Maja bara läst och ritat, som hon brukade göra ibland?

Det knarrade till igen, denna gång precis utanför dörren. Anders ryckte till och drog åt sig täcket, kastade det över huvudet och kurade ihop sig, låg blick stilla. Handtaget trycktes ner försiktigt och dörren öppnades. Anders stoppade tummen i munnen.

»Anders?« Simons röst var bara en låg viskning. Dörren stängdes bakom honom. »Vad gör du för nåt?«

Simon stod framför honom i morgonrock när Anders kröp fram ur täcket. »Jag blev rädd.«

»Kan jag komma in?«

Anders gjorde en gest mot sängen men satt själv kvar på golvet med täcket över axlarna. Simon satte sig på sängkanten och tittade på serietidningen. »Har du ritat?«

»Jag vet ingenting«, sa Anders. »Jag vet ingenting om nånting.«

Simon knäppte händerna och lutade sig fram. Han tog ett djupt andetag. »Det är så här«, sa han. »Att jag har funderat lite. Det finns mycket att säga, men jag börjar med att fråga. Vill du ha Spiritus?«

»Insekten? I tändsticksasken?«

»Ja. Jag tänkte att den kunde skydda dig. Anna-Greta och jag åker ju iväg imorgon. Jag trivs inte med att du ska gå här ... oskyddad.«

»Sa du inte att det var nåt slags förbund inblandat?«

Simon tog upp tändsticksasken ur fickan på morgonrocken. »Jo. Och jag vet inte vad det här förbundet innebär. Men jag tror att nåt ganska otäckt händer när man dör.«

»Och den vill du ge till mig.«

Simon vred asken mellan fingrarna. Svaga skrap och tickanden hördes inifrån när larven ändrade läge.

»Jag har varit rädd. Man sluter nån form av pakt med det djupa och mörka i världen. Jag har ångrat att jag gav mig in på det. Men jag kunde inte låta bli. Jag var dum. Milt sagt.«

Simon pillade på den ovana vigselringen och fortsatte: »Men jag skulle inte föreslå det här om jag inte trodde att den kan hjälpa dig. Det som är ute efter dig har med vatten att göra och den här ... kan tämja vatten.«

Anders såg på asken i Simons hand, gled med blicken över morgonrockens gröna frotté och stannade vid Simons ansikte som plötsligt såg oerhört gammalt och trött ut. Handen som höll i asken vidrörde nästan golvet, som om insekten vägde hundrafalt mer än vad dess storlek gav sken av.

»Vad ska jag göra?« frågade Anders.

Simon drog åt sig handen som höll i asken och skakade på huvudet. »Vet du vad du ger dig in på?«

»Nej«, sa Anders. »Men det spelar ingen roll. Det spelar faktiskt ingen roll. Ingen som helst.«

Nu när Simon hade fått som han velat tycktes han drabbas av ruelse.

Kanske ville han ändå inte utsätta Anders. Kanske ville han inte skiljas från sitt magiska ting. Han gned frånvarande med tummen över solstickspojken.

»Du ska spotta«, sa han till slut. »I asken. Du ska ge den saliv. Och det ska du fortsätta med varje dag så länge du lever. Eller tills du ... överlämnar den.«

Anders samlade saliv i munhålan. Efter en stund nickade han till Simon och tog ifrån honom asken, sköt upp den. Anders lät loskan tränga fram mellan läpparna, lämna munnen och ...

»Nej, vänta!« sa Simon. »Vi struntar –«

Men det var för sent. Den tårformade, bubblande klimpen hade redan lämnat Anders mun och föll rakt ner på insektens lädertade hud i samma ögonblick som Simons hand sträcktes fram.

Anders hade trott att ingenting kunde smaka mer avskyvärt än malörtskoncentratet. Han hade haft fel. Det som trängde in i hans mun och spreds i hans kropp hade en icke-fysisk dimension som en smak aldrig kunde motsvara. Som om han hade bitit i ett stycke ruttet kött och i samma ögonblick *blivit* köttet.

Han öppnade och stängde munnen i torra kväljningar och hans kropp skälvde i små konvulsioner som fick asken att falla ur hans grepp. Simon satt på sängen med händerna för ansiktet medan Anders föll åt sidan och höll sig för magen. Han spydde och spydde utan att något kom ur honom.

Asken låg ett par decimeter framför hans ögon. En svart knopp tittade upp över kanten och strax därpå hade hela larven tagit sig ut. Den hade växt. Skinnet var blankt och dess kropp rörde sig smidigt över golvet fram mot Anders läppar. Den ville ha mer av mannan, från källan.

Trots illamåendet lyckades Anders sätta sig upp och undvika att insekten tog sig in i hans mun. Med skakande händer la han asken över den och sköt locket på plats utan att skada den.

Det raspade och levde om inuti asken så att den rörde sig i knyck och stötar över golvet. Anders svalde ner en bubbla av vidrighet i halsen och frågade: »Är den arg?«

»Nej«, sa Simon. »Tvärtom, skulle jag tro.«

Han såg Anders i ögonen. Länge. Något skedde mellan dem och Anders nickade.

Innan Simon gick ut sa han: »Var rädd om dig.« Han pekade på Anders, på tändsticksasken. »Det där händer bara första gången. Smaken.«

Anders satt kvar på golvet och såg Spiritus knixa runt i sitt lilla fängelse som en morbid leksak.

Han visste fortfarande inte vad han skulle göra eller hur han skulle göra det, men en sak visste han: det Simon hade givit honom under den där långa blicken var ett godkännande. *Gör vad du måste.*

Anders betvingade sin motvilja och kupade handen över asken. Insekten stillnade när den kände hans kroppsvärme, hans närvaro, och han blev medveten om allt som *rann*.

Hans kropp var ett oöverskådligt system av större och mindre kanaler där vatten rann i form av blodplasma. Hans skolkunskap sa honom att plasman bar med sig blodkroppar, trombocyter, men dem kunde han inte se eller känna, han såg bara ett grumligt vatten som pumpades runt av hjärtat, ut i hans ådror och han såg och visste att han var ett träd, ut i de sprödaste kvistarna. Ett träd byggt av vatten.

Inte med samma uppenbarelsens styrka, men mycket tydligt kände han också allt vatten som rann eller stod stilla i huset. Vattenledningarnas nät syntes genom väggarna som på ett röntgenfoto och flaskorna med vatten från Smäcket ...

*Nu ... nu ...*

Han slöt handen kring en av flaskorna på golvet medan han höll kvar sin andra hand över tändsticksasken. Han kände vattnet där inne, ja. Men inget mer. Det var som med blodet: han kunde bara känna det som var vatten, men det kände han desto tydligare.

Han såg på sin hand som låg kupad över asken och ett par rader av Tranströmer dök upp. Han var ingen poesiläsare, men han hade börjat på Tranströmers samlade dikter så många gånger att han kunde den första dikten utantill.

*I dagens första timmar kan medvetandet omfatta världen som handen griper en solvarm sten.*

Precis så var det, med reservationen att världen som hans medvetande omfattade var den del som bestod av vatten. Han kunde följa det genom kallvattenledningen, känna droppen som föll från den läckande kökskranen där han under en halv sekund förlorade kontakten med den tills den anslöt sig till den tunna film av vatten som sökte sig ner genom avloppsledningen och fortsatte nedåt, bortåt och in i ett större vatten som låg utanför hans räckvidd.

Han släppte asken och förnimmelsen klingade av för varje centimeter som han avlägsnade sin hand. När handen nådde hans ansikte och strök över det var känslan försvunnen. Han var en människa och inte ett träd.

*Man kan bli galen för mindre.*

En gång när han var runt tjugo hade han varit på en fest och hamnat bredvid en kille som just hade stoppat i sig ett blått piller. De satt vid ett glasbord och killen hade stirrat på det där bordet. Efter ett par minuter hade han börjat gråta. Anders hade frågat varför han grät.

»För att det är så vackert«, hade killen svarat med grötig röst. »Glaset. Jag *ser* det, fattar du? Vad det är gjort av, hur det är. Alla kristallerna, slingorna, dom små, små luftbubblorna. *Glas*, fattar du? Fattar du hur vackert det är?«

Anders hade tittat på bordet och inte upptäckt något speciellt med det förutom att det var ett ovanligt fult och klumpigt glasbord, men det hade han avstått från att säga. Möjligen stoppade killen i sig något mer eftersom de senare hittade honom i en snödriva där han hade grävt ner sig. Som anledning angav han att hans blod hade börjat koka.

*Man kan bli galen.*

Kanske är det så att människan har förmågan att genomskåda glaset, att uppleva vattnet om vi får ett redskap till hjälp för att använda våra hjärnor och sinnesfönimmelser fullt ut. Men vi gör det inte, ty det tar kål på oss. Vi avstår, på det att vi må leva.

Anders tog ett par klunkar vatten och kröp till sängs igen. Den starka upplevelsen av vattnets hemliga liv hade gjort honom matt men inte sömnig och i flera timmar låg han hopkurad och stirrade in i den motsatta väggen där tapetens mönster formade sig till molekylstrukturer av okända grundämnen.

Först när gryningsljuset sipprade in genom fönstret och målade tapeten grå började han slumra till. Som från ett långt avstånd hörde han väckarklockan ringa inne i Simons och Anna-Gretas sovrum och han såg dem framför sig, hur de steg upp och klädde sig för sin lilla bröllopsresa.

*Ha det så bra, sötnosar.*

Ett svagt leende låg på hans läppar när han föll i sömn.

# De bortvända

Trappor som går uppåt fast de egentligen går nedåt ...
*– Kalle Sändare*

## Maja

*»Släpp mig! Släpp mig!«*

*Jag tycker inte om honom. Han ser äcklig ut. Jag skriker. Den andre kommer och lägger handen för min mun. Jag biter honom. Det smakar vatten. Varför kommer inte mamma och pappa?*

*Dom bär mig nånstans. Jag vill inte. Jag vill till mamma och pappa. Jag är för varm. Overallen är för varm. Vi går i en trappa. Jag skriker igen. Det hörs inte. Då börjar jag gråta. Trappan är lång.*

*Jag försöker titta för att minnas vägen tillbaka. Det finns ingen väg. Det finns bara en trappa. Och den går inte.*

*Jag gråter. Jag är inte lika rädd längre. Jag vill inte skrika mer. Bara gråta.*

*Sedan blir det varmare och luktar gott. Dom håller inte lika hårt längre. Jag kämpar inte emot. Jag slutar gråta.*

## Flakmopeden

Anders satt redan upp i sängen när han fann att han var vaken. Kroppen var blöt av svett och hjärtat snörptes ihop när han trodde att han befann sig i en cell. Sedan kände han igen väggarna, mönstret på tapeten och insåg att han fortfarande låg i gästrummet i sin farmors hus.

Men han hade varit där, inuti Majas minne.

Han hade känt rädslan, värmen och skrikit ur sina egna lungor. Han hade sett den obegripliga trappan och han hade sett Henrik och Björn. Henrik hade burit honom och Björn hållit för hans mun när han skrek.

*En dröm. Det var en dröm.*

Nej. Även Elin hade plågats av minnen som inte var hennes egna. Bilder som hon omöjligen kunnat känna till. Den andras minnen. Det här var samma sak.

*Henrik och Björn. Hubba och Bubba.*

Han visste vad han hade att göra. På sänggaveln hängde bröllopskläderna, men han ratade dem och hämtade sina egna kläder som låg slängda i hörnet. Trots att de ofrivilligt hade sköljts i havet luktade den luddiga, mörkblå HellyHansen-tröjan och de slitna jeansen fortfarande surt. Inpyrd rök, spillt vin och ångestsvett som det skulle krävas en riktig tvätt för att få bort.

Men ändå. Det var hans uniform. Han drog den på sig med avsikten att bära den tills allt var över. Han samlade ihop flaskor och tidningar från golvet. När han tittade på strecken i Bamseserien såg han att den sicksacklinje han tagit för ett tempel lika gärna kunde vara en trappa.

Han drack några klunkar vatten. Förnimmelsen av Majas närvaro i hans kropp var återigen så familjär att han inte kände den, bara visste att den fanns där. När han svalt vattnet öppnade han tändsticksasken.

Insekten hade växt och var nu så tjock att den nätt och jämnt fick plats i asken. När Anders lät en tung droppe saliv falla på den kvicknade den till och började vrida sig i sitt trånga utrymme. Anders sköt igen asken och slöt handen kring den, fick återigen den allt omfattande medvetenheten om vattnet omkring honom, inuti honom.

Han kände larvens rörelser genom den tunna pappen och tyckte lite synd om den. Men det här var inte rätt tillfälle att reflektera över djurplågeri och insekters rättigheter. Dessutom var den ingen insekt, hade Simon sagt vid köksbordet. Den hade ingen egen vilja, inga andra avsikter än att vara en kraftkälla för sin bärare. Ett slags batteri. Spiritus.

Anders tog Majas overall under armen och gick nedför trappan till köket. Klockan var strax efter elva. På bordet fann han en lapp skriven med Anna-Gretas handstil. Att han skulle ta vara på sig, att allt han behövde fanns i huset och han behövde alls inte gå ut.

Det fanns kaffe i bryggaren och Anders hällde upp en kopp. Medan han drack kände han kaffevattnets minsta rörelse genom kroppen. När han druckit ur hämtade han en plasthink ur städskåpet och fyllde den till hälften med vatten från kökskranen. Han satte sig på en stol med hinken mellan låren, grep om tändsticksasken med ena handen och förde ner den andra handens fingertoppar i vattnet.

Han bara visste.

Som om handen i vattnet hade hållit i en fjärrkontroll eller snarare *blivit* till en fjärrkontroll som han var så förtrogen med att han inte behövde titta på knapparna, kunde han nu styra vattnet. Hans hand fanns inte, signalerna gick direkt från hans hjärna ner i kontaktytan.

Han bad vattnet att röra sig medsols, motsols. Han bad det att klättra upp och rinna över kanten så att hans byxben vättes ner. Sedan ställde han ifrån sig hinken och la handen mot det blöta tyget och bad vattnet att lämna det. En pust av ånga steg upp mot hans ansikte.

*Jag kan.*

När han hade hällt ut vattnet ur hinken och stoppat tändsticksasken i fickan gick han till gömmorna och plockade fram hagelbössan. Han stod en stund och vägde den i händerna, undrade om den på något sätt kunde hjälpa honom. Det var betryggande med den metalliska tyngden, det polerade träet, ett vapen.

Men det var inte ett vapen han behövde, åtminstone inte ett sådant vapen. Han öppnade bössan och plockade ut patronen, stoppade tillbaka den i lådan där han hade hittat den och gnuggade händerna. Han var ren.

Ett par av Simons välanvända kängor från militärens överskottslager stod i hallen. De var bara en aning för stora för Anders. Han drog dem på sig, hämtade Majas overall i köket och gick ut.

Oavsett vad Henrik och Björn numera var för slags varelser, vad de än bestod av och hur de än kunde leva, så var en sak klar: flakmopeden var en vanlig flakmoped. Den hade tyngd och hårdhet, den kunde bli skadad eller förstörd. Och den stod någonstans.

När Anders kom upp på byvägen kände han hur kallt det var. Luften var rå och temperaturen runt noll. Han svepte Majas overall kring halsen och pulade ner det som blev kvar över bröstet innanför tröjan för att hålla värmen.

Han såg sig omkring. Vandrarhemmet låg på hans högra sida, stigen ner till bryggorna på hans vänstra. Nej, knappast.

*Någonstans där ingen går.*

Den västra sidan av ön var så gott som obebodd, bara några enstaka, nyuppförda villor fanns på den sida som vette mot fastlandet. Det slog honom att han nästan aldrig hade gått den vägen, inte sedan han var liten. Då hade han och de andra i gänget gjort några enstaka expeditioner ut i det okända. Den västra delen av ön ingick helt enkelt inte i världen eftersom ingen de kände bodde där.

Anders körde ner händerna i framfickorna på byxorna, drabbades av vattenförnimmelsen när handen nuddade vid tändsticksasken och flyttade händerna till bakfickorna istället. Det var inte det bekvämaste sättet att gå på, men han orkade inte med den där förhöjda medvetenheten annat än korta stunder i taget. Den fanns där ändå eftersom asken var så nära hans kropp.

Han passerade Bergwalls villa och stannade till. Det syntes inga tecken på liv inifrån huset och kanske hade familjen blivit flyttad till fastlandet. Vattenkranen på husets gavel blänkte.

*Vem där?*

Bergwalls villa låg på en liten höjd och hade utsikt mot havet, men det var hundra meter eller mer ner till vattenbrynet. Anders tände en cigarett och kände efter. Han såg inte vattnet nere i berget, men det måste finnas där, ha letat sig fram med sina långa fingrar tills det kunde titta ut genom blänkande kranar och fortsätta in i människorna.

Han sökte sig fram på stigar där människor sällan gick, han hittade några av de överväxta husgrunderna från det som en gång hade varit västra byn. Han nådde slutligen klipporna och såg in mot Nåten som nästan inte gick att urskilja i diset över havet. Han fortsatte in i granskogen, gick över ovårdad åkermark. När han hittade en gammal lada som var snedare än Smäcket och vars tak höll på att rasa in, trodde han att han hade kommit rätt, men i ladan fanns ingenting annat än ruttet trä, rostiga redskap och några staplar med tegelpannor till ett tak som aldrig hade blivit lagt. Anders satte sig på stapeln och pustade ut.

*Var är ni? Var fan är ni?*

Hans plan var enkel. Om han hittade mopeden skulle han också hitta Henrik och Björn. Han skulle vänta ut dem och när de kom skulle han ... där tog planen slut. Men han hade Spiritus och något skulle göras.

Han var utmattad och hungrig efter att ha gått och letat i många timmar. Han var tvungen att gå hem och äta något om han skulle orka fortsätta.

När han kom upp på byvägen igen övervägde han att gå ner till Smäcket och vänta, det kunde ju hända att de själva sökte upp honom igen. Ja, så fick det bli. Han skulle tillbringa natten i Smäcket och vänta på dem, komma vad som komma ville.

Eftersom det fanns mer mat i hans farmors hus gick han först dit och gjorde sig ett par smörgåsar med rostbiff som han åt medan han satt och tittade ut över havet. Det var inte långt till skymningen och han väntade på att Gåvastens fyr skulle tändas.

Han tog några klunkar av det han börjat tänka på som Majavatten och strök frånvarande över telefonens nummerskiva. Anna-Greta hade aldrig brytt sig om att skaffa knapptelefon trots att det försvårade alla kontakter med datoriserade myndigheter. Hon ville tala med en riktig människa, som hon uttryckte det.

Innan han hade övervägt hur och varför hade han börjat slå Cecilias nummer. Bara för att det kändes lustigt att manövrera en telefon med nummerskiva och han inte visste något annat nummer att ringa.

Han trodde inte att Cecilia skulle vara hemma och medan signalerna gick fram började en stor ödslighet ringa i hans öron. Han kände sig så ohyggligt och oåterkalleligt *ensam*. Det var inte panikångesten eller skräcken som fått grepp om honom som så många gånger tidigare, nej, det var en stor sorg och den allomfattande känslan av att vara helt ensam i världen.

»Hallå, det är Cecilia.«

Anders drog in luft och trängde tillbaka sorgen så gott det gick, men hans röst var ynklig när han sa: »Hej, det är bara jag. Igen.«

Den sedvanliga pausen när Cecilia ställde om sig från den som väntade på ett trevligt samtal till den som hade ett otrevligt samtal att ta hand om.

»Du borde inte ringa hit, Anders.«

»Nej, jag borde väl inte det. Men jag är i alla fall nykter.«

»Det var ju bra.«

»Ja.«

Det blev tyst emellan dem och Anders såg ner mot Smäcket som låg och bidade i den begynnande skymningen.

»Kommer du ihåg den där gången när du skjutsade mig på din cykel? När jag hade bjudit dig på glass?«

Cecilia suckade utdraget. När hon svarade var hennes röst dock aningen mindre avvisande än vid tidigare samtal. Han var, som sagt, åtminstone nykter.

»Ja«, sa hon. »Det gör jag.«

»Jag också. Vad gör du för nåt?«

»Nu?«

»Ja.«

»Jag låg och sov lite.« Hon tvekade innan hon tillfogade det något mer privata: »Hade inget annat för mig, direkt.«

Anders nickade och såg ut över havet, hann precis fästa blicken på Gåvasten när den första ljussignalen blinkade till.

»Är du glad?« frågade han.

»Nästan aldrig. Du då?«

»Nej. Hur var det med den där killen du träffat?«

»Jag vill inte prata om det. Du då?«

»Vadå?«

»Vad gör du?«

Ett blink, två blink, tre blink. Det var fortfarande alltför ljust för att signalerna skulle bilda en gata över havet. Fyra blink.

»Jag letar efter Maja«, sa han.

Det kom inget svar från Cecilia. Det knäppte till i Anders öra när hon lade ifrån sig luren. Han väntade. Efter en stund hörde han på avstånd att hon grät.

»Cilia?« sa han, och sedan högre: »Cilia?«

Hon lyfte luren igen och hennes röst var tjock. »Hur ... hur kan du göra det?«

»Därför att jag tror att jag kan hitta henne.«

»Det kan du inte, Anders.«

Han tänkte inte börja förklara allting, det skulle ta timmar och Cecilia skulle ändå inte tro på det. Ett blink, två blink. Något hände. Han tyckte plötsligt att blänken från fyren var varma. Goda. Ett ljus tog sig in i honom och en vettskrämd liten glädje tog ett skutt.

»Kommer du ihåg den där sången dom sjöng på pappas begravning?« frågade han. »Så länge skutan kan gå, så länge hjärtat kan slå, så länge solen den glittrar på böljorna blå?«

»Ja, men ...«

»Det är så. Det är så det är. Det tar inte slut. Allt finns kvar.«

Cecilia suckade igen och han kunde se framför sig hur hon sakta skakade på huvudet.

»Vad säger du för nåt, äls-«

Cecilia svalde det sista ordet. Av gammal vana hade hon varit på väg att avsluta meningen med »älskade«. Så som de hade talat förr. Hon harklade sig och sa kontrollerat: »Jag tror inte att vi ska prata mer nu.«

»Nej«, sa Anders. »Vi ska väl inte det. Men du får ha det så bra. Jag kanske inte ringer mer.«

»Varför säger du så?«

»Vill du att jag ska ringa mer, då?«

»Nej. Eller ... men varför säger du så?«

»Ifall att.« Anders svalde ner en klump som hade börjat växa i halsen och sa snabbt: »Jag älskar dig«, varpå han la på luren. Han satt kvar en lång stund med handen vilande på telefonluren som för att hindra den från att hoppa till eller ringa.

Han hade inte vetat det förrän han sa det högt. Kanske var det inte heller sant. Men efter att ha hört hennes röst, hennes vänligare röst i örat under flera minuter hade det kommit över honom. Kanske var det bara längtan efter en annan människa eller nostalgi sprungen ur ljusare minnen, kanske idealiserade han henne när han inte längre såg henne, kanske var det inte sant.

Men kärlek? Vem kan säga vad som är ett gytter av dunkla behov och önskningar och vad som är äkta kärlek? Finns det sådan? Kan det inte vara så att om man kan säga: »Jag älskar dig« till en annan person och veta att man menar det, då är det kärlek, oavsett motivet?

Maja eller ingen Maja, han älskade människan som satt vid den andra luren många mil därifrån. Vad det berodde på, vad som hade förändrats visste han inte. Men det var så.

Det var nästan mörkt över fjärden nu och när Anders lutade armbågarna mot fönsterkarmen kunde han se Gåvastens ljus flimra till likt en gata av guld över vattnet, försvinna fem sekunder och sedan återvända, försvinna.

*Där gatorna är lagda med guld.*

Han blinkade ett par gånger och skakade sedan på huvudet åt sin egen dumhet. Varför skulle mopeden nödvändigtvis stå på Domarö bara för att det var där de brukade köra? Den kunde stå var som helst, på vilken ö som helst, det borde väl han om någon veta. Havet var deras gata.

*Havet är så stort, havet är så stort …*

Men de kunde inte gärna köra omkring hur som helst, någon borde i sådana fall ha fått syn på dem. Det måste vara någonstans inte alltför långt borta och en plats där det inte fanns människor …

Anders gick ut i köket och hämtade den stora stavlampan, kontrollerade att det fanns batterier. Sedan drog han på sig Simons jacka utanpå HellyHansen-tröjan, stoppade in overallen och drog igen blixtlåset så att han såg havande ut och flyttade Spiritus till jackfickan.

När han kom utanför ytterdörren var det inte fullt så mörkt ute som det såg ut inifrån, men om en dryg halvtimme skulle det vara kväll.

Han raskade på stegen ner till bryggan och höll tummarna för att Göran skulle ha transporterat hem Simons båt som han lovat göra.

Det hade han. Den eländiga plastbåten som hade varit inblandad i så mycket under de senaste dagarna låg och skavde lätt mot bryggan och Anders gick ombord, lösgjorde tamparna och startade motorn.

Det verkade perfekt, nästan för perfekt och han visste inte om Henrik och Björn hade sinne för sådana samband, men han misstänkte att de hade det. Man kan inte avguda Morrissey och The Smiths utan att nära en längtan tillbaka till ursprunget, till de platser och de tider där allting började, på gott eller ont.

Anders vände båten ett halvt varv och vred upp gasen, forsade iväg med fören riktad mot Kattholmen.

## Tillbaka till det gamla huset

Likt långhalsade, törstiga dinosaurier låg de stormfällda träden här och var utsträckta ända ner i vattenbrynet. Det hade utgått allmän amnesti. Blev det is till vintern kunde den som så önskade trava över till Kattholmen och såga upp så mycket ved som han eller hon ville ha, huvudsaken var att det blev röjt.

Men det rörde sig uteslutande om svårarbetade granbjässar. Besvärliga att såga, sega att klyva och inte var det någon bra ved heller. Intresset var svalt. Hade det handlat om någorlunda lätthanterliga björkstammar skulle det inte ens ha krävts is, då skulle folk ha åkt ut med båtar för att kapa åt sig vad de kunde och Kattholmen skulle ha varit röjd på ett kick.

Men nu var det granstammar, mörka, dystra granstammar som låg fällda över klipporna och här och var stack upp sina grenar ur vattnet likt hjälpsökande skelettarmar som ingen ville kännas vid eller bistå.

Månen hade börjat tröttna och krympa ihop, balanserade lealös på spirorna av det fåtal granar som ännu stod. Slöjor av moln drog förbi och när Anders närmade sig badade Kattholmen i ett ljus utan glans, likt åldrat aluminium. Han rundade den norra udden där ett sjömärke av betong flaggade för en farled som ingen längre använde, fortsatte längs stenstranden på öns östra sida.

Sjöboden fanns kvar. Dess liggande timmerstockar skulle det krävas århundraden för att rå på och inget träd hade fallit över den. Anders saktade ner och gled den sista biten, stängde av motorn och fällde upp den för att inte skada propellern. När fören skrapade över bottenstenarna klev han ner i vattnet som omedelbart läckte in i kängorna. Han drog upp båten på land och tände ficklampan, lyste in mot sjöboden.

Inget hade förändrats. Det såg likadant ut som den senaste gången han hade varit där. Eldstaden från vilken glödande kol hade sparkats över Henriks nakna rygg fanns kvar. Gräset som tryckts ner av Henriks och Björns kroppar hade däremot för länge sedan rest sig igen och glittrade fuktigt i ficklampans sken.

Anders såg mot bodens dörr och kunde nästan höra fanfaren där bakom, stämman som sjöng: »It's the final countdown ...« men det enda som hördes var vindens viskande i torra granbarr.

Han tog några steg åt vänster, lyste längs husets sida och där stod den. Flakets brädor var eldskadade men hela, locket på bensintanken glänste till när Anders svepte med lampan över Henriks och Björns moppe. Det gick hjulspår i gräset ner till vattnet.

*Här är vi alltså ...*

Anders satte sig på det understa trappsteget och såg ut över vattnet. Simons båt vickade lätt när en våg slog emot aktern. Månens aluminiumljus gjorde världen frusen och metallisk. En torr granstam gnydde till bakom hans rygg och han befann sig i alltings början och alltings slut. Den stilla punkten. Den sista nedräkningen.

*Tio, nio, åtta, sju, sex ...*

Han räknade långsamt baklänges från tio till noll kanske trettio gånger utan att något hände och fortsatte att stirra ut över vattnet, väntade på dem som hade nyckeln. De som visste och skulle hjälpa honom, vare sig de ville eller inte.

Han stack in handen innanför jackan och gned med fingrarna över overallens glatta tyg. Månen segade sig loss från grantopparna och tittade på honom där han satt. Han kände sig illa till mods och reste sig upp, drog bort sprinten ur dörren och sköt upp den, lyste in med ficklampan.

Tydligen hade det varit folk här sedan sist. En annan generation hade tagit vid där deras hade slutat, en slarvigare generation. En pinnstol var sönderslagen och en kortlek låg spridd över golvet. I ett hörn låg en trave spritflaskor och det fanns inga madrasser eller täcken i sängarna.

Anders gick fram till bordet och satte sig på en stol som svajade under hans tyngd. Genom det lilla fönstret såg han flakmopeden intill väggen. Han böjde sig ner och började samla ihop kortleken, tänkte att han skulle lägga en patiens, men gav upp. Det verkade ändå saknas kort, han kunde inte se fler än ett tjugotal.

Medan han fortfarande satt framåtlutad på stolen hörde han ett plask utifrån. Det lät annorlunda än vattnets slag mot båten och han stelnade till. Strax därefter hördes Henriks röst.

»Kom inte till huset ikväll«, ropade han. »För det finns nån här som ska sätta en yxa i örat på dig!«

Anders rätade långsamt på sig och släppte kortet han höll i handen. Det var ruter fem. Han glodde på de rombformade symbolerna och fann ingen mening, inget att tolka. Han reste sig från bordet, rättade till Majas overall så att den låg som ett band runt magen och gick till dörren.

Henrik och Björn stod vid foten av trappan. Det löjligt långa knivbladet pekade rakt ut från Henriks höjda hand.

»Jag vill helst inte komma tillbaka till det gamla huset«, sa Björn. »Det finns för många dåliga minnen där.«

Anders satte sig på det översta trappsteget och såg på dem. De var inte så förändrade sedan den där gången ändå. Platsen de befann sig på fick honom att se dem genom ett filter av minnen och han såg inte längre två hämndlystna spöken utan två eländiga pojkar som bara hade varandra. Och han kunde sången, så han sa: »Det sorgligaste jag någonsin sett. Och ni visste aldrig hur mycket jag tyckte om er, egentligen. För jag sa det aldrig. Men jag tänkte göra det.«

Henrik sänkte kniven och det hånfulla uttrycket försvann ur hans ögon. Anders slog ut med handen mot dem och sa: »Det var jag som gav er kassetten, minns ni det?«

Björn nickade. »De alkoholiska eftermiddagarna ...« började han, men Henrik tystade honom med en gest. »Vad vill du?« frågade han.

Anders strök sig över magen, över overallen. »Jag vill ha tillbaka min dotter. Och jag tror att det är ni som har nyckeln.«

Det skeva leendet återvände till Henriks läppar. »Nyckeln?«

»Det är ni som kan hjälpa mig.«

Henrik och Björn såg på varandra. Kniven pendlade i Henriks hand. Anders kunde inte utröna vilket tyst beslut som fattats mellan de båda när de satte sig intill varandra på trappsteget under honom. Eftersom det hade haft effekt förra gången gjorde Anders en snabb översättning och sa: »Snälla, snälla, snälla, låt mig få det jag vill ha. Gud vet att det vore första gången.«

Det var som en lek på ett minerat fält. Ännu en gång slappnade Henriks ansikte av. De satt tätt tillsammans alla tre, sammankurade på trappan och citerade Smithssånger för varandra. Det skulle kunna vara normalt, det skulle kunna vara ömsint. Anders visste inte om det var det.

*Tätt tillsammans ...*

Han försökte att inte låta det synas i hans ansikte när en kall kåre av rädsla strilade genom bröstkorgen och fyllde magen med ängslan. Hans iver hade fått honom att försumma en milt sagt väsentlig del av planen. Han hade inte druckit någon malört. Inte den här dagen, inte dagen innan. Och de visste det. Annars skulle de inte sitta så nära honom.

Björn såg på Henrik som om han väntade på vad han skulle säga. Henrik satt tyst och tittade på en punkt strax under Anders haka. Sedan höjde han kniven och förde den långsamt mot Anders ansikte. Anders ryggade bakåt en decimeter.

*Malörten. Hur kunde jag ...*

»Vänta«, sa Henrik. »Vänta.« Det ryckte till i hans mungipor. »Sträck ut dig och vänta.«

Anders satt stilla och försökte anlägga ett vänligt intresserat uttryck när Henrik vilade knivbladet mot vänstra sidan av hans hals. Han såg in i Henriks ögon men kunde inte läsa något genom den tunna, gelatinliknande hinna som låg över Henriks iris och pupill. Metallen vilade kall mot Anders hud några centimeter under hakan, över pulsådern.

»Ditt ansikte kan jag se«, sa Henrik. »Och det är desperat vänligt. *Men vad döljs bak i skallen?*«

Det kom en känslopuls av svart från Henrik och Anders insåg att han hade förlorat, att han kanske inte hade haft någon chans att vinna. Pulsen vidarebefordrades in i hans kropp som en spasm, ett kommando till musklerna att *fly*, men innan han hunnit störta upp eller kasta sig åt sidan hade Henrik snittat till.

En glödtråd brände till på Anders hud och innan han hann reagera hade hans blod börjat pumpas ut ur kroppen. I kraftiga stötar forsade blodet fram och stänkte över Henriks ansikte och händer, över trappan och Anders ben. Hans halspulsåder var uppskuren och när han instinktivt tryckte sin vänstra hand över såret förstod han att han var bortom all räddning.

Livssaften pressade på i takt med hjärtslagen, trycktes ut under hans fingrar med en kraft som var obegriplig. Först nu, när hjärtat arbetade emot honom, fick han känna av dess fulla kraft. Han kunde känna varje slag under handflatan som en knuff av färskt blod som sökte sig ut ur omloppet. Det rann under jackan och blötte ner hans tröja på några sekunder.

Anders ögonlock fladdrade och han såg otydligt hur Henrik reste sig och ställde sig framför trappan som om han tänkte hålla ett tal. Björn och den döende Anders skulle vara hans åhörare.

»Kommer världen att gå under på natten?« frågade Henrik och Björn svarade: »Jag vet verkligen inte.«

»Kommer världen att gå under på dagen?«

»Jag vet verkligen inte.«

Anders gled åt sidan och hans högra hand landade över jackfickan. Han kände den hårda asken genom tyget och samtidigt som Henrik sa »Och finns det egentligen någon poäng med att skaffa barn?« körde Anders ner handen i fickan och fick tag i asken. Hans fingrar var stela och kalla som om han hade förfrusit dem och naglarna krafsade hjälplöst över den glatta ytan. Blodet från halsen kom i svagare stötar nu, men ännu var de kraftiga nog för att en svag kaskad skulle stänka upp i hans ögon. Och han såg vattnet, såg vattnet i blodplasman lämna honom, men hade inte kraft kvar att göra något åt det.

»Jag vet verkligen inte«, sa Henrik själv. Han gjorde en konstpaus och sa: »Allt jag vet är att vi är här och att det är nu.«

Anders kände en kittlande rörelse mot huden när asken öppnades av sig själv och Spiritus kröp in i hans handflata samtidigt som Henrik sa: »Så sträck ut dig och vänta. Det finns inget att diskutera.«

*Det rinner. Vattnet rinner.*

Han bad det att sluta. Bönen pilade upp ifrån hans hand och spreds ut i trädet som var hans blodådror. Vid snittet slog bönen ner och drog åt sig allt som var vatten i det strömmande blodet tills bara fasta, koagulerande ämnen återstod vid såret. För att kompensera vätskebortfallet började Anders högra pulsåder att slå så hårt att det kändes som ryckningar i halsens hud.

Anders knöt handen försiktigt runt Spiritus och genom en slöja av rött såg han att Björn nu satt rakt framför honom med ryggen mot honom. Henrik sökte efter en passande slutreplik. Hans drag ljusnade när han kom på den. Han slog ut med armen och var på väg att börja deklamera, men i samma ögonblick föll Anders över Björn och omfamnade honom bakifrån.

*Vatten.*

Han såg det. En gurka. På samma obegripliga sätt som en gurka kan bestå av nästan bara vatten och ändå ha en fast form, på samma sätt var det med Björn. Hans blod, hans inälvor, hans skelett, allt var bara vatten i olika grader av tröghet och detta vatten hade Anders i sina händer.

Björn försökte resa sig för att skaka sig fri, men Anders bad om värme. Han bad om all värme som gick att uppbåda, han bad vattnet i sin famn att *koka*.

*Koka, djävul!*

Björn föll tillbaka på trappan när en våg av hetta slog genom honom. På ett par sekunder hade han förvandlats till en klump av kokande vatten och Anders brände sig på armarna, över bröstet. Henrik sprang mot trappan och i samma ögonblick som han nådde fram öppnade Björn munnen för att skrika.

Inget skrik kom, men ur hans mun slungades en fontän av bubblande, kokande vatten som träffade Henrik över ansiktet och bröstet så att han stapplade baklänges och föll omkull i ett moln av ånga. Björn sjönk ihop på trappan och spydde ur sig en sista skur av sjudande vatten över Henrik innan han föll framlänges på marken och snabbt krympte ihop. På några ögonblick hade han reducerats till en hög av blöta, rykande kläder.

Henrik låg och vred sig i gräset, rullade fram och tillbaka som för att släcka sin brinnande kropp. Sedan mattades hans rörelser och han låg stilla.

Anders lutade sig framåt och försökte resa sig. Det gick inte. Hans ben hade förlorat all kraft när blodet lämnat honom. Han var en urvriden trasa och som en trasa lät han sig falla lealös framåt över trappan, klarade knappt av att ta emot sig med händerna.

Han kröp framåt. Ångan från Björns kläder steg och förflyktigades mot natthimlen och när Anders kröp förbi dem kunde han känna värmen inifrån tyghögen, som en liten vulkan i vila. Henrik låg utsträckt i gräset med blicken riktad mot himlen. Anders kröp fram emot honom så fort han förmådde medan han kände Majas overall glida över hans mage.

*Dö inte. Dö inte.*

Henriks ansikte höll på att rinna av honom. Hans bröstkorg sjönk ihop. Den tunna huden runt ögonen hade redan upplösts i vätska och ögongloberna såg ut som målade porslinskulor lagda i en grop av inflammerat kött. Henriks fingrar rörde sig svagt över gräset, som om han smekte det.

Medan Anders drog sig fram avstannade sönderfallet i takt med att hettan från det kokande vattnet avtog. Några sista slingor av ånga steg från det som var kvar av Henriks ansikte och anfallet var över.

Det var ingen människa som Anders hasade fram emot och la sig intill. En människa kan inte gå sönder på det sätt som Henrik hade gjort. Vattnet hade skurit igenom honom utan åtskillnad mellan det som på en människa är hårda och mjuka delar. Vänstra sidan av halsen och hakan var borta, kinderna var prickiga av större och mindre hål som gick igenom hela huvudet.

En människa som nyligen skadats på det sättet skulle avge en stank av blod eller bränd hud, men Henrik luktade ingenting. Ett ansikte skulpterat av sand som fått en hink vatten kastat över sig. Vissa delar hade runnit eller ramlat bort, andra var intakta.

»Henrik ...«

Anders drog armbågen under sig så att han kunde se in i Henriks ögon som ännu fanns kvar men som stirrade glosögda och vansinniga sedan den omgivande huden försvunnit. Henriks pupiller rörde sig i hans riktning. Om Henrik log så gick det inte att se eftersom det mesta av hans läppar var borta.

»Får jag se ...«, sa Henrik. Hans röst var otydlig, kluckande, som om han talade genom en hinna av vätska. »Får jag se ... vad du har ...«

Anders förstod inte vad han menade, men just då gjorde Spiritus ett slag i hans hand, vred sig likt ett finger som försökte komma ur hans grepp. Han höll upp handen framför Henriks ögon. Öppnade den och slöt den snabbt igen.

Henriks huvud rörde sig nästan omärkligt ner och upp. »Trodde det ...«, sa han.

»Henrik«, sa Anders. »Du måste berätta för mig –«

Henrik avbröt honom med sin omänskliga, bubblande röst. »Var inte ledsen för min skull. Jag vill att du ska veta att djupt i mitt hjärta vill jag verkligen gå.«

»Asleep«, sa Anders. »Jag vet. Vi lyssnade på den i din stuga. Vi satt på din säng. Snälla, snälla, snälla Henrik. Berätta för mig.«

»Nyckeln ...«, sa Henrik.

»Ja. Vad ska jag göra?«

Henrik utstötte en pust av vattenånga eller luft som förvandlades till ånga i kylan, det gick inte att avgöra vilket. Hans bröst sjönk ihop ytterligare några centimeter. Hans röst var nu bara ett svagt fräsande och Anders lutade örat intill hans mun för att kunna uppfatta:

»Du har den i handen.« Det blev tyst ett par sekunder, varpå Henrik la till: »Idiot ...«

Anders extra finger borrade och stötte mot hans handflata som till svar och han drog sig fram så att hans mun var precis bredvid Henriks helt oskadade öra, men innan han hunnit fråga något mer utstötte Henrik i en sista, viskande suck: »Det finns en annan värld. Det finns en bättre värld. Det måste det göra.«

Sedan sa han inget mer. Anders gav efter för nackmusklernas rop på vila och sjönk ner med pannan mot gräset intill Henriks huvud.

*Adjö. Idiot.*

Blodförlusten och ansträngningen hade gjort slut på honom och han kunde inte annat än ligga kvar, orkade nätt och jämnt vrida huvudet åt sidan för att kunna andas. Minuterna gick och markens kyla fick högra sidan av hans huvud att domna bort. Spiritus krälade runt i hans hand utan att försöka fly. Anders kände stråken och ådrorna av vatten i marken under sig och kunde knappt skilja dem från sitt eget försvagade blodomlopp.

*Jag ... sjunker ...*

Den enda värme som fanns kom ifrån det hettande och svidande såret i hans hals. Det varma såret stannade kvar på ytan medan han själv sjönk ner i jordens svalka och det blev mörkt omkring honom. Han tappade kontakten med sin kropp och föll.

*Sjung mig till sömns ...*

Han visste inte längre vad som var upp eller ner, han befann sig i fritt fall men utan att känna någon botten eller något slut som nalkades. Han flöt. Han var i ett mörkt vatten och han höll på att drunkna.

Hans lungor drogs samman när han försökte andas in en luft som inte fanns. Han hade bara sekunder kvar att leva. Men sekunderna gick och fortfarande svävade hans medvetande runt i det formlösa mörkret, vägrade att slockna och tänkte: *Jag har varit här förut. Jag vet vad som händer nu.*

Fasan inför det som skulle komma fick ett hjärta att börja slå hastigare någonstans ute i mörkret. Det kunde vara hans eget hjärta, men sådana distinktioner var meningslösa här. Det fanns ett hjärta som slog i skräck och det fanns något som närmade sig.

*Nu kommer det ...*

Mörkret förtätades, en skugga tog form inuti en skugga. Han var ingenting mot denna skugga och han sögs emot den likt krillen som ska silas genom valens barder. Den brydde sig inte om honom, den var för ofantlig för att bry sig om honom, men han var i dess väg och han drogs in i den.

*Kom nu ... kom nu ...*

En hand smögs in i hans, en liten hand. Den stretade och drog. Majas hand.

*Men kom nu!*

Nej. Jag är Maja. Pappas hand är så stor. När vi ska gå håller jag bara runt hans pekfinger. Hans pekfinger är i min hand. Varför går han inte?

*Kom nu då, pappa!*

Hennes hand är i min, den är så liten och smal, den är som om jag håller i ett finger, kom nu pappa, kom nu, vi måste gå!

*Jag kommer.*

Han följde handen som drog honom, han drog i fingret som följde honom och mörkret skiftade i aluminium medan fingret och handen blev till en insekt och den saltmättade luften från havet sögs in i hans lungor i ett enda djupt andetag.

*Jag kommer.*

Seendet återvände till hans ögon. Han kunde andas. Hans kropp låg på en grässlänt. Vinden sköljde över hans ansikte. Intill honom låg blöta kläder utsträckta som på tork i månskenet. Att döma av månens position på himlen hade han varit borta länge, kanske flera timmar. Tio meter ifrån honom låg båten uppdragen i strandkanten.

*Jag orkar inte.*

Han såg framför sig mödan att skjuta ut båten i vattnet, att dra igång motorn. Han trodde sig inte kapabel till det. Han ville fortsätta att sova, men utan drömmar.

*Kom nu!*

»Ja, ja ...«, mumlade Anders och tog sig ostadigt upp på benen och vacklade bort till båten. Vinden hade friskat i med några sekundmeter och varit honom behjälplig. De små vågorna hade arbetat på båten och börjat dra den till sig. En stund till så skulle den troligen ha flutit iväg. Han behövde bara ge den en lätt knuff för att den skulle flyta ut i vattnet och sedan följde han själv efter, kravlade och föll över relingen.

Han försökte att öppna handen som höll i Spiritus, men fingrarna hade låst sig. Med hjälp av den andra handens något rörligare fingrar lyckades han tvinga upp handen och hälla tillbaka Spiritus i tändsticksasken. Han stirrade på motorn.

*Ett ryck. Jag orkar ett.*

Han var nära att ge upp igen när motorn inte startade på första rycket, men han bet ihop tänderna, bad en otydlig bön och ryckte igen. Motorn startade. Innan han grep gasreglaget kontrollerade han att han fortfarande hade overallen innanför jackan.

*Till ingen nytta.*

Så ihopsjunken på förartoften att han nätt och jämnt kunde se över relingen lämnade han Kattholmen och styrde mot Domarö. Han visste vad han hade att göra, men han var tvungen att vila först, återhämta en smula kraft.

Han var nästan medvetslös när han nådde sin brygga och först halvvägs upp till Smäcket fick han syn på sig själv ett kort ögonblick och ställde en fråga till sig:

*Gjorde du fast båten?*

Han visste inte, han kom inte ihåg och han orkade inte ens vända sig om för att kontrollera. Han skulle ändå inte klara av att göra något åt det om det var så att han *inte* hade förtöjt. En stund senare var han vagt medveten om att han öppnade ytterdörren, att han stängde den bakom sig, att han fann en flaska utspätt vin på byrån och hällde i sig den. Sedan föll han ihop på hallmattan och visste inget mer.

## Den förste

*Anders ska bli den siste. Låt honom sova och vila. Han kommer att behöva det. Låt oss under tiden lyssna till berättelsen om den förste.*

*Det är ett slags saga och liksom hos alla sagor har detaljerna flutit iväg på tidens hav och vi står kvar på stranden med i bästa fall en kölbräda, en galjonsfigur eller en fuktskadad loggbok.*

*Det var något som hände. Det hände någon gång. Det är allt vi behöver veta. På den tiden då Domarös invånare levde på strömmingsfiske och en ohelig allians med djupets makter var sagan kanske bättre känd. Nu återstår bara spillror och vi får låta vår fantasi bygga skeppet.*

*Ty det handlar om ett skepp. Eller snarare resterna av ett skepp. Det kan ha varit en mindre kogg, det är inte viktigt. Skeppet hade seglat med salt, förmodligen mellan Estland och Sverige, någondera vägen.*

*Besättningen må ha varit svensk eller estnisk, vi har dock endast en överlevare att ta hänsyn till. Vi förutsätter att han är svensk och vi kallar honom Magnus.*

*Vi finner honom på Ålands hav. Hans skepp har drivit ur kurs och gått i kvav i en osedvanligt tät oktoberdimma. Skräckslagen och frusen in i märgen har Magnus lyckats kravla ombord på en del av den lossbrutna aktern. Han ropar på sina skeppskamrater men får inget svar. Dimman ligger som en filt omkring honom och hindrar honom att ens se storleken på den spillra som bär honom.*

*Men han flyter. Han har haft tur i oturen. Brottstycket han befinner sig på är så format att ingen del av hans kropp ligger i vattnet. Han har haft tur. Om han bara inte frös så fruktansvärt!*

*Vi vet inte hur länge Magnus driver runt på detta vis. Det kan vara dagar, men troligen är det bara timmar eftersom tjockan inte lättar. Han flyter genom en mjölkvit värld och hör inte minsta ljud utöver dem han själv ger ifrån sig när han byter ställning eller skriker på hjälp ut i tomheten.*

*Det första han förnimmer är inte ett synintryck eller ett ljud. Det är en lukt. Och blotta lukten, doften är nog för att han ska tycka att värmen sipprar in i honom. Det är lukten av kreatur.*

*Det har hänt honom en gång förr att han har seglat vill i tjocka. Man hade då revat seglet och väntat på att dimmorna skulle skingras. Men innan det hände fick man kontakt med land genom den där lukten. Gödsel, djurkroppar, land! Kreatur betyder människors boningar, betyder räddning. Man hade rott i riktning mot lukten och kommit i hamn.*

*Därav den gnista av hopp som nu sticker till i Magnus skrämda inälvor. Han får tag i en lös planka och paddlar åt det håll varifrån han tycker att lukten kommer. Tydligen är han på rätt väg, ty lukten blir starkare.*

*Han hör en ko råma. Dimman börjar lösas upp i sjok och slöjor. Kylan mildras och den lätta bris som för med sig lukten är varm, en sommarbris rentav.*

*Förmodligen är Magnus troende. Förmodligen prisar Magnus Gud när dimman skingras och han äntligen ser land. Men han kan knappt tro vad hans ögon ger vittnesbörd om.*

*Paradiset.*

*Det är den enda förklaringen. Att han har drivit så fullständigt ur kurs att han har hamnat i paradiset. Han har hört förtäljas att Edens lustgård mycket väl kan ha legat på en ö. Det tycks som om han har hittat den ön.*

*Några sista tag med hans provisoriska paddel för honom in till en strand med finkornig, ljus sand. Där stranden slutar tar en äng av frodigt gräs vid. Ett antal välnärda kor går där och betar. Hus ligger i en sluttning, stadigt byggda, och runt husen står blommande fruktträd.*

*Och det är varmt, precis lagom varmt. En lång stund gör Magnus inte annat än att sitta på sin vrakspillra och gapa. Han törs knappt kliva i land, han är rädd att detta paradis ska skingras likt dimman om han trampar det med sina fötter.*

*Allt har en friskhet över sig. Allt glittrar och glänser som om det var nytt och skapat enkom för honom. Ja, just så känns det. En hinna av fukt vilar över allt och vatten droppar från trädens blad, som om denna ö hade stigit upp ur havet bara för att möta honom.*

*Prövande sticker han ner sin fot i vattnet och finner att sandbottnen består. Han vadar i land, han går över stranden, upp mot ängarna och husen. Han försvinner ur historien för att aldrig mer höras av.*

## När han ska börja slåss

När morgonen kom hade Anders inte längre någon kropp. Han hade ett sår. Alla leder värkte efter natten på det hårda golvet, han hade ont i huvudet och det stramade och bultade över halsen. Fingrarna var styva och urinblåsan tryckte på och stämde in i smärtkören.

När han öppnade ögonen som hade klibbat ihop under natten tyckte han att det värkte inne i själva pupillen när dagsljusets nålsting trängde in. Han låg stilla och såg bort mot toalettdörren, försökte hitta en enda plats där det inte gjorde ont. Han vispade runt med tungan inne i munnen och fann att tungan var oskadd, att varken munhålan eller tänderna hade tagit skada under de senaste dagarna. Det var klibbigt där inne och smakade äckligt, ja. Men det gjorde inte ont.

Han gned sig i ögonen och stelnat blod revs loss i smulor, färgade hans fingertoppar svagt röda. Han hade förlorat känseln i det öra som hade legat tryckt emot trasmattan under nattens timmar. Han fnös till och blodblandat snor flög ut ur näsan.

*Idag är första dagen på resten av ditt liv.*

Han lyckades sätta sig upp och fick tag i dörrhandtaget. Med det som stöd reste han sig och raglade till toaletten där han drack ur kranen tills han inte kunde dricka mer. Vita prickar dansade framför hans ögon och han var tvungen att sätta sig på ringen när han skulle kissa. Han satt kvar på toalettstolen en lång stund med huvudet lutat i händerna.

När den värsta yrseln hade gått över reste han sig och drog fram Majas overall under tröjan. Den var inte längre våt, men flammig och fläckig av mörkt, intorkat blod. Han kastade ut den på hallgolvet och klädde av sig.

HellyHansen-tröjan var styv och T-shirten och jeansen fastklistrade vid huden. Han drog dem av sig och det brände till när såret på hans högra lår gick upp igen och började blöda. En ruttnande stank steg från hans kropp och han vågade inte se på sig själv i spegeln.

Varmvattenberedaren var dålig och han vred upp värmen på duschen till det maximala. Sedan stod han under det rinnande, ljumma vattnet med ansiktet uppåtvänt. Emellanåt drack han ett par klunkar. Blodet som hade runnit ur hans kropp behövde ersättas. När vattnet började kallna tvålade han in sig och rengjorde försiktigt jacket i låret.

Han blundade och förde sina löddriga fingrar till såret på halsen. Huden var kluven i en halv centimeter bred skåra och köttet ömmade när han vidrörde det. Under sina fingertoppar kunde han känna pulsen. Artären hade lagats under natten men låg nästan blottad i avsaknad av skyddande hud. Han rengjorde försiktigt och sköljde med det nu nästan kalla vattnet.

Han stod kvar tills vattnet hade blivit iskallt, lät det skölja över ansiktet och drack, drack. Han stängde av duschen och när han hade gnidit och baddat sig torr med en handduk fann han att de vita prickarna hade försvunnit, att han kunde se tydligt.

Badrumsspegeln var immig och han torkade av en fläck med handen, inspekterade såret i halsen. Det såg inte så farligt ut som det var, men han kunde se pulsådern sprattla under bindvävnaden som en liten fisk i ett nät. Han hittade ett par kompresser och kirurgtejp och förband sina sår så gott han förmådde. Halsen borde sys, men att åka till Norrtälje, vänta på akutmottagningen, försöka förklara för en läkare ... det fanns bara inte.

Och dessutom ...

När han stred med Henrik och Björn, när han efteråt klev genom vattnet för att komma i båten hade han fått ett slags vetskap. Den kunde vara betingad av hans eget sargade tillstånd, men han trodde inte det, och Simon hade sagt något liknande: att det var försvagat.

Det fanns en svaghet i havet. Det var därför Sigrid hade flutit i land och det var därför något av de försvunna människorna hade lyckats ta sig loss och tränga in i brunnarna. Det fanns en trötthet, en bristande uppmärksamhet och den tänkte han utnyttja. Om han kunde. Om den alls fanns där.

Han gick naken genom hallen, plockade upp overallen från golvet och fortsatte in i sovrummet. Huden knottrades av kylan i huset och han drog på sig rena kläder ur väskan han hade haft med sig från stan. Underkläder, ett par svarta manchesterbyxor och en blåvitrutig skjorta. I garderoben hittade han sin pappas tjocka, gröna ylletröja och drog den försiktigt över huvudet. Polokragen kliade över halsen men var bra eftersom den höll kompressen på plats.

Han kände sig som om han klädde upp sig och gjorde sig prydlig inför sin egen avrättning och det var en bra känsla. Han hade kommit dithän. Han borde ha städat huset också, lämnat det snyggt efter sig, men till det fanns det varken tid eller ork.

Han synade Majas overall och bedömde att fläckarna inte gick att ta bort med annat än tvätt och inte heller till det fanns det utrymme nu. Han virade den omkring sin mage och lyckades knyta ärmarna och stoppa in benen så att den blev som en mycket stor midjeväska.

Han gick ut i hallen och plockade upp Simons jacka. Hans fingrar fann tändsticksasken, till hälften dold i fickans trasiga foder. Han tog den med sig ut i köket och satte sig vid bordet, tittade ut genom fönstret.

Han hade tydligen gjort fast båten ändå, åtminstone i aktern. Fören pekade vinkelrätt ut från bryggan och motorn skavde mot stenkistan, men det var nästan stiltje och inget att bekymra sig för. Bortom bryggan, ute på fjärden såg han Gåvastens fyr, en vit prick i morgonljuset. En reflex gnistrade till som en manande blinkning.

*Oroa dig inte, du. Jag kommer.*

Spiritus ringlade sig trögt mot askens väggar när Anders öppnade den och lät en loska falla. När han försökte skjuta igen asken rynkades skinnet eftersom insekten hade blivit så tjock att den egentligen inte fick plats längre.

Han kunde peta till den med fingret och tränga in den i utrymmet men det var för mycket. Den hade trots allt räddat hans liv föregående natt. I skräplådan hittade han en ask med braständstickor som var lite större. Han hällde ut stickorna och hällde i Spiritus.

Det gick inte att avgöra huruvida insekten trivdes bättre i sitt nya fängelse, men det gick åtminstone att stänga utan att det tog emot. Anders reste sig och stoppade den nya asken i byxfickan.

Han borde ha varit hungrig, men var det inte. Det var som om magen hade hårdnat kring sin egen tomhet och inte var villig att släppa ner någon föda. Lika så bra. Han kunde ändå inte föreställa sig vad han skulle kunna äta.

Han tappade upp ett glas vatten ur kökskranen och drack det, *skål, min älskling,* tappade upp ett till. Och ett till. Den redan styva magsäcken drog ihop sig runt den kalla vätskan.

På köksbänken stod flaskan med malört. Utan att väga för eller emot, lyfte Anders den till läpparna och tog ett par djupa klunkar. Munnen smakade pesthärd och omtöckningen steg omedelbart upp i huvudet, fick honom att svaja där han stod.

Med ryggen mot diskbänken gled han fnittrande ner på golvet. När hans stjärt mötte linoleummattan med en hård duns övergick fnittret i ett flämtande skratt. Han slog med handflatan mot golvet men kunde inte sluta skratta och var tvungen att få det ur sig, så han sjöng högt:

»Dunderhonung, farmors dunderhonung, äter han när han ska börja slåss!«

Fortfarande fnittrande vacklade han in i sovrummet och fick tag i Bamsedockan. Han knölade in den under den knutna overallärmen så att Bamses huvud stack upp över hans höft och de korta benen dinglade längs hans vänstra lår. Han klappade Bamse på luvan, sa »Lycklig den som har en sådan vän« och med stöd av väggar och möbler tog han sig igenom huset och ut på farstukvisten.

Huvudet klarnade en smula när han kom ut i den kalla luften. Han gned sig hårdhänt med knogarna i ögonen och slutade att fnittra, blinkade mot solljuset. Det var en vacker, stilla dag, en välsignad höstdag inte helt olik den vinterdag för snart två år sedan som hade fört honom till den här punkten.

Benen bar honom stadigt ner mot bryggan. Han kunde se naturen omkring sig med överdriven tydlighet och kände vattnet inuti, under och framför sig. Han var ett överkänsligt medvetande som bars fram av en bräcklig kropp, en oändligt komplicerad organisk dator i ett skal av rostig plåt.

*Och världens starkaste björn!*

Han lossade förtöjningslinan och kavade ner i båten, satte sig på förartoften och lyfte bränsledunken, skakade den. Det skvalpade olycksbådande. Han lyfte blicken och såg ut mot Gåvasten.

*Jag ska ju bara* dit, *eller hur? Jag ska knappast hem igen.*

Han tittade på luftbubblan som markerade bränslenivån. Den sjönk i botten när han ställde ifrån sig dunken och samtidigt sjönk någonting inuti honom. Det fatalistiska lugn som hade spirat i honom sedan han klädde sig slokade inför detta praktiska faktum: han behövde inte fylla på bränsle eftersom han inte skulle komma hem igen.

Långsamt, långsamt drev båten söderut medan han satt med armarna vilande på knäna och stirrade ut mot Gåvasten. Sedan nickade han kort, pumpade upp bensin, chokade och drog i startsnöret.

*Så länge skutan kan gå ...*

Motorn startade och han slöt sitt medvetande för ifrågasättanden, slog i kopplingen och vred gasen i botten. Gåvasten gled sakta emot honom över havet och han tänkte inte på någonting alls, höll bara blicken stint riktad mot fyren och såg avståndet krympa. När han hade kommit ungefär halvvägs kunde han se att fåglarna fortfarande fanns där ute. I hundratal eller tusental svärmade de små prickarna kring fyrens lysande vita väggar som nattflyn kring en stark lampa.

Det återstod bara några hundra meter när motorn hackade till. Bränslet höll på att ta slut, men det underliga var att båten dessutom tycktes gå *långsammare*. När han hade kört ytterligare ett hundratal meter hördes ett knastrande ljud.

Förskräckt tittade Anders längs båtens sidor eftersom det lät som om den gamla plasten höll på att spricka. Det syntes ingenting, men det knastrande ljudet ökade i styrka och båten började vibrera.

*Vad är det här för jävelskap ...*

Motorn hostade till igen och när den återtog sin gång var det som om den kämpade i motvind. Motorn vrålade på fullt varv men båten rörde sig knappt framåt. Vibrationerna blev till stötar och kast och motorn började hacka.

»Kom igen! Kom igen!«

Anders vände sig om och daskade till motorn som för att hindra den från att falla i sömn. När hans hand studsade tillbaka från huvans plast fick han syn på något som fick honom att förstå att hans ansträngningar var meningslösa. Han kunde piska motorn till den blödde, han skulle ändå inte komma någon vart.

Hela fjärden hade frusit. Han var kringgärdad av is på alla håll. Motorn hackade ett sista par tag och dog sedan.

Inget vågskvalp, ingen vind, inget motorljud. Det enda som hördes var måsarnas skrin när de likt vitklädda sökare rörde sig kring fyrens bönesnurra. Anders la huvudet på sned och såg på dem. De rörde sig medsols.

*Centralaxeln.*

Det var inte svårt att se det, ensam i stillheten på det öde havet där det enda ljudet och den enda rörelsen kom från måsarna. Att det var de som höll världen igång genom sitt kretsande kring centralaxeln.

Hans tankar var på väg att flyta bort men avbröts av ett nytt krasande. Den här gången var det inte båtens framfart genom det frysande vattnet som skapade ljudet. Den här gången var det vad han först tagit det för. Båtens glasfiberskrov knastrade när isen grep tag i det och kramade. Anders skakade på huvudet.

*Tyvärr, du. Så lätt går det inte.*

Om det fanns någon form av tänkande kraft bakom allt som hände så var den inte särdeles intelligent. Den hade visserligen fått stopp på båten. Men det gick inte lika lätt att få stopp på honom. Anders klappade ömsint över Bamses luva, *här kommer trollens kompani*, och klev över relingen.

Isen bar honom. Han lämnade båten och gick över vattnet fram emot fyren.

## Bröllopsresan

Färjan var en flytande mikrovärld av nöjen. Man gick några steg för att äta, några steg till för att handla taxfree. Man gick runt hörnet för att dansa och uppför eller nedför en trappa när man skulle sova. Simon brukade tycka att det var en behaglig omväxling till trasslet med avstånden på Domarö, men under denna resa ingav båten honom snarare klaustrofobi än frihetskänsla.

Ändå hade han och Anna-Greta en större och finare hytt än på tidigare resor. Inte någon svit direkt, men den låg ovan däck och hade fönster. Simon brukade trivas rätt bra i hytt under däck och sövas av motorernas dunkande, men föregående natt hade han legat vaken med Anna-Greta intill sig och en klump i bröstet.

*Gjorde jag rätt?*

Det var frågan som plågade honom. Han hade överlämnat Spiritus till Anders och gjort det på ett sådant sätt att det inte kunde tolkas som annat än uppmuntran att ta itu med saker och ting efter eget huvud. Hade det varit rätt sak att göra?

Simon låg vaken i sin säng, lyssnade till havets forsande längs båtens sidor och kände sig tyngdlös av tvivel och oro. Han hade föresatt sig att följa sitt öde tillsammans med Spiritus till vilket bittert slut som komma månde. Han hade inte varit särskilt rädd.

*Eller?*

Hade han i själva verket varit rädd och utnyttjat Anders för att bli kvitt sin rädsla? Han kunde inte längre säga säkert. Han hade tappat sitt fäste och sin barlast när han lämnade ifrån sig Spiritus och det var inte lättnad han kände utan just en obehaglig tyngdlöshet.

Så förflöt Simons natt medan finlandsfärjan stävade genom mörkret och framåt morgonen nådde de yttersta kobbarna av Roslagens skärgård. När Anna-Greta hade vaknat klädde de sig och gick ner till frukosten.

När de hade plockat åt sig av frallor, pålägg och kaffe och satt sig vid ett fönsterbord såg Anna-Greta forskande på Simon och frågade: »Har du sovit nåt inatt, du ...«, hon drog på munnen och la till: »... min make?«

Simon log matt. »Nej ... min hustru ... det blev dåligt med det.«

»Hur kommer det sig?«

Simon gned med pekfingret i handflatan och stirrade på äggröran på sin tallrik som dallrade av båtens vibrationer. Den såg ut som hans hjärna kändes och han lyckades inte finna något bra svar. När det hade varit tyst en stund, frågade Anna-Greta: »Är det inte nåt du måste ... göra?«

»Vad skulle det vara?«

Anna-Greta nickade mot hans kavajficka. »Med asken.«

Pekfingrets gnidande blev kraftigare och det började svida i handflatan. Simon tittade ut genom fönstret och såg att kobbarna hade blivit till öar. De hade just passerat Söderarm. Om knappt en timme skulle de lägga till i Kapellskär. Pekfingret slutade gnida och han vilade handflatorna på bordsskivan.

»Det är så att ... jag gav den till Anders.«

»Gav?«

»Ja, eller ... överlämnade. Överlät.«

Anna-Greta rynkade pannan och skakade på huvudet. »Varför det?«

»För att ...«

*Varför? Varför? För att jag är feg, för att jag är rädd, för att jag är modig, för att Anders ...*

»För att jag tänkte att han kunde behöva den.«

Anna-Gretas ögon fästes stint i hans. »Till vad då?«

»Till det han ... till det han behövde göra.«

Som Simon hade fruktat blev Anna-Greta mållös. Hennes händer föll ner i knät och med gapande mun såg hon ut genom fönstret på öarna som tycktes vevas fram på en långsam film. Simon tog sin gaffel och stoppade en bit äggröra i munnen. Den smakade aska. Han la ner gaffeln igen samtidigt som båten krängde till, vilket fick äggröran att hasa likt en amöba mot mitten av tallriken.

Anna-Greta såg på honom. Simon flackade med blicken. Båten krängde till igen, kraftigare, och när han med en kraftansträngning ändå såg in i Anna-Gretas ögon hittade han något annat där.

De såg in i varandra. Motorerna gick upp i varv och runt omkring dem hördes klirr och skrammel när glas och bestick darrade och slog mot varandra. Det gick en svag stöt genom hela fartyget och Simon knuffades framåt en decimeter, men han släppte inte Anna-Gretas blick.

Motorerna vrålade och allting skakade. Höjda röster från borden runt omkring sökte göra sig hörda över bullret och rasslandet. Det kom en kraftigare stöt och Simons mage slog i bordet medan Anna-Greta höll på att tippa baklänges på stolen, men hon lyckades bromsa fallet genom att gripa tag i fönsterbrädan. De hade stannat.

Ögonkontakten hade brutits under fartygets sista konvulsion och båda såg nu ut genom fönstret. Simon tyckte att han längst borta vid synranden kunde skymta Ledinge och Gåvasten där de låg i ett hav som hade frusit till. Fartyget låg inbäddat i ett tjockt lager av is och Simon var inte dummare än att han förstod.

*Vad har jag gjort? Vad har jag gjort?*

Människor hade rest sig från sina bord och förde högljudda samtal medan de sprang till fönstren för att se vad som stod på. En man och en kvinna trängde sig in vid deras fönster och skymde sikten medan de med misstrogna röster sa: »Det här är ju inte klokt ... det här kan ju inte hända ... hur kan det bli så här, det var ju öppet vatten nyss ...«

Anna-Gretas blick hämtade hem hans. Hon nickade sakta och sa: »Då är det så. Det får bli som det blir.«

Hon sträckte ut sin hand och la den på bordet mellan dem med handflatan uppåt. Simon grep den och kramade den.

»Jag är ledsen«, sa han. »Jag kunde inte göra annorlunda.«

»Nej, jag insåg just det«, sa Anna-Greta. Hon släppte hans hand och såg på den där den låg öppen på bordet. Med sitt pekfinger följde hon fårorna i handflatan. »Jag insåg just det. Min make.«

## En bättre värld

Måsarnas skrän och oväsen hade blivit det normala när Anders satte foten på Gåvastens klippor för tredje gången i sitt liv. Han hörde dem knappt, de var bara en matta av ljud som hörde till platsen nu när han inte längre fruktade dem.

Han klev från ett istäckt hav till ett skär där det fortfarande var höst. Där ingen snö fanns och där enstaka buskar hade kvar sina blad och grästuvorna i skrevorna var gröna.

Det han var på väg mot fanns på öns östra sida. Han hade sett den förra gången han var här och den skymtade i bakgrunden på fotografierna, men han hade inte fått *syn* på den förrän nu, hade inte förmått tänka tanken.

När han stod på de östra klipporna tyckte han att det var obegripligt att han hade varit så blind. Maja hade försökt att visa honom med pärlplattan, med strecken i Bamsetidningen och det hade funnits för hans ögon hela tiden: berghällarna på den östra sidan stupade ner i havet i en bruten trappstegsformation.

Men det var ju ingen trappstegsformation. Det var en *trappa*.

Där han stod syntes de fyra översta stegen tydligt där de försvann ner i isen. Han kände igen dem från drömmen eller synen där han hade varit Maja. De var drygt tre meter breda och varje steg var mer än en halvmeter högt. Vatten och vind hade nött ner dem så att det var förlåtligt att man inte vid första anblicken tog dem för vad de var.

Men en trappa var det. En trappa som ledde nedåt. En gång för många hundra år sedan måste den ha legat helt under vatten men landhöjningen hade fört upp den i ljuset. Eller så hade den funnits där *innan* isen pressade ner landet. Anders stod med armarna knutna runt sig och såg ner längs trappstegen.

*Vem går där?*

Han var tvungen att ta hjälp av händerna för att ta sig ett steg nedåt. Det var ingen trappa byggd för människor, knappast heller av människor. Vilka människor i forntiden skulle ha kunnat utföra stenarbeten *under vatten*?

Han tog sig ner ett steg till och möjligen var det aningen mindre högt än det föregående.

*Vem?*

Någon eller något som låg utanför hans föreställningsförmåga. En gång för länge sedan hade det använt den här vägen för att ta sig upp och ner, men sedan slutat för att det blivit för gammalt eller för kraftlöst. Eller för stort. Nu återstod bara vägen.

Ett steg till. Och ett till.

Anders stod på isen vid foten av det som syntes av trappan. Vitfåglarna kryllade över himlen i utkanten av hans synfält. Han stack ner handen i byxfickan och fick fram asken. Sedan satte han sig på steget ovanför med fötterna dinglande en halv decimeter ovanför istäcket.

Han sköt upp asken och hällde ut Spiritus i handen, slöt fingrarna till en varsam näve. Vattnets kunskap rann genom honom och med den följde en ny insikt. Han öppnade handen igen, tittade på den nu långfingertjocka, svarta masken som ormade sig i hans handflata.

*Du hör hit.*

Det skavde över såret i halsen och Anders kliade försiktigt medan han stirrade ner på isens halvgenomskinliga golv. Spiritus kittlade hans handflata när den sömnigt rörde sig runt sig själv.

*Det är härifrån du kommer.*

Insekten var en del av det som fanns under isen, vid trappans fot. Varför skulle den annars ha dykt upp just på Domarö, en gudsförgäten, i ordets rätta bemärkelse gudsförgäten ö i södra Roslagens skärgård? Därför att den kom härifrån, naturligtvis.

Han förde upp handflatan till ögonen och studerade den blanka, svarta huden, den antydda segmenteringen av kroppen som var som en enda mörk liten muskel. Han andades på den.

»Är du min?« frågade han viskande utan att få något svar. Han höll munnen intill insekten och andades varmluft över den. »Är du min?«

Han lät en tjock sträng saliv falla och insekten rullade runt, kråmade sig som en förnöjd katt i den sega vätskan tills dess hud glänste.

*Jag vet ingenting.*

Ändå hasade han sig ner från trappsteget så att han åter stod på isen. Han satte sig på huk och vidrörde den med fingertopparna, bad den att smälta. Ett lager av vatten bildades på ytan och strax därefter sjönk han igenom en decimeter och stod på sten.

Vatten rann in i kängorna och kylde ner hans fötter. En halvcirkel av öppet hav sträckte sig drygt två meter ut ifrån honom. Genom det klara vattnet kunde han skymta ytterligare tre trappsteg som försvann ner i mörkret.

Isen var drygt en meter tjock vid kanten och det sög till i Anders bröst. Den kraft som det måste krävas för att lägga så kraftig is över ett helt hav. Hans bröstkorg pressades ihop som om starka händer hade kramat honom och han kunde knappt andas. Han såg upp mot himlen.

Fåglarna var vansinniga. Det tycktes som om varje enskild fågel strävade efter att ta sig till utrymmet rakt ovanför hans huvud och det gick knappt att urskilja enstaka kroppar i det flaxande, skränande lock av fjädrar och kött som svävade över honom.

Han blundade och strök med fingrarna över tofsen i Bamses luva, tofsen som Maja brukade ligga och suga på medan hon lyssnade på sina kassetter. Det djupa havet låg under hans fötter, fåglarna gastade och skrek över hans huvud. Han stod inför något vars proportioner han, lilla människan, inte kunde omfatta.

*Var är den lilla människan? Syns inte! Finns inte! Blodet ska spruta, ha ha haaa ...*

Ronja Rövardotter hade gått på teve och av misstag hade Maja råkat få se just när vildvittrorna anlände. Hon hade sprungit gråtande ut ur rummet.

Anders knöt den vänstra handen runt tofsen i Bamses luva, den högra runt Spiritus och bad vattnet att dela sig.

Det svallade och slog kring hans fötter, vatten forsade upp i kaskader över iskanten och kalla stänk prickade hans ansikte. En v-formad kil bildades snett nedanför honom, som om vattnet sugits ner i ett hål snarare än tvingats över kanterna. Kilen var dock inte ens tillräckligt djup för att nästa trappsteg skulle friläggas.

*Dela dig!*

Kraften från Spiritus rann likt svagström genom hans kropp, ner i hans fötter och ut i vattnet, men inget ytterligare hände. Han knöt handen kring Spiritus så hårt han vågade. Han visste att kraften att göra det han önskade fanns där. Det var han som inte klarade av att förmedla den. Med en flämtning släppte han bönen och lät vattnet slå tillbaka över hans fötter.

En sträng av måsskit klafsade ner på hans huvud och rann nedför pannan. Även hans vänstra arm hade blivit träffad och ett vitgrumligt stråk av avföring sökte sig ner längs ribbstickningen. Han skakade armen innan skiten nådde fram till dockan, strök träck ur pannan, lyfte ansiktet uppåt och skrek: »Vad ska jag göra då? Säg det istället för att skita på mig! Säg vad jag ska göra!«

Måsarna hade inget svar att ge. De föll in mot varandra i ett rassel av fjädrar medan de fortsatte att skrika av sina små lungors fulla kraft och släppte ifrån sig linor av slemmig spillning i vattnet, på isen.

*Äckligt. Det är äckligt.*

Anders såg på Spiritus och även insekten liknade en liten klump avföring.

*Det borde vara vackert. Men det är bara vidrigt.*

Kroppsäckel slog klorna i honom, ty han visste vad nästa steg var. Hur han kunde göra för att ge kraftkällan en bättre anslutning, skapa en starkare kontakt mellan sig och ... batteriet.

*Den är ett batteri. Jag är en maskin och den är ett batteri. Inget annat.*

Magen godtog inte resonemanget och kurade ihop sig, vred sig som inför ett hotande slag när Anders förde sin högra hand mot munnen. En våg av motstånd steg nedifrån hans genomkylda fötter och upp genom kroppen för att hindra honom, få stopp på det, skydda sig.

Anders knep ihop ögonen och gapade, slog högra handen mot munnen som i förskräckelse. Spiritus flög in i hans munhåla och kravlade över tungan. Innan han hade hunnit ångra sig eller kroppen sätta sig till ytterligare motvärn, svalde han.

Beslut är en sak, genomförande en annan. Den feta, glatta kroppen stannade längst upp i svalget och halsen knöt sig samman, vägrade att släppa ner den. Anders svalde igen medan Spiritus rörelser kittlade över gomseglet och hotade att sätta igång spyan som låg och väntade.

Han formade sina händer till en skål och öste upp en deciliter vatten ur havet, hällde in det i munnen och svalde igen. Trycket i halsen släppte och Spiritus gled ner.

Han stod med armarna hängande längs sidorna och andades djupt in och ut några gånger. Alla ljud omkring honom vreds sakta ner och världen framför hans ögon skiktades och flimrade som om han sett den igenom lager av spindelväv.

Sedan kom det.

Om det tidigare hade känts som om hans hand var en fjärrkontroll spreds nu förnimmelsen ut till hela kroppen. Och han kunde inte bara kontrollera. Han *var* det han kontrollerade. När han såg ner mot vattenytan såg han inte längre vatten, han såg det han själv var gjord av och var en del av.

Han strök med handen över ansiktet. Det fanns där fortfarande. Han nöp sig i kinden. Huden gjorde motstånd och det sved en aning. Han var en människa av kött och blod, men en *annan* människa. Någon vars kropp var ett rum han levde i. Utanför rummet kunde han höra fåglars skrianden, genom ögonens fönster såg han sig själv och han var havet.

Han bad om fri passage för sin bärare och började ta sig nedför trappan. Inget vatten skummade över kanterna, det var som om havet *drog sig isär*, tätnade längs hans sidor och han gick nedför trappan mellan två skimrande väggar av vatten.

Trappan var hal av sjögräs och tångens blåsor sprack i svaga smällar när han försiktigt satte ned fötterna. Han halkade till och tog stöd mot trappsteget ovanför.

*Det är inte för människor ...*

Känslan av att vara havet bestod, men hans gamla medvetande trängde sig fram och började tala genom den enkelhet som tillät honom att gå i en trappa ned i djupet.

*Det är inte för människor. Du kommer att dö.*

Jo. Men det hade han ju redan accepterat, eller hur? Han hade inte ens bränsle för att ta sig tillbaka till den normala världen, behövde inte längre bränsle. Nu skulle han gå i den här trappan och se vart den ledde. Sedan fanns inget mer.

*Maja.*

Han skulle träffa Maja.

Han hade stigit ner sex trappsteg. Vänstra handen slöts kring tofsen vid hans höft och återförde honom ännu mer till hans mänskliga kropp och medvetande. Det rasslade och slog över hans huvud och nästan allt ljus försvann. Han vände sig om.

Endast svaga ljusprickar av himmel trängde igenom det vildsint kämpande block av fåglar som hade trängt ner i passagen för att följa honom. Fladdrandet från deras vingar fläktade luft över hans ansikte och som om fåglarnas lungor pressats ihop eller akustiken förändrats hördes det nu bara pipanden och kväkanden ur deras strupar när de stred för att hålla avståndet till honom men ändå komma efter.

Enstaka måsar pressades ut längs kanterna, trängde igenom väggarna av vatten och sögs upp mot ytan. En skadad fågel föll ner två trappsteg ifrån honom, slog i stenen och låg stilla.

*Det här går inte ...*

Anders bad vattnet att sluta sig långsamt kring måsarna. Passagen krympte ihop och fåglarna kastade sig upp över kanterna eller dök ut i vattnet, simmade några kast och steg sedan. Det blev tyst. Anders stod på det sjätte trappsteget i en bubbla av luft och det var mörkt som vid sen skymning. Han kunde ana nästa trappsteg, men inte mer.

Han tog sig nedåt.

Efter ytterligare sju trappsteg var det nästan helt mörkt omkring honom. Sjögräset och tången tunnades ut och försvann. Om han lyfte huvudet kunde han fortfarande se ytan däruppe, mörkt blå som en sommarnattshimmel, men knappt något ljus trängde ner. Han fortsatte.

Trappstegen blev grundare ju djupare ner han kom. När han hade gått trettio eller fyrtio meter i totalt mörker var de av samma dimensioner som en vanlig trappa. Han hade inga begrepp om tid eller rum, han var bara en kropp som rörde sig nedåt. För att inte tappa kontakten med sig själv och slukas av mörkret, började han att räkna stegen.

Han manade fram siffrorna i gul skrift mot mörkrets griffeltavla. Han smyckade dem med blomstergirlanger och lät små djur skutta runt bland dem för att undvika den slutgiltiga losskopplingen från det som var han själv, en tänkande varelse. Han gick. Han gick.

*Sjuttionio ... åttio ... åttioett ... åttiotvå ...*

Han var så upptagen av att skapa utsmyckningar och färger kring sina siffror, av att fortsätta vara en människa i det stora mörkret att han inte märkte när det hände. I en tankepaus där han övervägde om han skulle sätta en ekorre eller en skata på grenen som stack ut från åttiotvå noterade han att trappan inte längre gick nedåt, utan uppåt.

Han stannade. Såg sig omkring. Till ingen nytta. Totalt mörker rådde. Han kunde svära på att han inte hade kommit till någon avsats, någon plats där trappan nedåt hade slutat och trappan uppåt hade börjat. Vid någon punkt hade trappan ... ändrat riktning.

Han försökte se det framför sig, hur en sådan konstruktion var möjlig. Det gick inte. Det enda som någorlunda motsvarade förutsättningarna var en trappa som vände sig ut och in, blev en uppochnedvänd spegelbild av sig själv.

*Det finns ingen väg. Det finns bara en trappa. Och den går inte.*

Det var Majas ord ur drömmen. Nu förstod han dem. Den gick inte. Trappan gick inte. Det enda som gick var han, och han fortsatte. Uppåt.

Efter ytterligare tjugo trappsteg började han skönja sommarnattshimlen ovanför sig igen. Tio trappsteg till och den blev en vanlig himmel, sedd genom vatten. Trappans steg hade blivit höga igen och när han försökte ta sig upp på nästa snubblade han och slog knät i kanten.

Han satte sig och såg upp mot himlen. Luften i hans bubbla började ta slut och han bad vattnet att dela sig hela vägen upp till ytan. Passagen öppnades som om han med omänskligt långa armar hade delat på en ridå. Det han såg fick honom att sänka huvudet i förtvivlan.

*Nej, nej, nej! Allt det här och så ...*

Fönstren i Gåvastens fyr glittrade i solljuset långt ovanför honom.

Nu förstod han vad trappans omöjliga beteende innebar. Han hade återförts till startpunkten. Spiritus hade tillåtit honom att slippa igenom, men *in* slapp han inte. Det enda han hade fått för sina mödor var ont i knät.

Han lutade ryggen mot nästa trappsteg och drog upp byxan. Trappans ojämna kant hade gjort ett jack i huden och en gnutta blod trängde fram. Han hånflinade åt dct och lutade huvudet bakåt. Himlen var klar och det som syntes av fyrtornet över klippkanten lyste vitt. Han undrade vad som skulle hända om han helt enkelt bad vattnet att sluta sig omkring honom. Förmodligen skulle han inte dö, men det fanns alltid en möjlighet.

Utmattad blinkade han mot det klara ljuset där uppe och beslöt sig för att ändå vänta en stund. Det var vackert som det var. Inget fanns att hoppas på mer, men ...

*Måsarna.*

Vart hade måsarna tagit vägen? Trots att hans synfält var begränsat borde åtminstone någon enda fågel synas till. Men inget rörde sig över himlen utom tunna slöjor av moln och inte ett fågelläte hördes.

Han kom på fötter och tog sig upp på nästa trappsteg. Och nästa. De sista stegen fick han häva sig uppför tills han åter stod på Gåvastens klippor.

Det var försommar.

Luften var behagligt ljummen och det blomstrade i varenda skreva. Baldersbrå och gräslök stod och vippade i en mild bris från havet. Fyren lyste kritvit under en lagom varm eftermiddagssol. En underbar dag.

Anders såg sig omkring. Inga måsar på vattnet, inga måsar på himlen. Nej, inte en fågel så långt hans ögon kunde se. Ylletröjan skavde i värmen och han drog den av sig och knöt den över magen, utanpå Majas overall.

Förstummad gick han över klipporna. När han fick syn på Simons båt som låg ordentligt uppdragen på stenstranden istället för övergiven på havet satte han sig ner och lutade hakan i händerna.

*Var är jag? När är jag?*

Han kisade mot solglittret över havet och studerade båten. Den var sig inte riktigt lik. Den såg nyare ut, eller ... friskare. Det fanns inga repor eller sprickor i skrovet och huven på den uppfällda motorn glänste. Anders greps av en plötslig oro och vred huvudet söderut.

Domarö låg där det skulle. En hoptovad förtätning av horisonten, ett penseldrag av granar mot den ljusa himlen. Men det var som med båten, det såg liksom mer ... nygjort ut. Friskare. Starkare.

Det spratt till i hans mage som av ett fosters första kännbara rörelser. Anders stack handen innanför skjortan, la den över magen och kände äcklad hur den svarta larven där inne levde sitt eget liv. De hade gått isär och var inte längre ett och samma. Han var Anders och en insekt krälade runt inuti hans mage.

Han reste sig och gick ner till båten. Förtöjningslinan låg prydligt hoprullad på förtoften och årorna blänkte nyfernissade. Han sköt ifrån och båten gled lätt fri ifrån stenarna medan han klev i.

Han ryckte i snöret och kylvatten sprutade ut genom det lilla hålet under huven. Han kände på motorn. Den vibrerade. Den var igång. Det var bara det att den inte gav ett ljud ifrån sig. Han slog i kopplingen och båten gled framåt. Han gasade och båten rörde sig snabbare, fortfarande utan ett ljud.

Han vände fören mot Domarö och gasade. Den ljumma luften borde ha blivit kall mot hans ansikte när den blev till fartvind men den behöll exakt samma behagliga temperatur vare sig han ökade eller ströp gasen. Allt var perfekt och ängslan växte sig starkare i honom.

Färden över till Domarö gick obegripligt fort, som om avståndet hade dragit sig samman medan han for. Efter inte mer än en minut svängde han in jämsides med en av de mindre bryggorna intill ångbåtsbryggan, förtöjde båten med det mjuka, vita bomullsrepet och klev ur.

Sjöbodarna var vackert faluröda och föreföll gjorda av sammet i det milda eftermiddagsljuset. Anders såg sig omkring och upptäckte en person uppe på ångbåtsbryggan som stod vänd med ryggen emot honom.

Han gick längs strandkanten och när han tittade uppåt byn såg han att affären var öppen och glassvimplarna vajade svagt. Storstrut, Päronsplitt. Ingen av glassarna såldes längre, så vitt han visste. En person stod där uppe och studerade reklamskyltarna.

KÖTTFÄRS 7,95/KG, GURKA 2,95/KG

*Jag vet vad det här är,* tänkte Anders medan han klev upp på ångbåtsbryggan och gick fram till personen som stod med ryggen mot honom. *Jag vet var jag är.*

»Ursäkta mig«, sa Anders och trodde att han bara hade *tänkt* orden eftersom de inte kom ur hans mun. Människan framför honom var en man klädd i blåbyxor och en rutig skjorta inte helt olik den han själv bar. Mannen reagerade inte på det ohörbara tilltalet. Anders gick närmare.

»Ursäkta mig?«

Anders kände på sina läppar, slickade på sitt pekfinger. Jo, munnen var där, tungan var där. Det var så tyst här. Inga ljud av maskiner eller röster, inte ett fågelkvitter från träden.

När mannen fortfarande inte gjorde tecken på att höra gick Anders runt för att kunna se honom i ögonen eller ruska om honom. Han kom förbi vid sidan av mannen och det sög till i magen, flimrade framför ögonen när allt vände sig i sin motsats.

Anders stod där mannen nyss hade stått och stirrade in i mannens rygg när denne började gå upp emot affären. Anders sprang fram och runt mannen och samma sak hände igen. Något kastades om i hans huvud och han förföljde en man på väg ner mot bryggan, en man som han bara kunde se ryggen och bakhuvudet av.

Han stannade. Mannen återtog sin tidigare position nere på bryggan där han ställde sig och tittade ut över havet. Anders vände om och gick upp mot affären. Han väntade sig nästan att få se sin egen strömmingslåda där uppe, sin handskrivna skylt.

Ty det var den dagen. Dagen då en man hade gått ut i vattnet och Cecilia hade skjutsat honom på sin cykel. Hans bästa stund. Samma väder, samma skyltar, samma känsla. Bortsett från skräcken som pirrade i hans inälvor.

*Du vill att jag ska stanna. Du vill ha mig här. Du visar mig det du tror att jag vill se. Min himmel. Det är så du gör.*

Mannen som hade tittat på skyltarna var på väg bort. På byvägen söderut var en kvinna i gammalmodig sommarklänning på väg bort. En kvinna i grov vadmalskjol och med en klut på huvudet stod i en backe och plockade liljekonvaljer, vänd ifrån honom.

*Ingen ser samma sak.*

Kvinnan som plockade liljekonvaljer hörde vare sig till det här seklet eller det föregående. Hon såg förmodligen ingen affär och definitivt ingen reklam för glasstrutar. Möjligen såg hon det bageri som Anders visste hade funnits på den plats där affären numera låg. I hennes ögon var ångbåtsbryggan troligen bara en mindre konstruktion av trä.

*Numera. Vad är numera? Var är vi?*

Anders blundade och gned sig i ögonen så hårt att glaskropparna trycktes bakåt i skallen. När han öppnade dem såg han samma sak som innan. Ett underbart landskap, en underbar dag och människor på väg bort eller vända ifrån honom.

Han sparkade i gruset och småsten rullade iväg utan att ge ett ljud ifrån sig. Han drog in luft i lungorna och skrek »Maja!« men gjorde det inte. Luften for ur honom, stämbanden darrade, men ingenting hördes. Tystnaden var så kompakt att den slog lock för öronen, som om han befunnit sig djupt under vattnet.

*Vilket är precis vad jag gör.*

Han slog in på södra byvägen och gick mot vandrarhemmet. Liksom alla byggnader på denna version av Domarö var vandrarhemmet vackrare än någonsin. Det var inte så att det såg *nybyggt* ut. Nybyggda hus är sällan särskilt tilldragande. Nej, snarare var det så att allt som var åldrat eller slitet var det på ett perfekt sätt som bara framhävde skönheten i byggnaden.

*Skansen.*

Ja, ungefär så. Alla byggnader och alla föremål, alla växter såg utställda ut. Som om de snarare än att *vara* något *representerade* något. Sig själva. Modeller i naturlig storlek.

En kvinna i vit klänning med små svarta prickar och en man i kostymbyxor, väst och skjorta med uppkavlade ärmar spelade krocket i vandrarhemmets trädgård.

Klubborna daskade stumt, ohörbart ihop med träkloten och dessa rullade genom bågarna eller vid sidan av bågarna. Bortsett från avsaknaden av ljud var det enda underliga med scenen att mannen och kvinnan aldrig såg på varandra och aldrig var vända mot honom. Matchen fortgick tills kvinnans klot rullade in i träpinnen vid banans slut.

Mannen och kvinnan plockade upp sina klot utan att försöka säga något till varandra och vände sig om mot vandrarhemmet som i en koreograferad pantomim där den enda förutsättningen var att deras ögon aldrig fick mötas.

I samma ögonblick som mannens kropp vändes mot vandrarhemmet, mot Anders, kom det kraftiga suget i bröstet och Anders stod framför trappan och såg mannen och kvinnan gå uppför den, öppna dörren och försvinna in i byggnaden.

*Det är bara jag.*

Alla andra människor som fanns ombord på denna overkliga ö var inbegripna i pantomimen och betedde sig som de skulle. Bara han själv var en avvikelse, en störning som behövde flyttas runt med våld för att inte dansen skulle brytas eller falla i bitar.

*Det måste vara så.*

Om alla människor som vandrade omkring här verkligen såg olika saker, olika världar, så var det också ett krav att de aldrig såg in i varandra, ty då skulle de se något *annat* och den illusion som presenterats enkom för dem skulle krackelera.

Den smala grusvägen ner till Smäcket var kantad av liljekonvaljer. Anders hukade sig ner och rev åt sig ett knippe, stack näsan i dem. Ingenting. Inte heller lukt fanns här. Han stoppade ett av de giftiga bären i munnen och tuggade. Ingenting. Han kände bäret på tungan och hade alltså känsel, men det smakade ingenting.

Han kom ut på klipporna och Smäcket låg där, likadant som i den andra världen.

*Nej ...*

Anders blundade med ena ögat och såg längs den raka tallen. Huset var inte snett och vint längre. Han hade alltid tyckt att huset såg fult ut med sin ojämna lutning, önskat att han kunnat göra något åt det. Nu hade han fått som han önskade. Huset var i lod och av allting som han hade sett hittills var det det som skrämde honom mest. Att Smäcket inte längre var Smäcket. Det var ett mycket välbyggt sommarhus med det vackraste av lägen.

Försiktigt gick han fram till ytterdörren och öppnade den. En koloni av fluglarver kläcktes i hans bröst och började flyga runt för att söka en utgång, så att det darrade inuti bröstkorgen. Det var inte längre den dag då han hade blivit skjutsad av Cecilia: Smäckets interiör kom från den tid då han och Cecilia hade bott här och varit som lyckligast.

*Eftersom det är vad jag vill att det ska vara.*

Skälvande gick han över trasmattan som Cecilia hade köpt för tio kronor på en auktion, eller bilden av den. Allt han såg var hämtat inifrån hans eget huvud. Han kom in i vardagsrummet och när han såg att dörren till sovrummet stod på glänt hördes det första ljud han hört på denna plats: ett orytmiskt tickande som tycktes komma inifrån öronen.

Han la handen över munnen och kände att han hackade tänder. Ljud inuti kunde inte ens den här tystnaden sluka. Han smög fram över golvet i vardagsrummet trots att smygande var meningslöst här.

Tickandet övergick till ett upphetsat knackande när han kom fram till dörren och tittade in.

Där satt hon.

På golvet intill sin säng satt Maja och grävde i pärlhinken. Framför henne låg små högar av pärlor i olika färger som hon höll på att sortera. Han hörde henne nynna för sig själv utan att höra det. Han visste att hon alltid nynnade när hon var upptagen av något.

Ett par slingor av hennes tunna, bruna hår låg över nacken, några hade fastnat bakom hennes lätt utstående öron. Hon var barfota och klädd i den blå mjukisdressen som hon hade haft på sig under overallen.

Benen vek sig under Anders och han föll handlöst och ljudlöst ner på golvet. Hans bakhuvud slog hårt i de tjocka plankorna och vita blixtar brann till på hans näthinna. Innan smärtblomman hade hunnit slå ut lyfte han upp huvudet för att kunna fortsätta titta, rädd för att bilden skulle ryckas ur hans händer, bort från hans ögon om han tappade uppmärksamheten ens en sekund.

Smärtan slog ut i skallen men Maja satt kvar. Det bultade i huvudet när han vände på sig så att han låg framstupa på golvet med ansiktet bara två meter ifrån hennes rygg. De små fingrarna plockade med pärlorna, sorterade dem prydligt en och en i sina rätta högar.

*Jag är här. Hon är här. Jag är hemma.*

En lång stund låg han bara och såg på henne medan huvudvärken klingade av. Han hackade inte tänder längre. Han hade gått en sådan lång väg för att få se precis det här. Nu satt hon där, två meter ifrån honom.

Och han kunde inte nå henne.

»Maja?« sa han. Ingenting hördes. Hon reagerade inte.

Han ålade sig fram över golvet, över tröskeln tills han var alldeles intill henne, kunde se fläcken av intorkad mjölk på mjukisdressens knä. Han satte sig upp och la handen på hennes axel.

Han kände den mjuka rundningen under tyget, inte mycket större än ett ägg. Han strök över hennes axel, njöt av känslan i handen och klämde försiktigt medan tysta tårar rann över hans ansikte. Han strök hennes överarm och tårarna rann ner i munnen. De smakade salt. De kom från honom.

Men hon vände sig inte om. Hon visste inte att han fanns där. Han var bara ett par stumma, gråtande ögon som såg på henne.

»Älskling. Maja, min älskling, lilla gumman, jag är här nu. Pappa är här. Jag är hos dig. Du är inte ensam längre.«

Han omfamnade hennes rygg, lutade kinden mot hennes nacke och fortsatte att gråta. Hon borde ha vänt sig om, hon borde ha klagat: *Pappa, din skäggstubb sticks och jag blir blöt*, men ingenting hände. Han fanns inte för henne.

Han satt så tills tårarna torkade ut, tills han inte kunde gråta mer. Han släppte henne och backade en halvmeter, löpte med blicken över hennes böjda rygg, konturerna av kotor som putade ut under tyget.

*Jag sitter här för alltid. När hon reser sig följer jag henne. Som ett spöke. Jag är hos henne som hon var hos mig.*

Han blundade. Han vågade blunda nu.

Var det så hon skulle känna det? Som en vag, ogripbar närvaro av en annan person som följde henne vart hon gick? Skulle det skrämma henne? Kunde hon bli skrämd? Kunde han alls påverka henne?

Med ögonlocken fortfarande slutna sträckte han ut sin hand och rörde vid hennes rygg. Den var där. Känslan av det luddiga fleecetyget mot handflatan fanns där trots att han blundade.

*Kan jag ...*

Han hasade sig framåt och åt höger medan hans hand gled över hennes rygg, över hennes axel. Han drog sig på knä runt henne medan han fortsatte att blunda, kände hennes nyckelben under fingertopparna. Han satt rakt framför henne och följde hennes halslinje upp till ansiktet. Där var det. Hennes ansikte. De runda kinderna, den trubbiga näsan, läpparna som rörde sig när hon nynnade.

Han öppnade ögonen.

Hans hand vilade på Majas bakhuvud och han satt där han suttit innan han hade börjat sin hasande förflyttning. Han hade strukit med fingret över hennes läppar och hon hade inte märkt någonting. Han fanns inte. Han var inte ens ett spöke för henne.

Han lutade sig bakåt, sträckte ut sig på golvet och såg upp i taket som här inte var flammigt av rök eller fläckat av spindelväv utan ett vackert vitt tak av omsorgsfullt lagd pärlspont. Precis det tak han tyckte var finast.

Han kunde sitta intill Maja, han kunde se på henne och röra vid henne, men han kunde inte nå fram till henne. Deras världar fick inte mötas.

*Men hon kom ju till mig. Jag visste att hon var där. Hon kom ju till mig. Genom vattnet.*

Det blev stilla inom honom. Besvikelsen och frustrationen sjönk undan. Han försökte se det, försökte tänka.

*Hon kom till mig ...*

Han lyfte huvudet och såg på den lilla blå figuren intill sängen som nu hade plockat fram en hjärtformad pärlplatta och börjat trycka dit pärlor. Maja.

Men det var ju inte Maja. Det som var Maja, som hade minnen och bilder och kunde tala, hade kommit till honom, hade på något sätt lyckats fly ut i havet. Det som satt intill sängen var bara hennes kropp, eller det av henne som behövdes för att han skulle se det han ville se.

*Maja?*

Det fanns en punkt där de båda världarna kolliderade och blandades samman. Den punkten var han själv, eftersom hon fanns i honom. Han slöt ögonen och sökte henne.

*Det är inte dunkgömme längre, vännen. Du kan komma fram. Kom fram! Leken är slut, faran är över.*

Han koncentrerade sig på det som hade hänt med Elin. Det där som hade funnits i hinken, som hade tvingats ur henne och skulle återföras till havet. Någonstans inuti honom fanns något som liknade det. Nu kallade han på det, sökte det i sin egen kropps mörker.

*Var är du ... var är du ...*

Som silverblänket av en fisk i nätet långt under ytan fick han syn på det. Det var utspritt i hela hans kropp men han närmade sig från alla håll samtidigt och fick det att tränga ihop sig, dra sig samman och bli till en formlös, svävande massa som han kunde gripa med sitt medvetande och lokalisera. Det var i hans mage nu och kretsade kring insekten där nere som sprattlade och slog i panik.

Allt runt omkring honom var borta, overkligt. Hans kraft och hans tankar var koncentrerade på en enda sak: att hålla fast vid det ogripbara. Medan han med slutna ögon rörde sig fram emot Majas kropp på golvet var han tvungen att ägna en gnutta uppmärksamhet åt sin egen rörelse och det där andra hotade att slinka ur hans grepp som ålen ur pappas fingrar.

Han manade bort ålen, kunde inte tänka på ålen, kunde inte tänka på sina egna knän när de gled över golvet, fick inte hoppas eller önska när hans fingrar åter gled över Majas kropp tills han satt mitt framför henne. Ännu hade han inte tappat greppet, ännu fanns hon i mörkret i hans tänkta händer när han lutade sig fram och la sin mun över hennes.

*Kom. Ut.*

Han sköt det framför sig upp ur magen, genom strupen och han kände det verkligen som en liten kropp, ett stråk av len vätska som gled över hans tunga, ut genom hans läppar och in i hennes mun.

Han flämtade till och sjönk ihop. En del av honom hade lämnat honom. Han vågade inte titta. Det fanns inget mer nu. Han blundade och tystnad rådde. Sedan hörde han Majas röst:

»Pappa, vad är det?«

Långsamt öppnade han ögonen. Maja satt och såg på honom med rynkade ögonbryn.

»Är du ledsen? Varför har du Bamse?«

Han såg in i hennes ögon. Hennes grönbruna ögon som tittade undrande på honom. En stor kropp ändrade läge och en skälvning gick genom världen.

Av den rossling som steg ur hans hals förstod han att även han nu var kapabel att ge ifrån sig ljud. Majas bekymrade uttryck höll på att övergå i rädsla för att han betedde sig så konstigt. Han svalde ner allt som ville störta ur honom och tog loss dockan från overallen, sträckte fram den emot henne.

»Jag tog med honom till dig.«

Maja grep tag i dockan och kramade om den, vaggade fram och tillbaka. Anders hörde det svaga frasandet när hennes armbågar drogs över hennes lår, han lutade sig fram emot henne och kände doften av Barnängens schampo från hennes hår. Han strök henne över kinden.

»Majavännen ...«

Maja tittade upp, såg på honom. Ännu en skälvning drog genom huset och han kände det som en kraftig vibration i golvplankorna. Maja skrek till.

»Vad är det?«

»Jag tror ...« sa Anders och grep hennes hand samtidigt som han reste sig upp, » ... jag tror att vi måste gå nu.«

Maja stretade emot. »Vart ska vi gå? Jag vill inte gå!«

Huset skakade till och Anders såg eldgaffeln falla omkull intill den öppna spisen. Majas pärlhögar spreds ut och blandades samman och hon drog sig ur hans grepp för att börja sortera igen.

Han böjde sig ner och lyfte upp henne. Hon sprattlade och protesterade i hans grepp men han brydde sig inte om det utan tryckte henne tätt intill sig medan han sprang genom huset, mot ytterdörren.

När han hade kommit bort från tomten och fortsatte springa ner mot ångbåtsbryggorna slappnade Maja av i hans famn och började skratta.

»Hoppla, Pålle!« skrek hon och smackade.

Han hörde ljudet av sina egna fötter som rörde sig över stigen, men det var inte grus han sprang på. Gruset höll på att malas sönder, falla in i sig självt och liljekonvaljerna längs vägens kant slokade, drogs ner mot marken och blev otydliga.

Han sprang över klipporna den genaste vägen, men klipporna hade blivit hala och mörka. Himlen var på väg att lösas upp som ett moln i storm. Nere vid bryggorna stod två människor i ålderdomliga kläder och skrek åt varandra medan de skräckslagna såg sig omkring.

Allting utom människorna höll på att krympa ihop och implodera i ultrarapid och när Anders sprang ut mot båten med Maja i famnen såg han under bråkdelen av en sekund det han inte var tillåten att se. Vad den här världen egentligen bestod av. Han skulle ha fallit på sitt ansikte i skräck eller tillbedjan om han inte –

»Hoppla, Pålle!«

– om han inte hade haft Maja att föra härifrån.

När han hoppade ner i båten och satte Maja på förtoften insåg han att språngmarschen inte hade tagit mer än några sekunder. Han hade kommit ut på klipporna och hunnit tänka att de såg hala ut och sedan hade han varit förbi dem utan att märka hur det gått till.

Han startade motorn och hann knappt mer än vända båten innan de var på Gåvasten. Avstånden drogs in i sig själva och allt närmade sig allt.

Gåvasten bestod. Den vita fyren sträckte sig fortfarande mot den nu kvällsmörka himlen, men när Anders vände sig om mot Domarö låg ön bara några tiotal meter bort. Perspektiven hade förskjutits och Domarö var lika stort som när han sett det på en kilometers avstånd, men han förstod att det var närmare eftersom han kunde se människorna. Kunde se deras viftande armar, deras springande kroppar.

Och Domarö fortsatte att krympa på höjden. Ön höll på att sjunka.

»Kom, älskling! Kom fort!«

Maja kravlade ur fören och hoppade ner på stenstranden. Hon hade sett vad han såg och var rädd. »Vart ska vi?«

Hon sträckte upp armarna mot honom och han tog henne i sin famn igen, sprang bort mot öns östra sida.

*Låt den finnas kvar, låt den finnas kvar ...*

Trappan fanns fortfarande, men när han tagit sig till klipporna på östra sidan hade även havet börjat släppa masken och höll på att lösas upp i blygrå dimma som trappan löpte ner igenom.

Anders satte ner Maja som kramade hårt om Bamse, hukade sig ner och sa i så glad ton han förmådde: »Kom. Du får rida på mina axlar.«

Maja stoppade tummen i munnen och nickade. Anders steg ner från det översta trappsteget och Maja satte med svårighet benen runt hans hals. Hon ville varken ta tummen ur munnen eller släppa Bamse. Han grep hårt om hennes knän för att hon inte skulle falla av och påbörjade nedstigningen.

De färdades i sitt trånga rum av luft och vägen ner blev till vägen upp utan att han märkte när det hände. Någonstans ändrade trappan riktning och dimman omkring honom blev till vatten. Svetten rann ner i hans ögon och han kom sig inte för med att be den sluta. Det värkte i benen, i ryggen, i nacken men han kramade om Majas knän och rörde sig uppåt, hela tiden rädd att han skulle snava och falla på de ojämna trappstegen.

Lungorna brann när han åter stod på det andra Gåvastens klippor och varje flämtande andetag förde med sig pustar av ingrodd tobaksrök som skavts loss under flykten. När han hukade sig ner för att släppa av Maja, föll han omkull. Maja skrek till och ramlade sidledes på klipporna men landade på Bamsedockan.

Hon varken grät eller skrek. Hon satt hopkurad med uppspärrade ögon, kramade dockan och hade tummen i munnen. Anders sträckte lamt ut handen och rörde vid hennes fot som för att kontrollera att hon verkligen var där. Hon såg på honom med samma uppspärrade ögon men sa inget.

Insidan av hans kropp var blästrad, han hade sprungit och klättrat bort den sista kraft som fanns i honom och han kunde inte annat än ligga framstupa över klipporna och flämta, titta på sin skräckslagna dotter.

*Hon klarar det. Hon förstår inte. Hon klarar det.*

Det var inte han själv som skakade, det var klippan. Ett rytande muller steg ur jordens innandömen och växte i styrka. Han låg med örat mot stenen och han hörde.

*Det kommer ...*

Under ett kort ögonblick hade han fått syn på det tvärs igenom illusionsvävarna det höljde sig i. Det som höll människorna fångna, som behövde deras kraft för att leva och växa. Hotet från underjorden, havets ande eller varelsen vars närvaro gav upphov till sagor. Monstret.

Det tjänade ingenting till att försöka beskriva det. Det var stor kraft och månghövdad syn, en svart muskel med miljoner ögon som saknade kropp och var blind. Det fanns inte. Det var allt som fanns.

Klippans vibrationer fortplantades in i Anders skallben. Hans lilla hjärna plaskade runt där innanför och försökte forma ett begrepp för det han hade varit med om utan att lyckas. Det väsentliga var att inte vara här när det kom.

Anders rullade runt på rygg och satte sig upp, la handen på Majas knä. Han orkade egentligen inte, men som någon sergeant hade sagt när han låg i lumpen: »Du ska springa tills till och med din morsa tror att du är död och sen ska du springa en bit till.«

Hans mamma var ute ur bilden, han hade bara sig själv att lita till och han trodde inte att han var död. Alltså fanns det en bit kvar i honom. Han strök svetten ur ögonen och såg ut över det isklädda havet.

*Fåglarna ...*

De kretsade inte längre kring ön, men de var inte försvunna som på den andra platsen. Hela flocken hade nu samlats på ett område drygt hundra meter österut. Många flög runt som förut, men ännu fler stod samlade på isen och rörde sig rastlöst hit och dit som om de väntade på något.

Det fanns ingen tid att tänka. De var nu i den här världen, där det var oktober. Hans kropp ångade fortfarande av värme, men ...

»Här, gumman.«

Han knöt loss overallen från midjan och drog sig intill Maja som fortfarande satt med knäna uppdragna och sög på tummen. Hennes ögon stirrade på ett sätt som gjorde honom illa till mods. Han försökte lirka loss Bamsedockan ur hennes famn för att kunna trä på henne overallen. Hon släppte inte.

»Älskling, det är kallt. Du måste ta på dig overallen.«

Trots att det gick emot det han försökte göra, blev han lättad när hon skakade kraftigt på huvudet. Han drog i Bamses luva för att få loss dockan. Vibrationerna i marken blev starkare och han fick anstränga sig för att hålla rösten lugn.

»Kom nu, vännen, du blir förkyld ...«

Han drog i Bamses luva och Maja höll emot. Det hackade till i hans bröst och ett skratt undslapp honom. Han skrattade. Det kluckade av en vansinnig fröjd i magen och han fortsatte att skratta. Det var så dumt.

Han hade hämtat henne från den andra sidan, ett skalv närmade sig underifrån och här satt han och drog i en Bamseluva av filttyg medan hon höll emot och skakade på huvudet. Maja la huvudet på sned och tog ut tummen ur munnen. »Jag fryser inte, faktiskt. Bara lite om fötterna. Var är mamma? Hon ska komma också.«

»Okej«, sa Anders och svalde skrattet. »Okej. Mamma kommer sen.«

Maja tittade kritiskt på overallen i hans händer: »Och den är *smutsig*. Jättesmutsig.«

Tyget var fläckat av levrat blod som på några ställen hade blivit geggigt av den fuktiga värmen från hans kropp under flykten. Jo, den var *jättesmutsig*, faktiskt.

Maja såg sig omkring. »Vad är det för låt?«

Ett språkfel som hon höll fast vid. *Vad är det för ljud* och *vad är det som låter* blev med hennes ord: *Vad är det för låt*. En av de sjuttioelvatusen saker han visste om henne som inte längre var värdelös kunskap.

»Jag vet inte«, ljög han. »Men vi måste gå nu.«

Han lyfte upp Maja i famnen igen och hon släppte greppet om Bamsedockan för att kunna lägga händerna runt hans nacke medan dockan låg tryckt emellan dem. Mullret blev starkare och när de nådde stenstranden på sydsidan hade istäcket skakat loss från ön. Han fick ta ett långt kliv över en ränna av vatten för att kunna springa emot båten som fortfarande låg fastfrusen där ute.

När han nådde båten och släppte ner Maja på förtoften hade det börjat smälla och knaka i isen. Bristande kårar löpte genom den blanka ytan och alla fåglar lyfte och skriade upphetsat när isen rämnade och mörka stråk av vatten kom i dagen.

*Jag är havet.*

Han gjorde isen framför båten till vatten, han grep tag i båten och drog den med sig. Maja höll på att ramla ner från toften när båten sköt fart genom gatan av öppet vatten som bildades framför fören. Hon klamrade sig fast vid relingen och skrattade.

»Fortare! Fortare!«

Anders skakade på huvudet. Hon var inte intresserad av hur det var möjligt. Det viktiga var att det var *roligt*, att det gick *fort*. Han var havet och han slängde båten framför sig med större kraft. Majas hår fladdrade när hon höll sig i relingen och guppade upp och ner med överkroppen som för att hjälpa till, mana på.

En kraftig smäll ekade genom rymden och Anders vände sig om. Öster om Gåvasten steg en svart kropp upp genom den metertjocka isen som krossades längs dess kanter. Den var redan någon meter hög och ett tjugotal meter bred och växte i omfång medan den steg.

De var så långt borta att Anders knappt kunde urskilja enstaka fåglar, men han såg att svärmen dök mot det som reste sig ur havet, attackerade det med sina små näbbar som knappast kunde göra mer skada än myggstick.

Anders vände ansiktet mot Domarö som närmade sig hastigt. En mygga var liten, ingenting emot en människa som kunde slå ihjäl den med lillfingret. Men tusen myggor var en annan sak. Kanske var inte måsarnas kamp så hopplös som det verkade.

Istäcket hade splittrats i stora flak när Anders förde in båten mot samma brygga som han hade förtöjt vid i den andra världen. Han hjälpte Maja upp på bryggan och vände sig åter ut mot havet.

Intill Gåvasten fanns nu en ny ö, lika hög som fyrklippan och minst fem gånger så bred.

*Gunnils öra. Gyllenör. Drömmarnas ö.*

En stöt gick genom havet och bryggan svajade under Anders fötter. Både Gåvasten och den andra ön försvann och Anders blinkade förvirrat. Horisontlinjen rörde sig, böljade längs kanterna som asfalt i stark sol.

Han förstod. Än en gång tog han Maja i famnen och bar henne mot land. När han sprang mot ångbåtsbryggan såg han att Mats, handlaren, stod där uppe och tittade genom en kikare. Hans hustru Ingrid stod intill. Mats sänkte kikaren och ruskade på huvudet, sa någonting till henne.

»Hallå!« skrek Anders. »Mats! Hallå!«

Mats fick syn på honom. »Anders, vad ...« Han stirrade på det blå byltet i Anders famn och pekade. »Är det ...«

Anders kom upp på bryggan.

»Ja«, sa han. »Sätt igång brandlarmet, nu!«

»Hur ... jag menar ...«

»Mats, snälla, lita på mig bara. Det går åt helvete. Sätt igång brandlarmet och ...« Anders sneglade ut mot havet. Horisontlinjen hade stigit ytterligare en bit mot himlen »... ta dig härifrån. Nu!«

Mats såg ut mot havet och hans underkäke föll ner när även han insåg vad som var på väg. Med Ingrid intill sig rusade han upp mot handelsboden. Anders följde efter med Maja i famnen och kom just när Mats öppnade skåpet. Han satte igång alarmet och det sände ut sitt sörjande skrik över Domarös klippor.

»Folk är inte hemma«, sa Mats och låste av vana skåpet igen.

Medan de sprang uppåt tackade Anders någon lycklig stjärna för att barnen fortfarande var i skolan och att de av Domarös invånare som hade jobb på fastlandet var borta.

Han vände sig om.

Vågen var bara några hundra meter bort. Trots att Anders nu befann sig på en mer upphöjd utkikspunkt var vågen så hög att den skymde bort Gåvasten och det som låg intill. Maja såg den också.

»Pappa, kommer vi att dö?«

»Nej, gumman«, sa Anders medan han följde Mats och Ingrid mot högre mark. »Det kommer vi inte. Inte efter allt det här. Inte.«

»Kommer mamma att dö?«

»Hon är inte här. Hon är långt borta. Det är ingen fara med henne.«

»Varför är hon långt borta?«

Ett äldre par som Anders inte kom ihåg namnet på, som bodde ett par kåkar upp från affären, öppnade sin ytterdörr och tittade ut. »Var brinner det?« frågade den gamle mannen. Mats stannade till och pekade ut mot havet.

»Det kommer en våg. Ta er härifrån.«

Gubben kisade ut mot havet och hans ögon vidgades. Han grep sin hustru i handen. »Kom, Astrid.«

När det äldre paret hade fått på sig träskorna och tagit sig nedför sin trapp hördes ett öronbedövande brak från hamnen och en stöt av luft fick Anders att vackla framlänges. Maja pep till när hon trodde att han skulle falla över henne men han lyckades återfå balansen och stapplade mot skogen.

Dån som av ett vattenfall hördes bakom honom och några sekunder senare sköljde havsvatten över hans fötter. Ett litet isflak slog in i hans högra fot och en skarp smärta steg upp i benet. Han bet ihop käkarna och kryssade haltande mellan större och mindre isflak som flöt omkring i vattnet som sögs tillbaka mot havet.

Lyckligtvis var det äldre paret av den sega skärgårdsstammen och de pinnade på med träskorna klafsande genom vattnet ett par meter framför honom, strax bakom Mats och Ingrid. Maja hävde sig upp och tittade över hans axel.

»Pappa, det kommer en till!«

Han vände sig om. Sjöbodarna nere i hamnen var borta och strandlinjen hade stigit flera meter, som om även Domarö hade ruskat på sig och rest sig ur havet för att möta hotet. Tyvärr var det ju inte så. Det var vågen som sög åt sig vattnet. Nästa våg.

Den var ännu högre än den föregående och bar med sig samma förödande last av isflak. Hela vägen ner till hamnen var täckt av is som krossats mot marken, mot träden, mot byggnaderna.

Mats såg att Anders haltade och erbjöd sig att hjälpa till att bära Maja, men Anders skakade på huvudet. Hade han burit henne så här långt skulle han bära henne hela vägen. Problemet var bara att han knappt kunde gå.

»Vänta, lite, vänta!« ropade gubben till Anders och viftade åt de andra att springa vidare. Anders stod stilla med Maja i famnen medan gubben sprang tillbaka till sitt hus. Nu kom han ihåg mannen. Han hade brukat köpa strömming av Anders och varit gubbe redan då och Anders hade tyckt att han hade ett så ovanligt namn för en gubbe.

*Kristoffer*, tänkte Anders. *Han heter Kristoffer Ek. Pappa till Torgny.*

Kristoffer försvann utom synhåll och Anders tittade oroat mot havet. Det skulle dröja en stund innan nästa våg nådde dem, men när den kom ...

*Jag är havet.*

Han stod fortfarande med fötterna i vatten och vattnet länkade honom direkt samman med havsväggen som närmade sig utifrån fjärden. Han reste sig emot den och Spiritus glödde i hans mage när han lämnade sitt medvetande och blev ett med den framrusande vågen.

*Stanna! Stanna!*

Han var i vågen och vågen var i honom, dess vanvettiga kraft löpte genom Spiritus och ut i hans fingrar som knöts till nävar kring Majas kropp när han försökte tygla, bromsa. Insekten i hans mage knöt sig som en muskel spänd till bristningsgränsen och det var inte för människor.

Han visste att det var meningslöst. Som att försöka hålla en skenande häst med en fiskelina. Ändå spjärnade han emot tills gränsen överträddes och något brast inuti honom. Det brände till i hans mage och kontakten med vattnet bröts.

»Pappa, aj! Du kläms!«

Han återvände till den fasta världen där hans armar krampaktigt kramade om hans dotter. Han slappnade av och var tvungen att koncentrera sig för att inte benen skulle vika sig under honom. Maja frågade nära hans öra: »Varför är mamma långt borta?«

»Vi ska ringa henne sen, älskling. Sen.«

Vågen skimrade som en gigantisk spegel som släpades fram över havsytan, isflaken var bristningar och fläckar i den blanka ytan. Det låg inte i mänsklig makt att stoppa den. Anders hade vänt sig om och börjat springa igen när en motor startade och strax därefter svängde Kristoffer ut från sin uppfart på en knallblå flakmoped.

»Hoppa upp!« ropade han.

Anders kröp upp på flaket med Maja i famnen och när Kristoffer gasade iväg längs skogsstigen viskade hon i hans öra: »Vem är *det*?«

»Det är Kristoffer«, sa Anders. »Han hjälper oss.«

Maja nickade. »Han ser snäll ut. Som Simon lite.«

Anders hade inte ägnat Simon och Anna-Greta en tanke sedan allt började, bara konstaterat att de var *ur vägen* och därmed i säkerhet. På havet eller i Kapellskär.

*Domarö. Det vill bara åt Domarö.*

De kom ikapp de andra. Kristoffer bromsade in och Astrid satte sig tacksamt på kanten av flaket. Kristoffer gjorde en inbjudande gest mot Mats och Ingrid, men Mats skakade på huvudet och sprang vidare med sin hustru. Förmodligen skulle mopeden gå så långsamt med dem ombord att det gick fortare att springa.

»Till stenen!« ropade Anders. »Flyttblocket. Det är den högsta punkten.«

Kristoffer nickade och de sköt iväg längs vägen. När de passerade Mats och Ingrid ropade Anders samma sak till dem. Efter hundra meter svängde Kristoffer in på skogsstigen och de skakade fram över rötter och stenar. Men uppåt, ständigt uppåt.

Den sista biten gick inte att köra och trots att det gjorde så ont i foten att tårar steg i ögonen, klamrade sig Anders fast vid Maja och hon klamrade sig fast vid honom när de tog sig ner från flaket och klättrade uppåt.

De nådde upp på flyttblocket lagom för att se vågen slå in över Domarö. Likt en femton meter hög, mörkblå mur med en krona av spetsiga isflak föll den över bebyggelsen. Anders sjönk ihop vid flyttblockets kant och såg det som den första vågen lämnat kvar av Smäcket omslutas av vattenmassorna.

Isflaken flög från vågkammen och slog sönder taken på Anna-Gretas och Simons hus sekunder innan stormklockans torn rasade under trycket och vattenväggen krossade allt till drivved som dansade i skummet, och sedan fanns inget mer. De sex flyktingarna stod på ett skär som höjde sig ett tiotal meter över ett brusande, dånande hav där vrakspillror virvlade omkring.

Anders lyfte blicken. Gåvastens fyrtorn syntes inte längre. Det lilla skäret låg fortfarande där ute, men fyren var försvunnen, bortsvept i vågen. Det gick en skälvning från havet genom jorden, fortsatte in i deras kroppar genom flyttblocket och ön som dykt upp intill Gåvasten började sjunka.

Vattenmassorna under deras fötter drog sig tillbaka. Ovanför sitt huvud hörde Anders Mats säga: »Det var folk där ...«

Anders lutade sig bakåt och såg att Mats stod och spejade genom sin kikare. Han sänkte den och skakade på huvudet medan han gjorde en gest ut emot den sjunkande ön. »Det var folk där ute. På ön. Massor av folk. Dom är borta nu.«

Anders kramade om Maja och körde in näsan i gropen i hennes nacke. Vattnet sjönk undan och blottlade en by som inte längre fanns. Under dem låg bara en gyttjig röra av ikullvälta träd och spillror av hus och bodar. Här och var låg större eller mindre stycken av sönderslagna båtar. Det enda som återstod var ångbåtsbryggans betongklump.

*Det är farligt. Inte bara för dig själv. För alla som bor här.*

Detta var vad Anna-Greta hade menat, vad hon hade önskat förhindra. Anders tryckte näsan hårdare mot Majas nacke, strök med kinden över hennes rygg.

»Aj, pappa, du sticks. Sluta.«

Anders log och vände henne emot sig, strök varligt med fingret över hennes kind. Maja knep ihop läpparna på ett sätt som betydde att hon tänkte.

»Pappa?«

»Ja.«

»Jag drömde att jag ropade på dig. Jättemycket. Gjorde jag det?«

»Ja, det gjorde du.«

Maja nickade bistert som om detta bekräftade en misstanke hon hade haft länge.

»Vad gjorde du då?«

Anders såg in hennes allvarliga, bekymrade ögon. Han strök tillbaka en slinga av hennes hår bakom örat och kysste hennes panna.

»Då kom jag. Så klart.«

*På kyrkogården i Nåten fanns ett ankare. Ett jättelikt gjutjärnsankare med en minnesplakett: »Till dem som försvann på havet.«*

*Efter den obegripliga stormen låg det inte längre på sin plats. Ifrån den punkt där ankaret hade legat löpte ett färskt dike ner till stranden. Som om ankaret hade släpats i sin kätting, dragits genom jorden som en plog och lämnat fåran efter sig innan det försvann ner i havet.*

*Vad som än hade varit fästat vid ankaret så hade det nu slitit sig. Eller befriats.*

## Nytt efterord
## John Ajvide Lindqvist, 2015

I skillnad till de flesta av mina andra berättelser, så vet jag exakt var och när *Människohamn* började. Sommaren 2001 på Sunnkobbarna i Roslagens skärgård.

Det var en vacker dag med blå himmel och enstaka molntussar, så vi åkte iväg med Storbåten för att tillbringa dagen på någon ö och valet föll på de relativt avlägsna Sunnkobbarna. Det var strax efter att vi lagt till, brett ut våra filtar och packat upp korgen som jag fick syn på fåglarna.

Jag vet inte vilken sort det var, har aldrig varit bra på sånt, men det var en flock bestående av kanske tusen småfåglar. Över det öppna havet rörde sig denna flock, tätt packad och med skiftande konturer beroende på vind och flockens kollektiva vilja. Jag blev stående med gapande mun och glodde på fenomenet. Jag hade sett det förut, men aldrig så *tydligt*, avtecknat mot himlen och havet.

Flocken drog in över ön och antog vagt formen av en val för att i nästa ögonblick lösas upp, dras ut och för en sekund se ut som en kanot. Ut över havet igen där den under några sekunder blev formlös innan den drog sig samman och bildade ett ansikte som skiftade i utseende innan det sprängdes. Och så vidare.

Jag drabbades av tanken: *de försöker säga något.* Att symbolerna som fåglarna målade över himlen inte var slumpmässiga utan delar av ett uråldrigt och bortglömt språk. Detta ledde vidare till konceptet: *Det finns en kraft i havet som styr skärgår-*

*den. Det är den som kommunicerar med oss, men vi förstår inte längre vad den säger.*

Fåglarna flög vidare och jag blev kvar på klippan med embryot till en roman pickande i bakhuvudet.

Nå. Detta var alltså 2001 och min första bok *Låt den rätte komma in* var duktigt genomrefuserad och jag hade kört fast i skrivandet av min andra. Det var först fyra år senare, då jag just hade avslutat första versionen av filmmanuset till den inte-längre-refuserade boken, som pickandet från den hemliga platsen ökade i styrka och det var dags att släppa ut vad som nu än befann sig där.

Att dolda krafter styr skärgården är ju i sig inte mycket till idé, men det var ändå den övergripande principen. Jag visste också att det skulle handla om ett försvunnet barn. Länge drogs jag med bilden av ett barn som försvinner under ett pulkarejs. Lång backe, stor grupp barn som ska tävla. Pappan står vid toppen när alla rutschar iväg, mamman väntar vid foten. Alla kommer ner, huller om buller. Men just deras barn har försvunnit någonstans på vägen.

Denna bild hängde å sin sida samman med när min egen son försvann i en skog när han var fyra år. Vi hade varit ouppmärksamma ett par minuter och han hade gått iväg på egen hand. Vi ropade, vi följde hans spår i det lätta snötäcket. Längre in i skogen fanns knappt någon snö och heller inga spår. Skräck grep om mitt hjärta. Medan vi gick där och ropade och letade började en hemsk aning att växa i takt med dånet i skallen: att han hade försvunnit. Inte ramlat och slagit i huvudet, inte blivit tagen av någon, utan just *försvunnit*. Som om han aldrig hade funnits. Jag hade inte förtjänat denne underbare pojke och nu var han borta.

Vi hittade honom så småningom, men bilden hade bränt sig fast och vid skrivandet av *Människohamn* återvände jag till den. Jag försöker i görligaste mån att röra mig i närheten av mina egna rädslor när jag skriver mina berättelser, jag har ett behov av egen bävan för att kunna förmedla något av den till läsaren. Med *Människohamn* var det alltså denna specifika skräck jag kretsade kring. Jag förkastade pulkarejset och gick närmare min egen upplevelse.

Boken är tillägnad min far och en del av min ambition med den var just att skriva fram den värld som han givit mig och fortsatte att ge mig tills han drunknade sommaren 1998. Flera av Anders barndomsupplevelser är baserade på mina egna och mången är den strömming jag har fiskat och sålt i mina dagar. Finansieringen av mitt trolleriintresse, dyra prylar och böcker, sköttes till stor del via sommarens krängande av strömming och böckling. Liksom Anders var jag bara till hälften sommargäst och pappas otäta hus är förebilden för Smäcket, till och med tallen står kvar utanför förstubron.

Den skärgård jag beskriver är fiktiv och det finns, vad jag känner till, ingen ö som heter Domarö, men den är baserad på den skärgård där jag till en del växte upp. Namnen är ändrade, men känslan samma. Nog om detta.

Våren 2005 började jag alltså att anteckna. Under pauser i arbetet med nya versioner av filmmanuset fyllde jag på med idéer och skapade kött kring det bräckliga skelett som blivit mig tilldelat. Under hösten hade jag en sådan mängd av möjliga bilder att jag prövade en ny metod som jag sedan har använt av och till.

Jag vet att vissa kan sätta upp post-it-lappar, dra streck och flytta runt tills de har en tydlig struktur som de sedan följer. Det fixar inte jag eftersom det för mig ligger i skrivandets natur att mycket ska vara oklart och måste skrivas fram.

Ändå behövde jag något slags överblickbarhet, eftersom bilderna var så många. Jag klädde därför en hel vägg i min lilla skrivstuga med rullpapper och där skrev jag ner alla lösryckta idéer, möjliga berättelser och citat. Printade även ut ett gäng bilder som jag klistrade dit här och var. Varje gång jag körde fast i berättelsen, satte jag mig och stirrade på den där väggen, flög med blicken över orden och bilderna. Ibland fastnade något, ibland inte.

Avslutningsvis några ord om min metod. I den mån jag har någon så utkristalliserades den under skrivandet av *Människohamn*. I korthet kan den uttryckas som: "save your darlings". Jag har ett gäng grundbilder som är anledningen till att jag alls vill skriva berättelsen och dessa håller jag fast vid med näbbar och klor, hur konstigt det än kan bli.

Henrik och Björn är ett belysande exempel. Jag minns inte när jag fick bilden av spökena efter ett par tonåriga killar som åker runt på en flakmoppe och enbart talar i citat från The Smiths – Henrik och Björn säger alltså inte en enda replik som inte är en direktöversättning av någon eller några rader från just The Smiths – men när jag väl hade fått bilden gav jag mig fan på att den skulle in.

Det är så det funkar för mig. Jag har de där grundidéerna som kan tyckas helt omöjliga att kombinera och själva romanen växer fram ur de berättelser och ibland många kapitel som jag tvingas hitta på för att göra den omöjliga kombinationen till något både möjligt och förhoppningsvis spännande. Bilderna är min drivande kraft och jag släpper dem inte förrän jag lyckats krångla mig fram till den punkt där jag äntligen kan skriva dem. Romanen är ett hus som jag bygger i syfte att härbergera och skydda en liten uppsättning tavlor.

Allra sist en lustig detalj. När jag skriver mina berättelser har jag alltid en eller flera låtar som jag använder som - vad ska jag kalla det? - emotionell resonans. Liksom med mina bilder är det inte glasklart varför det blivit just dessa låtar, men det finns någon feeling jag är ute efter. Jag kan börja arbetet med att lyssna på låten, ibland ha den i bakgrunden medan jag skriver.

Med *Människohamn* var det givetvis ett par låtar med The Smiths, men framförallt var det "Lifelines" med A-ha. Något med det ödsliga, svävande och storslagna i låtens stämning passade berättelsen och jag kunde ha låten loopande på låg volym under hela dagen.

När boken var färdig och jag hade skrivit de allra sista orden, så gick jag in i huset och meddelade triumferande att, jepp, nu var det klart! Som ett sista bokslut fick jag också för mig att kolla på iTunes exakt hur många gånger jag faktiskt hade spelat "Lifelines" under skrivandet.

666 gånger.

*Rådmansö, augusti 2015*